ज्ञान चतुर्वेदी

ज्ञान चतुर्वेदी का जन्म 2 अगस्त, 1952 को मऊरानीपुर (झाँसी), उत्तर प्रदेश में हुआ। उन्होंने चिकित्सा शिक्षा के दौरान सभी विषयों में स्वर्ण पदक प्राप्त करनेवाले छात्र का गौरव हासिल किया। भारत सरकार के एक संस्थान (बी.एच.ई.एल.) के चिकित्सालय में कोई तीन दशक से ऊपर सेवाएँ देने के पश्चात शीर्षपद से सेवानिवृत्त हुए। मध्य प्रदेश में हृदयरोग विशेषज्ञ के रूप में उनकी विशिष्ट पहचान है।

लेखन की शुरुआत सत्तर के दशक में 'धर्मयुग' से। भारतीय चिकित्सा-शिक्षा और व्यवस्था पर आधारित उनका प्रथम उपन्यास 'नरक-यात्रा' अत्यन्त चर्चित रहा। इसके पश्चात 'बारामासी', 'मरीचिका', 'हम न मरब' तथा 'स्वाँग' जैसे उपन्यास आए। 'प्रेत कथा', 'दंगे में मुर्गा', 'मेरी इक्यावन व्यंग्य रचनाएँ', 'बिसात बिछी है', 'ख़ामोश! नंगे हमाम में हैं', 'प्रत्यंचा' और 'बाराखड़ी' व्यंग्य-संग्रह प्रकाशित हुए। अभी तक तक़रीबन हज़ार व्यंग्य रचनाओं का प्रकाशन। स्वास्थ्य सम्बन्धी पुस्तक 'ज्ञान है तो जहान है' भी प्रकाशित। दस वर्षों तक 'इंडिया टुडे' तथा 'नया ज्ञानोदय' में नियमित स्तम्भ। इसके अतिरिक्त 'राजस्थान पत्रिका' और 'लोकमत समाचार' दैनिकों में भी काफ़ी समय तक व्यंग्य स्तम्भ-लेखन। शरद जोशी के 'प्रतिदिन' के प्रथम खंड का अंजनी चौहान के साथ सम्पादन किया।

भारत सरकार द्वारा 2015 में 'पद्मश्री' से सम्मानित। 'राष्ट्रीय शरद जोशी सम्मान', दिल्ली अकादमी का व्यंग्य-लेखन के लिए दिया जानेवाला प्रतिष्ठित 'अकादमी सम्मान', 'अन्तरराष्ट्रीय इन्दु शर्मा कथा-सम्मान' तथा 'चकल्लस पुरस्कार' के अलावा कई विशिष्ट सम्मानों से सम्मानित।

सम्पर्क : ए-40, अलकापुरी, भोपाल-402024 (म.प्र.)

ई-मेल : gyanchaturvedibpl@gmail.com

स्वाँग

ज्ञान चतुर्वेदी

राजकमल पेपरबैक्स

राजकमल पेपरबैक्स में
पहला संस्करण : 2021
तीसरा संस्करण : 2024

राजकमल पेपरबैक्स : उत्कृष्ट साहित्य के जनसुलभ संस्करण

राजकमल प्रकाशन प्रा.लि.
1-बी, नेताजी सुभाष मार्ग, दरियागंज
नई दिल्ली-110 002
द्वारा प्रकाशित

शाखाएँ : अशोक राजपथ, साइंस कॉलेज के सामने, पटना-800 006
पहली मंजिल, दरबारी बिल्डिंग, महात्मा गांधी मार्ग, प्रयागराज-211 001
1, अनमोल सोराबजी संतुक लेन, धोबी तलाव, मरीन लाइंस, मुम्बई-400 002

वेबसाइट : www.rajkamalprakashan.com
ई-मेल : info@rajkamalprakashan.com

बी.के. ऑफसेट
नवीन शाहदरा, दिल्ली-110032
द्वारा मुद्रित

मूल्य : ₹499

SWAANG
Novel by Gyan Chaturvedi

ISBN : 978-81-950995-1-1

ओरछा स्टेट के युवतम राजकवि मेरे मामा नरोत्तमदास पांडेय, मेरे नानाजी, प्रख्यात कवि घनश्यामदास पांडेयजी को सादर समर्पित।

बचपन में जिनकी कविताओं की अनगिनत डायरियों को बार-बार पढ़-पढ़कर मैं कविता की अलौकिक दुनिया की खिड़की से जो साहित्य की दुनिया में कूदा तो फिर मानो इस दुनिया में वापस ही नहीं आया। इन्होंने ही जाने-अनजाने मुझे लेखक बनाया...

यह पढ़कर ही आगे बढ़ें

मैंने सोचा था कि इस बार अपनी तरफ से कोई भूमिकानुमा बात नहीं करूँगा। उपन्यास सीधे ही पाठक को थमा दूँगा कि लो मित्र, यह कथा तो पढ़ो जरा। पर मन नहीं माना। तो इस उपन्यास को लेकर एक-दो छोटी-छोटी वे बातें जिनको कह लूँगा तो लगेगा कि जो उपन्यास में रह गया वह भी कह लिया।

मैं ऐसा बुंदेलखंडी आदमी हूँ जो अपने ठेठ बचपन के दिनों के बाद कभी भी बुंदेलखंड में नहीं रहा। रह नहीं पाया। पहले पढ़ाई, फिर गमे रोज़गार ने मुझे जीवन भर बुंदेलखंड से बाहर ही रखा। परन्तु बुंदेलखंडी आदमी जहाँ भी जाता है, अपने हिस्से का बुंदेलखंड साथ लेकर ही जाता है। उसे वह हमेशा अपने साथ ही रखता है। दिल के ऐन पास उस खीसे में जहाँ महबूब की तस्वीर रखने का रिवाज चला आता है, ठीक वहीं। रात-बिरात निकालकर उसे देखता रहता है। जब-तब, गर्दन झुकाकर तस्वीरे यार देख लेता है। आज की प्रैक्टिकल दुनिया में इसे मेरा पिछड़ापन भी कहा जा सकता है परन्तु सच यही है कि "ऊधो, मोहे ब्रज बिसरत नाहीं।" बुंदेलखंड इतना रंगबिरंगा है कि वह आपके व्यक्तित्व का हिस्सा हो जाता है, आसानी से छूटता नहीं। छूट ही नहीं पाता। कहीं भी चले जाओ, आपकी ये झकड़ा जड़ें आपके साथ-साथ चलती हैं। पर ये जड़ें ही तो आपके व्यक्तित्व में हरियाली कायम रखती हैं बशर्ते आप इन्हें सूखने न दें। और उसके लिए कोशिश और कशिश, दोनों लगते हैं।

...मैं निरन्तर अपने बुंदेली मित्रों, अपने कस्बे, गाँव और पीछे छूट गए रिश्तेदारों से संपर्क में रहकर इन जड़ों को जीवंत रखे रहा हूँ। स्मृतियों में बसे बुंदेलखंड के गाँव, लोग और समाज को निरन्तर अपडेट करता रहा हूँ मैं। मेरे लेखन का बुंदेलखंड नास्टेल्जिया और यथार्थ के बीच में कहीं बसी हुई अद्भुत-सी दुनिया है। बड़ी कहानियाँ हैं इस दुनिया की जो मेरा पीछा करती हैं कि कभी, किसी दिन मुझे भी तो अपने पाठकों से कहो न! कथाओं और चरित्रों की एक सोने की खदान है मेरे पास, मेरी लेखन की कुर्सी के ठीक नीचे। फिर मैं दरिद्र बना हुआ क्यों घूमता हूँ—ऐसा भी पूछ सकते हैं आप। अब मैं क्या कहूँ? मैं लगातार स्वयं को, और इन अनकही कहानियों को बहलाता और टहलाता रहा हूँ कि एक दिन दुनिया भर के

कारोबार से फ़ुर्सत पाकर तुम्हारे साथ इत्मीनान से बैठा जाएगा, ज़रूर बैठेंगे तुम्हें लिखने के लिए, एक दिन; और वह दिन कभी नहीं आता है। अक्सर दूसरी चीजें खींच लेती हैं मुझे। ख़ज़ाना वहीं पड़ा और गड़ा रह जाता है। ख़ज़ाने के बॉक्स बन्द पड़े रह जाते हैं। सच यही है कि जीवन की आपाधापी में मुझे वह समय ही नहीं मिला कि मैं इन कथाओं के सारे बक्से खोल पाता, सब कुछ बाहर निकाल पाता। ले देकर एक 'बारामासी', और एक 'हम न मरब'; बस, दो उपन्यास। ऐसा नहीं कि मैं इस बीच फालतू बैठकर समय नष्ट करता रहा होऊँ। नहीं, मैंने दूसरी बहुत सी चीज़ें रचीं। ब्रज से निकलकर कन्हैया, द्वारका से लेकर महाभारत तक में उलझा रह गया। कॉलम लिखे। निरर्थक बहसें कीं। साहित्यिक महत्त्वाकांक्षाओं और तृष्णाओं में भटकता रहा। बुंदेलखंड और वहाँ के जीवंत समाज को दरकिनार कर मैं बहुत-सा और सारा लिखता रह गया। 'नरकयात्रा', 'मरीचिका' और 'पागलखाना' नामक उपन्यासों ने ही मेरे जीवन के कई साल ले लिए। फिर फुटकर भी बहुत लिखा। ढेर-सा व्यंग्य लिखा। लेख। कथाएँ। बाक़ी के लेखकीय खटकर्मों ने भी उलझाया। अर्थहीन विवादों में भी उलझा तथा उलझाया गया। नासमझों और कुछ ज़्यादा ही समझदारों के साथ बहसों में भी मैंने अपना ख़ूब समय ख़राब किया। वे तो बदले नहीं; वे वही रहे, मैं ज़रूर बिगड़ते-बिगड़ते बचा। हिन्दी साहित्य के विश्व में ऐसा बहुत-सा घटता रहता है जो जाने-अनजाने आपकी रचनात्मकता को कुंद करने का कारण बन जाता है। लेखक का बहुत-सा महत्त्वपूर्ण समय और उसकी बहुत-सी ऊर्जा खा जाता है यह सब। मेरे साथ भी वही हुआ। जीवन कुछ रचनात्मक और कुछ ग़ैर-रचनात्मक चीज़ों में बीतता चला गया और मैं मूरख यही मानता रहा कि अभी तो बहुत समय शेष है। फिर कब बुढ़ापा आ गया, कब लोग आपको वरिष्ठ लेखक कहकर सम्मान देने या दरकिनार करने लगे पता ही नहीं चला। बस, हुआ यह कि एक दिन आप उठे और आपने पाया कि श्वासों के खीसे में ख़ास कुछ बचा नहीं है। मुट्ठी से समय की रेत खिसक गई है। रेतघड़ी बन्द होने को आई है। समय नहीं बचा और कई कहानियाँ कहने से रह गईं।

और तब मुझे 'स्वाँग' की याद आई।

'पागलखाना' समाप्त करने के बाद दो उपन्यास मेरे मन में थे। सोच नहीं पा रहा था कि पहले किसे उठाऊँ? फिर 'स्वाँग' ने पकड़ लिया।

जैसा कि कहने का फैशन है, 'स्वाँग' को बुंदेलखंड पर मेरे लिखे उपन्यासों की एक ट्रायोलॉजी बनाने का श्रेय दिया जा सकता है। 'बारामासी' और 'हम न मरब' से भी पहले से बुंदेलखंड के जीवन के इस पक्ष पर लिखने को मेरा मन सालों से था पर कहानी कोई ठीक-सा रूप ही नहीं ले रही थी; ऐसा मोहिनी रूप कि फिर उसे कहे बिना रहा न जा सके। क्या था यह पक्ष? ...बुंदेली समाज में अपराध की लगभग स्वीकार्यता, अपराधियों का महिमा-मंडन, झूठी शान, जातिवादी

राजनीति और इसका अपराध से गठजोड़, रिश्वत और भ्रष्टाचार को जीने का एक तरीक़ा और अवसर मानना स्वीकार्य, प्रशासन में व्याप्त अन्याय की भी लगभग वैसी ही स्वीकार्यता और अदालत-अदालत खेलने में आनन्द लेने वाले लोग, और 'स्त्री जाति' को लेकर लगभग आपराधिक पिछड़ापन—इसकी एक कहानी तो बनती थी; पर वह क्या हो? तो विषय मन में था पर कथा और चरित्र कुहासे में थे। सालों कुहासा रहा। 'पागलखाना' के बाद मैंने इस कुहासे को चीरने की ठानी। ऐसे में, फिर मैं अपने लल्लू मामाजी से मिल लेता हूँ। वे मेरे लिए कई बुंदेली चरित्रों का मिला-जुला प्रोटोटाइप साबित होते हैं। 'हम न मरब' उनके साथ बैठकर ही आकार ले पाया था। इस बार 'स्वाँग' को लिखना तय किया था तो फिर मैं वहीं लल्लू मामा के दरबार में जा पहुँचा। कोटरा के अपने अठहत्तर वर्षीय लल्लू मामा के साथ मैंने दो दिन बिताए। इस बार, बोनस के तौर पर, वहाँ मेरे साथ लगातार मामाजी का युवा नाती अंकुर भी रहा और घूमा। वह बुंदेलखंड के भीतरी गाँवों में व्याप्त दुनिया का बेहद संवेदनशील दृष्टा साबित हुआ। मैं ख़ूब घूमा उसके साथ। ख़ूब सुना। ख़ूब देखा। मन में खड़े चरित्रों से मानो धूल-सी झर गई। गाँव से लौटा तो 'स्वाँग' का कुछ-कुछ ख़ाका मन में आकार लेने लगा था। डायरी में नोटिंग्स लीं। बार-बार अंकुर से फोन पर पूछकर नोट्स के ज़मीनी तथ्यों को ठीक करता रहा। फिर एक दिन लल्लू मामा की जय बोलकर यह उपन्यास लिखने बैठ गया। कहानी भी ऐसी थी कि ख़ुद को ही लिखवा रही थी।

छह माह में पहला ड्राफ्ट बना। फिर आठ बार लिख-लिखकर, बार-बार रिवाइज कर करके दिसम्बर 2019 के अन्त में एक दिन ऐसा लगा कि अब शायद यह वैसा बन गया है जो मैंने कभी शुरू में सोचा था। इस तरह 'स्वाँग' आपके हाथ में हैं। वह किसी डरे हुए परीक्षार्थी की भाँति आपके सामने पेश है।

इस उपन्यास में कहने को तो कोटरा है पर उस एक गाँव में कमोबेश सारा बुंदेलखंड, और गहन अर्थों में सारा हिंदुस्तान समाहित है। पूरे उपन्यास में कोई भी चरित्र ऐसा नहीं जो मैंने मात्र केरिकेचर के तौर पर उठाया हो। ये जीवंत लोग हैं। ये सब आपके आस-पास मौजूद हैं। हाँ, इनमें किसी व्यक्ति विशेष को न खोजा जाए। यहाँ हर चरित्र कई चरित्रों की केमिस्ट्री से उत्पन्न चरित्र है। एक महत्त्वपूर्ण चरित्र टंटा बब्बा उर्फ पगल महात्मा उर्फ गजानन बाबू का है। इसे एकदम काल्पनिक न मान लें। मैंने जीवन में तीन अलग-अलग जगहों पर तीन ऐसे चरित्र देखे-समझे हैं। ये तब से मेरे मन में कहीं अटके हुए थे, किसी अतृप्त आत्मा की भाँति। इस उपन्यास में उनको मुक्ति मिल गई है। अब उनकी आत्मा भटकेगी नहीं। इसी तरह, अन्य चरित्र भी निरे काल्पनिक नहीं; काश कि वे सब काल्पनिक होते।

करते-करते इस उपन्यास को नवीं बार भी संपादित करना पड़ा। फाइनल ड्राफ्ट 424 पेज का बना था। मैं कुछ जगहों पर दुविधा में भी था। कुछ प्रसंगों को

निर्ममता से संपादित करने का मन भी था और उन्हें उपन्यास में रखने का मोह भी। ऐसे में इस उपन्यास के प्रथम पाठक, मेरे प्रिय मित्र श्रीकांत आप्टे काम आए। उनकी बहुत अच्छी बात यह है कि वे मित्रता का झूठा लिहाज नहीं करते हैं। वे किसी की झूठी तारीफ़ नहीं करते। मेरी भी नहीं करते हैं। उन्होंने पूरा पढ़ा। फिर स्वतंत्र रूप से उन्हीं आठ-दस प्रसंगों पर अपनी उँगली रखी जिनसे मैं पूरा सन्तुष्ट नहीं था। मुझे बल मिला। मैंने फाइनल हो गए ड्राफ्ट को प्रकाशक को देने से रोक लिया। फिर से इसे लेकर बैठा। वह सब काटा जो काटा जाना चाहिए था। इस तरह फरवरी, 20 में जाकर उपन्यास वह बना जो आपके हाथ में है।

तो धन्यवाद श्रीकांत आप्टे का।

आभार मेरे मित्र, युवा आलोचक राहुल देव का भी। इस उपन्यास का नाम तय करने में उनका बड़ा सहारा रहा।

और मेरी पत्नी, शशि? उन्हें आभार कहूँ तो वह इसे मेरी फालतू की चोंचलेबाजी कहेंगी। मेरे जीवन में शशि न हों तो लेखक ज्ञान चतुर्वेदी कुछ लिख ही न पाएँ। इस उपन्यास को जब मैं फाइनल तौर पर, घंटों बैठा हुआ लगभग सात-आठ माह तक कंप्यूटर पर लिखता रहा, शशि ने मुझे बहुत तरह से बरदाश्त किया। शशि मेरी ताकत हैं, यह एक बार फिर से सिद्ध हुआ।

और मेरी नातिन किया उर्फ शिंजनी? वह अभी मात्र साढ़े चार साल की है पर मेरी सबसे बड़ी ताकत है। वह मेरे लिखने के दौरान मेरे पास बैठकर कागजों पर अपना नावल लिखती रही। रोज ही कुछ गोदती रहती। कहती, नानू, मैं भी नॉवल लिख रही हूँ। नई पीढ़ी को लिखने के संस्कार दे रहा हूँ—यह सोचकर अच्छा लगता है।

—ज्ञान चतुर्वेदी

ए-40, अलकापुरी,
भोपाल-462024

ग्राम कोटरा। जिला कालपी।

कथा यूँ तो बुंदेलखंड के इस छोटे-से गाँव में घट रही है परन्तु यह कथा यहाँ की भी है और वहाँ की भी। यह आपके हिस्से के कोटरा की भी कथा है। यह उस कोटरा की भी कहानी है जिसे हम हिंदुस्तान कहते हैं।

तो एक बार कोटरा में हुआ यूँ कि...

वैसे हुआ वही जो कोटरा में हर बार होता रहा है।

जहाँ जयहिंद, बस एक चुटकुला है

"जयहिंद महात्माजी।"

"जयहिंद बेटा।"

किसी ने जयहिंद कहा और गजानन बाबू गद्गद हो गए। वे हो जाते हैं। तुरन्त हो जाते हैं। कभी उनसे 'जयहिंद' बोलकर तो देखो, ऐसे गदगदाते हैं कि हँसी रोकना मुश्किल। वैसे, वे इस इलाके के जाने-माने स्वतंत्रता सेनानी रहे हैं परन्तु कोटरा वाले इस एक बात पर लगभग सर्वसहमत हैं कि देशभक्ति की चपेट में आकर पगला गए हैं बब्बा। सब उनकी इज़्ज़त करते हैं, पर उन पर हँसते भी हैं। कोटरा ने उनको एक इज्ज़तदार नाम भी दे दिया है—'पग्गल महात्मा'। वे पागल ही तो हैं। जब देश के सारे समझदार स्वतंत्रता-सेनानी देशभक्ति के झंझट से बाहर निकल आए, जब तुम्हारे साथ के छुटभैयों तक ने बड़ी-बड़ी कुर्सियाँ हथिया लीं तब तुम खद्दर, देशभक्ति, गांधीजी, सर्वोदयी झोला, जयहिंद और सत्य के दकियानूसी प्रतीकों में ही उलझकर बैठे रह गए। सही कहते हैं सब; पग्गल महात्मा ही तो हैं गजानन बाबू।

इलाक़े के पुराने स्वतंत्रता-सेनानी हैं, सो उनके मुँह पर तो नहीं हँसा जा सकता, पर मज़ा तो लिया ही जा सकता है न? सब उनका मज़ा लेते हैं। "जयहिंद" बोलने पर उनका यूँ अटूट गदगदाना एक खेल-सा बन गया है कोटरा में। लोग उन्हें देखते ही मुस्कुराते हैं। लौंडे उन पर हँसते हैं। बच्चे ताली बजाकर उनका पीछा करते हैं। बुजुर्ग उन पर तरस खाते हैं कि ऐसे खाँटी देशभक्त का अन्ततः ऐसा हाल हुआ। लोग उनके इस हाल पर दुखी भी होते हैं। और क्यों न हों? ...पग्गल हैं, पर हैं तो महात्मा ही न! लोग उन्हें टंटा बब्बा भी कहते हैं।

गजानन बाबू का हर व्यक्ति से अभिवादन के लिए 'जयहिंद' कहना एक चुटकुला बन चुका है कोटरा में।

किसी कोटरावासी के साथ कभी बाहर गाँव से आया हुआ कोई रिश्तेदार हो, और उसे गजानन बाबू दिख जाएँ तो वह अपने रिश्तेदार को लगभग खींचता हुआ गजानन बाबू के पास लेकर जाता है कि चलो, आज तुम्हें एक तमाशा दिखलाते हैं। ...कैसा तमाशा? ...जैहिंद वाला तमाशा। अरे, आओ तो। सामने से वे जो

बब्बा आ रहे हैं न? बस, जरा और पास आ जाएँ तो आप उनसे तनिक ज़ोर से जैहिंद बोलिएगा, ठीक?...पर उससे क्या? ...यार, आप ज़रा बोल के तो देखिए। बोलिए, बोलिए, बड़ा मज़ा आएगा।

"जयहिंद बब्बा!"

"जयहिंद, जयहिंद।"

"गजानन बाबू जयहिंद सुनते ही भावविभोर हो जाते हैं। उनके पूरे व्यक्तित्व में एक नृत्यभाव आ जाता है। बल्कि नाच ही उठते हैं वे। ऐसे गद्गद होते हैं कि फिर देर तक उनका पोर-पोर गदगदाता रहता है। ...देखा? हमने कहा था न आपसे?" दोनों हँसते हैं।

***

गजानन बाबू बाज़ार में बने एक चबूतरे पर बिराजे हुए मिल जाते हैं, अक्सर।

यहाँ चुपचाप बैठे हुए वे न जाने क्या-क्या सोचते रहते हैं। लोग यह मानते हैं कि वे देश के बारे में ही सोचते होंगे। ऐसा ही अंटशंट सोच-सोच के तो पगलाए हैं। यार, देश के बारे में अगर इत्ता सोचोगे तो पगला तो जाओगे ही न! कोई भी पगला जाएगा। वैसे, सब यह भी मानते हैं कि उनका इस तरह पागल होना कोई छोटी-मोटी बात नहीं है; बहुत ही बड़ी बात है भाई! तभी तो गजानन बाबू और उनके पागलपन की बड़ी इज़्ज़त भी करते हैं कोटरावासी।

गजानन बाबू फिलवक़्त भी चबूतरे पर विचारमग्न बैठे हैं।

सुबह का वक़्त है। अभी बाज़ार धीरे-धीरे खुलना शुरू ही हुआ है।

दुकानदार बंधु, चबूतरे के पास से निकलते हुए गजानन बाबू को 'जयहिंद' बोलते चले जा रहे हैं। हर 'जयहिंद' के जवाब में वे अपनी जगह से लगभग छह इंच उचककर बुलंद आवाज में 'जयहिंद' कहते हैं। उनका यूँ उचकना लोगों को मज़ा दे जाता है। कुछ मुस्कुराते हैं, कुछ खुलकर हँसने लगते हैं। गजानन बाबू को लोगों की इस हँसी से कोई फ़र्क़ नहीं पड़ता है। वे हर जयहिंद पर उसी उत्साह से उचकते रहते हैं। आते-जाते स्कूली छात्र और फुरसतिया युवा लौट-लौटकर उनको 'जयहिंद' करते हैं। उन लोगों की हर 'जयहिंद' पर भी वे उसी तरह बार-बार उचकते हैं। लड़कों के लिए यह सब एक खेल जैसा है। वे बब्बा की हर 'जयहिंद' पर हँसते हैं और रह-रहकर उनको 'जयहिंद' करते हैं। चबूतरे पर बैठे अन्य कुछ बूढ़े अवश्य इन लौंडों को फटकारते रहते हैं। ...पहिचानते भी हो इनको? स्वतंत्रता संग्राम में अंग्रेजों की लाठी खाई है इनने। गांधीजी के पीछे-पीछे चले हैं नमक आन्दोलन में। ...तिरंगा ले के मूँड़ पे डंडे खाए हैं; और तुम स्साले इनका ही मज़ाक़ बना रहे हो? ...लड़के ढीठ हैं। डाँटने पर भी हँसते रहते हैं। हँसकर तर्क देते हैं : "हम

तो बस जयहिंद बोल रहे थे चच्चा। मज़ाक थोड़ेई है, जयहिंद है।" कहकर ज़ोर से हँसते हैं वे। गजानन बाबू मुस्कुराते हुए बैठे रहते हैं।

"जयहिंद बब्बा।"

"जयहिंद बेटा। ...जयहिंद।"

गजानन बाबू का गद्गद होना उजागर है।

"महात्मा गांधी की जय।"

"महात्मा गांधी की जय।"

गजानन बाबू गद्गद होते जाते हैं। दिव्य स्तर के गदगदायमान। लोगों को इसी में तो मज़ा आ जाता है। ...चलो, चलो, अपुन टंटा बब्बा की जयहिंद करें।

गजानन बाबू अभी चबूतरे पर हैं। वैसे उन्हें जाना भी कहाँ है? यहाँ से उठेंगे तो गाँव में बस चार-पाँच जगह और जाएँगे; बस अड्डा, स्कूल का गेट, पंचायत भवन, छुट्टन की पुलिया और कड़ा की बरिया (बरगद); और वहाँ भी बस, ऐसे ही बैठे मिलेंगे, कुछ न कुछ सोचते, जयहिंद करते। हर जगह, बस जयहिंद लेंगे, देंगे या चुपचाप बैठे रहेंगे। प्राय: कोई भी नहीं उलझता उनसे। किसी ने कभी भूले से कोई बात कर ली तो वे तुरन्त अपनी बड़ी-बड़ी बातें शुरू कर देंगे। फिर वे बोलते ही चले जाएँगे। रुकेंगे ही नहीं। ...इनसे तुम कोई भी बात न करियो भैया वर्ना इनकी बिना ब्रेक की गाड़ी चल पड़ेगी। मूँ से देशभक्ति की इत्ती भाप भकभका के निकलेगी कि तुमें भागते गैल न मिलेगी। ...माना कि महात्मा आदमी हैं पर पगला भी तो गए हैं न? ऐसे पग्गल महात्मा का आदमी आखिर क्या करे—बताइए? इसीलिए इन्हें तो बस चुपचाप बैठे रहने दो। छेड़ो मती। इनसे बात-फात न करो। हाँ, कभी मजा लेने का मन करे तो जयहिंद करके छेड़ भर दो। फिर देखो मजा।

"जयहिंद महात्माजी।"

"जयहिंद!"

"महात्मा गांधी की जय।"

"महात्मा गांधी की जय!"

दिन भर वे लोगों से जयहिंद सुनते हैं। दिन भर गद्गद होते हैं। लोग मात्र ठिठोली के लिए बार-बार 'जयहिंद' बोल रहे हैं—वे यह भी जान जाते हैं; ऐसे पागल भी नहीं हैं गजानन बाबू। पर वे इसका बुरा नहीं मानते। बोलने दो। मज़ाक़ में ही सही, लोग कम से कम 'जयहिंद' तो बोलते हैं न? यही क्या कम है कि इन्हें 'जयहिंद' की याद है! हँसी उड़ाने के लिए ही सही, लोग महात्मा गांधी की जय तो बोलते हैं न। देश का नागरिक महात्मा गांधी और जयहिंद को याद रखे रहे, बस; तो देखना कि एक दिन यह देश ज़रूर बदलेगा। देश में रामराज्य ज़रूर आएगा एक दिन। ...यही सब सोचते रहते हैं गजानन बाबू। सोचते-सोचते मुस्कुराने लगते

हैं वे। अभी भी नयन मूँदे, चबूतरे पर अधलेटे मंद-मंद मुस्कुरा रहे हैं वे। ...कि अचानक ही आँखें खोल दीं उन्होंने। फिर न जाने क्या सोचते हुए वे उठे और एक जोरदार नारा लगाकर बोले, "जयहिंद!"

बुलंद नारा सुनकर आस-पास के लोग चौंक पड़े।

"पगलट हैं", किसी ने कहा।

इधर गजानन बाबू फिर से आँखें मूँदकर विचारमग्न हो चुके हैं।

जिनसे हर वैदक हार चुकी

'गनेशी पान सदन' बस अड्डे पर ऐसी जगह स्थित है जहाँ कीचड़ की पूर्वपीठिका साल भर ही बनी रहती है। अभी भी ज़रा-सी बेमौसम की बारिश क्या हुई कि आस-पास कीचड़ हो गया है।

इसी कीचड़ से बचते-बचाते हुए अभी चार आदमी वहाँ खड़े हुए हैं। स्वयं गनेशी अपनी पान की गुमटी में कमलवत खिले-खिले से बैठे हैं।

पंडिज्जी ने अपनी मोटरसाइकिल, कीचड़ पर दो बार रपटने के बावजूद, बड़े कौशल से, गुमटी को, और वहाँ खड़े किसी ग्राहक को ठोके बिना ही ऐन गुमटी के सामने ले जाकर रोक ली। गनेशी ने उनको 'पालांगी मालिक' कहा और अन्य सभी का काम रोककर सबसे पहले पंडिज्जी का पान बनाने में लग गया।

गुमटी पर कोटरा का वीआईपी पधार गया था।

"यार, तुम पान में चूना बिलकुल भी न लगाना।" पंडिज्जी ने चेतावनी दी।

"हमें पता है मालिक।" गनेशी पूरे मनोयोग से उनका पान लगा रहा है।

"जब तुमको पता है सरऊ तब कल काहे इत्ता चूना लगा दिये थे?" पंडिज्जी बोले।

कत्थे में रंगे हाथों को अपने कानों की तरफ़ ले जाकर क्षमाप्रार्थी मुद्रा में दाँत निपोर दिये गनेशी ने।

"हो जाता है मालिक...। न जाने कैसे..."

"...पता है—कल जीभ कट गई हमारी? और हमारा तो पूरा काम ही स्साला जीभ का है।"

"सही कहा पंडिज्जी ने। ...नेता की जीभ कट जाए, इससे बड़ा अनर्थ और क्या हो सकता है—बताइए?," किसी ने कहा।

सब हँसने लगे। पंडिज्जी भी हँसी में शामिल हुए।

"कितें खों जा रई पंडिज्जी की सवारी?" किसी ने पूछ लिया।

"थोड़ा कालपी खों निकल रहे हैं।" पंडिज्जी ने बताया।

"पेशी पे जा रये होंगे?"

"बस, जेई मान लो।" पंडिज्जी ने कहा।

"कौन-से केस में?" पूछा गया।

"यार, तुम तो वकीलों जैसे सवाल पूछने लगे?" पंडिज्जी ने कहा।

सब हँसने लगे।

पंडिज्जी भी मुस्कुराने लगे।

"फिर भी, आज कितें?" पूछने वाले ने पीछा नहीं छोड़ा।

"भैया, उतें जज्जी में हमारे दस केस चल रये हैं। हमें क्या पता, कौन-सी पेशी है, वो तो हमें वकील बताएगा।" पंडिज्जी ने लापरवाही से कहा।

"जे तो है। बड़े आदमियन की बड़ी बातें।" एक ने कहा।

बात मुकदमेबाजी की तरफ़ मुड़ गई।

"सही कही। बड़े आदमियों का शौक है जे तो। मुकदमा बड़ा महँगा काम है।" एक और बोला।

"रंडी पालने जैसा मामला है।" एक और बोले।

"हमने भी यह कोई शौक नहीं पाला है, पर क्या करें? जमाना भौत खराब है। लड़ना पड़ता है। हम से पूछो, एक-एक पेशी में कित्ती रकम निकल जाती है।" पंडिज्जी ने स्वीकारा।

"खैर, जज्जी में घुसो तो वकील लोग मुवक्किल की काँच तो बाहर ही उतरवा लेते हैं।" किसी ने कहा।

"मुकदमेबाजी, मान लो, हाथी पालबे वाली बात है।"

"छोटा आदमी पाले तो उसकी लीद में ही दब के मर जाए।"

"सही बोल रये सगे। ...मुकदमेबाजी के लाने तो भौत बड़ा करेजा चइए भैया।"

गनेशी ने इसी बीच पान तैयार करके पंडिज्जी के सामने अदब से पेश कर दिया।

पंडिज्जी ने पान मुँह में रखा। वहीं खड़े हुए धीरे-धीरे पान चबाते रहे। गनेशी उनका मुँह देखता रहा।

"आज वाला तो ठीक है न पंडिज्जी?" उसने पूछा।

"देखते हैं। पहले हमें ठीक से चबाने तो दो।" पंडिज्जी ने नेताओं वाला जवाब दिया।

गनेशी अन्य लोगों का पान बनाने लग गया।

"आपको जज्जी के लाने देर नहीं हो रई पंडिज्जी?" किसी ने घड़ी देखकर कहा और चेताया कि आपके ग्यारह तो इधर ही बज रहे हैं, जज्जी पहुँचते-पहुँचते तो आपको और लेट हो जाना है।

"पहुँच जाएँगे यार।" पंडिज्जी ने लापरवाही से कहा। कह तो दिया परन्तु

चौंककर वे मोटरसाइकिल पर बैठ भी गए। अब वे मोटरसाइकिल स्टार्ट करने की मुद्रा में आ गए थे।

इधर लोग अदालत और मुकदमेबाजी के अपने-अपने अनुभव बताने में आपस में व्यस्त हो गए थे।

"हम तो भैया बस, एकई बार फँसे थे। वो भी, बस गवाही देबे के चक्कर में। हम तनिक देर से अन्दर पहुँचे तो जज साब तो एकदम बमक गए।" कोई इजलास में देर से पहुँचने के ख़तरे गिनाने लगा।

पंडिज्जी अप्रभावित रहे। बोले, "भैया, जज लोगन की नाराजगी का कभी बुरा नहीं मानना चाहिए। ऐसा मान लो कि वे लोग नाराज ही बैठे रहते हैं। जेई उनका परमानेंट स्वभाव है।"

"नाराज काहे बैठे रहते हैं?"

"क्यों न रहेंगे? तुम खुद कभी सुबे से शाम तक लगातार कुर्सी पर बैठ के देख लो।"

"तो?"

"इत्ती लम्बी बैठक कोई आसान काम है क्या? अच्छे-अच्छों को बवासीर हो जाती है, चूतड़ पर भट्टे पड़ जाते हैं, सिर भन्नाने लगता है। सही में तो उनका गुस्सा अपनी बवासीर पर है, वे अपने चूतड़ के भट्टों पर नाराज हो रहे हैं; हमें जे लगता है कि वे हमसे नाराज हैं। देखो,सही बात जे है कि बवासीर का तो वे कुछ कर नहीं सकते, इसीलिए तुम पे गुस्सा निकालते हैं।" पंडिज्जी बोले।

"तो बवासीर को हिरासत में काहे नहीं ले लेते? ...कर दें स्साली को अन्दर? निकाल दें आर्डर..." कोई बोला।

"...अन्दर ही रहती है।" किसी ने बवासीर के विषय में बताया।

"सन्देह का लाभ मिलता है बवासीर को।" कहकर हँसे पंडिज्जी।

"कैसे?"

"वो ऐसे कि नीचे दर्द हो रहा हो तो यह कहना बड़ा कठिन हो जाता है कि बवासीर परेशान कर रही है कि नीचे कुर्सी में ही कुछ गड़बड़ है।" पंडिज्जी बोले।

"खैर, जे तो है। अदालत का आधा काम तो सन्देह के लाभ पर चल रहा है।" किसी ने माना।

पंडिज्जी ने गाड़ी स्टार्ट की।

गियर लेते हुए पंडिज्जी ने मानो चलते-चलते किसी से कहा :

"जे तुम आजकल नेताजी के संग भौत उठ-बैठ रहे हो रामकरनजी?"

"कौन नेताजी?"

"यार, ऐसे भोले तो न बनो। पंखीलाल कहार, और कौन। जब हम नेताजी का पूरा नाम लेंगे तभी मानोगे क्या तुम?"

"अच्छा, अच्छा, बे?"

"भाई, कोटरा में तो बेई नेताजी कहाते हैं।"

"हमारे नेता तो आप हैं।"

"हम हैं न? तो फिर जे तुम नेताजी की परकम्मा काहे को कर रये?"

"हम तो आपकी भी सुबह-शाम परिक्रमा कर लेते हैं।"

"हम तो बस चेता रहे हैं—नीच के साथ उठोगे-बैठोगे तो तुम्हारे आचार-विचार भी नीच हो जाएँगे।"

"क्या करें पंडिज्जी, कोटरा में रहना है तो आदमी हर नेता को नमस्कार करता ही है। ...वर्ना आपकी ताबेदारी से बाहर नहीं हैं हम।"

"तो बस जेई कृपा बनी रहे।" कहकर पंडिज्जी ने हाथ में लगा कत्था गुमटी में एक तरफ लटके कपड़े से पोंछा और धड़धड़ करते निकल गए।

सब उनका जाना देखते रहे।

"जाते-जाते जे क्या इशारा कर गए पंडिज्जी?" किसी ने पूछा।

"यार, जे हैं सवर्णों के नेता, और बे पंखीलाल हैं पिछड़ों के सर्वेसर्वा। ...कोटरा में रहना है तो आप इनमें से किसी एक के हो जाओ, या फिर दोनों को साध के चलो।" रामकरनजी बोले।

"जे नेता लोग भी किसी बवासीर से कम नहीं हैं।"

"कोटरा की बवासीर हैं जे लोग।"

"खूनी बवासीर हैं कि बादी वाले?"

"अब जे बात तो जमाने में कोई आज तक पता नहीं कर सका है। इनमें खूनी बवासीर की तासीर भी है और बादी की भी, जब जैसा मौका पड़ जाए। देश की सारी वैदक हार चुकी है इनसे।"

पीढ़ी संघर्ष में ईसपगोल

"फिर? आगे क्या हुआ?"

***

पर आगे की कहानी बताने से पहले तनिक इससे भी पहले की कथा बता दी जाए।

अभी हम ठेठ आज सुबह की ही बात बताते हैं जब पंडिज्जी घर से भी नहीं निकले थे।

कालपी के लिए घर से निकलते-निकलते पंडिज्जी की अपोली से बहस हो गई। अक्सर हो जाती है। पंडिज्जी के सबसे बड़े सुपुत्र हैं अपोली। उम्र चौबीस वर्ष, जितने बड़े हैं नहीं, उससे ज्यादा ख़ुद को मानते हैं। एकदम दुबली-पतली काया के स्वामी। कभी नियमित जुलाब भी लिया जाए तो भी ऐसी काया प्राप्त कर पाना कठिन है। एकदम बमखटाखट टाइप व्यक्तित्व। चलें तो कमर लचकती है। पूरा शरीर संटी-सा लपकता है। इसी पतली कमर पर वे इतनी चौड़ी बेल्ट बाँधते हैं कि कमर का पतलापन अंधे आदमी से भी चूक नहीं सकता। कोटरा में हर जगह उनकी कमर चर्चा में रहती है। सभी मानते हैं कि जब तक आदमी निपट बचपन से ही हस्तमैथुन जैसी आदतों में लगभग नियमित रूप से मुब्तिला न रहा हो, और जवान होने के बाद अनेक स्त्रियों के नियमित संसर्ग में अपनी ऊर्जा की बूँद-बूँद न निचोड़ फेंके तब तक इतना मारक पतलापन प्राप्त कर पाना सम्भव नहीं। फिर अपोली कद में कुछ ज़्यादा ऊँचे भी हैं। पतली कमर के कारण उनका शरीर बीच से धनुष टाइप टेढ़ा लगता है। अपने दुबलेपन को निष्प्रभावी बनाने के लिए उन्होंने दाढ़ी-मूँछें रख ली हैं। मूँछें घनी हैं। दाढ़ी हल्की तथा छितरी-छितरी। इस तरह उनका व्यक्तित्व कुछ ऐसा बन गया है जो मात्र अपने चुस्त चूतियापे की वजह से कहीं भी सबका ध्यान अपनी ओर खींच ही लेता है।

अपोली नौजवानी का सार बुजुर्गों से असहमत होने तथा उन्हें सटक मूर्ख मानने में समझते हैं। वैसे, बाप होने के कारण पंडिज्जी से एक सीमा तक ही असहमत हुआ जा सकता है। फिर बाप भी पंडिज्जी हैं जो स्वयं भी समस्त नौजवानों को नासमझ मानते हैं। अपोली को तो वे नासमझ के अलावा चूतिया भी समझते हैं। इस तरह दोनों जन सहमत हैं कि दूसरा शख़्स मूर्ख है। दोनों जन इस सहमति और तमाम असहमतियों के साथ जीना सीख चुके हैं। नित्य ही बात-बात पर उनके बीच बहस होती रहती है जिसमें बाप होने के कारण अन्ततः पंडिज्जी को विजेता मान लिया जाता है। वैसे पंडिज्जी औरों के भी बाप जैसे हैं। वे स्वयं को कोटरा का बाप भी मानते हैं।

अपोली के अलावा पंडिज्जी के दो और छोटे पुत्र भी हैं। वे अभी छोटे हैं। दस तथा चौदह वर्ष के। कम उम्र के हैं ज़रूर परन्तु इतने समझदार और सतर्क तो फिर भी हैं कि इसके चलते स्कूली शिक्षा उनका बाल भी बाँका नहीं कर सकी है। पंडिज्जी की एक बेटी भी है। नाम है लक्ष्मी। इंटर में पढ़ती है। तीनों भाइयों और पिता की पैनी निगाहें हरदम ही उस पर रहती हैं। परिवार में एक किस्म का संयुक्त निगरानी अभियान-सा चलता रहता है कि लड़की बहक न जाए। लड़की के चरित्र की रक्षा के लिए पूरा परिवार कटिबद्ध है। इधर अपोली इस चिन्ता में भी दुबले हो रहे हैं कि गाँव की अन्य लड़कियाँ चरित्रहीन क्यों नहीं हैं, और जो हैं भी, उनकी चरित्रहीनता का कारण वे ख़ुद क्यों नहीं हैं?

पंडिताइन भी अपनी तरह से ही चिन्तित रहती हैं। घर के लड़के उनकी आँखों-देखे बिगड़ रहे हैं पर वे इस बात से विशेष चिन्तित नहीं हैं। लड़के हैं तो लड़कों वाला काम करेंगे ही—वे मानती हैं। चिन्ता तो बेटी की है, सो उनकी भी एक आँख बेटी पर बनी रहती है। वैसे लक्ष्मी कुछ ऐसा करती भी नहीं जो उसके चरित्र या परिवार को परेशानी में डाले। वे तो बस पढ़ती है। ख़ूब पढ़ाकू-सी लड़की है। ऐसे वातावरण में भी वे पढ़ाकू क्यों है, पता नहीं। कीचड़ में कमल है शायद।

***

किस्सा सुबह दस बजे का है।

पंडिज्जी बाहर जाने को तैयार होकर मोटरसाइकिल की चाबी तलाशते हुए अपोली के पास पहुँचे थे। अपोली अभी-अभी सोकर उठे हैं। बुलंद आवाज़ में कुल्ला कर रहे थे अपोली। उन्होंने मुँह पर पानी के छींटे मारे ही थे कि पंडिज्जी ने मोटरसाइकिल की चाबी के बारे में दरियाफ़्त किया।

अपोली ने गीला मुँह ऊपर को उठाकर पंडिज्जी को ध्यान से देखा। दाढ़ी-मूँछ के बालों से झरता हुआ पानी पंडिज्जी के पैरों पर उचटा तो वे पीछे को हट गए।

"क्यों?" अपोली ने पूछा।

सुबह के दस बज रहे हैं। बाहर बेमौसम की बारिश हो रही है। एकाध बार बादल भी गरजे हैं। छत की मोरी से निकलती पानी की धार घर के अहाते में गिर रही है। बादलों के कारण कमरे में अँधेरा-सा मचा है। अपोली ने गीली दाढ़ी को हथेली से पोंछते हुए बाहर के मौसम का जायजा लेने के लिए खिड़की से बाहर झाँका।

"क्यों का क्या मतलब?" पंडिज्जी ने कहा।

"अरे, जहाँ भी जा रहे हों, जीप लेकर जाइए न! बाहर इत्ता पानी बरस रहा है।"

"कित्ता बरस रहा है? सब बन्द हो जाएगा अभी..."

"...अच्छा! कैसे? कैसे बन्द हो जाएगा?"

"हो जाएगा..."

"...आप आसमान पर चढ़कर टोटी बन्द कर दोगे?"

"यार, हमें पता है। तुम तो हमें मोटरसाइकिल की चाबी दे दो, बस। चाबी कहाँ है?"

"वहीं धरी होगी।"

"वहीं, कहाँ?"

"अरे वहीं, जहाँ धरते हैं।"

"वहाँ नहीं है।"

"तो जरा बिन्नू से पूछ लो न।"

"बिन्नू चलाती है मोटरसाइकिल?"

"न चलाती हो पर चाबी ज़रूर बता देगी। पूछ तो लें। ...वैसे, कहाँ जा रहे हैं आप? पेशी पर?"

"मान लो कि पेशी पर ही जा रहे हों, तो?"

"खूब जाइए। जज्जी में जाकर खूब 'पेशी-पेशी' खेलिए। पर आप कब तक ऐसेई पेशी पर जाते रहेंगे?"

"क्या मतलब?"

"मतलब यह कि आपको ऐसा क्यों लगता है कि अदालत से आपका काम हो जाएगा?"

"सबका होता है, हमारा भी ..."

"...हमने तो कभी किसी का होते देखा नहीं?"

"पर हमने देखा है। होता है। हमारा भी होगा।"

"फिर तो जरूर जाते रहिए। पर जब वहाँ जा-जाकर हार जाएँ तो एक बार हमें जरूर बताइएगा।"

"आप कहीं के सुप्रीम कोर्ट हैं?"

"वही समझ लें। तमंचे वाला सुप्रीम कोर्ट हम हरदम अपनी जेब में रखते हैं।"

"तुम मूर्ख हो।"

"आप तो होशियार हैं न? घर में एक ही होशियार काफी है।"

पंडिज्जी घूरकर देखते रहे अपोली को।

"वैसे, हमें यह तो बता दें कि आज कौन-से केस में जाना हो रहा है आपका?" अपोली ने पूछा।

"वोई, सतभइयों वाला केस है।"

"वो लोग ऐसे हरामी हैं कि अदालत से आपके फेवर में आर्डर निकल भी जाए तो भी वे आपको अपने खेत पे कब्जा न करने देंगे।"

"तो उसके खिलाफ भी तो कानूनी रास्ते होते हैं।"

"असल में कानूनी रास्ते का चस्का लग गया है आपको।" कहकर चुप हो गए अपोली।

पंडिज्जी अपने कागज-पत्तर सँभालते रहे। अपोली बाप को घूरते रहे। बोले कुछ नहीं। अब, ऐसे बाप को कहा भी क्या जाए? फिर इसी बीच पंडिज्जी वहाँ से चल भी दिये। गीला मुँह पोंछते हुए अपोली उनके पीछे-पीछे आए। अपोली नई पीढ़ी के हैं। बाप को एकदम उल्लू का पट्ठा न भी मानें तो भी यह तो मानते ही हैं कि पिताजी को आजकल के जमाने की कोई समझ नहीं है। जमाना हरामी हो चुका है और इनको इस बात की खबर ही नहीं। श्रीमान जमाने के हरामीपने का जवाब कानून से देना चाहते हैं, बताइए!

"आप आज अपनी अदालत से एक बात जरूर पूछना..." अपोली ने पिता से हँसकर कहा जिन्हें अब तक चाबी मिल गई थी।

"बताइए, क्या पूछें?" पंडिज्जी के स्वर में तल्खी है।

"कि जब हमारे कागज इसे हमारी जमीन बताते हैं तो फिर उन्हें फैसला देने में क्या हर्ज है?"

"तुम न समझोगे..."

"...आप बताओगे तो क्यों न समझेंगे?"

"कानूनी मामला है। बड़े दाँव-पेच हैं।"

"काहे के दाँव-पेच? पहलवानी चल रही है क्या?"

"वही समझो..."

"...तो सामने वाले की लंगोट में हाथ डालकर खींच दो न।"

"अदालत के अखाड़े में लंगोट का कोई रिवाज नहीं होता है भैया। वहाँ तो सबको नंगे होकर ही लड़ना पड़ता है। दस्तावेजों की आड़ रहती है, बस।"

"हद है।"

"कानूनी लड़ाई है भाई।"

"ऐसे जटिल मामलों में आपके कागज-पत्तर भला क्या कर लेंगे?"

"तो कौन करेगा?"

"जूता करेगा। जूते मारिए, फिर देखिए।"

"जूते खाते जिन्दगी गुजरी है सतभैयों की।"

"तभी तो। जूतों की ही भाषा समझेंगे बे।"

"अरे, इसे कोई मजाक समझे हो क्या? ये लोग नेताजी के खास आदमी हैं।"

"और तुमाई नेतागिरी?"

"कानूनी विवाद न तो नेतागिरी से सुलझते हैं, न जूतों से।"

"तमंचे से तो सुलझेंगे न?"

"तुम चलाओगे तमंचा?"

"जेई तो अच्छा है कि खुद नहीं चलाना पड़ता। आपकी तरफ से कोई भी तमंचा चला सकता है।"

"तमंचा चलाने का मतलब भी समझते हो?"

"क्यों न समझेंगे? हमें ऐसा चूतिया समझा हुआ है क्या?"

"बस, तो फिर जे चूतियाई करबे की तुम कभी सोचना भी मती। तमंचे के खेल में सतभइयों से न जीत पाओगे। दो-दो मर्डर केस चल चुके हैं उन पर।"

इधर पानी बरसना बन्द हो गया है। बाहर बादल छितरा गए हैं। धूप निकल रही है। पंडिज्जी मोटरसाइकिल को बरामदे से धकाकर बाहर ले आए हैं।

"लाइए। हमें दीजिए।" अपोली ने कपड़ा पंडिज्जी के हाथ से लेकर

मोटरसाइकिल साफ करनी शुरू कर दी। पंडिज्जी ने कहा "यार, छोड़ो। हो गई भौत साफ।"

"कर लेने दें। आप कोटरा के बड़े आदमी हैं। दो-दो स्कूल चला रहे हैं। सवर्णों के नेता हैं। आपकी मोटरसाइकिल चमाचम रहनी चाहिए।" अपोली मुस्कुराते हुए मोटरसाइकिल साफ करते रहे।

कुछ देर तक चुप्पी कायम रही।

पंडिज्जी खड़े-खड़े प्रतीक्षा करते रहे। गली से गुज़रते कुछ लोगों की नमस्कार का जवाब भी उन्होंने दिया।

"कहाँ?" लोगों ने पूछा भी।

"पेशी पे जा रये हैं।" बताया गया।

अब वे मोटरसाइकिल पर सवार थे।

"पूरी दुनिया को जे सब क्यों बता रहे हो आप?" अपोली ने पूछा।

"क्या?"

"कि पेशी पे जा रहे हो?"

"क्यों? इसमें छुपाबे का क्या है?"

"ऐसे में लोग आपको अक्षम समझने लगते हैं। सोचते हैं कि खुद अपनी जमीन से तो कब्जा हटाबे की दम नहीं है इनमें।"

"कैसे?"

"वो ऐसे कि जब खुदई बुजदिलों टाइप जज्जी का चक्कर लगा रहे हैं तो..."

"...फिर तुम्हें कोटरा का कुछ पता नहीं है।"

"कैसे?"

"इससे यहाँ आदमी की इज्जत बढ़ती है। जित्ते मुकदमे, उत्ता बड़ा आदमी।"

"इज़्ज़त तो तमंचे से भी बढ़ती है।"

"अच्छा!"

"बिलकुल।"

"कैसे?"

"पहले आप अदालत का चक्कर छोड़कर तो देखें।"

"अच्छा!...फिर हम क्या करें?"

"हमें बताएँ न।"

"तुम क्या करोगे?"

"जाकर कनपटी पर तमंचा धर देंगे तो आप जहाँ बोलोगे, वहीं पर दस्तखत करेगा आदमी।"

"मान लो, वो तब भी दस्तखत करने से मना कर दे, फिर? गोली मार दोगे?"

"तब की तब देखेंगे।"

पंडिज्जी गुस्से से अपोली को घूरने लगे। घूरते ही रहे।

"आप इत्ता डरते क्यों हैं?"

"डर कौन रहा है?"

"फिर हमने तमंचे का नाम लिया तो आप ऐसे बमके क्यों?"

"हम बमके? तमंचा तो हम भी रखते हैं। तुमें पता है न?"

"वो, आपका वो तमंचा? यार, आप उसे कभी किसी को दिखा न देना।"

"क्यों?"

"आदमी हँसने लगेगा। वह तमंचा नहीं, मजाक है।"

"अच्छा! नत्थू लुहार का बनाया हुआ तमंचा है हमारा।"

"आप जिसे तमंचा मानते हो, दुनिया उसे लोहे का टुकड़ा मानती है। नत्थू के तमंचे से कभी एक निशाना भी ठीक से नहीं लग सकता; राम पे फैर करोगे, श्याम को गोली लगेगी।"

"जो हो, पर हम तो कह रहे हैं कि तमंचे से काम नहीं सुलझ सकते।"

"सुलझाओ तो सुलझ भी सकते हैं।"

"तो अब तुम फौजदारी मुकदमा भी चाहते हो,क्यों? अरे, जब दीवानी मुकदमे से काम चल रहा हो तो फिर उँगली काहे को टेढ़ी की जाए?"

"तुम इत्ते साल से वहाँ सीधी उँगली डाल के बैठे तो हो, क्या मिल गया? इधर तुम उँगली कर रहे हो, उधर कानून तुम्हें उँगली कर रहा है; दोनों को इसमें ही मजा आ रहा है, बस।"

"अभद्र भाषा न बोलो अपोली।"

"सच, अभद्र हो तो फिर अभद्र ही बोलना पड़ेगा न?"

"तो इत्ता सच भी न बोलो। अभी तो जाकर ठीक से मूँ-हाथ धो लो। हम कालपी जा रहे हैं। शाम तक लौटेंगे। इधर तुम सब देखते रहना।"

"चिन्ता न करो। आराम से जाओ। जज साहब से हमारा नमस्कार जरूर बोल देना। कहना, अपोली आपको याद कर रहे थे।"

कहकर अपोली हँसने लगे।

पंडिज्जी भी हँसकर मोटरसाइकिल स्टार्ट करने को हुए कि अपोली ने पूछा, "कॉलेज में आज के लिए कुछ हो तो वो जरूर बताते जाओ वर्ना बाद में कहने लगोगे कि जे काहे नहीं किया, वो क्यों नहीं किया?"

"बस भैया, वहाँ तुम चले जरूर जाना। टाइम पर।"

"कॉलेज के मैनेजर हैं हम; चेयरमैन साहब पेशी पर जाएँगे तो मनीजर तो कॉलेज पहुँचेगा ही न? चिन्ता न करो।"

"और वहाँ किसी भी कागज पर हमसे पूछे बिना दस्तखत-फस्तखत न करना।"

"ठीक है। नहीं करेंगे। और कुछ?"

"और इस नन्हे मास्टर पर थोड़ी निगरानी रखो। स्साला, यहाँ-वहाँ कहता फिरता है कि अपने कॉलेज में खुलेआम नकल होती है।"

अपोली कुछ पलों के लिए चिन्ता में पड़ गए।

"आप इस नन्हे मास्टर को ठीक क्यों नहीं करते?"

"उनके खिलाफ एक जाँच बिठाने का इंतजाम कर तो रहे हैं हम।"

"उससे क्या हो जाएगा?"

"नन्हे मास्टर के खिलाफ शिकायत करवाएँगे। जाँच बैठेगी। उसे दोषी साबित करेंगे; किसी बात का भी दोषी, क्लास में ठीक से पढ़ाते नहीं, इनका डिसिप्लिन ठीक नहीं, स्कूल में सिगरेट पीते हैं, एकाध महिला अध्यापक से भी शिकायत करा देंगे कि नन्हे का चरित्र ठीक नहीं।"

"फिर?"

"चेतावनी देंगे। दो इन्क्रीमेंट रोक लेंगे स्साले के।"

"इत्ते भर से सुधर जाएँगे बे?"

"कानूनी तौर पर तो हम जेई सब कर सकते हैं। फाँसी पे तो चढ़ा नहीं सकते न?"

"क्यों नहीं चढ़ा सकते?"

"क्योंकि हमारे बाप का राज नहीं चल रहा।"

"पर हमारे बाप का तो चल रहा है। कॉलेज तो आपका ही है न?"

"हमारा है, तो? हर चीज में कुछ नियम, कायदा, कानून भी तो देखना पड़ता है भाई।"

"आप कानून से इत्ता घबराते क्यों हो?"

"घबराते नहीं, पर..."

"...कहें तो हम कल ही इस नन्हे मास्टर को ठुकवा दें किसी से?"

"ठुकवाने से क्या हो जाएगा? बताओ?"

"ठुकवाने से क्या होता है, अब यह भी बताना पड़ेगा आपको? उनकी अक्कल ठिकाने आ जाएगी, बस।"

"हो तो यार तुम मुश्किल से चार पसली के, पर बातें ऐसी करते हो मानो कहीं के गामा पहलवान हो!"

"ऐसे काम के लिए हिम्मत चाहिए, पहलवानी नहीं।"

"तुम चूतिया हो।" कहकर पंडितजी ने अन्ततः मोटरसाइकिल स्टार्ट करके गाड़ी को गियर में डाला तो अपोली गाड़ी के सामने आकर खड़े हो गए।

"जो हैं सो आपके ही पैदा किए हुए हैं।" अपोली ने कहा।

पंडिज्जी ने ज़ोर-ज़ोर से एक्सेलटर बढ़ाकर क्लच दबाया। इंजन की तेज़ आवाज़ हुई। गुस्सा प्रकट करने का यह भी एक तरीका था।

"जेई तो और खराब बात है कि तुम हमारे पैदा किए हुए हो; किसे दोष दें?"

अपोली हँसने लगे।

"अब पचीस साल पहले की अपनी गलती पे न रोया जाए। आप जाओ। अदालत-अदालत का खेल अच्छे से खेल के आना। इधर कॉलेज का सब हम देख लेंगे।"

अपोली रास्ते से हट गए। पंडिज्जी घूरकर उन्हें देखते रहे।

"जाइए, जाइए, पेशी का मजा लेकर आइए।"

"हमें इसमें मजा आ रहा है, क्यों?"

"कोटरा में मुकदमा लड़े बिना कइयों की टट्टी नहीं उतरती है।"

"हमारी तो ईसपगोल लेने से बढ़िया उतर जाती है।"

"अदालत भी कइयों के लिए ईसपगोल जैसी ही है। जाइए, जाइए।"

अपोली हँसे तो पंडिज्जी भी हँस पड़े। मोटरसाइकिल बढ़ा दी पंडिज्जी ने।

कितने ऊपर जाओगे?

कालपी तहसील की इमारत।

इमारत का अहाता बहुत बड़ा है।

इसी अहाते में अभी एक बौखलाया-सा अधेड़ व्यक्ति घूम रहा है। उसे तहसील से अपनी ज़मीन की खसरा-खतौनी की नकल लेनी है। यह नकल यहीं तहसील में ही कहीं मिलती है। इतने विराट से अहाते के किस कोने में यह कागज मिलेगा, उसे पता नहीं चल पा रहा। वह सबसे पूछता फिर रहा है। किसी ने कुछ बताया, किसी ने कुछ भी नहीं बताया। किसी ने कहा कि भैया, हम तो ख़ुद ही एक घंटे से गोयलजी का कमरा खोज रहे हैं। और किसी ने इतने विस्तार से बताया कि उसके सहारे किसी ख़ज़ाने की तलाश करने निकला नायक भी भटक जाता। वह तो कोई नायक भी नहीं। वह तो दुनिया के मंच का ऐसा एक्स्ट्रा कलाकार है जिसका हर भुगतान ज़िंदगी ने रोक रखा है।

कालपी तहसील की यह इमारत बहुत पुरानी है।

पुरानी है पर इसका इकबाल बुलंद है। अहाते के बीचोबीच खूब बड़ी-सी इमारत बनी है। ऊँची छत। लम्बे बरामदे। इमारत से लगे, बेतरतीब से कमरे। बाद में आवश्यकतानुसार जोड़ दी गई संरचनाएँ भी। इन कमरों तक पहुँचाने वाले लम्बे घुमावदार गलियारे। फिर, यहाँ-वहाँ अचानक ही बीचोबीच आकर खड़े हो गए एल्यूमिनियम के पार्टीशनों से तैयार सँकरे केबिन भी। बरामदे में ही मेज-कुर्सी

लगाकर बिराजे कर्मचारी भी हैं। एक तिलिस्म है यह इमारत; भटकते रहो। तिलिस्म अनेक हैं : मुख्य इमारत में कौन कहाँ बैठता है? इस समय वह कहाँ बैठा होगा? वहाँ तक कैसे पहुँचा जा सकता है? उस कमरे का गलियारा कहाँ से निकलता है जहाँ वह आदमी मिलेगा जिसे इस कागज पर सील लगानी है? यह बरामदा जो मुड़कर अचानक एक बन्द दरवाजे पर ख़त्म हो गया है, यह कब बन्द हो गया जबकि कल तक तो यह खुला हुआ था?...यह सब बताना गूगल के लिए भी कठिन है। मानो भूगोल का कोई नक्शा, मोड़-माड़कर, मुड़ा-मुड़ाया ही धरती पर छोड़ दिया गया हो, और उसी गुड़े-मुड़े नक्शे से होकर तहसील का कारोबार चल रहा हो, कुछ ऐसा वातावरण है।

अहाते में जगह-जगह वकीलों के ठीये बने हुए हैं। ठीये का तात्पर्य? ...एक छोटी-सी मेज, पुराना टाइपराइटर, वकील साहब की कुर्सी, मुंशीजी की तिपाही और सामने रखीं एक दो हिलती-डोलती कुर्सियाँ। या फिर नीचे ज़मीन पर बिछी दरी मात्र। या फिर वह भी नहीं। बस, ज़मीन पर बेतरतीब उगी, सूखती-पनपती घास पर ही बैठे, लेटे, ऊँघते, बतियाते, हँसते, चिन्ता में डूबे, तंबाकू चबाते या सूखा मूँ लेकर तहसील की इमारत को दूर से ताकते हुए मुवक्किलनुमा ग्रामीण-जन।

वह अधेड़ इन्हीं ठीयों के आस-पास घूम रहा है अभी।

अब किससे पूछा जाए?

अन्ततः, उसने एक वकील के मुंशी से पूछने की हिम्मत जुटा ही ली। मुंशीजी अभी फ़ुर्सत में दिख रहे थे। उनके वकील साहब किसी की अंतिम क्रिया में मरघट गए हुए हैं। एक-दो मुवक्किल पूछताछ करके वापस भी जा चुके। मुंशीजी आज फालतू बैठे हैं।

"नमस्कार महाराज।"

"नमस्कार। ...बोलो? वकील साहब तो देर से आएँगे। मुर्दा फूँकने गए हैं।"

"नहीं मालिक। आपसे ही काम है।"

"हमसे?...बोलो?"

"हम सुबे से खतौनी की नकल के लाने घूम रहे हैं।"

"घूमने से मिलेगी क्या?"

"वोई तो। हमें पता ही नहीं चल रहा कि खतौनी की नकल कितें मिलेगी?"

"नकल क्यों चइए?"

"बिस्मिलजी ने मँगाई है।"

"कौन बिस्मिलजी?"

"कोटरा के हैं। अखबारों में लिखते हैं।"

"उन्हें क्यों चइए?"

"नहीं, चइए तो हमें है।"

"यार, अभी तो तुम बिस्मिलजी का नाम ले रहे थे?"

"चइए तो हमें है, पर मँगा बे रये हैं।"

"बे क्यों मँगा रये?"

"इससे बे हमाओ किसान क्रेडिट-कार्ड बनवा देंगे।"

"बे अखबार में लिखते हैं कि किसान कार्ड बनवाते हैं?"

"बे दोनों काम करते हैं।"

"उनने इस काम के कित्ते नोट माँगे हैं तुमसे?"

"अभी तो कछू नई माँगे।"

"तब याद रखियो, तगड़ा माँगेंगे।"

"अब जो माँगेंगे, देंगे। हमें तो बस जे कार्ड बन जाए तो बैंक से लोन मिल जेहे।"

"तो तुमको बैंक से कर्जा काढ़ने के लिए किसान-कार्ड चईए और किसान-कार्ड के लिए जमीन के खसरा-खतौनी की नकल चईए। ...क्यों?"

"एकदम ठीक समझ गए आप।"

"और बैंक मनीजर कित्ते नोट माँग रहा है?"

दोपहर के बारह बजे हैं। तहसील की महफ़िल जवान है। यहाँ से वहाँ तक लोगों की भारी भीड़ मची है। खुला अहाता, बरामदे, कमरे, वकीलों के ठीये, अहाते में बने चाय के खोखे, सब जगह लोग ही लोग हैं। सामने ही तहसीलदार साहब के इजलास की जगह है। वे तनिक ऊँचे चबूतरेनुमा रचना पर धरी ऊँची कुर्सी पर बैठते हैं। सत्ता प्रदर्शित करने का यह भी एक तरीका है। चबूतरे से नीचे के लेवल पर तीन लोग कुर्सी-मेज लगाए बैठे हुए हैं। इजलास के बगल में लगे कमरों में दफ्तरों की कतार-सी बनी है। कानूनगो। क्लर्क। कागज। फाइलें। सीलन भरी दीवारें। चिक। पुरानी कुर्सियाँ। लाल, पीले, सफेद कपड़ों में सदियों से बँधे पड़े कागजों के बंडल, एक के ऊपर एक धरे हुए। न जाने, किन-किनकी किस्मत यहाँ धूल खा रही है।

सीमेंट का फर्श है, वह भी यहाँ-वहाँ से उखड़ा हुआ।

अब इसी इजलास के बाहर का बरामदा पकड़ लें और पकड़े-पकड़े चलते ही चले जाएँ तो बाईं तरफ आगे जाकर इसमें अचानक ही एक पतला-सा गलियारा खुलता है। यहाँ अंधकार है। किसी ने, अंधकार का फ़ायदा उठाकर यहाँ पेशाब भी कर दी है। देखा-देखी और लोगों ने भी यहीं पर खुलकर पेशाब कर दी है। अँधेरा है। पेशाब के चहबच्चे हैं। उखड़ी सीमेंट के बने गड्ढे हैं। इन सबसे बचते-बचाते हुए आगे चलें तो आप मुख्य इमारत के ठीक पीछे पहुँच जाते हैं।

और यहीं वह कमरा है जिसको वह अधेड़ शख़्स बाहर के अहाते में खोजता फिर रहा है।

इसकी खिड़की पर, बड़े और मोटे अक्षरों में हाथ से लिखा हुआ एक कागज चिपका है, 'खतौनी'। खतौनी की इस खिड़की पर अभी लोगों की लम्बी लाइन लगी

हुई है। यदि आपको भी अपनी ज़मीन की खसरा-खतौनी की नकल चाहिए तो आइए, इस लाइन में लग जाइए। फिर जब आपका नम्बर आएगा तो इस खिड़की से सटकर अन्दर बैठे उस क्लर्क को आपको अपनी पर्ची पकड़ानी होगी। ज़मीन किसके नाम है, गाँव का नाम क्या है तथा खसरे का नम्बर क्या है—यह सब एक पर्ची पर लिखकर हाथ में लिए रहो। नम्बर आने पर पर्ची क्लर्क को पकड़ा दो। वह अपने कम्प्यूटर पर आपकी दी गई सूचनाएँ दर्ज करेगा। आपसे एकाध प्रश्न पूछेगा। फिर चाही गई खतौनी का कम्प्यूटर प्रिंट आउट निकालकर आपको दे देगा। सब कुछ कित्ता सरल! है ना?

पर बात क्या इतनी ही सरल है? बात इतनी ही सरल होती तो फिर क्या बात थी! नहीं मित्र, वास्तव में तो मामला बड़ा पेचीदा है, और बड़ा सरल भी। समझदारों के लिए यह बहुत सरल है, और मूर्खों के लिए बेहद पेचीदा (यहाँ मूर्खों में ईमानदारों को भी शामिल मान लें)। कैसे? हम बताते हैं :

खिड़की पर ही खतौनी की नकल की फीस भी लिखी है : पन्द्रह रुपए।

लिखा जो भी हो, बाबू पच्चीस रुपए ही लेता है। सब लोग देते भी हैं। कोई बहस नहीं करता कि बाहर पन्द्रह लिखा है तो पच्चीस किस बात के? सब चुपचाप दे देते हैं। न तो पच्चीस रुपए देने वाले के चेहरे पर शिकन आती है, न लेते हुए बाबू के चेहरे पर। जो भी कुर्सी पर बैठा है वह तो अपना हिस्सा लेगा ही—ऐसा मान लिया है सबने। आदमी हुज्जत नहीं करता। खुद ही सीधे पच्चीस दे देता है, बाबू को माँगने नहीं पड़ते। इलाके की जनता समझदार है। फिर भी कोई नासमझ, कभी गलती से मात्र पन्द्रह रुपए की निर्धारित फीस ही पकड़ाने की कोशिश करे तो बाबू उसके आवेदन में पचास गलतियाँ निकाल देता है। बताता है कि पर्ची में दर्ज नाम गलत है, और तुम नम्बर तो इत्ता बड़ा बता रहे हो जो होता ही नहीं, और इस नाम का इलाका तो यहाँ दर्ज ही नहीं है। ऐसे मूर्ख को वह उल्टे पाँव वापस भगा देता है। कहता है कि यहाँ सरकारी कागज की नकल माँगने आए हो कि परचून की पुड़िया लेने? सब कुछ ठीक-ठीक लिख के लाओ, तब वापस आकर हमसे बात करना। कभी वह जोर से फटकार भी देता है कि फीस पूरी दी जाए। पन्द्रह की जगह पच्चीस माँगने में भी वह गुरेज नहीं करता।

ऐसे ही किसी को उसने अभी-अभी दुत्कारा है।

वह शख़्स कागज के साथ मात्र पन्द्रह रुपए ही दे रहा था। पाँच-पाँच के मात्र तीन नोट।

ऐसा अनर्थ!

"जे सब क्या है भाई साब? जे आप क्या पकड़ा रहे हो?"

"जे? फीस है।"

"जे फीस है? कित्ती दे रहे हो?"

"पन्द्रह दिये हैं। बाहर जित्ती लिखी है, उत्ती दे रहे हैं।"

"दस और निकालो। ...और जरा जल्दी करो। तुम्हारे पीछे भीड़ खड़ी है। खुद देख रहे हो न?"

"पर खिड़की पर तो पन्द्रह रुपए ही लिखा है?"

"लिखे पे मत जाइए। हिंदुस्तान में लिखा तो कुछ भी रहता है। लिखे को कौन मानता है? तुम मानते हो? दीवार पे लिखा रहता है कि यहाँ न मूतो, पर तुम वहीं मूतते हो कि नहीं?...यार, दस और निकालो। फटाफट। जल्दी करो।"

"आपने ही तो अपनी खिड़की पर फीस का कागज चिपका रखा है?"

"यार, हमने कहा न? चिपके कागज पर बिलकुल न जाना। पूरी तहसील में एक बार घूम के देख लो। सारी बिल्डिंग में इत्ते कागज चिपके हैं कि बिल्डिंग इन्हीं के सहारे खड़ी है। अभी उखाड़ दें तो बिल्डिंग गिर जाएगी। ...यार, तुम फालतू में टाइम खराब न करो। पच्चीस निकालो।"

"हम तो उत्ता ही देंगे जित्ता आफिशियली लिखा है।"

"आप कित्ता देंगे श्रीमान?"

"बाहर तहसील के बोर्ड पर भी पन्द्रह ही लिखा है।"

"यार, बोर्ड पे न जाओ। कील गाड़कर वे कुछ भी लटका देंगे तो तुम मान जाओगे क्या?"

"तो क्या यहाँ जित्ते बोर्ड लटके हैं वे सब ऐसेई हैं?"

"जे हमने तो लटकाए नहीं हैं; जिनने लटकाए हैं, उनसे जाकर पूछो।"

अब तक पीछे लाइन में प्रतीक्षारत लोग बेचैन होने लगे हैं।

पीछे से कोई बोला, "यार, आप इन्हें और दस रुपए दे दें न, दे क्यों नहीं देते?"

"क्यों दे दें?"

"क्यों? क्या तबसे यह देख नहीं रहे हैं आप? सब दे रहे हैं।"

"साफ-साफ पन्द्रह लिखा है, फिर पच्चीस काहे के?"

बहस चल पड़ी। अन्दर बैठा क्लर्क खिड़की से सब सुनता रहा।

"साफ-साफ लिखा हुआ तो तुम्हें दिख गया, और जो हम साफ-साफ कह रहे हैं वो तुम्हें सुनाई नहीं दे रहा?"

"ठीक है। हमने सुन लिया, और हम आपको पच्चीस ही देते हैं। फिर हमें पचीस की रसीद भी दीजिएगा।"

"तो अब, तुम हमें बतलाओगे कि हमें इस कुर्सी पर बैठकर कैसे क्या करना है?"

"क्यों? पच्चीस लोगे तो उत्ते की रसीद भी दोगे कि नहीं?"

"रसीद तो पन्द्रह की ही मिलेगी जो सरकारी रेट है। रेट बाहर लिखा है। देख लें। उत्ते की ही रसीद भी माँगिए।"

"अभी, हम भी तो आपसे यही कह रहे थे। रेट पन्द्रह का लिखा हुआ है। अभी तो, तब तो आप मान नहीं रहे थे?"

"यार, तुम बहस बहुत करते हो; मतलब की बात समझते ही नहीं।"

पीछे, पंक्ति में बेचैनी बढ़ गई है।

"यार, इन्हें आप पच्चीस रुपए दे दें न। आपकी जेब में न हो तो हमसे दस ले लें। फालतू में ही सबका सारा काम रुकवा के आप वहाँ खिड़की रोके खड़े हैं।"

उसने पीछे पलटकर देखा।

"कौन है भाई जो अपनी जेब से दस रुपए देने की बात कर रहा है?"

"बोलिए?"

"लखपति हो क्या?"

"क्यों?"

"ऐसे हाथ खोल के रकम बाँट रहे हो?"

"बात लखपति, करोड़पति होने की नहीं है। समझिए जरा। यहाँ सबका टाइम खराब हो रहा है, और आप फालतू की बहसबाजी में लगे हैं।"

"तो?"

"सब लोग आपके कारण लेट हो रहे हैं।"

"बड़ी जल्दी में लग रहे हो?"

"जल्दी तो सबको है। आप पैसे देते हो तो दो वरना खिड़की से हटो।"

"दे तो रहे हैं...।"

"...बे जित्ता माँग रहे है, उत्ता दो न?"

"उत्ता क्यों दें? जित्ता बनता है, उत्ता ही देंगे न।"

"यार, जरा अपने पीछे भी देख लो। कित्ती लम्बी लाइन लगी है।"

"तो? यही बात आप इनसे क्यों नहीं कहते?"

"मिस्टर, आप जरा खिड़की तो छोड़िए।" तभी क्लर्क ने अन्दर से आदेश देते हुए कहा।

"क्यों छोड़ें?"

"तो खड़े रहिए।"

"खड़े हैं।"

"अजीब जिद्दी आदमी हैं आप?"

"जिद तो आपकी है। पन्द्रह का रेट है, पच्चीस की जिद कर रहे हैं?"

"रेट आप तय करेंगे?"

"तो आप करेंगे?"

"कुर्सी पर कौन बैठा है, बताइए?...बताइए न? जो आदमी कुर्सी पर बैठा है वही तो तय करेगा न?"

"कुर्सी पर बैठने का मतलब यह तो नहीं कि आप..."

"...कुर्सी पर बैठने का यही मतलब होता है यार। यही मतलब होता है।"

"भाई साहब, रेट आप तय करेंगे या सरकार?"

"तो फिर सरकार के पास जाओ न। यहीं, तहसील के सामने से लखनऊ की बस मिलती है। निकल जाओ। मंत्रीजी से पूछकर आओ न कि रेट क्या चल रहा है।"

दोनों एक-दूसरे को घूरते रहे। दोनों चुप होकर एक-दूसरे को मानो तौल रहे थे। पीछे बेचैन खड़ी पंक्ति अब टूटकर भीड़ में तब्दील हो गई थी और दोनों की बहस में आनन्द तक लेने लगी थी।

अन्तत: वे बोले, "हम इस बात की शिकायत ऊपर तक करेंगे।"

इस बात पर क्लर्क तो हँसने ही लगा, भीड़ के लोग भी हँस पड़े।

क्लर्क ने हँसकर पूछा, "तुम्हें फालतू का मजाक सूझ रहा है, है न?"

"हम सच में शिकायत करेंगे। जे मजाक नहीं है।"

"यह मज़ाक ही है भाईसाहब।"

"नहीं, यह मजाक नहीं है।"

"यदि तुम्हें इतना भी नहीं पता कि यह मजाक है तो फिर इससे बढ़कर और कोई मजाक हो ही नहीं सकता।"

"देखिए, हम मजाक नहीं कर रहे। हम जरूर शिकायत करेंगे।"

"शिकायत करने को तुम कोई मजाक समझे हो क्या?"

"नहीं, शिकायत को हम मजाक नहीं मान रहे, तभी तो करेंगे।"

"अच्छा? कहाँ करेंगे? जरा बताइए तो?"

"जहाँ होती होगी, वहाँ करेंगे।"

"और वहाँ किसी ने आपकी न सुनी तो?"

"तो हम और ऊपर जाकर करेंगे।"

"कितना ऊपर जाकर करोगे?"

"जित्ते ऊपर तक हो सकती हो, करेंगे।"

"यार, तुम ज्यादा ऊपर न निकल जाना भैया।"

सब ज़ोर-ज़ोर से हँसने लगे।

"जब कर दूँगा न, तब तुमको पता चलेगा।"

"पर करोगे जरूर?...क्यों?"

"जरूर करेंगे।"

"तो बेट्टा, अब तुम यही करो। ठीक से हमारी शिकायत ही कर लो। जरूर करो। हम भी देखते हैं। और जब कोई भी तुम्हारी न सुने तो फिर पच्चीस रुपए ले के इसी खिड़की पर आ जाना। जे दस बजे सुबह से पाँच बजे तक खुली रहती है।"

"क्यों न सुनेगा? अरे, कोई तो सुनेगा?"

"कितें बैठता है यार वो 'कोई'? वो मिले तो हमें भी बताना। हमें भी इस जमाने से बड़ी शिकायतें हैं।" कहकर क्लर्क हँसने लगा।

सब और भी जोर से हँसने लगे। वह बुरी तरह से खिसिया गया।

"आप लोग हँसते हो?" उसने पीछे पलटकर खड़ी भीड़ से कहा।

"तो क्या करें? यार, जब पच्चीस में ही काम होता है तो हमें पच्चीस ही तो देने पड़ेंगे न? बात खत्म।"

"क्यों देने पड़ेंगे?"

"क्योंकि जे माँग रहे हैं, इसीलिए।"

"तो क्या इनकी चलेगी?"

"फिर किसकी चलेगी? आप ही बताएँ? बताएँ न? कुर्सी पर जे बैठे हैं तो इनकी ही चलेगी न?"

"ये खुलेआम रिश्वत ले रहे हैं और आप हैं कि..." वह बौखलाने लगा।

अब तक अन्दर बैठे क्लर्क के अहम में बैठी हुई सरकार जाग उठी। वह तमतमाकर जोर से चिल्लाया, "अबे ओ गांधीजी की औलाद! तू खिड़की से हटता है कि हम हवलदार को बुलवाएँ?"

"न हटूँ तो?"

"तो सरकारी काम में बाधा डालने के जुर्म में धक्के लगवाकर हटा देंगे।"

"रिश्वत को तुम सरकारी काम बतलाते हो?"

"तू हट तो यहाँ से। चल, निकल। ...निकल स्साले।" क्लर्क कुर्सी पीछे को धकेलकर खड़ा हो गया। वह गुस्से से काँप रहा था। रिश्वत को यूँ खुलेआम 'रिश्वत' कहने पर उसका क्रोधित होना लाजिमी ही था।

बाहर खड़े लोग खिड़की से झाँककर क्लर्क को समझाने लगे, "देखिए भाईसाहब, गुस्सा न हों। यह शायद नया आदमी है। नातजुर्बेकार है। नौजवान होने के कारण कच्ची समझ का भी है। देखिए न, मात्र दस रुपए की रिश्वत में ही कैसा बौखला गया है? आगे जाकर तो जीवन में इसका न मालूम क्या होगा? पर आप नाराज न हों। आराम से, शान्त बैठें। हम समझाते हैं न इसे? ...अच्छा, इनके दस रुपए आप हमसे ले लेना। अभी तो इनको इनकी नकल दे दें। ये हटें तो यहाँ से। रास्ता बने।"

क्लर्क ने घूरते हुए उसे देखा और कम्प्यूटर पर खटाखट सूचनाएँ भरकर खतौनी की नकल उसकी ओर बढ़ा दी। उसने पन्द्रह रुपए देकर नकल उठा ली। क्लर्क को घूरता हुआ वह नकल लेकर खिड़की से हट गया।

भीड़ पुन: व्यवस्थित होकर पंक्तिबद्ध होने लगी।

तभी यहाँ-वहाँ भटकता हुआ वह बौखलाया हुआ अधेड़ शख़्स भी वहाँ आ पहुँचा जो न जाने कब से खतौनी की खिड़की तलाशता हुआ तहसील भर में घूम रहा था।

खतौनी वाली खिड़की पर लगी भीड़ के पीछे पहुँचकर रुक गया वह।

"खतौनी की नकल इतंई मिल रही है साहब?" उसने पीछे वाले से पूछा।

"हओ। ...क्यों?"

"हमें भी चइए।"

"तो पीछे लग जाओ। इतें सबको जेई चइए।"

वह सबसे पीछे खड़ा हो गया।

तभी सामने वाले ने पलटकर उसे देखा और कहा, "पूरे पच्चीस रुपए निकाल के रखना। इस काम के पच्चीस लगेंगे।"

"वो हमें पता है।" अधेड़ ने कहा।

"वाह यार! तुम्हें पता है और उनको इत्ती-सी बात पता नहीं थी। बताइए।" वह बोला।

"किनको महाराज?" उसने पूछा।

"अरे थे एक।"सामने वाला बोला।

पीछे वाले लोग हँसने लगे।

दो गज ज़मीन के अलावा फिर जो भी ज़मीन है...

कोटरा-कालपी सड़क।

कभी यह एक पुरानी कच्ची-पक्की, गिट्टी-मुरम की रोड हुआ करती थी। सँकरी-सी 'आल-वेदर' रोड। सालों से कोटरा जाने का यही रास्ता था। परन्तु इधर कोटरा भी विकास के झाँसे में आ गया है। कालपी से मऊरानीपुर जाने का एक राजमार्ग कोटरा होकर बन रहा है। खूब चौड़ा। छह लेन का। बताया जाता है कि इसके बन जाने से, कानपुर से मऊरानीपुर जाने में चार घंटे का सफर कम हो जाएगा।

फिलहाल पुरानी 'आल-वेदर' रोड के बगल में यह बहुत चौड़ी रोड बन रही है। राजमार्ग। हाई वे। जो कह लें।

इस चक्कर में पुरानी सड़क खत्म-सी है और नई अभी बनी नहीं है। रेत, गिट्टी, डामर इत्यादि तमाम सामग्री सब तरफ पड़ी हुई है। मजदूर हैं। सड़क कूटने के इंजन हैं। कोलतार बिछाने की गाड़ी है। इतना सारा तामझाम फैला हुआ है कि पुरानी सड़क से निकलना भी मुश्किल हो गया है। बनती सड़क के किनारे-किनारे कच्ची-सी संकरी पगडंडी बन गई है। साइकिल, मोटरसाइकिल और पैदल लोग इसी रास्ते से सँभलते-गिरते-फिसलते हुए कालपी पहुँचते हैं या कोटरा आते हैं। बनते राजमार्ग के दोनों तरफ खेत लगे हुए हैं। पंडिज्जी का खेत भी इसी निर्माणाधीन सड़क पर है। एकदम सड़क से लगा हुआ।

आजकल मटर उगी हुई है पंडिज्जी के खेत में।

पंडिज्जी कोटरा के बड़े किसान भी हैं। बटिया पर अपनी खेती दे देते हैं। भूमिहीन किसानों से अपने खेत पर मजदूरी कराते हैं। फसल आने पर एक चौथाई फसल मेहनताने के तौर पर उसे दे देते हैं। फसल ख़राब हो जाए तो फिर कुछ भी नहीं देते। कहते हैं, किस्मत का खेल है। मजदूर भी मान लेता है। मजदूर मानता है कि उसकी किस्मत पैदा होने के बाद से ही खराब्र चल रही है। वह फसल ख़राब हो जाने का बुरा नहीं मानता। किस्मत से बुरा मानकर कुछ होना नहीं है और पंडिज्जी से बुरा मानने की उसकी हिम्मत नहीं। बहरहाल।

इन दिनों, मटर के खेत की देखभाल करने के लिए पंडिज्जी ने वहाँ एक बूढ़ा रखा हुआ है। तीन माह तक, दिन-रात वह बूढ़ा वहीं रहने वाला है। उसकी बूढ़ी पत्नी घर से खेत तक खाना लेकर आती-जाती रहती है। घर मतलब उसकी अपनी कच्ची झोंपड़ी। बूढ़े का बेटा और बहू छतरपुर में मजूरी करते हैं। उनके दो बच्चे दादा-दादी के साथ यहाँ कोटरा में रहते हैं। नातिन बड़ी है। आठ साल की। नाती, तीन का। बीच में दो और हुए थे, मर गए। ऐसेई, दस्त बुखार में। इसमें भी कोई मरता है भला? मरते हैं न। असल में मरते तो गरीबी से हैं। गरीबी भी तो एक बीमारी है न साहब! गरीबी हो तो दस्त तो फिर एक बहाना बन जाता है। ...नातिन छोटी-सी है पर इतनी बड़ी मान ली गई है कि अपने छोटे भाई की देखभाल कर ले। वह कर भी लेती है। उसने भी ख़ुद को बड़ा मान लिया है। बचपन में ही बूढ़ों जैसी समझदार हो गई है वह।

बूढ़ा रात में अकेला रह जाता है, यहाँ खेत पर। उसका खाना देकर लौट जाती है बुढ़िया। इन बच्चों के पास। झोंपड़ी में। बूढ़े ने बल्ली, प्लास्टिक, बोरी और घासफूस से खेत की मेंड़ पर भी एक टपरा सा बना रखा है वो। वहीं लेटा रहता है। वहीं से खेत पर नज़र रखता है। रात में उठ-उठकर, चारों तरफ घूमकर पूरे खेत को देख लेता है। खेत में कहीं कोई ढोर न घुस आएँ, इसके लिए, खेत की सीमा पर, चारों तरफ लोहे के काँटेदार तार खींच दिए गए हैं। बगल के खेत में भी यही इंतज़ाम है। दोनों काँटेदार सीमाओं के बीच एक संकरी सी मेंड़ छूट गई है। उसी पर यह टपरा बना हुआ है।

चौकीदार के तौर पर यही उसका वाच टावर है।

दिन के दस-ग्यारह बजे के दरम्यान का वक्त हो रहा है। बुढ़िया आई हुई है। अभी वह टपरे में है। बूढ़ा टपरे से और भी आगे, बनती हुई सड़क के साथ लगी मेंड़ पर अधलेटा पड़ा हुआ है। सिर के नीचे पतली ठठेरेनुमा लकड़ियों और घासफूस का तकिया लगाए है। ...किसी बादशाह की ठसक से लेटा, वह अभी बीड़ी पीता हुआ कुहनी के बल लेटा है।

कि तभी खेत से लगी सड़क पर एक मोटरसाइकिल आकर रुकी।

बूढ़ा उठ बैठा। पंडिज्जी की मोटरसाइकिल की आवाज़ को ख़ूब पहिचानता है नत्थू।

पेशी पर जाते हुए वे रास्ते में खेत पर रुक गए हैं। तनिक पूछ लिया जाए नत्थू से कि खेत पर सब ठीक-ठाक है कि नहीं?

बूढ़े का नाम नत्थू है। वैसे, नाम से कोई ख़ास फ़र्क़ नहीं पड़ता है। उसका नाम यदि जवाहर लाल नेहरू भी होता तो भी वह ऐसे ही घासफूस पर, ऐसे ही अधलेटा हुआ यहीं मिलता। यह किसी नाम का नहीं उसकी नियति का खेल था।

मोटरसाइकिल की आवाज सुनकर नत्थू कैसे तो भी उठकर खड़ा हुआ और मेंड़ पर चलते हुए सड़क तरफ़ जाने लगा। बायाँ घुटना दर्द कर रहा है। पुरानी चोट है। चोट खाया घुटना है। थोड़ा सूजा-सा तो हरदम ही रहता है। चाल में भी तिरछापन-सा आ गया है अब। यह लंगड़ी चाल अब उसकी पहिचान-सी बन गई है। गाँव में कभी कोई नत्थू को पूछे कि कौन नत्थू, तो बताया जाता है कि अरे, बे जो लंगड़ है।

मोटरसाइकिल टिकाकर पंडिज्जी खेत की मेंड़ पर चलते हुए तेज़ी से इसी तरफ चले आ रहे हैं।

आते-आते वहीं से आवाज़ देकर उन्होंने पूछा, "कैसे हो नत्थू?"

नत्थू धीमे-धीमे चलते हुए उनके पास आ रहा है।

"सब अच्छा है मालिक। ...हमारी जिनगी में खराब होने को और बचा क्या है?" नत्थू ने कहा।

"ऐसा न कहो। गाँठ बाँध लो। कभी भी भगवान से ऐसी शिकायत न किया करो नत्थू। 'जाहि बिधि राखे राम ताहि बिधि रहिए'—तुलसी बाबा ने क्या कहा था?"

"वोई तो हम भी कर रहे हैं मालिक। शिकायत नहीं कर रहे।"

"घुटना अभी भी भौत पिरा रहा है क्या?"

"वो तो पिराता ही रहता है मालिक।"

"हमने तुमें जो गोली दई थी सो खाई?"

"खाई न मालिक। खाई।"

"कभी दर्द जादा हो तो उसे खा लिया जाए।"

"जी मालिक।"

"एक गोली में ही बढ़िया ठाठ जम जाता है। हम तो ऐसी एक गोली खा लें तो हमारे हाथ-पाँव का दर्द तुरन्त छूमंतर हो जाता है।"

"हमारे घुटना की किस्मत भी हमारी जैसी ही है मालिक। देखिए न, आप तो हमें ऐसी बढ़िया रामबाण गोली देते हो और जे स्साला ऐसा ढीठ है कि ऐसी गोली के बाद भी दर्द करता रहता है। बताइए?" बूढ़े ने घुटने की तरफ देखते हुए कहा।

पंडिज्जी मुस्कुराने लगे। कोई अपनी किस्मत पर रो रहा हो तो पंडिज्जी उसे रो लेने देते हैं। इससे उस आदमी का दिल हल्का हो जाता है—ऐसा मानना है उनका।

"बाकी यहाँ सब ठीक चल रहा है न?" कुछ रुककर पंडिज्जी ने आस-पास, खेत पर नज़र डालते हुए पूछा।

"हओ, सब ठीक है। ...यहाँ क्या होना है?"

"होबे को कुछ पूछ के होता है क्या?...जे कोटरा है। यहाँ कुछ भी हो सकता है। सब तरफ निगाह बनाए रख्खो।"

"बनाए हैं न। बैठे-बैठे जेई तो करते हैं।"

"और गाय-बैल का ध्यान भी रखियो। वैसे, तार तो बढ़िया खिंचे हैं पर ढोर डंगर एक बार अन्दर घुसबे की ठान लें तो फिर जे सब धरा रह जाता है। खेत में घुस ही जाते हैं स्साले।"

बूढ़े ने हाथ में लिया डंडा दिखाया।

"उनके लाने हम जे धरे हैं न।"

"धरे होने से क्या होता है?"

"मौके पे ही काम आएगा न। बाकी के टेम तो जे धरा ही रहेगा न मालिक? हम फालतू तो भंभाते न फिरेंगे?"

पंडिज्जी हँसने लगे।

"जे भी सही कही तुमने।" पंडिज्जी ने माना।

नत्थू भी मुस्काने लगा।

"इस बार मटर बढ़िया आई है।" पंडिज्जी ने खेत पर विहंगम दृष्टि डालकर कहा।

"जी मालिक..."

"...मीठी है कि ऐसेई?"

"पता नहीं।"

"क्यों? तुमने तो खाई होगी?"

"कभी नहीं खाई मालिक।"

"अरे सामने ही मटर उगी हो तो आदमी एकाध बार तो खा ही लेता है?"

"हनुमानजी का कौल ले लो मालिक, जो हमने कभी मटर को हाथ भी लगाया हो। ...जिस चीज की हम खुद चौकीदारी कर रहे हैं, उस पे खुदई हाथ डालेंगे तब तो भौत बड़ा पाप लगेगा मालिक।" नत्थू ने कहा।

"पुण्य कमाने से हम तुम्हें रोकेंगे नहीं और पाप में ढकेलेंगे नहीं। तुम न खाओ पर हमारे लाने तो अभी थोड़ी-सी मटर तोड़ लाओ। उतें कालपी में वकील साहब को पकड़ा देंगे।"

"जी मालिक..." कहकर बूढ़ा एक तरफ से तार ढीला करके खेत में लंगड़ाता हुआ प्रवेश कर गया।

पंडिज्जी नत्थू को मटर तोड़ते हुए देखते रहे। थोड़ी-सी दूर पर ही उनका वह खेत भी नज़र आ रहा है जिस पर सतभैयों ने कब्जा कर रखा है। वहाँ इस समय अलसी उगी है। दूर तक मटर और अलसी के खेत दिख रहे हैं। पास ही सड़क कूटने का इंजन चल रहा है। बीच-बीच में पगडंडी पर निकलती मोटरसाइकिलों

की आवाज़ें हैं। दूर कहीं से आती ट्रैक्टर की आवाज़ सुनाई दे रही है।

शीशम, बबूल, आम के पेड़।

दो तोते उड़कर आम के गाछ में गुम हो गए।

पंडिज्जी मेंड़ पर खड़े हुए इस विहंगम दृश्य में खोए हुए हैं।

क्या पंडिज्जी बहुत बड़े प्रकृति प्रेमी हैं? नहीं रे। वे तो सोच रहे हैं कि क्षितिज तक फैली सारी ज़मीन की रजिस्ट्री जो अगर मेरे नाम होने पाती तो कितना आनन्द मिलता! कहते हैं कि आदमी को अन्ततः दो गज ज़मीन ही चाहिए। पर उस दो गज के अलावा जो भी ज़मीन है, उसकी रजिस्ट्री भी अगर आदमी के नाम हो जाए तो इसमें बुरा क्या है?

मूर्खता का पर्यायवाची?

बिस्मिल।

लोग इसी नाम से बुलाते हैं उन्हें। बिस्मिलजी।

वैसे असली तथा पूरा नाम है, रामनरेश बिलगैंया 'बिस्मिल'। बिस्मिल उनका उपनाम है। कभी-कभी कविताएँ भी लिख लेते हैं, सो मजबूरन एक उपनाम रखना पड़ा। इस तरह हर कवि को रखना पड़ता है। यह नाम तो बस यूँ ही रख लिया वर्ना तो नाम रखने के तीन साल बाद जाकर उन्हें 'बिस्मिल' शब्द का सही अर्थ पता चला था। और कवि तो वे 'बाई-द-वे' हैं। बस, यूँ ही। वास्तव में तो वे इस इलाके में पत्रकारिता करते हैं। लखनऊ के एक राष्ट्रीय दैनिक समाचार-पत्र के स्थानीय प्रतिनिधि हैं। वैसे वे पत्रकार भी 'बाइ-द-वे' ही हैं। ...यार, फिर वे हैं क्या? वास्तव में तो वे एक विशुद्ध दलाल हैं। अफसरों के मुँहलगे हैं। नेताओं की चिलम भरते हैं। पत्रकारिता, साहित्य और समाजसेवा की ऊपरी सजावट से दलाली की झाँकी सजाई हुई है बिस्मिलजी ने।

कभी वे भी छरहरे बदन के होते थे। इधर कई सालों से मुटा गए हैं। दलाली में दुबलापन वैसे भी नहीं चलता। ख़ुद ही दुबले हों तो लोग आप पर ठीक से विश्वास नहीं करते। यार, जो ख़ुद ही ठीक से न खा पा रहा हो, वह हमें क्या खिलवाएगा—दुबलेपन का ऐसा कुछ फालतू-सा प्रभाव बनता है। उस लिहाज से अभी उनका बदन देखें तो उनका व्यक्तित्व विकट प्रभावी है। पेट इतना आगे आ चुका है कि उसके लौटने की अफ़वाह तक शेष नहीं रही। बिस्मिलजी का पेट उनकी सफल दलाली के घोषणापत्र जैसा है। यह पेट किसी सरकारी दफ्तर में लम्बित मामले की तरह हरदम लटका रहता है। यह उद्दंड पेट अब बेल्ट, बटन और पैंट के बस

का नहीं रह गया है। बेल्ट असहाय-सी, 'भाड़ में जाओ' के भाव के साथ अदृश्य कमर पर बँधी रहती है और पैंट के बटन बन्द होने के बावजूद खुले से लगते हैं। वैसे पेट को संतुलित करने हेतु नितम्ब भी पीछे की ओर बड़ा-सा प्रभावी मोर्चा बनाए हुए हैं; देखने वाला यह बिलकुल भी तय नहीं कर पाता कि इनके व्यक्तित्व का आकलन सामने से किया जाए कि पिछवाड़े से?...जब आप इस उलझन से निकलने की कोशिश में रहते हैं कि तभी उनकी मुस्कान आपका ध्यान खींच लेती है। वे सदा मुस्काते मिलते हैं। उनका मुँह हरदम फटा-सा रहता है। बोलते कम, 'हें, हें' ज्यादा करते हैं। मुस्कुराते और 'हें, हें' करते हुए भी उनकी आँखें कतई नहीं हँसतीं। इन आँखों में सदैव एक किस्म की हिंसक आक्रामकता और चौकन्नापन बना रहता है जो सामने वाले को भी लगातार चेतावनी-सी देता है कि इस शख़्स से तनिक बचकर ही चलो तो बेहतर। ...पर बिस्मिलजी से बचकर चल पाना भी तो बड़ा कठिन कार्य है। सबको ही कभी न कभी, कहीं न कहीं बिस्मिलजी की ज़रूरत आन पड़ती है। सो भला कैसे?...कोटरा से लेकर कालपी तक के समस्त सरकारी दफ्तरों में उनकी पहुँच है। अखबार के ज़रिए वे अपनी छोटी-मोटी सत्ता बनाए हैं। वे स्थानीय नेताओं के ख़ास होने का दावा भी करते हैं। तहसीलदार के मुँहलगे हैं। पटवारी की पत्नी को मुँहबोली बहिन बना रखा है। एसडीएम की पत्नी को भाभी-भाभी कहते हैं। थानेदार के घर, पीछे के दरवाजे से उनका आना-जाना होता रहता है। कोटरा की दलित तथा सवर्ण राजनीति के पोखर में वे समान गति से तैरते हैं। उनका यह तैरना किसी तैराक वाला तैरना नहीं है। वे स्थानीय राजनीति में काई जैसे तैरते हैं।

सार्वजनिक स्थान पर खड़े हों, या अकेले ही कहीं हों—बातें कर रहे हों या यूँ ही खड़े-बैठे कुछ सोच रहे हों, वे अचानक ही थोड़ा-सा वक्र होकर, अपनी ही पीठ पीछे विस्फोट जैसा करते रहते हैं। अपान वायु को ऐसे सहज भाव से देश निकाला देते हैं कि देश के चल रहे अन्य कामों में कोई व्यवधान न पड़े। इस दौरान भी वे अपनी बात उसी सहजता से चलाते रहते हैं; ऐसे आगे बढ़ जाते हैं, मानो कुछ घटा ही न हो।

***

इधर गनेशी पान सदन से पंडिज्जी की मोटरसाइकिल निकली, उधर बिस्मिलजी दुकान पर पहुँचे। पैदल ही थे। वहीं पास ही रहते हैं। किसी क्लाइंट को कहा होगा कि अपुन वहाँ गनेशी पान सदन पर मिलेंगे, सो यहाँ आ गए हैं। क्लाइंट यहाँ आएगा तो उसी की मोटरसाइकिल के पीछे बैठकर कालपी निकल जाएँगे। वहाँ अपने अखबार के दफ्तर होते हुए तहसील जाया जाएगा। जो शख़्स उन्हें लेकर

जा रहा है, उसके काम की वहाँ कुछ सेटिंग की जाएगी। फिर वहाँ से और कुछ जगह। शाम या रात तक कोटरा वापस।

बिस्मिलजी आए तो दुकान पर वे ही चारों लोग अभी भी खड़े थे। बस, यूँ ही। कुछ अनर्गल चर्चा चल रही थी। बतकही। फालतूफंड की बातें। समय काटा जा रहा था।

"अरे, आप बस दो मिनट पहले आए होते तो आपको पंडिज्जी भी मिल जाते।" किसी ने कहा।

"उनसे तो हम सुबह ही मिल चुके हैं भैया। ...कल का अखबार नहीं देखे क्या?" बिस्मिलजी ने कहा।

गनेशी को पता है कि बिस्मिलजी कैसा पान खाते हैं। मुस्कराते हुए वह उनका पान बनाने लगा।

"देखे हैं न! हम देखे हैं। ...आपने तो एकदम से फ्रंट पेज पर ही जे खबर छपवा दी बिस्मिलजी, वाह।" पान बनाते हुए गनेशी लाल चौरसिया ने कहा।

कल, पंडिज्जी के चिर प्रतिद्वन्द्वी नेताजी के अपने ही आदमियों के बीच कुछ सिर-फुटव्वल हो गई थी। ...कौन नेताजी?...अरे, बेई, पंखीलाल कहार। ...नेताजी का असली नाम तो केवल तहसील के कागजों में और पुलिस की कुछ एफआईआर में दर्ज है वर्ना कोटरा में लोग उन्हें केवल नेताजी के नाम से ही जानते हैं। यहाँ कभी, कहीं, कोई 'नेताजी' शब्द उच्चारे तो उसका मतलब शेष भारत की तरह सुभाषचंद्र बोस नहीं माना जाता है—यहाँ नेताजी कहो तो उसका मतलब पंखीलाल कहार ही माना जाता है।

नेताजी इस इलाके में पिछड़ों और दलितों की राजनीति चलाते हैं। वैसे यह वाली राजनीति चलती तो लखनऊ से है अलबत्ता कोटरा में दलित राजनीति की जड़ों में पानी और आग में घी डालने का जिम्मेवारी वाला काम नेताजी के हवाले है। ...कमीनेपन और जोड़तोड़ के इस धर्मयुद्ध में उनका सीधा मुकाबला पंडिज्जी से रहता है जो सवर्णों की राजनीति भी एकदम उसी जज्बे से चलाते हैं। इलाके के लोग आज तलक तय नहीं कर सके हैं कि दोनों में से ज़्यादा हरामी कौन है?

"इत्ते बड़े अखबार के पहले पन्ने पर ख़बर छपवाना कोई ठठ्ठा समझे हो क्या चौरसियाजी?" बिस्मिलजी ने गर्व से कहा।

"बड़ी उपलब्धि है भाई। ...वाह बिस्मिलजी।" कोई प्रशंसापूर्वक बोला।

"आपने पूरी दुनिया में कोटरा की मशहूरी करवा दी भाई साब।" किसी और ने बिस्मिलजी को प्रशंसा भरी नज़रों से देखकर कहा।

"जे तो है। कोटरा का नाम तो खूब चमका दिये आप।" तीसरा बोला।

चौथा व्यक्ति अभी पूरा सन्तुष्ट नहीं।

"यदि घटनास्थल की फोटू भी साथ में छप गई होती तो हम और मानते।" वह बोला।

बिस्मिलजी मुस्कुराने लगे।

"कभी अखबार में हमारे बाप का राज चलने लगेगा तो फिर आपकी जे तमन्ना भी पूरी हो जाएगी।" वे बोले।

"हम तो भैया जेई मान के चलते हैं कि वहाँ आपका ही राज चल रहा है।" एक बोला।

बिस्मिलजी 'हें, हें' करके हँसने लगे।

तभी बिस्मिलजी हँसते-हँसते किंचित तिरछे होने लगे।

"इतें लंकलाट न फाड़ियो बिस्मिलजी।"

"भैया, लंकलाट बनेगा तो चिरेगा भी।" बिस्मिलजी निवृत्त होते हुए बोले।

"कछू गिरफ्तारी-फिरफ्तारी भी भई है कि ऐसेई?" पान पेश करते हुए चौरसिया जी ने पूछा।

"होगी। वो भी होगी। ...पंडिज्जी ऐसे ही छोड़ने देंगे क्या? लगे हैं।"

"फिर तो दरोगाजी दोनों तरफ से खेंचेंगे, क्यों बिस्मिलजी?"

"अच्छा, तुम ही बताओ—यदि तुम दरोगा होते तो ऐसे में क्या करते? ...खेंचते कि ऐसेई चूतिया घांई जीप में घूमते भागते? ऐसे में भी पैसा न खेंचा तो फिर वर्दी डालना तो अकारथ ही कहाया न, है कि नहीं, बताओ?" बिस्मिलजी ने उसके फालतू प्रश्न पर ऐतराज जताया।

"जे तो खैर है।"

"...और इसमें तुमाई काय को जल रही?" किसी और को भी ऐतराज है कि दरोगा की किस्मत से रश्क क्यों किया जा रहा है?

"हमारी क्यों जलेगी? अरे, हमें भी पता है कि जो भी कुर्सी पे बैठा है सो नोटपानी तो माँगेगा ही। ...जमाने की जेई रीत चली आती है भाई।"

बिस्मिलजी मुस्कुराकर पान चबाते हुए विमर्श का मजा लेते रहे। फिर बिस्मिलजी ने दरोगा होने को देह धरे का दंड टाइप चीज बताते हुए कहा, "बड़ा कठिन काम है दरोगाजी का भी।"

"कठिन? वो कैसे?" किसी ने जानना चाहा।

"भौत कठिन काम है भाईसाहब। देखिए न, नेताजी तो लगे होंगे अपने आदमियन को बचावे में, और पंडिज्जी का दबाव होगा कि इनको अन्दर करो।"

"फिर?"

"दुविधा दूसरी भी होगी ..." कोई और बोला।

"...कैसी दुविधा?"

"जेई कि किससे लें, किसे छोड़ें?" वह बताने लगा।

"फिर तो बड़ा ही कठिन काम है बेचारे दरोगाजी का। ...सच।" एक ने बनावटी सहानुभूति का स्वाँग करते हुए कहा।

सब लोग हँसने लगे। बिस्मिलजी भी हँसे।

"वैसे तो चोट की जैसी रिपोर्ट डाक्टर साहब बनाएँगे वैसी ही धाराएँ लगेंगी, है न?" कोई पूछने लगा।

"देखो, क्या होता है।" बिस्मिलजी बोले।

"तो डाक्टर साब भी लेंगे?" उसी नादान ने पूछा।

"क्यों न लेंगे?...पेट तो उनके भी लगाया है ईश्वर ने। वे भी लेते हैं।"

"वाह रे ईश्वर, तेरी महिमा!"

"वैसे भी, दरोगा लोग डाक्टरों को साध के ही चलते हैं।"

"सबको ठीक से न साधा जाए तो फिर कानून का राज कैसे चलेगा भाई?"

***

तभी सामने से नन्हे मास्साब आते दिखे। खद्दर का कुर्ता। उसी का पाजामा। चेहरे पर हल्की दाढ़ी। बिखरे बाल। चमड़े की चप्पल। नज़र का चश्मा।

यही रास्ता विपिन बिहारी इंटर कॉलेज तरफ जाने का भी है। पंडिज्जी के कॉलेज में नन्हे मास्साब भूगोल पढ़ाते हैं।

"कुशवाहाजी चले आ रहे हैं।" कोई बोला।

कुशवाहाजी मतलब नन्हे मास्टर।

उनका यह नाम कब पड़ा, पता नहीं। सब यहाँ उन्हें नन्हे मास्साब ही कहते हैं। नरेन्द्र सिंह कुशवाहा—उनका यह असली नाम प्रायः कहीं भी काम नहीं आता। पड़ा-पड़ा धूल खाता रहता है।

"ठाठ हैं..." कोई उनको आता हुआ देखकर बोला। ठाठ से यहाँ उसका तात्पर्य क्या है, यह उसने बताया नहीं। किसी ने उससे पूछा भी नहीं। कोटरा में ठाठ के विषय में सबका अपना-अपना दृष्टिकोण है। पता नहीं कि अभी किस बात को ठाठ माना जा रहा है?

"चूतिया हैं।" बिस्मिलजी नन्हे मास्साब की तरफ देखकर बोले।

मूर्ख मानने के भी कोटरा में अपने ही मापदंड हैं।

"बताइए! हैं तो अदने से मास्टर, पर हिम्मत देखिए कि सीधे पंडिज्जी से ही बैर लेने की ठाने हुए हैं।" बिस्मिलजी ने उन्हें चूतिया घोषित करने का अपना मापदंड बताया।

"अरे!" चौरसियाजी को आश्चर्य है कि 'जल में रहकर मगर से बैर' वाली कहावत नन्हे मास्टर जैसे पढ़े-लिखे आदमी ने नहीं सुनी है।

"और जे मूर्ख-शिरोमणि चाहते हैं कि हम पंडिज्जी के कॉलेज में चलने वाली नकल के बारे में अपने अखबार में छपवाएँ।" बिस्मिलजी ने सबको बताया और ठठाकर हँसने भी लगे।

"जे खबर स्साली कौन छापेगा? अखबार वाले खुदई छापबे से मना कर देंगे। ...कॉलेज में नकल न चलेगी तो कहाँ चलेगी?...जे भी स्साली कोई खबर है, बताइए?...देश के सब कॉलेजों में चलती है—वैसी यहाँ भी तो चलेगी न?"

"नन्हे मास्साब की दिक्कत जे है कि वे आदर्शवादी हैं। सिद्धांतों की चपेट में आ गए हैं। समझ नहीं पा रहे कि क्या करें? ...दुनिया बदल गई और इन सरऊ को अब तक जे बात पता ही नहीं चली है।" बिस्मिलजी और भी जोर से हँसे।

"बेचारे नन्हे मास्साब!" कोई बोला।

"पास आ रहे हैं। तनिक धीरे बोलो। नाराज हो जाएँगे।" एक बोला।

"जे तो है। बड़ी जल्दी रूठ जाते हैं श्रीमान्। हमसे भी नाराज हो रहे थे। एक दिन कागज-पत्तर का इतना बड़ा ढेर साथ लाए थे। कहने लगे कि देखिए, हम इत्ते सारे ठोस प्रमाण अपने साथ लाए हैं। अब आप अपने अखबार में इसका सब लिखो। ...हमने इत्ता भर कहा कि काहे आप पंडिज्जी से बैर पाल रहे हो—बस, नाराज हो गए।" बिस्मिलजी बोले।

"चूतिया हैं।"

"सिद्धांतवादी हैं।"

"एकई बात है।"

"धीरे बोलो यार। ...बे आ गए।"

नन्हे मास्साब अब वहीं पहुँच गए थे।

"नमस्कार कुशवाहाजी। आइए। ...पान खाएँगे?" कोई बोला।

"हम पान नहीं खाते हैं। ...और हमारी क्लास का टाइम भी हो गया है। हम चलेंगे।" नन्हे मास्साब ने चलते-चलते ही सबको हाथ जोड़े और चलते चले गए।

सब उन्हें जाते हुए देखते रहे। बिस्मिलजी मुस्कुराए। बाकी लोग हँसने लगे।

"हमने कहा था न? सिद्धांतवादी हैं। बताइए। ...कहते हैं कि पान न खाएँगे। क्यों न खाओगे यार?...पूछो तो कहेंगे कि जे तो हमारा सिद्धांत है।"

"बेचारे!"बिस्मिलजी ने कहा।

कह तो दिया पर दूर जा रहे नन्हे मास्साब को देखते हुए एक नामालूम-सा डर भी महसूस हुआ उनको। ...इन स्साले आदर्शवादी और सिद्धांतवादी लोगों में आख़िर ऐसा क्या होता है जो खामखां भयभीत करता है? वे सोचने लगे।

"यार, जरा दो ठो पान बाँध भी देना। कालपी ले जाना है।" बिस्मिलजी ने कहा।

यह बदबू नाली की नहीं

पंडिज्जी कालपी के रास्ते में थे।

कोटरा से आ रही टूटी-फूटी निर्माणाधीन सड़क यहाँ आकर कानपुर-झाँसी हाइवे से मिल गई है। अब यहाँ से फर्राटा भरा जा सकता था। वे फर्राटा मारेंगे भी पर अभी तो ब्रेक ही मार दिया है पंडिज्जी ने।

गाड़ी रोक दी उन्होंने। एक तरफ किनारे करके खड़ी कर दी। बड़ी ज़ोर से पेशाब लगी थी। ऐसी तेज़ लगी थी कि सड़क के इन दचकों में पहले ही यदि एकाध बूँद निकल भी गई हो तो आश्चर्य नहीं। तेज़ कदमों से कच्चे में चार कदम उतरकर वे खड़े हो गए और गिरती धार को एकाग्र देखते हुए विचार करने लगे कि उन्हें अगले सप्ताह फिर से कालपी आना पड़ेगा। नए शिक्षाधिकारी ने पद सँभाला है। उससे भी तनिक मिल आया जाए।

कभी कोई नया अधिकारी आ जाए तो फिर नए सिरे से सारी गोटियाँ जमानी पड़ती हैं। सुना है कि यह वाला बड़ा सख़्त प्रशासक है। इसके ईमानदार टाइप का होने की भी बड़ी अफ़वाह है। नकल रोकने को कटिबद्ध बताते हैं इसे। वैसे इस सबका तात्पर्य भी ख़ूब जानते हैं पंडिज्जी। तात्पर्य बस यह है कि यह अफ़सर रूटीन से कुछ ज़्यादा पर मानेगा। चलो, देखते हैं। ...धार ख़त्म होते-होते विचार श्रृंखला भी समाप्त हो गई।

मोटरसाइकिल तक वापस पहुँचते-पहुँचते वे मोबाइल निकालकर वकील साहब को फोन लगाने लगे। पता चला कि वकील साहब घर पर ही मिलेंगे। वकील साहब कहने लगे कि अपने केस की सुनवाई हमने तीन बजे दोपहर की लगवाई है। सुबह घर में कुछ काम आ गया था इसीलिए सुबह के छोटे-मोटे अदालती चोंचले जूनियर वकील को पकड़ा दिए हैं। आपके काम के लिए जरूर हम खुद चलेंगे। न हो तो आप हमारे घर ही पहुँच जाएँ। हम आपके साथ ही अदालत चले चलेंगे।... पंडिज्जी ने भी यही कहा कि "हम आपके ही घर पहुँचते हैं।"

***

कालपी की एक गली में किंचित अन्दर जाकर वकील साहब का मकान-कम-दफ्तर है।

अपने इस दफ्तर को वे 'लॉ-चेम्बर' कहते हैं; इसका मतलब फिर जो भी निकलता हो। न उन्हें इसके अर्थ से मतलब, न किसी और को इसकी परवाह। सुनने में ज़रूर अच्छा लगता है। बोलें तो बात में वज़न आता है। ..."आप कल हमारे

लॉ-चेम्बर आ जाएँ। वहीं। गुप्ताजी की गली में। घुसने के बाद तीसरा मकान।" ऐसा कहते हैं वे और यह कहते हुए एक तरह का नामालूम गर्व-सा महसूस करते हैं।

कंक्रीट की गली है यह।

मकान से सटकर बहती हुई पक्की नाली के ऊपर कुछ फर्शियाँ डालकर सीमेंट चढ़ा दिया गया है। इस तरह 'लॉ-चेम्बर' के दरवाजे के साथ बहती हुई नाली यहाँ इन फर्शियों से ढक गई है। फर्शियों की इस सीढ़ीनुमा संरचना के ठीक नौ इंच ऊपर काँच का एक दरवाजा है जो 'लॉ-चेम्बर' में खुलता है। दरवाजे के काँच पर वकील साहब का नाम इतने बड़े हर्फों में लिखा है जितने में आमतौर पर सार्वजनिक दीवारों पर शर्तिया इलाज के विज्ञापन में 'बवासीर' लिखा होता है। अभी इस दरवाज़े के ठीक पास, नाली के बगल में दो कुत्ते बैठे हुए हैं। वे अक्सर यहीं बैठे हुए मिलते हैं। इन कुत्तों को पता ही नहीं कि जिसे नाली की गंध मानकर वे मजे ले रहे हैं, हो सकता है कि वह नाली की जगह 'लॉ-चेम्बर' से आ रही हो! कानून के सिस्टम की भी तो यही गंध है।

काँच का दरवाजा खोलो तो एक सँकरा परन्तु लम्बा-सा गलियारेनुमा आफिस बना है। यही 'लॉ-चेम्बर' है। यह बताने के लिए किसी वकील की आवश्यकता नहीं है कि यह स्थान कभी इस घर का बरामदा रहा होगा। उसी को यहाँ-वहाँ से बन्द करके, दीवारों पर बुक शेल्फ लगाकर, तमाम कानूनी किताबों की मोटी-मोटी जिल्दें उन पर जमाकर अपना दफ़्तर निकाल लिया है वकील साहब ने। काँच लगी एक मेज के पास वकील साहब की ऊँची, घूमने वाली कुर्सी है, और उनके सामने की तरफ पाँच कुर्सियाँ मुवक्किलों के लिए धरी हैं। एक तरफ कम्प्यूटर भी रखा हुआ है। पास ही में करीने से सजी फाइलें हैं जिनके कवर पर सुरेश श्रीवास्तव एडवोकेट का नाम और नीचे उस केस की सूचनाएँ दर्ज हैं। ये सब केस फाइलें हैं।

गलियारेनुमा चेम्बर में ही खुलता एक सँकरा गलियारा है जो फिर घर के आँगन में जाकर खुलता है। जब वकील साहब 'लॉ-चेम्बर' में बैठकर कानून के पेचीदा मसलों को हल कर रहे होते हैं, अन्दर से छोटे बच्चों के खेलने, चिल्लाने, लड़ने-भिड़ने की ध्वनियाँ दफ्तर में झरती रहती हैं। अन्दर की ये आवाज़ें कभी तेज़ हो जाएँ तो वकील साहब यहीं से फटकार लगाकर उन पर नियंत्रण करते हैं। बच्चे हैं; कभी सुनते हैं, कभी नहीं सुनते। वकील साहब ने इतने बच्चे पैदा कर लिए हैं और वे अभी भी उसी मनोयोग से प्रजनन क्रिया में पूरी लगन से संलग्न हैं कि आँगन में सतत् ही आँगनबाड़ी टाइप दृश्य उपस्थित रहता है। सब तरफ़ बस, बच्चे ही बच्चे। उनका शोर। 'लॉ चेम्बर' में चल रहे वार्तालाप के बीच यह शोर बढ़ता-घटता रहता है।

पंडिज्जी ने 'ला-चेम्बर' का 'ग्लास डोर' खोलकर अन्दर झाँका।

वकील साहब किसी क्लाइंटनुमा शख़्स से बातें कर रहे थे। यदि कोई शख्स ज़्यादा ही पढ़-लिख जाए तो जैसी उसकी शक्ल निकल आती है, कुछ वैसी ही

शक्ल है इस क्लाइंट की। आस-पास की दुनिया में स्वयं को फिट न कर पाने की कसमसाहट को दबाए आदमी जैसी शक्ल। अब इसी शक्ल में आप उस पिल्ले की शक्ल को मिला दो जिसे दो-तीन बड़े कुत्तों ने दूर तक रगेद डाला हो। इस तरह पहली नज़र में ही पता चल रहा है कि यह कोई पढ़ा-लिखा शरीफ़ व्यक्ति है जिसे ग़ैरक़ानूनी तत्त्वों ने रगेदकर कानून की गली में घुसेड़ दिया है। यह व्यक्ति अभी कुछ कागजात वकील साहब को दिखा रहा है।

"आइए पंडिज्जी," कहकर स्वागत किया गया।

"अभी अपने पास घंटे भर का समय है। आप कहें तो हम तब तक इनका केस समझ लें?" वकील साहब ने सज्जन की तरफ इशारा करते हुए पंडिज्जी से कहा।

पंडिज्जी बैठ गए।

"जरूर समझ लें।" पंडिज्जी बोले।

"मोंठ में इनकी कुछ जमीन रही। पुश्तैनी। भौत दिनों पहले, जे चले गए गाजियाबाद। वहीं सेटल भी हो गए। ...और अब इतें आए हैं कि अपनी वो पुश्तैनी जमीन निकाल के कछू रकम ले जाएँ। यहाँ आकर इनको पता चला है कि जमीन बेचने में फच्चर फँस गया है। उसी का कुछ बता रहे हैं ये हमें।" वकील साहब ने संक्षेप में बताया।

"जी, आप वकील साहब को बताते रहें।" पंडिज्जी ने अभयदान-सा दिया।

"ये पंडिज्जी हैं। कालपी के गणमान्य नागरिक हैं। इनका खेत भी किसी ने चाँप लिया है। हम इनका भी केस लड़ रहे हैं। घर के आदमी हैं। इनसे कोई संकोच न किया जाए। बताएँ। आगे बताएँ।" वकील साहब ने क्लाइंट से कहा।

साठ साल से ज्यादा ही उम्र का है क्लाइंट। पैंट, कोट, टाई, धज ऐसी कि देखकर ही आश्वस्त हुआ जा सकता है कि यह कानून से डरने वाला शख़्स है और इसे ठीक से निचोड़ा न गया तो वकालत के घाट पर बैठे कानूनविद् बुरा मान जाएँगे।

"बताइए। ...बताइए।" वकील साहब ने पुचकार के कहा।

और वे अपनी व्यथा बताने लगे।

कहने लगे कि "हम भी मोंठ के ही हैं। गाँव से चालीस साल पहले निकल गए थे। गाजियाबाद में नौकरी की, वहीं मकान बना लिया। अब वहीं सेटल हैं। यहाँ, पीछे पुरखों की जमीन छूट गई थी। जमीन को बाँधकर ले जाना सम्भव नहीं था और तब इस तरफ जमीन के भाव कुछ थे नहीं कि उस समय इसे बेचने की सोचते। अब बेटा वहाँ गाजियाबाद में कोई दुकान खरीदना चाहता है। उसमें पचास-साठ लाख रुपए लग जाएँगे। हमें पता चला कि इस तरफ भी जमीन के भाव आसमान छू रहे हैं तो हम अपने पुश्तैनी गाँव लौटे हैं। ...सोचा था कि सौदा ठीक से पटा तो यहाँ की जमीन निकाल देंगे पर यहाँ आकर पाया है कि खेत पर तो किसी और ने ही कब्जा कर रखा है। हम उससे भी मिले हैं। हमने उससे कहा भी कि यह हमारी

जमीन है। वह बोला कि होगी तुम्हारी पर इस पर अब हमारा कब्जा है। कहने लगा कि यह जमीन तो अब तुम भूल ही जाओ। यहाँ अपना टाइम फालतू में वेस्ट न करो। जमीन अब हमारी है। हाँ, पाँच लाख लेते हो तो हम दिये देते हैं। बताइए इसकी बदमाशी कि एक करोड़ की जमीन के पाँच लाख रुपए दे रहा है! हमने साफ़ मना कर दिया। हमने यही कहा कि जमीन हमारी है, तुम्हें हटना ही होगा। इस पर वह मारने-पीटने की बदतमीजी वाली बातें करने लगा। बोला कि 'अगर ऐसी बात है तो सुनो। जमीन तो हमारी है। तुमारे बाप बेच दिये थे हमें। कागज हैं हमारे पास।' ...ऐसा कह रहा है जबकि सारे असली कागज हमारे पास हैं। यह पूरी फाइल है आपके सामने। अभी सारे कागज भी हमने आपको दिखाए। पर वह कहने लगा कि किसके कागज असली हैं, किसके नकली, अब जे फैसला तो कोर्ट करेगा। जाओ, अदालत में दावा करो। कहता है, 'तुम अदालत से ही जमीन ले लो।' तभी किसी ने आपका नाम सुझाया। बताया कि श्रीवास्तव साहब ऐसे मामलों के एक्सपर्ट वकील हैं। अब आपके पास आया हूँ। कुछ करिए।"

वकील साहब उनकी कहानी सुनते हुए फाइल पलटकर सारे कागज देखते-भालते रहे। बीच-बीच में उनका मुँह देखकर यह आकलन भी करते रहे कि इनसे तुरन्त अभी, और फिर बाद में कितना क्या खींचा जा सकेगा?

इसी बीच अन्दर, आँगन से आता हुआ शोर बढ़ गया है।

"यार, इन्हें चुप कराओ भाई।" वकील साहब ने आँगन की दिशा में मुँह करके चेतावनीनुमा गुज़ारिश की।

फिर वे सज्जन की तरफ मुखातिब हुए, "सॉरी, बच्चे हैं। आजकल के बच्चों का आपको पता ही है। ...आसानी से मानते नहीं।"

"जी, मैं जानता हूँ।" सज्जन बोले।

"हाँ, तो बताइए।" वकील साहब ने कागजों वाली फाइल सज्जन की तरफ वापस खिसकाते हुए पूछा।

सज्जन को मानो अभी कुछ समझ ही नहीं आ रहा है।

"कोई ऐसे कैसे कब्जा कर सकता है भाई साहब?" वे बोले।

"हो जाता है भाई साहब। टेंशन न पालें।" वकील ने पुचकारा।

"हद है!"

"हद-बेहद की तो बात ही न करें। जमीन पर कब्जे की कोई हद नहीं होती है। पंडिज्जी से पूछिए न।" वकील ने समझाया।

सज्जन का मुँह सूख रहा है। तनाव के कारण वे बोल नहीं पा रहे। कातर मुद्रा का अर्थ समझना हो तो अभी इनकी शक्ल देखें। एकदम टेक्स्टबुक वाला कातर मुद्रा का चित्र लग रहे हैं।

"बताइए?" वकील ने पूछा।

"बताना तो आपको है। हमने तो सब कुछ आपको बता ही दिया है।"

"भाई साब, इत्ते साल तक आप क्या करते रहे?"

"क्या करना था हमें?"

"अरे, बीच-बीच में कम से कम यहाँ आते तो रहते। अपनी ज़मीन को देखकर तो जाते। आपने तो उसे लावारिस ही छोड़ दिया!"

"जब सारे कागज हमारे पास हैं तो हमने सोचा कि..."

"...कागजों पर इत्ता भरोसा भी ठीक नहीं भाई साब।"

वे चुप रह गए।

"भाई साब, यहाँ कागजों को कोई नहीं पूछता है।"

"तो फिर कागजों का क्या मतलब?"

"कोई मतलब नहीं है,और मतलब है भी। आप ये सब उसको देते तो वो इनकी पुंगी बनाकर आपको वापस कर देता। यहाँ का यही रिवाज है। कागज केवल पुंगी बनाने के काम आते हैं।"

वे किंचित उद्वेलित हुए।

"कानून कहीं है ही नहीं क्या?" वे पूछने लगे।

"अकेले कानून के मत्थे सब नहीं छोड़ना चाहिए। खुद भी कुछ चीजों का खयाल रखना चाहिए।" पंडिज्जी बीच में बोले।

"मतलब?"

"जमीन तो आपको ऐसे लावारिस छोड़नी ही नहीं थी। कभी बीच में आकर देख ही जाना था।" वकील ने पंडिज्जी की टिप्पणी का निहितार्थ समझाया। वे सज्जन चुप रहे। बस, एक बार पंडिज्जी की तरफ देखा।

"जमाना खराब है।" पंडिज्जी ने कहा।

"हमें पता है।" सज्जन बोले।

"खैर, आपको तो पता होगा ही। गाजियाबाद तरफ़ तो जमाना और भी खराब है।" वकील साहब ने माना कि उन्हें ज़रूर पता होगा।

"परन्तु इधर का जमाना खराब के अलावा बेमुरव्वत भी है।" पंडिज्जी ने यहाँ के जमाने के बारे में आगे और बताया।

सज्जन चुप रहे।

"यहाँ तो आदमी लावारिस पड़ी जमीन पर चार दिन मूत के देखता है। कोई उसके मूतने पर उज्र न करे तो पाँचवें दिन उसी जमीन पर हल चला देता है या नींव खुदवा देता है।" पंडिज्जी बोले।

"पर कोई ऐसे कैसे कर सकता है?" वे बोले।

"ऐसेई किया जाता है।" वकील साहब बोले।

"अब मैं क्या करूँ?"

"वही हम भी सोच रहे हैं।" वकील साहब बोले।

सज्जन उनका मुँह देखने लगे। बोले, "आप बताएँ। आप तो ऐसे केस लड़ने में एक्सपर्ट हैं।"

"ये एक्सपर्ट जरूर हैं पर जमीन चाँपबे वाले यहाँ महाएक्सपर्ट हो गए हैं।" पंडिज्जी बोले।

सज्जन के भीतर बैठी आत्मा मानो फड़फड़ा रही है। चिल्ला रही है कि अन्याय हो रहा है। मन में एक शोर है।

इधर आँगन से आता हुआ शोर भी बढ़ गया है।

वकील साहब का ध्यान अन्दर से आते शोर की तरफ़ है। वे मौन होकर बेचैन पहलू बदल रहे हैं।

"हम अभी आते हैं..." कहकर वकील साहब उठ गए। अन्दर की तरफ़ जाने लगे। पंडिज्जी पुराने क्यालंट होने की वजह से जानते हैं कि वे क्यों उठे हैं।

"पीटिएगा मत। बच्चे उद्दंड हो जाते हैं।" पंडिज्जी ने बुजुर्ग वाली नसीहत दी।

"ये उद्दंड ही पैदा हुए हैं।" वकील साहब जाते-जाते रुक गए।

"बैठिए, बैठिए।" पंडिज्जी ने आग्रह किया।

"हम फालतू ही परिवार नियोजन को गाली देते रहे पंडिज्जी।" वे वापस कुर्सी पर बैठ गए। अन्दर शोर है।

"ऐसा माहौल हो तो आदमी स्साला खुद ही नसबंदी कैंप में जाकर लेट जाए। सच्ची।" वकील साहब बड़बड़ाने लगे।

पंडिज्जी हँसने लगे।

"नसबंदी न करा लीजिएगा। ...काम बन्द हो जाएगा।" पंडिज्जी ने चेताया।

"वही हमने भी सुना है।" वकील साहब बोले।

"ऐसा नहीं है।" वे सज्जन बोले।

"आपने करवाई है क्या?"

"करवाई तो नहीं पर पता है।"

"नहीं साहब, धोखा न खा जाना। एकदम जमीन पर कब्जे वाला मसला है यह भी। नसबंदी ने कब्जा किया तो आप खुद अपने वीर्य के लिए तरस जाएँगे। जमीन पर कब्जे की तो अदालत में सुनवाई है। इतें, गए तो गए।" पंडिज्जी समझाने लगे।

"हमें पढ़े-लिखों टाइप बातें करनी चाहिए।" सज्जन बोले।

उनकी यह बात किसी ने नहीं सुनी।

सज्जन ने अब वह बात फिर से रखी जो इतनी देर से उनके मन में उमड़ रही थी। "आप एक्सपर्ट हैं। कुछ कराइए।" सज्जन बोले।

"कराते हैं।" कहकर वकील साहब ने उनके कागजात फिर उठा लिए।

"ओरिजिनल और असली हैं।" वे बोले।

"मान लीजिए कि ठीक ऐसे ही पेपर वह भी बनाए बैठा हो, तो?"

"वह कैसे बना लेगा?"

"बस, ऐसेई। ...यहाँ एकदम असली लगने वाले कागजों के इंतजाम का पूरा सिस्टम बना हुआ है।"

"कैसा सिस्टम?"

वकील साहब ने बात आगे स्पष्ट की, "भाईसाहब, यहाँ एक पूरा सिस्टम विकसित हो चुका है। आप जैसा चाहें, वैसे कागज बन जाएँगे। ...पुरानी तारीखों के ओरिजिनल स्टाम्प रखे हुए हैं। लोग ऐसे बढ़िया नकली दस्तख़त बना सकते हैं कि असली वाला दस्तख़त शरमाता हुआ फिरे। ...पुरानी तारीखों की सेल डीड, सालों पहले आपके पिता द्वारा किया गया जमीन बेचने का करारनामा—यहाँ सब बन सकता है।"

"पर ये तो ठीक नहीं।" सज्जन बड़बड़ाए।

"तो इसे ठीक कौन कह रहा है?"

"फिर तो ओरिजिनल कागजों का कोई मतलब ही नहीं रहा?" सज्जन बोले।

वकील साहब ने उन्हें पुचकार के कहा, "ऐसी भी बात नहीं है। अदालत में तो ओरिजिनल पेपर ही सही सिद्ध होंगे परन्तु मुकदमे का काम बड़ा लम्बा है। जमीन सालों के लिए फँस जाती है। मुकदमे में फँसी जमीन फिर मिट्टी के मोल भी नहीं बिकती।"

"पर हमें तो इसे अभी के अभी बेचना है। पैसों की ज़रूरत तो हमें अभी है।" सज्जन के स्वर में घबराहट है।

"तब तो मुकदमेबाजी की रिस्क नहीं ली जा सकती। हमें बाहर ही बाहर सेटल करना पड़ेगा।"

"किससे सेटल करना होगा?"

"जिसकी जमीन है।"

"ज़मीन? ज़मीन तो हमारी है।"

"ये तो आप कहते हैं न?"

"मतलब?"

"हम उसकी बात कर रहे हैं जिसके पास अभी यह जमीन है।"

"यादवजी से?"

"यादव ने दबाई है आपकी जमीन?" पंडिज्जी ने बीच में पूछा।

"आप जानते हैं उसे?" वकील ने पूछा।

"अरे, आप भी तो जानते होंगे? मोंठ का सी.पी. यादव है न? स्साले का जेई धंधा है।" पंडिज्जी बोले।

सज्जन दोनों का मुँह देखने लगे। वकील साहब भी पहिचान गए।

"वो तो बड़ा ही हरामी आदमी है साहब। वैसे भी, इस तरफ आजकल यादवों के ठाठ चल रहे हैं। लखनऊ में इनकी ही सरकार है। मूतते लखनऊ में हैं, चिराग मोंठ, कालपी तक जल रहे हैं।" वकील साहब सज्जन को बताने लगे।

"जानते हैं आप उसे?...तो आप समझाइए न उसे।" सज्जन बोले।

"समझेगा नहीं। यह उस तरह का आदमी है जिसे पैदा करने के बाद ईश्वर भी आज तक नहीं समझ सका है कि अपनी इस गलती को अब कैसे सुधारे?"

"कहकर तो देखें।"

"मूँ फाड़ के पैसे माँगेगा।"

"अपनी ही जमीन के लिए कैसे पैसे? मैं एक धेला नहीं दूँगा।" सज्जन बिफर गए।

"बाहर ही बाहर सेटल करना है तो यह पैसे से ही तो करना होगा न भाई साब वरना..." वकील साहब बोले।

"...वरना?"

"वरना बस दो रास्ते हैं। एक तो कानूनी रास्ता है, और दूसरा यह है कि आप जाकर यादव की कनपटी पर तमंचा धर दें..."

"...आपको मैं क्रिमिनल लगता हूँ?"

"वही तो! आप बिलकुल नहीं लगते। आप चाहें तो भी क्रिमिनल नहीं लग सकते। शक्ल से ही इत्ते शरीफ लगते हैं कि डाकू की ड्रेस डाल के भी खड़े हो जाएँगे तो लगेगा कि फैंसी ड्रेस में खड़े हैं।"

वकील ने माना कि भाई साहब द्वारा तमंचे वाला रास्ता नहीं पकड़ा जा सकता।

"...और आप पैसे देंगे नहीं?" वकील ने दोबारा पूछा।

"वो मैं क्यों दूँ?" सज्जन उल्टा पूछने लगे।

"फिर तो अपुन कानूनी रास्ता ही पकड़ते हैं। ...हम अभी कोर्ट ही जा रहे हैं। आप हमारे साथ चले चलें। अपुन तहसील में आज ही जमीन की हदबंदी का आवेदन लगा देते हैं।" वकील ने कानूनी रास्ता बताया।

"हदबंदी?"

"आप जेई सब दस्तावेज लगा के तहसील में प्रार्थना करेंगे कि जे हमारी जमीन है, इसकी तस्दीक करा दी जाए।"

"फिर?"

"फिर हमें हदबंदी की तारीख मिलेगी। पटवारी और गिरदावर वहीं मौके पर पहुँचेंगे।" वकील ने समझाया।

"आज शाम तक तो हो जाएगा न यह काम?"

वकील साहब उनकी यह भोली बात सुनकर हँसने लगे। पंडिज्जी भी मुस्कुरा दिये।

यार, आदमी भोला हो, शरीफ हो, पर ऐसा चूतिया न हो।

"आज? आज तो, बस आपकी अर्जी लगेगी। फिर पन्द्रह दिन का नोटिस पीरियड। फिर हदबंदी की जो भी तारीख मिले। उस तारीख पर गिरदावर, पटवारी, सब मौके पर पहुँचेंगे। खसरा-खतौनी के रिकार्ड से आपके कागजों का मिलान होगा। गाँव के राजस्व नक्शे के हिसाब से नपती होगी।" वकील ने बताया।

"पन्द्रह दिन? मेरा तो परसों का रिजर्वेशन है।" वे बोले।

"अब आप खूब सारे रिजर्वेशन करा के रखें।"

"मतलब?"

"पन्द्रह के पचास दिन भी हो सकते हैं।"

"ऐसे कैसे?"

"भाईसाहब, आप हर बात में 'ऐसे कैसे' बोलना तो छोड़ ही दें...।"

वकील साहब ने विस्तार से कुछ यूँ समझाया : "कानून के रास्ते पर नियम, कायदे, प्रोसीजर आदि की इतनी बजरी, गिट्टी, डामर आदि पड़े रहते हैं (और इनको कभी भी प्रशासन द्वारा ठीक से कूटा नहीं गया है) कि कानून के रास्ते पर तेज-तेज चलना ठीक नहीं माना जाता है। प्रोसीजर की बजरी पर कभी आपका पैर जरा-सा भी गलत पड़ गया तो आदमी सीधे मूँ के बल ही गिरता है। कानूनी प्रोसीजर में समय लगता है। और यह भी जरूरी नहीं कि जो तारीख मिली है उस पर पैमाइश हो ही जाए। न हो पाई तो फिर से अगली तारीख लेनी पड़ेगी। यहाँ तो मर्डर केस में भी यही होता है, आपका तो, बस जमीन का मामला है।"

अब सज्जन हताशा की चपेट में थे। माथे पर हाथ धर के बैठे रह गए वे। कुछ देर तक 'लॉ चैम्बर' में एकदम चुप्पी रही। वकील साहब उनको मन ही मन तौल रहे थे। पंडिज्जी ने भी आँखें मूँद ली थीं।

अन्दर से आता हुआ शोर अब इसी चुप्पी को दबोचे हुए 'लॉ चैम्बर' में घूम रहा था।

"नपती हो जाने पर तो मुझे कब्जा मिल जाएगा न?" सज्जन ने चुप्पी तोड़ते हुए एक और भोला प्रश्न किया। वकील साहब उन्हें गौर और आश्चर्य से देखते रहे। ...अब इस इस आदमी को क्या कहा जाए?

"कब्जे का तो खैर केस चलेगा ही चलेगा।"

"नपती के बाद भी?"

"एसडीएम को यादव की भी तो सुननी पड़ेगी न?"

"पर उसने तो हमारी जमीन पर गैरकानूनी कब्जा..."

"...यह तो आप कह रहे हैं न भाई साब? यादव भी तो अपने कागज दिखा सकता है?"

"वह क्या दिखाएगा वकील साहब? कागज तो हमारे पास हैं।"

"आपकी जमीन का बिक्रीनामा, उसके गिरवी रखने के दस्तावेज, आपके

पिताजी द्वारा हस्ताक्षरित एफिडेविट—उसके पास कुछ भी हो सकता है।"

वे इसके प्रत्युत्तर में 'ऐसे-कैसे' बोलते-बोलते रह गए। वे प्रश्नवाचक मुद्रा में वकील साहब को देखने लगे।

"तब?" उन्होंने पूछा।

"तब एसडीएम की अदालत में केस चलेगा। फिर गवाही, पेशी, दस्तावेज, जवाबी दस्तावेज—जे सब खेल चलेगा। चलता रहेगा।"

"फिर असली कागज होने का मतलब ही क्या हुआ?"

"मतलब क्यों नहीं? मतलब तो है। ...इन्हीं कागजों से तो आप अन्ततः एसडीएम कोर्ट में केस जीतेंगे। ...हाँ, वकालत के दाँव-पेंच हमको देखने होंगे। ...जीतेंगे आप ही।"

"हम जीते, फिर तो जमीन हमें मिल जाएगी?"

"जीत का आर्डर मिल जाएगा आपको।"

"और जमीन?"

" जमीन? आप आर्डर लेकर जाएँगे और यादव को उसकी कॉपी दिखाएँगे।"

"फिर? यादव जमीन हमें दे देगा?"

"यह उस पर निर्भर है कि वह क्या करेगा। वो मान भी सकता है, और नहीं भी।"

"मानेगा कैसे नहीं?"

"वही, पुंगी वाला मामला। वह अदालती आदेश की पुंगी बनाकर आपको वापस कर सकता है कि इसे अपने या जज साहब के स्थान विशेष में डाल लें।"

"अरे! तब?"

"तब आपको थाने जाना होगा। यादव के विरुद्ध एक एफआईआर दर्ज करानी होगी। अदालती आदेश के तामील की प्रार्थना करनी पड़ेगी। थानेदार का रेट पता करना पड़ेगा। उसे पैसे देने होंगे।"

"थानेदार को काहे के पैसे?"

"थानेदार को तो उसके थानेदार होने के पैसे देने पड़ते हैं भाईसाहब।"

"थानेदार हमें ज़मीन दिलवा देगा?"

"दिलवा भी सकता है, पर जे भी हो सकता है कि तब तक यादव सिविल-कोर्ट चला जाए।"

"अरे!"

"फिर सिविल कोर्ट में केस चलेगा।"

"अभी तो चला था?"

" वो वहाँ चला था,अब यहाँ चलेगा।"

"कित्ते दिन चलेगा?"

"आपकी क्या उम्र है?"

"क्यों?"

"बताइए न?"

"यही, बासठ के आस-पास।"

"तो मान लें कि आप यदि सौ साल तक जीने की ठान लें तो शायद केस आपके जीते जी तय हो जाए। ...फिर हाईकोर्ट। ...सुप्रीम कोर्ट।"

"इत्ती देर!"

"देर है, पर अंधेर नहीं। जीतेंगे आप ही। पक्का।"

"क्या और कोई रास्ता नहीं है?"

"है न।" वकील साहब ने कहा पर यह नहीं बताया कि वह रास्ता क्या है? वे,बस उनका चेहरा देखते रहे। जमीन डेढ़ करोड़ से कम की नहीं है। इस आदमी से अगर पच्चीस लाख निकलवा सकें तो यादव को तो दस- बारह में मनाया जा सकता है। हो सकता है कि वह इससे भी कम में सेट हो जाए।

इधर पंडिज्जी आँखें मूँदकर सारी बातें बड़े गौर से सुन रहे हैं। इसी बीच अन्दर से आता हुआ शोर अचानक ही बढ़ गया है। एक छोटा-सा बच्चा धड़ाम से दफ्तर के अन्दर तक आकर गिरा है और तुरन्त उठकर हँसता हुआ गलियारे से होता हुआ अन्दर भाग गया है। जिस बच्चे ने उसे धकेला था, उसके ठहाके अभी तक सुनाई दे रहे हैं।

वकील साहब ने पैरों में जूता एडजस्ट किया।

दीवार पर लगी घड़ी में एक बार ज़ोर से टन्न बजा। दोपहर के डेढ़ बज रहे हैं।

वकील साहब असमंजस में हैं। अन्दर जाकर किसी बच्चे को ठीक से कूटकर आएँ या फिर सामने वाली पार्टी के सामने दाना डालकर देखें?

"देखिए, आउट ऑफ कोर्ट ही मामला सेटल करने की कोशिश करते हैं। वैसे, यादव भौत ही हरामी है। पर वह हमसे हरामीपन नहीं करेगा। पक्का। ...हम उसके पीछे लगेंगे तो वह मानेगा ही।"

"तो बात करिए न उससे। ...प्लीज!"

सज्जन लगभग गिड़गिड़ा रहे थे। वकील साहब जान गए कि इन तिलों से काफी तेल निकाला जा सकेगा।

पंडिज्जी ने आँखें खोल लीं।

वकील साहब मौन का अंतराल बढ़ाते रहे। क्लाइंट की बेचैनी बढ़ेगी तो मामला और भी तर होगा।

"पंडिज्जी, आप बताइए? आप क्या कहते हैं?" वकील साहब ने सज्जन की जगह पंडिज्जी से पूछा।

"आदमी बदमाश है। भौत बड़ा मूँ खोलेगा।" पंडिज्जी ने अपना आकलन

दिया। उनसे यही तो कहलवाना भी चाहते थे वकील साहब।

"वो ऐसे नहीं मानेगा; भौत पैसे लेगा भाई साब।" वकील साहब भी बोले।

"आप थोड़ा दबाव डालेंगे तो..."

"...वो स्साला, अपने बाप की नहीं सुनता साहब। बात-बात पे तो तमंचा निकाल लेता है।"

"आप ही ठीक-ठाक सेटल करा दें वकील साहब।" सज्जन अब आत्मसमर्पण पर आ गए हैं। यही वकील साहब चाहते भी थे।

"पैंतीस लाख से नीचे नहीं मानने वाला।" वकील साहब ने कहा।

"पैंतीस!"

"हम भौत कोशिश करेंगे भी तो शायद तीस-बत्तीस तक आ जाए, बस।"

"यह तो..."

"...पर आपकी जमीन भी तो डेढ़ करोड़ से कम की नहीं है। आप कमाएँगे तो वह भी तो कमाना चाहेगा।"

अन्दर शोरशराबा बढ़ गया है। वे फिर उठे।

"रहने दें। मारने से बच्चे बिगड़ते हैं। दो बजने को हैं। कोर्ट चलें?"

"हमें भी तैयार ही मानिए, जूते पहिने और निकले। ...बस, जरा भाई साब बता दें कि फाइनली ये क्या चाहते हैं?"

सज्जन ने सिर उठाया।

सज्जन ने पंडिज्जी की तरफ देखा, "आप क्या कहते हैं?"

पंडिज्जी कुछ देर तक सोचते रहे, फिर बोले, "भाई साब, कोटरा में दो तरह की पापुलेशन है—कम हरामी, और ज्यादा हरामी। मान लें कि सीधा तो यहाँ कोई है नहीं। यहाँ सीधों को भी हरामी बनना पड़ता है। इधर जीने की एक जरूरी शर्त यह है कि आदमी तिकड़म सीखे। यहाँ, अदालती केस को अटकाने, बढ़ाने, फँसाने, लटकाने के इत्ते तरीके बच्चे-बच्चे को आते हैं कि जज लोग तक बौखला जाते हैं। ...हमारी मानें तो 'आउट आफ कोर्ट' मामला सेटल कर लें। जो मिल जाए, लेकर निकल जाएँ।"

वकील साहब पंडिज्जी को ऐसी श्रद्धा से सुनते रहे मानो वे कानून-व्यवस्था की सत्यनारायण कथा बाँच रहे हों।

सज्जन यकायक उठे।

जेब से मोबाइल निकाला।

"मैं इस बाबत जरा अपने बेटे से बात कर लूँ। अभी आता हूँ। ...ठीक?"

सज्जन बोलते-बोलते काँच का दरवाजा ठेलकर गली में उतर गए और गली में यहाँ से वहाँ टहलते हुए फोन पर बतियाने लगे। दरवाजे के काँच से उनकी बेचैन आवाजाही दिखाई दे रही है। वे अपने हाथों को जोर-जोर से हिलाते हुए, बहस-सी

करते, अपने गंजे होते सिर पर बमुश्किल टिके बालों में उँगलियाँ घुमाते, उत्तेजित होते हुए फोन पर चर्चा करते दिख रहे हैं।

वकील साहब काँच के दरवाजे से दिख रहे इस दृश्य को अपनी तरह से ही समझने का प्रयास कर रहे हैं।

आँगन से आता हुआ शोर जरा ज्यादा ही बढ़ गया है।

पंडिज्जी भी गली में टहलते हुए सज्जन को लगातार देख रहे हैं और मुस्कुरा रहे हैं।

"चूतिया हैं..." पंडिज्जी ने मानो इस बारे में अपनी फाइनल राय दी।

"जल्दी में कोई राय न बनाएँ पंडिज्जी। अभी देखना पड़ेगा। ...चूतिया आदमी को हरदम चूतिया ही न मानें। क्या पता कि वह दिखता तो चूतिया हो पर हो बड़ा होश्यार। चूतिया जैसा दिखना उसकी होश्यारी भी हो सकती है।" वकील साहब बोले।

पंडिज्जी मुस्कुरा दिये। प्रशंसा में हाथ जोड़ दिये वकील साहब के।

अन्दर से आता शोर बढ़ता जा रहा है।

ईमानदारी का भगंदर

"तो क्या सारे अफसर बेईमान ही होते हैं?" चबूतरे पर बैठे नौजवान ने अचानक ही चर्चा में उतरते हुए पूछ लिया।

***

कोटरा के बाज़ार में बने इस चबूतरे का ज़िक्र हम पहले भी कर चुके हैं। गजानन बाबू का भी यही स्थायी ठीया है।

पीपल का एक बहुत पुराना-सा पेड़ है। उसी के साथ बना है यह चबूतरा। फ़ुरसती लोग बैठे रहते हैं यहाँ। कभी ताश की फड़, कभी चौपड़। कभी यूँ ही, बस अलसाते हुए। कुछ लोग यहाँ बैठकर अखबार भी पढ़ते हैं। इन लोगों के बीच बतकही चलती रहती है। इससे थोड़ी दूर पर ही चाय का एक खोखा है। यहाँ तंबाकू, बीड़ी, सिगरेट, गुटखे की झालरें—अर्थात आनंदपूर्वक समय काटने के समस्त साधन उपलब्ध हैं। चबूतरे पर बिराजा व्यक्ति आवाज़ दे तो चाय वहीं पहुँचा दी जाती है।

***

"तो क्या सारे अफसर बेईमान ही होते हैं?" नौजवान ने पूछा।

सबने चर्चा रोककर उसे गौर से देखा।

कोई नौजवान है। नौजवानों को हक है कि वे ऐसे मूर्ख प्रश्न उठाएँ। गौर से देखा गया तो सब उसे पहिचान भी गए। गंगेलेजी का लौंडा है। अभी-अभी शहर से पढ़-लिखकर लौटा है। इसने पंडिज्जी के स्कूल में मास्टरी की नौकरी के लिए कागज भी डाल रखे हैं। उस तरह के कॉम्पिटीशन्स की तैयारी भी कर रहा है, जिनमें बैठ-बैठकर इस तरफ़ के नौजवान एक दिन ओवर-एज होकर अन्ततः कहीं कुछ छोटामोटा काम पकड़ लेते हैं। इस नौजवान की अभी शुरुआत है। अभी यह सपनों की पकड़ में है। इसे उम्मीदें हैं। होती ही हैं। पढ़-लिख लो तो शुरू-शुरू में कुछ ज़्यादा ही होती हैं। इसे भी हैं तो ऐसी कुछ गलत बात नहीं। धीरे-धीरे समझेगा। दुनिया को उस तरह से समझना अभी इसे बाकी है जैसी वह वास्तव में है। इसीलिए जब नौजवान ने यह मूर्खतापूर्ण प्रश्न किया तो चबूतरे पर बैठे लोगों ने उसे माफ कर दिया।

इससे पूर्व वह नौजवान वहाँ चुपचाप बैठकर कोई किताब पढ़ रहा था परन्तु साथ-साथ वह, वहाँ एकत्रित फुरसतियों के बीच चल रहे विमर्श को भी बड़ी देर से सुनता जा रहा था।

किसी अधेड़ ने बात यहाँ से शुरू की थी कि वैसे तो सारे ही अफसर हरामी होते हैं पर अभी आया ये वाला कुछ विकट ही हरामी लग रहा है। स्साला ऐसा बेईमान है कि अब पुराने वाले अफसरों की सोचें तो वे तो संत टाइप लग रहे हैं। बात एक बार चल पड़ी, फिर तो सभी उसमें उतर गए। खूब छपाछप मची। हाँ, इस एक बात पर लगभग सर्व-सहमति दिखी कि अफसर है,तो वह बेईमान होगा ही। सबने माना कि बेईमान होना तो अधिकार है अफसर का। भाई साहब, किसी अफसर से यह उम्मीद ही क्यों करना कि वह बिना आपसे पैसा लिए आपकी कटी उँगली पर मूतेगा? ऐसा सोचना भी आपकी नादानी है! वास्तव में, यह संयम तो अफसरी की ट्रेनिंग में ही सिखा दिया जाता है कि कैसे अपनी पेशाब और दस्तखत को तब तक रोक के रखा जाए जब तक कि कटी उँगली लेकर प्रस्तुत हुआ शख़्स उचित रिश्वत प्रस्तुत न कर दे।

फिर विभिन्न अफसरों की अफसरी के किस्से चल पड़े। रिश्वत की बात चली तो थानेदार साहब की बात तो सबसे पहले निकलनी ही थी। 'हुस्न की बात चली तो सब तेरा नाम लेंगे' वाला मामला।

याद करते हुए पूछा गया, "बघेल साब की याद है कि नहीं? ऐसा कड़क थानेदार कि एक बार ठीक से घूर के देख ले तो आदमी के बदन पे नील पड़ जाएँ। ... जरा-जरा-सी बात पर आदमी को घर से उठवा लेता, और एक बार उठवा ले तो फिर आदमी कहीं बैठने लायक नहीं रह जाता था। गाल से लेकर अपने चूतड़ तक

सुजवाकर ही आदमी थाने से लौट पाता था। पन्द्रह दिन तो आदमी अपने घर मूँ के बल लेटा रहता था। ...ऐसे में कभी एक मानवाधिकार वाले साहब थाने पहुँच के उनसे फालतू के तर्क-वितर्क करने लगे। बोले कि निरपराधी को ऐसे पकड़ना तो ठीक नहीं है। थानेदार साहब ने पुचकारते हुए उनसे पूछ लिया कि फिर आप ही हमें गाइड करें कि इनको कैसे पकड़ना ठीक रहेगा? गर्दन से पकड़ें कि कलाई से? या कहें तो पिल्ले की तरह इनके दोनों कान पकड़ के इन्हें उठाया जाए? आप जैसा भी निर्देश देंगे, हम आगे से इन स्सालों को वैसा ही उठाया करेंगे। मानवाधिकार वाले साहब के पास इन यक्ष-प्रश्नों का कोई उत्तर नहीं था। वे मौन रह गए। फिर, वे चुपचाप ही उठकर जाने को हुए तो थानेदार ने उनसे पूछा कि तुम अभी जा कहाँ रहे हो? तुम अपनी तो बताते जाओ; तुम्हें कैसे पकड़ा जाए? और पकड़ के तुम्हें कहाँ लटकाया जाए? फिर बघेल साब ने उनकी चैंथी के बाल अपनी मुट्ठी में पकड़ के, उन्हें वहीं तीन चक्कर घुमा के कहा कि बेटा, जब तक हम यहाँ के थानेदार हैं तब तक इधर आस-पास भी न दिखियो वर्ना हवाई जहाज बना के उल्टा टाँग देंगे और नीचे हवाई पट्टी पे तेल डाल देंगे तो जहाज उतर भी न पाएगा।"

सब देर तक हँसे। नौजवान, किताब पर आँखें गड़ाए उनकी हँसी सुनता रहा। ...अरे, कैसे हैं ये लोग?

इसी तारतम्य में पिछले तहसीलदार साब के भी कसीदे काढ़े गए। सबने उनकी इस बात के लिए भूरि-भूरि प्रशंसा की कि उन्होंने रिश्वत देने का सिस्टम इतना आसान तथा बोधगम्य बना डाला था कि वे सीधे ही क्लाइंट को अपना फाइनल रेट खुद बता देते थे। वे यहाँ तक बता देते थे कि यदि तुम आज शाम तक बंगले पर दस हजार रुपए पहुँचा देते हो, तो ठीक, वरना हम कल के रेट का आज खुद भी नहीं कह सकते। हो सकता है कि परसों आओ तो हम इसी काम के तुमसे पूरे पन्द्रह हजार माँगें। हवाई जहाज का किराया रोज-रोज बदलता रहता है कि नहीं? रिश्वत का सिस्टम भी वैसा ही मान लो। रिश्वत के भी फ्लैक्सी रेट होते हैं। ... उनके इस खुले व्यवहार से आम जन के लिए चीजें बड़ी आसान हो गई थीं। आदमी सीधे उनसे ही पूछ लेता था कि साहब हमें ये काम कराना है, इसका भाव बता दिया जाए तो हम वैसा इंतजाम करके आ जाएँ? ...एकदम दुकानदारी टाइप मामला बना दिया था साहब ने। दुकान में क्या होता है? सामान सामने रखा होता है। रेट भी सामने हैं। पैसे दो। सामान लो। निकलो। किसी भी दुकान पर आप बिना पैसे के जाते हो क्या? नहीं न? वहाँ पहुँचकर आप यह तो नहीं कहते न कि यार, हमें जे साबुन मुफ्त में दे दो? जानते हैं, कोई नहीं देगा। मार के भगा देगा। काम कराना है तो दाम तो देने पड़ेंगे न?..."बिना पैसे के आ गए तो हम तुम्हारी क्या गत करेंगे यह बात तो खुद हमें पता नहीं है। सच्ची।"...वे लोगों से कहते। ...ऐसेई एक नादान बलम कभी इनके पास पहुँच गए थे। कहने लगे कि सरकारी काम

कराने के कैसे पैसे? यह तो हमारा अधिकार है। आप तुरन्त हमारा काम करके दें क्योंकि हमारा केस एकदम कानून-सम्मत है।

सारी बात को सुनकर तहसीलदार साहब पहले तो ख़ूब हँसे, फिर बोले कि "यार, तुम यहाँ एकदम गलत जगह आ गए हो। यहाँ कोई चुटकुलों वाला कम्पटीशन नहीं चल रहा। वो होता तो हम तुम्हारे इस चुटकुले पर स्वयं तुम्हें फर्स्ट प्राइज देते" शुरू में हँसने के बाद फिर साहब गुस्सा खा गए। गरम हो के पूछने लगे कि "तुम्हें यह किसने समझा दिया है कि नियम-कायदे के काम की रिश्वत न माँगी जाएगी?" गुस्से में तमतमाकर कुर्सी से खड़े हो गए साहब। नादान सज्जन का कंधा पकड़कर पूछने लगे, "अरे, अगर तुम्हें गर्भगृह में खड़े होकर प्रसाद चढ़ाने से ही इनकार करना था तो फिर अपने घर पर ही बैठकर भगवान का ध्यान कर लेते न। यहाँ मन्दिर में क्यों आए?

"अभी देंगे एक चपाटा..." कहकर तहसीलदार साब झापड़ मारने ही वाले थे कि उस आदमी का एक समझदार दोस्त भागा-भागा वहाँ पहुँच गया। उसने खूब हाथ-पाँव जोड़े। माफी माँगी। बताया कि साब, ये बेचारा एकदम सीधा-सादा आदमी है। तहसील भी पहली बार ही आया है। तहसील की हवा में पहली बार श्वास ले रहा है। इसे पता ही नहीं, यहाँ की हवा में कित्ता आक्सीजन है, कित्ता कार्बन डाई आक्साइड? नादान है। चूतिया ही मान लें।...

यह किस्सा सुनकर भी चबूतरे पर बैठे सब लोग खूब हँसे।

फिर और भी अफसरों की दंत कथाएँ निकलीं। अफसरों की अफसरी, रिश्वत वसूलने के हरेक के अलग तथा अनोखे तरीकों, गरीबों को लतियाए जाने के दृश्यों का ऐसे हँस-हँसकर बयान किया गया मानो समाज ने अफसरी, रिश्वत, शरीफों और गरीबों की दुर्गति आदि को न केवल नियति के तौर पर स्वीकार कर लिया है, उसे इस बात पर गर्व मिश्रित आनन्द भी है कि ऐसे प्रशासन-तंत्र में भी उसके लोग कितने कौशल से जिए जा रहे हैं। सबके पास अपने-अपने किस्से थे कि कैसे उन्होंने एकदम असम्भव-सा लगता गैरकानूनी काम रिश्वत देकर मिनटों में करा लिया था क्योंकि दुनियादारी यही कहाती है।

नौजवान बेचैन होकर तब से सब कुछ सुने जा रहा था। अन्ततः कसमसाकर उसने किताब बन्द कर दी और व्यंग्यात्मक लहजे में पूछा, "तो क्या सारे अफसर बेईमान ही होते हैं?"

सब लोग पलटकर उसे देखने लगे।

वह बोला, "मैं तबसे आपकी अजीब-अजीब बातें सुन रहा हूँ। ऐसा लगता है, बिना बेईमान हुए यहाँ कोई अफसरी कर ही नहीं सकता है। क्या आपने कभी कोई ईमानदार अफसर देखा ही नहीं? यहाँ हमेशा ऐसे ही अफसर आते रहे हैं क्या? अरे, ईमानदार अफसर भी तो होते हैं कि नहीं?"

सब उसका मुँह देखते रहे। ...बोल लेने दो। पेट की गैस है, जित्ती बाहर निकल जाए उत्ती बढ़िया।

अपनी बात बोलकर वह क्षोभ में भरा हुआ किताब-कागज समेटने लगा।

तब कोई उसकी बात के उत्तर में बोला, "तुमने एकदम सही कहा। क्यों नहीं हो सकता! जरूर हो सकता है। अफसर ईमानदार भी हो सकता है। जैसे कि आदमी पागल भी हो सकता है। क्यों नहीं हो सकता? बिलकुल हो सकता है।"

सब हँसने लगे। नौजवान खिसिया गया।

एक ने उसे पुचकारते हुए समझाया कि होने को तो दुनिया में कुछ भी हो सकता है। हम उसकी तो बात ही नहीं कर रहे कि क्या-क्या हो सकता है? हम तो यहाँ उसकी बात कर रहे हैं, जो है। ...तो भैया, है तो जेई; हमारी तो ऐसेई अफसरों से निभाते हुए जिंदगी गुजरी है भैया। वैसे तुम भी ठीक ही कह रहे हो। ईमानदार अफसर भी कहीं होता ही होगा। ...जरूर होता होगा। ...परन्तु सरकार ऐसे ईमानदार आदमी को कहाँ रखती है, उसको टिकट लगाकर दिखाती है कि बिना टिकट के; यह सब हमें नहीं पता। ...अलबत्ता, हमने तो कोई ईमानदार अफसर कभी देखा नहीं।

एक बुजुर्ग सज्जन ने इस बात पर तुरन्त एतराज प्रकट किया। उन्होंने कहा, "नहीं, ऐसा भी नहीं है। तुम भूल रहे हो। ...एक ईमानदार अफसर इतें भी आए तो हते। भूल गए उनको? कैसी आग मूती थी बिनने; याद नहीं?"

फिर वे उस ईमानदार अफसर का किस्सा सुनाने बैठ गए :

पन्द्रह साल पहले यहाँ भी आए थे ऐसे एक अफसर। बड़े ईमानदार। बड़े कड़क। सब तरफ उनकी चर्चा कि एक ईमानदार नायब तहसीलदार ने ज्वाइन किया है भैया। पहले तो कोई इस अनहोनी पर भरोसा करने को राजी नहीं हुआ कि अरे, ऐसे कैसे? फिर दूर-दूर के लोग मात्र इसीलिए तहसील आने लगे कि देखें तो, ईमानदार अफसर स्साला दिखता कैसा है?...कई लोग तो अपने बाल-बच्चों को भी साथ लेकर आए कि ठीक से देख लो, ऐसी शक्ल निकल आती है ईमानदार आदमी की।

एक ईमानदार अफसर की आमद से ही यहाँ का जीवन उथल-पुथल हो गया था। रिश्वत देकर ही सारे काम कराने के आदी नागरिकों के लिए वे छह माह बड़े ही कठिन गुजरे थे।

ईमानदार होकर भी कोई नायब तहसीलदार था, या नायब तहसीलदार होते हुए भी कोई ईमानदार था—इस दैवीय चमत्कार पर लोगों को तब जाकर विश्वास हुआ जब स्वयं उनका कोई काम इनसे फँस गया। ...वैसे तो उनका चपरासी ही लोगों को बाहर चेता देता था कि अन्दर रिश्वत का इशारा भी मत कर बैठना वर्ना हमारे ये नए साहब क्या कर बैठें, उन्हें खुद नहीं पता। ...रिश्वत की बात सुनकर एकदम बौखला जाते हैं नए साहब।

सबको पता चल गया कि ये तो वास्तव में रिश्वत नहीं लेते! यही नहीं, लोगों को यहाँ तक पता चला कि अपनी इस मूर्खता पर इन साहब को ख़ासा गर्व भी है। यह बात तो और भी चिंतनीय थी। इसका मतलब यह हुआ कि ये इस मजबूरी में ईमानदार नहीं थे कि बेईमानी करने में अक्षम रहे हों बल्कि इनको तो ईमानदारी का रोग था। इनकी ईमानदारी भगंदर टाइप थी जो आदमी को न तो ठीक से बैठने दे, न लेटने।

इस तरह न केवल आमजन, तहसील कर्मचारी भी उनसे बेहद परेशान हो गए। स्साला, हर फाइल ऐसी ख़राब कर देता है कि फिर उसे सुधारना भी असम्भव—वे सब कहते! अब इसकी ईमानदारी का क्या इंतज़ाम किया जाए? पूरे कोटरा में लोग चिन्तित रहने लगे थे।

लोग परेशान थे। वैसे वे आपस में सांत्वना भी देते रहते थे कि यह आदमी यहाँ ज्यादा दिन नहीं चलने वाला। सबको विश्वास था कि गवर्नमेंट इसे लम्बा बरदाश्त नहीं करेगी। स्साले की ईमानदारी का घड़ा जल्दी ही फूटेगा!...पर ऐसा नहीं हुआ। उनका ट्रान्सफर किसी लूप लाइन में नहीं किया गया जैसा कि आमतौर पर ऐसों के साथ होता है। वे कोटरा में ही बने रहे। उनके रहते चहल-पहल वाली तहसील एकदम विधवा टाइप उदास तथा उजाड़ लगने लगी। रिश्वत का सिंदूर माथे पर नहीं लगने से ऐसा लगे मानो आफिस का सुहाग ही लुट गया हो।

फिर?

कैसे ठीक किया जाए इन्हें? विचार-विमर्श चले।

फिर इलाके के कुछ जिम्मेदार नागरिक इनके बड़े साहब तक जा पहुँचे। उनसे प्रार्थना की गई कि आप इनको ठीक से समझा लें कि दुनिया ऐसे नहीं चलती है। ...साहब ने भी माना कि इनके द्वारा फालतू की ईमानदारी झाड़ने से तहसील का सौहार्द्रपूर्ण वातावरण ख़राब हुआ है। बड़े साहब सहमत थे कि आदमी को प्रैक्टिकल होना चाहिए। साहब ने आश्वस्त किया कि हम भी इन्हें एक दिन बुलाकर समझाएँगे। पर उन्होंने साथ में यह भी कहा कि यह आदमी बहुत टेढ़ा है। हमसे भी समझेगा कि नहीं, कहना कठिन है। इसकी रेपुटेशन बड़ी ख़राब है। घुन्ना आदमी है।

फिर?

फिर एक दिन साहब ने उन्हें अपने चेंबर में बुलाकर चाय पिलाई। बात करने की कोशिश की :

"यार, आप लेते क्यों नहीं?" साहब ने सीधे ही पूछ लिया।

"क्या लेना है सर?"

"वही, जो सब लेते हैं..."

"...जी सर?" वे समझे ही नहीं।

"यार, लोगों की फाइलें क्लियर करते ही हो, कुछ ले लिया करो।"

"थक जाते हैं तो चाय ले लेते हैं, सर।" वे बोले।

"तुम ऐसे ही हो, या फिर जानबूझकर चूतिया टाइप बिहेव कर रहे हो? क्यों?"

"सर, मैं तो एकदम नियम-कायदे से चल रहा हूँ।"

"क्यों चल रहे हो?"

"जी?"

"जी। ...अच्छा, अब हम तुमसे सीधे ही पूछते हैं। तुम रिश्वत क्यों नहीं लेते?"

वे चुप रहे। मौन होकर रुआँसा चेहरा लिए साहब को देखते रहे।

"पैसे ख़राब लगते हैं तुम्हें?" साहब ने पूछा।

"सर, यह मेरे सिद्धांतों के ख़िलाफ़ है।"

"कौन-सा सिद्धांत? न्यूटन का, कि आर्किमिडीज का? यार, यह कौन-सी साइंस पढ़ ली है तुमने? तुम क्या समझते हो? हमारा कोई सिद्धांत नहीं है?"

"सर, मैं आपका कैसे कहूँ?"

"यार, सिद्धांत ऐसा हो जो थ्योरी भर का न हो, वह प्रैक्टिकल भी तो हो। तुम अपना सिद्धांत थोड़ा ठीक कर लो।"

"सर, मैं ईमानदारी नहीं छोड़ पाऊँगा। क्षमा करें।"

"मूर्खता को ईमानदारी मानने की भूल मत करो।"

नायब तहसीलदार साहब मौन हो गए। कुछ बोले नहीं। उनकी आँखें भर आईं। मुँह लाल हो गया। होंठ थरथराने लगे। चैंथी के बाल खड़े हो गए। बोले, "सर, मैं यह सब नहीं कर सकूँगा।"

साहब ने गहरी श्वांस ली।

नायब तहसीलदार साहब लाल आँखें और उतरा हुआ मूँ लिए वहाँ से उठ आए। फिर, बात एमएलए साहब तक भी पहुँची। वे बोले कि भगाने को तो स्साले को हम आज भगवा दें पर इसे कोई अपने यहाँ लेने को राजी तो हो। कोई इसे लेने को ही राजी नहीं। लूप-लाइन वाले तक इसे अपने यहाँ नहीं चाहते। ऐसा डिब्बा लूप-लाइन की पटरी पर भी बोझ माना जाता है। वहाँ भी यह अपने बोझ से पटरी को खराब ही करेगा।

फिर?

फिर क्या, एक दिन अपनी ईमानदारी की गठरी उठाकर यहाँ से मुँह काला कर गए। लोकतंत्र है भाई। निकल गए। सरकार ने न जाने कहाँ, किस कोने में, कोई ऐसी कुर्सी खोज निकाली जो एकदम आरामकुर्सी टाइप की थी। पड़ी थी कहीं। वहीं बिठा दिया इनको। कहा कि अब तुम यहीं रहे आओ। झूलते रहो।

नौजवान ने सारी कहानी सुनी।

कहानी की शिक्षा कहीं इस नादान नौजवान को समझ में न आई हो तो वह

भी उन बुजुर्ग ने विस्तार से बता दी। कहा, "इसीलिए यह मत समझना कि सरकार में ईमानदार अफसर नहीं होते। होते हैं। ख़ूब होते हैं। सरकारी मशीनरी में ईमानदार अफसर भी देखे जाते हैं। बस, होता यह है कि वे इस मशीन में फिट नहीं हो पाते। हरदम खड़-खड़ करते रहते हैं।"

यहाँ बुजुर्ग सज्जन थोड़ा रुके। नौजवान का मुँह देखते रहे। मुस्कुराए भी। फिर आगे बोले : "हाँ, तुम जैसे नौजवान कोई क्रांति कर डालें तो शायद कुछ हो।

"वैसे क्रांति से भी कुछ बदलता नहीं। क्रांति हो भी गई तो क्या होगा? क्रांति करने वाले भी बाद में क्रांति करने का मुआवजा वसूलने लगते हैं। हर क्रांति अन्ततः इस या उस सिस्टम में ढल जाती है। मशीन तो सबको यही लगती है न? सो तुम परेशान न हो। अभी नौजवान हो। अपना खून फालतू में ऐसे न छनकाओ। तुमाई आगे शादी-ब्याह की उम्र है। खून को सही काम के लिए बचा के रखो वर्ना शादी के बाद हकीमों के चक्कर काटते फिरोगे।"

सब हँसने लगे। नौजवान खिसियाकर कसमसाने लगा। वह कुछ कह पाता कि तभी मुन्ना मास्साब वहाँ से तेज-तेज निकलते दिखे।

लोगों ने आवाज दी तो उनको रुकना पड़ा।

"जल्दी-जल्दी कितें खों जा रये मास्साब?" कोई बोला।

"स्कूल जा रये; इस टेम पे और कितें जाएँगे?"

"अरे, रुक के थोड़ी चाय तो पी लो हमारे साथ।"

"नहीं, आज तो बिलकुल भी टेम नहीं है भैया।"

"अरे, ऐसी क्या जल्दी मची है? टेम पे पोंच के कौन-सा किसी लड़के को विद्वान बना दोगे?"

"उन्हें विद्वान बनाने की स्कूल में व्यवस्था अलग से है। वो बात नहीं है।"

"फिर बैठो न।"

"नहीं, हम बैठ न पाएँगे।"

"काय? नीचे कछू हो गओ का?"

सब हँस पड़े।

"आप हमारे नीचे की चिन्ता न करो। उतें सब दुरुस्त है। हमें अभी पंडिज्जी के साथ कालपी जाना है। पंडिज्जी भी पहुँच रहे होंगे।"

"कालपी? काय के लाने?"

"नए शिक्षाधिकारी आए हैं। अभी-अभी ज्वाइन किए हैं। उनके दर्शन करने जाएँगे पंडिज्जी। हम साथ में।"

"भौत ईमानदार अफसर तो नहीं हैं न?" किसी ने पूछा।

सब लोग नौजवान की तरफ देखकर हँसने लगे। वह और भी खिसिया गया।

मुन्ना मास्साब हँसी का कारण तो नहीं समझ पाए परन्तु हँस दिये। ईमानदारी का जिक्र आया है तो जरूर कोई मजाक की ही बात रही होगी—यह मानकर हँस दिये मुन्ना मास्साब।

"ईमानदार तो नहीं, कड़क हैं—ऐसा कहते हैं।" मुन्ना मास्साब ने कहा।

"कड़क अफसर को मुलायम करने का टोटका खूब जानते है अपने पंडिज्जी।" किसी ने कहा।

"वो तरीका तो पूरा हिंदुस्तान जानता है भैया। अफसर को मुलायम करने का एक ही तरीका पूरे हिंदुस्तान में चलता है; गांधीवादी तरीका। जेब में कड़क कागज वाले गांधीजी हों तो सब मुलायम हो जाते हैं।" कोई और बोला।

सब फिर से हँसे।

नौजवान सिहर गया। ...रोने की बात पर कोई कैसे हँस सकता है?

नौजवान मुन्ना मास्साब को जाता हुआ देखता रहा।

उसने भी तो इसी कॉलेज में नौकरी के लिए आवेदन दे रखा है। क्या वह भी एक दिन इन जैसा ही हो जाएगा? नौजवान के शरीर और मन में झुरझुरी-सी उठ गई।

चबूतरे पर फिर से किसी बात पर सब लोग हो-हो करके हँस रहे हैं।

मर्डर का आमंत्रण

"काय भैया, कल थोड़ी फुरसत है?"

"तुमाए लाने तो हरदम फुरसत है। ...बोलो?"

"थोड़ा-सा एक मर्डर करने चलना था।"

"कल?"

"हओ कल, क्यों?

"यार, हमें थोड़ा पहले तो बताते।"

"हम कोई बारात में जाबे की कह रहे हैं क्या? मर्डर के लिए तुम्हें कौन-से पैंट-कोट प्रेस कराने हैं?"

"अरे, वो बात नहीं है।"

"फिर?"

"असल में कल हमारा पहले से ही एक प्रोग्राग बना हुआ है..."

"...कैसा प्रोग्राम?"

"एक गवाह की ठुकाई करनी है।"

"तो उसे परसों ठोंक लेना?"

"परसों तो उसकी पेशी ही है भैया। कल न ठोंका तो परसों तो स्साले की गवाही भी हो जाएगी।"

"ऐसो कौन-सा केस है?"

"मर्डर का केस है। मामाजी फँसे हुए हैं।"

कौन, अपने चिम्मन मामा?"

"बेई समझो।"

"अरे।"

"वोई तो। समझ सकते हो न? ममियारे तरफ का मामला है।"

"फिर?"

"तो तुम परसों कर लो न। जरा-सा मर्डर ही तो है; परसों कर लेंगे।"

"फिर भी, कल का ही कुछ हो जाता तो..."

"...यार, कल की जिद छोड़ दो न भैया। अगर कल हम न पहुँचे तो मामाजी जिन्दगी भर को बुरा मान बैठेंगे। वैसे भी, आजकल बे हर बात को सीधे दिल पे ले लेते हैं। उमर हो गई है न; बोलेंगे कुछ नहीं, बस, मूँ बना के बैठ जाएँगे।... समझा करो।"

"तो फिर परसों का तो पक्का न?"

"हओ, एकदम्म पक्का।"

"यार, फिर तुम परसों कोई गड़बड़ न करियो। वो स्साला नौकरीपेशा आदमी है। चार दिन की छुट्टी लेकर कोटरा आया हुआ है। अभी उसका मर्डर न हुआ तो स्साला फिर से निकल जाएगा।"

"मर्डर करवाने के लिए भी छुट्टी का प्रावधान हो गया है आजकल? जे स्साली, भौत बढ़िया नौकरी है यार, क्यों सगे?"

दोनों हँसने लगे।

"चलिए। फिर परसों चलते हैं। हमें तुम चौरसिया की दुकान से उठा लेईयो। ... वैसे, तुमाई मोटरसाइकिल तो ठीक चल रही है?"

"ऐन फर्राटे से दौड़ रही है।"

"तब ठीक। और, पेट्रोल पूरा भरवा लेईयो भैया। जे न हो कि इतें तो हम मर्डर करके भाग रहे हैं, उतें चार कदम पे गाड़ी का तेल खत्म हो जाए।"

"अरे, ऐसा न कहो राजा। मर्डर को जाना हो, न जाना हो, टैंक हमेशा फुल ही रहता है हमारा।"

"अच्छी आदत है। ...अच्छा, एक बात और बताओ। उसे मारना भर है कि लूटपाट का भी कछू संयोग बनेगा?"

"नहीं, मार के तुरन्त निकल लेना है।"

"फिर ठीक। तुम अपना भी कट्टा रख लेना। हमारा तो है ही।"

"जे भी कोई कहबे की बात है? कट्टा तो हम चौबीसों घंटे अपने पास रखते हैं। ...टट्टी भी जाएँ तो हमारा कट्टा लोटे के पास ही धरा रहता है।"

"चलता भी है कि बस दिखावे का है?"

"सटीक चलता है। ...क्यों?"

"नहीं, हमने सोची कि लोटे के बगल में धरते हो तो कभी उसमें पानी-बानी न घुस गया हो।"

दोनों हँसने लगे।

"हमारा भी जेई है। किसी को जूता मारने भी जाना हो तो जेब में कट्टा रख के ही जाते हैं।" वे बोले।

"वोई तो, भैया, धरना पड़ता है। सब तरफ बैरी घूमते हों तो आदमी के पास कट्टा तो चइए। मान लो कि टट्टी करते में ही कोई मारबे खों आ जाए तो उससे जे थोड़ेई कहोगे कि हमें अपनी धो-धवा के जरा कट्टा ले आने दो।"

दोनों देर तक ठठाकर हँसते रहे।

फिर वे उठकर जाने लगे।

इन्होंने जाते-जाते, आवाज़ देकर उनसे एक बात और साफ़ करने का निवेदन किया, पूछा, "मारना कब है? रात में कि दिन में? घर में कि बाहर? सड़क पे कि खेत में?"

"यार, तुम तो ऐसे पूछ रहे हो मानो हिरनाकश्यप को मारना हो। उसे कोई वरदान नहीं मिल रखा है भैया; जितें मारोगे, मर जाएगा।"

"पर तैयारी के लाने तो जे सब जानना जरूरी होता है भाई साब, कि नहीं?"

"कैसी तैयारी यार? रात में मर्डर करें तो क्या गैसबत्ती लटका के चलोगे?"

"वो बात नहीं है सगे। जैसे कि अगर दिन में मर्डर हो तो मूँ पे ढट्टी बाँधोगे कि नहीं?"

"कायदे से, वो तो रात में भी बाँधनी चइए भैया।"

"सो तो है। वैसे, बाहर ही मारना है?"

"खेत पे टपकाएँगे स्साले को।"

"चलते हैं फिर..."

"...हओ, तुम चलो।"

दोनों विदा हुए।

***

यहाँ पाठकों के मन में प्रश्न उठ सकता है कि आखिर कौन हैं ये लोग, और यह बातचीत आखिर कहाँ हो रही है?

महत्त्वपूर्ण यह नहीं कि ये कौन लोग हैं जो मर्डर करने की बात इतनी सहजता से कर रहे हैं? और ऐसी बातें यहाँ सब तरफ़ हो रही हैं; ऐसी, 'या इस जैसी ही। मर्डर न सही तो 'सिर खोलने' की बातें। टाँगें तोड़ डालने की बात। 'पटक-पटक के' मारने के मंसूबे। घर से 'घसीट के' निकालने की बातें। जूते मारने की योजनाएँ। घेर के मारने के दावे। पेट में 'रामपुरी पेलने' की धमकियाँ। एक लप्पड़ में 'मूँ तोड़' कर रख देने की बतकही। इलाका ऐसा है जहाँ मारपीट से लेकर मर्डर तक, सब कुछ सहज क्रिया मान ली गई है। समाज ने स्वीकार-सा कर लिया है कि यह सब तो होगा ही। ...किसी को अब इन बातों पर गुस्सा, हैरानी या विरोध करने जैसा कुछ नहीं लगता। ...यह सब तो चलता है भाई। चलेगा ही। मर्डर होते रहते हैं भाई साहब, इसमें ऐसा क्या है? किसी का भी हो सकता है। कोई भी कर सकता है। अरे, हो गया होगा। ज़रूर, कोई बात रही होगी। ख़ुद को ही बच के चलना चाहिए भाई साहब। ज़माना ठीक नहीं। कहीं कुछ देखो भी तो चुपके से निकल लो वहाँ से।

***

"भौत दिनों से अपने योगेश भैया नहीं दिखे...कहीं बाहर गए हैं क्या?"

"अरे, तुम्हें पता नहीं?"

"क्यों क्या हुआ?"

"उनका तो मर्डर हो गया, अब के जलबिहार मेले में। चकरी वाले झूला पे पहले चढ़बे के चक्कर में दबंगों से विवाद कर बैठे।"

"अरे!"

"तुमको पता नहीं चला?"

"अरे, हम खुद चले गए थे कानपुर। वहाँ चाचाजी को किसी ने चक्कू मार दिया था। सिनेमा हाल में उनकी थोड़ी-सी बहस हो गई। पीछे बैठे लौंडे बातें कर रहे थे। हँसी-ठट्ठा कर रये थे। चाचाजी ने उनसे बस इत्ता कहा कि चुप रह के फिल्म देखी जाए। लौंडे बोले कि फिल्म चल रही है कि स्कूल की क्लास?... चाचाजी गरम होने लगे। लौंडों ने उन्हें पीछे से चक्कू मारा और निकल गए।"

"बच तो गए न?"

"हाँ, बच तो गए। ...डाक्टर बता रये थे कि चक्कू दो इंच और घुस जाता तो उनका दिल निपुर जाता।"

"पीछे से चक्कू मारबे में अक्सर ऐसा हो जाता है। निशाना सटीक नहीं घल पाता।"

***

तो ऐसा है साहब, इधर का तो। यहाँ कोई दो दिन भी दिखाई न दे तो पहला डर यही लगता है कि कहीं इनका मर्डर न हो गया हो। वैसे दूसरा डर यह भी लगता है कि भाई साहब ख़ुद तो किसी केस में फरार नहीं हो गए हैं? इसीलिए यहाँ अमूमन हथियार लेकर चला जाता है। ऐन मौके पर आप किसी से माँग तो नहीं सकते न कि भाई साब, तनिक अपना चक्कू देंगे क्या, हम थोड़ा-सा मार के आते हैं!

अब यहाँ आप कानून का प्रश्न उठा के मत बैठ जाइएगा।

कानून की फोटू देखी है न आपने? न्याय की? अरे वही, जिसमें वह अपने एक हाथ में तराजू लिये और आँखों पर पट्टी बाँधे खड़ा रहता है? कानून की यही धज यहाँ सबको बड़ी भाती है। लोगों ने इसके तराजू के पलड़े गायब कर दिये हैं। कानून भी ख़ुश है कि जैसा, जिस स्थिति में है, कम से कम, है तो! कहने को ठीक रहता है कि हमारे यहाँ भी कानून है। कानून का राज है। वैसे, अपराधी पकड़े भी ख़ूब जाते हैं। फिर छूट भी जाते हैं। गवाह मिलते नहीं। गवाही यहाँ केवल व्यक्तिगत दुश्मनी निकालने के लिए दी जाती है बस, वर्ना इसे एक सामाजिक अपराध भी माना जाता है। ...उनकी उन्हें निबटने दो न यार, तुम काहे गवाही-फवाही के फेर में पड़ गए हो? उनका मामला है। वे जानें, उनका काम जाने।

यूँ तो लोगों का कानून पर विश्वास भी है। मुकदमे भी चलते हैं। लम्बे चलते हैं। चलते ही चले जाते हैं। अटके रहते हैं। रुके रहते हैं; ठीक किसी पैसिंजर ट्रेन की तरह जो जंगल में बेवजह रुकी पड़ी हो और ड्राइवर तथा गार्ड भी न बता सकें कि आख़िर यह रुकी क्यों है?

वैसे, लोग भी परवाह नहीं करते। केस अदालत में पड़ा है तो पड़ा रहे स्साला। हमें क्या करना? लोग यहाँ अदालत या कानून के निर्णय की प्रतीक्षा नहीं करते; वे अपना निर्णय स्वयं करते हैं। समाज ऐसे लोगों की यहाँ बड़ी इज़्ज़त भी करता है जो अपराधी को ख़ुद सजा दे दें। बड़ा मान है उनका। आन-बान-शान का मामला होता है यहाँ अपराध। ...मर्डर हुआ है। अदालत में केस है। मारने वाले जेल में हैं। देखियो, तगड़ी सजा होगी। ...पर कब होगी? तब तक तुम ऐसेई हिजड़ों टाइप बैठे रहोगे क्या? बाप तुम्हारे मरे हैं कि जज साब के? अरे, सजा तो तुम्हें देनी चाहिए थी और तुम नामर्दों जैसे जज साहब के लिए बैठे हो? इत्ती फट रही है क्या? जो लोग अदालत द्वारा अपराधी को सजा दिये जाने की प्रतीक्षा में धैर्यपूर्वक बैठे हैं, समाज उन्हें कायर मानता है। ...हिजड़े हो क्या बे? ...देखो रे, जे जा रहे हैं अपनी माँ के लाल! इनके बाप के दो टुकड़े करके फेंक गए थे बे, और जे ऐसे पनसाखा कि नपुंसक की घांईं जज्जी के चक्कर काट रहे हैं। ...स्साले को खुद मारो न। वो जेल में है, तो? उसके परिवार के इत्ते लोग तो बाहर, छुट्टा घूम रहे हैं। चाचा, ताऊ, मामा...मारो न स्सालों को। या जेल में घुस के उसे ही मार के आओ न। ऐसेई पिल्लों घांईं कब तक दुबक के घूमोगे? ऐसेई जज साब के सामने कब तक

घिघियाते रहोगे कि हमारे बाप के हत्यारों को कड़ी से कड़ी सजा दी जाए मी लार्ड? यार, गांडू हो क्या? खुद के कल्ले में दम नहीं क्या? अपना बदला खुद ही लो न।

तो क्या सारा समाज ऐसा हो गया था?

क्या अपराध की स्वीकार्यता और महिमामंडन यहाँ की सामाजिक संरचना का अंग हो चुका था? क्या शराफ़त के लिए इसमें कहीं कोई जगह नहीं रह गई थी?... इसका उत्तर 'न' भी था, और 'हाँ' भी। कानून का पालन करने वाले भी यहाँ ख़ूब थे, बल्कि हज़ारों थे। इतने थे कि इनकी बलैया लेने को आपका मन उतावला हो उठे! शरीफ़ लोग ढेर सारे थे; पर वे थे मात्र, इससे ज़्यादा कुछ नहीं। वे चुप रहते थे। किसी के पचड़े में नहीं पड़ते थे। किसी विवाद में नहीं थे। किसी को टोकते नहीं थे। दृश्य प्रतिकूल लगे तो आँखें मींच लेते थे। घटनास्थल को भाँपकर दूर से ही निकल जाते थे। ग़ाली का जवाब देने से कतराते थे। कमीनों को सलाम और दबंगों की जुहार करते थे। कहते थे कि भैया, हम शरीफ़ आदमी हैं; न किसी के लेने में, न देने में। ऐसा करके वे न जाने क्यों ऐसा सोचते थे कि वे सुरक्षित हैं। ...पर यह सच नहीं था। वे अक्सर कुट-पिट भी जाते थे। वे इससे भी लात खाते और उससे भी। लात लगाने वाले लोग यही कहते कि स्साला, ख़ुद को बड़ा शरीफ़ गिनता है। ...कुछ शरीफ़, इस चक्कर में कमीने हो गए थे वर्ना तो ज्यादातर शरीफ़ अपनी शराफ़त को एक ठीक न हो पाने वाले घाव की भाँति चाटते हुए बैठे रहते थे।

यहाँ बदमाशी की कद्र थी। बदमाशों का बड़ा मान था। शराफ़त यहाँ अकर्मण्यता मानी जाती थी। शराफ़त के लिए हाथ-पाँव नहीं हिलाने पड़ते हैं, बस, पड़े रहो। चुप बैठो। न तो कुछ बोलो, न आवाज़ उठाओ। किसी की तीन-पाँच में न पड़ो। अकर्मण्य आदमी आसानी से शरीफ हो जाता है। इसके ठीक उलट बदमाशी ऐसी आसान चीज नहीं। इसे करने के लिए पहले तो आपको अपनी खटिया छोड़नी पड़ती है। खटिया पर पड़े-पड़े आप किसी का सिर नहीं फोड़ सकते। सिर फोड़ने के लिए दौड़-भाग करनी पड़ती है, डंडा चलाना पड़ता है, मौके से भागना पड़ता है। इसमें बड़ी मेहनत लगती है। इसके बरअक्स शराफत बड़े आराम का काम है। लेटो। बैठो। टिको। पाँव फैलाओ। जम्हाइयाँ लो। आँखें मूँदो। डकार लो। और बिना हाथ-पाँव डुलाए शराफत भी झाड़ते रहो। कोटरा में ऐसे शरीफ़ ख़ूब थे। आम राय यह थी कि ये बिल्ली के गू टाइप हैं—न लीपने के हैं, न पोतने के। बस, पड़े हैं। पड़े रहते हैं। पड़े रहने दो।

लोग शरीफ़ों पर तरस खाते। ...छोड़ो, बेचारे शरीफ़ हैं। शराफ़त बेचारगी का पर्याय भी मानी जाती। लोग शरीफ़ आदमी पर आश्चर्य करते कि आख़िर चक्कर क्या है? यह आदमी आज तक कामचलाऊ बदमाशी भी क्यों नहीं सीख पाया? वास्तव में, यह शराफ़त है कि कोई दिमाग़ी कमज़ोरी? बचपन में कभी सिर के बल गिरे तो नहीं थे? पैदाइश के टेम पर दाई के हाथ से फिसलकर खुपड़िया के

बल टपक गए थे क्या? पेट में थे तब माँ ने कुछ ऐसा-वैसा तो नहीं खा लिया था? बचपन में इन्हें आयोडीन वाला नमक नहीं मिल पाया क्या? आख़िर, कुछ तो वजह होगी ऐसी शराफ़त की?

कोटरा में शराफ़त की जगह धीरे-धीरे सिकुड़ती चली गई है।

मर्डर करने वाले इनको कभी नहीं मारते। कहते हैं कि मरे को मारा, क्या मारा!

सिद्धांतवादी का इलाज

शौकिया अपराध, मारपीट, सिर फोड़ना, हड्डे चटका देना, घर में घुस के मारना, खानदानी बदला लेना और जाति-उपजाति-गोत्र आदि की मान-मर्यादा के नियत नियमों की अनदेखी करने वालों की अक्ल ठिकाने लगा देना के वायुमंडल में श्वास लेता है कोटरा। इसी हवा में वह ख़ुश भी है। ख़ुश न भी हो, दिखता तो ख़ुश ही है। और इसी वायुमंडल का एक टुकड़ा विपिन बिहारी इंटर कॉलेज के इस कोने तक आया हुआ है। कॉलेज के पी.टी. ग्राउंड के इस कोने में ऐसी ही हवा बह रही है। दसवीं से बारहवीं कक्षा के बीच के कोई चार युवक, जो अभी स्कूल ड्रेस में न होते तो यह बता पाना असम्भव था कि ये छात्र हैं या लफंगे, एक घेरा बनाए खड़े हैं। उनकी आँखों, चेहरे तथा शरीर के हावभाव में जो है वह तब जाकर आता है जब कोई तीन-चार सालों से लगातार मारपीट, जूतमपैजार, अड़ीबाजी, लड़कियों से छेड़छाड़ कर करके थक चुका हो और अब चक्कू, तमंचा और थाना कचहरी के अरमान बना रहा हो।

इन लोगों के घेरे के बीच में अपोली खड़े हैं।

अपोली की संटी-सी लफती काया, पतली कमर तथा दस्तावर-टाइप के बमखटाखट शरीर में अभी बला का जोश दिख रहा है। वे इस कॉलेज के मैनेजर हैं। कॉलेज उनके बाप का है। यहाँ के सारे ग्रह उनके बनाए हुए मार्ग पर ही घूमें, वे यह छोटी-सी बात चाहते हैं। ज्यादातर घूमते भी हैं। एकाध अपनी निर्धारित कक्षा से छिटकता, भटकता है तो उस पर वे कड़ी निगाह रखते हैं। उनकी मिचमिची आँखों में चालाक चुस्ती है।

अपोली गंभीरतापूर्वक निर्देश दे रहे हैं चारों लड़कों को :

"बस, दो-चार लप्पड़ मार के छोड़ देना। ठीक?...जे न हो कि जोश में आ के तुम उनकी कोई हड्डी-फड्डी तोड़ दो। ऐसा बिलकुल न करना। फालतू का तमाशा खड़ा हो जाएगा। अपना काम तो बस, दो लप्पड़ से ही हो जाएगा। हाँ, उनकी शर्ट-वर्ट फाड़ सकते हो। एकाध बार धूल में दचक भी सकते हो। ...पर

बस, इत्ता ही। इससे ज्यादा कुछ नहीं। और उसे ऐसे स्थान पर ठोको कि सब उसे ठुकता देख लें। ऐसा आदमी बेइज्जती से बड़ा घबराता है। सिद्धांतवादी का येई इलाज है कि स्साले को ऐन पब्लिक के बीच लतिया दो। इसी में वो सारे सिद्धांत भूल जाता है। तो उसे लतियाना भर है। और कुछ नहीं करना है। ...और तुम, गजेन्द्र! तुम स्साले, नन्हे मास्साब को चक्कू-वक्कू न मार देना रे। बस, दो लप्पड़ मारने हैं और जे बात समझानी है कि बेट्टा, मास्टर हो तो मास्टर जैसे रहो। ...पंडिज्जी के खिलाफ तुम जो इतें-उतें फड़फड़ा रहे हो न सो कल से एकदम बन्द कर दो; इत्ती धमकी देना है, बस। इत्ते में ही अपना काम बन जाएगा। ...ठीक?"

छात्र आज्ञाकारी हैं।

"कल ही ठोंक देंगे, आप बिलकुल चिन्ता न करें।" गजेन्द्र ने ही कहा।

"ऐसी जल्दी भी नहीं है। कभी भी ठोंक दो। कल नहीं, तो परसों, कभी भी। बस, ठोंक दो तो आ के हमें बता जरूर देना। ...फोन पर न बताना। खुद आ के बताना कि काम कर दिये हैं। ठीक?"

"जी", सबने कहा।

एक जूते की अभिलाषा

जूता बहुत दिनों से चला नहीं था।

उस तरह से तो चला था कि पाँव में फँसकर इधर-उधर हो आए पर यहाँ उस चलने की तो बात ही नहीं हो रही। बात दूसरी है। जूते की अभिलाषा है कि कभी हम भी वैसे चलें जैसा चलने के लिए ईश्वर ने हमें यह जूता जन्म दिया है। कभी हम भी अपने मालिक के हाथों से चलें। कभी हम भी किसी की खोपड़ी पर बजें। कभी हमें भी भिगोकर किसी को मारा जाए। कभी हम भी शस्त्र बनें। कभी हम भी अस्त्र बनें। कभी कोई हमें भी फेंककर किसी को मारे। कब तक हम यूँ ही शरीफ़ों की भाँति सड़क पर चलते रहेंगे? आख़िर कब तक?

कोटरा के उस जूते के दर्द को भी समझें जो एकमात्र जूता ही बनकर रह गया। उसकी भी कुछ आकांक्षाएँ हैं। उसकी अभिलाषा है। वह चाहता है कि कोटरा के जूतों के बीच उसकी भी इज़्ज़त हो।

पता नहीं कब, वह भी शान से चलेगा?

जूता अपने मालिक पर शर्मिंदा है। यह मुझे बस, पहिनकर घूमता रहता है। कभी मुझे चलाता ही नहीं। कम से कम इस स्साले को तो जूता पड़ना ही चाहिए।

शिक्षा के खंडहर की पुताई

कोटरा की बाहरी सीमा पर 'विपिन बिहारी इंटर कॉलेज' का बड़ा-सा अहाता है।

यही पंडिज्जी का कॉलेज है। पढ़ाई इंटर तक की ही है परन्तु कहलाता यह कॉलेज है।

पच्चीस साल से पंडिज्जी कोटरा में यह कॉलेज चला रहे हैं। पिता के नाम का एक ट्रस्ट बना रखा है उन्होंने। ट्रस्टी घर के लोग ही हैं। एक मैनेजमेंट कमेटी भी है। उसमें भी घर जैसे लोग ही हैं। पंडिज्जी ट्रस्ट के आजीवन चेयरमैन हैं। कहने को कॉलेज संचालकों की एक समिति भी है। इसके सदस्यों का नियमित चुनाव भी होता है। अलिखित नियम यह है कि वे ही लोग सदस्य तथा संचालक बनते हैं जो पंडिज्जी की टाँग के नीचे से निकलकर कुर्सी तक पहुँचने को तैयार हों। कॉलेज को ठीक-ठाक-सा सरकारी अनुदान मिलता है। सरकारी अनुदान का वही खुला खेल यहाँ भी चलता है जैसा सरकारी अनुदानों का पूरे देश में चलता है। मास्टरों को नौकरी में रखने, निकालने से लगाकर बिल्डिंग रिपेयर फंड तक की अनुमति यही कमेटी देती है। वैसे, कमेटी को यह मेहनत भी नहीं करनी पड़ती। पंडिज्जी यह सब काम कर लेते हैं। कमेटी का काम पंडिज्जी के सफेद कागज पर हस्ताक्षर करके उसे कानूनी जामा पहिनाना होता है। पंडिज्जी भी सबका ख़याल रखते हैं। सबको कुछ न कुछ मिल जाता है। पंडिज्जी का दिमाग इत्ता पेचदार है कि सिस्टम की सीधी कील भी उसमें से ऐसा घुमावदार पेच बनकर निकलती है कि फिर वह पेच सरकार के हर सिस्टम में घुस सकता है। पंडिज्जी के पास सरकारी मशीनरी की पूरी डिजाइन का नक्शा रखा हुआ है। कौन-से पुर्जे में कित्ता तेल, कितने-कितने दिनों के अन्तर पर डालना पड़ता है, उन्हें यह सब सहज ही पता है। कौन-सी कुप्पी का तेल किधर लगेगा यह भी वे जानते हैं। सरकार के शिक्षा विभाग पर उनकी इस मायावी पकड़ के सब कायल हैं। किसी को वे गर्दन से पकड़ते हैं, और किसी के चरण। सरकार की शिक्षानीति में कभी कोई पुर्जा खड़खड़ करने लगे तो पंडिज्जी घबराते नहीं। ऐसे पुर्जे की मरम्मत और समुचित तेलपानी से लेकर उस पुर्जे को बदलवाने तक के जादूगर हैं वे। इसी के लिए पूरी कमेटी में बड़ा मान है उनका। कोटरा की शान हैं वे। कम से कम, इंटर कॉलेज वाले तो यही कहते हैं। इसी चेयरमैनी के बूते वे लोकल राजनीति में भी विकट सक्रिय हैं; राजनीति के सहारे कॉलेज चला रहे हैं या कॉलेज के कारण उनका राजनीतिक कद है—यह बहुत स्पष्ट नहीं है। यूँ भी दोनों ही कामों में बड़ी राजनीति लगती है। वे इलाके के सवर्णों के एकछत्र नेता हैं परन्तु उन्होंने इसी राजनीति के तहत पिछड़ों के लिए कॉलेज में विशेष सुविधाएँ भी दे रखी हैं। पिछड़ों की राजनीति की काट ऐसे ही करनी होती है।

विपिन बिहारी इंटर कॉलेज के प्रति उनका समर्पण सबको पता है। लोकचर्चा यही रहती है कि ऐसा कॉलेज चलाने के लिए, और कॉलेज को ऐसा चलाने के लिए बड़ा हरामी आदमी चाहिए। पंडिज्जी अपने बाप की सच्ची औलाद हैं। बाप महाहरामी थे। एक ज़माने में विपिन बिहारी दीक्षित का नाम कोटरा की राजनीति से लेकर थाने के एफ़आईआर रजिस्टर तक में बड़े आदर से दर्ज रहता था। सब यही कहते थे कि कभी इस हरामी से मत भिड़ जाना। वही परम्परा अब भी चल रही है।

कॉलेज अहाते के चारों तरफ़ ईंट की दुबली-सी बाउंड्रीवाल है जिसका पलस्तर किसी बूढ़े के दाँतों-सा झर गया है। पोपली सी दीवार किसी तरह बस खड़ी है। बाउंड्रीवाल के इस तरफ़ कोटरा में प्रवेश करती ऊबड़-खाबड़ सड़क है। सड़क और बाउंड्री के बीच कच्ची ज़मीन है जिस पर झाड़-झंखाड़ उगे हुए हैं। बाउंड्रीवाल के उस तरफ़ कॉलेज का मैदान है। बड़ा-सा मैदान। सड़क से निकलकर एक रास्ता बाउंड्री से होकर कॉलेज में अन्दर आता है जो मैदान को पार करता हुआ दूर वहाँ खत्म होता है, जहाँ एक चबूतरा-सा बना है। इस गोल चबूतरे पर एक खंभा गड़ा है। यहीं राष्ट्रीय पर्वों पर तिरंगा झंडा फहराया जाता है। इस खंभे से कुछ दूरी पर बहुत से कमरे बने हैं और एक लम्बा बरामदा है। बस, यही कॉलेज है। एक पंक्ति में बने हुए बहुत सारे कमरे। रेल के डिब्बों जैसी इमारत, मानो शिक्षा की पैसिंजर खड़ी हो; आज तक यह तय नहीं हो सका है कि यह पैसिंजर चलने को तैयार खड़ी है, या फिर बिगड़कर यार्ड में खड़ी कर दी गई है!

इसी इमारत के सामने, अभी बेतरतीब ढंग से यहाँ-वहाँ, दस-बारह मोटरसाइकिलें खड़ी हुई हैं। ये मास्टर लोगों की गाड़ियाँ हैं। अभी शाम का समय है। कॉलेज खत्म हुए आधा घंटा हो चुका। छात्र लोग घर जा चुके हैं। टीचर भी एक-एक करके निकले जा रहे हैं। कुछ लोग अभी भी स्टाफ रूम में कॉलेज राजनीति चलाते हुए बैठे हैं। वे लोग भी थोड़ी देर में निकल जाएँगे। पंडिज्जी बस, कभी-कभी ही कॉलेज आते हैं। इधर एक कमरा है उनका। आज आए थे। अन्दर बैठे भी रहे। सारे स्टाफ ने कमरे में जाकर पंडिज्जी पालांगी का कर्तव्य भी निभाया। वे अभी निकले ही हैं और निकलते-निकलते बाहर बाउंड्रीवाल के गेट के पास रुक गए हैं। बाउंड्री के साथ की कच्ची ज़मीन पर एक ट्रैक्टर झाड़ियाँ उखाड़ रहा है।

ट्रैक्टर देखकर मोटरसाइकिल रोक ली पंडिज्जी ने। थोड़ी देर तक चुपचाप ही देखते रहे वे ट्रैक्टर को।

कॉलेज की बाउंड्री के साथ-साथ दूर तक झाड़ियाँ उग आई हैं। पूरी बाउंड्रीवाल ही ढक गई है, यहाँ-वहाँ। ये झाड़ियाँ 'स्कूल का शो' खराब करती हैं, ऐसा मानना है पंडिज्जी का। एक बार बढ़िया से इस पर ट्रैक्टर घुमा के सबको निकलवा दिया जाए—ऐसा प्लान रहा है उनके मन में। कई दिनों से है। सभापतिजी को इसके

लिए कह भी रखा था। दरअसल, ग्रामसभा के पास एक ट्रैक्टर है। एक महीने से पंडिज्जी उनके पीछे लगे हैं कि वे अपना ट्रैक्टर यहाँ भेज दें। आज जाकर भेजा है। ...हरामी हैं स्साले। ग्रामसभा पिछड़ों के हाथ में है। कभी किसी सवर्ण का काम फँसे तो कटी उँगरिया पर भी वे लोग बस दो बूँद ही मूतेंगे, वह भी काँख-काँख के। अभी उनका ही ट्रैक्टर बाउंड्री के साथ चलता हुआ झाड़ियाँ उखाड़ रहा है। एक आदमी ट्रैक्टर पर है। एक पीछे खड़ा होकर ड्राइवर को दिशा बतला रहा है। कुछ दूर तक बाउंड्री साफ भी हो गई है। पंडिज्जी ने साफ निकल आई इस बाउंड्री को बड़े प्यार से देखा।

"बढ़िया।" वे बोले और मोटरसाइकिल पर अपने पीछे बैठे मास्टर की तरफ मुस्कुराकर देखा उन्होंने। मास्टर को किसी काम के लिए पीछे बिठाकर घर ले जा रहे हैं पंडिज्जी।

"जी महाराज।" मास्टर पिछली सीट से उतर गया।

"सारी झाड़ियाँ एक बार बढ़िया से साफ हो जाएँ तो अपनी जे बाउंड्री एकदम चकाचक निकल आए। देखिएगा, कॉलेज का जलवा हो जाएगा। क्यों, है न?"

"जी एकदम पंडिज्जी।"

"वाह!"

"जी।"

पंडिज्जी मोटरसाइकिल मास्टर को पकड़ाकर ट्रैक्टर की तरफ चल पड़े। इस चक्कर में उन्हें कच्चे में उतरना पड़ा। उनको आते देखा तो ड्राइवर ने ट्रैक्टर रोककर पालांगी की। नीचे खड़े कर्मचारी ने पास आकर पंडिज्जी के पाँव छूने की भंगिमा में उनके घुटने छुए। पंडिज्जी ने दोनों हाथ को उठाकर आशीर्वाद दिया; जब तक ये लोग पाँव छू रहे हैं बड़ा सुरक्षित और अच्छा लगता है!

"बेटा, बस ऐसेई लगन से बाकी की झाड़ियाँ भी साफ करनी हैं।"

"वोई कर रहे हैं पंडिज्जी।"

"करो, करो। भौत बढ़िया। ...स्साली, पूरी बाउंड्री ढक गई है। देखना, एक बार तुमने जे झाड़ियाँ हटाईं तब तुम खुद देखना—कॉलेज कैसा झकाझक लगेगा।" पंडिज्जी ने कहा तो वे दोनों कॉलेज की तरफ देखकर मुस्का दिये।

"हँस काय रये? कोई बेजा बात कह दी हमने?" पंडिज्जी ने मुस्कान पकड़ ली।

"वो बात नहीं है पंडिज्जी।"

"तो कछू और होएगी, क्यों? तुम हँसे क्यों?" पंडिज्जी ने आँखों में आँखें डालकर पूछा।

"हम तो जे कह रहे थे कि अकेले झाड़ियाँ उखड़वाने भर से काम न बनेगा मालिक..."

"...फिर?सब जगह ताजमहल जैसा संगमरमर लगवा दें?"

"पत्थर का बोझ सहन न कर पाएगी जे। पुरानी बिल्डिंग है। ...आप तो बस, एक बार इसे ठीक से पुतवा दें। पूरी बिल्डिंग पुताई माँग रही है महाराज।"

"माँग तो वो न जाने क्या-क्या रही है। हमारे पास कुछ हो तब न हम उसे कुछ दें?"

"जब कोटरा के मालिक लोग ही ऐसी बात कहेंगे तो..."

"...भैया, मैनेजिंग कमेटी का खीसा है एकदम खाली और इसी खाली जेब से हमें सारा जलवा खेंचना है; जित्ता खिंच जाए।"

"खिंचेगा मालिक..."

"...हमें पता है, खिंचेगा। हम खेंचेंगे न! तुम तो अपना काम बढ़िया कर जाओ, बस। ...उतें देखो, वो उतें' उतें की झाड़ियाँ ऐन घनी हैं।"

"उतें ट्रैक्टर न डाल पाएँगे मालिक। ऐन ढलान है उतें। ट्रैक्टर पलटी मार सकता है।"

"ऐसे कैसे यार?"

भौत ढलान है पंडिज्जी। ...उतें की झाड़ियाँ निकालने के काम पर अपने मास्टरों को लगा दो न पंडिज्जी?"

"मास्टर वैसे भी कॉलेज में घास ही छील रहे हैं। और कितनी छिलवाएँ उनसे? तुम तो जे काम भी कर जाओ भाई।"

"एकदम टीला है मालिक। जे टीले वाली झाड़ियाँ न हट पाएँगी हमसे। कहीं ट्रैक्टर धसक गया तो सभापति हमें अलग फटकारेंगे कि इत्ती बहादुरी दिखाबे की का जरूरत हती?"

"तुम तो अपनी पूरी बहादुरी दिखा दो यार। शाम की अद्धी के पैसे कॉलेज की तरफ से, ठीक?"

"दिल बड़ा है मालिक का। ...चलिए, कर देंगे। जे काम भी कर देंगे।"

"बस, कॉलेज चमक जाए। बीस स्कूलों का अकेला इक्जाम-सेंटर है यह। अभी तो मैट्रिक की परीक्षा होनी है। फिर इंटर की। बाहर के मोंड़ा-मोड़ियन को जरा लगे तो कि हाँ, जे कहाता है कॉलेज। ...है कि नहीं?"

"जी मालिक।"

"तो हम चलें?"

"चलिए मालिक।"

पंडिज्जी वापस मोटरसाइकिल के पास आ गए।

प्रतीक्षारत मास्टर ने मोटरसाइकिल को स्टैंड से हटाकर, बड़े अदब से गाड़ी का हैंडिल पंडिज्जी को पकड़ाया। वे अभी मोटरसाइकिल स्टार्ट कर ही रहे थे कि सामने से पटवारीजी की मोटरसाइकिल आती हुई दिखी। पंडिज्जी ने इशारा किया तो वे रुक गए।

किसनलाल यादव ठीक वैसे पटवारी हैं जैसे कि पटवारी होते हैं। उनमें पटवारी

तत्त्व इस कदर कूट-कूट कर भरा हुआ है कि उनके और कुछ हो पाने की गुंजाइश ही नहीं बची है। वे नखशिख पटवारी हैं। वे इस हद तक पटवारी हैं कि उनकी रग- रग पटवारी है। वे अहर्निश पटवारी हैं। वे बेहद पटवारी हैं। उनका मुँह देखकर ही आप जान जाते हैं कि यह शख़्स कहीं न कहीं का पटवारी है। उनकी चाल में भी एक किस्म का पटवारीपन है और आँखों का खसरा इतना रहस्यमय है कि वहाँ उन्होंने किसके नाम पर क्या चढ़ा रखा है पता करना असम्भव है। पत्नी, जो पिट जाने की रिस्क लेकर भी यादवजी के चाल-चरित्र पर शक किया करती है, वह बहुत गलत भी नहीं है।

पटवारीजी ने मोटरसाइकिल रोककर अतिशय विनम्र होते हुए "पांलागी पंडिज्जी" कहा और दोनों हाथ कुहनियों तक जोड़ दिये।

पटवारीजी की यह अतिशय विनम्रता उनकी ढाल भी है, तलवार भी। बड़े आदमियों के समक्ष ऐसा विनम्र होकर वे पहले ही वह मोर्चा खोल देते हैं, जिस पर चढ़ाई आसान नहीं।

"खुश रहिए" कहकर पंडिज्जी ने आशीर्वाद भी दे डाला गो कि वे खूब जानते हैं कि पटवारी को खुश रहने के लिए किसी के आशीर्वाद की जरूरत नहीं; खुशी तो उसके पटवारी होने में स्वयं ही अंतर्निहित (इनबिल्ट) है।

"हमारे कागज तो नहीं मिले होंगे न यादवजी?" पंडिज्जी ने पूछा।

"कौन-से कागज महाराज?"

"यार, अब जे न पूछन लगो। पूरी रमायन बाँचवें के बाद अब जे न पूछा जाए कि राम कौन, रावण कौन?"

"आप कब्रिस्तान की भूमि वाले कागजों की बात कर रहे हैं?"

"चलो, आपको याद तो आया।" पंडिज्जी मुस्काए।

पंडिज्जी ने सालों पहले, कब्रिस्तान के लिए तय सरकारी भूमि के एक बड़े हिस्से पर कब्जा करके वहाँ एक 'कोल्ड-स्टोरेज' तान डाला था। फिर सालों गुज़र गए। फिर बीच में वहाँ कोई ऐसा गलत डिप्टी-कलक्टर आया जिसने कोटरा की सारी सरकारी ज़मीन पर गैरकानूनी कब्जे हटाने की मुहिम-सी चला दी थी। जब वह सामान्य साम, दाम, दंड, भेद के समयसिद्ध तरीकों से न माना और गोदाम गिराने पर उतारू ही हो गया तो पूरे मामले को पंडिज्जी कोर्ट में ले गए। यहाँ उन्होंने माननीय न्यायालय को आदरपूर्वक बताया कि यह हमारी पुश्तैनी जमीन है और डिप्टी साहब का यह अन्याय रोका जाए, क्योंकि 'कोल्ड-स्टोरेज' इसी पुश्तैनी ज़मीन पर बना हुआ है। कागजों का इंतज़ाम हो गया था सो वहाँ कागज भी पेश कर दिये गए। कोर्ट केस चल पड़ा। अब चल रहा है। कागजों की बात उसी संदर्भ में हो रही है। सरकार की तरफ़ से भी कागज पेश किए गए हैं। सम्मन अफसर के नाम भी गया है।

अदालत ने दोनों के कागजों पर गौर किया है। माननीय न्यायालय ने चाहा

है कि दूध का दूध और पानी का पानी करने के लिए डिप्टी कलेक्टर साहब कुछ और भी कागज अदालत में पेश करें। नई तारीख़ दे दी गई। पंडिज्जी ने इसी बाबत पटवारी साहब की सहायता ली है। कलेक्टरेट में धरे कागजों की एक फाइल को यदि ठीक से दबा दिया जाए तो इस डिप्टी कलक्टर के बच्चे का बाप भी अदालत में उनका घंट कुछ नहीं उखाड़ पाएगा। वही हुआ भी। नई तारीखें लगती गईं। माँगे गए कागज पेश न हो सके। इधर डिप्टी कलेक्टर ने भी अपने नायब तहसीलदार की गर्दन पकड़ रखी थी। नायब तहसीलदार साहब एक दिन आफिस में इत्ता गुस्सा हुए कि मुँह से झाग फेंकने लगे। चार क्लर्कों को काम पर लगा दिया कि यह फाइल मिलनी ही चाहिए। पंडिज्जी को पता चला तो वे डर गए। पटवारीजी ने आश्वस्त किया कि ये कागज तो अब भगवान भी नहीं ढूँढ़ सकेंगे। कागज नहीं मिले। केस टलता गया। फिर वे डिप्टी कलक्टर ही ट्रांसफ़र हो गए। इस तरह मामला दब तो गया पर बीच-बीच में उघड़ भी जाता है। केस तो चलेगा ही। चल ही रहा है। पेशी की तारीख आती है तो स्साला नया साहब भी पूछ लेता है कि ...।

पटवारी जी से अभी उसी बाबत पड़ताल की जा रही है।

"कागज दबाए रखना बड़ा कठिन होता जा रहा है पंडिज्जी।"

"क्यों? इत्ता भारी बजन तो रखवा लिए थे आप हमसे?"

"क्या करें। हवा भौत तेज हो गई है। पिछली दफ़ा कोर्ट बड़ी सख्त होकर बोली थी कि यदि फाइल न पेश की गई तो फिर कोर्ट इसकी जिम्मेदारी तय करने का आदेश देगी।"

"पर बे वाले सरऊ जज तो रिटायर हो गए न पटवारीजी? आपको भी पता है।"

"वोई तो, वरना भौत ही कठिन हो जाता। पर नायब तहसीलदार तो रोज पूछ ही लेते हैं।"

पटवारी जी अब चुप खड़े हैं। पंडिज्जी सोच रहे हैं कुछ। मोटरसाइकिल पर उनके पीछे बैठा हुआ मास्टर, बस बैठा हुआ है।

"नए जज कैसे हैं?" पटवारी ने पूछा।

"नए का ठीक से पता नहीं चलता। पर अच्छी बात जेई है कि जे भी रिटायरमेंट के करीब हैं। लटकाते रहेंगे सारे मामले।"

"जब तक अपना मामला सामने आएगा, जे भी रिटायर हो जाएँगे। ...है ना?"

"सही समझे।"

"तब तक इधर भी नए नायब-तहसीलदार आ जाएँगे। तीन साल में ट्रांसफर की पॉलिसी है सरकार की।"

"अफसर और जज बस, ऐसेई बदलते रहें, और क्या चइए।"

"बस, तो फिर जेई चलता रहेगा। चिन्ता न करें।"

"भगवान चाहेगा तो जेई चलेगा।" दोनों हँसने लगे।

"वैसे भी ज्यादातर साहबों को भौत झंझट नहीं चाहिए। कैसे भी टाइम कट जाए, और पैसे बनते रहें, बस।"

"खूब करें, बस, हमें न छेड़ें।"

"न छेड़ेंगे।"

"आप बैठे हो पटवारी साहब, तो वैसे भी हमें चिन्ता नहीं रहती। साहब लोग जिस कुर्सी पर बैठते हैं उसके पैंदे पर तो कब्जा आपका है।"

"अरे, नहीं मालिक। हम तो भौत छोटे आदमी हैं पंडिज्जी।"

"हमारे लिए तो आप ही सबसे बड़े हैं।"

दोनों ने एक-दूसरे के हाथ जोड़ दिये।

"देखते रहें। कहीं कुछ और करना हो तो बताइएगा।" पंडिज्जी ने कहा।

दोनों ने फिर एक-दूसरे के हाथ जोड़ दिये।

विनम्रता की तलवारें दोनों के पास थीं। तलवारें चल भी रही थीं।

पटवारी जी हाथ जोड़कर गाड़ी बढ़ाने लगे।

"कल बिस्मिलजी मिले थे।" पटवारी ने चलते-चलते कहा।

"हमें भी मिले थे। परसों।"

"फिर ठीक है। उनने अपना काम तो आपको बता ही दिया होगा?"

"क्यों? नहीं तो?"

"कह रहे थे कि उनके पास एक सालिड पार्टी है। बोल रहे थे कि पंडिज्जी से टेम दिला दो।"

"हरामी आदमी है जे स्साला बिस्मिल का बच्चा। खुद हमसे भी जे बात कह सकता था पर देखिए, आपसे कहलवा रहा है। जानते हैं क्यों?"

"हमें कैसे पता?"

"वो पूरे कोटरा को बताना चाहता है कि पंडिज्जी नकल कराते हैं। पार्टियाँ आती हैं। उनसे मिलती हैं। नकल के पैसे देती हैं। स्कूल की बदनामी करना चाहता है स्साला।"

"ऐसा न सोचें। उसके पास वास्तव में कोई पार्टी है। एक बार मिल तो लें।"

"आप तो इस बिस्मिल के बच्चे को कह दें कि इस साल नकल न होगी। हमारे पास अभी किसी को भी न भेजे।"

"ऐसा जुल्म न करें पंडिज्जी। अभी तो भौत पार्टियाँ हैं जिन्हें हम..."

"...आपकी बात अलग है। जे बिस्मिल स्साला, बीच में खुद खूब पैसा बनाएगा। पार्टी से कहेगा कि पंडिज्जी ने माँगे हैं।"

"पेट तो बिस्मिल को भी लगा है भाई साहब। किसकी किस्मत में किसका पेट भरना लिखा है, क्या कह सकते हैं पंडिज्जी?"

"जे बात भी सही है।"

"तो फिर उनकी पार्टी को कब भिजवा दें? एक बिस्मिलजी की तो है ही, एक हमारी भी है।"

"इस बार काम भौत मुश्किल होने वाला है यादवजी। कालपी में नए साहब आए हैं। कहते फिर रहे हैं कि लखनऊ से मंत्रीजी का नकल रोकने का इशारा है। इस बार कोई नकल न होने देंगे।"

"भगवान राम आए हैं क्या?"

"राम की भगल पहिनबे में आदमी का क्या जाता है? राम होना सम्भव नहीं तो रामलीला वाली ड्रेस तो है। वैसे ही कोई साहब आ गए हैं। अपनी पूरी रामलीला दिखाने पर उतारू हैं।"

"तो आपने उनकी पूजा-पाठ नहीं की? प्रसाद नहीं चढ़ाया?"

"अभी उनकी पूजा के विधि-विधान पता करने में ही तो लगे हुए हैं। नया देवता है। विधान भी अलग ही होंगे।"

"तो?"

"तो अभी तो कुछ दिन किसी को न भेजें।"

"फिर हमें बता तो दीजिएगा न?"

"बताएँगे न। जरूर बताएँगे।"

"चलें फिर?"

"निकलिए..."

पटवारीजी ने मोटरसाइकिल बढ़ाई और फिर से रोक ली।

"अब अपने कॉलेज की बढ़िया-सी पुताई करा दो पंडिज्जी..." पटवारी ने कहा।

मोटरसाइकिल चालू है, दोनों की।

पंडिज्जी ने दो बार जोर से एक्सेलेटर लिया फिर इंजन को न्यूट्रल में डालकर चलता हुआ छोड़कर बोले, "तनिक लखनऊ से अनुदान तो रिलीज होने दो, फिर देखियो। बढ़िया चमका देंगे।"

"तो रिलीज कराइए न?"

"ऐसा आसान काम समझे हैं क्या?"

"आप कुछ रिलीज करें तो बे भी आपका क्यों न रिलीज करेंगे।"

"वो तो हम करेंगे ही। हमें पता है। बिना चढ़ावे के वरदान नहीं मिलता, यही जीवन की रीत है भैया।"

"पर पुताई जरूर करा दें। भगवान कसम, खंडहर टाइप दिखता है।"

"जो है, सो दिखता है। इसे शिक्षा का खंडहर ही मानें।"

कहकर पंडिज्जी ने हँसकर मोटरसाइकिल ऐसे अचानक झटके से बढ़ाई कि पीछे की सीट पर बैठे मास्साब टपकते-टपकते बचे।

"देख के गुरुजी..." किसी गुज़रने वाले ने चेताया।

धूप कमज़ोर हो रही है।

पंडिज्जी तेज़ी से निकल गए।

अब यहाँ बस, ट्रैक्टर की आवाज़ है और सामने सूना पड़ा कॉलेज का बड़ा सा कैंपस।

हरावल दस्ते आ रहे हैं

'नीलगाय आ रही हैं क्या' बूढ़ा चौंककर उठ गया।

***

अब वह घबराया-सा बैठा हुआ है खेत की मेंड़ पर बनी अपनी झोंपड़ी में।

आधी रात से ज्यादा का टेम तो होगा अभी। घने अँधेरे से भरी आसमान की देग ठंडी पड़ी हुई है। शाम से ही हल्के बादल रहे हैं। बादल अभी भी हैं यहाँ-वहाँ, इक्का-दुक्का सितारे; मानो धरती से मुँह छुपाते हुए फिर रहे हों आसमान में। सर्दी बढ़ गई है। प्लास्टिक की पन्नी डालकर बनी झोंपड़ी की छत बल्लीनुमा लकड़ियों पर टिकी है। बे-दरो-दीवार का आशियाना। नीचे, मिट्टी पर पुआल बिछा रखा है। उसी पर एक झीनी सी दरी। ओढ़ने के लिए बुरी तरह छीज गई एक फटी हुई कथरी। बस, इन्हीं अस्त्रों के सहारे सर्दी से लड़ता हुआ रात की चौकीदारी निभाता है बूढ़ा। वैसे पंडिज्जी ने खेत पर कँटीले तार की बागड़ भी लगा रखी है। बागड़ मजबूत हो तो नत्थू जैसा बूढ़ा भी खेत की रखवाली कर सकता है—ऐसा विश्वास है पंडिज्जी का।

बूढ़ा इससे पहले देर तक जागता रहा था।

उसे नींद ही नहीं आ रही थी। नहीं, चिन्ता के कारण नहीं। चिन्ताएँ तो जीवन भर उसका पीछा करती रही हैं। अब चिन्ताओं से नींद नहीं ख़राब होती है उसकी। आदत-सी हो गई है चिन्ताओं में ही जीने की। श्वास का तो हिस्सा हैं चिन्ताएँ। उसकी हर श्वास पर एक न एक चिन्ता सवार रहती है। हर श्वास के साथ चिन्ता अन्दर तो जाती है पर बाहर नहीं निकलती। चिन्ताओं का भारी भीड़-भड़क्का मचा रहता है उसके भीतर। मन में भारी कोलाहल रहता है। अब तो इसी कोलाहल में सोने की आदत पड़ चुकी है उसे। यह कोलाहल न हो तो वह सो ही न पाए। ...तो नींद तो बस यूँ ही नहीं आ रही थी। चिन्ता? नहीं, चिन्ता जैसा कुछ नहीं। अरे, काहे की चिन्ता? जीवन में जब सब कुछ बुरा ही होता चला जाए तो फिर आदमी चिन्ता करना छोड़ देता है। तो, नींद तो आ ही जाती है उसे। रोज़-रोज़ वह यही सोचकर सो जाता है कि आगे और कुछ ज़्यादा ही बुरा घटे, उससे पहले थोड़ा आराम कर

लिया जाए। हाँ, आज तो यूँ नींद नहीं आई कि बीड़ी एक ही बची थी। अभी पिएँ कि बाद में? वह नित्य ही सोने से पहले एक बीड़ी पीता है और एक तुरन्त उठने पर। आख़िरी कश खेंच कर, बीड़ी का टोंटा फेंक वह करवट लेकर सो जाता है। तय पाया गया कि इस बची हुई बीड़ी को बाद के लिए सहेजकर रखा जाए।

गहरी नींद क्या होती है—वह नहीं जानता। कभी यह चीज़ देखी या सुनी ही नहीं। वह मानता है, 'के सोए राजा का पूत, के सोए जोगी अवधूत।' वह न तो राजा का पूत है, न ही कोई जोगी। उसकी नींद तो बस ऐसेई है। सोता जरूर है, पर जागता-सोता रहता है रात भर। कभी कुछ देर को अच्छी नींद आई भी कि तभी फटी कथरी से हवा घुसकर पसलियों के पिंजरे से टकराती है और प्राणों का पंछी फड़फड़ाने लगता है। वह नींद से उठता है और एक बार फिर से फटी कथरी को कौशलपूर्वक ऐसे ओढ़ने का जतन करता है कि हवा और ठंड के ख़िलाफ़ ठीक-सी किलेबंदी हो जाए! रात भर, वह फिर-फिर सोता है, फिर-फिर जागता है। चौकीदारी, श्वासें, नींद, सपने और जागरण—सब एक साथ चलते रहते हैं।

आज रात भी काला आसमान देखते-देखते उसे कब नींद आ गई, पता नहीं चला।

फिर कोई सपना चल पड़ा। ऐसा कुछ ख़ास नहीं। बस, बेतरतीब सपनों की लुका-छिपी। टुकड़ों में सपना। टुकड़े-टुकड़े सपने। झलकियाँ। अच्छे। बुरे। अबूझ। फालतू के सपने। और सपनों के पार्श्व में पास की रोड पर गुज़रती गाड़ियों की इक्का-दुक्का आवाजें वर्ना सन्नाटा तो हरदम बजता ही रहता है। तब वह यूँ ही कोई सपना देख रहा था। शायद रोटी का। रोटी के साथ चटनी भी तो थी शायद? हाँ, थी तो। शायद अपनी छत का सपना भी था। शायद सुख का सपना। शायद कम दुख का सपना। शायद हँसी का। शायद कम रोने का। ...ऐसा ही कोई फालतू फंड का सपना कि जो उठने के बाद सुबह याद ही नहीं रह जाने वाला। ...कि तभी सपने के पार्श्व में बेतरतीब टापों की तेज आवाजें उभर आईं। फिर ये आवाज़ें तेज़ होती चली गईं। तेज़। और तेज़। और, और तेज़। पास आती हुई टापों की आवाज़ें। दुश्मन की फौज पास आ रही है क्या—सपने में तैनात सैनिक ने साथी सैनिक से पूछा। साथी सैनिक ऊँघ रहा था। चौंककर उठ गया।

'हाँ, दुश्मन ही आ रहे हैं।'

टापों की आवाज़ सुनकर नत्थू अचानक ही चौंककर उठ गया।

घबराकर नींद से उठ बैठा था वह। कथरी को एकदम से झटक के सतर्क बैठ गया है अब बूढ़ा।

दौड़ते पशुओं की सामूहिक टाप की आवाज़ है जो क्षितिज से इसी तरफ़ तेज़ी से बढ़ रही है। बहुत से पशु भागकर इसी तरफ़ आ रहे हैं। वह खड़ा होकर टोह लेने लगा।

'नीलगाएँ आ रहीं हैं क्या?' भय से भर गया वह।

***

नीलगायों का इलाका है यह।

बेतवा नदी के साथ-साथ मीलों तक बीहड़ इलाका है। इसी बीहड़ में घूमते हैं, नीलगायों के झुंड। बेलग़ाम।

रात में टोलियाँ निकल आती हैं इनकी। आवारा घूमती हैं आस-पास। खेतों से, मैदानों से होकर गुज़रती है ये टोलियाँ। खड़ी फसल को रौंदती हुई। मिनटों में खेत के खेत बरबाद करतीं। कोई चौकीदारी करता हुआ खेत पर सो रहा हो, उसे कुचलते हुए भागती जाती हैं नीलगाएँ। मानो दुश्मनों की सेना की कोई टुकड़ी। चौकीदार जागा हुआ भी हो तो कैसे रोके इनको? कोई रोक नहीं सकता इन्हें। डंडे से, या हकालकर भगाने की बात तो सोचना भी सम्भव नहीं। बहुत बड़ा जानवर है। इलाके के दबंग आदमियों टाइप चलती आती हैं ये। कौन रोकेगा इनको?

खड़े होकर अब ख़ुद के बचाव की तैयारी में है बूढ़ा।

नहीं, कोई हथियार नहीं हैं उसके पास। उसे तो नीलगायों के रास्ते से भागकर ही बचना होगा परन्तु टूटे घुटने लेकर तेज़ भागना भी तो सम्भव नहीं। वह खड़ा होकर समझने की कोशिश में है कि पास आती नीलगायों की सही दिशा क्या है? अभी खेत एकदम शान्त है। खेत किसी हद तक नीलगाय से सुरक्षित भी है। पंडिज्जी ने तारों की बाड़ में करंट छोड़ने का इंतज़ाम कर रखा है। खेत से लगा हुआ बिजली का सरकारी ट्रांसफार्मर है। बूढ़े का रोज़ का काम है कि सोने से पहले, रात के टेम इस ट्रांसफार्मर से बिजली का तार लेकर बाड़ को जोड़ दे और सुबह-सुबह इसे हटा दे। रात भर करेंट दौड़ता है खेत के चारों ओर। नीलगाएँ अगर खेत में घुसने की कोशिश करेंगी तो बिजली का ज़ोरदार झटका खाएँगी और बिदककर रास्ता बदल लेंगी।

सो खेत तो सुरक्षित हैं। उसे ही अपनी जान बचानी है।

वैसे करंट तो आ ही रहा होगा। मान लो कि करंट न आ रहा हो, तब? तार को एक बार छूकर देखा जाए क्या? नहीं, तार को छूना सम्भव नहीं। करंट तो आ ही रहा होगा। तुम खेत की चिन्ता मत करो नत्थू, अपनी जान की देखो भैया। टापों की आवाजें और भी निकट आती जा रही हैं। नीलगाय कहीं इसी मेंड़ पर दौड़ती हुई आईं तो उसे कुचलती हुई निकल जाएँगी। वह कानों को उसी तरफ़ करके उनके आने की दिशा का अनुमान करने लगा। अभी कित्ती दूर होंगी? हमारे खेत की तरफ़ आएँगी या बगल के खेत से गुजरेंगी? तो भागकर अभी सड़क पर निकल जाया जाए क्या?

वह मेंड़ पर तेज-तेज चलने के प्रयास में लड़खड़ाता हुआ सड़क की दिशा में चल पड़ा।

निकल ही लिया जाए। बूढ़ा लँगड़ाती चाल से जितना तेज़ चला जा सकता है, उतना तेज़ चलकर सड़क तक जा पहुँचा।

सड़क पर, यत्र-तत्र पसरे हुए हैं बजरी के ढेर। सड़क कूटने का इंजन ख़ामोश खड़ा है। अँधेरा है। सन्नाटा है। सड़क पर माहौल अभी भुतहा-सा है। दूर से, बहुत से जानवरों के भागकर आने की पदचापें सुनाई दे रही हैं। पास आतीं। और-और पास आतीं।

उसे पता है कि खेत सुरक्षित हैं, फिर भी उसने खेत की तरफ़ चिन्ता की नज़रों से से देखा। पंडिज्जी नाराज़ तो न हो जाएँगे कि तुमको खेतों की रखवाली के लिए रखा था कि ख़ुद की जान बचाने के लिए?

कई बार करंट लगने से मर भी जाती हैं नीलगाय—एक के बाद एक, पटापट, दो-तीन तक। कभी नीलगाय के बोझ से तार टूट भी जाता है। तब करंट भी टूट जाता है। ऐसे में खेत को कुचलती हुई निकल जाती है नीलगायों की भीड़।

बूढ़ा नत्थू एहतियात के लिए अब सड़क कूटने के विशालकाय इंजन के पीछे छुपकर टोह ले रहा है नीलगायों की। इधर, तेज़ी से पास आती पदचापों ने अचानक ही दिशा बदल दी है। पश्चिम तरफ़ मुड़कर अब वे पंडिज्जी के खेत से दूर जा रहे हैं। पदचापों की आवाज़ अब दूर होती जा रही है। टापों की आवाज़ कमज़ोर हो रही है। राहत मिली उसे। बूढ़ा इंजन की आड़ से बाहर निकल आया। वह उस दिशा के काले आसमान को देर तक देखता रहा जहाँ से अभी नीलगाएँ आ रही थीं। अब राहत थी। उसने कुरते की जेब से बची हुई इकलौती बीड़ी निकाली। माचिस की तीली रगड़ी तो अँधेरे के कुंड में रोशनी की एक छोटी-सी भंवर-सी बनी। थोड़ी देर तक यह बनी रही। कमज़ोर-सी रोशनी में बूढ़े का चेहरा अंधेरे के बीच उभर आया।

बीड़ी सुलगा ली उसने।

बूढ़ा अब वापस लौट रहा है। बीच-बीच में वह बीड़ी का कश खींचता है तो खेत की अंधेरी मेंड़ पर जुगनू-सा चमक जाता है।

बेदखल लोग

कोटरा के ख़त्म होते होते बेतवा आ जाती है। एकदम सीमांत पर बहती है बेतवा नदी। गहरी, चौड़े पाट की बेतवा।

यहाँ बड़ी उथली-सी है बेतवा। यहीं इस पर एक कच्चा पुल बना हुआ है। इसी से साल भर कोटरा का काम चलता है। बस, बारिश में यह बह जाता है परन्तु बारिश निकल जाने पर इसे फिर से बना लिया जाता है। बारिश में बेतवा विकराल

हो जाती है। ऐसे में कोटरा के इस दिशा से सारे संपर्क वैसे भी समाप्त हो जाते हैं। संपर्क मतलब मऊरानीपुर से संपर्क। इधर से मऊरानीपुर का छोटा रास्ता है। दूसरी तरफ़ झाँसी होकर जाओ तो छह घंटे ज़्यादा लगते हैं। सरकार यहाँ एक बहुत ऊँचा पुल बनवा रही है। पंडिज्जी के खेत से लगकर जो राजमार्ग बन रहा है, वह इसी पुल से जुड़ेगा और आगे मऊरानीपुर होकर आगे जाएगा।

राजमार्ग शानदार बन रहा है।

और यह पुल तो और भी शानदार बनता दिख रहा है।

इस तरह विकास का एक शानदार घेरा कोटरा को छूता हुआ निकलने वाला है। सारा मामला शानदार है। हाँ, कोटरा ज़रूर शानदार होने से रह गया है। वैसे कोटरा को इस अफ़वाह पर पूरा विश्वास है कि एक दिन वह भी ऐसा शानदार हो जाएगा कि इस शानदार पुल को उसका पड़ोसी होने में कोई शर्म न आए। वैसे, कोटरा अपनी ना-शानदारी में भी उतना ही ख़ुश है। टूटी सड़कों, संकरी और टूटी-फूटी गलियों, बहती, बन्द पड़ी नालियों, और अपनी कुल जमा चार ध्वस्तप्राय पुलियों के बीच बड़े मज़े में दिन गुज़र रहे हैं कोटरा के। यही सब उसकी पहिचान भी हैं। कोटरा इन सबकी वजह से ही तो कोटरा है। कोई जन कभी इन चीज़ों की बुराई करे तो कोटरा बुरा मान जाता है—यार, तनिक बाहर क्या हो आए तो अपनी अम्मा ही बुरी लगने लगी तुम्हें, क्यों? कोटरा को कोटरा बने रहने में ही परम संतोष है। कोटरा को कोटरा बने रहने के लिए नित्य कितना कोटरा होना पड़ता है यह कोई कोटरा से ही पूछे! यही कोटरापन तो कोटरा की जान है। एक दिन कोटरा, ऐसा कोटरा नहीं रहेगा—यहाँ भी शानदार सड़कें, पुल और विकास के दीगर तमाशे आ जाएँगे, ऐसा दावा किया जाता है कोटरा में आजकल। यह सुनकर कोटरा बहुत ख़ुश नहीं होता है। नहीं, कोटरा विकास के ख़िलाफ़ नहीं है परन्तु उसका मत है कि कोटरा से उसका कोटरा होना नहीं छुड़ाया जाना चाहिए।

कोटरा इस बनते हुए राजमार्ग और बेतवा में उभर रहे निर्माणाधीन पुल के ऊँचे ऊँचे खंभों को आश्चर्य, गर्व और एक निश्चित दूरी बनाकर देखता है, मानो ये सब किसी और की धरोहर हों जो कोटरा को सौंप दी गई हों कि इनको थोड़ी देर तक तनिक सँभालकर रखना। इनसे कोई अपनापा नहीं बन पाया है कोटरा का। हाँ, बाहर वालों को दिखाने के लिए एक चीज़ हो गई है उसके पास भी। बाहर से कभी कोई रिश्तेदार कोटरा आए तो यहाँ के लोग उसे यह पुल दिखाने ज़रूर ले जाते हैं। पुरानी पुलिया पर बैठकर बीड़ी पीने वाले भी इस बड़े पुल की बात करते हैं। सबको गर्व है कि विकास की आँधी का कुछ कचरा कोटरा तक भी उड़कर आ रहा है।

बेतवा यहाँ ऊँचे टीलों के बीच, नीचे गहरे में बहती है।

इन्हीं टीलों के बीच से पुल तक की एप्रोच रोड बननी है। गिट्टी, रेत, पत्थर

के ढेर भी इसी सिलसिले में यहाँ-वहाँ पड़ गए हैं। आगे काम भी होगा। फ़िलहाल तो इन ढेरों पर कुत्ते बैठे रहते हैं। विकास को अभी से सूँघ रहे हैं ये कुत्ते शायद। बेतवा के बीच चार बेहद ऊँचे पिलर निकल आए हैं। ऊँची मीनारों जैसे। एक तरफ से कुछ गर्डर भी चढ़ गए हैं। रेत का विस्तार, बेतवा का पानी और बीच में ये पिलर—प्रकृति के सीने में ये किसी खंजर से घुपे हुए दिख रहे हैं।

इनमें से ही एक पिलर से टिककर अभी दो लोग रेत में बैठे हुए हैं। दोनों लोग अलसा रहे हैं बैठे हुए।

दोनों ने बेतवा किनारे की मिट्टी की छोटी-सी पट्टी पर, जो रेत और टीले के बीच की जगह पर छोटे छोटे टुकड़ों में इधर-उधर निकल आई है—कुछ सब्जी-भाजी उगा ली है। पानी वहीं का, मिट्टी भी बेतवा की; बस क़िस्मत उनकी—कुछ न कुछ उग ही आएगा। डलिया में लेकर उसे बेच भी लेंगे। दोनों जन ऐसे भूमिहीन खेतिहर हैं विकास जिनका चेहरा पहिचानता तक नहीं। कौन हो भाई तुम? विकास के रजिस्टर में उनके नाम का पन्ना ही नहीं। एक पंक्ति भी नहीं। ये लोग वे नागरिक हैं जिनके लिए विकास या तो डराने वाली चीज़ है, या फिर हँसकर भूल जाने वाली बात।

दोनों लोग दिन भर यहीं रेत में पड़े रहते हैं। मन को तसल्ली रहती है कि हम भी कुछ काम कर रहे हैं; उगती सब्जी की देखभाल कर रहे हैं—बित्ता भर की मिट्टी में, मुट्ठी भर बीज बोकर समय काटने का एक जायज़-सा काम पैदा कर लिया है उन्होंने अपने लिए।

इसी रेत से गुज़रकर निकल रहे हैं इक्का-दुक्का लोग अभी। एक मोटरसाइकिल निकल गई है, अभी-अभी। रेत में डगमगाती। कच्चे पुल की तरफ़ जाती। टीलों की ऊँचाई तक खड़े पिलर मौन हैं। उन्हें भी कोई काम नहीं। अभी तो पूरे गर्डर भी नहीं रखे गए हैं कि बोझ उठाएँ। हाँ, विकास की मुनादी का काम ज़रूर कर रहे हैं वे। लोग इस मुनादी पर कान न दें, यह दीगर बात है।

कच्चे पुल पर गुज़र रही एक यात्री जीप रुकी है। एक छुटभैया टाइप अधेड़ उसमें से उतरा और झोला उठाए हुए इसी रेत से होकर तिरछा-तिरछा जाने लगा। उसे किनारे-किनारे चलकर, टीलों के बीच चलती कोई पगडंडी पकड़नी है। उसके गंतव्य का शार्टकट है यह।

पिलर के पास से गुज़रा तो वह रुक गया।

अधेड़ एक छुटभैया नेता है। ज़मीनी कार्यकर्ता होने के नाते न केवल यहाँ सबको जानता है, उसके पास यह हिसाब भी रहता है कि पिछले चुनाव में किसने उसकी पार्टी के उम्मीदवार को वोट नहीं दिया। वैसे पुत्तल जैसे लोगों के लिए तो सभी बड़े लोग हैं। सत्ता की कुर्सी की छोटी कील भी कभी गड़ जाए तो घाव गहरा ही करती है—जानता है पुत्तल।

दोनों को पिलर से टिका देखा तो अचानक ही रुक गया छुटभैया। "क्यों न जनसंपर्क कर लिया जाए?"

"कैसे हो पुत्तल?" नेता के तौर पर वह कहना तो पुत्तलजी या पुत्तल भाई चाहता था परन्तु ऐसे परम दरिद्र के लिए इतने आत्मीय संबोधन के लिए कंबख्त जीभ ही नहीं पलटी।

"ठीक हैं महाराज।"

"पर तुम जे अनर्थ काहे कर रहे हो?"

"कैसा अनर्थ मालिक? हम तो बस बैठे हैं महाराज।"

"खूब बैठो पर खंभे से काहे टिके हो भैया?"

"जरा-सी पीठ टिका ली है महाराज..."

"...तुम्हारे लाने तो जे जरा-सी कहाई, पर सरकार इसे पसंद नहीं करेगी। अभी तुम लोगन का चालान काट देगी, तो तुमें भगत गेल न मिलेगी।"

"चालान काय को महाराज?"

"उनसे ही पूछना न। उनको तुम सब लोगों ने एकमुश्त वोट डाले थे न? क्यों? तुम लोगों ने ही सरकार बनवाई थी न उनकी? ...कि नहीं?"

"पर चालान? जे किस बात का?"

"बस, इसी बात का! आजकल, जिसकी भी सरकार बनवा दो वोई तुमारा चालान काट देता है।"

"गरीबन पे ऐसा जुल्म न हो महाराज। हमारा क्या है, इस बार आपको वोट दे देंगे। वोट ही तो है, जो ले जाए। किसी को तो देना है, आप ले जाओ।"

"पर सोच-समझकर तो वोट दो न।"

"सोचकर ही देते हैं नेताजी।"

"फिर?"

"फिर भी चूतिया बन जाते हैं।"

"ठीक से सोचा करो न।"

"क्या सोचें—आप बताओ?"

"ऐसे को दो जो तुम्हारा चालान न काटे।"

"किसी को भी दें, चालान तो गरीब का ही कटना है महाराज।"

"ऐसा नहीं है। हमें देते, फिर देखते। एक बार दे के तो देखते। अरे, हम तो तुमारी गरीबी हटाने वाले थे। बताओ, हमने नारा भी लगवाया था कि नहीं? बोलो?गरीबी हटाने वाला नारा कौन लगवाया था? बोलो।"

"लगवाया तो आपने ही था।"

"फिर? चलो, कर दई एक बार गड़बड़ पर आगे से ध्यान रखियो। ग्राम पंचायत के चुनाव होने को हैं। तब हम आएँगे तुमसे मिलने खातिर। तब हमें बतइयो—कंबल

चइए कि दारू, बतइयो। बाँटबे को जिम्मा हमारा ही रहेगा।"

"कंबल, दारू नहीं दें मालिक; बस, हमें कोई काम दिला देते महाराज।"

"कलक्टर बनोगे?"

"मजाक न करो नेताजी। मनरेगा में हमारा नाम चढ़ा है पर बे काम नहीं दे रहे।"

"देबे वाले कौन? बताओ? काम देबे वाले हैं सरपंचजी। ...कितने जिताया है उनको? तुमने। देखो, हमारे हाथ में कुछ है नहीं पर कोशिश करते हैं।"

"न हो तो हमें इस पुल के काम में ही लगवा देते महाराज।"

"चूतिया हो का बे?"

"क्यों?"

"ऐसे काम में ट्रेनिंग वाले मजदूर लगते हैं भइया। इसे कोई निराई-गुड़ाई समझे हो क्या? देख रहे हो—कित्ता ऊँचा बन रहा है? देखे हो कभी इत्ता ऊँचा पुल?"

"वैसे जे इत्ता ऊँचा काय को बना रये?"

"हम बना रहे हैं क्या?"

"नहीं, हमने तो एक बात कही। आप बुरा न मानो।"

"जो बना रये, उनसे पूछो न! सीधे सरकार से क्योंही नहीं पूछते?"

"हमारे लाने तो आपई सरकार हो मालिक।"

"ऊँचा बने कि नीचा, तुम काहे परेशान हो रहे—तुमें तो नीचे ही रहना है।"

"पर आप तो कह रहे थे कि नीचे बैठबे पे भी सरकार चालान काट देगी?"

"बिलकुल! काट भी सकती है बिलकुल। सरकार का मन आ गया तो काट भी सकती है।"

"फिर? इतें से उठ जाएँ का?"

"बैठो, पर खंभे से टिक के न बैठो, बस।"

"खंभा घिस जाएगा क्या?"

"खंभा सरकारी संपत्ति है भैया। सरकार बुरा भी मान सकती है कि उसकी चीज को तुमने काहे हाथ लगाया। वैसे भी सरकारी खंभे का भरोसा करना ठीक नहीं। कभी टिके और जे तुम्हारे मूँड़ पे गिर गिरा गया, तो?"

"ऐसो है तो भैया न टिकेंगे महाराज। हम इससे दूर जा के बैठेंगे। दूर बैठने पे तो किसी को उज्र न होगा मालिक?"

"वो तो पुल बनने के बाद ही पता चलेगा।"

"सच्ची बतइयो! पुल बन जेहे तो क्या बे हमें नीचे से भी हकाल देंगे?"

"हकाल भी सकते हैं। बड़ा पुल है। जे कोई पुलिया थोड़ेई है। कभी कोई इसके नीचे बम-फम लगा दे, तो?..."

"कौन लगाएगा?"

"दुश्मन के जासूस, और कौन!"

"कैसे दुश्मन?"

"पाकिस्तानी जासूस। ...वे अपने झोले में बम छुपा के, भेस बदलकर ऐसेई यहाँ आकर बैठ जाएँ तो? मान लो कि बे भी एकदम ऐसेई टिक गए खंभा से और अपने हाथ पीछे करके चुपके से बम लगा दिया, फिर?"

"हम ऐसे लगते हैं क्या?"

"दुश्मन अगर भिखारी का भेस धर के आ गया, तो? तुम जैसा ही तो दिखेगा न? फिर?...सही बात तो जेई है कि एक बार जे पुल पूरा बन गया तो तुम इसके नीचे न रह पाओगे भैया।"

"फिर ऐसो पुल काय को बना रही है सरकार कि आदमी ही बेदखल हो जाए?"

"जे पुल नहीं है भैया, जे है विकास। तुम्हें पता है कि नहीं? कोटरा का विकास हो रहा है। विकास होगा तो जे सब तो चलेगा। आदमी की बेदखली को तुम विकास का ही हिस्सा मान लो। विकास के लिए जगह बनानी पड़ती है न भैया।"

"और जो पूरे कोटरा की पुलियाँ टूटी पड़ी हैं?"

"तो?"

"पहले बे सब ठीक करा देते तब तो इत्ते ऊँचे पुल को कछू मतलब था।"

"अब बे तुमसे मतलब सीखेंगे क्या? पुल का मतलब भी पता है तुमें?एक बार जे पुल बन जाए, जे राजमार्ग बन जाए—फिर देखियो। ...अभी मऊ जाने में लगते हैं, छह घंटा, फिर लगेंगे बस, दो घंटा।"

"तो?"

"तुमारे चार घंटे बचे कि नहीं?"

"तो?"

"अरे, दूरी घट जाएगी। तुरन्त मऊ पहुँच जाओगे।"

"वहाँ तुरत पहुँच के भी हम क्या करेंगे?"

"पुल को बन तो जाने दो, फिर सरकार तुम्हें जे भी बता देगी कि जल्दी पहुँच के वहाँ तुम क्या क्या कर सकते हो। करेगी कुछ न कुछ इंतजाम सरकार। हो सकता है, मऊरानीपुर में दो-तीन बड़े मॉल खुलवा दे। एलर्जी पहुँचेगी तो आदमी तो घूमेगा, फिरेगा।"

"हम समझे नहीं महाराज?"

"समझोगे भी नहीं। विकास का गणित बड़ा जटिल है। गणित के अपने बाबूजी मास्साब तक इसे नहीं समझ सकते।"

तभी पुल के ठेकेदार की बड़ी-सी दैत्याकार एसयूवी कार ऊपर कहीं आकर रुकी। चमचमाती हुई गाड़ी। धूप में दमकते शीशे। गाड़ी से एक देवता जैसा, भरा-भरा, चिकनी, दमकती, कांतिपूर्ण त्वचा वाला, आभा मंडल से युक्त व्यक्ति बाहर आया। 'बाहर आया'—यह कहना भी गलत होगा। यूँ कहें कि गाड़ी के चालक ने

लपककर दरवाजा खोला तो वह 'प्रकट हुआ'। पुल पर काम करते कारिंदे, मुंशी आदि गाड़ी देखकर पहले ही गाड़ी के पास आ गए थे।

अब वे देवता के चारों तरफ़ खड़े थे। गाड़ी और देवता के व्यक्तित्व की चमक ऐसी थी कि पुल के नीचे बैठे लोग तक चकाचौंध हो गए। पुत्तल और उसके साथी ने ऊपर की दिशा में देखा।

"ठेकेदार साहब हैं।" छुटभैये ने बताया।

वे लोग उसे देखते रह गए।

"कानपुर में कोठी है। पूरे यूपी में दस पुलों का ठेका ले रखा है। राजमार्ग भी जेई बनवा रहे हैं। भौत बड़े आदमी हैं।"

ऊपर ठेकेदार किसी को ज़ोरदार फटकार लगा रहा है। फटकार की आवाज़ यहाँ तक आ रही है। बात ज़रूर पूरी साफ़ नहीं सुनाई दे रही है। दूरी है। ऊँचाई है। हवा है। बात बिखर रही है। फटकार का सुर टूट रहा है। शब्द टूट-टूटकर बेतवा में गिर रहे हैं। बीच-बीच में माँ-भैन की गालियाँ अवश्य स्पष्ट सुनाई दे जाती हैं। गालियाँ समझने के लिए शब्द स्पष्ट सुनाई दें, यह कतई आवश्यक नहीं। गालियों की परिचित ध्वनि और लय हो, समझने को वही पर्याप्त है। मालिक लोग, कोटरा के दबंग, दरोगाजी, तरह-तरह के अन्य बड़े लोग—गरीब गुरबा हर दिशा से गालियाँ खाते ही रहते हैं। गालियों की पहिचान है पुत्तल जैसे लोगों को।

"मालिक तो भौतई गुस्सा हो रये।" पुत्तल ने कहा।

नेता ने एक वाक्य में उनके गुस्सा होने की स्थिति पर सारगर्भित टिप्पणी कर दी :

"बड़ा आदमी है। जब भी गुस्सा होगा, भौतई होगा।"

"बड़े तो खैर भौत हैं।"

"बड़े आदमियन का गुस्सा समझना भी बड़ा कठिन होता है भैया। क्या पता कि कहाँ का गुस्सा कहाँ निकाल रहे हों।"

"आपको इनका ज्यादा पता है महाराज। बड़े आदमियन के बीच तो आपई उठते-बैठते हैं, हमें इसका क्या पता?"

नेताजी चलने को हुए। जाते-जाते उन्होंने फिर याद दिलाया :

"इस बार चुनाव में पूरा ध्यान रखना है।"

"रखेंगे मालिक।"

"देखियो, इस बार कोई धोखा न होने पाए।"

"माँ की कसम ले लें..."

"...झूठी कसम खाओगे तो माँ मर जाएगी।"

"वो तो दस साल पहले ही मर चुकी।"

"वोटरलिस्ट में नाम चल रहा है कि कट चुका?"

"किसका?"

"माँ का।"

"पता नहीं महाराज।"

"बे अपना नाम क्या लिखती थीं?"

"हम जैसी थीं। लिख-पढ़ नहीं पाती थीं।"

"अरे, उनका नाम क्या था बे?"

"किसुनी बाई कहाती थीं।"

"किसुनी बाई?" नेताजी ने जेब से कागज निकाल के नाम लिख लिया।

"चलते हैं।" कहकर नेताजी चल दिये।

रेत से होते हुए दूर एक टीले में बनी पंगडंडी पर चढ़ते हुए वे नज़रों से ओझल हो गए। इधर, ऊपर खड़ा ठेकेदार, सबको डाँट-फटकार के अपनी बड़ी कार में बैठ गया था। गाड़ी चली और धूल का एक बवंडर पीछे छोड़ती तेज़ी से निकल गई।

पीछे रह गए कर्मचारी जाती हुई गाड़ी को सलाम कर रहे हैं।

नीचे, पिलर से टिके दोनों लोग बात करने लगे :

"देखा?"

"हओ।"

"इत्ती बड़ी गाड़ी में अकेले बैठे हैं भैंचो! हद है कि नहीं?"

"पैसा है भैया।"

"इत्ता पैसा आता कहाँ से है सगे?"

"है कोई रास्ता जिस पर हमारा चलना मना है।"

"गरीबन की मौत है।"

"नेताजी बता रहे थे, गरीबी हटबे वाली है?"

"पर उनने जे तो नहीं कही कि अमीरी आबे वाली है?"

"मतलब?"

"मान लो कि गरीबी हट गई, और अमीरी आई नहीं—फिर हम किते जाएँगे?"

"इतें ही पड़े रहेंगे, और क्या!"

"पर इतें से तो सरकार हमें हटा देगी—नेताजी अभी बताई रये थे न?"

"तो भैया, फिर हमाई ऐसी गरीबी न हटाएँ कि हम कहीं के न रहें। हम गरीब ही अच्छे।"

"जेई तो पहिचान है हमारी। गरीबी हटी तो हमें कोई पहिचान भी न पाएगा। सब हँसेंगे हमें देख-देख के।"

"सही बात! एक बार एक साहब ने हमें मजदूरी तो दई, साथ में हमें अपनी

पुरानी कमीज भी दे दई। एकदम चमाचम कमीज; न कहीं से फटी, न उस पे कोई थिगला। हम उसे पहिन के कोटरा में निकले तो सब लोग हम पे खूब हँसे। सब कहें कि तू तो लाटसाब बन गया रे पुत्तल!...हम पे तो भैया, फटे कपड़े ही जँचते हैं।"

दोनों चुप हो गए।

दोपहर उतर रही है। एक कुत्ता टीले पर घूमता हुआ न जाने क्या खोज रहा है। ऊपर पुल पर काम चल रहा है। ठंडी हवा का एक झोंका आया। बेतवा के पानी को छूता हुआ वह झोंका इन दोनों के पास से निकला है।

"रामजी सबका भला करें।" पुत्तल ने आसमान की तरफ देखकर कहा और खंभे से पीठ टिका ली।

सरकार जब तक यहाँ से न भगाए, तब तक तो खंभे से टिक ही लिया जाए। गरीब को इतनी बेईमानी का अधिकार तो है अभी।

दर्शन दो घनश्याम

जिला शिक्षा अधिकारी का ऑफिस।

साहब का कमरा।

कमरे के दरवाज़े पर अभी परदा खिंचा हुआ है। साहब चिलमन में हैं।

परदे के इस तरफ़ एक छोटा-सा कमरा है। इसमें बस एक मेज़ है और एक कुर्सी। तीन टेलीफोन। कई फाइलें। मेज़ के इस तरफ़ भी दो कुर्सियाँ रखी हुई हैं। इस छोटे कमरे में साहब का पीए बैठता है। इस छोटे कमरे के भी बाहर एक भृत्य बैठा है। यूँ तो वह एक छोटे-से स्टूल पर बैठा है परन्तु भृत्य के बैठने की भंगिमा तथा ठसक से वह स्टूल एक सिंहासन में तब्दील हो गया है।

इन भव-बाधाओं के उस पार साहब बैठते हैं।

पंडिज्जी इस घाट के पुराने जजमान हैं। यहाँ के सब पंडे उन्हें पहिचानते हैं। पंडिज्जी को भव-बाधाओं से निबटने के पूजा विधान, चढ़ावों के ब्योरे तथा कीर्तन, सब कंठस्थ हैं। हाँ, इन भव-बाधाओं को पार करके आज जिनके दर्शनों का संकल्प लेकर वे यहाँ आए हैं, अभी उस देवता को साधने का मंत्र उनको नहीं मिला है। साहब नए-नए ज्वाइन किए हैं। कोटरा तक इस नए देवता के प्रताप के किस्से ही पहुँचे हैं अभी तक तो। यूँ तो साहब की जन्मपत्री से लेकर आज तक का सारा इतिहास पता करके ही पंडिज्जी यहाँ आए हैं पर असली काम तो गर्भगृह में प्रवेश करने पर ही शुरू होगा। एक बार लेन-देन का पुल बन जाए, फल-प्रसाद

तय हो जाए, देवता के चरणों में उचित जगह आवंटित हो जाए तो पंडिज्जी का भक्ति-आन्दोलन स्वयं ही गति पकड़ लेगा।

वैसे अभी तो साहब से उनका तुरन्त ऐसा कोई कार्य नहीं फँसा है। आज तो बस यूँ ही मिलना है साहब से। उनके सौजन्य दर्शन करने हैं, बस। नया साहब कुर्सी सँभाले तो वह भी पूरा हिसाब रखता है कि कौन उससे आकर मिला, और किसके दिमाग उसे ठिकाने लगाने पड़ेंगे? परीक्षाओं में अभी कुछ माह शेष हैं पर साहब को अभी से टटोलकर रखना पड़ेगा। पुराने वाले साहब यहाँ चार साल तक रहे। उनकी रग-रग टटोल चुके थे पंडिज्जी। उनका तो सब पता था। अँधेरे में भी कभी कोई टाँग पकड़ में आ जाए तो बता सकते थे कि ये साहब के चरण हैं या नहीं? स्कूल में नकल चलवाने के कारोबार में पुराने साहब का कमीशन तय था। भले आदमी थे। लेन-देन में झिकझिक नहीं करते थे। जो दिया, ले लेते थे। चीज़ें आसान थीं। कहते थे कि पंडिज्जी, आप काहे कष्ट करते हैं, किसी के भी हाथ से भिजवा देते—एक लिफाफा ही तो है! भले आदमी थे। सीधे-सादे। एकदम गऊ कह लें। थन पर हाथ रखो कि तुरन्त दूध दे देते थे। कोई कागज धर दो, बिना हीलो-हुज्जत के अपनी चिड़िया उस पर बिठा देते थे। पैसे पकड़ाओ तो कहते थे कि यार, तुम ही धर दो न सीधे हमारे बैग में? बिना गिने धर लेते थे। एकाध बार कहा भी कि गिन तो लें सरकार, तो हँसने लगे; बोले, यार, चार पैसे कम भी हुए तो इत्ते में न तो हम गरीब हो जाएँगे, न ही आप अमीर। दिलवाले साहब थे।

अब इनका देखना पड़ेगा।

नए-नए साहब हैं। इससे पहले झाँसी में इनकी पोस्टिंग रही है। अब दो माह से यहाँ हैं। झाँसी में भी लेते ही रहे होंगे। आख़िर, झाँसी में भी तो अभी तक शिक्षा चलती रही है, वह बिना लिए- दिये तो चलती न होगी? सरस्वती पूजा के विधान तो सर्वत्र होते ही हैं। वहाँ भी इनको भोग लगता ही होगा। यहाँ भी लगेगा। बस, पता यह करना है कि लेंगे कित्ता? हम इत्ता लेके पहुँचे और साहब बिफर जाएँ कि बस, इत्ता—हमें चूतिया समझे हो क्या, तब? सो पहले से आइडिया लेना बेहतर। बाद में, ये ऐन नकल के दौरान यज्ञ में विघ्न पहुँचाने को राक्षस टाइप पहुँच जाएँ, उससे तो अच्छा है कि अभी पता कर लें कि कितना लेंगे? ज्यादा मूँ खोलेंगे तो हमें भी नकल कराने की रेट बढ़ानी होगी न। फिर हमें भी अपने क्लाइंटों से ज्यादा पैसे माँगने होंगे। ...यही सब टोह लेने आए हैं पंडिज्जी अभी!

पंडिज्जी को आते देखा तो भृत्य उचककर खड़ा हो गया। बड़ी इज़्ज़त करता है पंडिज्जी की। जो भी पैसा दे, उसी की करता है।

"कैसे हो बाबूलाल जी?"

पंडिज्जी रुक गए। रुकना ही था। वे पहले यहीं रुकते हैं। हरदम। सर्वप्रथम नंदी को प्रणाम कर लिया जाए।

"किरपा है आपकी।" भृत्य प्रणाम मुद्रा में बोला।

"मानव की कृपा से कुछ नहीं मिलना है बाबूलालजी। कृपा तो आप पर है उस परमपिता परमेश्वर की। इत्ती बड़ी जिम्मेदारी पकड़ा रखी है सरकार ने, तो क्या ऐसेई?" पंडिज्जी ने आसमान की तरफ पहले उँगली, फिर हाथ उठाकर हवा में ही जोड़ डाले।

अभिवादन समाप्त हुआ।

बिना आध्यात्मिक हुए जितनी भी आध्यात्मिकता झाड़ी जा सकती थी, वह भी समाप्त हुई। अब दोनों मतलब की बात पर आए।

"साहब बैठे हैं?" पंडिज्जी ने उँगली आसमान की दिशा से हटाकर दरवाज़े की तरफ कर दी। परमात्मा फ़िलहाल उसी दिशा में बिराजा हुआ था।

"साहब? हैं न।"

पंडिज्जी थोड़ी देर तक वहीं खड़े रहे।

"क्या कहते हो? रिपोर्ट कैसी है?" पंडिज्जी के चेहरे पर अर्थपूर्ण भाव थे।

"अभी तो ठीक से कुछ पता नहीं चल पा रहा पंडिज्जी।"

"फिर भी?"

"होना क्या है साहब? ऐसा मान लें कि शुरू-शुरू का तामझाम चल रहा है। सारे नए साहब यही करते हैं।"

"खैर, जे भी सही है। आपने तो भौत देखे हैं ..."

"...जे सातवें हैं।"

"तो जे पहले के छह जैसे ही हैं कि कछू अलग दिख रहे हैं?"

"का अलग होना है महाराज? आदमी कित्ता भी अलग निकल आए, उसकी साहबी तो वोई रहती है। सबका खटका इसी से खुलता है।" भृत्य ने सिक्का उछालने का अभिनय किया।

पंडिज्जी मुस्कुराते रहे।

"सबको जे चइए! कोई सीधे लेता है, कोई हाथ घुमा के। हर साहब का असल सच जेई है। ...और बदनाम हम हैं कि साहब से मिलवाने के पैसा माँगते हैं, बताइए? कभी हमने आपसे माँगे?" भृत्य के चेहरे पर नूर टाइप बसरने लगा।

"आप क्यों माँगेगे? यह तो अधिकार है आपका।"

"वो बात नहीं है।"

"और वो भी तो साहब हैं, वे भी लेंगे ही। आदमी, साहब क्यों बनता है आखिर? अगर साहब लोग भी न लें तब उनमें और आदमी में कोई अन्तर ही न रह जाए?"

"एकदम सच्ची बात महाराज।"

"व्यवहार कैसा है? फालतू के बदतमीज तो नहीं हैं? साहबी इनके दिमाग पे तो नहीं चढ़ गई है? बात-बात पे ऐसे तो नहीं बिदकते मानो गरम तवे पे बैठे हों?"

“नहीं,नहीं, सो तो शरीफ हैं।”

“अभी तो अन्दर ही हैं न?”

“निकले नहीं हैं तो अन्दर ही हैं।”

“अकेले हैं?”

“अकेले ही हैं। कौन-सा लेटे हुए हैं कि साथ देने को कोई चइए।”

“जे तो बड़ी बदमाशी वाली बात कर दी बाबूलालजी आपने।”

“नहीं महाराज, जे भी होता है। यहीं, आफिस में, जे भी होते देखा है हमने। सरन साहब की याद है न मालिक? उनका लेटने का काम भी यहीं हो जाता था। हमीं पहरा देते थे बाहर खड़े हो के।”

“खैर, सरन साहब जैसा जल्वा तो किसी का नहीं रहा कभी। राजा आदमी थे। रिश्वत भी खुलेआम लेते थे। यहीं बैठकर पूरी गड्डी गिनते थे। लड़की भी माँगते थे तो साफ बता देते थे कि इत्ती उमर की, ऐसी चाहिए। साहबी हो तो ऐसी हो।” पंडिज्जी ने भावविभोर होकर सरन साहब का स्मरण किया।

भृत्य ने मुस्कुराकर पंडिज्जी को प्रणाम किया। पंडिज्जी ने दो सौ रुपए निकाल के उसके हाथ में दे दिये। भृत्य ने पैसे जेब में सरकाते हुए कहा :

“अरे, इसकी क्या जरूरत थी? घर की बात है।”

“हिसाब तो बाप-बेटे के बीच भी साफ रहना चाहिए बाबूलाल।” पंडिज्जी ने कहा।

“अरे, हम पे तो बस, आपकी किरपा बनी रहे, जेई भौत है।” भृत्य अभी भी प्रणाम मुद्रा में था।

दरवाजे की तरफ इशारा करते हुए भृत्य ने बड़े आदर के साथ “जाइए मालिक” कहा।

पंडिज्जी ने पीए के छोटे-से कमरे में घुसने से पूर्व जेब से निकालकर एक तावीज भृत्य को दिया।

“बाईं भुजा पर बाँध कर रखिए।”

“पर कमजोरी भुजा में नहीं, कहीं और है; हम बताए थे न?”

“हमें पता है पर वहाँ तावीज नहीं बाँध सकते न। ढीला होकर टपक जाएगा। भुजा में बाँधिए। यह स्तंभन यंत्र है। इसका असर होने दें, स्त्रियों के बीच आदरणीय हो जाएँगे।”

“हमें आप पर पूरा विश्वास है पंडिज्जी। ...आप तो स्वयं बड़े आदरणीय हैं।” भृत्य ने हँसकर कहा।

पंडिज्जी भी हँसने लगे। दरवाज़े से अन्दर जाते हुए हँसकर बोले, “तू भारी बदमाश होता जा रहा है रे...।”

उन्हें अन्दर आते देखा तो पीए अपनी कुर्सी से उठ खड़ा हुआ। पंडिज्जी की

अगवानी करते हुए पीए ने कहा, "हमने तो बाहर से आती आवाज़ से ही पहिचान लिया था कि अपने पंडिज्जी हैं।"

"अरे, जरा बाबूलाल का हाल-चाल ले रहे थे।" कुर्सी पकड़ते हुए पंडिज्जी बोले।

अब दोनों इत्मीनान से आमने-सामने थे और उतने ही इत्मीनान से मुस्कुरा रहे थे।

"इनका हाल-चाल लेना भी बहुत जरूरी है। हिंदुस्तान में जिसने भी साहब के भृत्य का ध्यान रखना सीख लिया, मानिए कि उसने शासन व्यवस्था की 'मास्टर-की' बना ली।"

"खैर 'मास्टर-की' तो आपकी कस्टडी में रहती है।"

"चलिए, जेई मान लें। पर भृत्य के पास इसी की डुप्लीकेट चाभी रहती है पंडिज्जी।"

पंडिज्जी इत्मीनान से बैठ गए।

पीए से बहुत पुराना परिचय है। परिचय भी क्या, मान लें कि कारोबारी रिश्ता है। वर्षों से साहब लोग बदलते रहे हैं पर पांडेयजी पीए की इसी कुर्सी पर रहे। वे शिक्षा विभाग की हर ऊँचाई, नीचता, गहराई और उथले इलाकों के चोर रास्ते जानते हैं। इलाके की शिक्षा व्यवस्था में उनके प्रति आभार का एक स्थायी भाव है। यूँ तो वे भी ब्राह्मणवाद के कट्टर हामी हैं पर रिश्वत लेने के मामले में वे और भी कट्टर हैं। ब्राह्मण हो या पिछड़े वर्ग का, सभी से रिश्वत पूरी लेते हैं। रिश्वत दिये बिना भी यहाँ कोई काम हो सकता है, ऐसे विचार को वे दिमागी खलल मानते हैं। रिश्वत लेने-देने की बात वे ऐसी सहजता से करते हैं मानो कोई उस्ताद शास्त्रीय-गायक बेहद कठिन स्वर को पूरी सहजता से उठा रहा हो। रिश्वत माँगते हुए, यह कहते हुए कि इसमें एक पैसा भी कम न होगा, आपसे यह शिकायत करते हुए कि आप जो नोट पिछली बार हमें पकड़ाकर गए थे उसकी एक गड्डी में सौ का एक नोट कम निकला था—यह सब करते हुए न तो उनके चेहरे पर रत्ती भर शर्म आती है, न ही उनकी ज़ुबान लड़खड़ाती है। रिश्वत के सिस्टम पर गहन भरोसा रखने वाले सरकारी कर्मचारी के मुख पर जो अनोखी चमक नज़र आती है वह तो है ही, उसके अलावा इनके चेहरे पर बेईमानी के आत्मविश्वास का अनोखा आभामंडल भी रहता है। इस आभामंडल के कारण किसी की हिम्मत ही नहीं होती की उन्हें रिश्वत न दे।

"और पंडिज्जी?" पूछा पांडेयजी ने। पीए का पूरा नाम दीनानाथ पांडेय है।

"बढ़िया!" पंडिज्जी ने हाथ जोड़ दिये।

"खैर, आपका तो हमेशा बढ़िया ही रहता है।"

"वो तो आप जैसे कृपालु जैसा रखते हैं, वैसे हम रहते हैं। ...जाहि विधि राखे राम ताहि विधि रहिए।" 'राम' कहते हुए उन्होंने साहब के कमरे के दरवाज़े की तरफ इशारा करते हुए हल्के से एक आँख दबा दी।

पांडेयजी मुस्कुरा दिये।

"साहब ठीक हैं?" पंडिज्जी ने उसी इशारे के तारतम्य में पूछ लिया।

"ठीक होने के लिए ही तो आदमी साहब बनता है पंडिज्जी। ...ठीक क्यों न होंगे?"

"सही कहा आपने। आदमी और साहब में यही तो अन्तर होता है। साहब हमेशा ठीक होते हैं; खराबी तो आदमी की होती है।"

"बड़ी बात कह दी पंडिज्जी आपने।"

"काहे के बड़ी बात पांडेयजी। हम तो बस एक युगसत्य बता रहे हैं।"

पांडेयजी मुस्कुरा दिये। बटुआ खोलकर तंबाकू बनाने लगे। पंडिज्जी चुप हो गए थे। थोड़ी देर तक पांडेयजी तंबाकू बनाते रहे और पंडिज्जी उनकी हथेली पर रगड़ी जा रही तंबाकू को देखते रहे। पंडिज्जी अचानक ही हौले-हौले मुस्कुराने लगे। पांडेयजी ने उनकी मुस्कान पकड़ ली।

"काहे मुस्का रहे हैं पंडिज्जी?"

"सोच रहे थे कि आप रगड़ते बढ़िया हैं।" पंडिज्जी हँसने लगे।

"आपने फिर से एक बड़ी बात कह दी है पंडिज्जी।" पांडेयजी ने हथेली बढ़ाकर तंबाकू पेश की।

अपने हिस्से की तंबाकू ग्रहण करते हुए पंडिज्जी बोले, "इस देश में जिसे ठीक से रगड़ना न आता हो तो उसकी अफसरी तो मान लें कि फेल है।"

"अरे, हम काहे के अफसर..."

"...हमारे लिए तो आप ही असली अफसर हैं। ये लोग तो आते-जाते रहते हैं। अमर तो आत्मा होती है।"

पंडिज्जी ने इशारा करके बताया कि वे किसे अमर बता रहे हैं। पांडेयजी हँसने लगे।

"आत्मा प्रसन्न हो जाती है आपकी बातें सुनकर, कसम से।"

पंडिज्जी मौन रहकर तंबाकू की गमक का आनन्द ले रहे हैं।

"फिर मिलवा देते इनसे तनिक।" पंडिज्जी ने साहब के कमरे की तरफ इशारा किया।

"मिलवाएँगे न। आपको न मिलवाएँगे तो किसको मिलवाएँगे? उनसे मिल लीजिएगा पर अभी थोड़ी देर हमसे भी तो मिल लिया जाए।" पांडेयजी ने अर्थपूर्ण लहजे में कहा।

"वो भी कोई कहबे की बात है पांडेजी? आपसे पूरा मिलकर ही उधर जाएँगे। हमें पता है कि उधर गर्भगृह है, पर पूजा-पाठ कौन-सा पंडित कराता है—जे भी हम जानते हैं।"

दोनों हँसने लगे।

"इस बार मार्च-अप्रैल की तैयारी अभी से चालू कर दें पंडिज्जी। साहब का यही इशारा है।"

"हम तो पूरे साल ही तैयारी करते रहते हैं। वैसे, साहब का असली इशारा किस तरफ है?"

"कल पूछने लगे कि इस जिले में नकल की क्या, कैसी स्थिति है? हमने साहब से यही कहा कि सर, जैसी व्यवस्था देश में सर्वत्र है सो इधर भी है—ऐसा मान लें।"

"फिर?"

"सुनकर बड़ी ज़ोर से मुस्कुराने लगे। बोले, कि हमने झाँसी में नकल माफिया पर लगाम लगा दी थी।"

"एक लगाम इधर भी लगा दी जाए मालिक। हम राजी हैं। लगाम लगाकर हमें जिस तरफ भी मोड़ेंगे, हम मुड़ने को भी तैयार हैं।" पंडिज्जी ने हँसकर कहा।

पांडेयजी मुस्कुराते रहे।

"हमें तो बस जे पता कर दें कि लगाम की कीमत क्या रहेगी?"

"साहब उसका भी इशारा करेंगे। हम नजर रखे हैं। चिन्ता न करें।" पांडेयजी ने आश्वस्त किया।

"और क्या कह रहे थे साहब?" पंडिज्जी ने टोह ली।

"कह रहे थे कि इस बार समस्त परीक्षा केंद्रों में सीसीटीवी कैमरे लगेंगे। इन कैमरों को जिला मुख्यालय से जोड़ा जाएगा। साहब लोग यहीं से बैठकर देखेंगे कि कहाँ क्या चल रहा है?"

"महाभारत टाइप व्यवस्था करने वाले हैं क्या? पर जे तो भौत बढ़िया बात कहाएगी। अरे, जे कहाता है स्साला, सक्षम प्रशासन। वाह!" पंडिज्जी ने कहा।

"आप बात के मर्म तक पहुँचने में विलंब नहीं करते हैं पंडिज्जी।"

"बस, गांधारी वाली पट्टी को यहाँ के संजय लोगों की आँखों पर बाँधने की फीस क्या रहेगी, तनिक इसका भी इशारा पकड़ के हमें बता देंगे तो ..."

"वो सब पता करने का काम हमारा है पंडिज्जी; हम यहाँ हस्तिनापुर में काहे के लिए बैठे हैं?"

"आपने अच्छा बता दिया। अभी मिलेंगे तो हम इस बहाने साहब के सक्षम प्रशासन की तारीफ कर देंगे। है कि नहीं?"

"बिलकुल। साहब खुश हो जाएँगे।"

"अरे, कहने में हमारे बाप का क्या जाता है? बाकी कैमरों से नकल रुक गई होती तब तो..."

"...तो नकल रुकवाने की बात ही कौन कर रहा है महाराज? कैमरे की बात तो बस रेट बढ़ाने का इशारा भर है।"

"वैसे, क्या कर रहे हैं साहब अभी?"

"परदा खेंच रखा है—कैसे बताएँ?"

"पांडेयजी, परदे के पीछे की बातें अगर पीए से भी छुपने लगीं तब तो सरकार इस पद को ही खत्म कर देगी। पीए के साथ साहब की कोई परदादारी नहीं चलती है मालिक। बताइए न? और क्या चल रहा है, परदे के पीछे?"

"अभी तो स्कीमें बन रही हैं..."

"...कैसी स्कीमें?"

"कहते हैं कि परीक्षा केंद्रों पर छापा मारने वाले दलों को फिर से सक्रिय करेंगे। हर दल को नकल पकड़ने के टारगेट दिये जाएँगे..."

"...जरूर करें, पर समझा देना कि इसके लिए वे कहीं खुद न पहुँच जाएँ। साहब को इस एरिया के सारे खतरे ठीक से समझा दीजिएगा। गाँव-खेड़ों का माहौल खराब है। हम वहाँ कितने खतरे उठाकर परीक्षाएँ कराते हैं उसे साहब लोग यहाँ बैठकर जान ही नहीं सकते। पहले तो केवल छात्र-छात्राएँ ही नकल करते थे। अब लौंडों के माँ-बाप, रिश्तेदार भी नकल लेकर स्कूल की बाउंड्री पर खड़े रहते हैं। छापामार दलों से ये लोग बाहर ही बाहर निबट लेते हैं।"

"कहते हैं, पुलिस की सहायता लेंगे।"

"परीक्षा हो रही है कि डकैती पड़ रही है? सारी पुलिस इधर लग गई तो चोर-डकैतों के पीछे कौन भागेगा? हमें तो अब आपके साहब की चिन्ता हो रही है, जनता उजड्ड है; वो कभी जे पूछकर नहीं मारती कि आप किस पोस्ट पे हो। ...सबके पास तमंचे हैं। पिछली बार गुरसराय में कैसी गोली चलाई थी फ्लाइंग स्क्वाड पे, याद है न? मारी तो जीप के टायर पे थी कि भस्ट हो जाए पर लगी थी जीप में बैठे मास्टर की टाँग में। बेचारा आज तक अदालत-अदालत लँगड़ाता फिर रहा है।"

"हमें पता है पंडिज्जी।"

"तो उनको ठीक से सब कुछ समझाइए न!"

"चिन्ता न करें। सब सेट करा दिया जाएगा। हम यहाँ बैठे हैं न।"

"बस, आपका ही सहारा है।"

"अरे, सहारा तो उस परमपिता का है पंडिज्जी।"

"उसका तो है ही; उसी ने तो हमारे लिए आपको यहाँ बिठाया है।"

"ख़ैर आप पूजा-पाठ वाले आदमी हैं। आपकी पूजा तो इलाके भर में मशहूर है। कहते हैं कि आप सुबह चार बजे से उठकर पूजा-पाठ शुरू कर देते हैं?"

"ब्रह्ममुहूर्त में ईश्वर जल्दी सुनता है पांडेयजी। तब, इतनी सुबह, उसके चारों तरफ भक्तों की भीड़ कम रहती है।"

पीए हँसने लगा।

"हमने साहब को आपकी यह बात पहले ही बता रखी है। कहने लगे कि भाई,

ऐसे धार्मिक व्यक्ति से तो हम जरूर मिलेंगे। साहब भी आपकी तरह ही धार्मिक हैं। खूब पूजा-पाठ करते हैं।"

ईश्वर का संदर्भ आया तो पंडिज्जी भाव-विभोर हो उठे। भाव-विभोर हुए तो आँखें मिंच गईं। उन्हें आँखें मींचे हुए ही छोड़कर पीए उठ गया।

"आप बैठो, हम साहब से पूछकर आते हैं..." कहकर वह परदा हटाकर अन्दर चला गया। फिर काफी देर तक वह बाहर ही नहीं आया।

पंडिज्जी शुरू में तो चुस्त होकर कुर्सी पर सतर बैठे रहे कि साहब बुलाते ही होंगे परन्तु पीए तो अन्दर का होकर ही रह गया। अब? पंडिज्जी धीरे-धीरे ढीले होते गए, फिर देर होती ही गई तो वे ऊँघने लगे। फिर और भी देर हुई तो ऊँघते हुए सपना तक देखने लगे।

सपने में उन्होंने देखा कि वे रिश्वत दे रहे हैं और साहब ख़ुशी-ख़ुशी उनसे ले भी रहे हैं।

न तो साहब ने रेट की कोई हुज्जत की, न फालतू के नखरे दिखाए। और उनके हाथ से सीधे ही ले ली। रिश्वत लेकर अभयदान भी दिया कि जाइए, जहाँ जित्ती नकल करवानी हो, करवाइए। ...बताइए! रामराज्य आ गया कि नहीं? इसी ख़ुशी में नींद टूट गई उनकी। जागी आँखों का सपना हमेशा सच निकलता है—कभी पिताजी ने कहा था उनसे। आज का यहाँ आना जरूर सार्थक सिद्ध होगा, यह सोचकर वे पुनः सतर बैठ गए और परदे पर निगाह रखकर अन्दर बुलाए जाने की प्रतीक्षा करने लगे।

पिटाई विमर्श में शान्तिदूत

कहीं मारपीट हो रही हो तो बीच-बचाव कराने वाले लोग भी प्रकट हो ही जाते हैं। मानव जाति का स्वभाव है यह। ऐसे शान्तिदूत कोटरा में भी बहुत थे। वैसे उनके रहते हुए भी डंडे चल ही जाते थे। इस चक्कर में वे स्वयं भी डंडा खा जाते थे। परन्तु शान्तिदूत चैन से नहीं बैठते थे। वे कोटरा में यहाँ-वहाँ घूमते ही रहते। विवाद को दूर से सूँघ लेते। खट से वहाँ पहुँच जाते। अच्छी-भली गुत्थमगुत्था होने की तैयारी को ख़ामख़ाँ बिलोरने की कोशिश करते।

कोटरा में दो तरह के शान्तिदूत थे। एक तो वे जो लड़ाई के बीच उतरकर डायरेक्ट एक्शन में विश्वास करते थे—इनकी चर्चा अभी हमने ऊपर की परन्तु ज़्यादातर दूसरी तरह के शान्तिदूत थे। ये कहीं दूर, सुरक्षित दूरी पर खड़े होकर, शान्ति की बातें करने वाले शान्तिदूत थे। कभी, कहीं लोगों के बीच किसी विवाद,

फौजदारी या गाली-गुफ्ता की घटना की चर्चा हो रही हो तो ये उसमें ऐसे उत्साह से भाग लेते कि बोलते-बोलते मुँह से झाग फेंकने लगते। हाँ, चर्चा करते हुए वे तीन बातों का ख़याल जरूर रखते : (एक) वे दोनों पार्टियों को बराबर का दोषी मानकर बात शुरू करते। किसी ने किसी को पीटा है तो यह ग़लत काम किया है पर पिटने वाले ने भी अवश्य कोई पिटने वाला काम ही किया होगा—वे उसी तारतम्य में यह भी जोड़ देते। अपनी बात में वे यह आप्त-वाक्य भी जोड़ देते कि भाई साब, मारपीट किसी भी चीज का हल नहीं है। (दो) वे सबके मन की बात कहते हैं; किसी भी बात पर वे किसी से असहमत नहीं होते हैं। चर्चा कर रहे हर व्यक्ति से वे सहमत होते चले जाते हैं और साथ-साथ अपनी बात भी कहते जाते हैं। कोई इनकी बात काट दे तो हँसकर मान भी जाते हैं। कहते हैं कि भाई साहब, आपने भी भौत सही पाइंट से काटी है हमारी बात। सही कहा आपने,असल में अभी हमने बात ही बड़े चूतियापे की कह डाली थी। कभी-कभी हमसे भी गलती हो जाती है। ...वे ख़ुद की बात काटने वाले शख़्स की ख़ूब तारीफ़ करते। कहते कि आपकी यही बात हमें भौत बढ़िया लगती है कि आप फालतू की मुरव्वत में नहीं पड़ते हैं। चूतियापे की बात कही जा रही हो तो आप उस बात को वहीं काट देते हैं, वो भी फटाक से। (तीन) वे बार-बार, और बीच-बीच में कहते जाते हैं कि कोटरा में शान्ति की बड़ी आवश्यकता है। वे यह भी बताते जाते हैं कि शान्ति तथा सद्भाव से ही समाज का विकास होता है और नई पीढ़ी को दिशा मिलती है। उनके इस विमर्श से कोटरा में कितनी शान्ति पैदा होती थी, इसे कभी मापा नहीं गया परन्तु यह तय था कि इनकी बातों से मनोरंजन तो सबका होता था।

***

वैसे शान्तिदूत वाली यह बात अभी यहाँ कैसे निकल आई है?

हुआ यूँ कि दो दिन हुए, पंडिज्जी के खेत से लगी उस कच्ची पगडंडी पर, जो उसे दूसरे खेत से अलग करती थी, शाम को जब अँधेरा-सा हो रहा था, कुछ लोगों ने पड़ोसी खेत के मालिक सुर्रेलेजी के लौंडे की कनपटी पर तमंचा धर के उसकी बढ़िया पिटाई कर दी। जाते-जाते वे सुपुत्र का पैंट-शर्ट भी उतरवा कर ले गए। बताते हैं कि पैंट में दस हजार रुपए भी थे। फिर तो यह डकैती कहाई भाई साहब? वही तो, पर कोई सुन ही नहीं रहा। सुर्रेलेजी भी तो यही चाहते हैं कि थाने वाले इसकी एफआईआर को डकैती के तौर पर दर्ज करें पर वहाँ उनकी कोई सुनवाई ही नहीं हो रही। वे अपने पिटे सुपुत्र को लेकर थाने पहुँचे थे। थानेदार ने उनसे यही कहा कि "श्रीमान, रिपोर्ट में आप वही चीज लिखवाओ जिसका बजन

उठाबे की आपमें कूबत हो। आप भी जानते हो कि जे दस हजार रुपए वाली बात एकदम गलत है। कौन घूमता है इत्ते रुपए जेब में डालकर? आपका बच्चा पिटा है, यह सच है। पर, बस यही, और इत्ता ही सच है। अब अगर तुम ऐसी छोटी-मोटी मारपीट में भी डकैती की धारा लगवाना चाहते हो तो वह लग तो जाएगी पर वह सब तुमको बड़ा महँगा पड़ जाएगा; और जो तुम किसी विशेष व्यक्ति को डकैती में फँसाने के चक्कर में हो, तो याद रखना कि यह और भी महँगा पड़ जाएगा; और जो तुम किसी बड़े आदमी को अन्दर कराबे की ठाने हो तो हमारे रहते तो यह अन्याय कोटरा में होगा नहीं।"

थानेदार ने आगे उनको ठीक से चेताया :

"सबको पता है कि इस ठुकाई के पीछे लौंडियाबाजी का चक्कर है। जे तुम्हें भी खूब पता है। उचित तो यह रहता कि तुम लौंडे को लेकर खेत से ही डायरेक्टली घर निकल जाते और एकदम चुपचाप रह जाते। सुपुत्र को हल्दी का दूध पिला देते और समझाते कि आदमी को इश्क में पिटने-पिटाने का ऐसा बुरा नहीं मानना चाहिए। वैसे तो आदमी लौंडिया के चक्कर में न ही पड़े तो यह सबसे अच्छा परन्तु लंगोट की डोरी यदि बहुत कच्चे सूत की बुनी हुई हो तो फिर उसे पिटबे के लाने भी तैयार रहना चाहिए। ...इसमें बुरा मानने, उज्र करने या थाने में रिपोर्ट करने की बात कहाँ से आ गई—बताइए? हम फिर तुमसे जे भी पूछ सकते हैं कि जे दस हजार रुपए कहाँ से लाए थे और खेत में किसे देने जा रहे थे? सो तनिक सोच लो पहले।"

थानेदार ने अन्ततः उनसे एक सादे कागज पर साधारण मारपीट की शिकायत लिखवाकर अपनी दराज में धर ली थी।

सुरैलेजी ने थाने में यह भी बताया था कि पीटने वालों को हमारा मोंड़ा मात्र इसीलिए नहीं पहिचान पाया है क्योंकि सबने अपने मूँ पे गमछा बाँध रखा था, पर वे थे पूरे तीन। एक ने पीछे से कनपटी पर कट्टा धरा। दो ने पीटा। मोंड़ा ने जे जरूर बताया है कि उनमें से एक जन की आवाज हमें पहिचानी-सी लगी हती। एकदम पंडिज्जी के लौंडे की आवाज हती वो। पक्का है कि उनमें से एक आदमी अपोली ही रहा। अपोली ने ही पिटवाया है साहब। देखिए न, कित्ता मारा है; सिर फोड़ दिया मोंड़ा का। तो कम से कम अपोली का नाम तो डाल ही दें शिकायत में।

सुर्रैलेजी जोर देते रहे कि एफआईआर में आरोपी के नाम में अपोली का नाम डाला जाए।

थानेदार ने कहा, फिर चेताया भी कि शिकायत में किसी का भी गलत नाम लिखवा दिया तो उल्टा तुम पे ही तोहमत आ जाएगी। पता है न, झूठा केस दायर करने की धारा और भी खराब होती है?

अन्ततः बात अज्ञात लोगों द्वारा मारपीट की शिकायत दर्ज कराने पर टूटी थी।

शाम को पिटाई सम्पन्न हुई, देर रात तक सारे कोटरा को इस बात की ख़बर भी हो गई।

अब शान्तिदूत का रोल आता है। वह कैसे? वह यूँ :

कि सुबह चाय की दुकान पर इसी घटना पर विमर्श जारी था और मात्र इस कारण से, चाय और भी मीठी, हवा और भी सुकून भरी, सुबह और भी सुहानी लगने लगी थी। शान्तिदूत महोदय भी वहीं चाय पी रहे थे। विमर्श में वे भी उतर गए।

"बताते हैं कि कनपटी पे तमंचा धर दिया था।" घटना को पूरी नाटकीयता से बता रहा था कोई।

"और कहाँ धरते?" किसी ने पूछा।

शान्तिदूत को मौका मिला। वे बोले : "तमंचा तो भैया कनपटी पर ही रखते हैं। यही रिवाज है। वैसे आदमी तमंचा कहीं भी धर सकता है। कोई ऐसी रोक भी नहीं है। इसे कहीं भी धरो, असर वही होता है।"

शान्तिदूत की किसी ने नहीं सुनी। उनकी वैसे भी कोई सुनता नहीं है। उन्हें भी इसकी परवाह नहीं।

"पर ऐसा मारना ठीक नहीं।" किसी ने इसी बीच कहा।

"तो फिर कैसा मारना ठीक कहाएगा? किसी को नंगा करके पीटने में ऐसी क्या बुराई है?"

"नहीं, यह ठीक नहीं।"

"ठीक कह रहे हैं आप। वैसे, ठीक तो आप भी कह रहे हो कि मारना, मारना सब एक बराबर; नंगा करके मारो, चाहे कोट-पैंट में कूट दो।" शान्तिदूत ने दोनों की सहमति दर्ज की।

"वैसे तो किसी को भी मारना ही क्यों? बैठकर चर्चा क्यों नहीं..." शान्तिदूत ने मौका देखकर शान्ति की पेशकश भी कर डाली।

"...बैठ के क्यों? खड़े-खड़े क्यों नहीं?" किसी ने पूछ लिया।

"क्योंकि खड़ा आदमी लात भी मार सकता है।" किसी और ने ही जवाब भी दे डाला।

"हम तो कहते हैं, लेट के चर्चा करो न।" किसी और ने एकदम नए कोण से बात पकड़ी।

"यार, आप तो चुप ही रहो दद्दा। लेटना क्यों है भैया? कोई चूमाचाटी होनी है क्या?"

"बैठो, लेटो, जो करो; पर बात तो करो। जब बातचीत से समस्या सुलझाई जा सकती है तो उसमें मारपीट का भला क्या काम?...बताइए?" अब जाकर शान्तिदूत को शान्ति प्रस्ताव आगे बढ़ाने का मौका मिला।

"भाई साहब, चर्चा करना एक अच्छी बात है पर लातन के भूत बातन से मानते हैं क्या?"

"खैर, जे भी सच है।" शान्तिदूत को स्वीकार करना पड़ा। कुछ देर को वे चुप हो गए। कुछ सोचते रहे।

इधर अन्य लोगों के बीच पिटाई-विमर्श जारी रहा :

"कुटाई जोरदार भई है मोंड़ा की। फींच के धर दिया है बेचारे को।"

"भौत चोट आई है क्या?"

"थाने में मूँड़ पे पट्टी बाँध के तो बैठा हुआ था।" किसी चश्मदीद ने बताया।

"मतलब जे कि कोई खास चोट नहीं है। पट्टी-फट्टी तो सब ठनगन होते हैं। सच्ची में मूँड़ फूटा होता तो आदमी अस्पताल में होता कि थाने में?"

"ऐसा नहीं है। मूँड़ तो उसका जरूर ही फूटा है। पट्टी पर खून भी दिख रहा था।"

"लाल रंग का मतलब जे नहीं होता कि धब्बा खून का है।"

"सही बात। लाल रंग की तो स्याही भी आती है। वैसे पिटे हैं, तो फिर खून ही होगा।" शान्तिदूत ने कहा।

"चलो, मान लिया, खून का धब्बा था, तो? अरे यार, पिटे हो तो थोड़ा खून भी निकलेगा कि नहीं? जे कोई बड़ी बात तो नहीं कहाई।"

"तो फिर बड़ी बात कब कहाती भाई साब? जब एकाध की लाश गिर जाती, तब? क्यों?"

"गिर जाती का क्या मतलब? गिरी तो नहीं न? फिर? खुपड़िया पे बस, जरा-सी पट्टी बँधी है और बात ल्हास गिरने की कर रहे हैं! क्या सोचते हैं आपके सुर्रेलेजी? मूँड़ पे धजी बराबर पट्टी लगा के कोटरा वालों को चूतिया बना लेंगे?"

"तो आप ही बताइए न? आप कब जाकर मानेंगे कि चोट ठीक-सी लगी है?"

"जब ठीक-सी लगी हो, तब..."

"...पर उसे लगी तो है न?"

"जरा-सी खरोंच को बड़ी चोट कहोगे तो कौन मानेगा? सुर्रेलेजी को पता नहीं है, दरोगाजी पुराने खिलाड़ी हैं। तभी तो दरोगा ने भी उन्हें फटकार दिया कि आप हमें जे जरा-सी खरोंच, छोटा-सा नील, इत्ता-सा गूमड़ा और थप्पड़ के निशान न दिखाओ। कानूनन इनकी कोई भेल्यू नहीं है; जे सब सिम्पल इन्जूरी में आते हैं। कुत्ते-बिल्ली को तो अगर ऐसी चोट लगे तो वे उसे चाट-चूट के खुदई ठीक कर लेते हैं; और तुम मूँ उठाए, आदमी के इस बच्चे को थाने ले आए?"

"थानेदार ऐसा बोला सुर्रेले जी से?" शान्तिदूत ने आश्चर्य प्रकट किया।

"और क्या बोलेगा वह? अगर इत्ती-सी पिटाई पे भी पुलिस एफआईआर भरन लगे तो थाना तो एफआईआर रजिस्टरों से ही भर जाएगा।"

"पर कायदे से तो जे भी पुलिस का ही काम है भाईसाब।"

"तुमने इतें तो हमें कह दिया, कभी थाने में जाकर न बताने लगना कि उनका क्या काम है।"

"क्यों भला?"

"क्योंकि उल्टा टाँग देना भी उनका एक स्पेशल काम है।"

"पर जनता की रपोट तो उनको लिखनी पड़ेगी कि नहीं? दरोगाजी ऐसे किसी को रिपोर्ट के लिए मना नहीं कर सकते।"

"क्यों भैया? मना भी करें तो तुम क्या कर लोगे?" किसी ने वह जटिल सवाल कर डाला जिसका उत्तर उनके पास नहीं था जो अभी कायदा बताने की कोशिश कर रहे थे। उन्होंने विषय ही बदल दिया, बोले, "पर मारा तो बहुत है भाई साब।"

"यह आपको कैसे पता? आप वहाँ थे? ऊपर से तो लौंडा एकदम बढ़िया दिख रहा है।"

"ऊपर से तो ठीक दिखेगा ही। मुँदी मार मारी गई है।"

"तुम जे सब इत्ते विश्वास से कैसे कह रहे हो?"

"लौंडिया का मामला है भाई साब। ऐसे में ठुंकाई जम के ही की जाती है। मर्डर तक हो जाते हैं।"

"ठीक कहते हैं आप। स्त्री के मामले में हमेशा बढ़िया ही पिटाई होती है। और मुँदी मार ही मारी गई होगी।" शान्तिदूत ने दोनों से सहमति जताई।

"मुँदी मार का मतलब?" किसी नादान ने प्रश्न किया।

"तुम मुँदी मार नहीं जानते?" लोग हँसने लगे।

"एक दिन अइयो, हम तुम्हें मार के बताते हैं।" किसी ने प्रस्ताव दिया।

"यार, मुँदी मार का मतलब जे कि तुम कुटपिट तो खूब गए पर ऊपर से एकदम बढ़िया दिख रये, समझे कछू?"

"मोंड़ी के मामलों में मुँदी मार का ही चलन है।"

"यार, जे मोंड़ी वाला क्या मामला है सगे?" कोई उत्कंठित होकर पूछ रहा है।

"है पंडिज्जी के स्कूल की कोई मोंड़ी। ग्यारहवीं कक्षा में पढ़ती है। उसी की क्लास में सुर्रेलेजी के सपूत भी पढ़ते हैं।"

"फिर?" शान्तिदूत भी अति उत्सुक हैं।

"फिर क्या? लगे हैं सुर्रेलेजी के सपूत उसके पीछे।"

"सुर्रेले के मोंड़ा को थोड़ा संयम रखना था।" शान्तिदूत ने गंभीरतापूर्वक बताया कि सभी पराई स्त्रियों को माँ-बहन मानने वाला देश है यह।

"भाई साहब, सब तरफ पराई स्त्रियाँ ही दिखें तो आदमी क्या करे? मोंड़ी दिखे तो मानव मन कमजोर तो हो ही उठता है न? यह तो..." किसी ने सुर्रेले

सुपुत्र की तरफ़दारी में कहा।

"मानव मन केवल उनके सपूत के पास ही है क्या?"

"मतलब?"

"पंडिज्जी की औलाद के पास भी तो एक मानव-मन है।"

"कौन, अपोली?"

"हओ।"

"पर अपोली तो शादीशुदा हैं?"

"तो? क्या शादीशुदा आदमी के अन्दर मानव-मन नहीं होता है?"

"फिर भी..." शान्तिदूत ने आपत्ति दर्ज कराने की कोशिश की।

"क्या फिर भी?"

"...यही कि शादीशुदा आदमी लड़कियों के लिए फौजदारी करे—यह तो बड़े शरम की बात है।"

"तो आप पहले ठीक से शरमा लीजिए फिर आगे की बात करी जाए।"

"हम अपनी बात नहीं कह रहे। यह पंडिज्जी के लिए शरम की बात है।"

"बे तो खैर इस मामले में जरा भी नहीं शरमा रहे। हमें कल शाम को ही स्कूल से निकलते हुए मिले थे।" किसी ने बताया।

"फिर? क्या बोले बे?"

"क्या बोलते; हँस रहे थे। उनके मूँ पे शरम का एक छींटा भी नहीं था।"

"अरे!"

"हमने इशारों में उनसे सुर्रेलेजी का जिक्र करके कुछ पूछा भी..."

"...इशारों में क्यों? सीधे क्यों नहीं? अरे, जब बे नहीं शरमा रये तो आप काहे शरमाते हैं?"

"हम क्यों शरमाएँगे?"

"तो फिर आप उनकी टोह ले रये थे क्या?"

"वोई मान लो।"

"फिर?"

"फिर क्या? पंडिज्जी हँसने लगे। बोले कि ऐसी शिकायतें तो जवानी का प्रमाण मानी जाती हैं। जवानी आती है तो कहीं न कहीं से फूटती भी है। अपोली की जवानी फूट रही है, और कोई खास बात नहीं—ऐसा बोले बे।"

"यह तो उनकी बेशर्मी है।"

"पर मोंड़ी का बाप जरूर शर्मदार निकला; उसने मोंड़ी का नाम स्कूल से कटा लिया है।"

"पर मारपीट तो अब चलती रहेगी। सुर्रेलेजी का लौंडा भी कोई चुप बैठने वालों में से नहीं है।"

"खैर, मारपीट चल पड़े तो फिर चलती चली जाती है।"

"ऐसी चलती है मानो ढलान पे गाड़ी के ब्रेक फेल हो गए हों।"

"वैसे मोंड़ी को घर बिठा दिया है तो शायद..."

"...घर बिठाने से बात नहीं बनबे वाली भैया। मोंड़ी पर दिन-रात का पहरा तो न बिठा दोगे?"

"ठीक कहा। वैसे भी जमाना खराब चल रहा है।"

"अच्छे जमाने में भी जेई सब होता था। हर जमाने में जेई होता है। कन्या का मामला फँसा हो तो हर जमाना एक-सा है।"

"फिर? क्या करे कोई?" शान्तिदूत ने पूछा।

"बस, अच्छे से ठोंक दिया जाए दोनों को। मोहब्बत का बड़ा पुरातन परन्तु शर्तिया इलाज तो जेई है। इससे मानव मन भी फटाफट काबू में आ जाता है।"

"कौन ठोंकेगा?"

"मोंड़ी का बाप, और कौन।"

"अरे छोड़िए! उसकी इत्ती हिम्मत नहीं। देखना, ईसपगोल खाके सो जाएगा।"

"पर मारना-पीटना तो उचित बात नहीं।" शान्तिदूत ने कहा।

"तो क्या दोनों की आरती उतारी जाए?"

"जे बात भी सही है आपकी। आरती न उतारी जाए पर...।" शान्तिदूत ने कहा।

"हमारी बिटिया होती तो हम लाठी से उसका सिर फोड़ देते।"

"सही बात।" किसी ने कहा।

"लाठी का क्या मतलब? बच्चों को समझाया भी तो जा सकता है।" शान्तिदूत लाठी के खिलाफ मोर्चा तजने को राजी नहीं।

"पास में लाठी होबे का मतलब जे नहीं है कि..." कोई और भी शान्तिदूत की भाषा बोला।

"आप भी वही कह रहे हैं जो हमारा विचार है।" शान्तिदूत बोले।

"तुम तो यार अब चुप ही रहो भैया।" किसी ने शान्तिदूत को चेताया।

"यह भी सही बात कह दी आपने।" शान्तिदूत ने कहा और चुप हो गए।

पर विमर्श लाठी की तरफ पहले ही मुड़ चुका था।

"लाठी कोई टिक के खड़े होने के लिए तो बनी नहीं है।" उसी ने कहा।

"पर लाठी पीटने के लिए ही बनी हो ऐसा भी नहीं है। गांधीजी भी तो लाठी रखते थे। रखते थे कि नहीं?" किसी ने शान्तिदूत के दिल की बात कह दी।

"सही बात..." शान्तिदूत दुगने उत्साह से बोले कि गांधीजी चरखे के ठीक बगल में ही अपनी लाठी भी धरे रहते थे; पर मजाल है कि उन्होंने किसी को एक लाठी भी मारी हो।

"यार, हमारे देश में जेई गड़बड़ है—लोग हर बात में गांधीजी को घुसेड़ देते हैं। गांधीजी कभी भूले भटके कोटरा आ के देखते तो..."

"...गांधीजी हिंसा विरोधी थे। वे कभी कोटरा आते तो ऐसी मारपीट के विरोध में अनशन पर बैठ गए होते।"

"...कोटरा में तो फिर गांधीजी सारे टेम भूख हड़ताल पर ही बैठे रहते।"

"ऐसा नहीं है भाई साब। हम तो कहते हैं कि कोटरा में रहते तो गांधीजी खुदई लाठी चलाने लगते।"

"सही कहा आपने। हो सकता है कि तब वे वायसराय साहब का सिर फोड़ देते या कभी जवाहरलालजी को ही एकाध लाठी जड़ देते।"

"ऐसा नहीं है। जवाहरलाल जी पर तो बड़ा स्नेह रहा गांधीजी का..." शान्तिदूत ने धीमी आवाज़ में असहमति प्रकट करनी चाही।

"कोटरा में सबसे ज्यादा लाठी स्नेह करने वालों के बीच ही चलती है भाईसाब।"

"कोटरा का पानी ही ऐसा है।"

"यार, कोटरा के पानी को दोष न दें।" शान्तिदूत को कोटरा पर दोषारोपण मंजूर नहीं।

"क्यों न दें? देखिए, आप हैं सीधे-सादे आदमी। आप पर जरूर यहाँ का पानी कोई असर नहीं कर पाया है क्योंकि आप शराफत की छन्नी से छानकर इसे पीते हैं। आपका पानी मूत बन के बह जाता है, बस। आपको कोटरा के पानी का असर देखना है न? तो अपोली को देख लो। जे होता है पानी का असर; उसने कैसा बढ़िया ठोका है सुर्रेलेजी की संतान को?"

"जे भी ठीक..." शान्तिदूत को सहमत होना पड़ा।

"घंटा ठीक।" किसी ने कहा।

"जे भी ठीक। घंटा तो हमेशा ठीक रहता ही है।" शान्तिदूत ने दाँत निपोर दिये।

बीच का पुल और गंदा नाला

"बड़े साहब लोगों तक किसी की रिश्वत पहुँचाने को ऐसा कोई आसान काम समझे हो क्या? देखिए, छोटे-मोटे कर्मचारी तो सीधे ही रिश्वत माँग लेते हैं, और वो भी कित्ती! ...माँग लिए, सौ दो सौ, बस। उसे रिश्वत न ही कहा जाए तो उचित रहेगा। उसे तो बस, चना-मुरमुरा टाइप प्रसाद मान लें।" बैठक में धरे मूढ़े पर बिराजे हुए बिस्मिलजी सामने बैठे क्लाइंट को रिश्वत देने के काम की जटिलता समझा रहे हैं।

एक बड़े अफसर तक रिश्वत पहुँचाना कितना कठिन और ज़िम्मेदारी का काम है, यह बतला रहे हैं वे।

क्लाइंट को पास के ही गाँव से किसी ने उनके पास भेजा है।

क्लाइंट को रिश्वत देनी है। तहसीलदार से काम फँसा हुआ है। वैसे, काम एकदम जायज़ है। तो जायज़ काम के लिए कैसी रिश्वत? ...ताकि साहब कहीं उसके जायज़ काम को नाजायज़ करार न कर डालें। वे कर सकते हैं। ताकत है उनकी कलम में। बड़े अफसर हैं। टेम पे रिश्वत न पहुँचाई गई तो वे उसकी फाइल में ज़रूर कुछ गड़बड़ कर देंगे, ऐसा विश्वास है क्लाइंट को। रिश्वत तो देनी ही होगी, पर दें कैसे? इत्ते बड़े अफसर को सीधे रिश्वत कैसे दी जाए, यही दुविधा है। साहब तक रिश्वत पहुँचाना बड़ी जटिल पहेली है। इस पहेली का तोड़ बिस्मिलजी के पास है। कैसे? वे इस इलाके के स्थापित दलाल हैं। बीच का पुल हैं। पोलम-पोल हैं। चोर रास्ता हैं। पीछे के दरवाज़े की साँकल हैं वे।

अफ़सरों और रिश्वत पहुँचाने वाले विश्वसनीय बिचौलिए की तलाश में बेचैन लोगों के बीच एक विश्वसनीय नाम है बिस्मिलजी का। अफसरों से उनकी निकटता के चर्चे पूरे इलाके में चलते रहते हैं। सामने बैठा क्लाइंट बिस्मिल जी की इसी कीर्ति के कारण अभी यहाँ बैठा हुआ है। वह रिश्वत की रकम जेब में रखकर लाया है। किसी की सिफ़ारिश भी साथ में लाया है कि बिस्मिल जी उसकी यह रिश्वत सही व्यक्ति तक पहुँचवा दें। बिस्मिलजी ने पहले तो इस काम के ख़तरों का ज़िक्र करते हुए रिश्वत के पचड़े में पड़ने से ही साफ़ मना कर दिया और फिर उसी श्वास में यह कहते हुए वे मान भी गए कि आप हमारे ऐसे क्लोज़ आदमी की सिफ़ारिश लेकर यहाँ पधारे हैं कि आपने हमें बड़े धर्मसंकट में डाल दिया है।

इसी तारतम्य में अब वे बता रहे हैं कि अफसर को रिश्वत पहुँचना कितना कठिन काम होता है।

"भाई, अफसर तो अफसर होता है। वो हरेक से तो पैसा लेगा नहीं। कभी सीधे दोगे भी तो बमक जाएगा। रकम को वापस तुम्हारे मूँ पर मार देगा। सो जे ऐसा सरल काम तो है नहीं। अगर मात्र पैसे के इंतजाम से ही रिश्वत हो जाती तो फिर बात ही क्या थी! होंगे पैसे आपके पास, पर अफसर तुमसे लेगा ही क्यों?"

बिस्मिलजी का रिश्वत प्रसंग जारी है :

"रिश्वत लेने वाला भी ऐसेई रिश्वत नहीं ले लेता है भाई साहब। यहाँ कौन स्साला आपको रँगे हाथों पकड़वा दे, पता चलता है क्या? बड़ा ठोंक-बजाकर रिश्वत लेते हैं साहब लोग। ऐसे दोगे तो मना कर देंगे, फटकार देंगे या बड़ी-बड़ी बातें करने लगेंगे। नहीं। महात्मा नहीं बन गए हैं वे। लेते सब हैं पर इन्हें देना आसान नहीं, ये लोग भरोसे के आदमी के थ्रू ही लेते हैं। खुल के तो कोई नहीं लेता आजकल। सबको चाहिए, पर माँगता कोई नहीं। लार सबकी टपकती है पर

गुटक जाते हैं। बिना रिश्वत के कोई काम नहीं करता पर डायरेक्टली कोई माँगता नहीं। उनको रिश्वत पहुँचाने के लिए बड़े भरोसे का आदमी लगता है, और साहब के भरोसे का आदमी मिल पाना भौत कठिन होता है।"

इस तरह बिस्मिलजी स्वयं के महत्त्व के पाइंट तक पहुँच गए। इसके आगे बिस्मिल जी अपनी माहात्म्य-चर्चा करने लगे जो इस विमर्श का मूल उद्देश्य था :

"हम पर बड़ा भरोसा रखते हैं तहसीलदार साहब। ...इनका ही क्यों, ज्यादातर साहबों का हम पर बड़ा भरोसा है, सो भला क्यों?...वरना तो कोटरा-कालपी में तो पच्चीसों पड़े हैं। सब तुमसे जेई कहेंगे कि हम खूब जानते हैं साहब को। घंटा जानते हैं! ...और मान लो कि साहब को जानते भी हों पर खोट है खुद के मन में; सो भी जे लोग भरोसे के काबिल नहीं। इनने बस, एक बार तुमसे रिश्वत की रकम ली और जे गए, फिर तुमको जे कभी न मिलेंगे। काम होगा नहीं, और पैसे भी गए। जेई ट्रिक है इनकी। सो, रिश्वत देना सरल काम नहीं है। पैसा डूबते देर नहीं लगती।"

साहब लोग बिस्मिल जी के हाथों से ही क्यों रिश्वत स्वीकार करते हैं?

बिस्मिल जी ने इसका कारण भी बताया :

"साहब लोग, बस अपने भरोसे वाले से ही पैसा लेते हैं। और साहब का भरोसा जीतना कोई सरल काम नहीं है। वे लोग आसानी से किसी का भी भरोसा नहीं करते। पहले तो हर आदमी को खूब तौलते हैं। बार-बार तौलते हैं तब पास आने देते हैं। साहब लोगों का भरोसा जीतने में आदमी की मैय्यो हो जाती है। हमने कैसे जीता है, जे तो बस हम ही जानते हैं।

..."पर कई चूतिया लोग जे सब बातें नहीं समझते। ऐसेई एक सज्जन, बड़े होशियार, नोट की गड्डी ले के, मूँ उठाए पहुँच गए तहसीलदार साब के पास कि साहब जे धरी है आपकी रिश्वत; लीजिए और फटाफट हमारा काम कर दीजिए। सीधे लात मार दी साहब ने। तो भैया, सीधे लात घलती है ऐसे होश्यारों के पिछवाड़े पर।"

क्लाइंट ने दोनों कानों पर हाथ रखकर सिर हिलाया कि वह ऐसा अपराध कभी नहीं करेगा।

"अरे, साहब लोगों को रिश्वत देने का भी एक सलीका होता है। बड़ी नफासत लगती है इसमें। बड़ी नजाकत लगती है। बड़े आदर और सम्मान के साथ रिश्वत ऐसे देना होती है कि अफसर की शान को ठेस भी न पहुँचे और रिश्वत भी हो जाए। पूरा स्वाँग रचाना पड़ता है भाई साहब। ऐसा सीन करना पड़ता है कि साहब बड़े नियम, कायदे वाले हैं, यह तो हमीं अधम हैं जो रिश्वत देकर उन्हें बिगाड़ने पर तुले हुए हैं। साहब के अहम को फोते टाइप सहलाना पड़ता है। उनके स्थान विशेष पर तेल चुपड़ना पड़ता है। बड़े क्षमाभाव और बड़ी 'हें हें' करके रिश्वत देनी पड़ती है भाई साहब। ऐसा दिखाना होता है कि साहब ने हम जैसे अकिंचन से रिश्वत लेकर जो अपने हाथ अपवित्र किए हैं, इस अहसान के लिए हम उनके

कृतकृत्य हैं। ...आसान काम नहीं है भैया। ...बड़ा ठनगन लगता है। ...और जब तक साहब रिश्वत के नोट गिन रहे हैं, या गड्डियों को करीने से अपने ब्रीफकेस में धर रहे हैं तब तक उनकी ईमानदारी, परिश्रम, सूझबूझ, कर्मठता, दृढ़ निश्चय तथा कड़क अफसरी के भजन गाते रहने पड़ते हैं। हर एक के बस की बात नहीं है यह सब। हर शख्स अफसर को रिश्वत नहीं दे सकता, और वे भी हर ऐरे-गैरे से रिश्वत लेते नहीं। साहब उसी से लेते हैं जो उनकी मानसिकता को समझता है। ...भ्रष्ट से भ्रष्ट अफसर भी चाहता है कि आप उसे रिश्वत तो दो, पर एक ईमानदार अफसर वाली इज्जत भी दो। दोनों चीजें चाहिए उसे। इज्जत भी, रिश्वत भी। दोनों की भूख रहती है उसे।"

बिस्मिलजी क्लाइंट को रिश्वत देने का तिलिस्म समझाते रहे।

क्लाइंट ने अब कोहनी तक दोनों हाथ जोड़ दिये :

"तभी तो हम सीधे आपके पास आ गए हैं भाई साहब। हमसे तो यह सब बनता नहीं। ...वैसे तो हमारी हिम्मत ही नहीं कि साहब के पास अकेले पहुँच जाएँ, पर अगर वे हमसे सीधे भी ले लेते तो हमारे चेहरे से तुरन्त पकड़ लेते कि हमारा मन तो उन्हें जूता मारने का हो रहा है और हम उनसे बस यूँ ही झूठी 'हें-हें' कर रहे हैं।"

बिस्मिलजी हँसने लगे।

"हें हें तो करनी पड़ती है जनाब। अफसर के सामने बड़ी सच्ची टाइप की 'हें-हें' लगती है। जूता और मन, दोनों को कमरे के बाहर छोड़कर ही साहब के कमरे में घुसना पड़ता है।"

"वही तो। ...और वो हमसे होगा नहीं।"

"चलिए, हम आपकी तरफ से पहुँचा देंगे।"

"मेहरबानी भाई साब।"

"अच्छी बात यह भी है कि तहसीलदार साब अपने बिलहरी साइड के ही निकाल आए हैं। उनके समधीजी और हमारे बिलहरी वाले मामा, दोनों बड़े गहरे दोस्त हैं। एक ही मोहल्ले में रहते हैं। साहब के समधी जी हमें भी इसी कनेक्शन से खूब जानते हैं और खूबई मानते हैं। हम पर पूरा भरोसा है उनका। हम सीधे उनसे ही बात करेंगे। साहब वैसे भी डायरेक्टली नहीं लेते हैं। वे इन समधीजी के थ्रू ही लिया करते हैं। बेई लेंगे। बेई आपके काम का रेट भी बताएँगे। सब पता करके, हम आपको नरसों तक बतलाते हैं। बस, उत्ती रकम हमें दे जाएँ। हम पहुँचा देंगे।" बिस्मिलजी के स्वर में इत्मीनान है।

"बस, तो हमारा इत्ता काम करा दें भाई साब। बिना हुज्जत के एक बार साहब हमारी रिश्वत स्वीकार कर लें तो फिर..."

"...चिन्ता न करें। काम हो जाएगा।"

क्लाइंट ने धीरे से पूछा : "साहब को एक बार पैसे पहुँच गए, फिर वे हमारा काम कर देंगे न?"

"देखिए, नियम तो जेई कहता है कि रिश्वत ली है तो अफसर काम करेगा। पर यह बात भी ठीक से जान लें कि हमारा काम उन तक रिश्वत पहुँचाना है, बस। उनका काम करना हमारे हाथ में नहीं है। फाइल उनके पास है। काम उन्हें करना है। कायदे से, रिश्वत लेंगे तो काम तो करेंगे ही। सरकारी काम में रिश्वत का जेई रिवाज चलता है पर उस चीज पर हमारा कोई कंट्रोल नहीं है। समझे न आप?" बिस्मिलजी ने मामले का पेच खोलकर बताया।

"मतलब?" इतना खुलकर इशारा करने पर भी क्लाइंट ठीक से समझा नहीं।

"मतलब जे कि भैया, आप कर रहे हो अपनी जेब से कलदार खर्च। है न? तो आप यह उम्मीद भी करोगे कि रिश्वत दी है तो हमारा काम तो होगा ही, है कि नहीं?"

"जी, बिलकुल..."

"...बस, तो आपकी जे, 'बिलकुल' ही तो गड़बड़ है।"

"क्या मतलब?"

"देखो भैया, अमूमन तो वही होता है जैसा आप कह रहे हैं।"

"फिर?"

"...पर कई बार साहब लोग रिश्वत तो ले लेते हैं पर काम वही करते हैं जो उनको सही लगे। इसीलिए कभी कोई ऊँच-नीच हो जाए तो फिर हमारे पास रोने मत बैठ जाना—समझे न?"

क्लाइंट कुछ समझा, कुछ नहीं भी समझा।

वह एकदम नासमझी वाली बातें करने लगा, "पर हमारा मामला एकदम सही और कानूनी है। हम तो जायज काम की रिश्वत दे रहे हैं भाई साब। साहब को हमारा काम करने में कोई परेशानी न होगी।"

बिस्मिलजी हँसने लगे।

"यार, जे तो तुम कह रहे हो न? पर दूसरी पार्टी की भी सोचो। वह भी तो यही कहती हुई इजलास में पहुँची होगी कि उसका केस एकदम जायज है? आप दोनों ही लोग हाकिम के सामने अपना-अपना काम जायज बता रहे हो। फिर? ऐसे में हाकिम क्या करे? तो अफसर कन्फ्यूज हो जाता है। इसीलिए कई बार वह दोनों से ही नोटपानी ले लेता है, और फिर जिसकी बात उसे जँची, उसकी तरफ फैसला कर देता है।" बिस्मिल साहब रिश्वत लेने वाले अफसर की नैतिक दुविधाएँ बताने लगे।

"तब तो हमारा काम जरूर हो जाएगा। हमारा एकदम सही मामला है..."

"...अफसर किसे सही समझता है—अभी तो यह देखना होगा।"

"तभी तो हम आपके पास आए हैं साहब। इलाके में आपकी बड़ी साख

है। कहते हैं कि आपके थ्रू दिया रिश्वत का पैसा कभी डूबता नहीं।" क्लाइंट ने विश्वासपूर्वक कहा।

"ऐसा नहीं है। कभी-कभी डूबा भी है। पर, कभी-कभी ही, बस।"

"हमारा अलग से खयाल रखिएगा बिस्मिलजी। हम भौत सामान्य हैसियत वाले आदमी हैं।"

"देखो भाई साहब, कोशिश करना हमारा फर्ज है। पर यह अफसर है नया। यहाँ आए मुश्किल से दो महीने हुए हैं। अभी तो कोई ठीक से यह जानता तक नहीं कि इनका रिश्वत लेने का सिस्टम एक्जेकटली क्या है। इत्ता भर पता है कि यहाँ से पहले जे तालबेंहट में पोस्टेड थे। वहाँ की रिपोर्ट फेवरेबुल है कि एक बार जे पैसा ले लें तो निभाते हैं।"

"फिर?"

"जैसा आप समझें।"

"हम क्या समझें? देना तो है ही।"

"तो दे दीजिए।"

"कित्ते पर मानेंगे?"

"नए हैं, रेट का पता करना होगा।"

"आप हमें रेट बताएँगे कि हम जाकर पता करें?"

"आप कहाँ से पता करेंगे?"

"तहसील में जाकर पता करें?"

"वहाँ नोटिस बोर्ड पर रिश्वत की रेट-लिस्ट लगी है क्या?"

"फिर आप ही पता करके बता दें।"

"वोई तो हमने कहा है न कि हम उनके समधी जी से चर्चा करके बताते हैं आपको..."

"...फिर आप बता दें।"

"...पिछले वाले तो इस तरह के काम का पचास लेते थे।"

"पचास हजार?"

"और क्या, पचास रुपए! पचास रुपए तो उनका चपरासी भी नहीं लेता है। कोई कभी दे तो वापस मूँ पर मार देगा वो।"

"सही बात। साहब के चपरासी की भी इज्जत है।"

"वही बात। इज्जत और हैसियत के हिसाब से ही रिश्वत का रेट होता है। अभी आपकी इसी फाइल पे कलक्टर के दस्तखत होने होते तो दो लाख से कम न लगते।"

"कैसे?"

"कलक्टर की इज्जत जानते हैं न?"

"और जो तहसीलदार साहब की ही इज्जत भौत निकल गई तो?"

"निकल भी सकती है। वे ज्यादा भी माँग सकते हैं। इसीलिए आप तो पूरे पचहत्तर का इंतजाम कर लें। फिर वे जित्ता माँगेगे, अपुन दे देंगे। जो अगर उनने कुछ कम माँग लिया तो वो आपका मुनाफा..."

"...रिश्वत देने में मुनाफे का जे तो बड़ा बढ़िया गणित बताया आपने।" क्लाइंट बोला।

बिस्मिल साहब हँसने लगे।

क्लाइंट उठ गया। बिस्मिल साहब ने उठकर बैठक का दरवाजा खोला।

क्लाइंट जा ही रहा था कि सुर्रेलेजी आ गए। बिस्मिलजी ने क्लाइंट को प्रस्थान करने वाला और सुर्रेलेजी का स्वागत वाला नमस्कार का इशारा एक साथ किया।

"और सुर्रेलेजी?"

"बस, एक शिकायत करने आए हैं आपसे..."

"...अरे, क्यों? क्या हुआ?"

"हमारा वाला समाचार..."

"...क्यों? छपा तो है न?"

"इत्ता अन्दर?"

"क्यों?...फिर कहाँ लगवाते?"

"तुमने तो हमारी खबर को अखबार में एकदम भीतर, कोने में जाकर छपवा दिया?"

"ऐसी खबरें और किर्ते छापी जाती हैं भाईसाब?"

"फिर भी। हमने पैसे तो ठीक-ठाक छापबे के लिए ही दिये थे। ...और आपने जित्ते बताए थे, उत्ते दिये थे। है कि नहीं?"

"यार, पैसे देने का मतलब क्या होता है? बताइए हमें? क्या ऐसी न्यूज़ हम फ्रंट पेज पे छापते? मामूली-सी मारपीट का समाचार..."

"आपको जे मारपीट मामूली लगती है?"

"फ्रंट पेज पे तो मर्डर की न्यूज को भी मुश्किल से जगह मिलती है सुर्रेलेजी।"

"तो क्या आप हमारा समाचार तबई ठीक से छापोगे जब हमारे मोंड़ा का मर्डर हो जाएगा?"

"वो बात नहीं है भाईसाब। समझिए जरा। हम तो आपको अखबार की पालिसी समझा रहे हैं। नेशनल अखबार है भाई साब। फिर भी अगर आपको लगता हो कि हमने जानबूझकर वैसा नहीं छपवाया तो आप हमारे पास आगे से अपना समाचार लेकर ही न आइए।"

"पंडिज्जी के लौंडे पर शक चल रहा है—यह बात भी आपने समाचार में नहीं डाली?"

"कैसे डालते? आपने थाने की रिपोर्ट में यह बात डलवाई? नहीं न? फिर? तो हम अखबार में कैसे डालते?"

"पर मारा तो उसी ने है। पूरे कोटरा को खबर है।"

"खबरें तो कोटरा में और भी हैं..."

"...मतलब?"

"वो मोंड़ी वाली बात भी तो पूरे कोटरा में खूब गरम है। हम उसे भी अखबार में डाल देते तो?...हमने नहीं डाली न? हमने आपकी जे न्यूज दबाई कि नहीं? अभी जे बात छाप देते तो सबकी कैसी बदनामी होती, जानते हैं न? तो बात को समझिए जरा। पत्रकारिता का मामला है। हमें भी बैलेंस करके खबर बनानी पड़ती है।"

"फिर भी, पैसे दिये थे तो पंडिज्जी के लौंडे का नाम..."

"...यार, हमें चार पैसे देकर आपने खरीद लिया है क्या? दो पैसे खर्च करके आप पंडिज्जी का नाम बिगाड़ना चाहते हैं? ...चलो, आपके कहे पर हम यह सब छाप दें और बे हम पे मानहानि का मुकदमा ठोक डालें, फिर?"

"मानहानि तो अभी हमारी हो रही है..."

"...तो उसके लिए अपने लड़के को समझाइए न।"

"पर हमें दुख तो भौत रहेगा कि आपने यह सब ठीक से नहीं छापा। हमने तो आपको बड़ा भरोसा करके यह समाचार दिया था।"

"हमसे जो हो सकता था, हमने किया।"

"कुछ नहीं किया।" सुर्रेलेजी रूठे हुए खड़े रहे।

बिस्मिलजी ने सुर्रेलेजी की पीठ पर हाथ रखा, "आइए। चाय पिलाते हैं आपको। कम से कम, चाय के पैसे तो हमसे वसूल लीजिए।"

कहकर बिस्मिलजी हँसने लगे।

"यार, हँसो मत।" सुर्रेलेजी ने बिस्मिलजी का हाथ अपनी पीठ से हटाते हुए कहा।

"चलिए, नहीं हँसते। पर आप भी ऐसे नाराज न हों। हम पर भरोसा बनाए रखें। हम आगे भी आपके समाचार छपवाते रहेंगे। चिन्ता न करें।"

बिस्मिलजी उनका हाथ पकड़कर घर के अन्दर ले गए।

खाकी संगीत का कोटरा घराना

रात के करीब नौ बज रहे हैं। कोटरा ऊँघने लगता है इतनी रात।

सड़क पर अँधेरा मचा है। टूटी सड़क के खंभे का लट्टू ख़राब है। सड़क को अँधेरे की आदत पड़ गई है। सही कहें तो उसे अँधेरे में मज़ा आने लगा है।

अभी दो घंटे से वैसे भी बिजली गायब है। सड़क से लगा हुआ थाने का अहाता है। थाने की इमारत छोटी है पर अहाता बड़ा है। यह एक पुरानी मकबरानुमा इमारत है, मानो अंधकार में डूबा हुआ कानून का मकबरा हो। कोटरा की बाहरी सीमा पर स्थित है थाना। एक पठारनुमा ऊँचाई पर स्थित, अकेली खड़ी बूढ़ी इमारत। एकान्त में बैठा हुआ कानून और उसके चारों तरफ़ तार की टूटी हुई बाउंड्री। बाउंड्री से हिलगा हुआ लोहे का फाटक। फाटक हिलग कर गिरने को है। सड़क से थाने की इमारत तक, अहाते से होकर पत्थर की फर्शियाँ बिछी हुई हैं। इस ड्राइव-वे की फर्शियाँ यहाँ-वहाँ टूटी और उखड़ी हुई हैं। मान लें कि सब कुछ ध्वस्त धर्मशाला टाइप है पर इसके बावजूद थाने का अपना ही रुआब भी है, और इसे अँधेरे में भी महसूस किया जा सकता है; कभी अँधेरे बियावान से होकर गुज़रो तो भूत का एक अनजान-सा भय रीढ़ की हड्डी पर रेंगता हुआ महसूस होता है न, ठीक वैसा। कानून अँधेरे में हो या अँधेरे का ही कानून चले—कानून का रुतबा तो महसूस होता ही है। अहाते में खड़ी जीप, यहाँ-वहाँ रखी सिपाहियों की मोटरसाइकिलें, बरामदे में पड़ी कुर्सी-मेज़, पीपल का एक पेड़, हनुमानजी का छोटा-सा मन्दिर और बन्द पड़ा एक पुराना कुआँ—ये सब थाने की धज का अभिन्न हिस्सा हैं गो कि अभी अँधेरे में गुम हैं। बन्द मुट्ठी-सी धरी हुई है अँधेरे अहाते में। यह कानून की मुट्ठी है या फिर उसका घूँसा—पता नहीं चलता। जिनकी पसलियों पर पड़ता है वे ही बता पाते हैं। बाकी के लोग, इससे बचकर निकलते हैं।

फ़िलहाल अँधेरे में डूबी है थाने की इमारत।

दो गैस-बत्तियों की रोशनी में नमूदार होता बरामदा ज़रूर किसी रहस्यमयी इबारत-सा उजागर है। बरामदे में एक चौड़ी-सी पुरानी मेज़ धरी है बल्कि इसे पड़ी हुई कह लें। इस मेज़ के आस-पास बेतरतीब पड़ी चार कुर्सियाँ, दो बेंच, एक हवलदार, दो सिपाही हैं। अन्दर के एक कमरे में भी मद्धम-सा प्रकाश दिख रहा है। वह दरोगाजी का कमरा है। बाकी का थाना अँधेरे में डूबा हुआ है।

दरोगाजी अभी अपने कमरे में हैं। वे कुछ गुनगुना रहे हैं। गुनगुनाहट के स्वर बरामदे तक पहुँच रहे हैं।

"गा रहे हैं दरोगाजी।" सिपाही ने हवलदार से कहा।

हल्की-सी स्वर-लहरी बरामदे में ढीली गश्त दे रही है।

हवलदार ऊँघ रहा था।

"अच्छा?" हवलदार चैतन्य हो गया और गायन की तरफ़ ध्यान देकर सुनने लगा।

"सुना?"

"सच कहा, गुनगुना तो रहे हैं।" हवलदार ने माना।

"अफसर अगर ऐसे गुनगुनाए तो जे अच्छा शगुन कहाया कि गड़बड़?" सिपाही ने मुस्कुरा के पूछा।

"गुनगुनाना तो अच्छा शगुन ही कहाएगा।" हवलदार पुराना अनुभवी है।

"सबके लिए अच्छा है कि बस उनके लिए?"

"शगुन के कुछ छींटे तो हम पे भी पड़ेंगे।"

"कालपी से लौटे हैं। मर्डर केस में पूछताछ को गए थे वहाँ। एकदम अकेले। ...वैसे गा अच्छा रहे हैं।"

"जेब में ठीक-सी रकम आ जाए तो आदमी का गला खुल जाता है।"

"वैसे भी गला अच्छा है दरोगाजी का।"

"सुर भौत बढ़िया पकड़े हैं साहब।"

"सुर बढ़िया ही पकड़ते हैं साहब।"

"दरोगई में तो सारा करिश्मा ही सही सुर पकड़ने का है।"

"सुर को ऐसा पकड़ो कि फिर स्साले राग की जमानत न होने पाए।"

"केस तो वैसे भी बड़ा पक्का बनाते हैं दरोगाजी।"

"संगीत का बढ़िया ज्ञान है साहब को।"

"कानून का भी।"

"हर साज का तार पूरा-पूरा सही खेंचते हैं; न तो वह टूटता है, न ही चैन से तना रह पाता है।"

"तान भी कभी टूट नहीं पाती।"

"और इस मर्डर केस में तो साहब ने दोनों पार्टियों के तार ऐसे खींचे हैं कि दोनों साजों पर एकदम सुरीला सुर निकल रहा है।"

"तान शायद दस लाख पे पहुँच के टूटी, ऐसा सुनते हैं?"

"फिर एकाध तो हममें भी बँटेगा।"

"खैर, दिल भौत बड़ा है साहब का..."

"...संगीत के लिए हृदय बड़ा ही चाहिए।"

"तभी तो ऐसा बढ़िया गा रहे हैं।"

"गला सुरीला है दरोगाजी का।"

"आदमी एक बार दरोगा बन जाए तो गला तो उसका ऑटोमेटिकली सुरीला हो जाता है।"

"फिर तो पुलिस की लाठी से भी बाँसुरी के सुर फूटने लगते हैं।"

"ठीक कहा। थाने का भी अपना संगीत होता है।"

"सो तो गालियों की भी अपनी एक धुन होती है।"

तभी थानेदार साहब ने लम्बा आलाप-सा कुछ लिया है, अन्दर। स्वर रिहा होकर बाहर तक आए। मूड में हैं आज साहब। अभी दो लाख रुपए एडवांस वसूलकर लौटे हैं। हृदय गदगद है। संगीत फूटा पड़ रहा है। मन बैजू बावरा हुआ जा रहा है।

"बताते हैं कि अपने कॉलेज के दिनों में भौत ही बड़ा बढ़िया गाते थे?"

"कौन बता रहा था?"

"कौन बताएगा? साहब खुदई बता रहे थे एक दिन।"

"ऐसी बातें आदमी खुदई बताता है।"

"किसी को कह रहे थे कि वो तो आजकल रियाज करने का टेम नहीं मिलता है वरना..."

"...आदमी अगर अच्छी चीज़ों के रियाज में लग जाए तो फालतू की रियाजें छूट जाती हैं।"

"जे तो सही बात है।"

"आजकल टाइम कहाँ मिल पाता है साहब को। ऐसेई कभी-कभी गुनगुना के रह जाते हैं, बस।"

"...देखिए न, आज कित्ते दिन बाद साहब का गाना सुनाई दिया है।"

"वैसे भी, अगर सारे टेम गुनगुनाएँगे ही तो फिर गाली कब देंगे? संगीत के लिए मूँ भी तो खाली मिलना चइए। गला गाली से खाली हो तो गाने को गैल मिले।"

"वैसे, इत्ते दिनों से परेशान भी तो भौत थे दरोगाजी। ...ऐसे में कैसे गाते?"

"इन्क्वायरी में फँसे हुए थे।"

"इन्क्वायरी में फँसा आदमी सारा संगीत भूल जाता है।"

"पर अब तो वो खत्म हो गई है न?"

"सात दिन पहले ही तो खत्म भई है। बताते हैं कि दरोगाजी ने बड़ी मेम साहब को हीरे का हार पहुँचाया तब जा के खात्मा रिपोर्ट पे बड़े साहब की सील सही लगी।"

"कौन-सा गाना गा रहे हैं?"

"वोई, कि जब प्यार किया तो डरना क्या!"

"अनारकली के साथ-साथ अपने दिल की बात भी बता रहे हैं साहब।"

"सही बात। ...दरोगाजी किसी से डरते नहीं।"

"क्यों डरेंगे? सबको साधकर चलते हैं, फिर काहे का डर?"

"विकट साधा है भाई। कोटरा से लेकर लखनऊ तक, सबको।"

"साम दाम दंड भेद..."

"...सबसे।"

"और कोटरा में भी, सबको; पंडिज्जी से लेकर नेताजी तक।"

"नेताजी? जे कौन?"

"अरे, वोई, पंखीलाल कहार।"

"अच्छा, बे! पिछड़ों के हृदय सम्राट?"

"बताते तो वे खुद को जेई हैं।"

"दरोगाजी कहते हैं कि मन तो करता है कि स्साले को उल्टा टाँग के बढ़िया कुटाई करें इसकी, पर..."

"...पिछड़ों की कुटाई के जमाने गए भैया।"

"जेई साहब भी कहते हैं।"

"वैसे कभी कोई पिछड़ा आदमी थाने में फँसे और साथ में एक बाँभन भी, तो वे पिछड़े की ऐसी ठुकाई करते हैं कि स्साला 'हा हा' करने लगे, और बाँभन को पुचकारते तो खैर नहीं पर बस लप्पड़-फप्पड़ मार के ही रह जाते हैं। साहब कहते हैं कि बाँभन को तो बस एक लात मारना ही काफी होता है। ...एक लात खा के भी बाँभन को वो चोट लगती है जो दलित को दस लात खा के भी नहीं लग सकती।"

"दरोगाजी की दरोगाई!"

"उसके तो भैया क्या कहने।"

***

इस पूरी बातचीत से पता करना मुश्किल है कि हवलदार और सिपाही दरोगाजी की बुराई कर रहे हैं या उनकी आरती उतार रहे हैं!

तभी अपना गाना बन्द कर दिया दरोगाजी ने।

अब जरूर वे हमें बुलाने वाले हैं। दोनों सतर्क हो गए। बाहर सन्नाटा है। और अँधेरा भी। और झींगुरों की आवाज़। फिर कहीं से लाउडस्पीकर पर कीर्तन की आवाज़ भी यहाँ तक आ रही है। बहुत दूर से। बहुत धीमी आवाज़। अँधेरे के विरुद्ध ईश्वर से प्रार्थना जैसी।

कि दरोगाजी ने अन्दर से सिपाही को आवाज़ दी।

दोनों उठकर अन्दर भागे।

अचानक तभी लाइट भी आ गई। ऐसी फटाक से आई है मानो दरोगाजी ने उसे तलब किया हो।

थाने में रोशनी हो गई। 'थाना चमकने लगा'—हम ऐसा कोई अति कथन तो नहीं करेंगे पर यह ज़रूर है कि अब थाना साफ़ नज़र आने लगा है : पुरानी इमारत, पुरानी रंगाई-पुताई, ऊँची छत, बड़े कमरे, लम्बा गलियारा, सीमेंट का फर्श, बड़े पल्ले वाली बड़ी-बड़ी खिड़कियाँ—ध्वस्त होने की तैयारी में लगी एक इमारत जो आदमी को थाने में प्रवेश से पहले ही चेता देती है कि न केवल यह इमारत जूनी-पुरानी है, यहाँ लगी कानून की मशीन की हालत भी ऐसी ही मानी जाए; इससे बहुत सटीक काम की कोई उम्मीद कतई न बाँधी जाए।

"जे स्साला इत्ती रात में लाउडस्पीकर कितें चल रहा है भाई?" दरोगाजी ने सलाम मारने के बाद खड़े दोनों सिपाहियों की तरफ़ देखकर पूछा है।

"गुप्ताजी ने सुंदरकांड बिठाया है।" सिपाही ने कहा।

"आप कालपी गए हुए थे तभी गुप्ताजी पूरे थाने को बुलऊवा दे के गए।" हवलदार ने बताया।

"बे, प्रकाश जनरल स्टोर वाले गुप्ताजी?"

"जी, बेई।"

"उनसे कहा नहीं कि अगर थाना तुम्हारे सुंदरकांड में बैठ गया तो इतें के लंकाकांड को कौन सँभालेगा?" दरोगाजी ने हँसकर कहा।

सिपाही हँसने लगे। उन्हें हँसना ही था। उनका हँसने का सिस्टम दरोगाजी के सिस्टम से जुड़ा है।

"अपने गुप्ताजी कुछ न कुछ कराते ही रहते हैं?" दरोगाजी ने टिप्पणीनुमा प्रश्न किया।

"धार्मिक प्रवृत्ति के आदमी हैं।" सिपाही ने तारीफ़ की।

"धार्मिक आदमी है पर हैं भौत हरामी सरकार।" हवलदार ने भी अपने ढंग से तारीफ़ ही की।

"यार, धार्मिक होने का मतलब जे तो नहीं है कि आदमी हरामीपना छोड़ दे? धार्मिक होना एक चीज है और हरामी होना एक बात।" दरोगाजी ने धर्म और सांसारिकता के बीच सामंजस्य पर ज़ोर दिया।

"जे तो है।" हवलदार सहमत हुआ।

"सुंदरकांड अपनी जगह और बदमाशी अपनी जगह! सही कहा सरकार ने।" सिपाही ने भी माना।

"सुना है, यह गुप्ता ब्याज का धंधा चलाता है?" दरोगा ने पूछा।

"हथ-उधार पैसा देता है गरीबन को। पाँच देता है, पचास वसूलता है। बसूलवे के लाने लठैत रखे हुए हैं।..." हवलदार ने बताया।

"तब तो भौत पैसा होगा स्साले के पास? क्यों?"

"भौत है साहब..." सिपाही ने कहा।

"बताते हैं कि छत के लेंटर में चाँदी की ईंटें दबा रखी हैं।" हवलदार ने बताया।

"जे बात तो कोटरा में सबको पता होगी?" दरोगाजी बात में अतिरिक्त रुचि ले रहे हैं।

"पूरा कोटरा जानता है मालिक।"

"यहीं के कारीगरों से छत डलवाई थी क्या?" दरोगाजी ने पूछा।

"हो सकता है..."

"बड़ा चूतिया आदमी है। ...फिर रोते फिरेंगे कि डकैती पड़ गई।" दरोगाजी बड़बड़ाए।

दोनों चुप हैं।

"चाय पिएँगे मालिक?" सिपाही ने पूछा।

"कहो तो एक दिन छत गिरवा दी जाए गुप्ताजी की?" दरोगाजी ने चाय की बात सुनी ही नहीं।

"चाय बनाएँ सरकार?" सिपाही ने फिर से पूछा।

"यार, जे चाय का टाइम है क्या? अब जो पिएँगे, घर जा के ही पिएँगे।" दरोगाजी बोले।

"धरी तो वो भी है?" हवलदार ने कहा।

"वो तो घर पे भी धरी है। चिन्ता न करें।" दरोगा ने मुस्कराकर कहा।

"सुर्रेलेजी आज दिन भर में तीन चक्कर मार गए हैं।" हवलदार ने रिपोर्ट दी।

"क्यों? क्या चाहते हैं?"

"पूछ रहे थे कि हमारी शिकायत पे क्या एक्शन हो रहा है?" सिपाही ने ऐसे हँसते हुए कहा जैसे कोई चुटकुला सुना रहा हो।

"अबकी बार आए तो स्साले को बाहर से ही भगा देना। चूतिया आदमी!"

सिपाही और हवलदार हँसने लगे।

"बताइए, कहता है कि पंडिज्जी के लौंडे को पकड़िए। बाप का राज समझा हुआ है। पठ्ठा, आदमी के पंडिज्जी होने का मतलब ही नहीं समझ पा रहा है।" दरोगाजी बड़बड़ाए।

"समझ जाएगा साहब।" सिपाही आश्वस्त है।

"समझना तो पड़ेगा ही।" हवलदार साहब भी पंडिज्जी जैसों के समक्ष कानून की पोजीशन को समझने के हिमायती हैं।

दरोगाजी अवश्य कुछ देर के लिए सोच-विचार में डूब से गए, फिर बोले, "वैसे, एकाध दिन मौके पर चला तो जाए, थोड़ी जाँच-पड़ताल दिखा ही दी जाए। घटनास्थल चले चलो। अरे वहीं, कहाँ पिटा है इसका लौंडा? बस वहीं। सुर्रेले को भी लगेगा कि पड़ताल चल रही है और कानून अपना काम कर रहा है।"

"पंडिज्जी पर भी कुछ दबाव पड़ेगा कि कानून काम कर रहा है।" दरोगाजी ने मुस्कुराकर आगे कहा।

साहब जरूर कुछ बड़ा सोच रहे हैं।

"जी मालिक।" दोनों बोले।

"पंडिज्जी मोंड़ी के बाप को घेर रये हैं कि वह सुर्रेलेजी के लौंडे के खिलाफ छेड़छाड़ का एफआईआर दर्ज कराए।" हवलदार ने बताया।

"तो उसने कराया?"

"अभी तक तो नहीं।"

"उससे करवाओ न।"

"बदनामी से डरता है मोंड़ी का बाप।" हवलदार पहले ही इसकी कोशिश कर चुका है शायद।

"ऐसी कौन-सी आल इंडिया मशहूरी है उसकी?"

सब हँसने लगे।

अब दरोगाजी घर जाने को उठे।

सिपाही ने उनका बैग उठा लिया।

दरोगाजी उठकर अपनी खिसकती पैंट को, बाहर निकलते हुए पेट के ऊपर खींचते हुए कमीज को पैंट में खोंसने लगे कि तभी थाने के अहाते से कुछ आवाजें आईं।

अहाते के बाहर लगा हुआ लोहे का फाटक खुला।

कब्जों पर जंग है। ये कुछ ज़ोर से ही चर्र-चूँ करते हैं। इसे थाने की अपनी अलार्म व्यवस्था मान लें। इसकी आवाज़ से अन्दर सब चेत जाते हैं। पहले फाटक खुलने की आवाज़ हुई, फिर साइकिल को स्टैंड पर लगाने की आवाज़ भी आई। फिर किसी के दौड़कर थाने की तरफ़ आने की पदचापें सुनाई दीं। पत्थर की फर्शियों पर मोटे तल्लेवाले जूतों की खटपट से रात का सन्नाटा बज उठा।

पड़ताल के लिए सिपाही बाहर आया।

"कौन है बे?"

कोई अहाते से होकर अन्दर की तरफ तेज़-तेज़ चला आ रहा था।

"छीतरमल हैं भैया।" आवाज आई।

"अरे, छीतरमल? आओ, आओ। ...इत्ती रात में? सब ठीक तो है?" सिपाही ने पूरे अपनत्व से पूछा।

"होता तो हम इत्ती रात में काहे भगे आते?" पास आकर छीतरमल ने कहा।

"क्या हुआ?"

"डकैती पड़ गई भैया।" बरामदे की मेज के पास रुककर छीतरमल बोले।

"अरे!"

थाने के बरामदे में लट्टू जल रहा है। उसकी रोशनी के दायरे में ग्राम रतौली के चौकीदार छीतरमल की धज एक घबराए हुए छोटे मुलाजिम की है।

एक हाथ में लाठी और दूसरे में बड़ी वाली टार्च।

धोती, कुर्ता, बंडी, साफा, गले में कंठीमाला, भुजा पर तावीज, माथे पर सिंदूरी टीका, चेहरे पर हल्की दाढ़ी; धज वैसी, जैसी पुराने किस्सों में भुतहा हवेली के चौकीदार की बताई जाती थी।

"अन्दर आओ।" डकैती की बात सुनकर सिपाही भी चौकन्ना हो गया है।

सिपाही दरोगाजी के कमरे तरफ चला। पीछे-पीछे रतौली का चौकीदार।

"डकैती पड़ गई मालिक।" चौकीदार दरोगाजी को मामला रिपोर्ट करने लगा।

"ये कौन?" थानेदार ने पूछा।

"ग्राम रतौली का चौकीदार छीतरमल है हजूर। बता रहा है कि वहाँ डकैती पड़ गई है।" सिपाही ने वह बात स्पष्ट की जो दरोगाजी वैसे भी समझ चुके थे।

उठ चुके दरोगाजी वापस अपनी कुर्सी पर बैठ गए।

"इत्ती शाम को ही डकैती पड़ गई?" दरोगाजी के स्वर में हैरानी है।

"डकैत तो सात बजे ही अन्दर घुस गए मालिक।" चौकीदार ने बताया।

"इत्ती जल्दी?"

"जी मालिक।"

"यार, डकैती तो स्साली आधी रात को ही सजती है। क्यों न?"

"जी मालिक, पर जे लोग तो शाम के सात बजे ही उतें आ गए थे।"

"कमाल है। डकैत भी स्साले अपनी रात खराब नहीं करना चाहते क्या?" दरोगाजी ने हँसकर कहा।

"हो सकता है कि डकैतों को बाद में कहीं और जाना हो।" सिपाही ने अंदाजा लगाया।

"ठीक कह रहे हो। शादी की सायतें चल रही हैं। हो सकता है कि डकैती के बाद वे लोग किसी लगन में कहीं जाने वाले हों।" दरोगाजी सहमत हुए।

"जी मालिक।" चौकीदार और क्या कहता?

"कित्ते डकैत थे?"

"तीन मोटरसाइकिलों पे पहुँचे थे। पाँचेक लोग रहे। मों पे ढट्टी बाँध रखी थी।"

"ढट्टी तो बाँधेगा ही। आदमी डकैती डालने को आया है कि मूँ दिखाई के लिए?" हवलदार ने कहा।

"तुम डकैती की जगह पहुँचे कि नहीं?

"हम उतें बाद में पोंचे। ...फिर तुरत इतें भगे चले आ रये।"

"डकैतन को देख पाए तुम?"

"हम तो घटना के बाद उतें पहुँचे।"

"तो कित्ते की पड़ गई?"

"दो लाख के तो जेवर उतरवा ले गए, नकदी अलग। एकाध का मूड़ भी फोड़ गए।"

"जे रतौली में कौन-से लखपती पैदा भए हैं यार? घर में ही बैंक खोले हुए हैं क्या?"

"महाराज, डकैती सतभैयन के घर पड़ी है..."

"...क्या बक रया है बे?" दरोगाजी सतर्क हुए।

सात भाइयों का परिवार है। सतभैया कहलाते हैं। सातों ने शादी नहीं की। बस, व्यस्त रह गए। बदमाशी, गुंडागर्दी और अदालतों के चक्कर में उन्हें समय ही नहीं मिला कि घर बसा पाते। सातों भाई एक साथ रहते हैं। कोटरा में उनका अपनी ही तरह का महत्त्वपूर्ण स्थान है। लोग उनसे बचकर चलते हैं।

"सच्ची महाराज।"

"पर उनकी रिहाइश तो कोटरा में है न?"

"इनकी कछू खेती उतें भी है। एक भाई ने उतें अपना मकान तान रखा है।"

"जे डकैतों के घर पे कब से डकैती पड़ने लगी?"

"वोई तो..."

"मामला रंजिश का भी हो सकता है। सतभइया खुद बड़े बदनाम हैं। पाँच डकैतियों में तो खुद नामजद रहे हैं। हर बार अदालत से छूट जाते हैं। जाने कित्तों की तो जमीन चाँपे बैठे हैं। मारपीट करते रहते हैं। ...जे वोई वाले सतभइए हैं न?" दरोगाजी ने पूछा।

"हाँ, बेई हैं। सात भाई हैं। यादव हैं। विकट उपद्रवी लोग हैं।" हवलदार ने बताया।

"फिर तो अभी हल्ला मचाते हुए इतें भी पहुँचबे वाले ही होंगे। ...तुरंत जीप निकालो। रतौली जाना पड़ेगा।" दरोगाजी खटाक् से खड़े हो गए।

"मालिक, जे सतभइए नेताजी के आदमी कहाते हैं।" सिपाही ने चलते-चलते चेताया।

"फिर तो पंखीलाल भी पहुँचते ही होंगे। यहाँ से अभी चले चलो। निकलो यहाँ से।" दरोगाजी तेज़ी से बाहर निकले।

आगे-आगे दरोगाजी, फिर सिपाही, हवलदार और चौकीदार। सब निकले।

"तुम इधर ही रुको। हम आते हैं।" दरोगाजी ने सिपाही को रुकने को कहा।

जीप तेजी से बाहर निकली।

सिपाही ने पीछे से 'जयहिंद साहब' कहकर सेल्यूट किया।

***

जीप चली ही थी कि दरोगाजी का फोन बज उठा।

"कहिए, कौन?"

थानेदार साहब थोड़ी देर तक तो चुपचाप होकर फोन सुनते रहे। फिर किसी को फोन पर ही लतियाने लगे :

"देखिए, आप तो ऐसे तड़प रहे हैं जैसे किसी ने लौंडे को चक्कू-सक्कू मार दिया हो। ...उसने लौंडियाबाजी की है। इश्क में पिटा है—बात बस इत्ती-सी है। ... अब क्या हम पूरा थाना इसकी तफ्तीश में लगा दें? ...रतौली में डकैती पड़ी है। अभी हम वहाँ जा रहे हैं। बताइए, हम डकैती की तफ्तीश करें कि...यार, आप जहाँ शिकायत करना हो कर लें। ...करेंगे। वो जाँच भी होगी। ...और लड़की ने भी आपके सुपुत्र के खिलाफ छेड़छाड़ की शिकायत दर्ज कराई है। उसकी जाँच भी कड़ाई से करी जाएगी। ...समझे न? ...जरा हम इस डकैती से निबट लें फिर बताएँगे।"

थानेदार ने फोन बन्द किया तो सिपाही ने मुस्कुराकर देखा।

"वोई हैं? सुर्रेलेजी। ...सुर्री बम टाइप पीछे लगे हैं।" दरोगाजी बोले।

दोनों मुस्कुरा दिये।

"वैसे, भारतीय पुलिस पर कुछ ज्यादा ही भरोसा लगता है, उनका।" दरोगा साहब ठठाकर हँस रहे हैं।

झूठा सच

सुबह का समय है।

कविता में इसे सुबह की बेला कहते हैं परन्तु कोटरा की इस कच्ची गली में, जिसमें दोनों तरफ अधकच्चे मकान बने हैं, हम इसे बस, सुबह का समय ही बोलेंगे। ऐसी गली में उतरी सुबह के वर्णन में अलंकृत भाषा की गुंजाइश नहीं है।

तो, सुबह का समय है।

इस समय अपने कच्चे-पक्के मकान के दरवाज़े पर रामटहल बैठे हुए हैं। बड़ी देर से मुँह में दातुन डाले हुए हैं। उसे दाँतों में दबाए हुए भी हैं, शनैः-शनैः चबा भी रहे हैं, और इस प्रक्रिया से सतत पैदा हो रहे थूक को सामने गली में थूकते भी जा रहे हैं। उनके ठीक बगल में पानी भरा लोटा धरा है। जब वे दातुन चबा-चबाकर थक और ऊब जाएँगे तो लोटे के पानी से गली में ही कुल्ला करेंगे। अभी तो, बड़ी देर से दाँत साफ किए जा रहे हैं। दाँत सफेद रहें तो अदालत में सफेद झूठ बोलने में एक किस्म का आत्मविश्वास बना रहता है। वैसे, अभी तो दातुन चबाकर समय ही काटा जा रहा है। कुल्ला करने और अन्य नित्य क्रियाओं से निवृत्ति के पश्चात् उन्हें दिन भर कोई काम नहीं है। वे अभी भी दातुन नहीं, समय काट रहे हैं।

तो क्या कोई धंधा नहीं करते हैं वे?

ऐसा भी भी नहीं है।

बेरोजगार होना, फालतू बैठकर सुबह से शाम कर डालना—यूँ तो कोटरा में ऐसे बहुत से लोग हैं। दरअसल, कोटरा में रोजगार नहीं के बराबर हैं। आदमी का होना ही यहाँ रोजगार है। वैसे रामटहल के पास एक जमा-जमाया रोजगार भी है; झूठी गवाही देने का रोजगार। वे विशेषज्ञ किस्म के गवाह हैं। वे सच्ची लगने वाली झूठी गवाही देने के विशेषज्ञ हैं। अदालत में वे ऐसी विश्वसनीय किस्म की झूठी गवाही देते हैं कि लोग उनकी इस सेवा के लिए मुँहमाँगे दाम देने को तैयार रहते हैं। कहने को उनकी कुछ छोटी-मोटी खेती भी है पर वह काम उन्होंने अब बच्चों के हवाले कर रखा है। तीन बच्चे तो लफंगे निकल गए। एक कुछ कमज़ोर-सा

था। लफंगई की रेस में नहीं उतर सका। वही खेती देखता है।

तो रामटहल की विशेषज्ञता एकदम सच जैसी लगने वाली झूठी गवाही देने में है। इस क्षेत्र का बड़ा गहन अध्ययन है उनका। भारतीय हाकिमों तथा छोटी अदालतों के सिस्टम पर बारीक पकड़ है उनकी। जज साहब की शक्ल देखकर जान लेते हैं कि आज साहब का मूड कैसा है और वे उनकी झूठी गवाही से कहीं उखड़ तो नहीं जाएँगे? ...जज लोग भी आखिर आदमी ही होते हैं। ...उनका भी पेट फूलता है। ...उनकी भी, सुबह ठीक से न उतरी हो तो दिन भर कुर्सी पर बैठे-बैठे दोपहर तक उनके पेट में बेचैनी हो सकती है। ...उनकी भी घर से निकलते-निकलते पत्नी से तू-तू मैं-मैं हो सकती है। ...वे भी किसी बात पर भरे हुए बैठे हो सकते हैं। ...हर जज को उसकी शक्ल से पहिचानना होता है कि उसके सामने कित्ते हाथ जोड़कर बयान देना प्रभावकारी रहेगा, और उसके समक्ष कितना भुनगा बनना लाजिमी रहेगा?...झूठी गवाही देने के मामले में रामटहल की एक साख है। वकील लोग उनके आत्मविश्वास का पूरा सम्मान करते हैं। वकील बाहर से जितना सिखाकर उन्हें कटघरे में भेजते हैं, उसमें वे स्वयं की ओर से कुछ ऐसा चमत्कारी झूठ भी जोड़ देते हैं कि बयान और विश्वसनीय बन जाता है।

झूठ के पकड़े जाने से वे डरते नहीं। उनका मत है कि अदालतों को ही यदि झूठ से परहेज होने लगा, फिर तो हमारी न्याय व्यवस्था ही चरमरा जाएगी। ...झूठ तो इस व्यवस्था की रीढ़ है भाई साहब! ...वैसे न्याय की लड़ाई में सच की तलवार का महत्त्व भी कोई कम नहीं है, यह भी सच है। "हम भी सच को कोई कम नहीं मानते", वे सच की तारीफ में कहते हैं परन्तु इस कथन में वे यह भी जोड़ देते हैं कि जब तक इस तलवार की धार को झूठ की सान पर चढ़ाकर पैना नहीं बनाया जाता, कटघरे की रणभूमि में यह वैसी पैनी चलती नहीं जैसी इसे चलना चाहिए। सच में भी जब तलक सही मात्रा में झूठ की खोट न मिलाई जाए तब तक अदालत के पहिनने लायक बयान का गहना तैयार नहीं हो पाता।

चूँकि आज किसी भी अदालत में उनकी गवाही नहीं है सो वे परम फुरसत में हैं। गांजा शाम को पीना तय हुआ है। जुआ दोपहर को खेलना है। बाकी दिन भर फालतू बैठना है। सो अभी फालतू बैठे दातुन चबा रहे हैं।

अन्ततः दातुन से निबटकर वे कुल्ला करने लगे।

अभी, तन्मयतापूर्वक पहला कुल्ला मुँह में घुमा ही रहे थे कि कच्ची गली में, सँभल-सँभलकर पाँव धरते हुए मुन्ना मास्साब इस तरफ़ ही आते दिखाई दिये। मुन्ना मास्साब पंडिज्जी के मुँहलगे टहलदार हैं। पंडिज्जी के शरीर में कहाँ-कहाँ तिल हैं, और कहाँ-कहाँ दाद है, वे जानते हैं। स्कूल के खटकर्मों के अलावा मुन्ना मास्साब उनके अदालती काम भी देखते हैं। शक्ल से वे नितांत शरीफ ज़रूर लगते हैं परन्तु ख़ुद कहते हैं कि यार, कभी आप हमसे भिड़ न जाना क्योंकि हम सही में कित्ते

कमीने हैं, यह हम स्वयं भी ठीक से नहीं बतला सकते। उन्हें आते देख रामटहल ने मुँह से एक पिचकारीनुमा कुल्ला गली में मारा और गमछे से मुँह पोंछते हुए खड़े हो गए। उन्होंने जल्दबाजी में लोटे को जमीन पर वापस धरा तो धरते-धरते वह गली में लुढ़क गया।

मुन्ना मास्साब अब तक उनके पास आकर खड़े हो गए थे।

मास्साब ने रामटहल की 'पालांगी' का जवाब देते हुए मुस्कुराकर लुढ़के हुए लोटे को गौर से देखा, "बेपैंदी का है क्या?"

"आजकल बेपैंदी का होना जरूरी नहीं है मास्साब, पैंदी वाले लोटे भी बढ़िया लुढ़कते हैं।" रामटहल ने लुढ़के हुए लोटे की तरफ देखे बिना उत्तर दिया।

दोनों तरफ़ से दो बड़ी बातें कह दी गई थीं।

कोई बड़ी बात कहकर बात शुरू करने का यह समयसिद्ध तरीका है यहाँ। इसके ज़रिए दोनों पार्टियाँ एक-दूसरे को जतला देती हैं कि उन्हें कम हरामी न मान लिया जाए।

मुन्ना मास्साब मुस्कुराने लगे।

"जे बात तो तुमने एकदम सही कही। ठीक-ठाक दिशा की तरफ ढलान मिल जाए तो लोटे का लुढ़कना तो एकदम जायज है;यह ऐसी कोई बुरी बात भी नहीं।"

"जेई दुनियादारी भी है मालिक।"रामटहल ने भी किसी अनुभवी विद्वान की तरह कहा और दाँत निपोर दिये।

"जो स्साला ढलान पर भी न लुढ़के तो फिर वह लोटा काहे का!"

"सही कह गए मास्साब। वैसे भी जो अपने पैंदे का भौत ख्याल करे, ऐसा लोटा बस एक जगह धरा रह जाता है।"

"और पैंदे को भी तो अपनी जिम्मेदारी समझनी होगी। आखिर पैंदा होने का मतलब क्या है? भगवान ने तुम्हें पैंदा ही क्यों बनाया? कोई पैंदा तभी एक सार्थक पैंदा होता है जब वह सही जगह पर जाकर टिक जाए। जो सही जगह न टिका हो वह पैंदा, पैंदा कहलवाने का हकदार नहीं। ऐसा पैंदा, पैंदे के नाम पर कलंक है। सही अर्थों में वह पैंदा ही नहीं। सही कुर्सी पर टिका हुआ पैंदा ही पूजनीय होता है।" मुन्ना मास्साब ने पैंदे की सार्थकता पर निबंध-सा बोल दिया।

"पैंदा सही जगह पर न धरा हो तो वह तो लात मारने वाली जगह बन जाता है। आपने एकदम सही कहा मास्साब।" रामटहल बोले।

"बड़ी ऊँची बातें करने लगे हो रामटहलजी?"

"आप जैसों की छत्रछाया में बैठ-बैठ के ही सब सीखा है मालिक।"

"वाह यार रामटहलजी!"

मुन्ना मास्साब द्वारा दो बार लगातार रामटहल 'जी' कहा गया तो वह चौंका।

दो-दो बार 'जी' लगाने का मतलब?

वह समझ गया कि मुद्दा झूठी गवाही देने का है। एक वही क्षेत्र है जहाँ रामटहल की प्रतिभा का इतना सम्मान था कि उसके नाम के साथ 'जी' लगाया जाए। इस सिलसिले में जो भी यहाँ आता है, उसे 'रामटहलजी' ही कहता है। रामटहल लोगों की इस 'जी' को एकदम अपनी झूठी गवाही की तरह ही मानता है। यह 'जी' भी होती तो ऐलानिया झूठी है परन्तु इसे एकदम सच की भाँति स्वीकार किया जाता है।

रामटहल ने सीधे ही मुद्दे पर आना उचित समझा।

"और बताएँ मास्साब?"

"सब ठीक।"

"हमारे लायक कोई सेवा?"

"उसी के लाने आए हैं।"

"फिर बताइए न?"

"बताना क्या है—आप जानते हैं।"

"जे आप हमें फालतू में ही 'आप' तो कहें न, गरीब आदमी पर इत्ता आदर न लाद दें; गली कच्ची है, जमीन धँस जाएगी।"

मास्साब हँसने लगे। हँसकर कहा, "गवाही दिलवानी है।"

"आपको?"

"नहीं, पंडिज्जी को। हमारी ऐसी हैसियत नहीं कि हम मुकदमा लड़ने का शौक पालें।"

"चले चलेंगे मालिक। दे आएँगे गवाही।"

"तो हम तारीख बताएँगे। तैयार रहिएगा।"

"इसके लाने हम सदा तैयार रहते हैं। जब बता दें, चल पड़ेंगे और जहाँ कहेंगे, बोल आएँगे। कहें तो अभी चलें?"

"आपकी..."

"...तुम्हारी।"

"तुम्हारी जेई बात तो वकीलों को भाती है कि केस का अता-पता जाने बिना तुम औचक हाँ बोल देते हो।"

"केस तो बताया ही जाता है पर केस क्या है, इससे कुछ खास फर्क नहीं पड़ता। जब झूठई बोलना है तो फिर इस बारे में बोलें कि उस बारे में, क्या फर्क पड़ता है मालिक?जित्ता पाप लगना है, उत्ता तो लगेगा ही; और भगवान के हिसाब में वह झूठ के खाते में ही दर्ज होगा—केस कोई-सा भी हो।"

"भगवान को मानते हो रामटहल?"

"क्यों न मानेंगे? जे देखिए—" रामटहल ने गले में पहनी कंठीमाला दिखाई।

"वाह!"

"भगवान से रोज छिमा माँग लेते हैं, बस। उसके समक्ष कान पकड़ लेते हैं कि

यह तेरा ही दिया पापी पेट है भगवन जिस के लिए हमें जे सब पाप करने पड़ते हैं।"

"वैसे भी, बिना पाप के यह दुनिया चलती है क्या? भगवान भी जे बात जानता है। आखिर, दुनिया बनाई हुई तो उसी की है। आदमी को अगर वो न क्षमा करेगा तो दुनिया चलेगी कैसे?"

"सही बात मालिक। जे कंठी अपनी जगह, और कंठ से निकली गवाही अपनी जगह; गवाही भी तो उसी गले से निकलती है जिसमें जे कंठी लटकी हुई है। इस तरह हमारी हर गवाही आटोमेटिक पवित्र हो जाती है; है कि नहीं? अदालत में भी हम भगवान को साक्षी मानकर ही सब कुछ बोलते हैं कि तेरा तुझको अर्पण।"

"सही बात।"

"हम तो इसे एक धार्मिक काम मानकर करते हैं मालिक। ईश्वर बड़ा ही दयालु है। उसकी किरपा न होती तो क्या आप ऐसे सुबे-सुबे इतें आते? उसी की किरपा से पधारे हैं आप और उसी की इच्छा है कि हम झूठी गवाही दें।"

"वाह रामटहलजी, क्या बात कही है। हमें तो अब लग रहा है कि हम आपको भजन गाने के लिए बुलाने आए हैं।"

"सब उसकी किरपा है। बस, एक किरपा आपकी भी हो जाए मास्साब; पंडिज्जी से पैसा ठीक-ठाक दिला देना।"

"क्यों? हमने पहले कभी कोई शिकायत का मौका दिया है तुमें? हमेशा, पाँच पैसे ज्यादा ही दिलाए हैं।"

"जे तो है पर याद दिलाना हमारा फर्ज था। जे पाप हमें पैसों के लिए ही करना पड़ता है। सो पैसे पूरे दिलाइएगा।"

"पंडिज्जी सही काम की बड़ी कदर करते हैं।"

"वो हमें पता है। हम तो बस दुनिया के दस्तूर की बात कर रहे थे।"

"दुनिया की तुम जानो, इतें तो आधा पैसा गवाही से पहले ही भेजे हैं पंडिज्जी।" कहकर मुन्ना मास्साब ने पाँच हजार की गड्डी निकालकर रामटहल को थमा दी।

"कित्ते हैं?"

"जो हमेशा देते हैं।"

"हजार और दे दिये जाएँ मालिक।"

"यार, ऐसा भी मूँ न फाड़ो।"

"मूँ ठीक से फाड़ेंगे तो उससे गवाही भी खुलकर निकलेगी न मालिक?" रामटहल ने शातिर मुद्रा में कहा।

"चलो, दे देंगे। हजार और दे देंगे। वैसे, बैठे-बिठाए तुम्हें इत्ता मिल रहा है, खुश होना चाहिए तुम्हें तो?"

"खुश हैं न? पर इसे बैठे-बिठाए का काम न कहें। इस काम में भी बड़ी मेहनत लगती है मास्साब। इत्ता आसान काम न समझा जाए। जे कोई कमजोर

कलेजे वालों का काम नहीं है।"

"यह बात तो तुम ठीक कह रहे हो।"

"अदालत में झूठ बोलना आसान काम नहीं है मास्साब। वकीलों की बात तो खैर अलग कहाई; वे लोग बेखटके बोल लेते हैं। अधिकार है उनका। काले कोट का सहारा रहता है उन्हें। पर हम-आप ऐसे झूठ नहीं बोल सकते हैं न? जटिल काम है मालिक।"

"सरल काम के इत्ते पैसे भी नहीं मिलते हैं।"

"वैसे, अभी क्या काम बताए हैं पंडिज्जी?"

"वोई कब्रिस्तान की जमीन का केस है। ...पता है न?"

"कोटरा में सबको पता है।"

"उसी में।"

"उसमें क्या?"

"उसी केस के चक्कर में अपोली ने कभी अपने मौलाना साब की सुताई कर दी थी।"

"कौन मौलाना? फजलुलरहमान?"

"हओ, बेई। चूतिया आदमी हैं। पूछो कैसे?...बे एक दिन अपोली को बीच बाजार में रोक के पीर बाबा टाइप लेक्चर देने लगे। समझाने लगे कि यह बड़ा गलत काम किया है पंडिज्जी ने। अब आपई बताओ, अपोली समझेंगे ऐसी बातें? अपोली ने मौलाना से जेई कही कि हम तो वैसे भी इस मामले को दो लप्पड़ मार के सुलझाने में विश्वास करते थे परन्तु पंडिजज्जी ही कानून का खूँटा छोड़ने को राजी नहीं। मौलाना इसका बुरा मान गए। बात बढ़ गई। अपोली ने उन्हें, उतंई, वहीं बीच बाजार में ठोंक दिया। लात-घूँसा तो लगाए ही, उनके दाढ़ी-मोंछा भी नोंच डाले। उसी का केस चल रहा है।"

"अजब बकलोल हैं मौलाना। लात-घूँसा में अदालत बेचारी क्या करेगी? ऐसे में तो बस दो ही रास्ते होते हैं : मौलाना के कल्ले में ताकत हो तो पलट के खुद लात-घूँसा मार लें वर्ना पतरी दाल पी के चुपचाप घर बैठें।"

"मौलाना दाल नहीं पीते। बोटी चबाते हैं।"

"ऐसी कमजोर बोटियाँ खाने का फिर क्या फायदा?"

"जो हो। केस तो बन ही गया न? उसी की पेशी है।"

"हम समझ गए।"

"हमें मालूम था।"

"क्या?"

"कि तुम समझ जाओगे।"

"वैसे इसमें समझना भी क्या है! बाकी तो जो वकील साहब हमें बताएँगे सो

हम अदालत में बोल ही आएँगे। हाँ, यदि पंडिज्जी उल्टे मौलानाजी को ही फँसाबे की कुछ सोच रहे हों तो वह हमें जरूर बता दिया जाए।"

"मतलब?"

"मतलब ये कि हम अपने बयान में कित्ता हिंदू-मुस्लिम भी घुसेड़ें, जे जरूर बता दिया जाए। मामला कब्रिस्तान की जमीन का है न? आप लोग मुसलमान-हिंदू का चक्कर काहे नहीं डालते इसमें? यह सब एक प्रतिष्ठित बाँभन के खिलाफ साजिश है मौलाना की। उसी ने जमीन विवाद में पंडिज्जी का केस कमजोर कराने के लिए उनके बेटे को झूठे फौजदारी केस में फँसाया है। सब धार्मिक विद्वेष का मसला है। ...पंडिज्जी बोलेंगे तो हम अपने बयान में जे सब भी घुसेड़ देंगे।"

मुन्ना मास्साब उसकी शक्ल ताकते रह गए।

"तुम्हारा दिमाग तो वकीलों से भी आगे है रामटहल!" वे बोले।

रामटहल ने हाथ जोड़कर दाँत दिखा दिये।

"वैसे, उस सबकी जरूरत नहीं पड़ेगी।" मुन्ना मास्साब ने कहा।

"हमने तो बस एक सलाह दी है। हिंदू-मुसलमान के बीच कोई-सा भी केस चले, वकील लोग जे सब तो उसमें डलवा ही देते हैं। ...इनने हमारे देवी-देवताओं को गाली दी। ...इनने हमारी मस्जिद पर मूत दिया। ...मामला साम्प्रदायिक कर दो तो लड़ाई एक जन की न होकर समाज की हो जाती है—जज का ध्यान भटकता है।" रामटहल ने अपना प्वाइंट बताया।

"झूठी गवाहियाँ देते-देते सच्ची बातें बोलना भी जान गए हो रामटहल जी। बड़ी ऊँची बात कह गए अभी तुम।" मुन्ना मास्साब प्रशंसा करते हुए बोले।

"जे हमने नहीं कही है, हमें तो बस, ऐसेई एक केस में वकील साहब ने समझाई थी—हम वोई आपको बता रहे थे। ...पर इत्ती-सी मारपीट में अदालत का केस कैसे बन गया?"रामटहल ने पूछा।

"अरे, भड़कावे वाले भी तो बैठे हैं न? अपने नेताजी बीच में घुस गए, बस। उनने मामले की सेटलमेंट नहीं होने दी।"

"नेताजी; कौन? जे पंखीलाल कहार?"

"हओ—भौतई हरामी आदमी है स्साला।"

"मौलाना को कछू बड़ी चोट तो नहीं लगी न?" रामटहल ने पूछा।

"अपोली के जरा से एक घूँसे में उनके दो दाँत जरूर गिर गए।" मुन्ना मास्साब ने उड़ती-उड़ती-सी सूचना दी।

"जे तो ग्रीवियस इंजुरी कहाई महाराज?"

"काहे की ग्रीवियस इंजुरी? हमने तो अदालत में जेई कहा है कि मौलाना के दाँत पहले से झरे हते। बे अपने मूँ में हरदम तंबाकू पान धरे रहते हैं। सारे दाँत पहले से ही हिलगे हुए हैं।"

"दाँत ऐसा हिलगा हो तो फिर बच्चा भी लप्पड़ मार दे तो दाँत गिर जाएगा, सही कहा।" "रामटहल ने सहमति जताई।

"वोई बात।"

"पर नेताजी अपने प्रपंचों में लगे तो हैं। यहाँ-वहाँ कहते फिरते हैं कि इस केस में अपोली से जेल की चक्की न पिसवाई तो हमारा नाम पंखीलाल नहीं।"

"वोई स्साला इस केस में आग लगाए होगा वर्ना जे फजलुलरहमान सीधा-सादा आदमी है। हम जानते हैं उसे।"

"यार, अगर ऐसा ही सीधा आदमी है तो फिर जरा-सा पिटबे में काहे को इतराता हल्ला मचाए है? अरे, अगर सीधा आदमी न पिटेगा तो क्या टेढ़ा पिटेगा?" मुन्ना मास्साब सहमत नहीं।

"वैसे, अपना केस किनके इजलास में लगा है?"रामटहल ने पूछा।

"मतलब?" मुन्ना मास्साब प्रश्न की अहमियत नहीं समझ सके।

"जज साहब कौन हैं?"

"अरे, जो हों, तुमें क्या करना है? तुमें अपनी गवाही देबे से मतलब।"

"वो बात सही है पर कहीं बे रस्तोगी जज न निकल आएँ?"

"क्यों? रस्तोगीजी हों तो क्या?"

"अरे, अब का बताएँ मालिक। हमसे थोड़ी नाराजगी हो गई है उनकी।"

"अरे, कैसे?"

"...हुआ जे कि पन्द्रह दिन के अन्तर पे उनकी ही अदालत में हमारी दो गवाहियाँ हो गईं। दो केस लगातार में लग गए, एक के बाद एक, रस्तोगीजी के इजलास में, जल्दी-जल्दी, और दोनों मारपीट के। बेई-बेई बातें। ...मारपीट के केस में वकील क्या तो नया पूछ लेगा, और गवाह क्या नया बताएगा? सब बातें बेई। हमारे जवाब भी वोई। ...रस्तोगीजी हमें ताड़ गए। घूर के देखते रहे। पहिचान गए। बोले कि तुम तो चार दिन पहले भी एक केस में गवाह थे न? अब हम क्या कहते? हाथ जोड़ के हमें 'हाँ' कहना पड़ा। बस, बमक पड़े बे। जोर से भड़क गए। हमें धमका के पूछने लगे कि तुम जे गवाही का ही धंधा करते हो क्या?" रामटहल अदालत में अपने रंगे हाथों पकड़े जाने की कथा सुना रहे हैं।

"फिर?" मुन्ना मास्साब ने पूछा।

"हमने कहा कि मालिक, किसान आदमी हैं हम तो..." रामटहल लापरवाही से बताने लगे।

"तब?"

"इससे रस्तोगी जज और ज्यादा उखड़ गए। हमसे बोले कि ऐसा कैसे है कि गाँव में जहाँ भी मारपीट होती है तुम वहीं पर गवाही के लिए खड़े मिल जाते हो?"

"फिर?"

"हमने जेई कही कि मालिक इसे कुदरत का संजोग माना जाए, बस। ...बे भौत खफा भए। धमका के बोले कि आगे जो कभी ऐसा संजोग फिर हुआ तो अपने जेल जाबे का संजोग भी पक्का मानना। तुम्हें सीधे जेल भेजूँगा। ...भौत गुस्सा भए। एकदम भभूका टाइप बैठ के हमें देखते रहे।"

"फिर? तुम कुछ बोले?"

"हमने भी ठान ली थी कि आज अगर हम इनसे दब गए तो फिर तो जे स्साला धंधा ही छोड़ना पड़ जाएगा। हमने कही कि मालिक, अब चाहे आप अन्दर पेंड़ दो या फाँसी पे टाँग दो—पर कहीं कछू देखेंगे तो गवाही देने से तो आगे भी कभी न कतराएँगे। जे तो सत की लड़ाई है मालिक—ऐसा बोले हम, रस्तोगी से।"

"फिर? रस्तोगीजी क्या बोले?"

"बे क्या बोलते? मन मसोस के रह गए। अन्त में बे जेई बोले कि बस, हम तुमको याद दिला दें कि झूठी गवाही देना दंडनीय अपराध है, हम इसे बरदाश्त नहीं करेंगे।"

"फिर?"

"हमने हाथ जोड़कर जेई कहा कि मालिक, आप तो बैठे ही धर्मराज की कुर्सी पर हो, आप काहे बरदाश्त करोगे? अरे, जब हम जैसे पातक मनुष्य भी झूठ बरदाश्त नहीं करते हैं तो आप काहे करोगे?"

"तुमने ऐसेई कहा—सच्ची?"

"एकदम सच्ची मालिक। झूठ बात को दबक के बोला जाए तो वो सच से भी जादा असर करती है..."

"...सही बात..."

"...और इसका उलटा भी है।"

"मतलब?"

"सच बोलना भी आसान काम नहीं है मालिक। सच बोलते टेम आदमी जरा-सा भी लड़खड़ाए, या बोलबे में उसकी आवाज़ तनिक-सी भी कमजोर भई तो वकील लोग, भरी अदालत में उसे झूठ करार करा देते हैं मालिक। हमारा तो अदालत का इत्ते साल का निचोड़ जे है कि इसकी इमारत झूठ के चूने गारे पर ही टिकी है। सच की तो इस पर पुताई भर है। वैसे, इसी रंगाई-पुताई से बिल्डिंग की शान भी है।"

"यार, ऐसा न बोलो, वकील साहब बुरा मान जाएँगे।"

"है तो एकदम ऐसा ही, बाकी हम भी वहाँ सच की जय-जयकार करके ही आते हैं। इस केस में भी सच की जय-जयकार मचा के आएँगे। चिन्ता न की जाए।"

"तुमाई इसी हिम्मत की तो वकील लोग तारीफ करते हैं।"

"तब भी, जज साहब का पता जरूर कर लेना।"

"और जो रस्तोगी साहब ही भए, तो?गवाही दोगे कि नहीं?क्यों?"मुन्ना मास्साब ने पूछा।

रामटहल मुस्कुराए। बोले :

"क्यों न देंगे? ठाठ से देंगे। बस, थोड़ी-सी धज बदल के वहाँ जाएँगे। कोशिश रहेगी कि बे हमें एकदम से पहिचान न लें। अपने बोलबे का ढंग भी हम थोड़ा-सा अलग कर लेंगे। धोती-कुर्ता की जगह पैंट-कमीज डाल लेंगे। हमने हर मौके के लिए कपड़े बनवा रखे हैं। ...तैयारी रखनी पड़ती है मालिक। तनिक दाढ़ी-मोंछा भी बढ़ा लेंगे। बाल पहलवानों टाइप छोटे कटा लेंगे। नहीं तो घुटमुंडी ही करा लेंगे। कुछ ऐसा करके पहुँचेंगे कि रस्तोगी जी देखें तो पुराना कुछ याद न आए।"

"और फिर भी पहिचान लिए तो?"

"तो?बाबाजी का घंटा। हम घबराते बिलकुल नहीं। इत्ता कानून तो हम भी समझते हैं मालिक। कोई हमें इस बात पे जेल नहीं भेज सकता कि गाँव में जहाँ लड़ाई-टंटा होता है, वहाँ हम क्यों मिल जाते हैं? ईश्वर की माया है। संजोग की बात है। पकड़ना है तो ईश्वर को जाकर पकड़ो। वह हमें वहाँ भेज देता है। हम पहुँच जाते हैं। जाओ, पकड़ो न उसे। उसी से पूछो। वही बताएगा कि वह उतंई लाठी क्यों चलवाता है जितें से हम निकल रहे हों। यार, आप इस रामटहल से क्या कहते हो? हम तो अदालत में जौन-जौन देखा तौन-तौन ही बताएँगे न?इस कर्तव्य से आप हमें नहीं रोक सकते। ठीक कहा कि नहीं?क्यों मास्साब?"

"वाह यार, तुम तो गज़ब..."

"गजब की कोई बातई नहीं है मालिक। गवाही देने के लिए जे नहीं चाहिए कि तुमने कुछ देखा था कि नहीं, कि तुमने कुछ सुना था कि नहीं। नहीं। जे सब नहीं। गवाही देबे के लाने चाहिए, जे कलेजा। ...जे (छाती पर हाथ मारकर), ...जे चाहिए। गवाही का काम चलता है कलेजे से। आदमी के पास कलेजा न हो तो उसे सच्ची गवाही देने से भी बचना चाहिए। मान लो कि आप एकदम सच्ची गवाही देबे चले हैं और उतें, इजलास में आप कछू भूल गए। फिर घबरा भी गए आप। फिर आँय-बाँय बोलन लगे। ऐसेई होता है। कलेजा न हो तो आदमी इत्ते में ही ऐसा लड़खड़ा जाता है, हकलाने लगता है कि उसकी सच्ची गवाही भी एकदम झूठ टाइप लगने लगती है।"

"बस, तो आपको वहाँ अपना वाला सच बोलना है।"

"वो तो वकील साहब हमें बता ही देंगे। जैसा सच बे हमें सिखा देंगे वैसा हम बोल आएँगे।"

"हाँ, एक दिन अपुन वकील के पास भी चले चलेंगे।"

"चले चलेंगे न। जब आप बोलो। कहो तो आज चल दें? बस, अपने वकील साहब से इत्ता बोलियो कि बे अदालत में खुद ही न घबराने लगें। बे जो-जो सिखाएँगे, हम उनमें दो बातें अपनी भी मिला के बोल देंगे। पर होता जे है कि जब हम अपनी गवाही में ऐसा कुछ एक्सट्रा बोल देते हैं तो कई वकील लोग खुदई घबरा जाते हैं।

बताइए? ऐसा होता है क्या? हमारी गवाही से काम की बात निकालना तो वकील का काम कहाया न?अब वकील ही घबरा जाए तो?"

"उसकी चिन्ता न करी जाए। गुप्ता वकील हैं। कानून की किताब घोंट के पी रखी है। कानून की इत्ती धाराएँ साथ ले के चलते हैं कि अदालती बहस में एकदम सहस्त्रधार टाइप सीन खेंच देते हैं। जिरह करते हुए, हर धारा में ऐसी छपाक-छपाक मचाते हैं कि कानून के छींटे उड़-उड़ के जज साब के मूँ पे उचटते हैं। जज साहब बेचारे अपने मूँ पे रूमाल फेरते रह जाते हैं।"

"गुप्ताजी? बे, कानपुर वाले?"

"हओ, बेई, कानपुर वाले। जानते हो उनको?"

राम टहल हँसने लगे।

"जानते हैं?...हमारा। उनका बड़ा लम्बा साथ रहा है महाराज। ...कभी उन्हें हमारा नाम बतइयो, फिर देखियो, चेहरा कैसा चमक जाता है उनका। हमें तो कानपुर तक बुला के गवाही दिलवाई है उनने। गजब के वकील हैं। ऐसा वकील रहे तो झूठी गवाही का अलगई मजा है। ऐसे वकील के साथ संगत-सी बैठ जाती है। संगत समझते हैं न?...भजन गाने में अगर हरमुनिया और तबले की ठीक से संगत बैठ जाए तो गाने वाले का सुर बढ़िया जम जाता है—बस, वेसेई बात। गुप्ताजी जैसा वकील मिल जाए तो झूठी गवाही से भी एकदम सच्ची गवाही के सुर निकलने लगते हैं।"

मुन्ना मास्साब मुस्कुराते हुए यह सब सुनते रहे।

"तो हम चलें?" अन्त में उन्होंने पूछा।

"चलें महाराज। न तो जे गली ऐसी है, न हमारी कुटिया ऐसी कि हम आपको रुकबे की कह सकें। आप निकरें। बस, पंडिज्जी तक हमाई पालांगी जरूर पहुँचइयो। कहियो कि हम गरीबन पे उनकी ऐसेई किरपा बनी रहे—जेई अरज है हमारी।"

"वो तो है ही। पंडिज्जी की तो पूरे कोटरा पे कृपा है।" मुन्ना मास्साब ने कहा और चल दिये।

रामटहल उन्हें जाते हुए देखते रहे।

फिर वहीं खड़े-खड़े मास्साब को आवाज देकर बोले, "हम वो पूरे कोटरा वाली कृपा की बात नहीं कर रहे थे महाराज। ...हम कोई पानी बरसबे की बात नहीं कर रहे हैं कि बरसात पूरे कोटरा पे होगी। हमारी अरज है कि पंडिज्जी की किरपा इधर हम पर तनिक ठीक से बरसती रहे।"

मुन्ना मास्सब रुककर पलटे।

दूर से हँसकर बोले, "तुम्हारा अलग मामला है। तुम्हारा तो एकदम तालाब वाला मामला है रामटहलजी। बरसात पूरे कोटरा पे होगी पर असली पानी जाकर तालाब में ही भरेगा।"

मुन्ना मास्साब पलटे और निकल गए।

रामटहल उन्हें जाते हुए देखते रहे। फिर उन्होंने लुढ़के हुए लोटे को मुस्कुराकर देखा।

लोटा गली में लुढ़का हुआ पड़ा है। लोटे के आस-पास पानी का छोटा-सा चहबच्चा बन गया है।

प्यार से लोटे को उठाकर उसे ही सम्बोधित होकर रामटहल बोले, "आज तो तूने सुबह-सुबह ही बोहनी करा दी। धन्य है रे तू।"

सतयुग का आदमी

शाम उतर आई।

पीली धूप खेत पर उतरी तो मटर की फलियाँ दूर तक सुनहरी लगने लगीं।

पंडिज्जी के खेत की मेंड़ पर, चौकीदारी निभाता, यूँ ही भटकता हुआ नत्थू सामने बन रही सड़क तक आ गया। सड़क बनाने का आज का काम अभी-अभी बन्द हुआ है। अब वहाँ सारा सामान समेटा जा रहा है। सड़क कूटने के इंजन को एक किनारे लगाकर ड्राइवर भी नीचे उतर आया है। मजदूर अपना झोला-डंडा सँभाल रहे हैं। बूढ़ा नत्थू वहाँ आकर बस यूँ ही खड़ा हो गया है। निरुद्देश्य खड़ा हुआ वह इन सबको सामान समेटते हुए देख रहा था।

सड़क पर बिखरी गिट्टी से बचता-बचाता हुआ ड्राइवर वहाँ आया और बूढ़े के पास आकर खड़ा हो गया।

"तनिक मटर उखाड़ लें हम?" ड्राइवर ने बूढ़े से पूछा।

"नहीं मालिक, जे काम बिलकुल न करें।" बूढ़े ने दृढ़ स्वर में मटर देने से मना कर दिया।

"क्यों?" ड्राइवर आश्चर्य से पूछने लगा।

"जे पराए की अमानत है, महाराज।"

"तुम्हारी मटर तो नहीं है न? तब तुम्हें क्या दिक्कत है?"

"हमने कहा न; पराए की अमानत है।"

"तो?"

"अभी जे हमारे हवाले है।"

"तभी तो तुमसे पूछ रहे हैं। थोड़ी-सी उखाड़ लें?"

"न तो हम उखाड़ेंगे, न ही दूसरे को इसमें हाथ लगाने देंगे।"

"क्यों? यहाँ कौन देख रहा है? तुमारा क्या बिगड़ता है—हमें थोड़ी-सी उखाड़ लेने दो न?"

"भइया, जे अधर्म हमसे न होगा।"

" तुमने ही धर्म का पूरा ठेका ले रखा है?"

"धर्म का पालन तो सबको करना पड़ता है साहब।"

"...और वे लोग जो तुम्हें यहाँ ठंडी रात में खुले आसमान के नीचे छोड़ दिये हैं, उनका कौन-सा धर्म है जे?"

"वो तो हमाई चाकरी है। हमें उसकी मजूरी मिलती है। इसमें धर्म-अधर्म कैसा?"

"वे तुम्हें चूतिया बना रये हैं, तुम्हें इत्ता भी नहीं समझ आता है क्या?"

"नहीं डिलाइवर साब, ऐसा नहीं है। मालिक तो हमारा भौत ख्याल रखते हैं।"

"घंटा ख्याल रखते हैं।"

"रखते तो हैं..."

"...रखते हैं तो फिर काहे का डर? हमें थोड़ी-सी मटर ले लेने दो। वे तुम्हें डाँटेंगे थोड़े ही?"

"नहीं साब, यह तो न होगा।"

"यार, हम अगर जरा-सी मटर उखाड़ लेंगे तो क्या तुम्हारा खेत खाली हो जाएगा? इत्ते का तो तुम्हारे मालिक को पता भी न चलेगा।"

"उन्हें पता न चले पर वो मालिक तो सब देखता है न?" बूढ़े ने आसमान में कहीं बैठे ईश्वर की तरफ श्रद्धापूर्वक हाथ उठाकर कहा।

"जे बात तुमसे किसने कही? ऊपर वाला आजकल कुछ भी नहीं देखता है।"

"नहीं, नहीं! वो तो सब देखता है साहब।"

"जे तुम्हारी गलतफहमी है..."

"...नहीं मालिक, वो देखता है। दुनिया के पल-पल का हिसाब रखता है।"

"वो तुम्हारी दुर्दशा क्यों नहीं देखता?"

"क्यों न देखता होगा? जरूर देखता है।"

"फिर उसके ऐसा देखबे का क्या फायदा? वह तुम्हारे लिए कुछ करता क्यों नहीं?"

"वो क्या करे?"

"क्यों? वो तो सर्वशक्तिमान है न? फिर? इन कष्टों से तुम्हें काहे नहीं निकालता?"

"अरे, जे तो हमारे करमों के फल हैं भैया। उसके पास सबके कर्मों का लेखा-जोखा रहता है। हमने पिछले जनम में पाप करम किए थे सो उसी का इस जमाने में भुगत रहे हैं।"

"वाह यार! हमने तुमसे जरा-सी मटर क्या माँग ली तुमने तो पूरी भागवत ही बिठा दी।"

"अरे नहीं महाराज। हम क्या भागवत बाँचेंगे मालिक!"

ड्राइवर थोड़ी देर तक बूढ़े को घूरता रहा।

कित्ता भोला है यह शख्स!

और कित्ता चूतिया!

"अच्छा, जे तो बताओ—कित्ता पैसा देता है मालिक तुम्हें?"

"जमीन, बीज, पानी और बाकी की सब लागत पंडिज्जी की; मेहनत हमारी। हमें बटिया पर अपना जे खेत दिया है मालिक ने।"

"तो?"

"ऐसा मानिए कि फसल ठीक निकल आई तो एक चौथाई फसल हमारी..."

"...और जो फसल बिगड़ जाए, तो?"

"तो फिर कुछ नहीं।"

"कुछ नहीं?"

"हओ, कछू नहीं।"

"ऐसे कैसे?"

"क्यों? ऐसे कैसे देंगे मालिक? फसलई बिगड़ गई तो बे हमें कैसे दें, बताओ?"

"क्यों, और तुम्हारी मेहनत?"

"वो हमारी किस्मत।"

"पर तुम्हारी इत्ती मेहनत का कुछ तो देंगे कि नहीं?"

"बे क्यों देंगे?"

"यार, तुम उनकी तरफ हो कि अपनी तरफ?"

"बात उनकी, हमारी नहीं है।"

"फिर किसकी है?"

"बात तो धर्म की है।"

"अच्छा तो जे बताओ, धर्म उनकी तरफ है कि तुम्हारी तरफ?"

"धर्म तो धर्म की तरफ होता है मालिक।"

ड्राइवर उसे घूरता रहा। यह शख़्स इतना नासमझ कैसे है?

"तुम ऐसी किसानी छोड़ काहे नहीं देते?"

"छोड़ तो दें पर करेंगे क्या? फालतू बैठबे से तो जेई अच्छा है। हम सबके एक पेट भी तो लगा रखा है ईश्वर ने। इसके लाने कछू तो करना पड़ेगा मालिक।"

"ठीक है। खूब करो पर इस फसल में से अपने लिए थोड़ा ज्यादा हिस्सा तो माँगो।"

"जेई नियम चल रहा है मालिक।"

"नियम किसने बनाया?"

"मालिक बनाएँगे, और कौन?"

"नियम बनाबे वालों ने तुमसे कुछ नहीं पूछा?"

"हमसे क्यों पूछेंगे? मालिक बे हैं।"

"तो? अरे, वो न भी पूछें, तुम तो माँगो; कहो कि वे तुमें ज्यादा हिस्सा दें।"

"बे हमें चार लात मार के सड़क पे और खड़ा कर देंगे।"

"कैसे कर देंगे? क्या सोचते हो—तुम्हारे बिना काम चल पाएगा उनका?"

"हाँ, चल जाएगा।"

"कैसे?"

"हम जे काम छोड़ेंगे तो हमारे जैसे दस बेकार बैठे लोग उन्हें मिल जाएँगे।"

"दस तो कोई नहीं बैठे हैं यार।"

"दस नहीं, बीस बैठे हैं मालिक। कभी जा के तो देखो। गाँव में काम-धंधा है कहाँ?"

"खेती की जगह कछू और धंधा कर लो न।"

"एक धेले की पूँजी हमारी गाँठ में नईंयाँ, हम का धंधा कर लें? बताइए न?"

"तो जब इस फसल का कुछ पैसा मिले तब कुछ कर लेना।"

"जे तो है। सो तो हमने मालिक से उधार ले के एक बकरी भी खरीद ली है साब। ढाई हजार में मिली है। आगे जाकर बकरी का काम शुरू करेंगे।"

"बकरी?"

"जी।"

"गांधीजी बनबे की ठानी है?"

"हम तो गांधी बब्बा के चरनन की धूल भी नहीं हैं मालिक।" बूढ़ा हाथ जोड़ने लगा।

"बकरी का तुम क्या करोगे?"

"उसका गर्भाधान कराते रहेंगे। वो दूध देगी। बच्चे देगी। बकरा हुआ तो बेच लेंगे। बकरियाँ होंगी तो पालेंगे। बकरियन की तादाद बढ़ जाएगी तो उनका दूध हमारे काम आएगा।"

"बकरी का दूध कौन खरीदेगा?"

"कोई नहीं।"

"फिर?"

"घर में काम आएगा न मालिक। दो-दो नाती हैं। उनको रोज-रोज दूध मिलेगा तो बे पनप जाएँगे।"

ड्राइवर ने उसे फिर से ध्यान से देखा। ...जरा सपने तो देखो इस शख़्स के! अबे, अगर इतने छोटे सपने देखोगे तो फिर क्या होगा तुम्हारा?

"ठंड बढ़ रही है। रात कैसे काटोगे?"

"कट जाएगी साब।"

"कैसे?"

"कट जाती है मालिक।"

"कैसे कटती है? क्या करते हो?"

"क्या करना है?"

"तुम्हें ठंड नहीं लगेगी? ऐसे, एकदम खुले में, रात भर?"

"तो?"

"अरे, ठंड नहीं लगेगी तुम्हें?"

"लगेगी न। लगेगी तो बीड़ी पी लेंगे मालिक।"

"बीड़ी से कित्ती गर्मी मिलेगी?"

"थोड़ा-सा सोचना भर पड़ता है मालिक। बीड़ी पीते हुए गर्मी की सोचो तो थोड़ी गर्मी मिल तो जाती है मालिक।"

"और जो तुम्हें ऐसे खुले में निमोनिया हो गया तो?"

"तो क्या? मर जाएँगे। बस।" कहकर बूढ़ा हँसने लगा।

यार, कमाल है यह बूढ़ा भी!

"बीड़ी पी-पी के अपनी छाती न जलाया करो।"

"सो तो हम रात में आग भी जला के रखते हैं मालिक।"

"आग के लाने क्या जलाते हो?"

"वो धरा है न, उतें?"

ड्राइवर ने उस तरफ देखा जिस तरफ इशारा किया जा रहा था।

अन्दर कहीं, मेंड़ पर सूखी पत्तियों का एक छोटा-सा ढेर पड़ा हुआ था और आस-पास से बटोरी गई कुछ टूटी झाड़ियाँ भी।

"रात में जला लेते हैं तो राहत हो जाती है।" बूढ़े के उत्तर में एक इत्मीनान-सा है।

"इससे क्या होता होगा?"

"हो जाता है भैया। रात बढ़िया कट जाती है।"

"बढ़िया तो न कटती होगी?"

"कट जाती है।"

"कटबे का मतलब?"

"जिन्दगी भी कट रई है कि नहीं? फिर रात तो और छोटी ही होती है महाराज। ...कट जाती है।"

"धन्य हो तुम।"कहकर ड्राइवर ने हवा में हाथ जोड़ लिए।

बूढ़े ने भी हाथ जोड़े और जोड़े ही रहा।

ड्राइवर ने झाड़ियों के ढेर की तरफ इशारा करके कहा, "जे तो बस एक-दो घंटे का माल हुआ, फिर? एक बार इसमें आग फुँकी तो घंटा भर में राख हो जाती होगी?"

"तो राख को आप कछू कम माने हो का? राख भी बड़ी लम्बी गर्म रहती है। राख की आँच रहती है साहब।"

"कैसी आँच?"

"महसूस करो तो आँच होती है साहब।"

"ऐसे कैसे?"

"हम रात भर इसी गर्म राख के बगल में पड़े रहते हैं तो सर्दी से बचाव हो जाता है।"

"फिर भी..."

"...फिर सुबह तक देह अगर ठंडी भी हो जाए तो हम दिन भर धूप में तो बैठे ही रहते हैं।"

"धन्य हो तुम।" ड्राइवर ने हाथ जोड़कर कहा।

बूढ़े ने भी हाथ जोड़ दिये।

"फिर तो रात भर जगे रहते होगे?"

"जगना तो वैसे भी पड़ेगा न साहब। उठ-उठ के खेत को भी तो देखना पड़ता है मालिक।"

"यार, तुम तो मटर के एक-एक दाने पर नजर रखते हो, अब ऐसी चौकीदारी भला और कौन करेगा? धन्य हो तुम।"

"हम काहे के धन्य मालिक? धन्य लोगों को तो भगवान अलग से पैदा करता है।"

"यार, जैसी लगन से तुम खेत की रक्षा में लगे हो, तुम धन्य तो हो।"

"इसमें धन्य की कौन-सी बात है?"

" तुम धन्य ही हो, या फिर भ◌ैत बड़े चूतिया।" कहकर ड्राइवर हँसते हुए चल दिया।

कुछ दूर पर ही उसकी मोटरसाइकिल रखी हुई है। वह जाकर मोटरसाइकिल पर बैठ गया।

बूढ़ा देखता रहा उसे। उसने गाड़ी स्टार्ट की। मोटरसाइकिल चलाते हुए वह बूढ़े के पास से गुजरा। जाते-जाते वह बूढ़े के पास आकर फिर रुका।

"चलो, तुम हमें मटर का एक भी दाना न दो पर खुद तो कभी खा लिया करो।"

"हम कैसे खा सकते हैं? जिस चीज की देखभाल के लाने हम बिठाए गए हैं उसे हम ही खाएँगे तो पाप न लगेगा हमें?"

"यार, तुम हो किस जमाने के बब्बा? तुम्हें शायद पता नहीं चल पाया हो पर सतयुग कभी का खत्म हो चुका है!"

"मतलब?"

"कुछ नहीं। ...तुम नहीं समझोगे।"

ड्राइवर मोटरसाइकिल लेकर निकल गया। सूरज डूब रहा है। डूब ही गया है। हवा का एक झोंका आया और बूढ़े से टकराकर खेत पर भागता हुआ चला गया। मटर के पौधे दूर तलक आंदोलित हो गए।

"लगता है कि आज ठंडी तेज होबे वारी है।" बूढ़े ने खुद से कहा।

पता नहीं कि यह इस मौसम से उसकी शिकायत थी या खुद को दी गई कोई चेतावनी?

लाइट तो स्त्री ही बन्द करेगी

"इतें ही धरी हती, इतें ही धरी हती; स्साली जब इतें ही धरी थी तो फिर कितें हिरा गई?"

पंडिज्जी ने ऊँची आवाज में चिल्लाकर पूछा।

रात के ग्यारह बजे का टाइम है। रात के इस सन्नाटे में आवाज़ और भी ऊँची प्रतीत होती है। अपोली पास के कमरे में थे। पलंग पर लेटे हुए वे अपने मोबाइल पर कुछ रोचक देख रहे थे। आवाज सुनी तो उठे और भागकर वहाँ पहुँच गए। लक्ष्मी तो और भी अन्दर वाले कमरे में पढ़ रही थी। पंडिज्जी की इकलौती बेटी। इंटर की छात्रा।

पंडिज्जी बात-बात में पत्नी पर चिल्लाते रहते हैं। पति हैं। अधिकार है उनका। अभी वे पति का ही रोल कर रहे है और बखूबी कर रहे हैं।

पंडिताइन पलटकर कुछ नहीं बोलीं।

वे कुछ नहीं बोलती हैं। बाद में जरूर दुखी होती रहती हैं। "तुम पलटकर कुछ बोलती क्यों नहीं?" लक्ष्मी को माँ पर गुस्सा आता है। ...और पंडिज्जी पर?

पंडिज्जी बेटी को विद्रोहिणी मानते हैं। बताइए, अपने बाप से तर्क करने बैठ जाती है। अच्छी लड़कियों के लक्षण नहीं होते हैं ये। लड़की तो चुप ही भली लगती है। 'अपनी माँ से कुछ भी अच्छा नहीं सीख रही है लक्ष्मी,' पंडिज्जी की शिकायत है। स्त्री जाति का फालतू मूँ लगना पसंद नहीं है पंडिज्जी को। अपोली भी अक्षरशः इसी बात को मानते हैं। तभी तो बहू को उन्होंने किसी बात पर अभी ऐसा ठोका था कि वह पिछले एक माह से अपने मायके जाकर बैठी हुई है। मूर्खा समझती है कि हम उसे मनाकर घर वापस ले आएँगे! हद है!

लक्ष्मी अपोली से भी उलझती रहती है। अपोली और पंडिज्जी, दोनों की शिकायत है कि लक्ष्मी को जमाने की हवा लग गई है। माँ चुप रहती है पर मन से लक्ष्मी के साथ है। लक्ष्मी में अपना सपना जीती है वह। वह भी लक्ष्मी की तरह

पंडिज्जी से तर्क करना चाहती है। कभी उनके सामने तनकर खड़ी होना चाहती है वह; हो नहीं पाती। मन की खलबली को दबाए रहती है।

"क्या हुआ?" अपोली ने आकर पंडिज्जी से पूछा।

"होना क्या है? कालपी वाले खेत की रजिस्ट्री ही नहीं मिल रही। और हमें कल के केस के लिए जे अरजेंट में चाहिए। वकील ने फोन करके माँगी है। हमने इनको ही रखने को दी थी। कहती हैं, सँभालकर धर दी थी पर हम माँग रहे हैं तो इन्हें मिल नहीं रही। गुमा दी है महारानी ने।" पंडिज्जी भुनभुना कर बता रहे हैं।

पंडिताइन अपराधी भाव से मौन खड़ी हैं।

ज़मीन पर बड़ा वाला टीन का नीला बक्सा खुला पड़ा हुआ है। ज़मीन पर साड़ियाँ, लहँगे, ब्लाउज, चादरें, कुरते, पाजामे, जैकटें इत्यादि बिखरे पड़े हैं। कई फाइलें भी ज़मीन पर पड़ी हैं। कई खुले हुए कागजात भी।

पंडिज्जी गुस्से से घूरे जा रहे थे पंडिताइन को।

अपोली आकर पलंग पर बैठ गए। अपनी ही धज है उनकी। पाजामा। कुर्ता। बंडीनुमा स्वेटर डाले। बाल बिखरे हुए। वे भी अपनी तरह से मामला समझने की कोशिश करने लगे। इधर पंडिज्जी ऐसे तड़प रहे हैं मानो कलेजे में कटार घुँपी हुई हो।

..."जे कह रही हैं कि इनने इसी बक्से में धरी थी। यार, जे बक्सा है ही इस काम के लिए। चाबी भी इनईं के पास रहती है। अरे, अगर तुमने बक्से में धरी थी तो फिर कहाँ चली जाएगी? बताइए।"

पंडिज्जी बड़बड़ाए चले जा रहे हैं।

पंडिताइन इसी बीच धीरे से ज़मीन पर बैठ गई हैं और फर्श पर बिखरे सामान में एक बार फिर से पड़ताल कर रही हैं।

"तुम दो बार तो सब कुछ उलट-पुलट के देख चुकी हो। अब वहाँ बैठकर क्या खोद रही हो?" पंडिज्जी बड़े ज़ोर से चिल्लाए।

अपोली पंडिज्जी पर ही चिल्ला पड़े, "तिबारा देख रही हैं तो देखने दो न। आपको क्या ऐतराज है? फालतू में चिल्लाने की आदत ही पड़ गई है आपको। स्कूल में भी जेई, घर में भी जेई।"

पंडिज्जी अपोली की तरफ पलटे :

"अब आप सिखाएँगे हमें?"

"अगर कोई गलती कर रहा हो तो सिखा क्यों नहीं सकते?"

"तो जरा हमें जे सिखाएँ कि रजिस्ट्री न मिली तो कल अदालत में हम क्या करेंगे?"

"करना क्या है? जाकर नई तारीख ले आना। वैसे भी जेई तो होता रहता है आपकी अदालत में।"

"वो तो हम ले ही आएँगे।"

"वैसे जे कालपी वाली रजिस्ट्री तो आप पहले भी अदालत में पेश कर चुके हैं न?"

"तुमें कैसे पता?"

"पता चल जाता है। पूरे कोटरा को पता चल जाता है। पेशी से पहले आप ऐसा तड़पने लगते हो कि घर में उपद्रव मच जाता है।"

"जे उपद्रव है?"

"चलिए, उपद्रव नहीं है। जे तो आपका शान्ति आन्दोलन चल रहा है।"

"...एक तो महारानी ने रजिस्ट्री गुमा दी है, और तुम चाहते हो, हम चिल्लाएँ भी नहीं?"

"आप हैं महाराजा, और बे हो गईं महारानी; बताइए कि अब घर की प्रजा इसमें क्या करे?"

"महारानी से बस इत्ता पूछे कि कल हम अदालत में क्या पेश करेंगे?"

"और आप जज्जी से ये कभी न पूछेंगे कि मुवक्किल से बार-बार बेई कागज क्यों माँगे जाते हैं? पुराने कागजन की पुंगी कहाँ डालते हैं जज साब?"

"ऐसा पूछना भी गुनाह कहाएगा। जज साहब अगर रोज भी वही कागजात माँगें, तो हमें रोज देने पड़ेंगे। उनसे कोई प्रश्न नहीं किया जा सकता; अदालत की मानहानि हो जाएगी।"

"कैसी मानहानि?"

"भौत नाजुक चीज है ये जज्जी। कुछ भी कहो या करो, उसकी मानहानि हो सकती है। मान लो कि जरा-सी हवा चली और यहाँ-वहाँ से इत्ती-सी भी इज्जत उघड़ गई, बस, वरुण देवता को मानहानि का नोटिस चला जाएगा। भगते फिरेंगे वरुण देवता। रोएँगे राजा इंद्र के सामने कि हमें बचाइए। हमसे तीसरी बार रजिस्ट्री माँगी गई है, हमें तीसरी बार देनी होगी, बस।"

इसी बीच पंडिताइन सारा सामान उलट-पलटकर फिर से वह रजिस्ट्री तलाश रही हैं।

इसी बीच लक्ष्मी आ गई।

"तुम अन्दर पढ़ो।" पंडिज्जी ने उसे देखकर कहा।

"कैसे पढ़ें? आप इत्ता जोर-जोर से चिल्ला रहे हो, यहाँ ऐसी चिल्ला-चोट चल रही है, कोई पढ़ सकता है क्या?"

"क्यों? तुम तो बड़ी पढ़बे वाली हो न? जाकर पढ़ो।" अपोली ने कहा।

"आप तो कुछ न ही कहें तो अच्छा रहेगा।" लक्ष्मी ने अपोली को चेताया।

"देखा आपने? इसका बात करने का ढंग देखा आपने? अपने बड़े भाई से ऐसे बात करते हैं?" अपोली ने पंडिज्जी की तरफ शिकायती नज़रों से देखा।

“जे सब तो इसकी माँ को सिखाना चइए न? तुम हमसे क्या कहते हो?” पंडिज्जी ने पंडिताइन की तरफ इशारा किया।

“इसकी माँ इसे कैसे सिखाती? पहले वह खुद तो बोलना सीखे तब वह औरों को सिखाए। उसे तो आज तक आप लोगों के सामने आँख उठाकर बोलना भी नहीं आता।” उत्तर लक्ष्मी ने दिया।

“वो तो तुम उन्हें सिखा ही रही हो।” अपोली ने कटाक्ष किया।

“काश कि वे सीख पातीं।” लक्ष्मी ने कहा और माँ के पास ज़मीन पर बैठ गई।

“अब इतें कोई अदालत न खोली जाए। हमें अपने घर में जे वकीलों वाली बहस नहीं चइए।” पंडिज्जी ने निर्देश दिया।

अपोली लक्ष्मी को घूरते हुए पलंग पर ही बैठे रहे।

“हटिए तनिक। हम आपके साथ ढुँढ़वाते हैं।” कहकर लक्ष्मी माँ के साथ बॉक्स से निकले सामान की पड़ताल में लग गई।

“आपको पता भी है कि यहाँ किस चीज की ढुँढ़ाई चल रही है?” अपोली ने हँसकर पूछा।

“पता है। हमें क्या, पूरे कोटरा को पता है। ...गला फाड़-फाड़के तबसे यही तो बताया जा रहा है। दुनिया को खबर हो गई है कि इस घर में क्या चीज खो गई है।” लक्ष्मी ने कहा।

पंडिताइन ने लक्ष्मी की तरफ आँखे तरेर कर देखा।

“ऐसे बोलते हैं? अपने बाप के लिए कहती हो—गला फाड़ रहे हैं?” पंडिताइन बोलीं।

लक्ष्मी ने माँ की तरफ घूरकर देखा पर मौन रही। जब माँ अपना पतिब्रतापन जतला रही हो तो कुछ भी अन्यथा बोलकर उसके इस काम में क्यों बाधा डाली जाए? कितना कुछ करती रहती है माँ इस घर के लिए। यह घर मौन रहकर सब कुछ देखता रहता है। माँ के मौन रहकर खटते रहने का साक्षी है इस घर का कोना-कोना।

पिताजी मुकदमे लड़ते रहते हैं उनके कागजों की सँभाल माँ के जिम्मे!

मात्र चौथी कक्षा तक ही पढ़ी-लिखी हैं माँ। चाहतीं तो पिता के स्कूल से इंटर पास तो कर ही सकती थीं, वो भी फर्स्ट क्लास में। कोई भी मास्टर इनकी परीक्षा कापी लिख देता। खुद भी खासी बुद्धिमान हैं। कोई मौका देता तो बीए, एमए भी कर लेतीं परन्तु वे यह घर ही सँभालती रह गईं। और इसके लिए उन्हें क्या मिला? यह सब; फटकार, दुत्कार। बताया जा रहा है कि तुमसे एक ज़रा-सा कागज तो सँभालकर रखा नहीं जाता। वैसे माँ इनका हर कागज खूब सँभालकर रखती हैं। टीन का यह बक्सा मानो एक खजाना है माँ का। घर की सारी महत्त्वपूर्ण चीजें इसी में सहेजी जाती हैं। मौका पड़े तो वे इसी जादू के बक्से से चीजें निकालकर

आपके हाथों में दे देती हैं। कहने को इसे उनका सम्मान भी माना जा सकता है। पंडिज्जी सबके सामने यही कहते हैं कि हमारा तो पूरा घर पंडिताइन के भरोसे है; कितना सम्मान है!

यह बक्सा पंडिताइन की जीवन-यात्रा का सबसे महत्त्वपूर्ण लगेज है। उनका सबसे करीबी, सबसे पुराना साथी। इस बक्से में शादी आदि के अवसरों पर पहनी, मिली, जरी वाली भारी साड़ियाँ, विशिष्ट अवसरों पर निकाली जाने वाली पोशाकें, ऐसी महँगी चादरें, जो कभी बिछाई ही नहीं गईं, ऐसे महँगे इत्र-फुलैल, क्रीम-पाउडर जो कभी लगाए जाने की प्रत्याशा में वहाँ कैद हैं—ये तो हैं ही; इनके बीच ही दबे रहते हैं बीमा के कागज, बैंक की पास-बुकें, फिक्स डिपॉजिट के सर्टिफिकेट्स, पंडिज्जी की डिग्रियाँ, अपोली और दुर्गा की मार्कशीटें, अपोली की शादी के फोटुओं का मोटा अल्बम, पुराने फोटू, धूप का एक फैशनेबल चश्मा, वैष्णो देवी की एक चाँदी जड़े फ्रेम वाली तस्वीर और पंडिज्जी द्वारा समय-समय पर सौंपे जाने वाले अन्य सभी कागजों की एक गठरी। ..."इन्हें सँभाल के धर दो" ...के निर्देश के साथ पंडिज्जी द्वारा सौंपी हर फाइल, कागज, पत्र, मुकदमों की फाइलें, जमीन-जायदाद के कागज, रजिस्ट्री आदि की फाइलों को अम्मा एक गेरुवे वस्त्र में बाँधकर बक्से में सबसे नीचे एहतियात से रख देती हैं। कभी वापस कोई कागज माँगे जाने पर वे यही गेरुआ बंडल निकालकर पंडिज्जी के समक्ष प्रस्तुत कर देती हैं। फाइल का रंग? मोटी कि पतली? नई कि पुरानी? पीला लिफाफा कि सफेद? सील ठप्पे वाला कागज है कि ऐसा ही? स्टाम्प पेपर वाले कागज हते कि सीधे-सीधे? टाइप करे वाले रहे कि हस्तलिखित? इनकी गणना के अनुसार वे माँगा गया कागज प्राय: एकदम सटीक ढंग से निकालकर पंडिज्जी को दे भी देती हैं।

***

आज भी जब पंडिज्जी के पास वकील का फोन आया तो पंडिज्जी ने घर में घुसते ही सबसे पहले पत्नी को यह बताया कि वो जो हमने तुम्हें एक साल पहले, पीले रंग की पन्नी में धरे, स्टाम्प पेपर पे टाइप किए रजिस्ट्री के कागज रखने को दिये थे न, सो तुरत-फुरत अभी के अभी निकाल के ले आओ। आदेश जारी करने के बाद वे कपड़े उतारने लगे। फिर उन्होंने मुँह-हाथ धोए। कुर्ता-पाजामा डाला। और यह सब करके वे जब वापस लौटे तो पंडिताइन तीन फाइलें लेकर सामने खड़ी हुई मिलीं। ...इनमें से जो भी तुम्हें चइए हो, निकाल लो ताकि बाकी के कागज हम वापस ले जा के बक्सा में धर दें।

पंडिज्जी ने पाया कि चाही गई रजिस्ट्री तीनों फाइलों में नहीं थी। बस, वे बिफर गए।

पंडिताइन तुरत अपने नीले बक्से की तरफ भागीं, और भी फाइलें निकाल लाईं। फिर और कागज। फिर और पोटलियाँ।

परन्तु वह रजिस्ट्री कहीं भी नहीं मिली।

अब पंडिज्जी खुद भी बक्से के पास जा पहुँचे। उन्होंने अपनी आँखों के सामने पूरा बक्सा एक बार फिर से उथल-पुथल करवा डाला। उसका एक-एक कोना खंगाल लिया। साड़ियों की तहें खुलवा दीं। सारे कपड़े तितर-बितर कर डाले। बक्से में रखा हर सामान झाड़-झाड़कर देख लिया गया। रजिस्ट्री नहीं मिली तो नहीं ही मिली।

अब?

पंडिज्जी ने जलती हुई आँखों से पत्नी को घूरकर देखा। लगा कि आज कहीं ठोक ही तो न देंगे? वे पत्नी को कभी मारते नहीं हैं। वैसे, जवानी में कभी मारा भी है। पर अब, बस, हाथ हवा में उठाकर या हवा में ही घुमाकर रह जाते हैं। पंडिज्जी ने अन्ततः पूरा बक्सा ज़मीन पर उलटवा दिया। अब एक तरफ ख़ाली बक्सा पड़ा हुआ था। बीच में कपड़ों का ढेर। बिखरे हुए कागज। और भी तमाम अंगड़-खंगड़।

"कहाँ है रजिस्ट्री?" पंडिज्जी ने गुस्से में पूछा।

पंडिताइन ने डरी आवाज़ में यही कहा, "हमने रखी तो इतईं हती?"

उसी के जवाब में पंडिज्जी ने चिल्लाकर पूछा था, "इतें ही धरी थी तो फिर कितें हिरा गई?"

***

इसी बीच लक्ष्मी ने स्वयं सारे कागजों को एक तरफ़ करके, अनुशासित ढंग से, एक-एक कागज को फिर से देखना शुरू कर दिया था। अपोली अभी भी पलंग पर ही बैठे हैं। सब देख रहे हैं। पंडिज्जी विकट बेचैन हैं। कमरे के ठीक बीचोबीच खड़े होकर वे न जाने क्या सोच और क्या देख रहे हैं।

"तुम ये सब क्या कर रही हो?" पंडिज्जी ने लक्ष्मी से गुर्राकर पूछा।

"थोड़ा मुझे भी देख लेने दो।" लक्ष्मी कागजों की पड़ताल करती रही।

"क्यों? हम अंधे हैं? हम इन कागजों को दो-दो बार देख चुके हैं।" पंडिज्जी गर्म आवाज़ में बोले।

"बात अंधा होने या आँखों की नहीं है। चूक तो किसी से भी हो सकती है न?" लक्ष्मी ने शान्त स्वर में कहा। वह अपने काम में लगी रही।

"धरी तो हमने इन्हीं कागजों में हती।" इसी बीच अपराधबोध से ग्रस्त पंडिताइन ने मानों स्वयं से कहा।

"तो क्या चील उठा के ले गई?" पंडिज्जी और गरम हुए।

"आप थोड़ी देर चुप नहीं रह सकते?" लक्ष्मी बोली।

"आप तनिक देर चुप रहो न। देख लेन दो। इनको भी देख लेन दो।" अपोली बोले।

"सब लोग देखो। इसके बाद तुम भी देख लो। पूरा खानदान देख ले। सारे रिश्तेदारों को भी यहीं बुलवा लो। वे भी देख लें। बाप को तो एकदम चूतिया मान लिया है न? हमें तो कागज की पहिचान ही नहीं है। हम तो नालायक हैं।" पंडिज्जी उत्तेजित होकर किनारे धरी कुर्सी पर बैठ गए। दोनों हथेलियों में अपना माथा पकड़ कर आँखें मींच लीं।

अब दृश्य कुछ यूँ बना :

बक्सा।

ज़मीन पर बिखरा हुआ बक्से का सामान। वहीं पर बैठी हुई पंडिताइन। पलंग की पाटी से पाँव लटकाए बैठे अपोली। कुर्सी पर बैठे हुए पंडिज्जी, जो बीच-बीच में आँखें खोलकर लक्ष्मी को देख रहे हैं और बाकी टाइम अपने माथे पर हाथ धर के न जाने किस तरफ़ देखते हुए क्या सोच रहे हैं। अचानक ही लक्ष्मी कागजों के ढेर से एक कागज निकालकर उसकी पड़ताल करने लगी।

पंडिज्जी ने कागज को दूर से हो पहिचान लिया।

"यार, अब तुम जे बीमा के कागजन को इतें-उतें न कर देना। बीमा के कागजों में तुम क्या ढूँढ़ रही हो? इस बंडल में बस बीमा के कागज..."।

"तो सब देख-दाख के वो वापस भी तो रखे दे रही है न?"अपोली ने कहा।

"अरे, अगर हमारे जे बीमा के कागज कहीं हिरा गए तो तुमई लोग बाद में रोते फिरोगे।"

"कैसे?"

"वो ऐसे कि कल को अगर हम मर-मरा गए तो फिर जेई कागज तुम्हारे काम आने हैं।"

"आप न मरोगे।"अपोली ने हँसकर कहा।

"अरे, भौत दुश्मन हैं हमारे। कौन कब मार दे, पता चलता है क्या?" पंडिज्जी ने गरम आवाज में कहा।

"अरे, आप तबसे काहे इत्ता चिड़चिड़ा रहे हो?" अपोली भी गर्म हुए।

"इनका यही है। जरा-सा कुछ हो, चिल्लाने लगते हैं।" लक्ष्मी ने कहा।

"हम सिर्री हो गए हैं न, इसलिए।" पंडिज्जी ने स्वयं को पागल घोषित करते हुए कहा।

"सिर्री हों आपके दुश्मन।" पंडिताइन ने कहा।

"अम्मा, तुम तो चुप ही रहो। हमें एक बार चैन से देख तो लेने दो सब।" लक्ष्मी ने एक नई फाइल उठाते हुए कहा।

थोड़ी देर शान्ति रही।

"वैसे, कैसी फाइल थी? कुछ याद है?" अपोली ने पंडिज्जी से पूछा।

अपोली पलंग पर आराम से पसरे हुए हैं। पंडिज्जी और चिढ़ गए। गुर्राए, "तुम्हें नहीं पता, कैसी होती है? रजिस्ट्री देखी नहीं कभी? क्यों? जैसी रजिस्ट्री होती है, वैसी थी।"

"फिर तो वो स्टाम्प पेपरों पर होगी?" अपोली पूछने लगे।

पंडिज्जी अपोली को घूरकर रह गए।

"मदकची जैसे पड़े हो न? वैसे ही पड़े रहो। चूतियाई के सवाल तो न पूछो।" पंडिज्जी ने चिढ़कर कहा।

"क्यों"?

"इत्ती ही चिन्ता है तो फिर नीचे उतर के तुम भी ढूँढ़ो न?"

"अब पूरा खानदान तो इस काम में लग नहीं जाएगा। लक्ष्मी देख ही रही है। अम्मा देख चुकी हैं। आप भी देख चुके," कहकर अपोली पलंग पर और भी फैल गए।

"हमें लगा कि आपमें शायद कोई दिव्य दृष्टि हो।" पंडिज्जी ने कटाक्ष करते हुए कहा।

"वो तो जिसमें है, वह देख ही चुका है।" अपोली ने पलटकर पंडिज्जी पर कटाक्ष किया।

पंडिज्जी भुनभुनाते रहे।

लक्ष्मी सारे कागजात सिलसिलेवार ढंग से देख रही हैं। पंडिताइन अपराधी बनी पास में बैठी हुई हैं।

"रजिस्ट्री किस रंग की फाइल में धरी थी? अरे, कुछ तो बता देते?" अपोली ने लेटे-लेटे कहा।

पंडिज्जी अब एकदम ही उखड़ गए।

"यार, साल भर पहले दी थी कि रख लो। हमें कैसे याद होगा, बताओ?... लिफाफा कित्ता बड़ा था?...फाइल का रंग क्या था?...जे सब चूतिया टाइप प्रश्न क्यों कर रहे हो? अगला प्रश्न तुम अब जे पूछोगे कि दो साल पहले हमने कौन-सी चड्डी पहन रखी थी?"

अपोली पलंग के किनारे खिसक आए।

"आप इत्ता टेंशन न लो। जब अम्मा ने इसी बक्से में धरी थी तो इसी में मिल भी जाएगी।" अपोली ने कहा।

"आप लोग अगर फालतू डिस्टर्ब न करेंगे तो जरूर मिल जाएगी।" लक्ष्मी ने कहा।

"और जो न मिले तो इन महारानी से जे जरूर पूछ लेना कि कल जज साहब की इजलास में हम क्या पेश करें?" पंडिज्जी ने फिर वही बात कही।

"जज आपको खा न जाएगा।" अपोली ने कहा।

"और जो खा ही जाए तो?"

"क्यों? क्या कर लेगा वो? फाँसी पे चढ़ा देगा क्या?"

"जज है भैया। चढ़ा ही दे, तो?"

"उसके बाप का राज है क्या?"

"उसके बाप का हो न हो पर तुम्हारे बाप का राज नहीं है जे तो पक्का है।"

"किसी के बाप का राज नहीं है। इत्ता कानून तो हम भी जानते हैं।"

"कभी गए भी हो अदालत?"

"हम जाएँगे भी नहीं। ये सब आपके शौक हैं।"

"अच्छा! कोई केस फँस ही जाए तो आप क्या करेंगे?"

"टेंटुआ दबा देंगे।"

"किसका दबा दोगे?"

"जो भी हमें अदालत में खींचेगा उसी का।"

"एक फौजदारी केस से अभी मन नहीं भरा है तुम्हारा? पता भी है, मौलाना आउट ऑफ कोर्ट सेटलमेंट के एक लाख रुपए माँग रहा है?

"अच्छा? हम कल ही स्साले की घिंची तोड़ देते हैं।"

"आखिर, ठानी क्या है तुमने? जब तक एक दिन दरोगाजी तुम्हारी गांड़ पे लात न मारें, मानोगे नहीं क्या?"

"जवान लड़की के सामने तो ऐसी गंदी भाषा न बोलो।" पंडिताइन बोलीं।

"अरे, तुम कहो तो हम इन बच्चों के सामने भजन गाबे को बैठ जाएँ? पर जरा अपने सपूत की बातें भी तो सुनो।" पंडिज्जी बोले।

"सपूत तो हम आपके भी हैं।"

"जेई तो रोना है।"

"गलती तो कर चुके हो। अब उसके लिए रोने से तुम्हारी जे गलती तो सुधरेगी नहीं।" अपोली ने मुस्कुराकर कहा।

कि इतने में लक्ष्मी को वह रजिस्ट्री मिल गई।

रजिस्ट्री को झंडे की तरह हिलाते हुए उसने पूछा, "यही है न?"

पंडिज्जी ने झपट्टा मारकर रजिस्ट्री उसके हाथ से ले ली। पंडिताइन की आँखें भर आईं। मिल जाने की ख़ुशी के आँसू थे कि पंडिज्जी के व्यवहार से आहत होने के आँसू, पता नहीं चला। पंडिज्जी रजिस्ट्री को उलटते-पलटते रहे। अपोली भी पलंग से कूदकर उनके पास खड़े हो गए।

"जेई है न?" अपोली ने पूछा।

"हाँ, है तो जेई।"

"फिर?"

"फिर क्या?"

"आप तो ऐसा हल्ला मचा रहे थे?"

"तो तुमने ढूँढ़ी है क्या?"

"चलो, हमने नहीं, तो क्या आपने ढूँढ़ी? जेई सारे कागज तो आप पहले भी देख चुके थे न? लक्ष्मी ने उसी में से निकाल के दे दी कि नहीं?" अपोली ने कहा।

"तुम्हें तो बस मौका चाहिए।"

इसी बीच पंडिताइन वापस सारा सामान करीने से बक्से में वापस रख रही हैं। सारी बहस से असंपृक्त।

लक्ष्मी भी खड़ी हो गई है।

"जरा हमें भी दिखाइए।" अपोली ने पंडिज्जी की तरफ हाथ बढ़ाया।

पंडिज्जी ने रजिस्ट्री पीछे खींच ली, "क्यों?"

"हम देख लेंगे तो घिस जाएगी क्या?"

अपोली ने रजिस्ट्री उनके हाथ से झपट ली।

"अरे फाड़ न देना।" पंडिज्जी चिल्लाए।

लक्ष्मी उठकर पास आ गई थी।

अपोली रजिस्ट्री की पड़ताल कर रहे हैं।

पंडिज्जी असहज खड़े हैं।

लक्ष्मी अब ठीक पंडिज्जी के समक्ष आकर खड़ी हो गई है।

"आपका कागज मिल गया न?" लक्ष्मी ने कहा।

पंडिज्जी चुप रहे।

"आगे से अपने सारे कागज आप ही सँभालकर रखिए न! अम्मा ये सब क्यों रखें?...और कैसे रखें?" लक्ष्मी ने कहा।

"इत्ते साल से रख ही रही हैं।" पंडिज्जी ने खिसियाकर कहा।

"इत्ते साल रख लिया न? अब भौत हो गया। आगे से इनका हिसाब अम्मा नहीं रखेंगी।"

"जे इनने कहा?"

"ये कहतीं तो फिर बात ही क्या थी।"

"तो क्या तुम इनकी वकील हो?"

"आप जो समझ लें, मैं तो बता रही हूँ। इनसे अब ये सब नहीं हो पाता है।"

"इनसे होता क्या है?"

"इत्ते साल में आप यह भी नहीं समझ सके—इसे हम क्या कहें?" कहकर लक्ष्मी भीतर वाले कमरे तरफ निकल गई।

"देखा?" पंडिज्जी ने पंडिताइन की तरफ मुखातिब होकर कहा।

"अम्मा उसे कुछ न कहेंगी।" अपोली ने माँ की तरफ देखते हुए शिकायती स्वर में कहा।

"ऐसे होते हैं मोंड़ियन के लक्षन? अपने बाप से ऐसे मूँ लड़ाती है?" पंडिज्जी बड़बड़ा रहे हैं।

पंडिताइन चुपचाप बक्से में सामान वापस रखती जा रही हैं।

"मोंड़ी को बिगाड़ के रख दिया है।" पंडिज्जी बोले।

"तो आप ही अभी उससे कुछ कहते न।" अपोली ने पिता को देखा।

"यह सब लड़की को फालतू में पढ़ाबे-लिखाबे का नतीजा है, और कुछ नहीं।" पंडिज्जी बड़बड़ाते रहे।

इतनी देर बाद अब जाकर पंडिताइन ने कुछ कहा।

"पढ़ने-लिखने से कोई बिगड़ता है क्या? आप तो खुद इत्ता बड़ा स्कूल चलाते हैं। कम से कम आप तो ऐसा न बोलें।" पंडिताइन ने कहा।

"वो कोई स्कूल नहीं है, वो हमारा धंधा है..." पंडिज्जी ने चिढ़कर कहा।

"फिर भी..."

"...तुम तो बस अपना मूँ बन्द रख के चुपचाप बक्सा जमाओ। चुप रहो। तुम चुप में ही अच्छी लगती हो..." पंडिज्जी ने कहा।

अपोली ऐसे खुलकर हँसे मानो बाप ने कोई तगड़ा मज़ाक कर डाला हो।

पंडिताइन ने दोनों को थकी हुई नज़रों से देखा और वापस बक्सा जमाने लगीं।

पंडिताइन की आँखों में क्या था—शिकायत, रोष, ख़ालीपन? पता नहीं। हाँ, वहाँ पानी की एक पतली परत अवश्य थी जिसमें कदाचित कोई आँसू आना है जो बनते-बनते रह गया था। बने भी तो क्या होना है? शायद यह कड़वा सच जानता है वह आँसू।

पंडिज्जी सोने की तैयारी में धोती-कुर्ता उतारने लगे। वे पटरेदार लम्बी चड्डी और पंडिताइन द्वारा सिली, जेबदार मिरजाईनुमा बनियान में सोते हैं। यही है उनकी नाइट ड्रेस।

पंडिज्जी ने रजिस्ट्री पलंग के ऊपर बने ताक में रख दी।

"कल हम कालपी जाएँगे।" पंडिज्जी ने अपोली से कहा।

"खूब जाइए। आपका जाना तो भौत जरूरी है। आप न गए तो कालपी के वकील भूखे मर जाएँगे।" अपोली ने कहा।

"वहाँ पूरा दिन लग जाना है, जज्जी में।" पंडिज्जी अपनी कहते रहे।

"खूब लगाइए।"

"यार, बीच में न टोको। पूरी बात सुन लो। कल हम यहाँ नहीं हैं तो जरा स्कूल का चक्कर मार लेना। परीक्षा आने वाली है। मास्टरों को देख आना।"

"उनको क्या देखना? मास्टर, मास्टर ही रहेंगे। परीक्षा हो, न हो, बे उत्ते ही मास्टर रहेंगे—न ज्यादा, न कम।"

"मतलब?"

"मतलब जे कि ये लोग जब भी दिखेंगे, पालीटिक्स चलाते ही मिलेंगे स्साले...।" अपोली ने वितृष्णा भाव से कहा।

"गुरुओं को गाली तो न दो।"

"चलो, नहीं देते। वैसे, अभी हमने कौन-सी गाली दे दी?"

"तुमने 'स्साले' नहीं बोला अभी?"

" 'स्साले' कोई गाली नहीं होती है। और मास्टरों पर यह जँचती भी नहीं है। आपके मास्टर तो ऐसे हैं कि इन्हें माँ-भैन की गाली से नीचे कुछ भी कहना इनको इज्जत देना ही कहाएगा।" अपोली के स्वर में स्कूल के मास्टरों के प्रति अतिशय निरादर का भाव उजागर था।

पंडिज्जी को आपत्ति हुई।

"बेटा, स्कूल तो चलाना है कि नहीं? अब हमें चलाना तो ऐसे ही मास्टरों से पड़ेगा। हमें इस कॉलेज के लिए कोई सर्वपल्ली राधाकृष्णनजी तो मिल न जाएँगे। अच्छे पढ़ैया-लिखैया तो डॉक्टर-इंजीनियर बन जाते हैं, बाकी के अफसरी में निकल जाते हैं या फिर बड़ी-बड़ी नौकरियों में। बाकी के कुछ होशियार डिग्री कॉलेजों में लग जाते हैं। तो फिर बचा कौन?...तलछट। नीचे का कचरा। हमें तो इसी में से लेना है। हमें तो जेई मिलेगा न? अब तुम यदि तलछट में शुद्ध पानी को तलाशने बैठ जाओ तो खुद चूतिया कहाओगे। इन मास्टरों से बस उत्ती ही उम्मीद करो जित्ते जे हैं। समझे?"

"पर जे तो ठीक बात नहीं।"

"तो हमने कब कहा कि ठीक हैं? ठीक का कोई ठेका ले रखा है हमने?" पंडिज्जी बोले।

अपोली जानते हैं कि पंडिज्जी एकदम ठीक कह रहे हैं परन्तु इस तरह आसानी से बाप से हार मान जाएँगे तो वे अपनी पहिचान ही खो बैठेंगे। उन्होंने बहस को आगे बढ़ाया।

"नकल कराने का मतलब जे नहीं कि मास्टर पढ़ाएँ ही नहीं?"

"पढ़ाते तो हैं।"

"कहाँ पढ़ाते हैं? आपके मास्टर या तो मैदान में खड़े होकर मोबाइल चलाते दिखते हैं या फिर यहाँ-वहाँ बैठे मास्टरनियों और लड़कियों पर नजर धरे रहते हैं। सबका कोई न कोई लफड़ा किसी न किसी से..."

"माँ के सामने ऐसी फालतू बातें करते तुम्हें शर्म नहीं आती?" पंडिज्जी गर्म हुए।

पंडिताइन ने इसी बीच बक्सा वापस जमा दिया है। वे उठने के उपक्रम में हैं।

"इसमें हम क्या करें? जब भी आपके कॉलेज की बात करो, शर्म करने लायक कोई न कोई चीज निकल ही आती है।" हँसते हुए अपोली भी उठ गए।

तभी पंडिताइन ने अपोली को रोका।

"आज शाम को पुमन की अम्मा आई थी।" पंडिताइन ने कहा।

"कौन सुमन?" अपोली अनजान बन गए।

पंडिताइन ने मानो सुना ही नहीं। अन्दर जाते-जाते बोलती चली गईं :

"रो रही थी। कह रही थी कि अपोली को समझा दो। पूरे कोटरा में तुम्हारे कारण उसकी मोंड़ी की बदनामी हो रही है।"

पंडिताइन अपनी बात कहकर अन्दर चली गईं।

"जे वोई लड़की है न?" पंडिज्जी ने कड़वा-सा मुँह बनाते हुए पूछा।

"कौन-सी?" अपोली ने भोला बनते हुए पूछा।

"सुर्रेले की मारपीट वाले केस में तुम्हारा नाम भी उड़ रहा है।" पंडिज्जी के स्वर में भरपूर भर्त्सना है।

"कुछ नहीं। वो मोंड़ी ही बदमाश है।"

"और तुम?"

"हम? हम क्या? बोलिए? बोलिए न?"

"तुम्हारे इन्हीं लक्षणों के कारण तो बहू मायके जा के बैठ गई है।"

"बैठी नहीं है। हम बिठा के आए हैं।"

"एकई बात है।"

"हमें कोई अब जे न सिखाए कि हमें लाइफ में क्या करना है, क्या नहीं करना है।"

"सिखा नहीं रये, बता रहे हैं। तुमने अगर जे सब न छोड़ा तो तुमाई जे शादी नहीं चलने वाली।"

"सब चलेगी। हमें पता है।"

"अच्छा! कैसे पता है?"

"देखा है न। रोज देखते हैं। चल तो रही है। सबकी चल रही है। हमारी भी चलेगी।"

अपोली के उत्तर तथा उत्तर देने के लहजे से स्पष्ट था कि उनका इशारा किस तरफ है।

पंडिज्जी अब तक पलंग पर चढ़ चुके थे और पतली रजाई पाँवों पर खींचकर लेटने ही वाले थे। अपोली का इशारा उन्हें इतना नागवार गुजरा कि लेटे-लेटे बिफर गए।

"इतें से अपना मूँ तो काला करो तुम। अभी।...तुरंत। घोड़ा घांई हो गए पर इत्ती तमीज भी नहीं आई है कि बाप से कैसे बात करनी होती है भैंचो।" पंडिज्जी पलंग पर बैठे-बैठे बड़बड़ाने लगे।

अपोली ने कुछ नहीं कहा। चुपचाप कमरे से निकल गए।

पंडिज्जी अभी तक गुस्से में थरथरा रहे हैं। उन्होंने लेटे-लेटे ही तेज़ चिल्लाकर

पंडिताइन को आवाज़ दी, "सुनती हो? अब जे लाइट स्साली कौन बन्द करेगा? तुम्हें मालूम है न कि हमें लाइट में नींद नहीं आती।"

पंडिज्जी सिर पर रजाई खींचकर लेट गए। पंडिताइन आती होंगी। लाइट बन्द करने का काम उनका है।

मान लो आप पिटे ही नहीं

कुशवाहाजी पिट गए। वही, अपने नन्हे मास्साब।

अच्छा वे? उन्हें तो पिटना ही था। लम्बे समय से उनके पिटने के योग बन रहे थे। अरे, इधर तो आप पंडिज्जी से भिड़ोगे और उधर छात्र लोगों को भी दबकाओगे तो देर-सबेर आपके साथ यह सब तो होगा ही। इनकी ठुकाई के आसार रोज बन रहे थे पर, बस, होते-होते रह जाती थी। ठीक-सा कोई बहाना नहीं बन पा रहा था। मानो, बारिश के आसार बनें पर वह होते-होते रह जाए। कम दबाव का क्षेत्र नहीं बन पा रहा था गो कि पंडिज्जी के धैर्य के समंदर पर अपोली के गुस्से की गर्म हवाओं द्वारा आशंकाओं के बादल तो रोज बन रहे थे। स्कूल के आसमान पर पिटाई के बादल रोज बनते, पर उड़ जाते। चेतावनियाँ क्षितिज पर गरज के साथ चमकतीं परन्तु कुशवाहाजी को मौसम का कोई ज्ञान ही नहीं था। पंडिज्जी सबसे कहते फिरते कि अपने नन्हे मास्साब इत्ती-सी बात क्यों नहीं समझते कि मास्टर की पिटाई होते देर नहीं लगती है।

पंडिज्जी चाहते थे कि कोई तो इनको दुनियादारी समझाए! बताइए, महाराज हमारे स्कूल की हर हगती, मूतती बात जिला शिक्षाधिकारी तक पहुँचाते रहते हैं, हमारे हिसाब-किताब पर प्रश्न उठाते फिरते हैं और अपनी पिचकी हुई छाती ठोककर कहते हैं कि विपिन बिहारी कॉलेज की नकल को बन्द करा के ही दम लेंगे। श्रीमान् यहाँ, वहाँ सबसे कहते फिरते हैं कि अगर स्कूल के बजट का निष्पक्ष आडिट किया जाए तो आधी मैनेजमेंट कमेटी जेल के तसले में दाल-भात खाती मिलेगी। हैं दो पसली के परन्तु हिम्मत जे कि छात्रों पर फालतू रुआब तक गाँठते फिरते हैं। भैया, लौंडे तो आजकल अपने बाप का रुआब मानने को राजी नहीं, तुम्हारा मानेंगे? कब तक वे इस बात का लिहाज करेंगे कि तुम बड़ी ईमानदारी और मेहनत से पढ़ाते हो? चलो, तुम्हारी पढ़ाई को तो छात्र बर्दाश्त कर भी लें पर तुम तो छात्रों का चरित्र सुधारने का कौल टाइप उठाए घूमते हो? कभी मोंड़ा-मोंड़ी एक साथ दिख जाएँ या कोई मोंड़ा, मौंड़ियन को देख के इशारेबाजी कर रहा है तो जे महाराज तुरन्त उनको शिक्षा देबे बैठ जाते हैं कि मर्यादा पुरुषोत्तम राम के

चरित्र से सीखा जाए। दूसरे मास्टर लोग कित्ता पढ़ाते हैं, कित्ता अपोली के कमरे में बैठे रहते हैं—इसका हिसाब भी नन्हे मास्साब दुनिया को बताते फिरते हैं। अब आप ही बताएँ, कहीं इस तरह नौकरी होती है क्या?

ऐसा टेढ़ा मास्टर कब पिट जाए, उसे कौन पीट दे, कोई बता सकता है भला? पंडिज्जी पूरे कोटरा को बताते रहते हैं कि वो तो हमारे लिहाज और मुरव्वत में छात्र इनकी ठुकाई नहीं करते, और हम भी सबको मात्र इसलिए रोके रहते हैं कि फालतू में कॉलेज की इज्जत खराब होगी वर्ना यह आदमी है स्साला लात खाने लायक ही। "पर हम भी कब तलक बचा पाएँगे ऐसे झकलट को..." पंडिज्जी चिन्ता प्रकट करते हैं। इधर कुशवाहाजी जानते हैं कि पंडिज्जी का बस चले तो उन्हें आज लात मारकर स्कूल से बाहर कर दें। वो तो जिला शिक्षाधिकारी नया आ गया है और कुशवाहाजी की कही बात को भी थोड़ा सुनता रहता है वर्ना पिछले साहब के रहते तो पंडिज्जी ने उन्हें डिसमिस कराने की पूरी सेटिंग जमा ही ली थी।

***

पर, कल यही नन्हे मास्साब उर्फ कुशवाहा जी फाइनली पिट गए।

पिटने के बाद कुशवाहाजी ने पहला काम शिक्षाधिकारी को रुआँसे स्वर में फोन करने का किया। उनको बताया कि पंडिज्जी ने पिटवा दिया है सर। उधर से यही पूछा गया कि पिटाई कहाँ हुई और कब? यह जानकर कि वे स्कूल खत्म होने के बाद, स्कूल के बाहर, सड़क पर पिटे हैं, तो उनको यह बताया गया कि यदि कभी कोई मास्टर शिक्षाधिकारी के क्षेत्र से बाहर जाकर पिटे तो फिर यह स्कूल का नहीं, सीधे पुलिस का केस हो जाता है। हाँ, अगर वे स्कूल में पिटते तो पंडिज्जी से स्पष्टीकरण अवश्य लिया जा सकता था। ...परन्तु पिटवाया तो उन्होंने ही है? तो आप जाकर पुलिस में उनके खिलाफ नामजद रिपोर्ट दर्ज कराइए न? आपका केस अब स्कूल का न होकर कोटरा की कानून व्यवस्था का हो चुका है।

पंडिज्जी भी जानते थे कि कुशवाहा पिटा है तो अब यह कहाँ-कहाँ जाकर रो सकता है।

पंडिज्जी ने तुरन्त फोन करके शिक्षाधिकारी को इनकी पिटाई का दूसरा पक्ष भी बतलाया। ...असली किस्सा ये है साहब कि स्कूल खत्म होने के बाद छात्र, छात्राएँ अपने-अपने घरों को लौट रहे थे। छात्रों ने एकाध लड़की पर फब्ती कसी जो वहाँ से गुजर रहे कुशवाहाजी ने सुन ली। बस, ये बमक पड़े। ...आप खुद जानते हैं सर, जवान लौंडे हैं। छेड़छाड़ करते रहते हैं। वैसे, लड़कों को तो हम भी समझाते हैं, पर टैक्टफुली! हम भी छात्रों से यही कहते हैं कि सब स्त्रियों को अपनी माँ-बहिन मानो। हम यह भी जानते हैं कि कोई स्साला ऐसा क्यों मानेगा?...

जी, वोई तो। जवानी फूट रही है। बहेगी ही। ...पर कुशवाहाजी वहीं सड़क पर छात्रों को रोककर बड़ी-बड़ी नसीहतें देने लगे। जनाब समझते ही नहीं कि जमाना बड़ा खराब आ गया है। अरे, आजकल कोई बाप भी अपने लौंडे को खुलकर इस तरह नहीं फटकारता है और जे उनके बीच घुसकर उन्हीं को फटकारने लगे।...सर, कहने को तो मात्र दो मिनट पहले ही अपने प्रधानाचार्य भी वहीं से निकले थे। पर वे टैक्टफुल हैं। सब देख-सुनकर भी सिर झुकाए चुपचाप वहाँ से निकल लिए। चाहते तो वे भी रुक जाते। पर वे जानते हैं कि उनका काम स्कूल तक का है। इधर अपने कुशवाहाजी रुक गए। गुस्सा होने लगे। लौंडों को चरित्र-फरित्र की बातें समझाने लगे। बोलने लगे कि यह गौतम, गांधी और भगतसिंह का देश है। और भी ऐसी ही दूसरी वाहियात बातें! वहाँ से आने-जाने वाले और वहाँ खड़े गाँव के लोग भी यह सब देख रहे थे। लौंडों को लगा कि मास्टर, फालतू में उनकी बेइज्जती कर रहा है। ...आप तो जानते हैं सर आजकल के युवा वर्ग को। गर्म खून वाले लड़के हैं। कब तक इनकी सुनते? उठा के वहीं ठोंक दिया। स्कूल के सामने अपनी जो सड़क है न, उसके परे एक गड्ढे में कीचड़ भरा रहता है—उसी में धकेल भी दिया।

शिक्षाधिकारी ने पंडिज्जी की पूरी बात सुनकर बस यही कहा कि कुशवाहाजी तो कुछ और ही किस्सा बयान कर रहे हैं कि आपने ही पहले से इशारा कर रखा था छात्रों को?...पंडिज्जी हँसने लगे। बोले कि हमने पहले कभी कुशवाहाजी को जरूर इशारा किया था कि जमाने की ऊँच-नीच देख के चला करें; खुद को किसी आश्रम के ऋषि टाइप न समझें क्योंकि वैसे शिष्य अब केवल किस्से-कहानियों में ही मिलते हैं। ...जहाँ तक छात्रों को इशारा करने की बात है तो उन्हें न तो हमारे, न किसी और के किसी भी इशारे की जरूरत है। दसवीं-ग्यारहवीं का छात्र आजकल पूरा खुदमुख्तार होता है साहब। बाकी तो चूतियाई की बातें करने से कोई किसी को रोक नहीं सकता—कुशहावाजी को तो खासतौर पर। साहब भी हँसने लगे। बोले, "तभी तो हमने उनसे यही कहा कि इस सबकी शिकायत इधर हमसे न करके कोटरा के थाने में जाकर कीजिए। फौजदारी मामलों की रिपोर्ट पुलिस ही दर्ज करती है।"

साहब ने आगे यह भी कहा कि कुशवाहाजी अब तक थाने पहुँच ही गए होंगे।..."थाने में सब दूध का दूध और पानी का पानी हो जाएगा पंडिज्जी।" साहब ने कहा। पंडिज्जी हँसे। बोले, "थाने में दूध और पानी को अलग करने वाली जो मथनी लगी रहती है, उसका तो आपको भी पता ही है साहब!..." साहब भी यह बात सुनकर उस तरफ मुस्कुराए ही होंगे। बहरहाल, फोन कट गया था फिर।

उधर अभी दरोगाजी के समक्ष कीचड़ में सने कुशवाहाजी खड़े थे।

"यार, आप जरा-सा इन लौंडों को कंट्रोल नहीं कर पाते हो? फिर आप

मास्टर बने ही क्यों? मास्टर का तो काम ही जे है कि वह मोंड़ा, मोंड़ियन को टाइट रखे। होना तो जे चाहिए था कि आपको दूर से आता देख लें तो लौंडे खुद ही इधर-उधर तितर-बितर हो जाएँ। बताइए, क्या जे बात एक मास्टर को सुहाती है कि आप यहाँ खड़े रो रहे हैं कि हमें लौंडों ने पीट दिया?" दरोगाजी कुशवाहा जी को फटकार रहे हैं।

नाली की भीनी-भीनी गंध में बौराए कुशवाहाजी का मन तो हुआ कि थानेदार को कुछ ऐसा-वैसा, मास्टरों टाइप उत्तर दें पर चुप रह गए। थानेदार से मुँहजोरी करने का अर्थ तो वे समझते हैं। पर वे एकदम चुप भी नहीं रहे।

"हमारी रिपोर्ट लिख लें, बस। हम इत्ता चाहते हैं।" वे गम्भीर स्वर में बोले।

"अब यह थाना आपके चाहने से चलेगा क्या?" दरोगा की आँखें सुर्ख लाल हैं इस बात पर पहली बार ध्यान गया मास्साब का।

"हम वो नहीं कह रहे। हम कह रहे थे कि हमारी रिपोर्ट जरूर लिख ली जाए, बस।" कुशवाहाजी अपनी निस्तेज आँखें झुकाकर बोले।

"ऐसी मारपीट की कोई रिपोर्ट नहीं लिखी जाती मास्साब। भौत लगे तो आप भी कल स्कूल में उन्हें पकड़ के ठोंक देना, बस।" थानेदार ने समझाया।

"आजकल स्कूलों में छात्रों को पीटना वर्जित है।" कुशवाहाजी ने अपनी संवैधानिक पोजीशन साफ की।

"यार वर्जित तो मास्टर को पीटना भी है। है कि नहीं? पर उन्होंने आपको पीट दिया न?" थानेदार ने पूछा।

"नहीं साहब, आप तो मेरी एफआईआर दर्ज करें।"

"यार, अजीब जिद्दी आदमी हैं आप। अरे, हमने आपको बता तो दिया? अच्छा, आप खुद बतलाइए, पुलिस स्कूली लौंडों के पीछे दौड़े कि चोर-डकैतों के पीछे जाए? हम यहाँ बच्चों में उलझेंगे तो रतौली में पड़ी डकैती को क्या आप सुलझाएँगे? बताइए? जाइए, खुद निबटिए। खुद देखिए।"

"हम कैसे देखें?"

"अब यह भी हम बताएँगे आपको? लड़कों पर कंट्रोल करना सीखिए। और क्या।"

"वही तो हम कर रहे थे।"

"स्कूल के बाहर आप कौन-से कंट्रोल में लगे हुए थे?"

"लड़के वहाँ खड़े होकर भद्दे कमेंट कर रहे थे।"

"किस पर?"

"लड़कियों पर।"

"तो? इसमें क्या नया है? लड़के तो यह सब करते रहते हैं।"

"पर यह ठीक नहीं।"

"तो ठीक कौन कह रहा है? पर जहाँ-जहाँ कुछ ठीक न हो रहा हो, आप उसमें कूद जाओगे क्या?"

कुशवाहा जी चुप रहे।

"...अच्छा वे तो भद्दे कमेंट कर रहे थे। ...आपने क्या किया?"

"मैंने उन्हें रोकने की कोशिश की।"

"क्यों की?...इस उम्र के लड़कों को लौंडियाबाजी से रोकने की कोशिश करोगे तो पिटोगे ही। आप उनसे क्यों भिड़े? ऐसी स्थिति में आदमी पहले अपनी सेफ्टी देखता है। इत्ते लौंडों के बीच आप काहे बहादुरी..."

"पर अध्यापक होने के नाते मेरा यह कर्तव्य बनता था कि..."

"मास्साब, अब आप ये कर्तव्य-फर्तव्य की बातें ले के न बैठ जाना। जमाना बड़ा खराब चल रहा है। अंड-बंड किस्म के कर्तव्य निभाने का जमाना नहीं रह गया है मास्साब। कर्तव्य की बातें, बस, भाषणों में अच्छी लगती हैं। स्कूल में भाषण हो तब तो आप जे सब खूब बोलो। पर थाने में कर्तव्य मत झाड़ो। यहाँ की इमारत बड़ी पुरानी है। यह ज्यादा 'कर्तव्य' बर्दाश्त नहीं कर पाएगी; धसक जाएगी। कर्तव्य शब्द से निकली ध्वनि तरंगें थाने की इमारत के लिए मुफीद नहीं मानी जातीं।" थानेदार ने चेताया।

कुशवाहाजी समझ ही नहीं पा रहे हैं कि इन बातों के जवाब में वे क्या कहें?

एक शिक्षक के रूप में आदर्श का पाठ सीखे कुशवाहाजी का जीवन क्लासरूम, पढ़ाई, बच्चों को बढ़िया पढ़ाना, उनके चरित्र निर्माण की जिम्मेदारी को आत्मा तक महसूस करते हुए ही बीता है। थाने के सामने से वे पहले भी गुजरे हैं परन्तु हमेशा ही पुलिस को कानून का रक्षक मानते हुए उन्होंने अब तक का जीवन बिताया है। इसीलिए, किसी थानेदार का ऐसा गैरजिम्मेदार व्यवहार अभी उन्हें चकित तथा व्यथित कर रहा है।

"जी?" वे हैरान होकर बोले।

"जी। हम पूछते हैं, आप इस चक्कर में पड़े ही क्यों? बताइए न? जिनको छेड़ा जा रहा था क्या वे लड़कियाँ थाने आईं या उन्होंने आपसे कोई शिकायत दर्ज कराई? नहीं कराई न? इसका मतलब समझे न आप? कि उनके लिए ये सब एक आम बात है। पर आप? बस, मूँ उठाया और कूद पड़े बीच में। अरे, और टीचर भी तो निकले होंगे वहाँ से? वे वहाँ क्यों नहीं रुके?"

"ये सब लोग डरते हैं सर।"

"और आप कोई वीर राणा प्रताप के वशंज हैं? क्यों?"

"जी, वो बात नहीं है पर..."

"...छोड़िए न मास्साब, भूल जाइए सब। इस एफआईआर के चक्कर में न ही पड़ें। घर जाएँ। नहा-धो लें। बदन पर भौत कीचड़ लगा है।"

"आप रिपोर्ट लिख..."

"...ये रिपोर्ट लिखवाकर अब और कीचड़ न उछलवाइए।"

"असल में यह काम लड़कों का नहीं है सर।"

"पर अभी तो आप यही कह रहे थे?"

"पीटा लड़कों ने है, पर मुझे पिटवाया पंडिज्जी ने है।"

"कौन पंडिज्जी?" दरोगाजी अनजान बन गए।

"दीक्षितजी।"

"कौन? आपके कॉलेज के मालिक?"

"हाँ, वे ही।"

"वे आपको क्यों पिटवाएँगे?"

"सब कुछ हुआ तो उनके ही इशारे पर है।"

"वे क्यों किसी को इशारा करेंगे?"

"क्योंकि हम स्कूल में होने वाली नकल की खिलाफत करते हैं।"

"क्यों करते हैं?"

"जी?"

"हम पूछ रहे हैं कि नकल से क्या एतराज है आपको मास्साब? बताइए न?"

"जी...!!"

"जी! अरे भाई, जिस जगह भी काम करोगे, वहाँ की पालिसी का पालन करोगे कि नहीं? स्कूलों में तो नकल होती रहती है। आप कैसे एतराज कर सकते हैं? ऐसा है तो खुद अपना एक स्कूल डाल लो न। पंडिज्जी के स्कूल की तो जेई पहिचान है पूरे इलाके में। हमने खुद अपने भतीजे को सीतापुर से बुलवा के यहाँ से परीक्षा दिलाई थी। उनके स्कूल की यही रेपुटेशन है।"

"परन्तु यह तो बड़ी गलत बात है सर।"

"इसमें क्या गलत है श्रीमान्?"

"यह गैरकानूनी है।"

"यार, तुम हमको कानून समझा रहे हो? हमको? चलिए, मान लिया; सही कह रहे हैं आप। एकदम गैरकानूनी है। परन्तु एक होता है किताबी कानून, और एक होता है सड़क का कानून। और होते दोनों हैं। दोनों एक ही दुनिया में रहते भी हैं। दोनों खूब चलते भी हैं। अब, किताब क्या कहती है आपकी? यही न कि कानून की नजर में सब बराबर हैं? परन्तु सड़क का कानून हमको क्या समझाता है? यही न कि सरपंच का लौंडा कानून से ऊपर माना जाएगा? है न? कोटरा में रहना है तो सरपंच का लौंडा अलग है, यह मानना होगा।"

"सरपंच का लड़का?"

"मास्साब, तुमें पता है न कि तुम्हारी ठुकाई करने वालों का लीडर कौन है?

वो कोटरा के सरपंच का लौंडा है। तुम तो अभी-अभी इधर आए हो न? उससे पहले ही तुम्हारे केस की पूरी कुंडली हमारे पास आ चुकी है। चूतिया न समझिए हमें। हम थाना चला रहे हैं,कोई मजाक नहीं कर रहे।"

"सरपंच?"

"यार, बार-बार सरपंच-सरपंच काहे जप रहे हो?"

"तो क्या सरपंच का बेटा यहाँ किसी को भी मार सकता है?"

"अरे, तुम्हें नहीं पता ये बात? यही पूरे देश का सच है मास्साब। पूरा देश कोटरा है, और हर तरफ सरपंचजी की संतानें हैं।"

"यह तो..."

"...यह तो क्या? एक आम नागरिक के तौर पर अपनी पोजीशन को सही-सही समझ लो मास्साब। समझदारी का कानून तो यही कहता है कि ऐसों से कभी भिड़ो ही मत। वे छेड़ रहे थे न? आप छेड़ने देते। सब लोग इसी कानून का पालन करते हैं। यह सब कानून की किताब में लिखा तो नहीं है, पर है, और असल में केवल वही है। सरपंच के लौंडे को पहिचानना मास्टर का पहला कर्तव्य है।"

"मैं अभी सरपंचजी को जाकर उनके बेटे की करतूत..."

"...महोदय, ऐसी कोई बेवकूफी कर भी न बैठना वर्ना अभी सरपंच से पिटने की रिपोर्ट भी लिखवाने आ जाओगे। घर जाओ। ...सरपंच के पास भी जाना जरूर,पर सुलह करने के लिए। आप तो उनसे सीधे माफी माँग लेना।"

"मैं सरपंच के घर जाकर माफी माँगूँ?"

"माँगनी तो चाहिए।"

"किस बात की माफी?"

"कि आप थाने में उनके बेटे की शिकायत करने पहुँच गए थे।"

"मैं थाने में शिकायत क्यों न करूँ?"

"क्यों करोगे?"

"मुझे किसी ने मारा है तो पुलिस में शिकायत तो करूँगा न?"

"चलो, तुमने शिकायत कर दी। हमने दर्ज भी कर ली। अब? कहो तो हम अभी तहकीकात भी करें? बोलो? करें? जानते हो न कि क्या होगा? वे लोग आपको एक बार और ठोंक देंगे। हम एक और रिपोर्ट लिख लेंगे। यही सब चलेगा। आप ठुंकते रहेंगे। रिपोर्ट बनती रहेंगी। तुम्हारा पुल्टिस लगाने, मरहम-पट्टी कराने का खर्चा और बढ़ जाएगा, बस। कोई गवाह सामने नहीं आएगा। तुम खुद अपनी गवाही से पलट जाओगे। बलात्कार वाली लड़कियों तक को पलटना पड़ता है; तुम तो मामूली मार-पिटाई को रो रहे हो।"

"हम कभी न पलटेंगे। कुशवाहा हैं। वचन देते हैं।"

"यार, मास्साब, ये वचन-फचन न दो। यहाँ वचन दोगे भी तो किसे साक्षी

मानकर देने वाले हो—डंडे को? हथकड़ी को? इन सलाखों को? इस एफआईआर रजिस्टर को?...यहाँ तो बस, ये ही पवित्र चीजें हैं। ...और क्या भेल्यू है आपके किसी भी वचन की? बताइए? ...वैसे भी, क्या भेल्यू होती है वचनों की? शादी के मंडप के नीचे वचन देता है न आदमी? वो भी, एक नहीं, पूरे सात। अग्नि को साक्षी मानकर। फिर शादी के बाद क्या होता है? सातों वचन कहाँ घुस जाते हैं?... चार दिन बाद ही गाली-गलौज, मार-कुटाई, दहेज का केस; पचासों ठनगन। ...तो मास्साब, वचन की बात तो आप यहाँ करना मत। न हम आपसे कोई वचन माँग रहे हैं, न आप देना ही। देखो, हमारी बात मानो। घर जाओ। मूँ-हाथ धो के, चार बूँद अमृतधारा की चाट लेना तो जे दर्द-फर्द भी खत्म हो जाएगा।"

कुशवाहाजी यह सब सुनते रहे। पर वे भी एक ही आदमी हैं। नहीं माने।

"आप तो हमारी रिपोर्ट लिख लें, प्लीज़।"

"हमने कहा न? मास्साब, अपने घर जाओ। ठंडे दिमाग से सोचो। सरपंच का लौंडा है। पंडिज्जी की छत्रछाया है उस पर। भूल जाओ जे सब। हमने अभी मूँ-हाथ धोने को कहा था—वो गलत कहा था; आप तो बढ़िया स्नान कर लो। रात को रजाई ओढ़कर सो जाओगे तो सुबह तक रिपोर्ट लिखाने का जे बुखार भी उतर जाएगा। कल ऐसे ठाठ से स्कूल जाओ मानो कुछ हुआ ही न हो।"

"पर हुआ तो है।"

"यार, आपने गणित वाले मास्टर साहब का पढ़ाना सुना है कभी? वो हर बार क्या कहते हैं? कहते हैं कि मान लो राम ने श्याम को सौ रुपए उधार दिये तो फलानी ब्याज दर पर एक साल में कित्ता पैसा बना? ऐसेई पढ़ाते हैं कि नहीं? गणित में भौत सारा मान कर चलना पड़ता है। जीवन का गणित भी ऐसा ही कुछ है। यहाँ भी भौत-सा मानना पड़ता है। तो आप भी मान लो कि कुछ हुआ ही नहीं। इससे मन को शान्ति मिलेगी और आप दुनिया की गणित में अच्छे नम्बरों से पास होते रहोगे।"

"मेरी बड़ी बेइज्जती हुई है थानेदार साहब।"

"बेइज्जती? इसमें आपकी कौन-सी बेइज्जती हो गई मास्साब? अरे, असली बेइज्जती अभी आपने देखी ही कहाँ है? वैसे भी आजकल मास्टर को इज्जत पर भौत जोर नहीं देना चाहिए—जित्ती मिल जाए उसी में खुश रहें, यही समझदारी है; बल्कि जिस दिन बेइज्जती न हो, उस दिन खील-बताशे चढ़ाकर बजरंगबली को धन्यवाद दिया करें। वो दिन कब के चले गए मास्साब जब मास्टरों की बड़ी इज्जत होती थी।"

कुशवाहाजी कुछ देर तक एकदम शान्त बैठे रहे। थानेदार उनकी तरफ रुचिपूर्वक यूँ देखते रहे मानो जानते हों कि अब यह शख़्स ज़रूर कोई मनोरंजक बात कहने वाला है। इसी बीच दो मक्खियाँ बाहर से उड़ती हुई थाने में आईं और पड़ताल

करने लगीं कि नाली जैसी भीनी, मनमोहक गंध कहाँ से आ रही है?

"रिपोर्ट तो हमारी लिखनी ही पड़ेगी आपको।" कुशवाहाजी ने अचानक दृढ़ता से कहा।

"क्या कहा श्रीमान् ने?" दरोगा चकित हो गया।

"हमारी शिकायत तो आपको लिखनी ही होगी।" कुशवाहा जी के चेहरे पर फालतू का नूर बरसने लगा।

दरोगाजी उनके तेवर देखकर आश्चर्यचकित रह गए।

"क्या कहा तुमने? लिखनी ही होगी? अबे, धमका किसे रहा है नन्हे मास्टर? तुझे सब लोग नन्हे मास्टर बोलते हैं न? कभी सोचा भी है कि क्यों बोलते हैं? वे तुम्हारा कद जानते हैं, इसीलिए। जब नन्हे हो तो कद के हिसाब से ही बात करो। समझे न?" दरोगा के तेवर बदल गए। पास खड़े दोनों सिपाही भी तत्परता से आगे आ गए। साहब आदेश करें तो मास्साब का समुचित इलाज किया जाए; फर्स्ट एड के तहत एकाध लप्पड़ तो लगा ही दें।

दरोगाजी मास्टर की हिम्मत देखकर पहले तो अवाक् ही रह गए थे फिर पुलिसिया भाषा में ठीक से आगे समझाया :

"देखो नन्हे मास्साब, चुपचाप अपने घर चले जाओगे तो शायद सब ठीक हो जाए। तुम्हें पता ही नहीं कि अभी तुम्हारे साथ क्या, क्या और हो सकता है? बहुत कूदा-फाँदी करी तो हम बता दें कि दूसरी पार्टी वाले भी तुम पर एफआईआर कराने आए थे। उनकी शिकायत है कि तुम खुद लड़कियों को छेड़ने के इरादे से वहाँ पहुँचे थे और लड़कियों की रक्षा करते हुए ही तुम्हें पीटा गया है। फिर तो तुम मुजरिम, और तुम्हारी पिटाई एकदम जायज।"

"यह गलत है।"

"होगा गलत, पर गवाह यही सब कहेंगे, तो फिर? हमारा कानून ये नहीं देखता कि वास्तव में क्या हुआ था? वह तो यह देखेगा कि गवाह क्या कहते हैं? अपने गवाह तुम जुटा नहीं पाओगे और उनके गवाह विस्तार से बताएँगे कि तुमने कैसे सरेराह लड़कियों के कुरते में हाथ डाल के उनके मम्मे दबाने की कोशिश की। सच बता रहे हैं तुम्हें। तुम ही मारे जाओगे। सो रिपोर्ट की तो जिद करो मत। घर जाओ। अभी माथा गरम है तुम्हारा। कोई ठुंकाई कर दे तो हो जाता है। घर जाओ। शान्ति से सोचो। नहा-धोकर बढ़िया सी नींद ले लो। रिपोर्ट लिखाने का विचार खुद ही बाहर निकल जाएगा। समझे न? जाओ अब। गंधा रहे हो। थाने में बदबू फैल रही है।"

इसी बीच एक मक्खी बाहर जाकर औरों को भी साथ ले आई है। सारी मक्खियाँ उत्साहपूर्वक नन्हे मास्टर पर मँडरा रही हैं।

"इन्हें आदरपूर्वक बाहर तक पहुँचा दो बद्री।" दरोगाजी ने सिपाही से कहा।

फिर? कुशवाहाजी ने क्या किया फिर? बताइए, वे क्या करते? आप ही बताएँ

न? वे यह कहते हुए थाने से वापस चले आए कि यह सब ठीक नहीं कर रहे हैं आप। दरोगाजी ने उन्हें सुना ही नहीं। बद्री को इशारे की ज़रूरत नहीं थी। वह कुशवाहाजी को लगभग खींचता हुआ थाने के सामने की सड़क तक छोड़ आया। सड़क पर बैठे दो कुत्ते कुशवाहाजी की अजीब धज देखकर उन पर भौंकने लगे। बद्री ने पत्थर मारकर कुत्तों को भगाया। भागते हुए कुत्तों को बद्री ने यह भी चेताया कि तुमने मास्साब पे भौंका तो बे तुम्हारे पिल्लों को परीक्षा में फेल कर देंगे। स्सालों, उन पे भौंको मत। जाते हुए कुशवाहाजी को बद्री सिपाही ने भी यही सलाह दी कि जमाना बड़ा खराब आ गया है मास्साब। आप मास्टर हैं तभी हमारे दरोगाजी थोड़ा लिहाज कर गए वर्ना उनसे इस तरह मुँह लगकर कोई आदमी थाने से बिना डंडे खाए जा नहीं सकता।

***

कुशवाहाजी अपने घर जा रहे थे कि रास्ते में पंडिज्जी मिल गए। मोटरसाइकिल रोककर पूछने लगे, "अरे, अभी तक घर नहीं गए आप?"

कुशवाहाजी ने स्वयं पर नियंत्रण की कोशिश जरूर की परन्तु स्वर को रुआँसा होने से रोक न सके।

रुआँसे स्वर में वे पंडिज्जी से बोले, "यह ठीक नहीं किया आपने पंडिज्जी।"

पंडिज्जी ने दूर से ही पुचकारा, "अरे छोड़िए न, नन्हे मास्साब। बच्चे हैं। नासमझ उम्र के लोग। ये लोग कहाँ जानते हैं कि क्या ठीक, क्या गलत? भूल जाइए। उन्हें क्षमा करें। क्षमा बड़न को चाहिए, छोटन को उत्पात, है न?"

"पर बड़े लोग तो छोटों को उत्पात के लिए न उकसाएँ।"

"बिलकुल ठीक कहा आपने। छात्रों को उकसाना तो बड़ा ही गलत काम है। मैं इसे बरदाश्त नहीं करने वाला। जो भी उन्हें उकसाता दिखे, आप सीधे हमें बताएँ। हम सख्त एक्शन लेंगे। शिक्षाधिकारी महोदय भी बता रहे थे कि आपने उनको भी ऐसा ही कुछ कहा है। वैसे, आपको कुछ गलतफहमी हुई लगती है। हमारा कॉलेज तो एक परिवार जैसा है। कोई ऐसा क्यों करेगा? बताइए न? कोई क्यों आपके विरुद्ध छात्रों को उकसाएगा? खुद को इत्ता भी महत्त्वपूर्ण न समझें। हो गया होगा कोई मोंड़ा आपसे खफा। आप कड़क भी तो भौत हैं। अपना व्यवहार सुधारें। अपने कर्मों को भी देखें।"

कुशवाहाजी पंडिज्जी की तरफ शिकायती नजरों से देखते हुए चल दिये। पंडिज्जी ने भी मोटरसाइकिल बढ़ा ली। हो सकता है कि वे मुस्कुराए भी हों। वैसे, वे ऐसी स्थिति में गम्भीर रह जाने का अभ्यास भी रखते हैं।

जिनके हाथों में कोटरा की लाज है

सुर्रेलेजी ने जब नेताजी से भी सिफ़ारिश करा दी तो कोतवाल साहब को मामले पर ध्यान देना ही पड़ा।

एक सवर्ण व्यक्ति के लिए पिछड़ों का नेता चलकर खुद थाने तक आ जाए तो पुलिस को बहुत सारी राजनीतिक जमावट को समझना पड़ता है। सुर्रेलेजी स्वयं सवर्ण हैं। पिटाई का आरोप पंडिज्जी के बेटे पर है। पंडिज्जी सवर्णों के नेता हैं। पंखीलाल कहार उर्फ नेताजी पिछड़ों के सगे हैं। फिर? वे कैसे? कदाचित उनको यह सवर्णों में भी अपनी पकड़ बनाने का अवसर लगा होगा। नेताजी स्वयं सुर्रेलेजी के पास पहुँचे थे अथवा सुर्रेलेजी ने उनके पास जाकर अपना दुखड़ा रोया, यह बात अभी बहुत स्पष्ट नहीं है; परन्तु दरोगाजी आशंकाएँ सूँघ लेते हैं और सम्भावनाएँ भी। पंखीलालजी को नेताओं वाला सम्मान तथा झटका, दोनों एक साथ देते हुए उन्होंने यही कहा कि नेताजी, आप कतई चिन्ता न करें, हमारे रहते सुर्रेलेजी के सुपुत्र के साथ अन्याय न होगा। हम बैठे हैं न! उसे न्याय अवश्य मिलेगा। वैसे, उसने भी अपोली पर बस, सन्देह भर व्यक्त किया है, और वह भी श्योर नहीं है। खुद सुर्रेलेजी का सुपुत्र यही कह रहा है कि पीटने वाले मूँ पे ढट्टी बाँधे हुए थे; ऐसे में हम भी सीधे अपोली पर हाथ नहीं डाल सकते। अपोली कोई ऐरा-गैरा तो है नहीं, पंडिज्जी का लौंडा है वो। और पंडिज्जी कोई छोटे-मोटे आसामी तो हैं नहीं। हम बहुत सँभलकर पूरी जाँच कर रहे हैं। अभी बस इतना भर कह सकते हैं कि पूरा न्याय होगा।

नेताजी के साथ सुर्रेलेजी भी आए थे। बड़े उद्वेलित थे। पीटने वालों को डायरेक्टली फाँसी दिलवाना चाहते थे, और तुरन्त से पेश्तर चाहते थे। दरोगाजी ने उनके सामने ही नेताजी को बताया कि पिटाई के पीछे असल कारण तो मोहब्बत तथा लौंडियाबाजी का चक्कर है। दरोगाजी ने मुस्कुराते हुए यह भी पूछ लिया कि यह बात आपको सुर्रेलेजी ने बताई कि नहीं? श्रीमानजी एक मोंड़ी के चक्कर में कुटे हैं। मोंड़ी के माँ-बाप इनके सुपुत्र के खिलाफ रिपोर्ट कराने वाले हैं। उनको भी दूसरी पार्टी द्वारा भड़काया जा रहा है। अभी तो हमने उनको टेक्टफुली टाल-टूल दिया है परन्तु यदि मोंड़ी ने रिपोर्ट कर दी तो जे आपके सुर्रेलेजी भी भगे-भगे फिरेंगे। स्त्री के खिलाफ अपराध हो तो गवर्मेंट मुजरिम को सीधे अन्दर बेंड़ने को कहती है। आदमी जमानत को भी तरस जाता है।

पंखीलाल ने नेताओं वाले अंदाज़ में कहा कि हमारी सरकार तो बस आप हैं। आपके रहते हुए इनके साथ कभी अन्याय न होगा, हमने यही कहा है सुर्रेलेजी से। 'कोटरा की लाज आपके हाथों में सुरक्षित है' जैसी बात जब नेताजी ने कही तो

कोतवाल साहब के अलावा थाने में मौजूद दो-तीन गिरहकट तक मुस्कुराने लगे। कोतवाल ने हँसकर कहा, "लाज हरने वाले कोटरा में पचासों हैं और कुतवाली बस एक है; फिर भी हम किसी को लाज न हरने देंगे।"

नेताजी निकल गए।

उनके जाने के बाद कोतवाल साहब ने हवलदार को निर्देश दिया कि कल, जन सुनवाई बैठक के लिए कालपी जाते टेम जीप को तनिक पंडिज्जी के खेत के पास रोक लिया जाए। ..."सुरेंले के लौंडे को उसी खेत के पास पीटा गया था ना? तो पंडिज्जी के खेत के चौकीदार से पूछताछ तो बनती है। हो सकता है कि वह हमारा चश्मदीद साबित हो।" साहब ने जब यह कहा तो पूरा थाना कोतवाल साहब की प्रतिभा पर अश-अश करने लगा। कोतवाल साहब पंडिज्जी के सबसे कमज़ोर प्यादे पर चाल चल के देखना चाहते हैं कि देखें, ऐसा करने पर बादशाह क्या करता है?

***

आज कोतवाल साहब उसी मुहिम पर हैं।

समय : सुबह के दस बजे।

स्थान : वही, बनती, कुटती कोटरा-कालपी सड़क। वही, पंडिज्जी का मटर का खेत।

दृश्य : सड़क मजदूर अभी ताज़ा-ताज़ा काम पर पहुँचे हैं। सड़क पर ऐसे उत्साहपूर्वक काम हो रहा है कि शक होता है कि कहीं किसी मंत्री या बड़े अफ़सर का दौरा तो नहीं होने वाला? सड़क कूटने का इंजन चल रहा है। डामर की परत आकार ले रही है। दूर तक जाती सड़क किसी अधमरे अजगर-सी पड़ी है—यहाँ-वहाँ से उधड़ी, खुली और चमकीले चकत्तों वाली।

पुलिस की एक जीप पंडिज्जी के खेत पर रुकती है। एक सिपाही उतरकर दौड़ता हुआ खेत में जाता है।

मज़दूर काम छोड़कर जीप के पास आ जाते हैं।

"क्या है रे? तमाशा हो रहा है यहाँ? क्यों?" जीप ड्राइवर की सीट पर बैठे हवलदार साहब ने कहा है। मज़दूर घबरा गए। हाथ जोड़कर कह रहे हैं कि हम तो बस यूँ ही।

"यूँ ही काहे?" इस बार कोतवाल साहब ने पूछा।

मज़दूर अपराधी की तरह खड़े रह गए।

"काम छोड़कर भागने का बहाना चाहिए तुम लोगन को, है न?" थानेदार बोला।

"नहीं महाराज..." एक ने बोलने की हिम्मत की।

"...नहीं न? तो फिर जाओ। अपना काम करो। यहाँ कोई पतुरिया का डांस नहीं होने वाला कि भगे चले आ रहे हो।"थानेदार ने कहा।

"अभी अगर गवाही में किसी का नाम डल गया तो जज्जी में डोलते फिरोगे।" हवलदार ने ऐसी स्थिति में पुलिस जीप के पास खड़े होने की रिस्क के बारे में बताया।

सब लोग उलटे पाँव वापस लौट गए। इसी बीच सिपाही जाकर पंडिज्जी के बूढ़े चौकीदार को खेत से पकड़ लाया।

तो अब दृश्य कुछ यूँ बना :

बनती हुई टूटी-फूटी सड़क। दूर तलक खेत। दूर तक हरियाली। सड़क पर घूमता हुआ सड़क कूटने का इंजन। सड़क पर डामर बिखेरते हुए मजदूर। एक तरफ खड़ी हुई थाने की जीप। ड्राइविंग सीट वाला हवलदार नीचे उतर आया है। जीप में अभी बस दरोगाजी बैठे हैं। बूढ़ा नत्थू वहीं, जीप के पास हाथ जोड़कर खड़ा है। उसके ठीक पीछे, लगभग उसके सिर पर सिपाही खड़ा हुआ है।

हवा, धूप, पंछी : यह हुआ वातावरण।

"नाम क्या है?" थानेदार ने पूछा।

"नत्थू बोलते हैं सरकार।"

"जो बोलते हैं, वही है कि बोलवे का अलग और असली कछू और?"

"जेई है महाराज।"

"इतें खेत पर ही रहते हो?"

"हओ मालिक।"

"चौबीसों घंटे इतें रहते हो?"

"हओ मालिक।"

"अरे, हगबे, मूतबे तो कहीं जाते होगे?"

"सब कुछ इतईं होता है सरकार।"

"तब तो तुमने सब देखा होगा?"

"क्या महाराज?"

"वो जो सुरेंलेजी के मोंड़ा की इतें मार कुटाई भई, पन्द्रह दिन पहले?"

"कछू भई तो हती।" नत्थू अब जाकर सतर्क हुआ।

"कछू नहीं, भौत भई थी। तुमने भी देखी होगी?"

"हओ मालिक, हो-हल्ला मचा तो हम हूँ उठ के देखन लगे हते।"

"देखा था न?"

"दूर से ही देखा था मालिक।"

"पास नहीं गए? कहीं लड़ाई हो रही हो तो आदमी पास जा के तमाशा देखता है कि दूर रह के?"

"साब, हम गरीब आदमी हैं।"

"तो गरीब को तमाशा देखने की कोई मनाही है क्या?"

"वो नहीं मालिक, बड़े लोगों के झगड़ों से हमारा दूर रहना ही ठीक।"

"इसका मतलब तो जे हुआ कि तुम पिटबे और पीटबे वालों को पहिचानते हो?"

"हमें क्या पता मालिक?"

"फिर? तुम्हें कैसे पता कि बे लोग बड़े आदमी थे?"

"हम तो इत्ते छोटे आदमी हैं महाराज कि हमसे तो सब बड़े ही कहाएँ।"

"बातें खूब बना लेते हो?"

"नहीं महाराज। हम तो गरीब..."

"...यार, तुम हर बात में जे अपनी गरीबी न घुसेड़ो। ...नहीं तो हम जे डंडा तुम्हारे वहीं घुसेड़ेंगे जहाँ डालने पे गरीब और अमीर दोनों नचे-नचे फिरते हैं।"

बूढ़े चौकीदार ने हाथ जोड़ दिये।

दरोगाजी कुछ देर तक उसे घूरते रहे।

"सच बताना, उस दिन तुमने क्या देखा था?"

"एक मोंड़ा की कुटाई चल रई हती। तीन लोग मार रये थे। ...बस, इत्ता देखा।"

"मारबे वालों को पहिचान सकते हो?"

"हम कैसे पहिचानेंगे मालिक?"

"आँखें हैं न; बस, उनसे ही।"

"आँखें हमारी कमजोर हैं मालिक। वैदजी बताते हैं कि मोतिया उतर आया है। पकबे पे निकरवाना पड़ेगा।"

"अच्छा?"

"जी मालिक। फिर हमने जे सब इत्ती दूर से देखा था कि ..."

"...ऐसा कोई दूर भी नहीं है। तुम्हारे बगल के खेत में ही तो मारा था न?"

"पर बे लोग अपने मूँ पे ढट्टी बाँधे हुए थे सरकार।"

"देखो, तुम हमें चूतिया बनावे की कोशिश तो करियो मती।"

बूढ़े ने दोनों हाथों से अपने कान पकड़ लिए।

दरोगाजी बेंत को जीप के लोहे पर बजाने लगे।

"पीटने वालों में तुम्हारे मालिक तो नहीं थे न?"

"नहीं सरकार।"

"जब तुमने ठीक से कुछ देखा ही नहीं था तो फिर इत्ते यकीन से कैसे कह रहे हो?"

"हमारे मालिक ऐन गोरे हैं। जे सब लोग ऐन करिया हते।"

"पर तुम्हारी आँखें तो कमजोर हैं न?"

"हओ मालिक।"

"फिर इत्ता साफ कैसे देख लिया कि रंग क्या था?"

"गोरे लोग दूर से ई चमक जाते हैं।"

"अच्छा, हम चमक रहे हैं कि ऐसेई?" दरोगाजी ने हँसकर पूछा।

बूढ़े ने हाथ जोड़ लिए। फिर कुछ याद करके बोला, "वैसे भी मालिक तो उस दिन, उरई की कह के शाम को ही मोटरसाइकिल पे निकल गए थे।"

"शाम को?"

"हओ, शाम को।"

"तो स्साला उरई कित्ती दूर है? पास ही तो है। क्या पता, जाते-जाते लौट आए हों कि चलो, मार-कूट के वापस चले जाएँगे। क्यों?"

"नहीं सरकार, मालिक तो नहीं हते।"

"मालिक का तुमने तुरन्त बता दिया, ऐसे कैसे?"

"मालिक होते तो हम तुरन्त पहचान जाते।"

"मोतियाबिंद है, और इत्ती दूर से भी देखा है, फिर भी होते तो जरूर पहिचान जाते? क्यों?"

"मालिक को पहिचानने के लिए आँखन की जरूरत नहीं होती है सरकार। मालिक होते तो हम जरूर जान जाते।"

"कैसे?"

"मालिक आस-पास हों तो नौकर जान जाता है, सरकार। कैसे? हमें जे तो पता नहीं पर हमें पता चल जाता है।"

थानेदार साहब ने मानो स्वगत कहा, "बूढ़ा है बड़ा हरामी।"

सिपाही ने सुन लिया।

बूढ़े को ठेलते हुए सिपाही ने धमकाया, "साहब जो भी पूछ रहे हैं, सब सही-सही बता देना। तुमने पुलिस से कोई खेल करा तो हम यहीं पे पटक-पटक के मारेंगे।"

सिपाही ने ठेला तो बूढ़ा गिरते-गिरते बचा। पीछे सड़क बन रही है। सड़क पर मज़दूर व्यस्त हैं। सड़क कूटने का इंजन सामने की सड़क पर आगे-पीछे हो रहा है। समस्त काम करने वालों की तिरछी निगाहें इसी तरफ़ हैं।

"चलो, माना। मालिक खुद नहीं थे। मान लिया। ...तो क्या अपोली थे?" थानेदार ने अचानक पूछ लिया।

आदमी को शुरू में यहाँ-वहाँ भटकाकर फिर असली प्रश्न को अचानक ही पूछ लिया जाए तो बताने वाला गफलत में आपका मनचाहा उत्तर दे डालता है। थानेदार साहब अभी पूछताछ के अपने इसी सिद्धांत पर चल रहे थे।

"जी मालिक?" बूढ़ा समझ ही नहीं पाया परन्तु थानेदार साहब को लगा कि वह जानबूझकर ऐसा अनजान बन रहा है।

जीप में बैठे-बैठे ही दरोगाजी ने ज़ोर से घुमाकर एक बेंत मारा।

बेंत कंधे के पास, बाँह पर जाकर लगा। बूढ़ा बिलबिला गया।

"अब कुछ समझ आया?" थानेदार ने कहा।

बूढ़े ने हाथ और भी पास लाकर जोड़ दिये।

अगला डंडा नत्थू की बूढ़ी उँगलियों पर पड़ा तो वह बिलबिलाकर वहीं बैठ गया। ज़ोर से रोने लगा। रोते हुए बूढ़े को सिपाही ने अपने पैर से दरोगाजी की तरफ ठेल दिया।

"याद आया? अपोली थे कि नहीं?"

"नहीं मालिक। नहीं हते।"

"देखा हो तो सच्ची-सच्ची बता दो?"

"नहीं देखा मालिक।"

"और सोच लेना। ठीक से सोच के रखना। हम फिर आएँगे।"

कहकर कोतवाल साहब ने इशारा किया तो सब लोग कूदकर जीप में चढ़ गए।

हवलदार ने जीप स्टार्ट की।

थानेदार साब तेजी से कालपी तरफ निकल गए।

नत्थू ज़मीन पर अभी भी उकड़ूँ बैठा सिसक रहा था।

मज़दूर दूर से ही उसे देखते रहे। पिट गए बूढ़े से सबकी सहानुभूति थी परन्तु सब लोग बहुत डर गए थे। पुलिस के द्वारा पीटे गए आदमी के पास जाएँ तो कहीं वे लोग स्वयं तो नहीं फँस जाएँगे? पुलिस चली गई थी परन्तु उसकी जीप के टायरों और भय के निशान ज़मीन और हवा में उभर आए थे।

प्रभु दर्शन की प्यास

यह इंद्रलोक तो नहीं है पर यहाँ सभी देवता हैं।

एसडीएम साहब का ऑफिस।

पंडिज्जी एसडीएम से मिलने आए हुए हैं।

क्यों मिलना है?

आते रहते हैं। मिलते रहते हैं। काम न हो तो भी मिल जाते हैं ताकि कभी काम पड़े तो काम हो सके। सिद्धांत यह है कि बड़े अफ़सर से बीच-बीच में किसी भी बहाने से मिलते रहो, उसे दिखते रहो तो वह आपको याद रखता है वर्ना बहुत छोटी-सी याददाश्त होती है उसकी। इसीलिए, कोई काम न हो, तो भी वे यहाँ आ जाते हैं। 'साहब लोगों को टाइम-टाइम पर सलाम ठोंकते रहो तो ठीक रहता है' पंडिज्जी का मानना है यह। लोगों को भी दिख जाता है कि साहब से पंडिज्जी का अच्छा कनेक्शन है। स्थानीय राजनीति में यह भी बड़ा महत्त्वपूर्ण है।

समय लेकर दफ्तर पहुँचे हैं पंडिज्जी। साहब ने बारह बजे आने का समय दिया था—पंडिज्जी, साढ़े ग्यारह बजे ही पहुँच गए। सही भी है। मान लो कि अफ़सर की घड़ी कुछ ऊपर-नीचे हो जाए, तो? पंडिज्जी उस मेकेनिकल एरर की गुंजाइश लेकर भी चलते हैं। तो साहब के आने में अभी आधा घंटा शेष है। साहब के चेंबर के बाहर लम्बा-सा बरामदा है। इसमें अभी ख़ासी चहल-पहल मची हुई है। पंडिज्जी उसी को देखने लगे। समय तो काटना है।

***

आइए, आपको इसी बरामदे में अभी मौजूद एक ऐसे शख़्स से भी मिलवाते हैं जिसे साहित्य की दुनिया में आम आदमी कहते हैं।

एक ठेठ ग्रामीण वहाँ बैठा है, बरामदे की दीवार से टिका हुआ। अधेड़। किसी अन्दरूनी छोटे-से गाँव का आम नागरिक, ऐसा गाँव जहाँ स्वतंत्रता और गणतंत्र बस एक अफ़वाह की तरह ही पहुँचे हैं अभी। वह अपने किसी काम से कलेक्टरेट आ पहुँचा है, और भौचक है। उसके चेहरे पर हवाइयाँ उड़ रही हैं। दिल में बड़ी घबराहट है। सूखे हुए होंठ। तालू से चिपकी हुई जुबान। खाली-सी वीरान आँखें। फटेहालों वाली धज। जब अभावों ने ही मिल-जुलकर किसी तरह आपको जीवन भर पाला हो और भूख ने वर्षों थपकी देकर सुलाया हो—ऐसी स्थिति में आदमी की जैसी शक्ल निकल आती है, वैसी ही सूरत है इस शख़्स की। एकदम डरा-डरा सा। चौंक-चौंक जाने वाला शख़्स। वह अभी भी हर कोट, पैंट वाले को नमस्ते कर रहा है। डरता है कि कोई छोटा साहब ही तलब न कर ले कि तुम यहाँ क्यों खड़े हो? भगा न दे यहाँ से। कहे कि बाहर जाकर खड़े हो जाओ।

बरामदे में ताँता लगा हुआ है लोगों का। दफ़्तर की परिक्रमा लगाते भक्तों के रेले हैं। इसी अफरातफरी के बीच यह आदमी दीवार से टिका बैठा है। लम्बे समय से वह यूँ ही बैठा हुआ है। कदाचित तबसे बैठा है जब साहब का यह कमरा बना होगा, या उसके भी पहले से वहाँ बैठा रहा हो तो आश्चर्य नहीं कहाएगा। टेक्निकली तो वह भी पंडिज्जी की भाँति ही साहब के आने का इंतज़ार कर रहा है। दोनों के इंतज़ार में अन्तर बस यह है कि उसे कुछ पता नहीं कि साहब कब मिलेंगे जबकि पंडिज्जी का अपायंटमेंट पक्का है। यह तो वहाँ बैठा हुआ है, बस। साहब मिल जाएँगे तो मान लेगा कि ईश्वर मिल गया। न मिले, तो वह जानता ही है कि ईश्वर यूँ ही मिल जाता है क्या? वह फिर से अगले दिन कोशिश करेगा। फिर सबसे रिरियाएगा। फिर साहब के इंतज़ार में बैठा रहेगा। रोज़ यहीं बैठा हुआ मिलेगा। सदियों यहीं खड़ा मिलेगा। कभी न कभी तो साहब की नज़र उस पर भी पड़ेगी। जब पड़ेगी, वह अपनी व्यथा रो लेगा। परन्तु क्या तब भी वह अपनी बात

ठीक से बोल पाएगा? पता नहीं। तपस्या जैसा मामला है। वह तपस्या में बैठा ज़रूर है परन्तु अभी अचानक भगवान प्रकट हो ही गए तो? उन्होंने उससे वर माँगने को कह दिया, तो? तब वह क्या कहेगा? उसे ख़ुद पता नहीं। शायद उनके चरणों में वह मौन ही पड़ा रह जाए। वह ख़ुद से ही गुमशुदा है। वह इस भीड़ में किसी दयालु से प्रतीत होते चेहरे की तलाश में है। वह देख रहा है कि यहाँ हर आदमी व्यस्त है या उस जैसा ही परेशान है। कोई तो ऐसा दिखे जिससे साहब का पूछा जाए; कब तक आएँगे साहब?

और अपने पंडिज्जी का चेहरा ठीक वैसा है, दयालु टाइप। यह चेहरा उन्होंने बड़े अभ्यास से साधा है। जैसे वे हैं नहीं, वैसा चेहरा बनाना और बनाए रखना कोई आसान काम है क्या? वे दयालु तो ख़ैर नहीं ही हैं परन्तु शातिराना दिमाग़ के रहते भी उनके चेहरे पर अनोखी-सी भलमनसाहत झलकती है। सहज सी मुस्कान रहती है उनके चेहरे पर। हमेशा। आँखें छोटी-छोटी हैं परन्तु उन्हें देखो तो यह आशा बँधती है कि यह आदमी कभी किसी का भला कर भी सकता है। चेहरे पर भलमनसाहत की एक झूठी नेमप्लेट टाँग रखी है उन्होंने। बड़े अभ्यास से ऐसा चेहरा साधा है उन्होंने। कोई आसान काम नहीं है यह। पर क्या करें? राजनीति में ऐसा दिखना भी बहुत ज़रूरी है। ऐसे निरापद दिखते चेहरे के सुरक्षित मचान से आप सटीक निशाने लगा सकते हैं। शिकार आपका चेहरा देखकर लापरवाह हो जाता है।

वह अधेड़ भी धोखे में आ गया। पंडिज्जी को दूर से देखा तो वह उनकी तरफ़ ही चल पड़ा। ये साहब उसे ज़रूर कुछ सही-सही बता देंगे। पंडिज्जी तब बटुए से तंबाकू निकालकर मलने की सोच रहे थे; टाइम कटेगा, और साहब से मुलाकात के पहले तंबाकू से दिमाग़ भी चैतन्य हो जाएगा। तभी यह आमजन उनके पास आकर खड़ा हो गया और हाथ जोड़कर तब तक खड़ा रहा जब तक कि पंडिज्जी ने उसे देख नहीं लिया।

"पालांगी महाराज।" वह बोला।

पंडिज्जी ने अब जाकर उसे ध्यान से देखा।

कौन है यह? धन्नू कि मन्नू? कि घसीटे? कि कढ़ोरे? कौन है ये शख़्स यार? ये स्साले सारे गरीब एक से क्यों लगते हैं? एक ही शक्ल, एक सी धज, एक जैसी घबराहट, एक जैसी रिरिआहट, एक जैसी झुर्रियाँ, एक जैसा ही खालीपन इनकी आँखों में। पता नहीं अब,यह कौन है? कभी खेत पर काम-धाम करने तो नहीं आया था?

"पालांगी महाराज।" उसने दोबारा प्रणाम किया।

"सुखी रहो जजमान। बोलो?" पंडिज्जी बोले।

पंडिज्जी के आशीर्वाद से से वह सुखी तो खैर नहीं हो गया; जैसा था वैसा ही बना रहा। कुछ लोगों पर किसी तरह के आशीर्वाद नहीं फलते। ईश्वर ने उन्हें 'बे-आशीर्वाद' टेकनीक से बनाया होता है।

"बोलो?" पंडिज्जी ने फिर पूछा।

"महाराज, बड़े साहब से मिलना था।" उसने अपना काम बताया।

"तो मिलो न, खूब मिलो। हमसे काहे परमीशन माँगते हो? जाओ, मिल लो।" पंडिज्जी ने बटुए को वापस जेब में रखते हुए कहा।

समय काटने का साधन स्वयं उन तक चलकर आया था। तंबाकू की ज़रूरत नहीं रह गई थी अब।

"हम यहाँ सात दिन से आ रहे हैं महाराज।"

"फिर?"

"साहब मिलई नहीं रहे।"

"अरे..."

"...जी महाराज।"

"क्या पता, छुट्टी पे हों। उन्हें दस्त या उल्टी न हो गई हो? दफ्तर ही न आएँगे तो तुमसे कैसे मिलेंगे? है कि नहीं?"

"आते तो रोज हैं।"

"किसने कहा?"

"जेई, छोटे साहब लोगन ने बताया।"

"फिर?"

"बस, हमें नहीं मिल पाते महाराज।"

"क्यों?"

"पता ही नहीं चल पाता कि बड़े साहब कब आए, कब चले गए। पहले तो सब जे कहते हैं कि साहब अभी आए नहीं, बाद में बताते हैं कि बे तो आ के चले भी गए!"

"अरे!"

"वोई तो। आप बताएँ कि हम का करें महाराज?"

"यार, वैसे है तो जेई कभरा उनका। सामने वाला..."

"...हमें पता है महाराज।"

"बस, तो इतें ही खड़े रहो। बार-बार उनका पता करते रहो।"

"हम पता करते रह जाते हैं, बे आ के निकल भी जाते हैं।"

"साहब को पहिचानते हो कि नहीं?"

"हम कैसे जानेंगे महाराज?"

"ऐसा नहीं है। देखोगे तो तुरन्त पहिचान लोगे।"

"जी?"

"एकदम देवता टाइप लगते हैं। दूर से ही चमकते हैं।"

"हमें तो यहाँ सभी साहब देवता लगते हैं महाराज।"

"सही कहा। जे सरकार का देवलोक है। यहाँ सब देवता हैं। पर बे यहाँ के सबसे चमकीले देवता हैं।"

"हमारी आँखन में कच्चा मोतियाबिंद भी है मालिक।"

"फिर बे आएँगे तो तुम कैसे पहिचान सकोगे कि साहब आ गए?"

"वोई तो।"

"फिर?"

"हम तो बस जे मानते हैं कि बड़े साहब हैं तो अलग से पहिचान में आ जाएँगे। ...कल एक पल को वे दिखे भी थे पर निकर गए।"

"तो कैसे दिखते रहे?"

"ऐन गोरे धरे थे।"

"भैया, ठंडे कमरे में रिहाइश रहती है उनकी। न उनने कभी धूप देखी, न धूप ने उनको देखा। साहब लोग गोरे ही दिखते हैं। कभी करिया भी रहे हों तो साहबी करते-करते झक्क गोरे निकल आते हैं। सो तुम गोरे रंग पर तो जाओ मत। इतें भौत से ऐसे गोरे साहब मिल जाएँगे। गोरे अंग्रेज चले गए पर जे वाले गोरे पीछे रह गए हैं। साहब की कुछ और पहिचान देखी हो तो बताओ?"

"पेट ऐन बाहर को निकरा हुआ था महाराज।"

"पेट तो हमारा भी निकला हुआ है?"

"पर उनका तो ऐसा था कि का बताएँ!"

"यार, तो उनका पेट क्या तुम्हारे जैसा पिचका होगा? जे तो सरकार का सिस्टम है। साहब का पेट है तो बाहर कढ़ेगा ही। सरकारी पेट है। कभी उनका भी पिचका हुआ मिला तो उनके खिलाफ जाँच बैठ जाएगी।"

"जी मालिक।"

"सीआर में इनके पेट की नाप ही तो दर्ज होती है।"

"जी मालिक?"

"तुम न समझोगे। वैसे, उनका पेट कित्ता बाहर को कढ़ा था?"

"जादा ही कढ़ा था महाराज।"

"इत्ता?"

"इत्ते से भी जादा।"

"पर इत्ते बड़े पेट वाले भी कलेक्टरेट में दस निकल आएँगे। इंचीटेप से तो नापते न फिरोगे कि बड़े साहब कौन हैं?"

"पेट जरूर बड़ा था पर साहब भौत खबसूरत दिखत हते मालिक।"

"कुर्सी पर बैठा आदमी खूबसूरत निकल ही आता है। तुमें भी बिठा दें तो तुम भी ऐसे सुंदर..."

अधेड़ ने हाथ जोड़ लिए।

"अरे, हम एकदम सच बताते हैं। एक बार बैठ के तो देखो। खुद समझ जाओगे। जैसेई कुर्सी पर बैठे कि तुमारी नाक सुतवाँ हो जाएगी, गालन पे चमक आ जाएगी, होंठ गुलाबी हो जाएँगे और माथा चौड़ा निकल आएगा। कुर्सी पर बैठा आदमी ऐसा सुंदर निकल आता है कि उसे चूमने को मन कर आए। सच बताते हैं हम..."

"...जी मालिक।"

"पर कभी उन्हें चूम न लेना। साहब बुरा मान जाएँगे।"

"जी मालिक।"

"हाँ, उनके चरण जरूर चूम सकते हो। उसकी कोई मनाही नहीं है।"

"मालिकों के चरन चूमते ही जीवन बीता है सरकार।"

"सही काम करते हो। मालिकों की चरन रज बड़ी चमत्कारी होती है।"

"जी मालिक।"

"इस दफ्तर में तो सारा खेल ही सही चरन रज बटोरने का है। आदमी के माथे और फाइल पर सही चरन रज भर लगी हो तो ...।"

"जी मालिक?"

"फाइल नहीं समझते हो या चरन रज? अब फाइल को तुम्हें कैसे समझाया जाए?...जे तो समझते हो न कि भाग्य क्या होता है?"

"हम न समझेंगे तो कौन समझेगा? सब, भाग्य का खेल..."

"...तो जैसे तुम्हारे भाग्य की पोथी ब्रह्माजी बनाते हैं न, वैसा ही फाइल का मामला है। मान लो कि यहाँ भी ब्रह्माजी ही बैठे हुए हैं। वे चाहें तो किसी भी मामले का भाग्य बना दें, चाहें तो बिलोर दें।"

"बड़े साहब अगर हमारे कागज पे सही कर देंगे तो हमारा भाग्य..."

"...तो बस, तुम इसी दरवाजे पे अपनी नज़र रखो।" पंडिज्जी ने एसडीएम के चेम्बर की तरफ इशारा किया।

"रखे हैं..."

"...रखे रहो। पलक भी न झपकइयो। साहब दिखें तो फटाक् से घुस जइयो।"

"घुसने ही तो नहीं देते। आते तो हमें कल भी दिखे थे पर बड़े बाबू ने हमें घुसने ही नहीं दिया। कहा कि साहब जब बुलाएँगे, तब अइयो।"

"फिर?"

"फिर हम बैठे रहे। शाम हो गई। हमने पूछी तो कहन लगे कि साहब तो चले गए। हमने कही कि बाहर निकरते तो हमें दिखे नहीं। निकरते तो हम उनके चरणों को न पकड़ लेते?"

"सही बात।"

"बड़े बाबू कहन लगे कि जे बड़े साब का कमरा है भैया। तुम इसका एक

ही दरवज्जा समझे हो क्या? साहब तो आज पीछे की तरफ से ही कढ़ गए बाहर।"

"जे तो खैर सही बात कही बड़े बाबू ने। बड़े साहब के कमरे में पीछे भी एक दरवाजा होता है। बल्कि, कहो तो वही मेन दरवाजा होता है। सारे असली काम पीछे से ही होते हैं। तुम्हें इत्ती-सी बात नहीं पता? यहाँ तो जे सत्य सबको पता है।"

"हमें का पता महाराज। हमारी तो बस इत्ती अरज रही कि बड़े साहब हमारी दरखास्त ले लेते..."

"...क्यों? क्या हो गया?"

"महाराज, अभी ओला पड़े हते न?...ओला गिरबे से हमारी पूरी फसल खत्म हो गई। सरकार ने मुआवजा बाँटा पर हमें कछू नहीं मिला। पटवारी साब ने बिना हमसे पूछे सरकार को लिख के दे दिया कि इसने खेत में फसल उगाई ही नहीं थी।"

"तो तुमने न उगाई होगी शायद। पटवारी साहब गलत काहे बोलेंगे?"

"बे हमसे पैसा माँग रहे थे। हमने नहीं दिये तो..."

"...क्यों नहीं दिये? हनुमानजी के मन्दिर पे माथा टेकने जाते हो तो चार पैसे चढ़ाते हो कि नहीं?"

"हमारे पास पैसे थे ही नहीं। कैसे देते मालिक? हमने पटवारी साब से कही भी कि न हो तो हमारी नंगाझोली करके देख लो।"

"तो?"

"तो बड़े साब से हमें अरजी लगानी है कि पटवारी ने हमारी झूठी रपोट लगाई है।"

"साहब को पटवारी से बड़ा समझते हो क्या?"

"साहब ही हमें मुआवजा दिला सकते हैं। हमारी अर्जी पे बे अपनी सही कर दें तो हमें मुआवजा मिल जाए।"

कितना भोला है यह आदमी!

पंडिज्जी ने कहा, "तुम जाकर उतें बैठ जाओ। साहब आएँगे तो हम इशारा कर देंगे।"

"बस, तो मालिक हम उतें बैठे हैं। आप इशारा भर कर देना।"

"हम क्या इशारा करें, जे भी तो बता दो?"

"जी मालिक?"

"कहो तो तुम्हें आँख मारें? आँख मारना समझते हो न?" पंडिज्जी ने मुस्कुराते हुए पूछा।

अब वह जान गया कि मालिक मज़ाक़ कर रहे हैं। मालिकों को अधिकार है। उसने हाथ जोड़कर प्रणाम किया और पंडिज्जी से दूर जाकर खड़ा हो गया।

पंडिज्जी ने अपनी घड़ी देखी। तभी एक दलालनुमा छुटभैया पंडिज्जी के पास आकर खड़ा हो गया। शायद, देर से पंडिज्जी को उस ग्रामीण से बातें करते देख रहा था वह।

"चुनाव की तैयारियाँ अभी से शुरू कर दईं पंडिज्जी?" उसने हँसकर पूछा।

"क्यों?"

"छोटे आदमी को इत्ती देर से अपने मूँ लगाए हुए थे तो कुछ तो बात होगी।"

"गरीब आदमी है बेचारा। बड़े साहब से मिलने को खड़ा है। बड़ी आशाएँ बाँधे है। हमने उसे थोड़ी आशा और बँधा दी वर्ना आप भी जानते हैं कि ऐसे लोगों का क्या होना है।"

"अब बड़े साहब भी आखिर किस, किससे मिलें, बताइए? वे अगर आम आदमी से मिलते रह जाएँ तो फिर पंडिज्जी से कब मिलेंगे? सही कहा न?"

"साहबी बड़ी कठिन विद्या है।" पंडिज्जी ने माना।

"साहब अपनी साहबी को साधें कि जे सब देखें?"

"सही कहा। अफसर के सामने वैसे ही पचासों टंटे रहते हैं, ऐसे में इस जैसा कोई आदमी हाथ जोड़ के खड़ा हो जाए तो ..."

" ...फिर बाद में सबसे जे भी कहता फिरे कि हमने तो साहब की इत्ती चिरौरी करी पर उनने एक न सुनी।"

"साहब भी किसकी सुनें, किसकी न सुनें?"

"नोट पहुँचाने वालों के काम सलटाएँ कि तुम्हारा जे हाथ जोड़ना देखें?"

"पर जनता समझने को राजी नहीं।"

"वैसे, बड़े साहब बहुत अच्छे हैं।"

"दयालु भी।"

"काम रोकते नहीं किसी का।"

"न सज्जनों का, न दुर्जनों का।"

"न शरीफों का, न हरामियों का।"

"बस, उनकी मुट्ठी गरम कर दो, फिर वे कुछ और नहीं देखते।"

"एक अफसर से आपको और क्या चाहिए?"

दोनों हँसने लगे।

तभी पंडिज्जी चौंककर सावधान की मुद्रा में खड़े हो गए। दलाल भुनगा बनकर झुक गया।

साहब दूर से आते दिख रहे थे। बरामदे में फूल खिल गए। सुगंध फैल गई। हवा बौरा गई। भृत्य सजग हो उठे। आगे-आगे दो मातहत। पीछे ड्राइवर। सिर पर मुकुट के जैसा साथ चलता हुआ आभामंडल। पंडिज्जी गरीब को इशारा करना ही भूल गए। अभी तो उनका सारा ध्यान इस बात पर था कि साहब पास आएँ तो कैसे उन्हें जोरदार सलाम मारा जाएगा। झाँकी पास आ रही थी। भक्त हाथ जोड़कर खड़े थे। दफ्तर का भक्तिकाल चरम पर था।

और वह ग्रामीण गरीब?

उसकी न पूछें। वह घबरा के एकदम पीछे चला गया है। अभी वह भीड़ के पीछे दीवार से सटा हुआ खड़ा है।

अफ़सरी के ग़ायब होने की शिकायत कहाँ करें?

लैंड रिकार्ड ऑफ़िसर का दफ़्तर।

पंडिज्जी दस बजे ही वहाँ पहुँच गए थे।

वकील साहब भी पहुँचते ही होंगे। उन्होंने कहा था कि आप पहुँच जाएँ। हम पहुँचते हैं। तब तक हँसमुखजी भी दफ्तर पहुँच जाएँगे। नोटों की गड्डी मिठाई के डिब्बे में धर के ही लाना। बीस हजार की बात हुई है। साथ में शादी का एक कार्ड भी लाइएगा। कोई-सा भी कार्ड उठा लाइएगा। पुराना, धुराना, कुछ भी। बस, अपुन हँसमुख जी को यह कार्ड और डिब्बा पकड़ा देंगे। ...न्योता देने आए थे भाई। कब्रिस्तान वाली जमीन का ओरिजिनल रिकार्ड अदालत में पेश न करने के लिए मान गए हैं हँसमुखजी। कहा है, किसी तरह तीन पेशियाँ तो निकाल ही देंगे।

***

हँसमुख जैन डिप्टी क्लेक्टर रैंक के अधिकारी हैं।

सालों से इसी दफ़्तर में जमे हुए हैं।

यहाँ की रग-रग जानते हैं वे। रग को कहाँ और कितना दबाने पर आदमी बिलबिलाकर पैसे निकाल देगा, कहाँ दबाने पर वह रिरियाने लगेगा, जानते हैं वे। उनको ज़मीनों के मामलों का सुपर स्पेशलिस्ट कहा जा सकता है। कालपी जिले में सरकारी ज़मीन कौन-कौन-सी जगह पर है, कहाँ-कहाँ ऐसी पोशीदा है कि चाँप लो तो सालों तक कोई पूछेगा भी नहीं और कहाँ-कहाँ उस पर पहले ही ग़ैरकानूनी क़ब्ज़े हैं उन्हें ज़ुबानी पता है—क्योंकि ज़्यादातर क़ब्ज़े तो उन्होंने ने ही कराए हैं। पटवारी इनकी पूजा करते हैं। इनका कोई मन्दिर तो नहीं है पर पोजीशन देवता वाली ही है। इन पर चढ़ावा, भंडारा, कीर्तन, दर्शन, जय-जयकार, तिलक, खील-बताशा, पूजा-पाठ अहर्निश चलता रहता है।

हँसमुख जैन अपनी कुर्सी की हैसियत से खूब वाक़िफ़ हैं। शहर में उनका जलवा है। जैन साहब के नाम की एक ठसक है। विनम्र रहते हैं। सबसे 'हें हें' करते हैं। हाँ, उनकी इस विनम्रता से कोई भ्रम में नहीं पड़ता। 'हें हें' का मतलब यह नहीं है कि वे अपनी रिश्वत की रेट कुछ कम कर देंगे। नहीं जी, कतई नहीं।

जो माँगी है, वही लेंगे। 'हें हें' करके बता देंगे कि हम लेंगे तो वही जो आपके साथ फिक्स हुई थी। इस मामले में बड़े कट्टर सिद्धांतवादी टाइप हैं। रकम पूरी न दो तो विनम्रता से फाइल वापस रख देते हैं कि पूरी रकम का इंतज़ाम हो जाए तो ही पधारिएगा। ...काम रिस्की है हमारा। रिस्क तो कवर करनी होगी आपको। पूरी ही रकम दीजिए। आप तय रकम से अगर सौ रुपए भी कम देंगे तो यह हमारा नहीं, सिस्टम का अपमान कहाएगा। 'हें हें' करके अन्ततः वे यही आग्रह करते हैं कि हमारी मेहनत और इस रिस्क का अपमान न किया जाए। लोग भी अब उनको जानते हैं। पूरी रकम ही देते हैं। वैसे यह भी सच है कि फिर अपना काम भी हँसमुखजी एकदम सटीक करते हैं। सरकार किसी की भी हो, वे लखनऊ में बैठी सरकार से डायरेक्ट तार जोड़कर रखते हैं। सरकार से उनकी घनिष्ठ रिश्तेदारी-सी है।

सुबह दस बजे के आस-पास बंगले से निकलते हैं हँसमुखजी। जैन हैं पर हनुमान भक्त भी हैं। घर में ही एक छोटा-सा हनुमान मन्दिर बना रखा है। स्वयं को धार्मिक मानते हैं। योगा करते हैं, दातुन से दाँत साफ करते हैं, 'तेरे पूजन को भगवान बना मन मन्दिर आलीशान' गाते रहते हैं, और इस सब को वे भारतीय संस्कृति का पालन मानते हैं। सुबह आठ बजे, नहा-धोकर पूजा में बैठ जाते हैं। फिर, एक घंटे की पूजा। सारे कर्मकांड। घंटी। खड़ताल। भड़भड़ाकर मंत्रोच्चार। ऊँची आवाज में हनुमान चालीसा। धूपबत्ती। अगरबत्ती। कपूर। पवित्र धुआँ। कभी-कभी तो यहाँ इतना धुआँ उठता है मानो ईश्वर की आँखों में धूल झोंकी जा रही हो। ...साढ़े नौ बजे तक पूजा से उठते हैं। तभी ड्राइवर आकर गाड़ी लगा देता है। पूजा-पाठ से निबटकर वे तैयार होते हैं। तब्र तक भृत्य सबको चिरौंजी दाने का प्रसाद बाँटता है। एक अन्य भृत्य पूजा की थाली को घर भर में घुमाता है। इस तरह घर का कोना-कोना बिना और कुछ किए ही पवित्र हो जाता है। एक खामखां किस्म के पवित्र अहोभाव से भरे हुए यदि घर से निकला जाए तो दिनभर के अनैतिक अफ़सरी खटकरम करने के लिए नैतिक साहस मिल जाता है। सारी बदमाशियों के लिए ईश्वर से सहर्ष अनुमति मिल गई हो, ऐसा लगता है।

यही सब आज भी हुआ। और अभी पूजा-पाठ से निबटकर दफ़्तर के लिए तैयार होने में लगे हुए हैं हँसमुखजी।

परन्तु तभी एक अघट घटी।

***

उधर जब पंडिज्जी लैंड रिकार्ड ऑफिस में घुस रहे थे और इधर हँसमुख जैन तैयार होने के तारतम्य में पैंट पर बेल्ट कस रहे थे, तभी यह अघट घटी। वे जब अपनी खिसकती पैंट पर बेल्ट को बिस्तरबंद टाइप खींच ही रहे थे कि उनका फोन बजा। एक हाथ से पैंट और एक में फोन लेकर वे बात करने लगे।

"यार, आप कहाँ हैं भाई साब?" किसी ने उस तरफ से पूछा। उन्होंने आवाज़ पहिचान ली। ख़ासे आत्मीय हो उठे और अतिशय विनम्र भी। और, उस पर ढेर-सी 'हें हें' का तो कहना ही क्या।

"यहीं, घर पर ही था, ...क्यों?" जैन साब ने पूछा।

"फिर तबसे हमारा फोन काहे नहीं उठा रहे हैं भाई साब?"

"पूजा में बैठा हुआ हुआ था।"

"समझदार अफसर पूजा में भी फोन बगल में रखकर ही बैठता है। अफसरी का कोई भरोसा? इसमें कभी भी, कुछ भी हो जाता है। भगवान थोड़े ही हर चीज में मदद को आएगा? उसके पास और भी काम हैं।"

"यार, पूजा में बैठा था, बताया न।"

"तो अभी के अभी वापस पूजा में बैठ जाएँ। भगवान से प्रार्थना करें कि यहाँ सब ठीक हो जाए।"

जैन साहब घबरा गए। कलक्टर के पीए का फोन है। उसे उन्होंने वर्षों से साध कर रखा है। मुँहलगा है जैन साहब का। अन्दर की बातें बताता रहता है। बड़े अफ़सर की किलेबंदी करके तो रखनी ही पड़ती है।

"तुम ये क्या कह रहे हो यार? साफ़-साफ़ बताओ न?" जैन साहब व्यग्र हैं।

"वही बताने के लिए तो हम फोन कर रहे थे। ...वे आपको लूप-लाइन में डाल रहे हैं।" पीए ने बताया।

"अरे!" जैन साहब के हाथ से पैंट छूट गई। नीचे खिसककर पैंट जाँघों तक आकर रुक गई। पैंट में आधा अधूरा घुसा हुआ बेल्ट भी नीचे को लटकने लगा।

"कलेक्टर साहब ने कहा है कि अभी तो इनको जनसुनवाई में टेंपररिली डाल दो फिर देखते हैं।"

"क्यों? कलेक्टर ने तुमसे कुछ कहा क्या?"

"हमसे क्या कहते?...कलक्टर की मर्जी। उनने तो इसकी किसी को भनक भी नहीं लगने दी। हमें भी बस सुबह-सुबह बंगले पर बुला लिया। वहीं पूरा ऑर्डर डिक्टेट कराया। कहा कि जैन साहब आएँ तो घुसते ही उनको यह ऑर्डर पकड़ा दिया जाए। अभी हमारे सामने ही रखा है आपका कागज।"

"फिर यहाँ किसे बिठा रहे हैं?"

"रस्तोगी को। हम तो आपको दो-तीन बार पहले भी चेताए थे कि यह रस्तोगी कुछ बड़े चक्कर में दिख रहा है पर आप ही नहीं चेते।"

"इस ऑर्डर को आप कब तक अपने पास रोक सकते हो?"

"कहा तो साहब ने तुरन्त देने को है। ऐसे में हम इसे कितना रोकेंगे? बस... एकाध घंटे। ...उतना हमने रोक रखा है। इसी बीच कुछ कोशिश कर सकते हों तो कर लें।"

जैन साहब हाथ में फोन लिए खड़े रह गए।

खिसकी पैंट को वापस ऊपर चढ़ाते हुए उन्होंने फोन को जेब में वापस रख लिया। तभी भृत्य ने आकर उन्हें प्रसाद के चिरौंजी दाने दिये। वे न जाने कहाँ खोए हुए थे। बस, यूँ ही चार दाने उठाकर मुँह में रख लिए। मुँह ऐसा सूख गया है कि गलने का इंतजार करते हुए दाने मुँह में ही पड़े रह गए।

अब?

लूप लाइन का अर्थ खूब जानते हैं जैन साहब।

लूप लाइन में शरीर तो अफ़सर का रहता है पर उसमें से आत्मा निकल जाती है। लूप लाइन में बिठा दिया गया अफ़सर अर्थात् घास-फूस का एक बेजान पुतला जिस पर अफ़सरी का कोट-पैंट चढ़ा दिया गया हो। अफ़सरी है भी, नहीं भी है। अफ़सर हैं भी, नहीं भी हैं। न सस्पेंड, न बरखास्त। अफ़सर तो रहे पर अफ़सरी नहीं बची। हैं अब भी डिप्टी कलेक्टर, पर डिप्टी कलेक्टरी को लकवा मार गया। हाथ-पाँव बचे हैं पर हिलेंगे नहीं। जो ठीक कुर्सी पर न बैठा हो ऐसे अफ़सर का क्या होता है, ख़ूब जानते हैं जैन साहब; ख़ासकर, मलाईदार जगह से हटा देने पर अफ़सर की क्या दुर्गति होती है, यह बात अच्छे से जानते हैं वे। मानो गुब्बारे की हवा निकल जाए और वह सिकुड़ा हुआ, पिचका-सा, सिस्टम की मेज़ पर कहीं कोने में पड़ा रह जाए, कुछ ऐसा हो जाता है उसका वजूद। लोग उसे देखते भी नहीं। कभी देखते भी हैं तो बड़े दया भाव से। कुछ लोग तो देखकर हँसने तक लगते हैं कि जे पड़े हैं अपने साहब जिन्होंने एक जमाने में बड़ी अफसरी झाड़ी है भैया, बड़ी आग मूती है; और आज इन्हें कोई टके गज भी नहीं पूछ रहा!

धीरे से वहीं पड़ी कुर्सी पर बैठ गए जैन साहब। मुँह पर हवाइयाँ उड़ रही हैं।

कदाचित भृत्य ने साहब की शक्ल से ताड़ लिया कि साहब की तबीयत ठीक नहीं लग रही। वह अन्दर जाकर मेम साहब को बुला लाया।

पत्नी तुरन्त भागकर वहाँ आई।

"क्या हुआ?" पत्नी ने पूछा, "अभी तक तो जोर-जोर से हनुमान चालीसा पढ़ रहे थे?"

जैन साहब कुर्सी से उठ गए।

"कुछ तो नहीं," जैन साहब ने कहा। क्या बताएँ इसे? समझेगी कुछ भी नहीं। आँय-बाँय सुझाव अलग देने लगेगी।

"कैसे कुछ नहीं? शक्ल देखी है अपनी? चेहरा सफेद हो रहा है। तबीयत तो ठीक है न?" पत्नी ने चिन्ता से उनके माथे पर हाथ रखने की कोशिश की।

"तबीयत को क्या होना है?" उसका हाथ झटक दिया उन्होंने।

"अरे क्या हो गया? बताओ तो?"

"नई पोस्टिंग दे रहे हैं। वर्मा ने अभी फोन पर बताया है।" जैन साहब कब

तक न बताते? दिल में तो खलबली मची है।

"ऐसे कैसे?" पत्नी ने पूछा।

"पोस्टिंग कैसे की जाती है; कर दी, बस।"

"कहाँ कर दी?"

"अरे, कहाँ से क्या मतलब? यहाँ से हटा रहे हैं, यह बात समझने की है। यहाँ से हटाकर फिर जहाँ भी कर दें क्या होना है? यहाँ करें कि वहाँ करें, उसकी क्या वैल्यू?"

जैन साहब बड़बड़ाते हुए टाई बाँधने लगे।

रोज बड़े ठाठ से टाई बाँधते थे। अफ़सरी के सुहाग चिन्हों में से एक रही है टाई उनके लिए। वैसे, वे पहिन तो अभी भी रहे हैं परन्तु उनको सधवा जैसा फील नहीं हो रहा। बल्कि एक तरह के विधवा भाव ने घेर रखा है उनको।

"आपको पहले से पता नहीं चला?" पत्नी चिन्तित है।

"चल तो गया, तभी तो बता रहे हैं।" वे बौखलाए हुए हैं।

"अरे, और पहले पता नहीं चला? किसी ने आपको बताया नहीं?"

"पता चल भी जाता तो मैं क्या कर लेता? साहब के हाथ से कलम थोड़ेई छुड़ा लेता?"

"साहब से मिल तो सकते थे।"

मिलने से कुछ न होता। रस्तोगी के खेल हैं सब।"

"हम अभी बड़ी मैडम से जाकर मिलें क्या? उनसे कुछ रिक्वेस्ट करें?" पत्नी ने पूछा।

"ये कोई तुम्हारी लेडीज क्लब का नाच-गाना नहीं है।"

"इन नाच-गानों के बीच ही सबकी वाइफ लोग अपने हजबेंड के लिए सिफारिशें लगाती हैं।"

"ऐसी पोस्टिंगों में मैडमजी की नहीं चलती। इनमें बस पैसा चलता है। रस्तोगी ने पहुँचा दिया होगा।"

"तुम भी तो देते हो?"

"हम? अरे हमने हमेशा दिया है। खूब दिया है। खूब देते रहे।"

"फिर?"

"पेट में कुआँ है स्सालों के।"

बड़बड़ाते हुए वे टाई बाँधते रहे।

"अभी कहाँ जाओगे? दफ्तर?" पत्नी ने चिन्तित होकर पूछा।

"देखते हैं," जैन साहब ने उड़ते-उड़ते स्वर में कहा और बाहर निकल गए। पत्नी समझदार है। वह पीछे-पीछे नहीं आई। किसी को भी इस बात का पता नहीं चलना चाहिए। देखने वाले तुरन्त ताड़ लेंगे कि कुछ गड़बड़ है। सहज रहना होगा।

जैन साहब पोर्च में खड़ी कार तक पहुँचे।

शरीर से मानो प्राण ही खींच लिए हों किसी ने। उनको विकट थकावट-सी लग रही है। बदन ढीला होकर नीचे की तरफ़ जा रहा है। अचानक ही वे ख़ुद को बूढ़ा महसूस कर रहे हैं।

अभी तो रिटायरमेंट के ही सात साल बकाया हैं यार। फिर? ऐसा क्यों? कल ही डाक्टर से जाँच कराता हूँ। आँखों से भी ठीक नहीं दिख रहा। चश्मे का नम्बर बदल रहा है शायद, या कहीं मोतियाबिंद तो नहीं? नज़र तो स्साली कमज़ोर थी ही। तभी तो पीठ पीछे और नाक के नीचे अपने ही ख़िलाफ़ इत्ती बड़ी चीज़ चल रही थी और वे देख ही नहीं सके, हद है!

पोर्च। लम्बी-सी ड्राइव। गमले। फूल। घास। पौधे। पेड़। हवा। सुबह की धूप। तितलियाँ उड़ रही हैं। चिड़ियों की आवाज़ें।

यार, यह प्रकृति भी फालतू में गलत टाइम पर डिस्टर्ब करती है। यहाँ दस तरह की चिन्ताएँ सिर पर हैं और यह स्साली तितली!

एक तितली तो एकदम उनके पैरों के आस-पास से ही उड़ती हुई निकली। ज़ोर से एक लात झटकी जैन साहब ने।

ड्राइवर कार का दरवाज़ा खोलकर खड़ा था। हमेशा ऐसा ही करता है। मुस्कुराकर "सलाम सर" कहा उसने। हमेशा कहता है। पर यह स्साला, आज कुछ ज़्यादा ही नहीं मुस्कुरा रहा है? है ना? इन छोटे कर्मचारियों तक भी ख़बर पहुँच गई है क्या? मज़े ले रहा है बदमाश।

बैठ गए वे, कार में।

"चलें सर?" ड्राइवर ने पूछा।

रोज़ पूछता है।

"चलोगे नहीं तो क्या यहीं खड़े रहना है?" वे चिढ़कर बोले।

साहब आदमी! साहब लोगों के मूड का पता नहीं चलता। आज चिढ़े हुए से हैं अपने साहब। घर में चिकचिक हो गई क्या? पेट में गैस वगैरह का मामला भी हो सकता है। ड्राइवर ने उनके इस चिढ़ने को उनके साहब होने से जोड़ लिया।

कार चल पड़ी।

यार, इससे मुझे इस तरह चिढ़कर नहीं बोलना चाहिए था। अब ये दस जगह रस ले-लेकर लोगों को बताता फिरेगा कि कुर्सी छिन गई तो देखो, कैसा पिनपिना रहे थे! सोच रहे हैं जैन साहब।

"क्या अभी कलेक्टर साहब के बंगले पर जाकर सीधे उनके पाँव पकड़ लिए जाएँ? ब्रीफकेस में कल के पाँच लाख पड़े हुए हैं। पूरे दे आऊँ क्या?" ख़ुद ही ख़ुद से बातें कर रहे हैं जैन साहब। हाँ, यही ठीक रहेगा।

"जरा कलेक्टर साहब के बंगले से होकर चलना तो जब्बार...," जैन साहब ने अबकी बार विनम्र स्वर में ड्राइवर से कहा।

"सर, साहब तो कल रात ही लखनऊ चले गए।" ड्राइवर ने बताया।

"अचानक? कैसे?"

"नहीं, अचानक नहीं। सबको पता था। सुबह से पता था सबको। उनके ड्राइवर ने तो हमें कल सुबह ही बताया था।"

"अरे..."

"वैसे बंगले पर मेम साब तो होंगी, चलें?"

"नहीं, नहीं, रहने दो।" कहकर वे सीट पर अधलेटे-से हो गए।

यार, कलेक्टर राजधानी जाने वाला था और मुझे यह बात पता ही नहीं थी! यह तो मेरी लापरवाही की इंतिहा है। ऐसे चलती है भला अफ़सरी कि आपको अपने बॉस की मूवमेंट्स का हीं पता न हो? ऐसे बेख़बर रहोगे, फिर यही सब तो होगा।

ड्राइवर ने किनारे कर के कार रोक ली थी। वह साहब के अगले निर्देश की प्रतीक्षा कर रहा था।

"फिर दफ्तर ही ले चलूँ सर?" ड्राइवर ने पूछा।

जाऊँ दफ्तर कि न जाऊँ?

जब तक वे रस्तोगी को दफ्तर का चार्ज नहीं देते तब तक तो वे ही लैंड रिकार्ड ऑफिसर हैं। हाँ, एक बार चार्ज दे दिया तो फिर सारी सम्भावनाएँ बिला जाएँगी। इस स्साले को यदि किसी तरह से चार्ज में अटका सकूँ तो? इसे चार्ज नहीं देना है। पर अभी दफ्तर पहुँचे, और वह कलेक्टर का कागज ले के आ गया तो फिर चार्ज तो देना पड़ जाएगा।

फिर?

समझ ही नहीं पा रहे हैं जैन साहब कि अपनी अफ़सरी के गुम जाने की शिकायत कहाँ जाकर दर्ज कराएँ? अफ़सरी को अब कहाँ जाकर तलाशा जाए? अफ़सरी के बिना काया कितनी खोखली लग रही है अभी? है ना? मुँह सूख रहा है। हाथ चल नहीं रहे। आँखें झपकी जाती हैं। गाल लटक गए हैं। गर्दन तन क्यों नहीं रही? कमर झुकी क्यों जा रही है? हथेलियाँ गीली क्यों हो रही हैं?

"सर, फिर दफ्तर ही चलूँ?" ड्राइवर ने फिर से पूछा। कार सड़क किनारे रुकी हुई थी।

तभी एक स्कूटर कार के पास आकर रुका। स्कूटर सवार काँच से झाँकने लगा तो जैन साहब ने खिड़की का काँच नीचे कर लिया।

कलेक्टरेट का एक बाबू है। जैन साहब और उनकी गाड़ी को पहिचानता है। कार सड़क पर यूँ खड़ी देखी तो वह उत्सुकतावश रुक गया था। कहीं साहब की कार तो ख़राब नहीं हो गई? कहीं कोई सहायता तो नहीं चाहिए?

"कार गड़बड़ हो गई सर?" उसने आदरपूर्वक पूछा।

"नहीं, नहीं, सब ठीक है," उत्तर ड्राइवर ने दिया।

"सब ठीक है," जैन साहब ने भी कहा।

जैन साहब की आवाज़ इतनी बुझी-बुझी थी कि बाबू चौंककर उनका चेहरा देखने लग गया।

जैन साहब का चेहरा एकदम राख, राख हो रहा था।

अफसरी की अंत्येष्टि के बाद बची हुई राख उनके पूरे चेहरे पर पुती हुई थी। आँखों में बदहवासी है। टाई फाँसी की तरह लटकी हुई है। कंधे ढलक गए हैं। हमेशा तना रहने वाला शरीर कार की सीट पर गीले लोंदे जैसा पड़ा हुआ था। कार के सँकरे से आकाश में कटी पतंग से पड़े हुए थे वे।

उनकी हालत देखकर बाबू एकदम घबरा गया। अरे, यह क्या हो गया साहब को?

"सर, तबीयत तो ठीक है न?" उसने पूछा।

जैन साहब कुछ नहीं बोले।

"सर, आप ठीक तो हैं?" उसने फिर पूछा।

ड्राइवर ने भी पीछे की तरफ़ झाँककर देखा।

साहब बेचैन तो भौत दिख रहे हैं?

इसी बीच "आप ठीक तो हैं" सुनकर जैन साहब के दिमाग़ में कुछ कौंधा।

'ठीक कहाँ हो तुम? तुम ठीक नहीं।' जैन साहब के दिमाग ने जैन साहब को समझाया।

आदमी अभी तक ठीक भी रहा हो पर उसे बीमार होने में कितनी देर लगती है भला? वे अभी, अचानक ही यदि सिक लीव पर चले जाएँ तो फिर किसी का बाप भी उनसे चार्ज नहीं ले सकता। बस, किसी तरह से उनको दो दिन की मोहलत मिल जाए। लखनऊ में उनकी भी तो ख़ासी पकड़ है। इत्ते सालों से खिला रहे हैं वहाँ सबको। ये लोग कब काम आएँगे? जैन साहब को विश्वास है कि अभी भी चाँदी का जूता हाथ में उठाकर यदि वे वहाँ पहुँचेंगे तो हर जगह कालीन ही बिछा मिलेगा। चाँदी के जूते का तल्ला कितना भी गंदा हो उसके लिए कालीन बिछ ही जाते हैं।

"तबीयत बड़ी नासाज लग रही है जब्बार। रात से ही छाती दर्द कर रही थी। हमने सोचा था कि ऐसेई है। पर अभी तो बहुत तेज दर्द हो रहा है," बोलते-बोलते जैन साहब सीट पर लुढ़क गए।

ड्राइवर ने फुर्ती से अपना गेट खोला और कूदकर बाहर आ गया।

बाबू ने भी फटाफट अपनी मोटरसाइकिल सड़क किनारे लगाई और कार की पिछली सीट पर चढ़ गया। दो-तीन तमाशबीनों ने कार के खुले दरवाज़े पर भीड़ मचा दी। बाबू ने एक हाथ से नाड़ी पकड़कर मामला समझने की कोशिश की, और कुछ न समझ आया तो सीट पर धरी फाइल से साहब के मुँह पर हवा करने लगा। जब्बार ने पीछे का सारा दृश्य देखा, समझा और वापस अपनी सीट पर कूद

गया। उसने गाड़ी फटाफट पीछे की दिशा में पलटाई और अस्पताल की दिशा में तेजी से दौड़ा दी।

आगे का किस्सा क्या कैसा होगा, इसकी पूरी रूपरेखा, बेहोश हो गए जैन साहब रास्ते भर पूरे होश में बनाते रहे। कालपी के अस्पताल से लखनऊ के बड़े अस्पताल तक की चिकित्सा यात्रा के दौरान वे इस मामले में सब कुछ ठीक कर लेंगे।

"रस्तोगी की ऐसी तैसी", वे लेटे-लेटे ही बुदबुदाए।

पीछे की सीट पर जैन साहब को सँभाले बाबू ने जब्बार से फुसफुसाकर बताया कि साहब होश में आ रहे हैं।

***

साहब को हार्ट अटैक हो गया है, पता चला पंडिज्जी को।

अच्छा रहा कि अभी अपुन ने उनको रिश्वत नहीं दी थी।

"हार्ट अटैक में जैन साहब मर मरा गए तो अपना पैसा फालतू में डूब जाता।" पंडिज्जी ने वकील से कहा।

"चलिए, अफसर के बीमार होने के कारण दस्तावेज भेज पाना वैसे भी सम्भव नहीं, यह नोट तो यहाँ का बड़ा बाबू भी अदालत को भेज देगा। जरा पाँच हजार तो निकालिए। अभी उसे सेट करके आता हूँ। और पन्द्रह हजार बच जाने की खुशी मनाइए पंडिज्जी।" वकील ने कहा।

पंडिज्जी ने पाँच हजार रुपए वकील को पकड़ाते हुए कहा, "काहे की खुशी? हार्ट अटैक से जैन साहब कोई संत तो बन न जाएँगे? जब भी ज्वाइन करेंगे, देना ही पड़ेगा।"

"खैर, जे तो है। कोई भी हार्ट अटैक जैन साहब को रिश्वत लेने से रोक नहीं सकता।" वकील ने रुपए लेते हुए यह सनातन सत्य स्वीकार किया।

अँधेरे की पसलियों में रोशनी के खंजर

चार नौजवान बैठे हुए हैं, अधबने पुल के अधूरे गर्डर पर।

गांजा चल रहा है पर चिलम से नहीं। चिलम तो अब आउट आफ फैशन चीज है। चिलम से गांजा पीना पुरानी पीढ़ी का दकियानूसी तरीका था। कोटरा का नौजवान आजकल हँसता है चिलम देखकर। वह जेब में गांजे की सिगरेट रखता है। गांजे से भरी सिगरेट पीता है वह। मजा वही, गांजे की चिलम जैसा, पर फालतू

की झिकझिक नहीं। जेब में सिगरेट धरी है। कोई देख भी ले तो गांजे का पता नहीं चलता। चिलम वाली फालतू फंड की तैयारी भी नहीं लगती। बस, जेब से निकाली और सुलगा ली।

निर्माणाधीन पुल पर बैठने से किसी ने रोका नहीं इनको?

कौन रोकेगा? सरपंच के बेटे को कौन रोकता? वह है, और उसके दोस्त हैं।

पुल का चौकीदार दौड़कर आया ज़रूर था। उसने बताया भी था कि इधर बैठबे की मनाही है। पुल बन रहा है। ठेकेदार साहब ने मना करी है।

"इन्हें पहिचानते हो?" एक साथी ने सरपंच पुत्र की तरफ़ इशारा किया। चौकीदार ने बताया कि हम तो बस ठेकेदार को पहिचानते हैं।

"उस जीप को पहिचानते हो? अरे वो, जो बजरी के ढेर के पास खड़ी है? पहिचाने उसे?"

चौकीदार चुप रहा।

"अच्छा छोड़ो उसे। इसे तो पहिचानते हो न?" सरपंच पुत्र ने जेब से देसी कट्टा निकालकर दिखाया।

चौकीदार ने हाथ जोड़ लिए।

"चलो, अच्छा है। कुछ तो पहिचानते हो। न पहिचानते तो हमें फालतू में पहिचान करानी पड़ती।" एक साथी बोला।

"और अपने ठेकेदार को ठीक से बता दइयो कि इतें जे फालतू से नियम-कायदे न बताए जाएँ वर्ना..., वैसे तुमारे ठेकेदार हैं कितें के?"

"मालिक, कानपुर के बताए जाते हैं।"

"तो उनको ठीक से बता दइयो कि कभी हम कानुपर आ के ही उनको ठोंक देंगे। जे बेतवा का पानी है। भौत सीधे रास्ते से नहीं बहता है।"

"जी।"

"उनसे क्या कहोगे?"

"कि जे बेतवा का पानी है।"

"बस तो अब तुम अपनी जगह जाकर बैठो। ठाठ से चौकीदारी करो। और गांजा पीते हो तो हमें बता दो?"

चौकीदार ने और ऊँचा करके हाथ जोड़े और वापस चला गया।

सब हँसने लगे। सब, मतलब?

सरपंच का सुपुत्र। वह स्कूली छात्र है। उसके दो सहपाठी। निवाड़ी से पधारा उनका एक चचेरा भाई। यह चचेरा भाई कब का स्कूल वगैरह की फालतू चीज़ों से मुक्त हो चुका है। फिर? वह करता क्या है? पर उसे करना ही क्या है? गांजा निवाड़ी में पीता है, गांजा यहाँ भी पी रहा है। आज ही कोटरा आया है। वहाँ किसी केस में उसका नाम आ गया था तो थाने वालों ने ही उसके बाप को सलाह दी

कि मोंड़ा को अभी कुछ दिन के लिए कहीं बाहर भेज दो। रिश्तेदारी में पन्द्रह-बीस दिन काट आए, तब तक मामला यहाँ शान्त हो जाएगा। चचेरे भाई के स्वागत में कहीं बैठकर इंग्लिश दारू पी जाए, सरपंच सुपुत्र शुरू में तो यही चाहते थे। परन्तु चचेरा भाई पारम्परिक नशे का पक्षधर है। सो अब यहाँ गांजा पीया जा रहा है।

रात है। दस बजे के आस-पास का समय। कोटरा के बाहर का इलाका है यह पुल।

नीचे बेतवा बह रही है। ऊपर, पुल के गर्डर पर ये लोग पसरे हुए हैं। इनसे भी ऊपर काला आसमान है। आज अमावस है कदाचित। पुल तक पहुँचने वाली एप्रोच रोड पर अभी केवल गिट्टी और रेत पड़ी हुई है। वहीं पर अभी इनकी जीप खड़ी है। बड़े-बड़े अक्षरों में 'सरपंच, कोटरा' की तख्ती, नम्बर प्लेट के नीचे लटकी हुई है। गांजे का गाढ़ा धुआँ वातावरण में उड़ रहा है। बेतवा से आती हुई हल्की ठंडी हवा में गांजे की महक घुलती जा रही है। मज़ा आ रहा है। हल्का हो गया है शरीर। हवा में उड़ता हुआ महसूस कर रहे हैं वे सब। मज़े लेकर बातें कर रहे हैं।

कोटरा में चार नौजवान कहीं बैठकर कुछ भी बात करें, देर-सबेर हर बात हथियारों पर आकर टूटती है। और बातचीत गांजे के साथ हो रही हो तो हथियारों की बात जल्दी निकल आती है। अभी भी यही हुआ।

"माल तो भौत बढ़िया दिया मोंठ वाले चच्चा ने।" एक बोला।

"जे तो है।" दूसरा सहमत है।

"क्यों भैया? गांजा कैसा है?" सरपंच सुपुत्र ने चचेरे भाई से प्रशंसा चाही।

"कभी निवाड़ी आओ, हम पिलवाते हैं तुमें। तब जानोगे कि कि असली माल क्या होता है।" चचेरा भाई आया तो कोटरा है पर अपनी निवाड़ी साथ लेकर निकला है।

"ऐसा असली माल क्या होता है भैया?" सरपंच सुपुत्र ने व्यंग्यपूर्वक पूछा।

"हमारे बोलबे से कुछ समझ न आएगा। मऊरानीपुर के बबलू का माल खेंचा है तुमने? तो उसे खेंच के देखो कभी। खुद पता चल जाएगा।" चचेरा भाई उवाच।

"नाम तो खैर हमने भी उसका खूब सुना है। तुम आए हते तो साथ में धर आते न; इतें हम भी उसका आनन्द ले लेते।" एक ने कहा।

"अगली दफा जरूर लाएँगे। उसे ले जाकर सुंघा दइयो अपने मोंठ वाले चच्चा को। एकदम चूतियापे का माल पकड़ा दिया है। हमारी तरफ तो कोई भैंचो ऐसा माल दे तो आदमी सीधे उसकी टाँगें चीर के धर दे।" चचेरे भाई पिनक में हैं।

"निवाड़ी तरफ सीधे करके ही टाँगे चीरते हैं क्या?" दूसरे ने मजा लिया।

"नहीं, टेढ़ा करके भी चीर सकते हैं। सीधे की ऐसी कोई शर्त नहीं होती होगी, क्यों न सगे?" एक और बोला।

"मिलावट करबे पर ऐसी सजा तो अलाउद्दीन खिलजी भी नहीं देता था।"

"यार, हमने बस एक बात कही है। चीरबे का मतलब जे नहीं कि टाँग पकड़ के तान रहे हैं।"

"फिर?"

"टाँगें चीरबे की बात तो बस कही जाती है। बाकी ऐसे में गालीगलौज तो खैर हो ही जाती है।" चचेरे भाई ने कहा।

"गालीगलौज का क्या है, वो तो इतें वैसेई होती रहती है।" सरपंच पुत्र ने लापरवाही से कहा। वह कोटरा को निवाड़ी से नीचा नहीं देखना चाहता।

"इतें तो माल के मिलावटी होबे का शक भी लगे तो सीधे ठुकाई करबे का चलन है सगे।" पहले ने सरपंच पुत्र का समर्थन किया।

"कोटरा में बात कभी गालीगलौज पे नहीं रुक सकती भाई साहब।" कोटरा निवाड़ी से आगे है और इस बात पर कोटरा वालों को गर्व है, यह बताने की कोशिश हुई।

"यहाँ तो भैया, गाली दे के मूँ खराब करबे का चलन ही नहीं है। मूँ से ही काम लेना था तो फिर जे स्साले हथियार-हरवा काहे के लाने हैं, बताओ?" सरपंच पुत्र ने पूछा।

इस तरह बात विभिन्न हथियारों के उपयोग तथा उपयोगिता तरफ़ निकल आई।

फिर बात कल्ले में दम की आवश्यकता पर भी हुई।...सही बात, अगर आदमी के कल्ले में दम न हो तो मान लो कि सब हथियार फेल। छह रौंड वाली बिलैती पिस्तौल भी मुट्ठी में हो और आदमी से घोड़ा ही न दबे। ...कल्ले में जोर ही न हो तो खटका दबे कैसे? "हथियार से क्या होना है, जे चईए, जे..." चचेरे भाई साहब ने कहा। वे पुल के अधूरे लेंटर के किनारे बैठे थे। वे वहीं पुल के ऐन किनारे पर जाकर खड़े हो गए। पहलवानी शरीर है उनका। गांजे और गर्व के नशे में बाँहें फैलाकर भुजाओं की माँसपेशियाँ दिखाने लगे।

सरपंच पुत्र का शरीर बम खटाखट तो ख़ैर नहीं है पर ऐसा पहलवानी भी नहीं कि इस प्रकार प्रदर्शनीय हो।

"दम उतें नहीं, इतें चइए, इतें! "सरपंच पुत्र ने स्वयं की छाती को जोर से ठोककर कहा तो उसे खाँसी आ गई।

गांजा चढ़ गया है सबके दिमाग पर। अब ये लोग नहीं बोल रहे, गांजा बोल रहा है। गांजे में मगन आदमी में एक अलग ही किस्म का आत्मविश्वास उत्पन्न हो जाता है। वही दिख रहा है।

"इतें दम हो तो आदमी आगा-पीछा नहीं देखता।" सरपंच पुत्र का समर्थन उनके मित्र ने किया।

"सही बात। बस दम चईए।" दूसरा मित्र बोला।

"आदमी की फट रही हो तो वो छोटे-से चबूतरे से कूदने में भी घबराएगा, और

दम हो तो अभी के अभी इतें पुल से कूद के दिखा दे। सच्ची।" सरपंच पुत्र ने कहा।

"यार, अभी तुम कूद न जइयो कहीं।" चचेरे भाई ने नशे में भी चेताया।

"कहो तो कूद के दिखाएँ?" सरपंच पुत्र नशे की पिनक में पुल पर तनिक और किनारे तरफ़ खिसकने लगा।

"चूतिया घांई हरकत न करियो भैया।" एक मित्र किंचित होश में है।

"अरे, हमारा जलवा तो देखो। सच्ची बताते हैं। अभी हम इस पुल से कूद जेहें और हमारा बाल भी बाँका न होगा। ...सच्ची।" सरपंच पुत्र यह कहकर गर्डर के और भी किनारे की तरफ जाने लगा। चचेरे भाई ने हाथ पकड़कर उसे वापस खींच लिया।

"भौत ऊँचो पुल है भैया, फालतू का खेल न करो।" चचेरे भाई ने झूमते हुए फटकारा।

"देखा! अरे, हम कोई कूद नहीं रहे थे। हम तो बता रहे थे कि आदमी में हिम्मत होनी चाहिए। बस।" सरपंच पुत्र सन्तुष्ट था कि उसने पहलवानी शरीर की अवधारणा को पराजित कर दिया है।

सन्तुष्ट होकर सरपंच पुत्र अब पुल की स्लैब पर पाँव फैलाकर लेट गया।

जे स्साला आँखों के सामने अँधेरा छा रहा है कि आकाश ही काला है? उसे ठीक से कुछ दिख क्यों नहीं रहा? आँखें मींच लीं उसने। गांजा ख़त्म हो चुका है। हाँ, हवा में उसकी महक और मन में गमक बकाया है।

झींगुर बोल रहे हैं। पास ही कहीं भारंई की निरन्तर संगीतमय आवाज़ भी सन्नाटे में बज रही है। बेतवा के उस पार कोई ट्रक आकर रुका है। बत्तियाँ जलीं, फिर बुझ गईं।

"रेत की चोरी करबे वाले आज इत्ती जल्दी पहुँच गए स्साले?" एक ने कहा।

"जे बात आप सरपंच दद्दा को जरूर बतइयो।" दूसरे ने कहा।

"उन्हें पता होगा। उन से बिना पूछे यहाँ किसी की हिम्मत नहीं कि बेतवा से रेत का एक तसला भी उठा ले।" सरपंच पुत्र ने लापरवाही से कहा।

"तब ठीक है।" पहले ने कहा।

"अब अगर दद्दा ने ही कह दी है, फिर तो तुम स्साले पूरी बेतवा ही खोद के ले जाओ, हमें क्या है? है कि नहीं?" दूसरे ने कहा।

"घर चलें?" सरपंच पुत्र ने चचेरे भाई से पूछा।

"थोड़ी देर और बैठ लें? फिर चलते हैं। इतें अच्छा लग रहा है।" चचेरे भाई ने कहा।

"गांजा अच्छा हो तो कहीं भी अच्छा लग सकता है। सब माल पर निर्भर करता है।" मित्र ने पुनः मोंठ के माल की गुणवत्ता पर छाए सन्देह के बादलों को चीरने की कोशिश की।

चचेरे भाई ने इस बार कोई जवाब नहीं दिया। वह भी वहीं पास में लेट गया है। अब सभी सन्नाटे में हैं। थोड़ी देर शान्ति रही। भारंई की आवाज़ और तेज़ हो गई है। कुछ तारे। पतला-सा चाँद। अँधेरा। बेतवा।

"और तुम्हारी लाठी कैसी चल रही है?" अचानक ही पूछ लिया है सरपंच पुत्र ने।

लाठीबाजी में बड़ी साख है चचेरे भाई की, पूरे निवाड़ी इलाके में।

निवाड़ी में चचेरे भाई की एक तरह की बदनामी है कि लड़का गरम मिज़ाज है। बड़े बाप की बिगड़ी औलाद है। पर एक मशहूरी भी है कि लाठी चलाने में उसकी कोई सानी नहीं है। उस जैसी लाठी पूरे जिले में कोई नहीं चला सकता। सब मानते हैं, आनुवंशिक कला आई है उसमें। परदादा की आत्मा आ गई है लड़के में। परदादा, अपने ज़माने के, आस-पास के चालीस गाँवों में सबसे नामी लठैत थे। पैसे लेकर दूसरों की तरफ़ से भी लाठी चलाने जाया करते थे। दूर-दूर के लोग उन्हें साथ ले जाते कि फलानी जगह बँटवारा होना है सो लाठी चलबे को पूरा अंदेशा है सो आप हमारी तरफ से चले चलो। कुछ ऐसी ही बातें। ऐसा ही अपना नाम यह चचेरा भाई भी बना रहा है।

प्रश्न सुनकर चचेरे भाई साहब मुस्काए। बोले, "बढ़िया चल रही है। कल्ले में दम हो और लाठी को बढ़िया तेल पिलाया गया हो तो फिर किसी में हिम्मत नहीं कि आपसे आँखें मिला ले।"

"लाठी होती तो बढ़िया है, पर..."

"...पर क्या?" चचेरे भाई साहब लाठी को लगभग पवित्र हथियार मानते हैं।

"पर का मतलब जे कि लाठी हथियार तो जोरदार है और आपके कल्ले में दम भी है, परन्तु बैरी अगर दूर खड़ा हो तो जे हथियार एकदम फेल है। बैरी आपके सामने न हो, तो जे एकदम फालतू की चीज है।"

"फालतू? तुम लाठी को फालतू बता रहे हो?" उत्तेजित होकर बैठ गए चचेरे भाई साब।

"हओ, फालतू..."

"...फालतू कैसे?"

"तो क्या फेंक के लाठी मारोगे उसे?"

"फेंकेंगे क्यों? पहले दुश्मन को अपने पास आने देंगे।"

"मान लो, वो पास न आए तो?"

"तो हम दौड़कर मारेंगे न स्साले को..."

"...मान लो कि बैरी छत पे खड़ा हो, तो?"

"किसी स्साले की हिम्मत नहीं है पूरे इलाके में कि..."

"...मान लो, बैरी के पास तमंचा हो तो?"

"तो क्या? होने दो।"

"इधर आप लाठी मारने को दौड़े कि उसने तमंचा मार के आपको टपका दिया, तो?"

"यार, तुम्हें लाठी का पता नहीं..." चचेरे भाई ने बोलने की कोशिश की।

तब तक किसी ने लाठी के विरुद्ध एक और बड़ा तर्क सामने रखा।

"लाठी में एक और गड़बड़ी है। बैरी इसे दूर से ई देख लेता है। पहले ई सँभल जाता है। जबकि, यदि आपकी जेब में चक्कू धरा हो तो जब तक इसे आप बैरी की पसलियों में न डाल दें, स्साले को इसके होबे की भनक भी नहीं पड़ती है।"

"यार, कम से कम चक्कू से तो लाठी की तुलना न करो। चक्कू रखते हैं जेबकट। गिरहकट। बस, ऐसे लोग। चक्कू रखना है छिछोरों और मवालियों का काम। लाठी की अपनी इज्जत है। आधी आबादी तो लाठी देख के आपको आटोमेटिक प्रणाम करने लगती है। लाठी चलानी नहीं पड़ती। इसे तो बस लेकर निकलना ही काफी होता है।" चचेरे भाई ने समाज में लाठी के अपने ही आदरणीय स्थान का हवाला दिया।

"पर सही बात जे है कि आजकल लाठी को कोई नहीं पूछता।"

"कौन नहीं पूछता? हम तो खूब पूछते हैं।"

"पूछने को तो घर में दादाजी को भी पूछा जाता है परन्तु उनसे जे भी कहा जाता है कि तुम बस उतें कोने में आराम से बैठे रहो।"

"मतलब?"

"कोने में धरने के लिए जे बढ़िया चीज है पर..."

"...पर?"

"पर लाठी भौत पुरानी काट का हथियार है।"

"अच्छा! अरे, अगर कोई एक बार तुम्हारे आस-पास ठीक से लाठी भंभा दे, फिर बतइयो हमें। लाठी हवा में सर्र-सर्र होएगी न, उसी में पेशाब निकल जाएगी।"

"तो क्या जे पेशाब उतारबे की कोई दवाई है?"

"टट्टी भी निकाल सकती है।"

"बात टट्टी, पेशाब उतरने की नहीं हो रई, हथियार की हो रई है।"

"और लाठी जैसी मुँदी मार और कोई हथियार मार सकता है क्या?"

"मतलब?"

"तुम्हारे पिछवाड़े पर हम एक लाठी मारें या दस, ऊपर से कुछ भी पता न चलेगा। सब सही लगेगा पर दस दिनों तक चूतड़ कल्लाता फिरेगा। मूँ के बल लेटोगे। घर में किसी को अपने दर्द की जगह भी ठीक से न दिखला सकोगे।"

सब चुप रहे। भाई साहब कोटरा के लिए पाहुने हैं। अतिथि का चूतियापा भी बर्दाश्त करना पड़ता है।

सरपंच पुत्र ने, इसी बीच, गांजे की बची अंतिम सिगरेट भी खींच ली थी। उसकी आँखों के सामने अब वे तारे भी चमक रहे थे जो काले आकाश में कहीं थे नहीं।

दूर बैठा चौकीदार सबको ताक रहा है। बड़े आदमियों की संतानें।

"जे पुल काहे हिल रहा है?" सरपंच पुत्र ने अचानक पूछा।

सारा वातावरण हिल रहा है उसके नेत्रों के समक्ष।

"कमजोर सीमेंट तो नहीं लगा दिया हरामियों ने?" एक बोले।

"नहीं, जे हिल तो नहीं रहा।" चचेरे भाई ने पुल का निरीक्षण करके कहा।

"...हिल तो रहा है यार..." सरपंच पुत्र ने कहा।

"लाठी के नाम से काँप रहा है शायद?" एक ने कहा।

"स्साला, कहीं गिर-गिरा न जाए?" सरपंच पुत्र को सब कुछ बहुत हिलता लग रहा है।

"गिरा भी तो अपने भैया उसे लाठी पे सँभाल लेंगे।" दूसरे ने कहा।

चेचेरे भाई साहब ने सुना ही नहीं।

इसी बीच अपनी जेब से तमंचा निकाल लिया है सरपंच पुत्र ने। अब वे थोड़ा प्रकृतिस्थ जरूर हो रहे हैं।

मौज में आकर उन्होंने एक हवाई फायर कर डाला।

सब चौंक गए। चौकीदार दौड़कर आया। टार्च जलाकर इन लोगों को देखने लगा।

"अबे, जे लाइट बन्द कर।" कोई चिल्लाया।

चौकीदार ने डर के मारे टार्च बन्द कर दी।

"तुम जाओ। जा के अपनी जगह बैठो। इतें बिलकुल न आना। हाँ, इतें अगर किसी को कोई गोली-फोली लगी तो हम तुम्हें जरूर बता देंगे।"

चौकीदार चुपचाप वापस चला गया।

सरपंच पुत्र अभी भी हवा में पिस्तौल लहरा रहे थे। पिस्तौल पर प्यार से हथेली घुमाते हुए वे चचेरे भैया से पूछने लगे :

" तो जे तमंचा तो हम बेतवा में फेंक देते हैं।"

"क्यों? तमंचा काहे फेंक रये?"

"अरे, जब तुमाई लाठी इत्ती चमत्कारी है तो जे स्साला तमंचा ले के चलना तो चूतियापंती कहाया न?"

"तुम भी हमारी मजाक उड़ा रहे हो क्या?"

"अरे नहीं भैया, हम ऐसा काम कर सकते हैं क्या?" कहकर सरपंच पुत्र निवाड़ी वाले चचेरे भाई से लिपट गए।

दोनों गिरते-गिरते बचे।

"नहीं भैया, लाठी की भी अपनी शान है।" सरपंच पुत्र ने लीपा-पोती करते हुए कहा।

"भइया, एक और गजब हथियार तो होता है गुप्ती।" कोई बोला।

"गुप्ती?"

"हओ, गुप्ती। देखबे में बस छोटी-सी लाठी, पर एक बार इसकी मुठी खेंच दो बाहर; फिर देखो। ...अन्दर से कटार निकल आती है। लम्बी। पैनी। सीधे आर-पार।"

"यार, एकदम चूतियापे की चीज होती है गुप्ती। न तो जे लाठी में, न चक्कू में। लाठी भी स्साली इत्ती पतली मानो लाठी को दस्त लग गए हों।"

सरपंच पुत्र ने गुप्ती को सिरे से ख़ारिज कर दिया।

"चीज तो होती है तमंचा..." सरपंच पुत्र ने आगे कहा।

"निवाड़ी के लखन का किस्सा पता है न? तमंचे की नली फट गई थी। हाथ बेकार हो गया।" चचेरे भाई ने तमंचे को खारिज करने की कोशिश की। वे मानते हैं कि लाठी के रहते किसी अन्य हथियार की कोई औकात नहीं हो सकती।

सरपंच पुत्र हँसने लगा।

बोला, "यार, आप दस हजार के जिस लोहा-लंगड़ को तमंचा कह रहे हो हम तो उसे तमंचा ही नहीं मानते। हर नली तमंचा नहीं होती। लोकल लुहारों की कारीगरी से बनी चीज को हम नपुंसक का शिश्न मानते हैं। बस, सजावट की चीज। लटकी है फालतू। पड़ी है चड्ढी में, निष्क्रिय।"

"असली तमंचा तो होता है जे..." कहकर उन्होंने अपना कट्टा चचेरे भाई के हाथ में थमा दिया और मोबाइल फोन की टार्च जलाकर उसकी रोशनी कट्टे पर डाल दी। घने अँधेरे के बीच कट्टा कुछ ज़्यादा ही चमक उठा। चचेरे भाई साहब तो देखकर ही अभिभूत रह गए।

"वाह भैया, जे तो एकदम बिलैती चीज है।" हाथ में धरी शानदार पिस्तौल को उलटते-पलटते हुए वे बोले।

"बिलैती ही जानो। कानपुर के अहमदी लोगों का माल है। महँगा तो भौत है पर अंग्रेजी माल भी फेल है इसके आगे।"

आस-पास बैठे सब लोग तमंचे को देख रहे हैं।

"भैया, तनिक सँभाल के। भरी पिस्तौल है।" एक बोला।

सरपंच पुत्र ने आश्वस्त किया, "जे फटने वाली नली नहीं है भैया। दो खटके वाला ताला लगा है। ...जे देखो। ...इधर। जब तक दो बार इसे खेंच के फ्री न करो, कट्टा फैर ही नहीं होगा।"

"वाह भैया। महँगा होगा?"

"इसमें महँगा-सस्ता नहीं देखा जाता। पूरे साठ हजार दिये हैं।"

"साठ की ही चीज है। तुम इसे लाख का भी बोलते तो हम वो भी मान जाते। है तो गजब की चीज।" चचेरे भाई ने लाठी को भुला ही दिया था।

तमंचे की इस दिल-खोल तारीफ़ से सरपंच पुत्र भी उदार हो उठे।

"वैसे, आपकी बात भी सोलह आने सच्ची है। लाठी से बड़ा भी कोई हथियार नहीं।" वे बोले।

चचेरे भाई साहब भावुक हो गए।

"आदमी में हिम्मत हो, तो सब हथियार एक से..."

"जे भी है। जे नहीं हो सकता है कि खुद की तो फट रही है और चले हैं बैरी को टपकाने।"

सब लोग अन्ततः इस बात पर एकमत हुए कि कल्ले में अगर दम न हो तो सब हथियार फेल कहाएँगे। इस तरह, गांजे के बादलों के नीचे सहमति की रिमझिम हो गई। रात ज़्यादा हो गई थी, और गांजा भी।

"घर चला जाए?" सरपंच पुत्र ने कहा।

"चलें। हमारे डुकर तो मार-तमाम बेचैन हो रहे होंगे। ...अभी फालतू में टंटा करेंगे।" एक बोला।

"बाप कभी टंटा करें तो आप उसकी बात पे सीधे हँसने लगो। हम तो अपने बाप से जेई करते हैं।" दूसरा बोला।

"हमारे डुकर थोड़ा अलग टाइप के हैं। अगर हमने थोड़ा भी हँस दिया तो बे गालीगुफ्तार करने लगेंगे।" पहले ने बताया।

"बुढ़ापा स्साला है ही बड़ी गड़बड़ चीज।"

इसी बीच सरपंच पुत्र प्रस्थान के लिए उठ गए। चचेरे भाई साहब भी उठ चले।

"चलो रे..."कहकर सब चल दिये।

सारे लोग जीप की तरफ रवाना हुए।

बजरी और गिट्टी से होते हुए वे पचास कदम पर चौकीदार के पास से गुज़रे। चौकीदार एक फोल्डिंग चारपाई पर, पड़ा हुआ ऊँघ रहा था।

"सोते मत रहो। जागते रहो। ठीक से चौकीदारी करो। रात में कोई पुल ही उखाड़ के ले गया तो?" सरपंच पुत्र ने चारपाई में एक लात मारते हुए हँसकर कहा। फिर हँसते हुए सब जीप में जाकर बैठ गए।

चौकीदार ने बोरिया-बिस्तर उठाया और उसी तरफ़ चल दिया जहाँ अभी इन लोगों की महफ़िल सजी थी। अब वहाँ जाकर सोएगा। वहीं सोता है वह।

***

जीप चल पड़ी। गांजे का नशा उतर रहा था। हवा लगी तो नशा और उतर गया।

आधी दूर ही पहुँचे थे कि अचानक ही जीप रोक ली सरपंच पुत्र ने।

"क्या हुआ?" पूछा गया।

"भैया, वो तमंचा?" उसने चचेरे भाई से पूछा।

"वो तो हमने तुम्हें तभी वापस दे दिया था।" चचेरे भाई ने कहा।

"अरे भैंचो, फिर तो जे वहीं छूट गया।" कहकर बेचैनी भरी तेज़ी से उसने जीप वापस मोड़ ली।

अब तूफ़ान की तेज़ी से, कच्ची सड़क पर उछलते हुई बहुत तेज़ी से भाग रही है जीप।

वे लोग वापस पुल पर जा पहुँचे। चौकीदार पुल पर अभी उसी जगह अपनी खटिया लगा रहा था। इन लोगों को आते देखा तो बेचारा भड़भड़ाकर उठ बैठा।

चारों ने अपनी फोन टार्च जला रखी थी।

चारों, पहले तो उसकी खटिया के आस-पास तलाशते रहे। फिर बड़ी बेरहमी से उसकी खटिया एक तरफ़ घसीटकर वे उसके नीचे भी तलाश करते रहे। तमंचा कहीं नहीं था। अधबना पुल। उसका गर्डर। सब छान मारा। तमंचा नहीं मिला।

चौकीदार विनम्रतापूर्वक खड़ा हुआ देख रहा है सारा कार्य व्यापार।

"कछू गुम गया सरकार?" चौकीदार ने पूछा।

सरपंच पुत्र ने उसे घूरकर देखा। ...स्साला। देखो तो, कैसा भोला बन रहा है!

"क्यों बे? कहाँ धरा है?" धमकी के स्वर में उसने चौकीदार से पूछा।

"क्या मालिक?"

सरपंच पुत्र ने एक ज़ोरदार थप्पड़ मारा तो वह पुल पर ही धड़ाम से जा गिरा।

"हमारा तमंचा, और क्या।" थप्पड़ मारकर सरपंच पुत्र ने बताया कि वह किस बाबत पूछ रहा है।

"महाराज, हमें तमंचे का क्या पता?" उसने उठते-उठते हाथ जोड़कर कहा।

"अरे, हम अभी दस मिनट पहले ही तो इतें छोड़ के गए हैं।"

"महाराज, इतें?"

"हओ इतें, जितें तुमने जे कथरी-सथरी बिछाई हुई है।"

"पर इतें तो कछू भी नहीं था मालिक। सच्ची।"

"अबे, और अभी कौन आया है इतें? तुमईं तो हो। तुमने हमारा तमंचा नहीं देखा?"

"नहीं देखा मालिक।"

"आँखें फूट गई हैं का?"

"अँधेरा है मालिक।"

"तो? अरे, कहीं भी अपनी कथरी बिछाओगे, अपना सामान धरोगे तो क्या तुमें पता न चलेगा कि इतें कोई चीज पहले से पड़ी है?"

"नहीं पता चला मालिक।"

"छुपा के तो नहीं धर लिया? क्यों बे?" एक ने गिरेबान पकड़कर हिला दिया उसे। दूसरे ने उसके गाल पर तीन लप्पड़ मार दिये।

सरपंच पुत्र, गर्दन पकड़कर घसीटते हुए उसे पुल के किनारे तक लें गया।

"अभी फेंक दें तुम्हें, इतें से?"

"मालिक, माफ करो। हमें कुछ नहीं पता। सच्ची। राम कसम।"

चौकीदार फूट-फूटकर रोने लगा। रात के सन्नाटे में उसके रुदन की आवाज ऐसी गूँजी कि झींगुर तक घबराकर चुप हो गए।

"हमारे कट्टे से डकैती करबे का विचार बना लिया है क्या? क्यों?"

"मालिक, हम आपके पाँव पड़ते हैं। हा-हा खाते हैं आपकी। सच्ची। हमें कछू नहीं मालूम।" वह रोता रहा। सरपंच पुत्र उसे गर्दन से ही खींचकर वापस पुल के बीच में ले आया।

"तो पाँच मिनट में कट्टा इतें से कहाँ चला जाएगा रे?" चचेरे भाई ने पूछा।

तब तक सरपंच पुत्र ने उसे नीचे पटककर दो लातें और लगा दीं। फिर औरों ने भी और लातें मारीं।

दर्द से बिलबिलाने लगा वह। ज़ोर-ज़ोर से रोता रहा। रहम की भीख माँगता रहा। किसी ने रहम नहीं किया। कहीं से कोई बचाने भी नहीं आया। आसमान टूटकर नहीं गिरा। पतली-सी चाँद की फाँक बादल का इंतज़ार करने लगी कि वह उड़ता हुआ इधर आए तो वो उसमें अपना मुँह छुपा ले। पुल भी वास्तव में मजबूत ही बन रहा है; काँपा तक नहीं।

ख़ूब पीटा। नशे ने ताकत दी तो और पीटा।

पीटते रहे। वह रोता रहा। रोता ही रहा।

तभी चचेरे भाई को एक खयाल आया :

"जे चौकीदार इतें जब अपना बिस्तर लगा रहा था तब इसकी लात की ठोकर खा के तमंचा कहीं पुल के नीचे तो नहीं गिर गया?"

बात सही थी। नीचे कहीं पानी में जाकर गिर गया हो तो? वैसे, अच्छी बात यह थी कि अभी तो नीचे पानी भी नहीं था। पिलर के पास बस रेत ही रेत थी। सबको लगा कि यही हुआ होगा। पिटते चौकीदार को एक और लात मारकर सरपंच पुत्र ने आदेश दिया, "चल बे। हमारे साथ नीचे चल के देख।"

सारे लोग भागते हुए कच्चे रास्ते से नीचे उतरने लगे।

अँधेरे में भागते हुए लोगों के कदमों की आहट। सिसकते चौकीदार का रुदन। सन्नाटे में हलचल मच गई थी।

रात अँधेरी थी। अँधेरा अभी कुछ ज़्यादा ही बढ़ गया लगता था। सारी टार्चें जली हुई थीं। हाथों में सँभाले गए रोशनियों के खंजर अँधेरे में आगे-पीछे हो रहे थे। रोशनी के चाकू चल रहे थे।

"अगर नीचे भी तमंचा न मिला तो स्साले, तेरे को वहीं रेत में गाड़ के लौटेंगे।" सरपंच पुत्र ने धमकी दी।

सरस्वती पूजा का सामान यहाँ मिलता है

पंडिज्जी के कालपी वाले घर की बैठक।

ऐसे कामों के लिए वे यहाँ कालपी आ जाते हैं। इस जगह का इस्तेमाल वे इसी तरह के कामों के लिए करते हैं। कौन-सा काम? वह अभी आपको ख़ुद पता चल जाएगा।

एकदम साधारण-सी बैठक है। बहुत सजावट नहीं है। सब कुछ एकदम सादा, सरल, संतों टाइप। लगता ही नहीं कि यहाँ बैठकर लाखों का लेन-देन भी होता होगा। कैसा लेन-देन?...वह भी आपको अभी पता चल जाएगा। बस, थोड़ा-सा धैर्य और रख लें। पंडिज्जी से ही कुछ सीखिए न। देखें कि वे धैर्य की मूर्ति बनकर, कैसे संतों जैसी निस्पृहता से बैठे हुए बड़े लेन-देन की बातें करते हैं।

बैठक ख़ाली-सी है।

बस एक तख़्त। तख़्त पर पतला-सा गद्दा। सफेद चादर। दो गाव-तकिए। तीन पुरानी कुर्सियाँ। एक टीन की फोल्डिंग कुर्सी। एक पुराना सोफा, तीन सीटों वाला। एक तरफ़ की दीवार पर शिवाजी का केलेंडर। एक पर सुभाषचंद्र बोस की बड़ी-सी तस्वीर। एक तरफ भारतमाता की रंगीन फोटो। मात्र इनके कारण, बिना अन्य किसी वजह के बैठक का वातावरण धार्मिक और राष्ट्रवादी हो गया है। धर्म और राष्ट्र की आड़ में लेन-देन हो तो बेईमानी के लिए नैतिक साहस आ जाता है।...और तख़्त के पीछे की दीवार पर फ्रेम में मढ़ी एम.ए. की डिग्री। पंडिज्जी चाहते हैं कि कोई भ्रम न रहे। उनसे बातचीत करते हुए किसी को शक हो तो वह पीछे लगी उनकी डिग्री देख सकता है।

अभी का दृश्य यूँ है :

अभी पंडिज्जी तख़्त पर बिराजे हैं। एक गोल तकिया उनके पीछे है। एक, उनकी गोद में। उनके समक्ष, सोफे पर दो पढ़े-लिखे-से लोग बैठे हुए हैं। कोने में रखी टीन की कुर्सी पर गंगेलेजी बिराजे हैं।

विमर्श का मुद्दा है 'नकल'।

वैसे, कोई भी अभी तक इस शब्द को उच्चार नहीं रहा। 'नकल' शब्द से ही नफरत है पंडिज्जी को। पंडिज्जी का इंटर कॉलेज नकल के लिए ख्यात है—कुख्यात है या विख्यात, यह आप तय करते रहिए। इस मामले में एक किस्म की साख है, कॉलेज की। यहाँ गारंटी से नकल कराने की माकूल सुविधा मिलती है। सब जानते हैं। दूर-दूर तक मशहूर हैं। सोफे पर बैठे हुए ये सज्जन स्वयं इसी बात का प्रमाण हैं। वे सुदूर मेरठ से इसी सिलसिले में यहाँ आए हुए हैं। पंडिज्जी द्वारा कोटरा में चल रहे शिक्षा के यज्ञ का धुआँ मेरठ के आसमान तक पहुँच गया है।

और गंगेलेजी?

उन्हें आप पंडिज्जी का स्थायी ऐजेंट मान लें। ऐसे कई हैं। पंडिज्जी यज्ञ का समुचित प्रसाद एजेंटों को भी पकड़ाते हैं। गंगेलेजी पार्टी को हाँका करके मेरठ से यहाँ लाए हैं। पार्टी में एक तो लड़के का पिता है, दूसरा पिता का ख़ास दोस्त। और वह लड़का? वह साथ नहीं आया है पर यज्ञ उसी के लिए है। उसे ही इंटर पास कराना है। उसी के लिए झाँकी सजाई जा रही है। पिता की तमन्ना तो है कि लड़का फर्स्ट क्लास में इंटर पास कर ले पर वे यह भी जानते हैं कि अकेले उस पर ही यह ज़िम्मेदारी छोड़ना ठीक न होगा। अच्छे से जानते हैं वे उसे। अपने सुपुत्र की रग-रग पहिचानते हैं पिताजी। अगर इसे पीछे के दरवाज़े से सरस्वती के वीआईपी दर्शन न कराए गए तो यह पक्का फेल हो जाएगा। तीन माह से भटक रहे हैं वे। तभी कहीं ये गंगेलेजी टकरा गए। उनसे ही कोटरा की इस यज्ञशाला का पता चला। उनसे ही पंडिज्जी के चमत्कारी मंत्रों का आख्यान सुना। गंगेलेजी ने बताया कि पंडिज्जी सर्व शिक्षा अभियान के सबसे बड़े प्रतीक हैं। नितांत मूर्ख छात्र से लेकर प्रतिभाशाली बच्चे तक, हर एक की चिन्ता में सूख रहे हैं वे। वे सबके सहायक हैं। माँ सरस्वती की पूजा का दिया भभक-भभककर भी जले, पर जलता रहे, इसके लिए अहर्निश कटिबद्ध हैं। पंडिज्जी के इस जज्बे का इस्तकबाल करते हुए लड़के के पिता ने पंडिज्जी से सीधे मिलने की इच्छा ज़ाहिर की। आज की यह बैठक उसी तारतम्य में है। बैठक का मुख्य एजेंडा लड़के को फर्स्ट क्लास में पास कराना मान लें।

शिक्षा पर अत्यन्त शिक्षाप्रद बातें कुछ यूँ शुरू हुईं :

"भाई साहब, ये लोग बड़ी आशा से आपके पास आए हैं।" गंगेलेजी ने दोनों का परिचय कराते हुए पंडिज्जी से कहा।

दोनों ने एक बार पुन: पंडिज्जी को नमस्कार किया।

पंडिज्जी मुस्कुराए, "आशा तो दोनों तरफ से होती है गंगेजेली। इनको हमसे बड़ी आशाएँ हैं तो हमको भी इनसे बड़ी आशाएँ हो सकती हैं। हमने ठीक कहा न?" कहकर बड़ी गहन नजरों से उन्होंने पार्टी को देखा और हँसने लगे।

गंगेलेजी मुस्कुराकर लड़के के पिता की तरफ देखने लगे।

"हमने कहा था न? अपने पंडिज्जी बड़े ही को-आपरेटिव नेचर के आदमी हैं।" गगेलेजी ने कहा।

"वह तो दिख ही रहा है। बस, इनकी भी आशा का हमें तनिक पता चल जाता तो?" लड़के के पिता ने पंडिज्जी की रहस्यमयी आँखों में झाँकते हुए कोई इशारा पकड़ने का प्रयास करते हुए कहा।

"वह तो आपकी आशा पर निर्भर करेगा।" पंडिज्जी बोले।

"फिर भी?" लड़के का बाप बोला।

"पहले आप तो अपनी आशा बताएँ?"

"इनकी तो वही है जो आपकी शरण में आने वाले हर प्राणी की होती है।" गंगेलेजी बीच में पड़े।

"ऐसा नहीं है। सबकी अलग-अलग आशाएँ हो सकती हैं। आप जानते ही हैं। इनकी क्या और कितनी आशा है?"

"हम आपकी हर आशा पूरी करेंगे सर।" बाप का दोस्त बोला।

"पहले अपनी तो बताएँ आप?"

"बस, हमारे बच्चे पर आपकी कृपा चाहिए।"

"हम तो यहाँ बैठे ही इस काम के लिए हैं।" पंडिज्जी सूत्रों में बात अवश्य कर रहे हैं पर उनका हर सूत्र स्वयं ही अपनी व्याख्या भी है। भ्रम की कोई गुंजाइश नहीं छोड़ रहे वे। एकदम साफ है कि इशारों में क्या कहा जा रहा है?

अन्तत: बेटे के पिता ने सीधे-सीधे ही बात करने का निर्णय लिया।

"सर, गंगेलेजी आपके स्कूल की बड़ी तारीफ़ कर रहे थे।"

"यह तो इनका भी स्कूल मानिए। ये हमारे छोटे अनुज जैसे हैं।"

"ये बता रहे थे कि हम आपके स्कूल से बच्चे को परीक्षा में बिठा दें तो वह शर्तिया पास हो जाएगा।"

पंडिज्जी नासमझ बने बैठे रहे।

सारी बातचीत में अब तक 'नकल' शब्द उच्चारा भी नहीं गया है। पंडिज्जी को इस शब्द से ही नफ़रत है; गंगेलेजी सबको यह बात बाहर ही समझाकर अन्दर घुसे हैं। पंडिज्जी को शिक्षा की पवित्रता पर अगाध विश्वास है। 'नकल' जैसे अपवित्र शब्द से यह यज्ञ भंग होता है।

"वैसे तो इनके दो कैंडीडेट हैं। एक तो इनका सुपुत्र ही है। उसका सब ठीक रहा तो इनके एक रिश्तेदार महाराष्ट्र में रहते हैं। उनका लड़का भी..." गंगेलेजी ने बताने की कोशिश की कि पार्टी सम्भावनापूर्ण है।

"सबका स्वागत है। स्कूल बना ही इनके लिए है।" पंडिज्जी हँसकर बोले।

"इनका बेटा इंटर का फार्म भरना चाहता है।" गंगेलेजी ने इशारा किया।

"जरूर भरे। हक है उसका। फार्म छपता ही इसीलिए है कि कोई उसे भरे। जरूर भरवाइए उससे।" पंडिज्जी बोले।

"हमारी इच्छा है कि वह आपके स्कूल से भरे।" लड़के का बाप बोला।

"बिलकुल भरे।" पंडिज्जी ने अभयदान दिया।

"बच्चा बहुत होश्यार है पर दो माह पहले उसे टायफाइड हो गया था।"

"अरे, अरे! यह बड़ी ही बुरी बीमारी है। ...टायफाइड बिगड़ तो नहीं गया था?"

"बिलकुल सही कहा। बिगड़ा हुआ टायफाइड ही हो गया था उसे। ...पर आपको कैसे पता चला?"

"अक्सर बच्चों का टायफाइड बिगड़ जाता है। फिर वे बिचारे पढ़ाई नहीं कर

पाते। फिर उनकी सहायता हमें करनी पड़ती है सो हम इस बिगड़े हुए टायफाइड का पूरा हवाला जानते हैं।" पंडिज्जी ने हँसकर कहा।

"वोई हुआ है। टायफाइड के चक्कर में बेटे का बड़ा टाइम भेस्ट हो गया। परीक्षा की तैयारी नहीं हो पाई।"

"टायफाइड में अक्सर ऐसा हो जाता है।"

"कमजोर भी भौत हो गया है। किताब खोलता है तो उसका सिर चकराने लगता है।"

"इसके लिए तो टायफाइड भी जरूरी नहीं। किताबें देखकर भौत से बच्चों को चक्कर आने लगते हैं। अपने अग्रवाल साहब की बिटिया याद है न? वह बेचारी तो किताब देख के सीधे बेहोश हो जाती थी। क्यों, याद आया न गंगेलेजी?"

गंगेलेजी मुस्कुरा दिये।

"नहीं, नहीं, लड़का सच में बीमार था। मेडिकल सर्टीफिकेट है हमारे पास।" लड़के के बाप ने कहा।

"हमें सर्टीफिकेट से क्या करना है साहब? गंगेलेजी आपको यहाँ लाए हैं तो हम इसे घर का ही मामला मान रहे हैं। बच्चे को परीक्षा में बैठने दीजिए। हम देखेंगे कि उसका क्या कैसे हो सकता है?" पंडिज्जी ने बेपरवाही से कहा।

"आपके स्कूल से बैठेगा तो सब बढ़िया ही होगा।" लड़के के पिता ने कहा।

"हमारे स्कूल में ऐसा कौन-सा जादू है भाई? गंगेलेजी, ऐसा हमारे बारे में आपने क्या बता दिया है भाई साहब को?" पंडिज्जी हँसकर बोले।

वे लोहे के पूरा गर्म होने तक प्रतीक्षा करने की पुरानी तकनीक के हामी हैं। वे नकल की बात आने ही नहीं दे रहे; ग्राहक जितना ज़्यादा बेचैन होगा, डील उतनी ही बढ़िया रहेगी।

"बच्चा होश्यार है।" गंगेलेजी ने फिर कहा।

"बताया है अभी आपने भी।" पंडिज्जी ने सिर हिलाया।

"जी, वैसे वह इंटेलीजेंट बच्चा है।" बाप ने विनम्र स्वर में कहा।

"तब तो आपको उसके फर्स्ट क्लास आने की आशा भी होगी?" पंडिज्जी ने धीरे से पूछा।

"उसी आशा में तो ये आपके पास आए हैं।" गंगेलेजी ने पार्टी का मंतव्य स्पष्ट किया।

"यहाँ सारा खेल ही आशा का है गंगेलेजी। हमने शुरू में पूछा था न; इनकी आशा क्या है? यहाँ कई लोग केवल पास होने की आशा से भी आते हैं। हमारी आशा भी उनसे वैसी ही होती है। आप समझ रहे हैं न? आपकी आशा बढ़े तो उसी अनुपात में हमारी भी बढ़ती है।" पंडिज्जी बोले।

"उसे फर्स्ट तो लाना ही है भाईसाहब। आप जो कहेंगे, हम करेंगे।" बाप ने कहा।

"देखिए, लाना तो बच्चे को है भाईसाब। हम-आप तो निमित्त मात्र हैं। क्यों गंगेलेजी?" पंडिज्जी पहली बार खुलकर हँसे। बातचीत सही पटरी पर है। आनंदित हुए वे।

"बच्चा तो प्रयास करेगा ही पर आपकी छत्रछाया मिलना भी बड़ा जरूरी है।" बाप का मित्र घिघियाते हुए बोला।

"समझिए कि वह तो उसे मिल गई। इधर बच्चा कोशिश करेगा, उधर पंडिज्जी भी उसे गाइड कर देंगे। फर्स्ट आने में धरा क्या है?" पंडिज्जी की तरफ से गंगेलेजी ने आश्वस्त किया।

पंडिज्जी अलबत्ता चुप रहे। चुप रहकर मुस्कुराते रहे,बस।

वे अभी भी पार्टी को तौल रहे हैं। कहाँ तक जा सकती है यह पार्टी?

"पंडिज्जी की कृपा हो जाए तो फर्स्ट लाना तो फिर बाँए हाथ का खेल मानिए।" गंगेलेजी ने फिर कहा।

लड़के का बाप और बाप का मित्र, दोनों जन पंडिज्जी की तरफ़ देख रहे हैं—शायद, अब ये अपने पत्ते खोलें?

"गंगेलेजी इसे बाएँ हाथ का काम बता जरूर रहे हैं पर ऐसा सरल काम भी नहीं है यह।" पंडिज्जी ने मुस्कुराकर फाइनली कहा।

गंगेलेजी भी मुस्काने लगे।

"बाएँ हाथ का खेल तो इनने ऐसेई कह दिया, है ना गंगेलेजी? वर्ना अपने देश में बायाँ हाथ तो पिछवाड़ा धोने के काम आता है। आपके मेरठ में भी इसी से धोते होंगे, क्यों साहब?" पंडिज्जी ने कहा और हँस पड़े।

सब हँसने लगे।

"काम ऐसा आसान कतई नहीं है पर हम आपकी पूरी सहायता करेंगे।" पंडिज्जी बोले।

"जी।" लड़के का बाप आश्वस्त हुआ।

"गंगेलेजी लाए हैं तो आपका काम तो हमें करना ही पड़ेगा भाई साहब।" पंडिज्जी ने गंगेलेजी को दुलार से देखा।

"तो फिर काम कर ही दें।" गंगेलेजी ने हाथ जोड़ दिये।

"मान लो कि कर ही दिया।" पंडिज्जी ने मान लिया।

वातावरण अचानक ही हल्का हो गया।

"जय हो पंडिज्जी की।" बाप के मित्र ने वातावरण को और हल्का बनाने के लिए कहा।

बाप ने भी पंडिज्जी के हाथ जोड़ दिये।

"आप जानते ही हैं। अकेली जय बोलने से तो पूजा संपन्न होती नहीं। इसमें प्रसाद भोग भी लगता है।" पंडिज्जी ने कहा।

"हम तो कब से आपके आदेश की प्रतीक्षा कर रहे हैं।" लड़के के बाप ने कहा।

"पूजा में आदेश नहीं, श्रद्धा लगती है। ...आपकी जो श्रद्धा हो सो बताएँ।" पंडिज्जी को खोलना जटिल काम है।

"आप पूजा विधान तो बतलाएँ?"

"देखिए, पहले की बात और थी। पुराने समय में चिरौंजी दानों से ही पूजा निबट जाती थी। वह अच्छा समय था। तब, हमें भी बस, एक ही देवता को साधना पड़ता था। उसे सन्तुष्ट कर लिया तो फिर कोई झांकने भी नहीं आता था कि परीक्षा में क्या हो रहा है? उन दिनों हम बालक को सीधे किताब ही पकड़ा देते थे कि भैया, यहाँ से यहाँ तक का टीप लो।"

"जी।"

"पर अब वो बात तो रही नहीं। सरकार सख्त हो गई है। अधिकारी हरामी हो गए हैं। इस बार तो स्कूलों में सीसीटीवी कैमरे तक लगवाने वाले हैं। सेंटर में परीक्षा कैसी चल रही है, जिला मुख्यालय में बैठकर इसकी निगरानी चलेगी। इन कैमरों के सामने बिठाए गए बच्चे को फर्स्ट क्लास दिलाना बहुत चुनौती का काम रहेगा। समझते हैं न आप?" पंडिज्जी ने बताया।

"पर आप चुनौतियों से कब घबराए हैं पंडिज्जी।" गंगेलेजी ने हँसकर कहा।

बाप मुस्कुराने लगा।

तस्वीर में खड़े सुभाषचंद्र बोस पहले की तरह, बस सामने की दिशा में देखते रहे। भारतमाता भी चुपचाप खड़ी रह गईं।

"बहादुर हैं अपने पंडिज्जी।" बाप का मित्र हँसकर बोला।

"इस काम में बहादुरी नहीं लगती भाई साहब; बस महात्मा गांधी का साथ लगता है। हमें गांधीजी को काम पर लगाना पड़ता है। गड्डी की गड्डी लगती है। हमें भी आगे प्रसाद चढ़ाना पड़ता है। पहले एक देवता पर चढ़ता था। आजकल देवता बढ़ गए हैं। इस बार तो और भी बढ़ जाने वाले हैं। बताते हैं कि इस बार फ्लाइंग स्क्वाड के साथ पुलिस भी चलेगी।"

"हद हो गई है जे तो!" गंगेलेजी ने पंडिज्जी की भावनाओं को संगत दी।

"स्साले ऐसा दिखा रहे हैं मानो परीक्षा नहीं डकैती होने वाली हो। बताइए!" पंडिज्जी बड़बड़ाए।

"बड़ी ही गलत बात है सरकार की।" गंगेलेजी ने कहा।

"है गलत, पर हम-आप क्या कर लेंगे? सरकार ही गलत काम करने की ठान ले तो आप क्या कर सकते हैं? अब ये सब लोग अपना-अपना मूँ फाड़ेंगे। हमें तो सबका पेट भरना पड़ेगा। सब पे प्रसाद चढ़ेगा। ...और इस चक्कर में बोझ किस पर बढ़ गया? ...परीक्षार्थी पर। हमने तो हमेशा कोशिश की है कि शिक्षा सस्ती और

सुलभ हो, सब फर्स्ट क्लास लाएँ पर..." पंडिज्जी बोले चले जा रहे थे।

"...आपके लक्ष्य बड़े पवित्र हैं।" बाप का मित्र बोला।

"आप तनिक खुलकर बता देते तो हम चलकर उसका इंतजाम करते?" बाप ने अब एकदम स्पष्ट पूछा।

"आप खुद ही सब देख-समझ लें। हमने खुलकर ही सारी पोजीशन बताई है।"

सब चुप हो गए। बाप को आशा है कि पंडिज्जी रकम के बारे में स्पष्ट बता देंगे। गंगेलेजी ने रकम का एक अंदाजा तो पहले से दे रखा है परन्तु फाइनल तो पंडिज्जी ही करेंगे, यह भी कहा था।

अचानक ही पंडिज्जी ने पूछा, "अच्छा, अब आप जे बताएँ—फर्स्ट ही चइए कि नब्बे परसेंट से ऊपर की तमन्ना है?"

यह सुनकर तो पार्टी ग़ज़ब की उत्साहित हो गई।

"नब्बे परसेंट!!"

"क्यों? क्या बच्चों के नब्बे प्रतिशत नहीं आते हैं? आते हैं। अखबार में इनके फोटू छपते हैं। पिछले साल, खुद हमारे स्कूल से सात बच्चों ने नब्बे परसेंट से ज्यादा अंक खींचे थे। मेहनत जरूर लगती है पर नब्बे परसेंट भी आते हैं।"

"आप तो फिर यह नब्बे परसेंट वाला ही करा दें।" बाप का दोस्त बोला।

"क्यों भाई साहब?" गंगेलेजी ने बाप से भी पूछा।

"बिलकुल, नब्बे परसेंट ही दिलवा दें।" बाप ने भी कहा।

"नब्बे परसेंट वाले काम के लिए सब कुछ सौ परसेंट एडवांस में लगेगा।" पंडिज्जी ने बताया।

"जी?"

"यह कार्य आसान नहीं होगा। बड़ा परिश्रम लगेगा।"

"वो तो सब आपको करना है पंडिज्जी।"

"आपको भी भौत करना पड़ेगा। भौत सारे गांधी लगेंगे। मान लीजिए कि जेब की गांधी जयंती मन जाएगी।""

"तो हम मनाएँगे न।"

"सोच लें।"

"सोचना क्या है? बेटे के भविष्य का सवाल है।"

"तो मान लें कि उसका भविष्य बन गया।"

"थैंक्यू पंडिज्जी। अब, प्लीज हमें थोड़ा क्लियर कट आयडिया दे देते तो..."

"गंगेलेजी ने दिया तो होगा न?"

"दिया था पर..."

"...बस, तो उसी को डबल कर दें।"

"जी?"

"जी। गंगेलेजी ने तो फर्स्ट क्लास का हिसाब बताया होगा न? इधर अब बच्चे को मेरिट में लाने का डिस्कशन चल रहा है। रास्ता बड़ा ही दुर्गम है। चढ़ाई भौत है। इस रास्ते पर ढोने वाले लोग बड़ा पैसा माँगते हैं।"

"वो तो है पर..."

"...और सब कुछ कैश में लगेगा। वो भी पूरा का पूरा एडवांस में। फुल एडवांस। बहुत बड़ा काम होता है यह। गोपनीय भी। बाहर इसकी चर्चा न की जाए—इसका पूरा खयाल रखिएगा।"

"नहीं, नहीं, ये किसी से बात तक नहीं करेंगे।" गंगेलेजी ने आश्वस्त किया।

"वैसे, आप इनको लाए हैं तो सब समझाकर ही लाए होंगे पर हमारा बताना भी फर्ज है।" पंडिज्जी ने हँसकर कहा।

"थोड़ा कुछ कम हो जाता तो?"

"नब्बे परसेंट को आप ऐसी सस्ती चीज न बनाएँ भाई साहब।"

"नहीं, वो बात नहीं है।"

"हमारे सेंटर का बच्चा नब्बे परसेंट लाए तो हमें भी गर्व होता है। कुछ भी कम करने की तो बात ही न करें। हमें भी गर्व करने का मौका दें।"

"आपकी कृपा रही तो वह ले ही आएगा।"

"कृपा तो रहेगी पर अब एक चीज और साफ-साफ बताइए; उसे कोई उत्तर डिक्टेट करवाए तो वो सही-सही लिख तो लेगा न? राइटिंग ठीक है कि ऐसेई?"

बाप चुप रहा।

"ठीक तो नहीं है।" बाप के मित्र ने बताया।

"और उसका भाषा-ज्ञान? इंग्लिश-विंग्लिश? उसे कोई मास्टर बोल के उत्तर लिखवाए तो कर लेगा न?"

"हमने बताया था न, आजकल उसे चक्कर आते हैं।"

"चक्कर का मतलब जे तो नहीं कि हम लिखवाएँ खेत की और वो लिखे खलिहान की? क्यों भाई साहब? सब कुछ अभी साफ बता दें। हम जब नब्बे परसेंट का वायदा कर रहे हैं तो हमें इसकी सौ परसेंट गारंटी भी देनी होती है।" पंडिज्जी ने कहा।

दोनों चुप बैठे रहे।

पंडिज्जी गंगेलेजी की तरफ देखने लगे।

"पंडिज्जी, आप तो ऐसा मान के चलिए कि सब कुछ अपुन को ही करना है।" अन्ततः गंगेलेजी ने हाथ जोड़ लिए।

गंगेलेजी के साथ-साथ दोनों जनों ने भी हाथ जोड़ लिए।

"यार, तुम भौतई कठिन केस उठा लाते हो गंगेलेजी। भैया, इधर कोई हमारे बाप का राज चल रहा है क्या?" पंडिज्जी बड़बड़ाने लगे।

गंगेलेजी अभी तक हाथ जोड़े हुए बैठे हैं।

"आप सक्षम हैं प्रभु।" गंगेलेजी ने कहा।

पंडिज्जी चुप बैठे रहे।

दोनों लोग उनका मुँह देख रहे हैं।

"आपके लिए जे भी कौन-सा कठिन काम है पंडिज्जी।" गंगेलेजी ने चापलूसी-सी करते हुए कहा।

"देखिए, आप हमारी परीक्षा जरूर लें परन्तु हमें ऐसी अग्निपरीक्षा में न बिठाया करें गंगेलेजी कि चूतड़ों पर फफोले पड़ जाएँ।" पंडिज्जी ने गंगेलेजी से रुष्ट होने का स्वाँग करते हुए कहा।

गंगेलेजी मुस्कुराने लगे। दोनों पात्रों ने इस सीन में इतना जीवंत अभिनय किया था कि अब दोनों में पैसे कम कराने की बात वापस उठाने की हिम्मत सम्भव नहीं रह जानी थी। पंडिज्जी अत्यन्त गम्भीर बने रहे। बैठे-बैठे वे, बस गंगेलेजी को घूरते रहे। उन्होंने उन दोनों लोगों की तरफ देखा भी नहीं।

"फिर तो इस बालक को सोल्वर लगेगा भइया।" पंडिज्जी ने गंगेलेजी की तरफ देखकर अन्ततः कहा।

"सोल्वर समझते हैं न भाई साब?" पंडिज्जी ने उसी तारतम्य में लड़के के बाप की तरफ़ देखते हुए पूछा।

नकल की तकनीकी शब्दावली से परिचित नहीं है लड़के का बाप। वह चुप रहा।

पंडिज्जी ने ख़ुद उसे यह तकनीकी पक्ष समझाया, "सोल्वर का मतलब होता है वह आदमी जो आपके लड़के की जगह बैठकर उसकी परीक्षा देगा। नाम, पता, रोल नम्बर, दस्तख्त, सब आपके सुपुत्र के; परीक्षा देगा सोल्वर।"

"उसमें कोई बाधा तो नहीं?" बाप के दोस्त ने पूछा।

"और तो नहीं,पर उसका भौत पैसा लगता है।"

"तो फिर वही करा दें पंडिज्जी।" बाप ने कहा।

"अब तो कराना ही पड़ेगा। नब्बे प्रतिशत के लिए बड़े पापड़ बेलने पड़ते हैं भाई साहब।" पंडिज्जी बोले।

"करवा दें पंडिज्जी।" गंगेलेजी ने भी सिफ़ारिश की।

"परेशानी एक ही है।" कहकर पंडिज्जी चुप हो गए।

बाप ने बेचैन होकर पूछा, "क्या?"

"आजकल जे सोल्वर लोग भी बड़ा मूँ फाड़ते हैं। पैसा एडवांस में माँगते हैं। कहते हैं कि ये रिस्क लेने के पैसे हैं। कभी पकड़ आ गए तो धारा चार सौ बीस में पाँच साल तक की सजा बताते हैं।" पंडिज्जी चाहते हैं कि पार्टी मुक्त-हस्त से ख़र्च करने को तत्पर हो जाए।

"आप तो करा दो। जो लगेगा, ये दे देंगे।" गंगेलेजी ने पार्टी की तरफ़ से आग्रह किया।

"यार, देने भाई साहब को हैं। यह बात इनको ही बोलने दो।" पंडिज्जी ने कहा।

बाप के मित्र ने भी यही कहा कि आप तो यही करा दें।

"तो आप क्या कहते हैं?" पंडिज्जी सीधे बाप के मुँह से सुनना चाहते हैं।

"जी? करा दें।" बाप बोला।

वातावरण अचानक ही आत्मीय हो गया। पंडिज्जी गदगद हुए तो सब पर गदगदाहट छा गई। पंडिज्जी आत्मीय होकर खुलने लगे। नकल के रास्ते में पड़ने वाली बाधाओं से वे कैसे पार पाते हैं और उस सब में कितना निवेश करना पड़ता है, अन्दर की बातें बताने लगे :

"आप सोचते होंगे कि इस सबमें तो पंडिज्जी भौत कमा लेते होंगे? है न? ऊपर से देखो तो जेई लगता है पर कभी हमसे भी असलियत पूछे कोई। भाई साहब, हमें भी सबको बाँटना पड़ता है। मानिए कि मास्टरों, सोल्वर, पुलिस, शिक्षाधिकारी, फ्लाइंग स्क्वाड का तो लगेगा ही—वह तो उनका जायज अधिकार है पर हमें तो और भी बीसों तैयारियाँ करनी पड़ती हैं भाई साहब। सब जगह खर्चा लगता है। पूछिए कैसे?"

किसी ने नहीं पूछा। सब जानते हैं कि वे बताएँगे ही।

"कई बार ये स्साले पूरा पैसे खाने के बाद भी फ्लाइंग स्क्वाड भेज देते हैं। कभी अचानक, बिना बताए ही राजधानी से कोई टीम आ जाती है। हमें उनको भी रोकने का इंतजाम करके रखना पड़ता है। ऐसी टीम आएगी कार में, जीप में। ऐसे में कोटरा की सड़क ही कटी पड़ी हो तो? तब तुम कोटरा कैसे पहुँचोगे बेटा?... और जिद करके तुम कटी सड़क पार करके भी स्कूल पहुँच ही गए तो इत्ती देर में तो सब कुछ चकाचक, सेंटर में एकदम रामराज।" पंडिज्जी अपनी कारगुज़ारियों का ज़िक्र करके ठठाकर हँस पड़े।

"सड़क कैसे कटेगी?"

"सड़क काटने वाले भी रहते हैं। हमारे पास इसके एक्सपर्ट लोग हैं। बाकायदा पूरी टीम तैनात रहती है। हमारे एक इशारे पे, पन्द्रह मिनट में पूरी सड़क आरपार खोद दें—ऐसे बढ़िया एक्सपर्ट हैं। अब आ सको तो आ जाओ बेटा। रोड तो पूरी कटी पड़ी है।"

ज़ोर-ज़ोर से हँस रहे हैं पंडिज्जी उस टीम की हालत सोच-सोच के, जो कटी सड़क के उस पार हताश खड़ी है।

"और जो कोई जिद्दी अफसर फिर भी कहीं से घूमघाम के स्कूल पहुँच ही जाए तो हमारे आदमी डंडे, बन्दूक, तमंचे आदि लेकर बाउंड्री के बाहर-अन्दर, हर जगह रहते हैं। इसके लिए फिर थानेदार साहब को भी सेट करके रखना पड़ता है। इन सारे इंतजामों में बड़ा पैसा लगता है भाई साहब। यह सब हमने आपको

इसीलिए बताया है कि आप जे न सोचने लगें कि हमने मीठा बोलकर आपसे भौत सारा पैसा झटक लिया। अरे, काहे का पैसा! हमारे हाथ तो बस जे लगेगा, घंटा।"

पंडिज्जी और ज़ोर से हँसने लगे। सब मुस्कुराने लगे।

अब पंडिज्जी ने आख़िरी बात कही :

"हम आपको एक बार फिर स्मरण करा दें। सब काम नकदी में होना है भाई साहब। और सारा काम बड़े नोटों में ही करिएगा। अब तो सरकार भी खयाल रखती है। खूब बड़े नोट निकाल दिये हैं उसने। लेने-देने में सुभीता। है कि नहीं?"

बाप और उसके मित्र ने हाथ जोड़कर पंडिज्जी को धन्यवाद दिया। उन्होंने गंगेलेजी को भी धन्यवाद दिया कि बलिहारी आपकी वरना भारतीय शिक्षा प्रणाली पर से तो हमारा विश्वास ही उठता जा रहा था।

शठों की नसबंदी

थानेदार साहब का फोन बजा। उस तरफ़ एसडीएम साहब थे।

थानेदार साहब जान गए, क्या कहने के लिए फोन लगाया है साहब ने। कालपी की मीटिंग के बाद एसपी साहब इस बाबत उनको इशारा कर चुके हैं। थानेदार साहब ने मुंशीजी को कमरे से बाहर जाने का इशारा किया और फोन उठा लिया। फिर देर तक जी जनाब, यस सर, हो जाएगा, मेहरबानी, आपका आशीर्वाद, आज्ञा दें, छोटी-सी बात है, चिन्ता न करें, मैं हूँ ना टाइप छोटे मगर सारगर्भित वाक्य बोलते रहे।

फोन बन्द हो गया। फोन बन्द होने के बाद वे कुछ देर तक चुपचाप ही बैठे रहे। फिर आवाज़ देकर उन्होंने मुंशीजी को बुलाया।

"जी साहब?" मुंशीजी कभी-कभी ज़्यादा ही चुस्त हो जाते हैं।

"यार, वो सुर्रेले के लौंडे की पिटाई वाली फाइल तो निकालिए जरा।" थानेदार साहब ने कहा।

"कछू प्राब्लम सर?"

"नहीं, बस कालपी से थोड़ा बड़े साहब का फोन आया था। जे पंडिज्जी भी भैंचो, सीधे कलेक्टर साब तक पहुँच गए हैं। शिकायत लगा के आए हैं कि हम उनके चौकीदर को डराकर उनके लौंडे के खिलाफ झूठी गवाही दिलाने की कोशिश कर रहे हैं।"

"फिर?"

"साहब कहने लगे कि पंडिज्जी के परिवार को परेशान न किया जाए।"

"तो?"

"हम क्या कहते? कहा, जी जनाब। यही कहा जाता है न? तुम तो अभी वो फाइल ला के हमें दे दो। अभी तो स्साली को हम ताले में ही धरे देते हैं।"

"हमने तो जनाब से पहले ही कहा था कि पंडिज्जी भौत गहरे आदमी हैं। लखनऊ तक पकड़ है उनकी।"

थानेदार साहब मुस्कुराए, "बस, अपनी संतान पे पकड़ नहीं बना पाए पंडिज्जी। स्साला शादीशुदा है पर लौंडियाबाजी नहीं छोड़ रहा।"

इधर मुंशीजी अपनी बात कहते रहे, "भौतई गहरे आदमी हैं पंडिज्जी। इस एरिया की सवर्ण पोलिटिक्स के सर्वेसर्वा हैं परन्तु उनने पिछड़ों पर भी पकड़ बना रखी है। पिछले साहब के खिलाफ इनने भौत आग मूती थी।"

"आप इस थाने में बीस साल से हैं। आपको ज्यादा पता है।" थानेदार साहब ने स्वीकार किया। मुंशीजी ने तुरन्त अटेंशन मुद्रा पकड़कर साहब को धन्यवाद दिया फिर ढीले होकर खड़े हो गए।

थोड़ी देर चुप्पी ही रही।

"गहरे तो खैर लग रहे हैं।" थानेदार ने मानो स्वगत कहा।

"भौत गहरे हैं साब।" मुंशीजी ने कहा।

"ऐसेई लोगों के लिए हमारे मेरठ तरफ कहते हैं कि इत्ते गहरे मत जा गालिब, डूब जाएगा मादर..." थानेदार साहब बोले।

"जे डूबने वालों में से नहीं हैं साहब। हाथीडुब्बा गहराई में तैरबे वाले खिलाड़ी हैं।" मुंशीजी ने बताया।

"फँसेंगे, जे भी एक दिन फँसेंगे। कभी इनको किसी बड़ी चीज में फँसने भर दो। तब देखते हैं हम इनकी तैराकी।" दरोगाजी मन ही मन उद्वेलित हैं कि पंडिज्जी ने सीधे ऊपर बात कर ली।

"वो तो है ई साहेब।"

"वैसे तो ये सब हरामी ही होते हैं।" थानेदार फिर स्वगत में बोले।

"जी?" मुंशीजी समझ न सके। दुनिया में इतने हरामी हैं। साहब किसकी बात उठा रहे हैं?

"...ये पोलीटीशियन लोग, सब हरामी होते हैं।" थानेदार ने स्पष्ट किया कि कौन-से हरामियों की बात चल रही है।

"इसके बिना इनका काम भी तो नहीं चलता साहब। आदमी हरामी न हो तो पोलिटिक्स में कोई उसे टके गज न पूछे।" मुंशीजी ने राजनीति में हरामीपन की आवश्यकता पर अपने विचार प्रकट किए।

"और इनकी संतानें भैंचो इनसे भी हरामी होती हैं। न जाने क्या खा के इनको पैदा करते हैं स्साले।" थानेदार ने कहा।

"जी सरकार।" मुंशी ने हामी भरी।

"कानून को चूतियाई मानते हैं स्साले।"

मुंशीजी चुप रहे। जान गए कि बड़े अफसर ने साहब को अभी कुछ ऐसा बोल दिया है जो रह-रहकर उन्हें टीस रहा है।

"...इन हरामियों की तो कंपलसरी नसबंदी होनी चाहिए।" दरोगाजी का विचार है कि नेताओं की नस्ल यहीं रोक दी जानी चाहिए।

मुंशीजी चुप रहे। थानेदार साहब भी अन्ततः चुप हो गए। थोड़ी देर चुप्पी ही रही।

तभी एक सिपाही कमरे में घुसा। उसने 'जयहिंद' ठोकी और ढीली किस्म की चुस्ती के साथ खड़ा हो गया।

"बोलो, रामसिया?"

"वो बेतवा पे पुल बन रहा है न साहब?" सिपाही बताने लगा।

"गिर गया क्या?"

"गिरा नहीं। उसके सुपरवाइजर और मनीजर साहब आए हैं। साहब से मिलना चाहते हैं।"

"क्यों? क्या हुआ?"

"सरपंच के मोंड़ा ने कल रात पुल के चौकीदार की कुटाई कर दी; ऐसा बताते हैं।"

"हड्डी-फड्डी तो नहीं तोड़ दी?"

"बता रहे हैं कि खूब लात-घूँसा मारे हैं। विकट सुटाई करी है।"

"अन्दर बुला लो।" दरोगाजी ने कहा।

सिपाही बाहर जाने को हुआ तो थानेदार साहब मुंशी की तरफ पलटे।

"हमने क्या कहा था? नसबंदी होनी चाहिए। छोटे नेता हों, बड़े हों, सबकी।"

मुंशीजी ने 'जी जनाब' कहा। अफ़सर की बात पर यही कहने का रिवाज़ है।

रामराज्य के लिए जूता

"जयहिंद महात्माजी।"

"जयहिंद।"

"महात्मा गांधी की जय।"

"महात्मा गांधी की जय।"

गजानन बाबू बेतवा के कच्चे पुल पर खड़े हैं। वे बड़ी देर से सूर्योदय को निहार रहे

हैं। नीचे बेतवा का जल बह रहा है। ऊपर लालिमा से भरा हुआ आसमान। सुबह की हल्की सर्दी। नदी में लोरते लोग। गजानन बाबू धोती, चप्पल, चश्मा (गोल चश्मा, तार वाला) और बंडीनुमा जेब वाली बनियान पहिने हैं। पाँव में कोल्हापुरी चप्पल। यही धज है उनकी। उनके प्रात: भ्रमण का यही रास्ता है। कोटरा का बच्चा-बच्चा पहिचानता है गजानन बाबू को। गजानन बाबू अब बयासी-चौरासी साल के बुजुर्ग हैं।

लोग यह भी जानते हैं कि इनका दिमाग खराब है, एकदम सिर्री हैं। देशभक्ति में पगलाए हैं। सच्चे देशभक्त स्साले, आजकल मिलते ही कहाँ हैं जनाब? जो देशभक्ति में पगला जाए, ऐसा आदमी तो सच्चा देशभक्त ही कहाया—क्यों न साहब? तो कोटरा में सभी उनका आदर भी करते हैं। परन्तु वे पागल हैं। आँय-बाँय बोलते रहते हैं। ...बताइए! जनाब चाहते हैं कि देश की सरकार गांधीजी के बताए मार्ग पर चले। अब ऐसे कंटकाकीर्ण मार्ग पर जाकर कौन अपनी गाड़ी पंचर करायगा? श्रीमान् किसी को भी राह चलते पकड़ लेते हैं। उसे अपनी योजनाएँ बताने लगते हैं। कहते हैं उनके पास ऐसी-ऐसी योजनाएँ हैं जिनको लागू करें तो देश में घी-दूध की नदियाँ बह सकती हैं और भारत एक बार फिर सोने की चिड़िया बन सकता है। मज़े लेते हैं सब। जहाँ भी वे दिख जाएँ, लोग दूर से ही बुलंद आवाज़ में 'जयहिंद महात्माजी' कहते हैं। पास आकर 'महात्मा गांधी की जय' भी बोलते हैं।

गजानन बाबू इलाके के पुराने गांधीवादी हैं। कभी फ्रीडम फाइटर रहे हैं। स्वतंत्रता संग्राम में तिरंगा लिए गली-गली घूमे हैं। अंग्रेजों के जूते-डंडे खाए हैं। जेल में रहे हैं। उपवास पर बैठे हैं। प्रभातफेरियाँ निकालते रहे। एक दिन ज़रूर यह देश बापू का भारत बनेगा, इस मासूम विश्वास को कभी मरने नहीं दिया है उन्होंने। खद्दर के वस्त्र। गांधी टोपी। चप्पलें। सादा भोजन। और सत्याग्रह। इन सबके लिए उनका समर्पणभाव लड़कपन में भी ऐसा मारक था कि उन दिनों भी अन्य स्वतंत्रता संग्राम सेनानी उन्हें पागल ही मानते थे। कहते थे कि अपना गजानन तो पूरा सरक गया है। कुछ कहते कि यार, इसे समझाओ तो बाकी मानते कि इसे स्वयं गांधीजी भी ठीक नहीं कर सकते हैं।

बारह साल की उम्र में उन्होंने पहली बार अंग्रेजों की लाठी खाई थी।

माँ-बापू को तो पता भी नहीं था। किसान परिवार। पाँच भाई। तीन बहिनें।

तब गाँव-गाँव में गांधीजी का नाम भगवान की भाँति फैला हुआ था। देश के लोग मानते थे कि गांधीजी ज़रूर कोई अवतार हैं। कोई सामान्य आदमी तो ऐसा हो ही नहीं सकता। जरूर भगवान हैं। लीला है उनकी। अंग्रेजों के अत्याचार से मुक्ति दिलाने के लिए ईश्वर ने स्वयं भारत में अवतार लिया है। एक दिन पता चला कि कोटरा से स्वयंसेवकों की एक टोली मऊरानीपुर जा रही है। मऊ के स्वयंसेवकों ने मंडी चौराहे पे तिरंगा फहराने का संकल्प लिया है। इधर अंग्रेज अफ़सर ने मुनादी करा दी है कि ऐसा करबे की कोशिश भी करी तो खबरदार। परन्तु दीवानों कि ज़िद थी कि तिरंगा

तो वहीं फहराया जाएगा। मऊरानीपुर के लोग, आस-पास के गाँव के स्वयंसेवक, सब पहुँचेंगे, और बाकायदा अंग्रेजों को पहले से चेता कर पहुँचेंगे। तारीख। समय। हर चीज बताकर चौराहे पर पहुँचेंगे। अंग्रेजन को भी तो पता रहे कि हम आ रये हैं। रोकते बने तो रोक लो। तुम चाहो तो हमें मार लो। काट डालो। हाँ, हम तुम्हें पलट के एक घूँसा न मारेंगे। गांधीजी के चेला हैं हम। अहिंसावादी, पर दृढ़निश्चयी। हमें मार लो। जमीन पे गिरा दो। गिर जाएँगे पर तिरंगा न छोड़ेंगे। मर जाएँगे पर तिरंगा न छोड़ेंगे। तिरंगे को मंडी चौराहे पे लगा के ही मानेंगे। ...बातें तैरती थीं कोटरा की हवाओं में। और गजानन बाबू मात्र बारह साल के थे तब। उन्हें जो भी लगा हो, वे घर में बिना कुछ भी किसी को भी बताए कालपी की टोली के साथ मऊ चल दिये। मऊरानीपुर के मंडी चौक पर झंडा फहराने वालों के जुलूस में वे भी थे। अंग्रेज सिपाही की लाठी पड़ी। सिर फट गया। भलभलाकर खून बह चला। गिर पड़ा बालक गजानन परन्तु उसने तिरंगा न छोड़ा। जुलूस में शामिल बड़े बुजुर्गों ने बालक को सड़क के एक किनारे किया। स्वयंसेवकों ने पट्टी-वट्टी की। उसे पानी पिलाया। बस, फिर तो उनका नाम हो गया, सब तरफ़। भैया, जे कहाँ का बालक है?...कौन है जे?... एक नायक की तरह कोटरा लौटा बालक गजानन। तब से गजानन को मानो धुन-सी लग गई। हर पल, देश, बस देश। आज़ादी, बस आज़ादी। गांधीजी, केवल गांधीजी।

कोटरा वाले इस बात पर भी एकमत हैं कि जरूर तब अंग्रेजन का डंडा इनके दिमाग में ऐसी जगह घल गया होगा कि जे बाद में ऐसे पगला गए। बचपन की चोट है। फिर जे कभी ठीक नहीं हुई। इसी में इनकी बुद्धि फेल हो गई। महात्माजी पूरे मेंटल हो गए। और अब तो केस ऐसा बिगड़ चुका है कि लखनऊ के सदर मंजिल वाले बड़े डाक्टर और बिजली के झटके भी इसके सामने फेल हो जाएँ।

हाँ, कुछ लोग अवश्य मानते हैं कि गजानन बाबू पागल तो कतई नहीं, बल्कि खांटी देशभक्त हैं। ईमानदार गांधीवादी हैं। देश को रसातल में जाता देखकर पागलों जैसे बेचैन ज़रूर रहते हैं जो कोई भी देशभक्त होगा ही। ...कहाँ है वह स्वतंत्र देश जिसके लिए हमने अंग्रेजों से मार खाई थी? यह देश तो अभी भी वैसा ही है—गुलामी के दिनों वाला भारत; बस, मालिक बदल गए हैं। बताओ कि ऐसी आज़ादी का आखिर अर्थ ही क्या बना? ...गजानन बाबू चाहते हैं कि आज़ाद देश में तो कम से कम वह सब अन्याय न चले जो अंग्रेजों के ज़माने की पहचान था। यदि देश स्वतंत्र है तो इसके सिस्टम भी तो स्वतंत्र हों और ईमानदार भी। सबको न्याय मिले। कानून की सत्ता हो। ...नेता बेईमानी न करें। ...हर बात में अफ़सरी न हो। ...यदि स्वतंत्र भारत में यह सब नहीं है तो फिर अंग्रेजों वाला भारत कौन-सा बुरा था? स्साली, जे कौन-सी बात हुई कि तब भी वोई, अब भी वोई! तो ग़लत क्या कहते हैं गजानन बाबू?...गजानन बाबू की तारीफ़ करने वाले लोग यह सब कहते हैं। ...इधर समझदार लोग अलग ही बात कहते हैं। वे कहते हैं कि गजानन

बाबू को भी तो बदलते समय को पहिचानना चाहिए। अब वो समय ही नहीं रहा। पर कौन समझा पाएगा गजानन बाबू को? कौन बताए कि अगर गांधीजी भी आज जीवित होते, और ख़ुद को समय के साथ न सुधारते तो पागल ही कहाते। ...समय अब गजानन बाबू का नहीं रह गया है। ठीक है, हम उनकी इज़्ज़त कर लेते हैं, परन्तु यह भी सच है कि वे अब पागल हैं; इस बात से आप भी इनकार नहीं कर सकते। ...जो आदमी बदलते समय को न समझे वह पागल ही कहाया न? टेम पूरा बदल चुका है। टेम एकदम बदल चुका है। गांधीजी की तस्वीर पे फूल, पत्ती तो चढ़ाई जा सकती है पर यह देश अब उनके पीछे जाने को राजी नहीं है भैया। समझिए ज़रा। ...गांधी मार्ग पर घास-फूस उग आया है। ...गांधीमार्ग पर कँटीली झाड़ियाँ उग आई हैं। ...काँटे बिखरे हुए हैं गांधीजी वाले रास्ते पर। ...अब कोई ऐसे मार्ग की तरफ़ हमें ले जाने की ज़िद करे, वो पागल नहीं तो और क्या है?

गजानन बाबू कोटरा की इज़्ज़त भी हैं और चुटकुला भी।

"जय हिंद महात्माजी।"

"जय हिंद।"

"महात्मा गांधी की जय।"

"महात्मा गांधी की जय।"

गजानन बाबू बेतवा के कच्चे पुल पर खड़े सूर्योदय को देख रहे हैं।

***

"दिल्ली से बुलऊवा आया कि नहीं महात्माजी?" किसी ने अंगोछे से अपना गीला बदन पोंछते हुए पूछा है।

पूछने वाला मज़े से मुस्कुरा रहा है। वह ख़ूब जानता है कि दिल्ली में किसी को भी गजानन बाबू की प्रतीक्षा नहीं। वहाँ से कोई बुलावा नहीं आने वाला। दिल्ली में गजानन बाबू जैसों के लिए अब कोई जगह नहीं बची है। दिल्ली में काम का आदमी वह है तो अपने अन्दर के 'गजानन बाबू' से पूर्णत: मुक्त हो चुका हो। किसी का 'गजानन बाबू होना' बरदाश्त ही नहीं है दिल्ली को। पहले आपको अपना 'गजानन बाबू' होना छोड़ना होगा। 'गजानन बाबू' अब देश में संज्ञा नहीं विशेषण बन चुके हैं। दिल्ली से कभी ज़िक्र गजानन बाबू का भी करो तो वह हँसने लगती है। ...ये गजानन काहे को अभी भी वही गजानन बना बैठा हुआ है भाई! समझाओ न सरऊ को।...

"नहीं, बुलाए तो नहीं।" गजानन बाबू ने उत्तर दिया।

"...उनको बुलाना तो चइए। पंडिज्जी दिल्ली आते-जाते रहते हैं। बेई बता रहे थे कि गजानन बाबू के बुलऊए की तैयारी चल रही है दिल्ली में।" बदन सुखाकर अब चड्डी-बनियान पहिन रहा है वह शख़्स।

वहाँ मौजूद कुछ और लोग भी बातचीत में दिलचस्पी ले रहे हैं। पागल की बातें सुनने में सबको मज़ा तो आता ही है।

"पंडिज्जी से कहते होंगे पर हमें बुलाए तो नहीं।" गजानन बाबू निराश नहीं हैं, बस, बता रहे हैं।

"बुलाएँगे। जरूर बुलाएँगे। जेई चर्चा चल रही है आजकल दिल्ली में।" किसी ने जोड़ा।

"नेहरूजी से हमें जरूर उम्मीद थी। ...आजादी के बाद हमने उनके बुलऊए की बड़ी प्रतीक्षा भी करी। पर बे हो गए दिल्ली में बिजी और गांधीजी तो मर ही गए। ...देखो बेटा, वो तो नेहरूजी ने धोखा कर दिया वर्ना तभी रामराज्य आ गया होता। हमने पूरा प्लान बना के रखा हुआ था। बस, हमें कागज पकड़ाने थे नेहरू को कि देश को ऐसे चलाओ। पर उन्हें टेम ही नहीं था कि रामराज के बारे में कुछ सोच सकें। हम इधर चूतिया घाँईं बैठे रहे, नेहरूजी ने हमें कभी बुलाया ही नहीं।" गजानन बाबू को नेहरूजी से शिकायत है।

दरअस्ल, कोटरा वालों को गजानन बाबू के पूरे पागल हो जाने की पहली सूचना ही नेहरूजी के कारण मिली थी।

***

आज़ादी मिलने के तीन साल बाद की बात है।

नेहरूजी देश के प्रधानमंत्री थे। गांधीजी की मृत्यु हो चुकी थी। आज़ादी के बाद, स्वतंत्रता संग्राम के समय पैदा हुई भावनाएँ हवाओं में तैर रही थीं। उम्मीदों के बवंडर तो ख़ैर बैठ गए थे परन्तु तरंगें अभी भी वातावरण में मौजूद थीं। देश बदलेगा, ऐसा विश्वास अभी भी जनमन में था। आमजन का जीवन बदल जाएगा, सत्य का राज्य हो जाएगा—सबको अभी भी यह विश्वास था। सब प्रतीक्षा में थे। अपने नेहरूजी, ज़रूर देश में गांधी का स्वराज स्थापित करेंगे। बहुत समय तक गजानन बाबू भी ऐसा ही मानते रहे। मानते रहे कि एक दिन नेहरूजी ज़रूर बुलाएँगे उन्हें, दिल्ली। पूछेंगे कि बताइए देश को कैसे चलाया जाए? सलाह लेंगे उन जैसे स्वतंत्रता सेनानियों से भी। रामराज कैसे लाया जाए, ज़रूर पूछेंगे। ...परन्तु नेहरूजी को तो मानो रामराज के लिए फ़ुर्सत ही नहीं थी। बहुत दिनों तक उनकी प्रतीक्षा की गजानन बाबू ने। ...पर कहीं कुछ भी होता नज़र नहीं आया। ...नेहरूजी का यह लस्टम-पस्टम तरीका समझ ही नहीं पा रहे थे गजानन बाबू, पर वे क्या कर सकते थे? वे कोटरा में थे। दिल्ली में रहे होते, तो एक दिन पहुँच ही जाते जवाहर लाल के सामने कि जे सब चल क्या रहा है? वह भारत कहाँ है, जिसके लिए हमने अपना मूँड़ फ़ुड़वाया था? क्या आज़ादी की लड़ाई फालतू में लड़ा के हमें ऐसेई

चूतिया बनाने का प्लान था तुम्हारा?...आज़ादी के बाद देश में क्या बदला है तुमने? स्साली, वोई अफ़सरी, वोई पुलिस, वोई अदालतें, वोई दरिद्रता, वोई सिंहासन, वोई हंटर, वोई डंडे, वोई जूता, वोई रिश्वत—फिर तुमने यहाँ बदला क्या? अंग्रेज भी भैंचो वोई, और तुम भी स्साले वोई?

ऐसे ही सोच में गुज़रे कुछ वर्ष।

फिर एक दिन बाज़ार में खड़े होकर ख़ूब गालियाँ दीं गजानन बाबू ने, नेहरूजी को।

सारी गालियाँ। किसम-किसम की गालियाँ। माँ-भैन की भी। जमकर तमाशा हुआ। भीड़ इकट्ठी हो गई। बहुत ही तैश में थे गजानन बाबू। क्रोध में पत्ते-सा काँप रहे थे। वाक्य भी, गुस्से में टूट-टूटकर बाहर निकल रहे थे। सार्वजनिक रूप से खूब गरियाया उन्होंने नेहरूजी को उस दिन। ...जेई है स्साला तुमारे सपनों का भारत?...चूतिया समझ रखा है हमें?...इसी के लिए हम तिरंगा ले के मऊरानीपुर के गल्लामंडी चौराहे पे अपनी मइयो कराने गए थे? इसी के लिए गांधीजी अनशन करते रहे, क्यों?...तुम तो यार, ठाठ से शेरवानी पे गुलाब फँसा के सिंहासन पे बिराज गए, और जे देश? इसका क्या? कहाँ गया गांधीजी का रामराज? किसके पिछवाड़े घुस गए सारे सपने? तो जे स्साली आज़ादी की लड़ाई थी कि कुर्सी की? क्यों तुमने हमें धोखे में रखा? हमने भी तो आन्दोलन करके जे आज़ादी दिलाई है, तो अब हमसे क्यों नहीं पूछते कि देश को कैसे चलाया जाए? तुम तो, भोसड़ी के, हमारे मालिक ही बन गए यार; वाह, जवाहर लाल, वाह! हम इतें कोटरा में चूतिया घाँईं बैठे रह गए और तुम उतें दिल्ली में बैठ के हमें जे बताने लगे कि कोटरा में अब वही होगा जो दिल्ली कहेगी। भैया, गांधीजी के ग्राम स्वराज का क्या हुआ? यार, तुमने तो गांधीजी को भी चूतिया बना डाला जवाहर लाल।

बाज़ार के चबूतरे पर खड़ा होकर खूब गरियाया नेहरूजी को उन्होंने। गरियाते-गरियाते इतने उत्तेजित हुए कि अर्धमूर्छित होकर वहीं लुढ़क गए। जून की गर्मी थी कि उत्तेजना की; गजानन बाबू को तगड़ी लू लग गई। चार दिन वे बिस्तर पर पड़े रहे। अर्धमूर्छित अवस्था में भी दिल्ली और नेहरूजी को गालियाँ देते रहे। बड़ी मुश्किल से उनकी जान बची।

तब से तो अब वर्षों बीत गए हैं।

आज़ादी के बाद बेतवा में न जाने कितना पानी बह चुका है परन्तु गजानन बाबू की उत्तेजना, शिकायत और सपने ज्यों के त्यों हैं। लोग इसी का मज़ा लेते हैं। दिल्ली का नाम ले लो, नेहरूजी की बात कह दो, रामराज की याद दिला दो, बस; लोग जानते हैं कि उनको कैसे कुरेदा जा सकता है।

***

"जयहिंद महात्माजी।"

"जयहिंद।"

"महात्मा गांधी की जै।"

"महात्मा गांधी की जय।""

कोई और शख़्स आकर पुल पर रुक गया है।

"कैसे हैं महात्माजी?" उसने पूछा।

"बस, गुलामी कट रही है।" गजानन बाबू बोले।

वे इस आज़ादी को गुलामी से बदतर बताते हैं। कहते हैं, "तब तो सबको पता था कि गुलामी है और किसके चंगुल से निकलना है हमें। अब तो लोगों को जेई नहीं पता कि बे गुलाम हैं। देश गुलाम चल रहा है पर लोग ख़ुद को आज़ाद समझ रहे हैं; स्सालों को जेई नहीं पता कि अभी भी गुलामी ही चल रही है भैया। अरे चूतियो, तुम अभी भी वैसेई गुलाम हो, बस, तुम्हारे मालिक बदल गए हैं। तब कम से कम गुलामी के चंगुल से छूटबे की छटपटाहट तो थी तुममें। अब तो वो भी कहीं नहीं दिखती। चंगुल को ही आलिंगन मानकर गुलामी का मज़ा ले रहा है जे देश। कैसी विडंबना है जे।"

"रामराज का कछू पता चला?" वह शख़्स पूछने लगा। ज़ाहिर है, वह बस मज़ा लेना चाहता है।

"आएगा।" गजानन बाबू ने सूर्य की तरफ़ देखकर कहा। क्षितिज पर लालिमा दिख रही है तो सूरज भी आएगा ही।

"बताते हैं कि आप दिल्ली जा रहे हैं?"

"जाएँगे। प्लानिंग चल रही है। अब तो जाना ही पड़ेगा।"

"आप दिल्ली पहुँच जाते तो रामराज भी जल्दी आ जाता।"

"जाएँगे। रामराज की तो हम नहीं कहते पर अभी जो देश का राज चला रहे हैं उनको दो जूता तो मार के आएँगे ही हम।"

"जूता मारबे से रामराज आ जाएगा?"

"पता नहीं, पर मारना तो है। इस बात के लिए तो मारना ही पड़ेगा न कि अब तक रामराज क्यों नहीं आया? आज़ादी के बाद रामराज तो आना था न? गांधीजी से भी इन काँग्रेसियन ने वायदा किया था। बताइए! स्सालों ने गांधीजी को ही चूतिया बना दिया। बापू को! इन स्सालों को जूते तो पड़ने चाहिए न? पर कोई इनको मारता ही नहीं। हम दिल्ली जाएँ तो मारें जूता हरामियों को।"

फिर वे गालीगलौज पर आ गए। तैश में आ जाएँ तो धाराप्रवाह गालियाँ देते हैं। सबको इसी की तो प्रतीक्षा थी। अब और भी लोग आस-पास आ गए।

सब मज़े लेने लगे। हँसी-ठठ्ठा शुरू हो गया।

"एक जूता हमारी तरफ़ से भी मारिएगा।" कोई बोला।

"सबकी तरफ़ से मारेंगे।" गजानन बाबू ने आश्वस्त किया।

"रामराज..." किसी ने कहने की कोशिश की।

वे और उत्तेजित हो गए।

ज़ोर-ज़ोर से बड़बड़ाने लगे।

"...भौत चूतिया बनाया है कोटरा को दिल्ली ने। ...क्या कोटरा का काम केवल चूतिया बनना रह गया है? और दिल्ली का काम, बस हम सबको चूतिया बनाना? ... हमने दिल्ली में क्यों बिठाया था इनको?...अपनी मराने के लिए? ...बोलो? ... स्साले, यदि तुम रामराज नहीं ला सकते हो तो गद्दी छोड़ो न। ...गांधीजी को भूल गए हरामी लोग। ...बताइए! ...अपने बाप को ही भुला दिया?...हद है कि नहीं?... जाएँगे। दिल्ली तो जाना पड़ेगा। ...इन लोगों को जूता तो मारना ही पड़ेगा हमें। जब तक दिल्ली को इस बात का डर न हो कि रामराज न लाए तो कोटरा जूता मारने को दिल्ली आ जाएगा, तब तक स्साली जेई गुलामी चलबे वाली है। ...पूरे हिंदुस्तान से हर कोटरा को दिल्ली जाना पड़ेगा। अब तो जूता मारे बिना काम नहीं चलने वाला। जूता तो मारना होगा इन स्सालों को। ...मारेंगे। ..."

वे बड़बड़ाते गए।

तमाशबीन हँसते चले गए।

फिर भी सूर्योदय तो हो ही गया।

सूर्योदय हर चीज के बावजूद होता ही है।

न्याय विमर्श

पंडिज्जी कालपी से चले तो शाम उतर आई थी।

पूरा दिन अदालत, तहसील और शिक्षाधिकारी के दफ़्तर में निकल गया।

अब अँधेरा होने वाला है। कालपी-झाँसी राजमार्ग से नीचे को उतरती है कोटरा की सड़क। अभी उसी सड़क पर आ गई है पंडिज्जी की मोटरसाइकिल। पुरानी सड़क गायब हो गई है, नई बनी नहीं है; बस गिट्टी, बजरी से होकर निकलना है। मोटरसाइकिल फिसलने से दो बार तो पंडिज्जी पहले ही अपना घुटना भी छिलवा चुके हैं। अभी वे सड़क के साथ बने पगडंडीनुमा गलियारे में मोटरसाइकिल चलाते हुए जा रहे हैं।

इसी सड़क पर आगे चलकर पंडिज्जी का खेत पड़ता है। यहाँ से गुज़र

ही रहे हैं तो एक नज़र खेत पर, एक नत्थू पर मारते हुए निकल जाएँगे। जबसे थानेदार दबकाकर गया है, नत्थू भयभीत रहने लगा है। गरीब आदमी का चेहरा वैसे भी डरा-डरा लगता है, और ऐसा शख़्स डर जाए तो उसका चेहरा दुनिया को अलग तरह से ही डराने लगता है। नत्थू का चेहरा असहज करने लगा है पंडिज्जी को इन दिनों। नत्थू का ख़याल आया तो दरोगा और सुर्रेलेजी का ख़याल आ गया। कुछ देर के लिए इन ख़यालों में भटक गए तो पंडिज्जी का ध्यान सड़क से उचट गया।

पंडिज्जी की मोटरसाइकिल, पगडंडी पर और नीचे खिसक आई, किनारे पड़ी गिट्टी पर फिसली और डगमगाती हुई दूर तलक टेढ़ी-मेढ़ी चलती चली गई। वे गिरे तो खैर नहीं परन्तु बनती हुई सड़क को गाली देने का एक माकूल मौका मिल गया था उन्हें। वे चूके नहीं। सड़क को भैन की गाली देकर मोटरसाइकिल की बत्ती जला ली पंडिज्जी ने। फिर, सँभलकर आगे चल पड़े।

आगे निकले तो सड़क बनाने वाले मज़दूरों की एक टोली उन्हें मिल गई। काम ख़त्म करके घर लौटने की तैयारी करते मज़दूर थे। मुँह-हाथ धोते। हँसते-बतियाते। आज का काम ख़त्म होने की राहत उनके चेहरे पर थी। मोटरसाइकिल की रोशनी में उनके चेहरे दमकते-से दिखे। किसी हद तक अलौकिक से प्रतीत होते दमकते चेहरे थे वे। आदमी एक बार दुख और अभाव में जीना और रमना सीख जाए तो आनन्द की परिभाषा और क्रियापद ही बदल जाते हैं क्या? पंडिज्जी ने सोचा।

उनको देखकर अपनी मोटरसाइकिल रोक ली पंडिज्जी ने। इंजन को अलबत्ता स्टार्ट रखा। लाइट जलती रही। मज़दूर उनकी तरफ़ देखने लगे। एकाध ने अभ्यासवश नमस्कार भी कर दिया।

"भैया, जे ताजमहल कब तक पूरा करबे का इरादा है?" पंडिज्जी ने सामने बैठे मज़दूर से पूछा।

"नहीं पता मालिक।" वह बोला।

"तुमईं बना रये और तुमईं को नहीं पता?" पंडिज्जी ने पूछा।

"हम नहीं, ठेकेदार साहब बनवा रहे हैं।"

"बे तो हमें कभी इधर दिखते नहीं?"

"मालिक आदमी हैं..."

"...तो बे यहाँ काम देखबे नहीं आते?"

"कानपुर की रिहाइश है उनकी मालिक। उतईं से काम चलता है उनका। वैसे, बे भी आते हैं इस तरफ कभी-कभी।"

"अबकी आएँ तो कहियो कि इत्ते साल में तो कालपी से कोटरा तक संगमरमर बिछ गया होता।"

"हम तो चाकर हैं महाराज।"

"तो चाकरजी, अपने ठेकेदार को हमारा इत्ता संदेश जरूर देना कि कोटरा वाले पंडिज्जी हाथ जोड़ के प्रार्थना कर रये थे कि उनके पिंडदान से पहले अगर बे जे रोड पूरी करा देंगे तो पंडिज्जी की आत्मा भटकेगी नहीं।" पंडिज्जी ने कहा।

मज़दूर हँसने लगे।

पंडिज्जी ने मोटरसाइकिल आगे बढ़ा दी।

अब सब तरफ़ पूरा अँधेरा उतर आया है। हेडलाइट की रोशनी पगडंडी पर हिचकोले लेती मोटरसाइकिल के साथ-साथ सड़क पर ऊपर-नीचे, दाएँ-बाएँ नाच रही है। तभी रोशनी का एक और दायरा पीछे से उनके पास आने लगा। किसी मोटरसाइकिल की आवाज़ भी पास आ रही है। फिर, बार-बार, तेज़-तेज़ बजता हुआ हार्न का स्वर भी पास आने लगा।

कोई मोटरसाइकिल पंडिज्जी के ठीक पीछे चली आ रही है।

कौन है ये?

पंडिज्जी ने अपनी गाड़ी की रफ़्तार तेज़ कर दी। पीछे वाली गाड़ी की रफ़्तार भी तेज़ हो गई। जे स्साला कौन है? कौन उनका पीछा कर रहा है? अपना खेत पास आ रहा है। अब वहीं गाड़ी रोकते हैं। देखते हैं, यह कौन है? वहीं इससे निबटते हैं।

पंडिज्जी ने गाड़ी को अपने खेत के पास रोका। रोकने से पहले तीन बार ज़ोर-ज़ोर से एक्स्लेटर बढ़ाकर तेज़ आवाज़ पैदा की, फिर गाड़ी बन्द कर दी। यह आवाज नत्थू के लिए सिग्नल है। वह पहिचानता है मोटरसाइकिल की आवाज़। नत्थू अन्दर कहीं खेत में था। मोटरसाइकिल की आवाज़ पहिचानकर वह खेत की मेंड़ पर चलकर इस तरफ़ लंगड़ाता हुआ आने लगा। आज जे घुटना भी तो भौतई पिरा रहा है।

पीछे आने वाली मोटरसाइकिल भी पंडिज्जी की गाड़ी के पास आकर रुक गई।

चौहान साहब थे। गाड़ी बन्द करके हँसने लगे चौहान साहब।

"बड़ी तेज गाड़ी भगाई पंडिज्जी?" चौहान साहब ने छेड़ते हुए कहा।

"तो जे आप हते ठाकुर साब?" पंडिज्जी बोले।

"और किसकी हिम्मत है पंडिज्जी का पीछा करने की?" चौहान साहब और तेज़ हँसने लगे।

"पाँलागी पंडिज्जी..." चौहान साहब को जैसे याद आया कि अरे, ब्राह्मण महाराज को प्रणाम तो किया ही नहीं! पंडिज्जी के दोनों हाथ आशीर्वाद मुद्रा में आटोमैटिक ही उठ गए।

पंडिज्जी भी मुस्कुराने लगे।

"और ठाकुर साब? कितें से चले आ रये?"

"बस, ऐसा मानिए कि दिन भर से आपई के पीछे लगे हैं।"

"मतलब?"

"हम भी दिन भर जज्जी में ही हते। आपको वहाँ देखा भी। आपको आवाज़ भी लगाई। आपको दो बार पाँलागी भी किया पर ...।"

"अरे, हम सुन न पाए होंगे ठाकुर साब।"

"कानून वाली आदत आपको भी पड़ रही है पंडिज्जी।"

"जी?"

"कानून भी कहाँ सुनता है? तभी तो वह बहरा कहाता है।"

"कानून तो अंधा कहाता है ठाकुर साहब, बहरा नहीं।"

"एकई बात मानिए। विकलांग ही तो कहाया न? वैसे, जज्जी में बड़ा तेज-तेज चले जा रहे थे आप?"

"कानून चाहे जित्ता भी घिसट के चले, मुवक्किल को तो तेज ही चलना पड़ता है, चौहान साब।"

"बड़ी ऊँची बात कह डाली पंडिज्जी।"

"कह तो दी पर जमाना ऊँची बातन का रह नहीं गया है। आदमी को ऊँची बातें करने से बचना चाहिए आजकल।"

"जे तो अब आप और भी ऊँची बात कह गए पंडिज्जी।"

पंडिज्जी मुस्कुराए गो कि उनकी मुस्कान कहीं अँधेरे में ही बिला गई।

"आप जज्जी में, कैसे?" पंडिज्जी ने पूछा।

"आदमी जज्जी क्यों जाता है?"

"खैर, वो तो है। हमारा मतलब था, कौन-से केस में?"

"अरे, वोई। आपको पता तो है। मोंड़ा तीन साल से जेल में बन्द है। मर्डर के केस में बड़े पापड़ बेलने पड़ते हैं पंडिज्जी। आज जज्जी में हम बेई पापड़ बेलने गए थे।"

"निकल आएँगे। कुँवर साहब ज्यादा दिन जेल में न रहेंगे।"

"निकाल तो हम लेंगे ही। एक खेत बेच चुके हैं। कैसे न निकलेंगे? जरूर निकलेंगे। हमें अपनी न्याय व्यवस्था पर पूरा विश्वास है।"

"हमें भी है। आदमी में खर्चा करबे की कूबत हो तो मन मुताबिक न्याय मिलबे की गारंटी है अपनी न्याय व्यवस्था में। और भला क्या चइए?"

"वैसे भरोसा तो हमें इस पर भी उत्ता ही है।" ठाकुर साहब ने अपने कुर्ते की जेब थपथपाते हुए कहा।

जेब में तमंचा है।

"एक खीसे में पैसा हो और एक जेब में तमंचा, बस", चौहान साहब ने कहा, "आपके पास जे दोनों चीजें हों तो आपको इस देश में न्याय जरूर ही जरूर मिलेगा।"

पंडिज्जी कुछ नहीं बोले।

"पैसे से बात न बन रही हो तो गवाह की कनपटी पे आप जे धर दो, बस;

गवाह पूरे सुर में राधेश्याम रामायण गाने लगता है।" चौहान साहब ने तमंचे पर फिर से हाथ फेरा।

अब पंडिज्जी बोले, "वैसे भी, मर्डर न करते तो क्या करते कुँवरजी? अरे, खानदान की मान-मर्यादा पर आँच आए तो..."

"वोई तो..." चौहान साहब उत्साहित होकर बोले, "है ना पंडिज्जी? मर्डर न करता तो बताइए, वो आखिर क्या करता? उसने हमारे खानदान की लाज रख ली। बिरादरी में नाक ऊँची कर दी।"

"सही बात..."

"...और छुप के नहीं, ऐलानिया मारा है। चाहता तो वो छुप के भी मार सकता था। है कि नहीं? तब आपका जे कानून हमारे मोंड़ा का घंट कुछ न कर पाता। सब जेई कहते रहते कि मर्डर की जाँच चल रही है। पर बेचारे ने ईमानदारी से ऐलानिया मारा तो देखिए इस कानून का अन्याय कि जरा से मर्डर पर इत्ता बवाल मचा डाला--बताइए? जे कहाँ का इंसाफ है कि मोंड़ा को तीन साल से जेल में बेंड़ के रखे हुए हैं स्साले?"

"ऐलानिया न मारता तो फिर ठाकुर काहे का? बताइए।" पंडिज्जी ने सहमति जताते हुए माना कि कानून को आदमी के ठाकुर होने की मजबूरी को भी समझना चाहिए।

"वही तो भाईसाहब, बात खानदान की इज्जत की बन गई थी। ऐलानिया मर्डर करना कित्ता जरूरी हो गया था, यह समझ सकते हैं आप। मोंड़ा ने पूरे इलाके को बता दिया कि अगर किसी ने ठाकुरों की मोंड़ी पर गलत निगाह डाली तो ठाकुर लोग उसे दौड़ा-दौड़ाकर मारेंगे। अब अगले दस सालों तक कोई हिम्मत नहीं करेगा कि..."

"...बिलकुल। ठाकुर की बेटी कुजात में ब्याव कर ले तो मर्डर तो करना ही पड़ेगा न भाईसाहब? ऐसे में मर्डर किए बिना इज्जत वापस आती है क्या?" पंडिज्जी सहमत हैं कि चौहान साहब के सुपुत्र ने एकदम न्यायसंगत काम किया है।

"और अकेले उस लौंडे को तो टपकाया नहीं है, हमने अपनी मोंड़ी को भी तो गोली मारी कि नहीं? फिर? क्या हम अपनी मोंड़ी से प्यार नहीं करते थे? खूब करते थे। ऐसा विकट करते थे कि कोई क्या करेगा। हमाई आँखन का तारा हती वो। उसे कभी खरोंच भी लग जाए तो मूँ सूख जाता था हमारा। पर हम क्या करते? ... बिरादरी में मान-सम्मान तो सर्वोपरि होता है न पंडिज्जी। मानते हैं न?"

"बिलकुल।"

"जेल जाबे के डर से क्या हम बैरी का मर्डर न करेंगे? तुमने हमारे मोंड़ा को जेल में बन्द कर दिया न? कर लो। जहाँ इत्ते मुकदमे लड़ रहे हैं, वहाँ एक जे भी लड़ लेंगे। है कि नहीं?"

"मुकदमों का क्या है, चलते रहते हैं।"

"पंडिज्जी, हमारे तो इत्ते मुकद्दमे चल रहे हैं कि पेशी पर पहुँचो तभी पता चलता है कि आज कौन-सा केस लगा है।"

"हमारा भी जेई है।"

"अरे, आपका तो कहना ही क्या!"

"पर इस केस से तो बड़े परेशान होंगे आप चौहान साहब?"

"भौत परेशान। परेशानी तो जरूरी भी है पंडिज्जी। अपना खून है आखिर। मोंड़ा जेल में हो तो एक कौर भी ठीक से गले के नीचे नहीं उतरता है पंडिज्जी। सच्ची।"

"वोई तो..."

"...पर मामला सुलटने वाला है—जे मान लें।"

"चलिए। जे अच्छा हुआ। फिर तो हमें जल्दी ही मिठाई खाबे को मिलेगी?"

"अकेले मिठाई से क्या होना है पंडिज्जी? कुँवर साब को एक बार जेल से तो निकलने दो, पूरे कोटरा में धूम मचा देंगे।"

"खैर, आपकी तो शान ही निराली है चौहान साहब।"

"और आप? आप कौन-सी पेशी पे गए थे?"

"अरे वोई, पंचायत की जमीन वाला मामला।"

"निबटा नहीं अभी तक?"

"निबट तो कब का जाता। हमने ऊपर तक के अफसर, सब सेट कर रखे हैं परन्तु पंचायत पे कब्जा है स्साले इन अहीरों का। बाँभनों के खिलाफ एटमोस्फियर बना रखा है लोकल पंचायत में। हमारे तो पीछे ही लग गए हैं स्साले। रोज नए आदमी से शिकायत लगवाते हैं कि पंडिज्जी ने कब्रिस्तान की जमीन चाँप के गोदाम बना लिया है। हम अपने गोदाम में एक पत्थर भी लगवाएँ तो स्साले पहुँच जाते हैं कलेक्टर के पास।"

"पता है हमें।"

"अच्छा, आप खुद बताएँ, जे कोई इंसाफ है भला? पूरे कोटरा में कुल मिलाकर पाँच तो मुसलमान फैमिली हैं,बस, और पंचायत ने उन्हें इत्ता बड़ा मैदान पकड़ा दिया है कब्रिस्तान के लिए। जे सारे के सारे मुसल्टे, सौ साल तक, पाँच-पाँच बार भी मरें तो भी आधी जमीन खाली पड़ी रह जाए।"

"सही बात।"

"पर इन यादवों ने कटुओं को भड़का रखा है। सब पालिटिक्स है, बस। कोटरा में म्लेच्छों और यादवों का गठजोड़ बन गया है। मुसलमानों से शिकायत करवाते रहते हैं कि पंडिज्जी ने कब्रिस्तान पे कब्जा कर लिया है। बताइए! कित्ती बदमाशी है।"

"अच्छा, जे स्साले मुसल्टे भी नीच जात वालों से मिल गए हैं? क्यों?" चौहान साहब राजनीति समझने में कमज़ोर हैं।

"वही तो ठाकुर साहब। यादवों की शह मिली हुई है स्सालों को। ...वर्ना, इत्ता बड़ा कब्रिस्तान! फालतू पड़ी है सारी जमीन। हमने अगर एक कोने में छोटा-सा गोदाम खेंच भी दिया तो स्साला कौन-सा तुम्हारे मुर्दों को डिस्टर्ब कर दिया, बताइए?"

"पालिटिक्स है वर्ना तो सरकारी जमीन है, पंडिज्जी नहीं चाँपते तो कोई और चाँपता। कोई तो चाँपेगा ही। है कि नहीं?"

"वोई तो। पर बवाल मचा दिया है हरामियों ने कि पंडिज्जी कब्रिस्तान की ज़मीन को चाँप लिए हैं।"

"खैर, केस ऐसा है कि घंट कुछ न होगा।"

"वकील साहब भी जेई कहते हैं।"

"आपके वकील कौन हैं?"

"अच्छे हैं पर ढीले हैं तनिक..."

"...कौन, अपने रमेश बाबू?"

"हओ, बेई।"

"आपने ढीले बोला और हम तुरत जान गए।"

"काम में बड़े चुस्त हैं पर दिखते ऐसे ढीले हैं कि नीचे से पाना लगा के उन्हें टाइट करने का मन हो जाता है। देखा तो होगा आपने?...धज ऐसी कि पूरी पर्सनैलिटी तिड़ी-बितार। कमीज गुच्चड़-मुच्चड़, बेल्ट का बक्सुआ लटक रहा है, पैंट ऐसी अंड-बंड निबक रही है कि कब एकदम पूरी निबक जाएगी पता नहीं चलता। कोर्ट में बोलते भी जाते हैं, साथ में पैंट भी ऊपर को खेंचते जाते हैं। एक बार तो जज साहब ने सीधे ही पूछ लिया कि रमेश बाबू, नीचे कछू अंडरवियर, लंगोट-फंगोट डाले हो कि नहीं क्योंकि इतें कोर्ट में औरतें भी मौजूद हैं। सच्ची!"

चौहान साहब हँसने लगे।

"हमने तो भाई साहब, उनको सलाह दी थी कि आप गैलस वाली पैंट पहिना करिए, बक्सुआ और गैलस लगी हुई; जैसी वो अपना प्राण पहिनता था न फिल्मों में, वैसी।"

"फिर?"

"वकील साहब कहने लगे कि हमारी तो ढीली पैंट ही बढ़िया है। हम इसे टाइट कर लेंगे तो हमारी वकालत पर बुरा असर पड़ेगा।"

"वकालत पे? बुरा असर?"

"हओ! बताने लगे कि अगर बीच-बीच में हमारी पैंट न निबके तो हम तो बहस के पाइंट ही भूल जाते हैं। बहस करते हुए पैंट खेंचबे की आदत-सी बन गई है हमारी।"

"बताते हैं कि मुकदमा बढ़ाबे में बड़े माहिर वकील हैं वे?"

"जे तो है। मुकदमा लटकाने के भौत बड़े एक्सपर्ट माने जाते हैं वे। केस को सालों तक लटका सकते हैं। हर पेशी पर कोई नया पाइंट निकाल लाते हैं और मी लार्ड से नई तारीख माँग लेते हैं। इस केस में हमें ऐसई वकील चइए था। अब वे हर पेशी को अगली सुनवाई के लिए टलवा देते हैं, नई तारीख ले लेते हैं। अभी हम वोई तो ले के चले आ रहे हैं। अदालत ने तो आज जे तक कह दिया कि वकील साब, आप ही इस मामले के निबटारे में इंटरेस्टेड नहीं लग रहे।"

"फिर? जे क्या बोले?"

"जे तो भावुक होकर वहीं पर रोने टाइप लगे। बोले कि ऐसा न कहें मी लार्ड। बीस साल से कानून की प्रैक्टिस में हूँ। कभी ऐसा लांछन नहीं लगा है हम पर, ऐसा बोलकर वे एकदम ढीले होकर कुर्सी पर बैठ गए। ऐसे ढीले हुए कि लगा, अभी लस्टम-पस्टम हो के कुर्सी से नीचे गिर जाएँगे। जज घबरा गया बेचारा। बोला कि हमने आप पर कोई लांछन नहीं लगाया है, बस, ऐसेई बोला है। ...बड़ी देर तक समझाते रहे उन्हें। उनकी माँगी लम्बी तारीख भी दे दी। ...ऐसे हैं अपने रमेश बाबू।" पंडिज्जी ने मज़े लेकर किस्सा सुनाया।

सुनाते-सुनाते वे खेत की तरफ़ भी देखते जा रहे थे।

नत्थू क्यों नहीं आ रहा? उसने मोटरसाइकिल की आवाज नहीं सुनी है क्या?

"नत्थूऽऽ!" तेज आवाज़ दी उन्होंने।

दूर से तुरन्त आवाज़ आई, "आया मालिक।"

चौहान साहब भी खेत तरफ़ ही देख रहे थे।

"मटर बढ़िया निकली है पंडिज्जी।"

"भौत बढ़िया। अच्छे दाने आए हैं। अभी हम इन दानों को सुखा रहे हैं। फसल सूख जाएगी तो कलकत्ते वाला मारवाड़ी सेठ आ के हमारी सारी मटर एकमुश्त ले जाएगा। बस, अपना टंटा खत्म।"

"और स्कूल का सब ठीक चल रहा है? उसमें तो साल भर मीठे दाने भरे रहते हैं।" कहकर हँसने लगे चौहान साहब ताकि माना जाए कि बात मज़ाक में कही जा रही है।

"काहे के मीठे दाने भाई साहब! मान लें कि आजकल तो बस खाली फल्लियाँ लटकी हैं वहाँ। हाँ, इससे खेत जरूर भरा-भरा लगता है। स्कूल चलाबे में अब वो पहले वाली बात नहीं रह गई है।"

"ऐसा?"

"और क्या! शिक्षा के खेल में अब वे मीठे दाने वाले दिन नहीं रह गए भाई साहब। अफसर लोग आजकल कुछ ज्यादा ही नियम-कायदे बताने लगे हैं।"

"तो पैसा मारिए न उनके मुँह पर?"

"मारने के बाद की बात आपको बता रहे हैं आपको।"

"ऐसा है तो हमको बताइए न? किसी अफसर की ठुकाई, उकाई लगानी हो तो हमें कहें।"

"कभी ऐसा लगेगा तब आपको ही तो बताएँगे।"

"परीक्षा के टेम पे तमंचा ले के आदमियों को स्कूल में खड़ा कर देंगे।"

"इत्ता तो आप हर दफे करा ही देते हैं।"

"आप तो ऐसे अड़ियल अफसर की फोटू भर हमें दे दें। सारी अफसरी निकाल देंगे स्साले की। तमंचा धर देंगे कनपटी पर तो सब नियम-कायदे भूल जाएगा।"

"उसकी जरूरत न पड़ेगी ठाकुर साहब। पैसे से बड़ा हथियार कौन-सा है? हम तो बस वही आजमाते हैं।"

"अच्छा, एक बात बताइए। मन है? ...तमंचा खरीदेंगे? भौत बढ़िया चीज मिल रही है।"

"तमंचा हमें रास नहीं आता ठाकुर साहब। हमने जीवन भर अपनी जबान से ही काम चलाया है।"

"फिर भी। जहाँ जबान फेल हो जाए वहाँ तमंचा ही काम आता है। इसे चलाइएगा मत, बस, अपनी जेब में धरे रहिए। दुनिया को दिखता भर रहे कि जेब में तमंचा धरा है; फिर जमाना आटोमेटिक आपकी इज्जत करता है।"

"ऐसी इज्जत तो बस ठाकुरों पे ही सजती है भाई साहब।"

"जे भी ठीक कही आपने। वैसे भी, आपका तो बस बाँभन होना ही काफी है। बाँभन होना भी किसी तमंचे से कम चीज नहीं होती है भाई साहब। बाँभन होना भी एक हथियार है।" चौहान साहब हँसने लगे।

"कभी ऐसा भी होता था भाई साहब। आप सही कह रहे हैं। कभी ऐसा भी था। पर आजकल तो बाँभन होना एक लानत ज्यादा है। कोई टके गज भी नहीं पूछता। अब देखिए न, जे नत्थू। ...हम कब से बुला रये हैं इसे? आया क्या? नहीं आया न? फिर? जमाना स्साला, बाँभनों की सुनबे को राजी ही नही हैं।" पंडिज्जी ने कहा।

चौहान साहब मुस्कुरा दिये।

"तो हम चलें?" चौहान साहब ने मोटरसाइकिल स्टार्ट की।

रोशनी का दायरा और उससे परावर्तित प्रकाश आस-पास फैल गया। खेत साफ़ नज़र आने लगा।

"और हम जरा इस नत्थू को तो देखें। सब ठीक-ठाक है कि..." पंडिज्जी खेत की मेंड़ पर उतर गए। उन्होंने फोन वाली टार्च जला ली और चल दिये।

"अँधेरा है। देखभाल के जाइएगा।" चौहान साहब ने जाते-जाते कहा।

"चिन्ता न करें।" पंडिज्जी मेंड़ पर चलने लगे।

"साँप-बिच्छू का इलाका है।" चौहान साहब गाड़ी बढ़ाने को हैं।

"ठाकुर साहब, हमारा नत्थू रात भर यहीं मेंड़ पर बनी झुपड़िया में सोता है। उसे तो कभी किसी ने नहीं काटा।"

"हम उसकी नहीं, आपकी बात कह रहे हैं। इन लोगों को वैसे भी फर्क नहीं पड़ता। इनका क्या है? आज मरे, कल दूसरा दिन।" कहकर मोटरसाइकिल बढ़ा दी चौहान साहब ने।

जाती हुई गाड़ी की लाल बत्ती दूर तलक दिखती रही। पंडिज्जी अँधेरे में धीमे-धीमे बिलाती हुई बत्ती को देखते खड़े रहे। तब तक नत्थू भी मुंडेर पर लंगड़ाता हुआ आता दिखा। वैसे तो वह हमेशा लंगड़ाता है पर अभी वह कुछ ज़्यादा ही लंगड़ा रहा है।

"काँटा गड़ गया था मालिक।" नत्थू ने लंगड़ाने तथा विलम्ब से आने का स्पष्टीकरण एक साथ दिया।

"काँटा ही है कि कछू और था? किसी कीड़े ने तो नहीं काट लिया? इतें साँप, बिच्छू भी बड़े घूमते हैं; ठीक से देख तो लिया था?"

"अँधेरे में क्या दिखेगा मालिक?"

"फिर? मान लो, साँप ने ही काटा हो, तो?" पंडिज्जी को ठाकुर साहब की बात याद आ गई।

"महाराज, गरीबी के जहर के आगे साँप-बिच्छू का जहर फेल है।" नत्थू ने कहा।

पंडिज्जी ज़ोर से हँसने लगे।

"आजकल बड़ी ऊँची-ऊँची बातें बोलने लगा है रे तू नत्थू! कम्यूनिस्ट बनबे का इरादा तो नहीं है। क्यों?"

कहकर नत्थू के मुँह पर अपनी टार्च की रोशनी मारी पंडिज्जी ने।

दाँत दिखा दिये नत्थू ने।

हमारा तारा ही क्यों टूटता है?

एकाध महीने में मटर तैयार हो जाएगी।

कलकत्ता का सेठ आकर पूरी मटर ले जाएगा।

फिर खेत खाली, और नत्थू भी। रबी का मौसम गया। जब खरीफ की फसल का मौका बनेगा तो पंडिज्जी नत्थू को वापस बुला लेंगे। तब तक, नत्थू बेरोज़गार। मटर की फसल की मजूरी में जित्ता मिलेगा, उसी से बेरोज़गारी के दिनों की ज़िंदगी का ठाठ जमाया जाएगा। घर में बुढ़िया है। दो नाती हैं। भरी-पूरी गृहस्थी है। छोटी-सी झुपड़िया है। एक बकरी पाल रखी है। सबके पेट हैं। भूख है। दरिद्रता है। लानत है।

और सब इसी झोंपड़ी में साथ-साथ रहते हैं। ईश्वर तो है ही। वह भी साथ है। ...नत्थू ने पूरा जीवन इसी ईश्वर के सहारे काट लिया। बेरोज़गारी, गरीबी, भूख, मुसीबत, अकारथ मेहनत, घबराता नहीं वह इन सबसे। घबराने से होना भी क्या है? और वह ऐसा कोई अकेला और अनोखा तो है नहीं? दुनिया उसके जैसों से अटी पड़ी है। सब जी रहे हैं न? सब अभी और इसी पल में जी रहे हैं। कल की सोचें भी कैसे? जानते हैं और मानते भी हैं कि भगवान ने उनके लिए कोई कल बनाया ही नहीं। हर आज के दिन ही रोज़ उनका नया कल बनता है। घबराने से क्या हो जाना है? अभी से कल की सोचने बैठ जाएँ तो घबराहट में आज ही मर जाएँ! खूब जानते हैं कि कल कुछ ऐसा खूबसूरत नहीं हो जाने वाला। बस, कल अगर आज से थोड़ा और खराब न हुआ तो वह खूबसूरत ही कहाएगा। कल का और खराब न होना ही उसका अच्छा होना है। ...कल भी थोड़ी-सी रोटी का इंतज़ाम हो जाए तो मान लेंगे कि यह वाला कल तो भौत बढ़िया रहा यार! और, जो रोटी न मिली तो? वो भी ऐसी कोई बड़ी बात नहीं। भूखे सो लेंगे। हो जाता है ऐसा। पहले भी कई बार सो चुके हैं। कितनी ही बार। अब तो आदत-सी है। ...रोटी की आशा में ही नींद आ जाती है कि कल तो ज़रूर मिलेगी। ईश्वर ऐसा भी निष्ठुर नहीं। वह दे ही देता है। वह दयालु है। कृपालु है। जीने नहीं देता तो मरने भी तो नहीं देता। रोटी मिल ही जाती है। एक टेम की तो वह दिलवा ही देता है। कहीं न कहीं से इंतज़ाम हो ही जाता है। दो दाने उसके नाम के भी बनाता ही है भगवान। ...भगवान पर अगाध विश्वास है बूढ़े का। इस दुनिया में पत्ता भी उस परमपिता की मर्जी के बिना नहीं खड़क सकता। सब वही तो कराता है। उसी ने हमें गरीब पैदा किया है। उसी के द्वारा तय किया गया भवितव्य है हमारा कि हम गरीब ही मरेंगे। अब इसमें कोई क्या कर सकता है? हाथ की लकीरें हैं। इनको बदल तो सकते नहीं न? कपाल पे लिखा लेख है यह तो। इसे मिटा तो सकते नहीं। तुलसी बब्बा बता गए हैं, 'जाहि बिधि राखे राम, ताहि बिधि रहिए', सो रह रहे हैं।

वैसे, नत्थू का बेटा ज़रूर ख़ूब हाथ-पाँव मारता रहता है। कहता है कि उसे इस दरिद्रता से छुटकारा पाना ही है। ख़ूब काम करता है वह। उसकी बहू भी काम में लगी रहती है। बच्चे दादा-दादी के पास रख छोड़े हैं। बस, एक बेटा ख़ुद के साथ छतरपुर में रखा हुआ है। वहाँ के कान्वेंट स्कूल में डाल रखा है। पढ़-लिख जाएगा तो जिनगी बन जाएगी उसकी। बच्चों का जीवन सँवर जाए, इसी के लिए लगा रहता है किसी न किसी काम में, हरदम, छतरपुर में, बहू के साथ। पल्लेदारी, साइकिल रिक्शा, ईंटों का भट्टा, दुकान पे मजूरी; जो मिल जाए। ...बहू घरों में झाड़ू-पोंछा, बर्तन-भाँडे में लगी रहती है। ख़ूब काम। दिन-रात। दोनों कमाते भी हैं।

बूढ़ा उसे समझाता है कि यह भागदौड़ निरर्थक है, दुनिया में तो सब ऐसेई चलेगा, और जे तो राजा रामचंद्रजी के जमाने से चला आ रहा है। गरीब को गरीब

जैसा रहना है, यह तय है। तुम चाहो तो कोशिश कर लो। करो। खूब कोशिश करो। खूब काम करो। परन्तु देखना, तुम्हारे पास जब तक चार पैसे आएँगे तब तक दुनिया्रा के पास पचास पैसे आ जाएँगे। तुम गरीब ही बने रहोगे। यही दुनिया है। यही चलता है। यही चलना है। यही चलेगा।

***

विचारमग्न बैठा हुआ है नत्थू।

शाम गई। रात हो चली। सामने की सड़क के मज़दूर काम बन्द करके घर को निकल गए।

अभी इसी सड़क किनारे मेंड़ पर उकड़ूँ बैठा हुआ है बूढ़ा।

सड़क पर गोधूलि की आवाजाही के आखिरी दस्ते जा रहे हैं। गाएँ। गाड़ियाँ। साइकिल। पैदल। मोटरसाइकिल। सबको निस्पृह भाव से देख रहा है नत्थू। उसके हाथ में चिलम है। चिलम सुलगाने की प्रक्रिया में व्यस्त है नत्थू।

चिलम सुलगाने के अपने नियम तथा परम्पराएँ हैं। पी रहे हों, और कोई वहाँ से निकले तो उसे चिलम के लिए आमंत्रित करने का नियम है। जात-बिरादरी का निकला तो वह साथ बैठ जाएगा, पी लेगा। हाँ, बड़ी जाति वाले, बड़े लोग—उन्हें कभी भूल के भी चिलम के लिए नहीं पूछना है। उनसे तो बस दूर से हाथ जोड़कर नमस्कार करेंगे। वो भी चिलम को तुरन्त ही जमीन पर धर के। उन्हें आमंत्रित करबे की कभी सोच भी नहीं सकते। जूता खा जाएँगे। लात-घूँसा हो जाएगा।

नत्थू की चिलम सुलग गई है।

एक लम्बा कश मारा बूढ़े ने। अपनी एक पूरी श्वास ही समर्पित कर दी चिलम को। सस्ती तंबाकू सुलग उठी। गहरा कश लिया तो उसे खाँसी आ गई। फिर वह आती ही चली गई। अच्छा है कि बुढ़िया झोंपड़ी में है। रात को ही खाना पहुँचाने आएगी। अभी होती तो गरियाती। कहती कि काहे चिलम में प्राण दिये दे रहे हो? छोड़ते काहे नहीं इस नासपीटी को। ...खाँसता रहा वह। देर तक खों-खों चली। खाँस-खाँस के माथा ठनक गया, चक्कर से आ गए। फिर ढेर-सा बलगम थूक दिया उसने ज़मीन पर।

सुलगी हुई चिलम हाथ में लिए वह अपनी सांस को स्थिर करता रहा, देर तक।

इसी बीच सड़क पर लोग आ-जा रहे हैं।

तभी, बिरादरी का एक बूढ़ा सामने से निकला। बकरियों का झुंड हाँकते हुए। साथ में एक दुबला-पतला, लगभग नंग-धड़ंग किशोर। नत्थू ने बूढ़े को तुरन्त ही चिलम के लिए आमंत्रित कर लिया।

बिरादरी के बूढ़े ने साथ चलते हुए किशोर से कहा कि तू बकरियाँ ले के घर

पहुँच, हम जरा आते हैं। यह भी कहा कि रस्ते में तू कहीं खेलबे न लग जाना रे। किशोर ने जाते-जाते कहा कि हम अभी घर जा के सब बता देंगे दादी को कि तुम चिलम पीबे रुक गए हो। बूढ़े ने 'भग भैंचो' कहकर बालक पर लाड़ जताया।

अब दोनों बूढ़े चिलम फूँकने लगे। ...और बातें चल पड़ीं।

चिलम पियो तो नशे के साथ छोटे-छोटे सपने जागने लगते हैं आँखों में। पर इनके तो सपने भी ऐसे दरिद्र कि आपको क्या बताएँ? गरीब आदमी सपने भी इतने छोटे देखता है कि आप जैसा आदमी तो उसे सपना कहने में भी शर्मिन्दा महसूस करे कि स्साला, यह भी कोई सपना है! यार, कम से कम सपना तो ठीक-ठाक देखा करो। ...पर इनका तो यही है साहब। एक ठीक-सा सपना देखने की भी तमीज और ताब इन्हें नहीं है।

देखिए न कि नत्थू अभी अपना कौन-सा सपना उस बूढ़े के साथ साझा कर रहा है!

नत्थू का सपना है, बल्कि दो सपने हैं। ...एक तो यह कि इस साल वह एक और बकरी खरीद ले। ...और दूसरा सपना? वो यह कि अभी जो बकरी उसके पास है, उसका गर्भाधान सफल हो जाए, उसके दो बच्चे हो जाएँ। बकरा हो तो उसे बेच दें, और कहीं बकरियाँ हो जाएँ तो घर में चार बकरियाँ हो जाएँगी। बकरी का दूध कहीं बिकता नहीं। एक तरह की हींक-सी आती है उससे। खोया उससे बनता नहीं। पर घर में दूध होगा तो दोनों पोते पिएँगे, उनके शरीर को लगेगा। बच्चों का बढ़ने वाला शरीर है। हमारा क्या है? बच्चे पिएँगे तो बढ़ेंगे, हम पिएँगे तो मूत बन के कढ़ जाएगा शरीर से। इस बार मटर की मजूरी से जो पैसा आएगा, उससे एक बकरी जरूर खरीदी जाएगी।

इसी सपने की बात सुना रहा है नत्थू।

दोनों सुरूर में हैं। एक बूढ़ा अपना सपना बताने की धुन में है, दूसरा उस सपने की पड़ताल करने में।

बातें कुछ यूँ चलीं :

"और सगे?" बूढ़े ने कहा।

"अच्छो चल रओ है सब।" नत्थू बोला।

"भौत खाँस रये—दमा हो गओ का?"

"वोई समझो। वैदजी कह रहे थे कि जे तुमाई दमा वाली खाँसी है; अब देह के साथ ही जाएगी जे। खाँसी की तो खैर भली चलाई, पर असल चीज तो जे स्साले घुटने हैं; बड़ो परेशान कर रये हैं।" नत्थू ने बताया।

"सूज गए का?"

"सूजे तो हैं। खूब पिराते भी हैं। अन्दर से कट-कट की आवाज करते हैं। मुड़त ई नईंया। और जो सीधे करबे की कोशिश करें तो प्राण ही कढ़ जाते हैं।" नत्थू ने बताया।

"अकऊवा के पत्ता गरम करके अपने घुटना पे बाँध लो। महीना भर में ही

जे तुम्हारा दर्द छू-मंतर न हो जाए तो बोलियो। सच्ची। एकदम शर्तिया इलाज है।"

"घंट शर्तिया है।"

"काय?"

"तुम महीना की के रये, हम तीन महीना बाँध के देख चुके।"

"अरे!"

"हमने तो बैदक भी खूब करा लई। कछू नहीं भओ। मामला और बिगड़ई गओ है। अब तो हमने मान लई है कि जे सब भगवान की मरजी है। मरबे के बाद ऐसेई लंगड़ाते हुए जाना पड़ेगा उसके दरबार में। परम पिता शायद जेई कहना चाहता है कि तुम जिनगी में भौत दौड़, भाग लिए, अब बैठ जाओ।"

"तो बैठ जाओ न? छोड़ो सब भाग-दौड़। फिर भगवान की ही बात मानो न?"

"पर बैठें कैसे? भगवान की बात मानबे का मन तो हमारा भी भौत होता है। बुढ़ापे का शरीर है। अढ़सठ के हो गए हैं हम। बात तो बड़ी अच्छी कह रहा है भगवान पर वो हमें जे नहीं बताता कि घर बैठ गए तो हमें रोटी कौन देगा?" नत्थू ने कहा।

चिलम अब दूसरे बूढ़े के हाथ में है।

दो गहरे कश खींचकर चिलम वापस करते हुए बूढ़ा हँसने लगा।

हँसते हुए बोला, "भगवान ही खिलाएगा। हमारे पंडितजी तो जेई बताते हैं।"

"बे अपने बारे में बोल रहे होंगे। पंडितों को तो भगवान बैठे-बैठे भी खिला देता है। हमाऐ लाने ऐसा कोई इंतजाम नहीं किया है भगवान ने।"

"जब भगवान उनका इत्ता बड़ा पेट बैठे-बैठे भर देता है तो हमारा पेट तो स्साला इत्ता-सा है; इसकी तरफ भगवान काहे नहीं देखता?"

चिलम को हाथ में लिए चिलम को ही देख रहा है, नत्थू।

नत्थू हँसने लगा।

"इसी के लिए तो भगवान ने जे चिलम बनाई है। जे भी उसका ही एक तरीका है। भगवान ने कुछ लोगों का पेट भरबे का इंतजाम किया है, और बाकी के लिए पेट की भूख को भुलाने का। जिसकी किस्मत में जो आ गया, मानना पड़ता है। तो हमारे लिए जे चिलम बना दई ईश्वर ने। पियो और सब भूल जाओ।"

मानो ईश्वर का पवित्र आदेश हो, इस भावना के साथ चिलम खींचने लगा नत्थू।

हवा का एक झोंका उठा और आकाश में बिला गया।

अचानक ही बूढ़े ने पूछ लिया, "इतें को तुमाओ काम तो अब खतम हो रओ है?"

"बस, जेई महिना की बात मान लो..."

"फिर?"

"फिर क्या? बस, फिर फालतू हैं। जो काम मिलेगा, करेंगे।"

"अगले महीने चार शादियाँ हैं।"

"तो?"

"बारातें लगेगी। बन्ने मियाँ की लाइटें चलेंगी हर बारात के संग। उन्हें लाइट ढोबे वाले चइए। सिर पे बत्ती धर के चलना पड़ेगा। बोलो, चल पाओगे?"

"काहे न चलेंगे?"

"तुमाओ घुटना खराब है न?"

"पर पेट भी तो लगा है? पेट हमारे घुटना के ऊपर है कि नीचे? पेट के लाने हम इन घुटनों पर भी चल लेंगे। खूब चलेंगे। ऐन ठाठ से चल लेंगे भैया। दस-पन्द्रह बारातों में हम पहले भी लाइटें उठा चुके हैं। उठा लेंगे। कौन-सा उतें भौत तेज-तेज भागना है? बारात चलती है जनवासे की चाल से। उत्ता तो हम चल लेंगे।"

"पर याद रखियो, आजकल की बारात में लौंडा लोग दारू पी के खूब हुड़दंग करते हैं स्साले। भौत नाच-गाना करते हैं। बारात में इनसे बचके चलना पड़ता है।"

"हम जानते हैं। ऐसेई एक बार धक्का खा के हम गिर भी चुके हैं, ऐसेई एक बारात में। तभी तो जे घुटना चोट खा गओ हतो।"

"बस, तब ठीक है।"

"तो फिर हमारा नाम बन्ने मियाँ को नोट करा दइयो। हम जरूर चलेंगे।" नत्थू ने कहा।

अँधेरा बढ़ रहा है। चिलम में माल बाकी है अभी। सुरूर हो चला है। सपने तैरने लगे हैं। बड़े कश और छोटे सपने।

"हमें एक अच्छी-सी बकरी खरीदबा दो सगे।"

"खरीदबा देंगे। पर बकरी को पालना है स्साला दलिद्दर का काम। तुम गाय काहे नहीं पालते?" बूढ़े ने सुझाव दिया।

"कहो तो हम हाथी पाल लें?" कहकर नत्थू हँसने लगा।

"हाथी की किसने कही?" बूढ़ा बुरा मान गया।

"गाय..."

"...गाय पाल लोगे तो जान लो कि रोज की कमाई का इंतजाम हो गया। समझे कि नहीं? पाँच-छह लीटर दूध तो रोज का निकलेगा ही। बढ़िया बेचो। जो बचे, उसका खोआ बना लो। कालपी से एजेंट आ के खुदई घर से खोआ उठाकर ले जाएगा।"

"इत्ता बड़ा सपना न दिखाओ सगे। गाय की सेवा-टहल जानते हो न? तीन टेम तो उसे तसला भर के भूसा, और साथ में इत्ती सारी सानी। जे सब खिलाओ तब तो वो दूध दे। हम कहाँ से इसका इंतजाम करेंगे? अपनी तो भैया, बकरी ही भली। जे हमसे कछू नई माँगती। कितऊँ भी चर लेती है। साल में दो बार ब्याएगी। हर बार दो बच्चा देगी।"

"ऐन लम्बी सोच रखी है, क्यों सगे?"

"तुम तो हमें बस एक बकरी दिला दो।"

"बकरी का क्या है, जब कहोगे तब मिल जेहे। बस, ढाई हजार नगद लग जेहें।"

"इत्ती रकम?"

"इत्ते पैसे न पुसाते हों तो कहीं से चोरी करके बकरी उठा लाओ; एक पैसा भी न लगेगा।"

"कैसी बात करते हो सगे?"

"हमने कौन-सी गलत बात कही? अरे, बकरी उठाबे में कौन-सी बुराई है? लोग उठाते हैं। हाँ, उठाना है तो दूसरे गाँव से ही उठइयो। इतें सब लोग अपनी-अपनी बकरी पहचानते हैं। बकरी भी मालिक की आवाज जानती है।"

"चोरी की बात हमें न सिखाओ सगे। चोरी करके कौन-से हमें महल खड़े करने हैं?"

"बकरी चोरी से वैसे भी कोई महल खड़े नहीं होने वाले हैं भैया। महल खड़े करबे वाली चोरियाँ दूसरी होती हैं। बे हमारे-तुमारे बस की नहीं हैं।"

"भैया, चोरी का दूध नहीं पिलाना है नाती-पोतों को। इत्ती-सी उमर में गलत संस्कार डाल दिये तो फिर बड़े होकर चोरी-चकारी ही करेंगे, और क्या?" नत्थू ने चिलम बूढ़े को थमाते हुए कहा।

"जे बात तो तुमने एकदम सही कही भइया। आदमी को धरम के मार्ग से नहीं डिगना चाहिए।" बूढ़ा बोला।

"भगवान हमारे दिल में बैठ के हमारे सब कर्म लिखता रहता है। सबका हिसाब रखता है वो। जेई करमों का लेखा अगले जनम में काम आने वाला है।"

"सही बात।"

"जे जनम तो हमारा अकारथ गया। अब इस जनम में अगर भगवान ने हमारा सही-सही हिसाब दर्ज किया होगा तो शायद हमारा अगला जनम सुधर जाए।"

"काहे न सही दर्ज करेगा भाई? भगवान है आखिर।"

"है तो। भगवान तो है। हम भी मानते हैं पर डर भी लगा रहता है। वो है तो, पर वो हमारी तरफ भी कभी देखता है कि नहीं—जे बात ठीक से पता नहीं चलती।"

"काहे न देखता होगा?"

"बस, तो भगवान की हम पे इत्ती किरपा हो जाए कि हमें एक अच्छी-सी बकरी मिल जाए।"

"वो काम तो खैर हम ही कर देंगे। सस्ती दिला देंगे। बस, भगवान से जे बिनती कर लेना कि कोई तुमाई बकरी न चोरी कर ले।"

"अपनी एक बकरी पहले से ई है न हमारे पास, उसके लाने तो भगवान से जेई बिनती चलती ही रहती है हमारी।"

"रात में उसे झोंपड़ी में ही बन्द कर लिया करो न, बाहर बाँधो तो बदमाश लोग उठा ले जाते हैं।"

"अन्दर इत्ती जगह कहाँ है? छोटी-सी तो झुपड़िया है। उसमें हम दो, बूढ़ा-बुढ़िया, और दो हमारे पोता। बीच-बीच में कभी बेटा बहू, नाते-रिश्ते वाले भी आ जाते हैं। बकरी के लाने जगह कहाँ है? अन्दर कहाँ धरेंगे?"

"शान्त प्राणी है। रात में जिधर धर दोगे, सुबे उतईं मिलेगी।"

"हमने तो अपनी बकरी पर महावर पोत दिया है। पेट पे निशानी भी बना दी है। टाँग पे, बुंदका छाप दये हैं। दूर से देख के ही पहिचान में आ जाती है।"

"जे तुमने सही काम किया।" बूढ़े ने चिलम खींची।

"खत्म हो गई, लगता है?" बूढ़े ने चिलम वापस देते हुए कहा।

नत्थू ने भी चिलम को जोर से खींचकर खत्म होने की तस्दीक की।

"सही बोल गए तुम सगे।" नत्थू ने चिलम का आखिरी बचा-खुचा कश खींचकर पटाक्षेप संवाद बोला।

"तो फिर हम चलें भइया?" अब और बैठने की तुक नहीं थी। बूढ़ा उठ गया।

कठिनाई से, टेढ़ा-मेढ़ा होता हुआ नत्थू भी उठा।

"हओ सगे, निकरो आप।" नत्थू ने अँधेरे में ही हाथ जोड़ दिये।

बूढ़ा धीरे-धीरे चलता हुआ निकल गया।

नत्थू बैठा रहा। रात हो गई थी। अब, बस अँधेरा ही अँधेरा था। सुरूर था। तारे थे। मटर की फसल थी। अकेलापन था।

नत्थू आसमान को ताकने लगा। क्या इनमें से कोई तारा उसका भी था? बचपन में, माँ दिखाया करती थी तारे। कहती थी कि तेरा वो वाला तारा है बेटा।

अभी वह वाला तारा दिखता क्यों नहीं?

अभी-अभी टूटकर ज़मीन तरफ़ गिरता हुआ जो तारा उसने देखा है, वह तारा उसी का तो नहीं था?

विकास अक्सर नत्थू को ही कुचलता है

लखनऊ वाले चाचाजी दो दिनों से कोटरा आए हुए हैं और कोटरा के विकास को देख-देखकर अशअश कर रहे हैं।

वे सालों बाद कोटरा आए हैं। कोटरा ही क्यों कहें, वे तो सालों बाद किसी भी देहात में आए हैं। वे हमेशा से देहात को दलिद्दर मानते रहे। गाँव की रिश्तेदारी में शादी और गमी में भी नहीं पहुँचते हैं वे कभी। झाँसी और मोंठ की एक शादी में

ज़रूर सात साल पहले कभी एक बार पहुँचे थे।

चाचाजी एक रिटायर्ड सरकारी अधिकारी हैं। सारा जीवन लखनऊ के बड़े आफ़िसों में बैठकर काट लिया। फिर वहीं मकान भी बनवा लिया। उनका एक बेटा बैंक में कुछ है। एक बेटा किशोरावस्था में है, बुढ़ापे की संतान। तीन बेटियाँ हो गईं, दोनों बेटों के बीच, पर वे आखिर तक एक और बेटे की कोशिश करते ही रहे। भगवान भी जान गए कि यह स्साला मानेगा नहीं। लगा रहेगा। रुकेगा नहीं। इस तरह भगवान की कृपा से एक संतान रिटायरमेंट से छह साल पहले हुई। अन्ततः पुत्र हो ही गया। चाचाजी का अश्वमेघ यज्ञ सम्पन्न हुआ। अब उनको रिटायर हुए भी बारह वर्ष होने को आए। बूढ़े हो गए हैं वे। कानों से ऊँचा सुनने लगे हैं। सामने के दाँत गिर गए हैं। प्रोस्टेट बढ़ गई है। बार-बार पेशाब लगती है। जल्दी से न जाओ तो कपड़े ख़राब होने का भय रहता है। वानप्रस्थ में दोनों पाँव उतर गए हैं पर उनका यह छोटा बेटा बड़ा होने का नाम ही नहीं ले रहा। लाड़-प्यार में वैसा तो नहीं बिगड़ा है पर सुधरने को अपनी बेइज़्ज़ती मानता है। दो बार इंटर में फेल हो गया तो चाचाजी को अचानक पंडिज्जी की याद आई। अपने सगे भतीजे के स्कूल से हज़ारों लोग फर्स्ट क्लास लेकर निकल रहे हैं और हम फालतू में यहाँ लखनऊ में ज़रा-सी बात पर परेशान हो रहे हैं?

पंडिज्जी उनके भतीजे ज़रूर रहे हैं पर ज़रा देहाती टाइप के हैं, जो चाचाजी के शहराती व्यक्तित्व को रास नहीं आता है। लखनऊ वाला शख़्स ऐसे रिश्तेदार से एक दूरी बनाकर ही तो मिलेगा न? सो पहले कभी किसी शादी-ब्याह में मिलते भी थे तो अफ़सर को शोभा देने वाली औपचारिकता को बीच में धर के ही पंडिज्जी से मिलते रहे थे। तब यह आइडिया ही नहीं था कि एक दिन इसी गावदी भतीजे से यूँ काम फँस जाएगा। अभी भी कोटरा आते-आते भी उनकी आत्मा नाक-भौं सिकोड़ रही थी कि कहाँ दलिद्दर में जा रहे हो तुम? पर यहाँ सब कुछ वैसा देहाती भी नहीं निकला जिसकी आशंका थी। न तो पंडिज्जी ऐसे देहाती साबित हुए, न कोटरा ही वैसा देहात।

स्साला, यह तो बड़ी प्रोग्रेस कर गया है कोटरा। हम तो समझे थे कि...। यह बात वे दो दिनों से बार-बार कह रहे हैं और कई तरह से कह रहे हैं। दो दिनों के प्रवास में वे दसियों बार यह बात कह चुके हैं। अपोली उनकी इस बात को अब और बरदाश्त नहीं कर पा रहे हैं। कोटरा वालों को जे स्साले शहराती लोग ऐसा चूतिया क्यों समझते हैं?

सुपुत्र को पंडिज्जी के स्कूल से परीक्षा में बिठाने और बढ़िया नम्बरों से पास कराने की बात तय हो जाने के बाद तो चाचाजी अति आनन्द तथा विकट उत्साह से भर गए हैं। रोके नहीं रुक रहे। दो दिनों से पूरा कोटरा घूम रहे हैं। छोटा-सा तो कोटरा है। दो दिनों में तीन बार पूरा देख डाला। इसी बीच वे जहाँ से भी गुज़रे,

आश्चर्यपूर्वक यही कहते रहे कि यार, यह तो बड़ा बंबास्टिक विकास हो गया है गाँव का! वे अब तक गाँव का तात्पर्य झोंपड़े, कच्चे रास्ते, कुएँ का मैला पानी, नदी, गलियाँ, कीचड़, गोबर, गाय, बैल, मच्छर, कीड़े-मकोड़े और यहाँ-वहाँ बह रहा नालियों का पानी ही मानते रहे हैं। वे हैरान हैं कि गाँव की गलियाँ कंक्रीट की बन गई हैं। कुछ मकान तो पक्के भी दिख रहे हैं। कई तो हवेलीनुमा मकान तक हैं। एकाध चौराहा तो बड़ा ही बढ़िया बन गया है यार। इस चौराहे पर सोडियम वेपरलैंप तक लग गया है। कभी बिजली आ जाए तो यह जलता भी है। अब और क्या चाहिए? एक छोटी डिस्पेंसरी भी है। ठीक है कि वहाँ डाक्टर नहीं रहता है, तो भी क्या? बाज़ार में फलों की एक दुकान भी है जिसमें चीकू और चेरी का डिब्बा तक उन्हें दिखा है। ...यह तो कमाल है भाई। वे एक-एक चीज़ पर उछल-उछल जा रहे हैं। भई वाह, यहाँ तो जे भी है! अच्छा, जे भी है!! वाह भई, वाह!! दो दिनों से बार-बार यूँ 'वाह' 'वाह' कर रहे हैं मानो कोटरा स्वयं में कोई मुशायरा हो।

पंडिज्जी तो उनकी उम्र का और लखनऊ से आने का लिहाज करते हुए उनके बुढ़ापे को बरदाश्त कर रहे हैं परन्तु अपोली खासे कसमसाए जा रहे हैं। एक-दो बार, जब बुजुर्गवार थोड़ी दूरी पर खड़े थे, अपोली ने यह कसमसाहट पंडिज्जी से प्रकट भी की है।

"यार, आप ख़ूब लखनऊ में रहो पर गाँव वालों को इत्ता चूतिया तो न मानो।" कल ही अपोली बुदबुदा रहे थे।

"क्यों? ऐसा क्या हो गया?" पंडिज्जी ने अनजान-सा बनते हुए पूछा।

"क्यों? क्या ऐसा कुछ नहीं लग रहा आपको? कल से इनको देख नहीं रहे हैं आप? जे महाराज लगातार परेशान हैं कि कोटरा की गलियाँ पक्की क्यों बन गईं, यहाँ लाइट के खंभे कैसे लग गए?"

"परेशान थोड़ेई हैं। बे तो खुश हो रहे हैं?"

"खुश नहीं हैं। अचरज कर रहे हैं। बड़े अचरज में हैं कि जे चीजें कोटरा में कैसे बन गईं? उनकी इच्छा है कि दुनिया में बस, लखनऊ ही चमके और कोटरा..."

"...ऐसा नहीं है बेटा। बुजुर्ग आदमी हैं। उन्होंने इत्ते साल बाद अब गाँव देखा है। पहले वाला गाँव उनकी याददाश्त और मन में है सो..."

"ऊँचा सुनते हैं वर्ना हम इन्हें अभी तक ठीक से समझा भी चुके होते। और कभी हमारे मन ने ठान ली न तो उनके मन की सारी उलझनें साफ कर देंगे हम। हमने भौत सुन ली है इनकी चूतियाई।"

"जे सब बिलकुल न करना। घर के बुजुर्ग हैं। नाती-पोता वाले आदमी हैं।"

"देखना, एकाध दिन घर के नाती-पोता लोग ही इनके मन के जाले साफ कर देंगे।"

"बे जो करें पर तुम कछू न बोल देना।"

"हम भी कल से जेई कोशिश कर रहे हैं कि हमें कुछ न बोलना पड़े।"

"तो अपना मूँ बन्द ही रखना। वयोवृद्ध हैं। जो कहें, सुन लो।"

"वयोवृद्ध होबे का मतलब जे नहीं होता कि ..."

"...जो भी मतलब होता हो, तुम चुप रहना।"

तब तक चाचाजी को लगा कि पीछे कुछ खुसपुस चल रही है और शायद कोई बात उनके ही बारे में हो रही है।

" हमसे कुछ कहा क्या?" उन्होंने पूछा।

"पिताजी बोल रहे हैं कि मौसम बड़ा सुहाना है।" अपोली ने कहा।

पंडिज्जी ने घूरकर अपोली को देखा। अपोली मुस्का दिये।

"क्या है?" चाचाजी ने जानना चाहा।

"सुहाना है, सुहाना।"

"क्या चीज?"

"मौसम।"

"तो? मौसम का क्या?"

"खराब होबे की सम्भावना बन रही है।"

"क्या बन रही है?"

"गैस बन रही है। पेट खराब होबे की सम्भावना है।"

"क्या खराब?"

"दिमाग। दिमाग गड़बड़ कर रओ है।"

"क्या खड़खड़ा रहा है? तनिक ठीक से तो बोलो।"

"हमने कही कि आप ऐन स्मार्ट लग रहे हो।"

इस बात को उनने न केवल सुन लिया, ख़ुश भी हुए। हँसकर बोले, "अब तो काहे के स्मार्ट..."

"...जो भी हो।"

"पर तुम बता रहे थे कि कछू खड़खड़ा रहा है?"

"वो तो हम अपनी मोटरसाइकिल की बता रहे थे।" अपोली ने देखा कि पंडिज्जी का चेहरा गुस्से से लाल हुआ जा रहा है तो बात बदल दी।

तब तक चाचाजी ने पंडिज्जी का चेहरा देख लिया। वहाँ चेहरे पर तनाव और कुछ जब्त करने के भाव स्पष्ट हैं।

"तुम्हें क्या हुआ?" चाचाजी ने पंडिज्जी से पूछ लिया।

"दचका लग गया सड़क की गिट्टियन पे।"अपोली ने बताया।

"अरे!" यह भी सुन लिया चाचाजी ने।

पंडिज्जी ने गुस्से से अपोली को देखा।

"नीचे कछू चोट-वोट तो नहीं आई? हमारी गाड़ी एक दिन ऐसेई उचक गई थी। कानपुर-लखनऊ रोड पे। उछल के वापस नीचे की तरफ आए तो हमारा फोता पचक गया, नीचे। हम तो बिलबिला के लेट गए उतँई, सड़क पे, गाड़ी छोड़ के।" चाचाजी कभी अपने अंडकोषों के दबने की कथा बताने लगे।

"हम ठीक हैं।" पंडिज्जी ने कान में ज़ोर से बताया।

"इत्ता तेज न बोलो। कान एकदम बढ़िया हैं हमारे।" चाचाजी ने कहा।

***

आज सुबह-सुबह चाचाजी कहने लगे कि यार, तुमने अपना मटर का खेत तो हमें दिखाया ही नहीं। तय हुआ कि आज खेत पर चलेंगे। आगे अपोली, पीछे पंडिज्जी, बीच में चाचाजी। अभी तीनों जन मोटरसाइकिल पर वहीं जा रहे हैं। वयोवृद्ध को बीच में दबोच के चलो तो उसके गिरने का भय नहीं रहता।

गिट्टी पड़ी है बगल की पगडंडी पर। दचके तो हैं ही। गाड़ी भी बीच-बीच में आढ़ी-टेढ़ी हो रही है।

"ठीक से पकड़ के रखिएगा।" गाड़ी चलाते हुए अपोली ने कहा।

चाचाजी ने सुना ही नहीं।

पंडिज्जी ने सुन लिया।

"ठीक बैठे हैं। हमने उन्हें पीछे से पकड़ रखा है।" पंडिज्जी बोले।

"बे एक तरफ को टेढ़े हो रहे हैं।" अपोली ने चेताया।

"सीधे हैं यार।" पंडिज्जी ने कहा।

"कुछ परेशानी?" चाचाजी ने पूछा।

"आप टेढ़े हो रहे हैं। ठीक से पकड़ लें।" अपोली ने गाड़ी चलाते हुए कहा।

"यार, तुम तो चलाते रहो। हम इनको पकड़े हैं न?" पंडिज्जी फिर बोले।

"देख लो। इनके चक्कर में दोनों ही न टपक जाना।" अपोली ने कहा।

"ऐसे कैसे?"

"जैसे कानपुर रोड पे इनके फोता पचक गए थे न, बस वैसे ही।" अपोली हँसते हुए गाड़ी चलाते गए।

चाचाजी खेत जाने के नाम से उत्साहित हैं।

'खेत' उनके लिए मात्र एक शब्द है, बस एक शब्द। यह शब्द सुनकर उनके मन में कोई भी गहन भाव नहीं उठता है। एक चित्र ज़रूर बनता है पर वह एकायामी-सा होता है। प्राण नहीं होते हैं उसमें। वे जीवनभर कभी खेत तो गए नहीं हैं। मेंड़ पर कभी चले नहीं। फसल के पास खड़े होकर उसका होना महसूस ही नहीं है किया कभी। लखनऊ में ही समस्त जीवन कट गया। खेत कहाँ से देखते?

अफ़वाह न भी कहें पर खेत उन्हें एक कहानी किस्सा-सा ही लगता है, कि 'एक था खेत...।' फोटुवों में, यात्रा के दौरान, ट्रेन या बस की खिड़की से झाँकते हुए, या किसी फिल्म में कभी खेत देखा भी तो बस यह मानकर सरसरी तौर पर देखा कि हाँ यार, यह भी एक चीज़ होती है, बस। अब, गाँव आए हैं तो मन है कि ज़रा खेत में उतरकर भी देख ही लिया जाए। मटर तो जीवन भर खाई है, आज मटर का खेत भी देखा जाए—उत्साहित हैं चाचाजी।

अभी खेत की मेंड़ पर खड़े हुए हैं सब लोग।

ठीक सामने की तरफ़ बनता हुआ राजमार्ग है, और पीछे खेत।

आए थे खेत को देखने परन्तु बनते हुए राजमार्ग में उलझ गए चाचाजी। कोटरा के विकास पर वाह, वाह करने का सुनहरा पल एक बार फिर उनके सामने था।

"वाह!" चाचाजी ने बनती हुई फोरलेन रोड को देखते हुए कहा।

अपोली ने तुरन्त पंडिज्जी की तरफ़ शिकायती नज़र से देखा।

पंडिज्जी ने अपोली से आँखें मिलाए बग़ैर ही भाई साहब को बताया, "जे राजमार्ग निकल रहा है इतें से।"

"क्या निकल रहा है?" चाचाजी रोड को ही एकटक देखे जा रहे हैं।

"सूरज...। सूरज निकल रहा है।" अपोली ने जोर से कहा।

"वो तो सुबे ही निकल चुका है।" चाचाजी बोले।

"त्रोई तो; वो और भी निकलता ही चला जा रहा है।" अपोली ने कहा।

"राजमार्ग, राजमार्ग निकल रहा है। जे अपने कानपुर को सीधे मऊरानीपुर से जोड़ देगा। फिर मऊ जाने वालों को झाँसी हो के नहीं जाना पड़ेगा।" पंडिज्जी ने ऊँची आवाज में बोल-बोलकर पूरी सूचना दी।

"राजमार्ग! वाह, भई वाह!" चाचाजी ने कहा। उन्होंने पूरे राजमार्ग को आगे-पीछे घूमकर दूर तक निहारा।

"यह तो कोटरा के लिए भौत ही बढ़िया चीज हो गई भाई। राजमार्ग! वो भी तुमारे खेत से लग के निकल रहा है। वाह। ...बढ़िया। निकलने दो। निकलने दो।"

चाचाजी ने अभिभूत मुद्रा में और आगे कहा।

"तो हम कौन-सा उसे रोक रहे हैं?" अपोली बोले।

चाचाजी ने सुना ही नहीं। पंडिज्जी ने अपोली को ज़ोर से घूरा। अपोली ने पंडिज्जी से आँख ही नहीं मिलाई।

"खेत में चलें?" पंडिज्जी ने पूछा।

चाचाजी ने कुछ सुना ही नहीं। अभी तो वे राजमार्ग में मग्न हैं। कोटरा के विकास पर फिर से अशअश करने को मचलने लगा है उनका दिल।

"एकदम कानपुर-लखनऊ रोड टाइप शानदार रोड बनेगी जे भी, देख लेना। वाह भाई, कोटरा के तो ठाठ हो गए।"

"अब कोटरा का भी थोड़ा-थोड़ा विकास हो रहा है भैया।" पंडिज्जी ने अपोली से नज़रें चुराते हुए कहा।

"अरे, विकास नहीं, कमाल हो रहा है कोटरा में।" चाचाजी ने न केवल सुन लिया! वरन बात को आगे भी बढ़ाया।

अपोली मुस्कुरा दिये।

"विकास हो रहा है। बताया न?" अपोली ने कहा।

चाचाजी ने यह भी सुन लिया।

"अरे भाई, भौत विकास हो रहा है तुम्हारे कोटरा का, भौत। तुम्हारी यह सड़क तो ऐसी चमाचम बनेगी, लखनऊ टाइप कि बस देखना। और यह तो तुम्हारे खेत से एकदम चिपक के ही निकल रही है। तुम्हारी यह जमीन तो मान लो कि सोना हो गई। वाह भई, वाह।" चाचाजी नाचने तो खैर नहीं लगे। मेंड़ पर नाच पाना सम्भव भी नहीं था। पर उनकी मुद्रा में नृत्य की वही लय और उत्साह था।

पंडिज्जी ने फिर एक बार इशारा किया कि खेत में अन्दर चला जाए।

इस बार चाचाजी ने इशारा पकड़ लिया।

पूरी पार्टी खेत में उतर गई।

आगे-आगे नत्थू, फिर पंडिज्जी, चाचाजी और अपोली। चाचाजी अभी भी सामने बन रहे राजमार्ग को लेकर अभिभूत हैं।

"राजमार्ग बन जाएगा तो भौत ही बढ़िया रहेगा।" चलते-चलते भी चाचाजी यही बोले जा रहे हैं।

पंडिज्जी मौन हैं।

नत्थू को राजमार्ग से मतलब नहीं। उसका जीवन तो मेंड़ पर चलते-चलते ही बीत जाना है।

"अच्छा, आप हमें जे तो बताइए, इससे ऐसा क्या बढ़िया हो जाना है?" अपोली ने जानना चाहा।

चाचाजी ने सुना नहीं।

अपोली ने तब पंडिज्जी को पीछे से टोंचा :

"इनसे यह पूछिए न? राजमार्ग निकलने से कोटरा का ऐसा क्या बढ़िया हो जाएगा? किसका बढ़िया हो जाएगा?"

पंडिज्जी ने पीछे मुड़कर अपोली को झिड़का, "तो उनने कौन-सा ऐसा कुछ गलत कह दिया? रोड बनेगी तो कोटरा बढ़िया न हो जाएगा?"

"आप क्यों उत्तर दे रहे हैं? उनसे पूछो न?"

"उनसे क्यों? तुम्हें जवाब मिल गया न?"

"नहीं मिला।"

"क्यों?"

"अरे आपका वाला 'बढ़िया' उनका वाला 'बढ़िया' थोड़ेई हो सकता है।"

"क्यों?"

"लखनऊ वाला आदमी किस चीज को बढ़िया कह रहा है, यह बात आप कैसे बता सकते हैं?" अपोली बोले।

"यार, एक तो बे वैसेई इत्ता ऊँचा सुनते हैं। ऊपर से तुम काहे जे सब तमाशा यहाँ मचा रहे हो?" पंडिज्जी नाराज होने लगे।

चाचाजी ने उड़ता-उड़ता-सा कुछ सुन लिया। पलटकर पूछने लगे :

"हमसे कछू कही?"

"राजमार्ग से भौत बढ़िया हो जाएगा, आपकी इसी बात पे कुछ बात कर रहे थे हम लोग।" अपोली ने जोर से कहा।

"क्या बातें चल रही हैं—हमें भी तो बताओ?"

"कछू खास बात नहीं।" पंडिज्जी बोले।

"बढ़िया हो जाएगा। भौत बढ़िया हो जाएगा भाई। कोटरा का खूब विकास हो रहा है, सब तरफ। वाह, वाह।" चाचाजी स्वयं से बात करते हुए नत्थू के पीछे चलते रहे।

"इनसे जे भी पूछिए कि इस राजमार्ग से नत्थू का भी कुछ बढ़िया होगा कि नहीं?" अपोली ने बात को नया मोड़ दिया।

पंडिज्जी सँभलकर चल रहे हैं। नत्थू और चाचाजी, दोनों की चाल भी बेहद धीमी है। पूरी पार्टी मानो फूँक-फूँककर कदम रखती हुई चली जा रही है।

पंडिज्जी ने चलते-चलते ही अपोली के सवाल के प्रत्युत्तर में पूछ लिया, "यार, नत्थू का इस राजमार्ग से क्या लेना-देना?"

"पर कहा तो यही जा रहा है न? चाचाजी भी जेई कह रहे हैं कि राजमार्ग से सबका बढ़िया हो जाएगा।"

"ऐसेई कहा जाता है। यही कहने का रिवाज है।"

"वही तो हमने पूछा।"

"क्यों पूछ रहे हो?"

"क्योंकि कभी नत्थू भी हमसे जे बात पूछ सकता है।"

"नेताओं वाली फालतू बातें न करो यार। ऐसी अंट-संट बातें बस चुनाव में ही बोली जाती हैं।"

"हम तो वही बोल रहे हैं जो आपकी नेतागिरी से हमने सीखा है।" कहकर अपोली हँसने लगे।

"हमसे कुछ अच्छी बातें भी सीख लो।"

"क्यों? नत्थू की चिन्ता करना कोई अच्छी बात नहीं है क्या?"

"उसकी कौन-सी चिन्ता? स्वयं उसे कभी इस रोड से चिन्तित होते हुए देखा है? वह भी जानता है कि रोड बन रही है, बस। इस रोड से उसे क्या मिलेगा, कभी उसने यह पूछा है?"

"पूछा नहीं है, पर पूछ ही ले तो?"

"क्यों पूछेगा? वैसे तो उसको भी इसका लाभ मिलेगा।"

"अच्छा? बताइए कि इसमें नत्थू को क्या मिलना है? हाँ, इस राजमार्ग पर तेज भागती गाड़ी कभी उसे कुचल के जरूर निकल जाएगी।"

"यार, कुचलने को तो राजमार्ग पर हम-तुम भी कुचले जा सकते हैं। ऐसी रोड पर तो हरेक को सँभलकर चलना ही पड़ता है भैया।"

"हमारा तो प्रश्न ही दूसरा है।"

"क्या है आपका प्रश्न?"

"कि विकास अक्सर नत्थू को ही क्यों कुचलता है?"

"चुनाव अभी भौत दूर है बेटा। ऐसे सवाल पूछना तभी अच्छा लगता है।"

"फिर भी, अभी से प्रैक्टिस करबे में क्या बुराई है? नत्थू का वोट भी तो लगेगा, कि नहीं?" कहकर अपोली हँसने लगे।

"ऐसा है तो जरूर बोल लो।" पंडिज्जी आगे चले गए।

"नत्थू, यहीं दरी बिछा लो।" पंडिज्जी ने निर्देश दिया।

एक जगह ज़मीन थोड़ी-सी समतल दिखी। पास ही मेंड़ पर उगा बबूल का पेड़ है।

नत्थू दरी लेने चल दिया।

इधर चाचाजी ने पलटकर पूछा, "तुमने हमसे कुछ कहा?"

"यहीं रुकते हैं।" पंडिज्जी ने इशारे के साथ ऊँची आवाज़ में कहा तो चाचाजी रुक गए।

अब तीनों रुक गए हैं। नत्थू दरी लाने गया है। झोंपड़ीनुमा टपरे में एक बड़ी-सी दरी भी रखी रहती है। पंडिज्जी यहाँ आते रहते हैं। कभी बैठना चाहें तो उनको दरी लगेगी। अन्दर सँभालकर तह की हुई रखी हुई है।

"तुम अपना जे खेत कहीं बेच-बाच न देना।" अचानक ही चाचाजी ने कहा।

"बेचेंगे क्यों?" अपोली ने पूछा।

चाचाजी बिना उसकी सुने बोलते चले गए :

"अब जे हो गई है राजमार्ग से लगी हुई जमीन। तुम्हें बड़े-बड़े आफर आएँगे। पर इसे कभी बेचना मत। बड़ी मौके की जमीन है यह। देखना, यह आगे जाकर सोना उगलेगी।"

पंडिज्जी अपनी ही लेकर बैठ गए।

"वैसे भी, हम इसे कहाँ से बेचेंगे? एक चौथाई खेत तो मुकदमेबाजी में फँस गया है।"

अपोली उनकी इस बात पर उखड़ गए।

"आपकी जेई बात खराब है पिताजी।"

"कौन-सी बात?"

"हर जगह अपनी जमीन चाँप लेने की कथा बताने बैठ जाते हो।"

"जिसकी चाँपी गई है वो तो रोएगा न?"

"अदालत में तो जब चाहे तब रो आते हो न? उससे तुम्हारा मन नहीं भरता?"

"कैसी बात कर रहे हो तुम? बाप से ऐसे बात की जाती है क्या?"

"बाप से ऐसे बात करो, बड़ों से ऐसे करो, वयोवृद्धों से वैसे करो; आदमी बात ही न करे क्या?"

"करे, पर..."

"...अच्छा हमने ऐसी क्या बात कह दी? आपसे जेई कहा न कि आप हर जगह रोते न रहें कि हमारी जमीन चाँप ली गई है। आजकल ऐसी बातें कोई नहीं सुनता। कोई भी नहीं। अदालत तक नहीं। वो तुम्हारी सुन रही है क्या? तो उतें जज साहब बहरे, इतें चाचाजी बहरे, किसको सुना रहे हो तुम? क्यों हर जगह यही रोना?"

"क्यों न रोएँ—जमीन हमारी..."

"...फिर खूब रोइए। खुलकर रोइए। अच्छा है। आदमी का गला साफ हो जाता है।"

चाचाजी ने अपोली को अपनी तरफ इशारा करते हुए देख लिया है। वे भी सारी बात सुनने की कोशिश कर रहे थे। बेचैन होकर पूछने लगे:

"क्या बात चल रही है?"

"कछू नहीं।" पंडिज्जी ने कहा।

"तुम लोग इत्ता धीरे-धीरे काहे बोल रहे हो भाई?"

"कछू नहीं, पिताजी कह रहे थे कि सच की सदा जीत होती है।" अपोली ने ऊँची आवाज में कहा।

"तो? ठीक ही तो कह रहे हैं।" चाचाजी ने कहा।

"पर झूठ भी हारता नहीं, हम उनको जे बात समझा रहे हैं।" अपोली ने मज़ा लेते हुए धीमे स्वर में कहा।

"सत्य की हमेशा जीत होती है—सच कहा।" चाचाजी ने दोहराया।

"जीत होती तो सच की ही है पर जीत की यह ट्राफी झूठ उठा के ले जाता है।" आज अपोली विद्रोही रूप में हैं।

"इसीलिए, सच की टेक कभी न छोड़ना। ...अच्छा, हम थोड़ा आते हैं।" कहकर चाचाजी बबूल के पेड़ के पास तिनके की आड़ में जाकर उकडूँ बैठ गए।

कान में जनेऊ घुमाते देखकर सब जान गए कि उनका इरादा क्या है।

बुढ़ापे में पेशाब का अपना ही सिस्टम होता है। बड़ी मान-मनव्वल के बाद धीरे-धीरे नीचे आती है। उतरने में टाइम लगता है सो आदमी बैठे-बैठे, वहीं से बातें भी करता चला जाता है।

जमीन पर उकड़ूँ बैठे हुए चाचाजी पेशाब के साथ संवाद भी करने लगे।

"यार, यहाँ आते टाइम कच्चे मकानों का एक मोहल्ला पड़ा था न?"

"चमरेटी है वो। चर्मकरों का टोला।" पंडिज्जी ने पीछे से ऊँची आवाज में बताया।

"वहाँ के सारे मकान बन्द काहे पड़े थे?" पेशाब उतरने लगी है।

"बे तो एक महीना से बन्द हैं। वे सब लोग कोटरा से भाग गए हैं।" अपोली ने बताया।

"ऐं?" पूछा तो इस चक्कर में चलती हुई पतली धार भी रुक गई।

"बे सब अभी कोटरा से भग गए हैं।" अपोली ने तेज़ आवाज़ में नारा टाइप लगाते हुए कहा।

"क्यों भाग गए भाई?" चाचाजी ने पूछा और पेशाब उतारने वाले यंत्र की पड़ताल करने लगे।

"पढ़ा नहीं था आपने? लखनऊ के पेपरों में भी तो खूब छपा था। भौत दिमाग खराब हो रहे थे स्सालों के। एक दिन तो पट्ठों ने एक सवर्ण को बीच बाजार में थप्पड़ तक मार दिया। पानी सिर से गुजर गया तो भौत मारा स्सालों को सवर्णों ने। पूरी बस्ती को घेर के स्सालों को ऐसा ठीक किया कि हाथ जोड़ के 'हा' 'हा' करने लगे। तबसे भौत सारे लोग इतें से भाग निकले हैं।" अपोली ने बताया।

"माना कि तुमें गांधी बब्बा हमारे मूड़ पे बिठाकर गए हैं। और हम भी क्या करते? हमने भी बिठा लिया कि गांधीजी की बात को कौन टाले? बैठ गए तुम हमारे मूड़ पर। पर अब वहाँ बैठकर हम पर ही मूतो तो मती यार। जे नहीं चलेगा। जे नईं होना चईए कि तुम अपनी औकात ही भूल जाओ।" पंडिज्जी का यह सबसे प्रिय विषय है। वे बिना इस बात की परवाह किए कि चाचाजी ने कितना सुना, कितना नहीं सुना, बोलते चले गए।

चाचाजी ने कुछ सुना ही नहीं शायद।

वे अभी पेशाब करने की महती कोशिशों में व्यस्त हैं।

"आपके साथ संविधान है तो हमारे साथ तमंचा है।" अपोली ने पंडिज्जी की बात को आगे बढ़ाते हुए कहा, "बताइए, कौन बड़ा? तमंचा चले तो संविधान की ढाल को भी चीर के एकदम निशाने पे जाकर लगता है।"

कहकर हँसने लगे अपोली।

चाचाजी उठ गए। जित्ती निकली है, ठीक है। फिर लगेगी तो फिर देखेंगे।

"कछू कह रहे थे तुम?" चाचाजी पंडिज्जी से पूछने लगे।

"बता रहे थे कि लखनऊ घाँईं तमंचे इतें भी मिल जाते हैं। फिरंगी क्वालिटी वाले। इस मामले में पहले ही लखनऊ टाइप विकास हो गया है कोटरा का।" अपोली बताने लगे।

पंडिज्जी ने अपोली को अनसुना करते हुए चाचाजी से कहा, "आइए, दरी पर बैठें।"

नत्थू ने दरी बिछा दी थी।

चाचाजी को बैठते-बैठते बेतवा की याद आ गई।

"यार, बेतवा में भौत पानी नहीं दिखा हमें?"

"विकास के चक्कर में उसकी रेत कढ़ गई है सारी। सूख रही है बेतवा। हमें तो जेई लगता है कि जब तक जे बेतवा का पुल बनेगा, नदी ही नहीं बचेगी; पुल बेकार जाएगा।" पंडिज्जी ने कहा।

पंडिज्जी पर्यावरण की चिन्ता में दुबले हो रहे हों, ऐसा नहीं था। यह तो बस कह दिया वरना रेत माफिया से हाथ मिलाने की तमन्ना हमेशा रही है उनके मन में।

"नदी की बड़ी चिन्ता हो रही है चाचाजी को?" अपोली बोले।

"जल समस्या विकराल है। चिन्ता तो होनी चइए।" पंडिज्जी ने चिन्ता का समर्थन किया।

"तभी तो अभी-अभी अपना जल छोड़ के आए हैं।" अपोली ने बबूल के पेड़ की तरफ इशारा करके कहा।

"हमसे कुछ कहा?" चाचाजी ने पूछा।

"हम कह रहे थे कि बूँद-बूँद से घड़ा भरता है।"

"पड़ा?"

"घड़ा। ...घड़ा।"

"घड़े का क्या?"

"घड़ा भरता है। विद्वतजन कह गए हैं कि हम चाहें तो बूँद-बूँद से भी घड़ा भर सकते हैं।"

"तनिक तेज बोलो। हम समझ नहीं पा रहे।"

"मटर खाएँगे चाचाजी? नत्थू, थोड़ी मटर तो खेंच ला।" पंडिज्जी ने बात बदली।

"जे इस उमर में इत्ती सूखी मटर चबा पाएँगे?" अपोली ने पूछा।

"अभी सूखी नहीं है। हरी है। सूख गई होती तो हम कलकत्ता के सेठ को न बुला लेते?" पंडिज्जी ने कहा।

"इसे हरी तो न बोला जाए।"

"हरी है तो हरी ही बोलेंगे।"

"सूख गई है।"

"अभी नत्थू मटर ला ही रहा है। खुदई देख लेना।"

"चलो, देखते हैं।"

"हम भी तुम्हें चबा के बता देंगे।"

"आप तो जिद में लोहे के चने भी चबा जाओगे। इनकी सोचो। उमर देखी है इनकी?"

अपोली और पंडिज्जी बहस का कोई अवसर छोड़ते नहीं।

"पिताजी से क्यों लड़ रहे हो भाई?" चाचाजी ने अपोली से पूछा।

"लड़बे के लाने पड़ौसी के घर में तो घुसेंगे नहीं। जो सामने हो, उसी से तो लड़ना पड़ता है।" अपोली ने बहस का सिद्धांत बताया।

"क्या कह रहे हो?" चाचाजी ने नहीं सुना।

"कछू नहीं, बस लोहे के चने चबाने की बात चल रही थी।" अपोली ने तेज़ आवाज़ में कहा।

चाचाजी ने यह बात एकदम सटीक सुन ली।

"लोहे के चने चबाने वाला मुहावरा तो हमने भी पढ़ा था। छटवीं क्लास की परीक्षा में हमसे इसका अर्थ भी पूछा गया था।" चाचाजी ने कहा।

"हिंदी वाले मास्साब ने पढ़ाया होगा?" अपोली ने कहा।

"हओ, बेई जे सब चीजें बताते रहते थे।"

"वे लोग अभी के बच्चों को भी जेई सब बता रहे हैं। हिन्दी के मास्टर लोग जे लोहे के चने चबाना छोड़ ही नहीं रहे।" अपोली ने कहा।

इसी बीच पंडिज्जी का फोन बजने लगा था। नम्बर देखकर वे एक तरफ़ जाकर खड़े हो गए। वहीं खड़े हुए बतियाते रहे। बड़ी देर तक बात करके लौटे तो अपोली ने पूछ लिया। पंडिज्जी ने बताया कि दरोगाजी बात कर रहे थे।

"दरोगाजी का था। बोल रहे थे कि भाई साब आप हमसे तो कहते। नाहक ही बड़े-बड़े लोगों को बीच में डालबे की क्या जरूरत थी?" पंडिज्जी ने बताया। एसडीएम के फोन की बात अपोली को भी पता है।

"आपने उनसे जे नहीं कहा कि तुम तो खेत पे आ के नत्थू का बयान दर्ज करा रये थे?" अपोली बोले।

"दरोगा से ऐसा नहीं कह सकते न। उसके साथ टैक्टफुल रहना पड़ता है।"

"जे साले लगुवे-भगुवे आपका क्या उखाड़ लेंगे? आप कहो तो..."

"...थानेदार की ताकत को कभी भी कम न समझो।"

"जब कलेक्टर ने ही उसे फोन कर दिया तो..."

"...उसी का तो बुरा मान गया है वो। मिर्ची लग गई है उसे..."

"...लगने दो। कुर्सी पर कुछ दिन ठीक से न बैठ पाए तो..."

"...हमने कहा न, थानेदार की ताकत को कभी कम न समझो।"

"क्यों?"

"क्योंकि अभी तो उसने फोन हमें जे बताने के लिए किया था कि मोंड़ी ने स्वयं तुम्हारे खिलाफ छेड़छाड़ की शिकायत दर्ज कराई है।"

"वो स्साली..."

"...कानून आजकल पूरा का पूरा औरतों के पक्ष में है और तुम परले दर्जे के बेवकूफ हो। दरोगा ने यह शिकायत खुद दबाव डाल के लिखवाई होगी या सुर्रेलेजी को शह दी होगी कि तुम किसी तरह मोंड़ी से शिकायत दर्ज करा दो तो फिर कलेक्टर-कमिश्नर भी इस केस से हाथ खेंच लेंगे। मोंड़ी का मामला हो तो आजकल टीवी-अखबार वाले भी तुरन्त खड़े हो जाते हैं।" पंडिज्जी ने कुछ सोचते हुए कहा।

"इसका कहीं कुछ भी छापा तो हम बिस्मिलजी को जमीन में गाड़ देंगे।"

"किस-किसको गाड़ोगे तुम? आजकल, तुरत-फुरत दिल्ली-बंबई से आकर, तुम्हारे मूँ के सामने माइक और कैमरा ले के खड़े हो जाते हैं स्साले। ...खुद तो तुम अपने लच्छन ठीक करते नहीं हो, जमीन में गाड़बे की बातें करते हो।"

"कौन-से लच्छन?"

"तुमें पता है।"

"हमारे लच्छन आप बाद में सुधार लेना, पहले जे बताओ कि आपने दरोगा को क्या कहा?"

"हम क्या कहते? हमसे अपनी लल्लोचप्पो करा ली स्साले ने। जेई वो चाहता भी था। हमें अपनी ताकत बता रहा था। बुरा माने बैठा था। हमने भी उसे मना लिया। बाद में कहने लगा कि हमने मोंड़ी से सादे कागज पे ही शिकायत ली है। कुछ दिनों बाद शिकायत फाड़फूड़ देंगे।"

अपोली को शान्ति मिली।

लड़की की शिकायत की खबर से घबरा तो वे भी गए थे। अब ठीक है। वैसे, बाद में, कभी बताएँगे उस स्साली को।

तब तक मटर तोड़ लाया है नत्थू।

"आइए।" पंडिज्जी ने दरी पर रखी मटर की तरफ इशारा करके चाचाजी को आमंत्रित किया।

"एकदम हरी मटर है। खा के देखिए।" अपोली ने हँसकर कहा।

शक्तिपुंज की प्रतीक्षा

नत्थू बैठे हैं ज़मीन पर, गयासुद्दीन की झोंपड़ी के बाहर।

साथ में है रस्सी में बँधी उनकी बकरी। बाँध रखी है क्योंकि बकरी बड़ी बेचैन

हो रही है। वह एक जगह पर टिक ही नहीं रही।

तेज़-तेज़ पूँछ हिला रही है। बार-बार रस्सी खींचती है। दसों दिशाओं में एक साथ भागना चाहती है। हर दस मिनट पर, जगह बदल-बदलकर मूत रही है। मिमिया-मिमियाकर मानो बकरे को पुकार रही है। नत्थू भी बार-बार रस्सी खींचकर उसे आश्वस्त करते हैं। ...बस तनिक-सी देर और चैन ले ले। पूरे पैसे दे दिये हैं गयासुद्दीन चच्चा को। बे अभी अपना बकरा ले के बाहर आ ही रये हैं। तनिक गम्म खा ले बेटा।

नत्थू अपनी बकरी को यहाँ गर्भाधान के लिए लाए हैं।

नत्थू तो पहले समझे ही नहीं थे कि बकरी दो दिनों से इतनी बेचैन क्यों है? क्यों वह कुछ खाती-पीती ही नहीं? क्यों इतनी उत्तेजित है? बार-बार क्यों जगह-जगह पेशाब करती फिर रही है? बुढ़िया से यूँ ही पूछा तो वो हँसने लगी। बोली कि तुम तो जीवन भर कभी औरत को ही समझ न पाए तो बकरी को क्या समझोगे? उसी ने बताया कि जमुनापारी बकरी इन्हीं दिनों में गरम होती है। गर्भाधान करा दोगे तो पेट से हो जाएगी। गर्भवती हो गई, फिर चार महीने में हमें दो बच्चे दे देगी।

तभी नत्थू आज अपनी बकरी को यहाँ लाए हैं।

गयासुद्दीन के पास इलाके का मशहूर बीजू बकरा है।

गयासुद्दीन का बकरा यूँ ही बीजू बकरा नहीं कहाता है। बड़े मजबूत बीज का बकरा है। उसके पौरुष की मशहूरी कोटरा के अलावा बाहर तक है। सारे बकरी मालिक उसे जानते हैं। एक साख़ है गयासुद्दीन के बकरे की। बकरे के दुर्ददमनीय पुरुषत्व को लेकर गयासुद्दीन चच्चा कोटरा में यूँ अपनी छाती चौड़ी करके चलते हैं मानो उनके ही पुरुषत्व की चर्चा चलती हो। विशेषता उनके बकरे की तत्परता में है। वह हमेश॥ तत्पर रहने वाला शक्तिपुंज बकरा है। गयासुद्दीन के झोंपड़े पर कभी भी अपनी बकरी लेकर पहुँच जाओ, बकरा हमेशा तैयार मिलेगा। काम भी तुरत करता है। बकरी तथा बकरी मालिक को पूरी तरह सन्तुष्ट करके ही घर भेजता है। गर्भाधान का परिणाम भी प्राय: ज़ोरदार होता है। बीस-पचीस दिनों में ही बकरी में गर्भ ठहरने के लक्षण आ जाते हैं। योनि में सूजन और एक पारदर्शी झिल्ली ऐसी लटकने लगती है कि बकरी की पूँछ में धूल चिपकने लगती है। बकरी मालिक को पता पड़ जाता है कि बीजू बकरे के बीज ने अपना काम कर दिया है। गयासुद्दीन कोटरा में जो सिर उठाकर चलते हैं वह ऐसेई नहीं!

अभी उसी बीजू बकरे की प्रतीक्षा में बैठे हुए हैं नत्थू।

बकरी तक भी तो बीजू बकरे की यह मशहूरी अन्य बकरियों के ज़रिए पहुँची तो होगी ही? बीजू का नाम लेकर बकरियाँ इक-दूजे को छेड़ती भी हों तो आश्चर्य की बात न कहाएगी। सम्भावना तो यहाँ तक बनती है कि गाँव की

बकरियाँ गयासुद्दीन तक को पहिचानने लगी हों कि जे चले आ रये अपने बीजू बकरा के बड़े बापू!

नत्थू अभी तो बकरी की रस्सी पकड़े हुए बैठे हैं। गयासुद्दीनजी की प्रतीक्षा है। "अभी आते हैं" कहकर झोंपड़ी के अन्दर गए थे वे। बड़ी देर से वे अन्दर हैं। बाहर नहीं निकले हैं। ...कहीं वे अन्दर जाकर बकरे को तो नहीं मना रहे? हो सकता है कि वह मूड में न हो अभी? बकरे का भी तो मूड तो होता ही होगा? बीजू बकरा भी अन्ततः होता तो एक बकरा ही है।

***

वैसे, एकदम सुबह-सुबह ही वहाँ पहुँच गए थे नत्थू।

"बकरी लाए हैं।" उन्होंने गयासुद्दीन को बताया था।

इसके आगे गयासुद्दीन को और कुछ बताने की आवश्यकता नहीं थी। उनके दर पर सवाली बकरियाँ किस सवाल को लेकर उपस्थित होती हैं, जानते ही हैं गयासुद्दीन। "बैठो, हम आते हैं", कहकर वे झोंपड़ी में चले गए थे और अभी तक पधारे नहीं हैं। बकरी तो पहले से ही थी, अब नत्थू भी बेचैन हो चले।

"चच्चा!" नत्थू ने उन्हें आवाज दी।

जवाब में पहले तो बकरे की आवाज़ आई। फिर गयासुद्दीन की।

"तनिक गम्म तो खाओ यार!" गयासुद्दीन की आवाज़ थी।

"हम तो बस जे कह रहे थे चच्चा कि तुम जे पैसे धर लेते।" नत्थू ने जेब से बीस रुपए निकालकर हाथ में रख लिए।

"अभी तो अपने खीसे में ही धरे रहो न। बाहर कोई जेब नईं कट रई।" गयासुद्दीन ने बाहर निकलते हुए कहा।

बकरा अभी भी उनके साथ नहीं था।

"जे धर लो।" नत्थू ने नोट बढ़ाए।

"कित्ते पकड़ा रये हो भैया?" गयासुद्दीन ने नोटों को हाथ भी नहीं लगाया।

"काय? पूरे तो दे रये?" नत्थू जान गए कि बीस कम हैं कदाचित।

"भैया, तीस की रेट चल रई है।" गयासुद्दीन ने कहा।

"पहले तो बीस लगते थे?"

"यार, तुम कब की बात बता रये हो? सन सत्तावन की?" गयासुद्दीन हँसने लगे।

"हमें तो बे रमई कक्का ही बता रये हते।"

"बीस?"

"हओ, बीस?"

"यार, थोड़ा धीमे बोलो। अन्दर बकरा खड़ा है, उसका तो कुछ लिहाज कर लो। तुम्हारी बात सुन लेगा तो इसे अपनी बेइज्जती मानेगा। रिसा गया तो तुम्हारी बकरी की तरफ देखेगा भी नहीं। मन उचट जाएगा उसका।" गयासुद्दीन ने चेताया।

"पर तीस तो भौत जादा कहाए?" नत्थू ने कहा।

"काहे के जादा? बकरे को अच्छा खिलाना-पिलाना भी तो पड़ता है भैया। बकरे में दम चईए कि नहीं? सब में कलदार खर्च होते हैं।" गयासुद्दीन ने बकरे की मर्दानगी कायम रखने का अर्थशास्त्र बताते हुए तीस की रेट को जायज़ ठहराया।

"सलीम तो बीस में करा देता है?" नत्थू ने आख़िरी कोशिश की।

"वो तो पन्द्रह में भी कराए तो महँगा है।"

"काय?"

"उसका बकरा देखा है कभी?"

"नहीं तो, क्यों?"

"सलीम को तो देखा है न?"

"क्यों न देखेंगे?"

"बस, तो जैसा सलीम, वैसा उनका बकरा।"

"पर काम तो करता है।"

"काम तो सलीम ने भी किया होगा, सात बच्चे हैं उनके।"

"वही तो..."

"...उनका बकरा भी एकदम वैसई काम करता है, सलीम जैसा। सलीम की औलादें देखी हैं?"

"फिर भी..."

"देखो भैया, इतें पैसा तो इत्ता ही लगेगा। तुम चाहो तो सलीम के बकरे से अपना जे काम करा लो। और जब वो काम कर ले तो फिर अपनी बकरी से ही पूछ के देख लेना। तुम्हें खुद तुम्हारी बकरी अगर दस गालियाँ न दे तो हमारा नाम बदल देना।"

"पर तुम रेट तो भौत बता रये चच्चा?"

"भैया, तुम जरा हमारे बकरे का वीर्य भी तो देखो। वीर्य में ताकत होनी चाहिए कि नहीं? पानी-पानी का भी फर्क होता है। इन तीस रुपयों में बकरी को जो औलादें पैदा होंगी, उनका भी सोचा है?"

"अपनी औलादों का नहीं सोच सके तो बकरी की औलाद का क्या सोचें?" कहकर नत्थू हँसने लगे।

परन्तु हँसते हुए दस का एक मुड़ा-तुड़ा नोट भी निकाल दिया नत्थू ने।

तीस रुपए देखकर गयासुद्दीन परम आत्मीय हो गए।

"राजा, जे तो सोचो। कहीं एक बकरा पैदा हो गया तो तुम्हारे जे तीस रुपए

तीस हजार बन के वापस लौटेंगे।" पैसे लेते हुए गयासुद्दीन ने कहा।

"हमारी फूटी किस्मत के बर्तन में इत्ता पैसा टिकेगा नहीं चच्चा।"

"विश्वास नहीं हो रहा न तुमें? अरे, हमारा बकरा ऐसा गुनी है कि..."

"...बकरों में भी बाँभन होते हैं क्या?"

"इसे वैसई मान लो।"

"चच्चा, बड़ी किस्मत है तुमाई भी और बकरे की भी।"

"जे तुमने सच कहा। ऐसा बकरा तो किस्मत से ही मिलता है।" गयासुद्दीन भावुक हो चले।

"जे भी स्साली खूब रही! भगवान बकरों की किस्मत रचबे में मगन है, हम गरीबों की किस्मत लिखबे का उसे टेम ही नहीं।" नत्थू हँसकर बोले।

"यार, ऐसी खराब किस्मत तो नईंयाँ तुमाई?...इतें पंडिज्जी की फसल में तुमाई अधिया-बटिया है, उतें तुम्हारे बहू, बेटा भी छतरपुर में पैसे कमा रये हैं—और का चइए? ठाठ तो हैं।" गयासुद्दीन ने कहा।

गयासुद्दीन का खुद का बेटा जेल में बन्द है। 'क्यों बन्द है', यह मत पूछिए। जेल में बन्द है, बस यही तथ्य महत्त्वपूर्ण है। जिनके भी बच्चे जेल में बन्द नहीं हैं उनके ठाठ मानते हैं गयासुद्दीन।

"ठाठ ही मान लो। दो टेम पेट भर रोटी मिल गई तो गरीब का तो ठाठई हो गया।" नत्थू ने स्वीकार किया।

गयासुद्दीन ने पैसे बंडी के खीसे में रख लिए थे। अब वे भी झोंपड़ी की तरफ़ देखने लगे।

नत्थू ने भी पहले झोंपड़ी की तरफ देखा, फिर बकरी को।

बकरी ने उन्हें अपनी तरफ़ देखते पाया तो अपनी रस्सी खींचने लगी।

"जल्दी करा देते।" नत्थू ने अर्ज की।

बकरी ने भी उछलकर मिमियाते हुए अपनी अर्ज पेश की।

"कराते हैं न।"

"तो करा दें। बकरी का हाल तो आप देख ही रहे हैं।"

"बकरी को बोलो कि तनिक गम्म खाए।"

"वैसे हुआ क्या? देर काहे की है?" नत्थू ने पूछा।

"अरे भैया, बकरा स्साला सुस्त पड़ा है।"

"तुम तो उसे बड़ा गुनी बता रये थे?" नत्थू चाहते हैं कि फीस पूरी दी है तो काम भी तुरन्त होना चाहिए।

"गुनी प्राणी भी कभी सुस्त नहीं पड़ सकता क्या?"

"पर..."

"भैया, सात दिनों से दिन भर इसी काम में दता हुआ है बिचारा। लोग भी चाहे

जब अपनी बकरी ले के खड़े हो जाते हैं। ऐसे रात, दिन तो अपना दारासिंह भी करता तो आठवें दिन ढीला हो के लस्त गिर पड़ता। है कि नहीं?"

"दारासिंह जे भी करते थे? हम तो सुने हैं कि बस दंगल लड़ते थे?"

"भैया, हमने तो एक बात कही है। वैसे जे भी किसी दंगल से कम नहीं।"

"खैर, जे तो है। फिर?"

"करेगा। जरूर करेगा। बीजू बकरा है। तनिक इंतजार कर लो।"

"परन्तु जब तक जे अपने बीजू महाराज तैयार होंगे, कहीं बकरी नखरे न दिखाने लगे?"

"अभी तो ऐन तैयार लग रही है। देखो, कैसी खेंच-तान मचा रई है?"

गयासुद्दीन को बेचैन बकरी देखकर पूरा विश्वास है कि बकरा आने पर वह स्वयं को उसके समक्ष हँसी-खुशी प्रस्तुत कर देगी।

"बाकी, एक बार के काम में बकरी गाभिन तो हो जाएगी न?" नत्थू ने शंका दूर कर लेना उचित समझा।

"होगी। ...काहे न होगी?"

"फिर भी, न हुई तो?"

"अगर हमारे बकरा से गाभिन न भई तो मान लो कि बकरी में ही कोई खराबी है या फिर तुमाई किस्मत में..."

"हमारी किस्मत का तो हमें अभी भी पता है।" नत्थू ने हँसकर कहा। आदमी की किस्मत इतने लम्बे समय तक खराब रहे तो उसे एक समय के बाद उस पर गुस्से की जगह हँसी आने लगती है। नत्थू ने आगे कहा, "हमारी किस्मत खराब है, तभी तो हमने आपसे जे बात पूछी है।"

"तुमाई जैसी भी हो, हमारे बकरे की किस्मत भौत बढ़िया है।"

"मान लो कि फिर भी बकरी गाभिन न भई तो?"

"तो क्या करोगे? पन्द्रह दिन बाद अपनी बकरी फिर इतें लइयो..."

"...तो फिर से पैसे लगेंगे?"

"काहे न लगेंगे भैया?"

"पर अभी के पैसों का काम तो नहीं बना न?"

"पर बकरे ने तो अपना काम किया न? पैसे तो बकरे के काम के लग रहे हैं।"

"चच्चा, दूसरी बार हमसे कछू कम पैसे ले लेना।"

"पर तुम जे सोच ही काय को रये हो कि बकरी गाभिन न होगी?"

"का करें? हमारे साथ कभी अच्छा भी होगा, विश्वास नहीं हो पाता।"

"जरूर अच्छा होगा। जे काम तो जरूर अच्छा होगा। खुद पे विश्वास करो न करो, बकरे पे तो विश्वास करो।"

कहकर गयासुद्दीन उठ गए।

वे बकरा लेने के लिए जाने लगे। जाते-जाते वे पलटे। कुछ निर्देश देने लगे : "काम होबे के बाद पाँच घंटे तक बकरी को बैठने न देना।" गयासुद्दीन ने कहा।

"अगर गलती से बैठ गई, तो?"

"तो तुम डंडा मार के उसे खड़ा कर देना। देखियो कि बकरी बैठ न पाए। ... बैठ गई तो फिर हमसे न पूछना कि गाभिन काहे नहीं भई?"

"ठीक। ...और कछू?"

"और देखियो, जे कहीं तेल वाली कोई चीज न खा ले। तुमें पता ही है कि बकरी हर चीज खा जाती है। घर में तेल वाली सब्जी, रोटी बची हो तो..."

"...हम नोन मिर्ची प्याज से रोटी खाबे वाले लोग हैं चच्चा। बच्चों को कभी पतरी दाल-तरकारी मिल जाए पर तेल वाली चीज खाबे का खतरा न हमें है, न बकरी को।"

"चलो, फिर बैठो। हम बकरा ले के आते हैं।"

गयासुद्दीन झोंपड़ी में चले गए।

नत्थू बकरी की रस्सी पकड़ के बैठे हैं। बकरी बेचैन है। एक बार वह ज़रा ज़्यादा ही ज़ोर से कूदी तो नत्थू ने बकरी से हँसकर कहा, "अरे, आ रये न तुमारे भरतार। तनिक गम्म तो खाओ।"

थानेदारी का तिलिस्म

"बताइए, कुटिया पर कैसे आना हुआ?" दरोगाजी ने नेताजी से पूछा।

दारोगाजी का सरकारी घर।

घर वैसा ही है जैसे कि सरकारी क्वार्टर वाले घर हुआ करते हैं।

थाने के अहाते में ईंटों और सीमेन्ट के मेल तथा बेमेल से एक इमारत बनी हुई है। तीन कमरे। छोटा-सा बरामदा। बरामदे में लगी बाँस की जाफरी। एक बड़ा सा आँगन। आँगन के एक कोने में संडास। दूसरे कोने में स्नानघर। अन्दर, बरामदेनुमा रचना के एक सिरे पर रसोईघर। दो अर्दलीनुमा सिपाही भी इसी सरकारी क्वार्टर की बनावट और बुनावट का अहम हिस्सा हैं।

दरोगाजी का परिवार रहता है यहाँ। पत्नी, दो लड़के, एक लड़की।

थानेदारनी बाई मुटा गई हैं परन्तु उनके चेहरे पर वो लुनाई तथा चमक ख़ूब है जो घर में रिश्वत की नियमित आवक होने पर आ ही जाती है। अभी वे टीवी पर कोई सीरियल देख रही हैं और अपनी ही तरह की भावुकता में लीन हैं। बेटी बड़ी है। दसवीं कक्षा में पढ़ने वाली। वह मोबाइल में गुम वहीं माँ के पास बैठी है। दो छोटे बेटे, सातवीं, पाँचवीं में पढ़ने वाले। अभी वे दूसरे कमरे में हैं। वे

वहाँ क्या कर रहे हैं, यहाँ से बता पाना कठिन है। किसी दरोगा को जब तक ऐसे घरेलू वातावरण में न देखा जाए, विश्वास करना कठिन होता है कि वह भी एक पारिवारिक प्राणी हो सकता है। इतवार का दिन है। यूँ तो दरोगा के जीवन में कभी कोई इतवार नहीं होता पर इस दिन दरोगाजी सुबह देर तलक सोकर थोड़ा इतवार तो मना ही लेते हैं।

दिन के दस बजे हैं। दरोगाजी अभी-अभी सोकर उठे हैं। नित्य क्रियादि से निबटकर अभी बाहर के बरामदे में धरी आरामकुर्सी पर बैठकर चाय पी रहे थे कि नेताजी पधार गए। नेताजी यानी पंखीलाल कहार। अभी वे ही बैठे हुए हैं दरोगाजी के समक्ष। बरामदे में दो मूढ़े पड़े हैं। नेताजी एक मूढ़े पर बैठ गए हैं। उनके लिए भी चाय बुलवा दी गई है।

दरोगाजी चौखाने वाली तहमत पर मलमल का कुर्ता पहिने हुए हैं। पुराने रईसों वाली आभा और इत्मीनान चेहरे पर है। इधर नेताजी इलाके की पिछड़ी जातियों और समुदायों के नेता हैं। उनके चेहरे पर अपनी तरह की आभा है। सच यह है कि वे एक लोकल छुटभैया नेता हैं। एरिया के सभी अफ़सरों तक उनकी पहुँच है। विशुद्ध बिचैलिए हैं। अफ़सरों के बीच उनके इस रूप की अपनी ही इज़्ज़त है। जहाँ तक नेतागिरी का प्रश्न है, उनकी नेतागिरी उनके पिछड़े होने पर टिकी है। हर ज़ोर-जुल्म की टक्कर में वे अपना पिछड़ा वर्ग निकाल लेते हैं, जेब में धरे चाकू की भाँति। इलाके में नेताजी की इसी कारण एक न्यूसेंस वैल्यू तो है ही। पिछड़ी राजनीति को ही ओढ़ते, बिछाते, सिलते, रफू करते उनकी उम्र गुज़री है। पिछड़ों के आगे न बढ़ पाने में ही उनको सब हासिल है। अगड़ों से भी ज़्यादा इनकी रुचि है कि पिछड़े कहीं आगे न बढ़ जाएँ। राजनीति उनके बिचौलिए के काम में सहायक है। ठीक-ठाक पैसे बना लेते हैं।

स्थानीय राजनीति में वे पंडिज्जी के धुर विरोधी हैं। पंडिज्जी उन्हें 'मूँ' नहीं लगाते। वे बड़े नेता हैं। पंडिज्जी इनकी तुलना में बहुत बड़े खिलाड़ी हैं। वैसे तो ये जनाब भी 'नेताजी' ही कहाते हैं पर कोटरा वाले लोग तो पंडिज्जी को ही असली नेताजी मानते हैं। नेताजी इस बात से बहुत दुखी रहते हैं कि पंडिज्जी के रहते उनकी कोई बड़ी हैसियत नहीं बन पा रही है। एक सहज, नैसर्गिक-सी चिढ़ है नेताजी को पंडिज्जी से। वे इस सिलसिले में कुछ करना चाहते हैं, पर समझ नहीं पाते कि आख़िर क्या करें?

बिचौलिये बनकर दरोगाजी को भी जब-तब नोट-पानी दिलवाते रहते हैं वे और उसी प्रसंग में स्वयं भी बढ़िया कमा लेते हैं। इसी एक योग्यता के कारण नेताजी को दरोगाजी के घर पहुँच जाने तथा यहाँ की चाय तक पीने का विशिष्ट अधिकार मिला हुआ है।

"अरे, इसकी क्या जरूरत थी?" नेताजी ने चाय आती देखकर कहा है।

अर्दली चाय रख गया।

अब एकान्त था।

***

थानेदार ने चाय का घूँट लेते हुए पूछा :

"बताइए, कुटिया पर कैसे आना हुआ?"

नेताजी ने चाय का कप उठाते हुए बताया कि हम तो बस यूँ ही आ गए हैं।

"यहाँ बंगले के सामने से निकल रहे थे। देखा कि आप बरामदे में बैठे हैं सो..."

"इतनी मोटी जाफरी से भी हमें देख लिया?" दरोगाजी ने व्यंग्यपूर्वक पूछा।

"झलक दिख जाती है श्रीमान्। जाफरी से इत्ता तो नज़र आ ही जाता है।" नेताजी ने कहा।

"चलिए, झलक देख के हमें पहिचान लेते हैं, यही बड़ी बात है।" दरोगाजी ने कहा।

"यह तो प्यार है हमारा।" नेताजी बोले।

"...नेताजी का यही प्यार हम पर बना रहे।" दरोगाजी बोले।

नेताजी ने हाथ जोड़ दिये।

दरोगाजी चाय पीते-पीते घूरते रहे नेताजी को।

"कैसी लगी?"

"क्या?"

"चाय..."

"...बढ़िया है श्रीमान्।"

"तो फिर अब बताइए, यहाँ कैसे आना हुआ? निकलते तो आप रोज ही हो, आज यहाँ कैसे?"

"एक काम भी था।" नेताजी ने कहा।

दरोगाजी मुस्कुरा दिये। चाय खत्म थी। कप को परे रखकर देखने लगे नेताजी को।

"बताइए!" दरोगाजी ने फिर कहा।

"छोटा-सा एक पर्सनल काम था।" नेताजी के स्वर में संकोच भी है, सतर्कता भी।

"बताएँगे तब न हमें पता चलेगा कि जिस काम को आप छोटा-सा बता रहे हैं वो कित्ता बड़ा है।" दरोगाजी अब पूरी तरह दरोगा के अवतार में थे।

"काम भौत छोटा है।" नेताजी ने फिर कहा।

"यार, आप तनिक खुल के बताएँ। आप तो हमें सब कुछ खोलकर दिखा दें, हम खुद देख लेंगे कि बड़ा है कि छोटा?"

दोनों जन इस द्विअर्थी संवाद पर जोर से हँस पड़े।

"काम छोटा-सा है पर, बस आप ही कर सकते हो," नेताजी ने कहा।

"अच्छा! कौन-सा काम?" दरोगाजी ने फिर से पूछा।

"इस पंडिज्जी के बच्चे को एक बार हथकड़ी डाल के भरे बाजार से निकलवा दें, बस।" नेताजी ने अन्ततः बता दिया कि वह छोटा-सा काम क्या था।

"अभी किसका नाम लिया आपने?" दरोगा को मानो विश्वास ही नहीं हो रहा कि नेताजी ने पंडिज्जी का नाम लिया है।

"पंडिज्जी।"

"बे स्कूल वाले पंडिज्जी?"

"हओ।"

"दीक्षितजी?"

"हओ।"

"और इसे आप छोटा-सा काम बताते हैं? यार, जे तो हद है!" दरोगाजी ने कहा।

"पर आप ही हमारा जे काम कर सकते हैं। जित्ते का कहेंगे, इंतजाम हो जाएगा।"

"बात पैसे की है ही नहीं।" दरोगा ने स्पष्ट मना कर दिया।

"अरे आप बताओ तो? कित्ता? जो भी खर्चा लगेगा..." नेताजी को विश्वास है कि पैसे देकर कुछ भी कराया जा सकता है। दरोगा लोगों को तो पैसा दिखा दो, बस। बोलते हुए कुछ इसी तरह के भाव उनके मुख पर भी थे जिन्हें दरोगा ने खूब पढ़ भी लिया।

दरोगाजी किंचित असहज हुए पर अपनी भावनाओं पर नियंत्रण करके चुप रह गए।

इधर, उनकी इस चुप्पी का गलत अर्थ निकाल लिया नेताजी ने। वे और उत्साहित हो चले।

"हम एक लाख तो अभी एडवांस कर देंगे।"

"आप दस लाख भी कर दें तो भी हम यही कहेंगे कि जे काम नहीं हो सकता।" दरोगा ने कहा।

"अरे, आपके लिए यह कौन-सा मुश्किल काम है? बस, एक बार। ...आप तो हथकड़ी डाल के एक बार भरे बाजार से इस आदमी का जुलूस निकाल दें, बस। स्साले की सारी ऐंठ निकल जाएगी।"

"ऐंठ निकालबे के और भी तरीके होते हैं नेताजी।"

"पर इनके लिए जेई सबसे सटीक होगा श्रीमान्। एक बार कानूनी तौर पे इनका मूँ काला कर दें, बस। आप जो भी खर्चा बताएँ, हम ..."

"पता है न, कित्ते बड़े आदमी हैं पंडिज्जी?"

"तभी तो हम इत्ती रकम..."

"...आप उनका जुलूस निकलवाने के लिए बोल रहे हो जो हमारा ही जुलूस

निकलवाने में सक्षम हैं। लखनऊ तक जोरदार पकड़ है उनकी।"

"उनकी पकड़ का हमें पता है।"

"दूसरे ही दिन हमारा ट्रांसफर करा देंगे, तुरंत।"

"दरोगा की ताकत को इत्ता भी कमजोर न मान लें आप। रकम, जो आप बोलें और..."

"हमें अपनी ताकत का पता है, और कमजोरी का भी।"

"फिर बताइए न...कुछ रकम तो हम अपने साथ में ले के आए हैं।"

"वैसे आप पंडिज्जी को हथकड़ी लगवाना ही क्यों चाहते हैं?"

"वो बात छोड़िए न।"

"नहीं, वह सब तो आपको बताना पड़ेगा।"

"मान लें कि यह सब पालिटिक्स का खेल है। बस, ऐसा जान लें। आप तो अपने पैसे बता दें।"

"यह कोई पालिटिक्स नहीं है, यह तो हम भी समझ रहे हैं। दरोगा की कुर्सी पर बैठे आदमी को आप इत्ता चूतिया भी न मान लें नेताजी।"

"आप तो अपनी रेट बता दें," कहकर नेताजी ने कुर्ते की जेब में हाथ डालकर पचास हजार रुपयों की एक गड्डी चाय के जूठे कपों के पास रख दी।

स्साला! तबसे पैसे, रकम, एडवांस, खर्चा, रेट बोलता ही चला जा रहा है; दरोगाजी स्वयं को जब्त नहीं कर सके।

"हमें रंडी समझ रखा है क्या नेताजी?" नोटों की गड्डी को देखते हुए दरोगाजी बोले।

"अरे नहीं साहब।" नेताजी अचकचा गए।

"क्यों? रेट तो तुम बार-बार ऐसेई पूछ रहे हो मानो इलाहाबाद के जीरो रोड पर खड़े हो?"

"नहीं साहब, क्षमा करें। हम ऐसा सोच भी कैसे सकते हैं?" नेताजी घबरा गए।

"नहीं सोच रहे तो भौत अच्छा है पर हमें भी लगा कि आपको यह बात साफ कर दें कि हम थाना चला रहे हैं, कोठा नहीं।"

"अरे मालिक, आप तो बुरा मान गए!"

"क्यों न मानेंगे, बताइए?"

"ऐसा बिलकुल नहीं है साहब। हमारा तो आपसे रोज का काम पड़ना है। आपसे कभी कोई काम कराएँगे तो उस काम की फीस भी पूछना हमारा कर्तव्य है। है कि नहीं? बस, वही बात थी। आप तो नाहक बुरा मान गए।"

दरोगाजी मुस्कुराने लगे।

दलालों और छुटभैयों को इसी तरह बीच-बीच में कसते न रहो तो ये लोग दरोगा की ताकत से ज़्यादा अपनी रिश्वत की ताकत को समझने लगते हैं। अबे,

रिश्वत तो तुम्हारा बाप भी देगा पर मात्र रिश्वत के कारण दरोगा की कुर्सी को कम न समझा जाए।

"अरे, हम तो सोच रहे थे कि आप पंडिज्जी का नाम किसी मर्डर या डकैती में डलवा दें श्रीमान्। किसी भी गवाह से कह दें कि उनका नाम ले दे। बस।" नेताजी ने सुझाव दिया।

दरोगाजी कानून जानते हैं और कानून के गैरकानूनी इस्तेमाल की सीमाएँ भी।

"देखिए, न तो आप चूतिया हैं, न हम। और हम तो बिलकुल भी नहीं।"

"ऐसा क्यों कह रहे हैं आप?"

"क्योंकि आपकी बात बड़ी ही चूतियाटिक है।"

"हमने सोचा कि मर्डर में नाम रहेगा तो हथकड़ी डालने में आपको आसानी रहेगी।"

"पंडिज्जी पर हाथ डालना इत्ता आसान काम समझे हैं क्या?"

"आसान काम होता तो हम इत्ते पैसे..."

"यार, तुम फिर पैसों की बात कर रहे हो? चलो, अब तुम हमें बता ही दो। इस काम के हमें कित्ते पैसे दोगे?"

"आप आज्ञा दें?"

"नहीं, आप ही बताएँ?आपका क्या संकल्प है?"

"आप खुद बता देते तो..."

"मान लो, हम कहें कि पाँच लाख रुपए तो तुरन्त अभी..."

"...इत्ते भी न माँगें सरकार।"

"क्यों? पूरा काम तो बीस लाख का है।"

"इत्ते देकर तो हम पंडिज्जी का मर्डर करा सकते हैं।"

"फिर वही करा लें।"

"अरे, हमने तो एक बात कही।"

"ऐसी बात आगे से कभी कहना भी मत, और सोचना भी मत। हम इस कुर्सी पर यूँ ही नहीं बैठे हुए हैं। अभी तुमाए हाथों में हथकड़ी डालेंगे, बिना कोई लिहाज किए, सीधे। परेड निकाल देंगे कोटरा के बाजार से, मर्डर करने वाले की भी, सुपारी देने वाले की भी।"

"अरे, हमने तो यूँ ही..."

"...पता है न? ऐसी बात पर भी पुलिस केस बनता है। पढ़ते हैं न, डकैती डालने की योजना बनाते हुए तीन लोग गिरफ्तार? सुने हैं न? क्या है वह? डकैती अभी हुई नहीं है। बस, कुछ लोगों को हमने डकैती की बातें करते हुए पाया है, बस। कानून के लिए यही भौत होता है। डकैती की तैयारी भी अपराध है। मन में पंडिज्जी के मर्डर की बात लाने पर भी केस बनता है नेताजी।" कहकर दरोगाजी हँसने लगे।

नेताजी ने हवा में हाथ जोड़ दिये।

"आप राजा हैं इस इलाके के। जैसे हमें आप मर्डर की सोचबे पे भी हथकड़ी डालबे का कानून बता रहे हैं, बस वैसई कछू पंडिज्जी पर भी लगा दिया जाए न?"

"हमने तो बस, ऐसेई कहा है। कानून में इत्ता आसान भी नहीं है कि..."

"...ऐसा न कहें साहब, सबको पता है।"

"क्या पता है?"

"कि कानून आपकी ताबेदारी में है। हथकड़ी आपकी संपत्ति। डंडा आपका गुलाम। हवालात के मालिक आप। सलाखों का आगा और पीछा, दोनों के मालिक हैं आप; जिसे चाहें, अन्दर बेंड़ दें।"

"थानेदारी इतना भी सरल काम नहीं है नेताजी। ...पता है न? पंडिज्जी इस इलाके के गणमान्य नागरिक हैं। गणमान्य नागरिक होने का मतलब समझते हैं न?"

"हमें तो बस जे पता है कि हम गणमान्य नहीं हैं।"

"आपको जे भी पता होना चइए कि पंडिज्जी पक्के गणमान्य नागरिक हैं। बे अच्छे-खासे गणमान्य हैं। भौत बड़े वाले गणमान्य हैं। अभी उस दिन एसडीएम ने भी फोन पर हमें याद दिलाते हुए जेई कहा था कि पंडिज्जी इलाके के गणमान्य हैं।...गणमान्यों के साथ कानून को भी बड़ा सँभलकर चलना पड़ता है। उनके साथ कभी कुछ हुआ तो पूरे इलाके में खलबली मच जाती है।"

"साहब, वही तो हम चाहते हैं कि आप एक बार जे खलबली करा दें, बस। आप एक बार हथकड़ी भर डाल दें। हम न्यूज चैनल वाले, अखबार वाले—सबको इकट्ठा कर लेंगे। दिन भर टीवी पर इसकी न्यूज भी चलवा देंगे। सारा देश देख लेगा कि पंडिज्जी हथकड़ी पहिने कैसे दिखते हैं।"

"नेताजी, तनिक समझो। अरे, हम उनके मोंड़ा पे तो हाथ डाल नहीं पाए, आप उन पर हाथ डालने की बात कह रहे हो? आपको पता ही नहीं है कि वो आदमी कित्ता हरामी है!"

"सबको पता है।"

"वैसे हमें हरामियों से भी डर नहीं लगता है नेताजी परन्तु पंडिज्जी तनिक अलग किस्म के हरामी हैं। वे बड़े सुलझे हुए हरामी हैं। भौत गहरे आदमी हैं। बाँभनों के तो सर्वेसर्वा हैं ही, वे ठाकुरों के भी सगे हैं। उन्होंने सबके लौंडों को फर्स्टक्लास में पास कराया है। यादवों की जजमानी है सो आपके उधर भी पूजनीय हैं। उनको हथकड़ी डालने की सोचना भी हमारी थानेदारी के लिए बड़ा ब्लंडर कहाएगा।" दरोगाजी ने कहा।

दरोगाजी जब यह सब कहकर रहे थे, उनकी निगाह टेबल पर रखे पचास हजार रुपयों पर लगातार लगी हुई थी।

"हम तो आपके पास बड़ी उम्मीद से आए थे।" नेताजी ने कहा।

"उम्मीद बाँधने पर कोई कानूनी रोक तो है नहीं। कोई भी, कित्ती भी बाँध

सकता है। पर आदमी को असलीयत का ज्ञान भी होना चाहिए। अकेली उम्मीद बाँधने भर से क्या होता है? मान लो, हम उम्मीद बाँध लें कि माधुरी दीक्षित कभी हमें देगी तो क्या वो हमें दे देगी? बताइए न? पता है न आपको? कभी न देगी। तो उम्मीद का तो ऐसई है।"

नेताजी निराश हो गए।

"देख लें दरोगाजी।" नेताजी ने अंतिम कोशिश के तौर पर कहा।

"देख लिया।"

"फिर?"

"फिर क्या?"

नेताजी चुप हो गए। चुप ही बैठे रहे कुछ देर।

दरोगाजी कभी उनको देख रहे थे, कभी मेज पर धरी नोटों की गड्डी को।

"तो हम चलें श्रीमान्?" कहकर अचानक ही नेताजी उठ गए। जाने की तैयारी में उन्होंने मेज़ पर धरे पचास हजार रुपयों की गड्डी उठाने का उपक्रम किया तो दरोगाजी ने हाथ के इशारे से उन्हें रोक दिया।

नेताजी ने प्रश्नवाचक मुद्रा में दरोगाजी को देखा। दरोगाजी अब आरामकुर्सी पर और भी ज़्यादा पाँव फैलाकर लगभग लेट से गए थे।

"बमोंठी डकैती कांड का तो सुने हैं न, नेताजी?" दरोगाजी ने अर्थपूर्ण निगाहों से उन्हें देखते हुए पूछा।

नेताजी के चेहरे का रंग अचानक ही बदल गया।

वे दरोगाजी को देखने लगे।

"बमोंठी डकैती का क्या?"

"हमने तो आपसे अभी बस जे पूछा है कि इस डकैती का आपको पता तो है न?"

"क्यों? इलाके में सबको पता है।" नेताजी का स्वर बदला-बदला-सा है।

"तगड़ी लूट भई है।" दरोगाजी ने नेताजी के चेहरे से नज़र नहीं हटाई है।

"सुना हमने भी है।" नेताजी ने कहा।

"आगे आपका किसी और डकैती का भी प्लान हो तो अभी से हमें बता दें, और जे भी बता दें कि बमोंठी डकैती का सारा माल अकेले हजम कर जाएँगे या ...?"

"...हम कुछ समझे नहीं?"

"हम समझाते हैं न। पर आप पहले यह तो समझाएँ कि पुलिस वालों को इत्ता चूतिया क्यों समझ रहे हैं आप?" दरोगाजी ने कहा।

नेताजी ने पचास हजार की गड्डी उठाते-उठाते मेज़ पर वापस रख दी।

"जे सब आप हमें काय को सुना रये हैं?" नेताजी ने पैसा मेज़ पर वापस रखते हुए सहज बनने की कोशिश करते हुए कहा।

"फिर बताइए न, बमोंठी डकैती में अपने हिस्से की बात हम किससे करें?" दरोगा ने हँसकर पूछा।

"क्या मतलब?"

"हम आपको मतलब भी समझा देंगे। आप तो यह संयोग देखिए। आज ही आप दूसरे काम से इतें पधार गए वर्ना हम एकाध दिन में आपको बुलवाते ही।"

"काय को?"

"जेई, बमोंठी डकैती की पूछताछ के लिए।"

"अरे, हम काहे किसी डकैती-फकैती में उलझेंगे साहब?" नेताजी ने कहा। उन्हें कोफ़्त हुई कि उनकी आवाज़ में यह कंपन जैसा क्यों है?

"बमोंठी वाले वैदजी को तो जानते हैं न? डकैती डालबे वालों की जो हुलिया जे बता रये हैं, उससे आपके एक बड़े खास आदमी की पहिचान बन रही है। हमने उसे पकड़ के सामने खड़ा कर दिया तो वैदजी तुरत पहिचान लेंगे।"

"जे सब एकदम झूठ बात है।"

"वो तो खैर जाँच से पता चल ही जाएगा। जहाँ हमने सही जगह पर दो सुलेमानी डंडे लगाए, आपका आदमी सब उगल देगा। रकम और गहने भी बरामद करा देगा। किसी का नाम भी ले सकता है। सोच लें। और अगर हमें इत्ती मेहनत करनी पड़ी तो हम माल तो सारा धर ही लेंगे, डकैती डालबे वालों से अपना मेहनताना अलग वसूलेंगे। हाँ, अभी हम जरूर एक मौका देने को तैयार हैं।" दरोगाजी ने कहा।

नेताजी ने हथियार डाल दिये, बोले, "तो क्या कहते हैं आप?"

दरोगाजी मुस्काए, बोले, "आप अपने आदमी हैं सो हम आपको टाइम देने को तैयार हैं। अपने उस आदमी को तुरन्त फरारी पर निकालने का बोल दें। समय रहते उसे इधर से निकाल दें।"

दरोगाजी ने ऐसा कहते हुए पचास हजार की गड्डी टेबल से उठा ली।

नेताजी कुछ देर तक चुपचाप खड़े रहे, फिर संकोच के साथ बोले, "पर वह अपना बड़ा ही खास आदमी है श्रीमान्।"

"यार, इत्ता खास था तो उसे कुछ समझा के तो भेजते। स्साले को डकैती की बेसिक चीज़ों की नालिज है नहीं और चले हैं जनाब डकैती डालने। वो अपने मूँ पे तनिक ठीक से ढट्टी नहीं बाँध सकता था?"

"साहब, हमने इसकी फरारी करा दी तो इतें हमारे भौत से काम रुक जाएँगे।" नेताजी परेशान हैं।

"और वो यहाँ रह गया तो हमें एक दिन उसकी शिनाख्त करानी ही पड़ेगी। तब वो तो जेल जाएगा ही और काम तो आपके तब भी रुकेंगे। फिर यह बहुत दुबला-पतला, दो हड्डी का आदमी है। पुलिस की ठुकाई दो मिनट भी बरदाश्त न कर पाएगा। उसने कहीं आपका नाम अपने मूँ से निकाल दिया तो हम धर्मसंकट में

पड़ जाएँगे कि आपका क्या करें? कानून बड़ा बेमुरव्वत होता है नेताजी।"

"आप हमें धमकी दे रहे हैं?" नेताजी ने बुरा माना।

"धमकी की कोई जरूरत नहीं है हमको। हमारी वो आदत भी नहीं। हम तो बस, आपको बता रहे हैं। जाँच की आँच आप तक भी पहुँच सकती है। बाद में फफोलों पे मलहम लगाते बैठने से अच्छा है कि इस आदमी की फरारी करा दें।"

"अब आप कह रहे हैं तो..."

"...बाकी हम पूरे हिसाब के लिए एक दिन आपके साथ बैठते हैं।" दरोगाजी आरामकुर्सी से उठ गए। उठकर जाफरी के दरवाज़े तक आए। घर आए मेहमान को ठीक से रुख़सत करने का शिष्टाचार जानते हैं वे।

नेताजी ने कुछ नहीं कहा। वे चुपचाप नमस्कार करके बाहर की तरफ़ चलने लगे। "चलते हैं।" जाते-जाते बस इतना बोले।

बरामदे के दरवाज़े पर खड़े दरोगाजी ने कहा, "हाँ, हाँ, जरूर चलिए।"

नेताजी बाहर निकले, फिर कुछ सोचते हुए वे सड़क पर निकल गए। तभी दरोगाजी ने पीछे से आवाज़ देकर नेताजी से मुस्कुराकर पूछा, "तो फिर पंडिज्जी को हथकड़ी लगवाने का किस्सा तो अपुन अभी भूल ही जाते हैं, क्यों नेताजी?"

नेताजी ने पलटकर सुना ज़रूर पर वे बिना कोई उत्तर दिये निकल गए।

रिश्वत की लोहगढ़ी

अब हम ऐसे नादान शख़्स की कथा बताते हैं जो रिश्वत देने के बाद अपने घर पर पाँव फैलाकर निश्चिंत बैठ गया था कि अब तो अपना काम हो ही जाएगा। उस भोले आदमी ने रिश्वत को आटोमैटिक वेंडिंग मशीन जैसा सरल मान लिया था कि इधर से हमने रिश्वत डाल दी है तो उधर से वांछित सामान निकल ही आएगा। काश कि सरकार की मशीन के पुर्जे, खटके, तार, बटन और खाँचों का तिलिस्म इतना ही आसान होता। वही हुआ। मशीन धोखा दे गई।

रिश्वत तो पूरी दी थी पर काम नहीं हुआ।

रिश्वत के मामले में एक साख़ थी बड़े साहब की कि उनने एक बार आपसे रिश्वत ले ली तो फिर आपका काम रुकेगा नहीं। नादान शख़्स को भी उन पर यही विश्वास था। साहब ने रिश्वत स्वीकार की थी। फिर काम तो होना ही था। और रिश्वत भी बिस्मिलजी के थ्रू दिलवाई थी। साहबों को रिश्वत दिलवाने में बिस्मिलजी की भी अपनी ही एक साख़ है। साहब हर एक के हाथ से लेते नहीं। वो तो बिस्मिलजी बीच में रहे तो साहब ने उसकी रिश्वत ले ली थी वर्ना लोग तो

बड़े साहब को रिश्वत देने को तरसते हैं। बिस्मिलजी ने ही देने के बाद बताया था कि साहब ने पूरे पैसे गिनकर रख लिए हैं, आपका काम हो जाएगा।

अब वही आदमी रो रहा है। काम नहीं हुआ। अगर रिश्वत के बाद भी काम न होगा तो सरकार से नागरिक का भरोसा ही उठ जाएगा। ऐसा आदमी बड़ा रुवंटा हो जाता है। कहीं भी मौका भर मिले, अपने धोखा खाने की कहानी सुनाते हुए रोने लगता है।

पंडिज्जी वकील साहब के पास बैठे हुए थे। दोनों इस बात के लिए ईश्वर को धन्यवाद दे रहे थे कि उस दिन रिश्वत देने के पहले ही लैंड-रिकॉर्ड अफसर सिक-लीव पर चले गए वर्ना अपना पैसा फँस गया होता! वहीं, वकील साहब के दफ्तर में ये धोखा खाए हुए नादान सज्जन भी किसी काम से बैठे हुए थे। रिश्वत का ज़िक्र हुआ और वे रोने लगे। अपनी कहानी बताकर कहने लगे कि रिश्वत का पैसा फँसता नहीं डूब ही जाता है। वकील साहब उनकी बात से असहमत दिखे, बोले, "डूबने तो ख़ैर हम कभी देते नहीं। इत्ते सालों से हम जैन साहब को रिश्वत दिलवाते रहे हैं। ऐसे में एक नाता बन जाता है अफ़सर से। अब अगर हमारे ये जैन साहब पंडिज्जी का काम न करते तो हम उनसे पैसे तो पूरे ही वापस करा लेते।" यह बात सुनकर नादान शख़्स रोते-रोते हँसने लगा। बोला कि, "ठीक यही बात हमें बिस्मिलजी ने भी कही थी पर आज तक हमें तो एक धेला भी वापस नहीं मिला।" इस बात पर वकील साहब ने बड़ा आश्चर्य प्रकट किया। बोले, "कायदे से तो आपके पूरे पैसे वापस मिलने चाहिए थे। रिश्वत का यही नियम है। हम कभी रिश्वत दिलवाते हैं तो पैसा कुछ दिनों को फँस भले ही जाए, डूबता तो कभी नहीं।"

फिर अचानक ही वकील साहब ने पूछ लिया, "आपने साहब को खुद अपने हाथों से पैसे दिये थे?"

"और क्या! नकद चालीस हजार दे के आए थे बिस्मिलजी।"

"आपने दिये थे कि बिस्मिल जी ने?"

"एकई बात है।"

"एक ही बात नहीं है न, तभी ..."

" ...कैसे?"

"क्या बिस्मिलजी ने आपके हाथों से साहब को दिलवाए थे?"

"हमारे हाथों से कैसे लेते साहब?"

"क्यों? क्यों न लेंगे भैया? हम भी किसी को दिलवाएँ तो क्लाइंट को हमेशा साथ रखते हैं। उसी से दिलवाते हैं। अभी भी, हमने पंडिज्जी से यही कहा था कि पैसे लेकर वे खुद लैंड-रिकॉर्ड दफ्तर पहुँच जाएँ। है न पंडिज्जी? हम अगर दिलवाते तो पंडिज्जी के हाथ से ही पैसे दिलवाते। क्लाइंट स्वयं दे तो उसके मन में एक विश्वास बना रहता है।" वकील ने रिश्वत दिलवाने का अपना नैतिक तरीका स्पष्ट किया।

"पर हमने तो बिस्मिलजी को ही दे दिये थे।"

"इसका मतलब जे कि आपने खुद अपने हाथ से साहब को नहीं दिये?"

"एक ही बात है। बिस्मिलजी ने तो दिये हैं।"

"आपके सामने दिये थे न?"

"नहीं, पर बे खुद नकदी पहुँचा के आए थे।"

"तो उनसे एक बार पूछ लो; उनने पहुँचाए भी थे कि नहीं?"

"क्यों न पहुँचाएँगे?"

"क्यों? क्यों पहुँचाएँगे? मान लो कि खुद उनका मन जे पैसे रखने का हो गया हो तो?"

"अरे, ऐसे कैसे!"

"बस, ऐसेई..."

"...पर बे तो हमारी आँखन के सामने अन्दर साहब को दे के आए थे।"

"फिर तो जाकर सीधे साहब से ही पूछो..."

"...पर साहब से तो हम कभी मिले ही नहीं।"

"यार, अभी तो आप कह रहे थे कि आपकी आँखों के सामने साहब ने पैसे लिए थे, फिर?"

"नहीं। हम साहब से नहीं मिले थे।"

"फिर जे आँखन के सामने कैसे कहाया?"

"बिस्मिलजी खुद हमें साहब के बंगले पे लेकर गए थे। गेट पे पहुँचकर बोले कि तुम इतईं रुको। बे, जे कह के अकेले अन्दर चले गए कि हम साहब को रकम दे के अभी आते हैं।"

"और तुम?"

"हम फाटक पे खड़े रहे।"

"और तुमने बिना खुद देखे जे मान लई कि बे तुमाई रिश्वत दे आए होंगे? क्यों?"

"और क्या? इसी के लाने तो बे अन्दर गए हते।"

"अजीब चूतिया आदमी हो यार!"

"इसमें क्या चूतियाई?"

इसी को अपनी आँखों के आगे पैसा देना बता रहे थे न आप?"

"तो?"

"तो क्या? जेई तो गलती भई तुमसे।"

"कैसे? बे पैसा ले के खुद हमारे सामने बंगले के अन्दर गए..."

"...इसे आँख के सामने देना नहीं कहा जाता। जे तो पीठ पीछे रिश्वत देना कहाया भाई साब।"

"पर बे अन्दर तो गए हते?"

"तो? इससे जे कैसे पता चलता है कि बिस्मिलजी ने साहब को पैसे पहुँचा ही दिये होंगे? हो सकता है कि बे उनके चपरासी का हाल-चाल ले के बाहर ही बाहर लौट आए हों?"

"नहीं वकील साब, बिस्मिलजी इस मामले में भरोसे के आदमी हैं। हम उनका सब पता करके ही बिस्मिलजी के पास गए थे।"

"जब बिस्मिलजी के सत्त पर आपको इत्ता भरोसा है तो फिर हम क्या बोलें?"

"रिश्वत तो साहब ही खा गए हैं। हमसे पैसा लेकर भी काम नहीं किया उन्होंने।"

"यार, साहब लोग फालतू का हल्ला कभी नहीं चाहते। इसीलिए, रिश्वत ले लें तो काम जरूर करते हैं।"

"हमारा तो नहीं किया?"

"तभी तो! आप सीधे बिस्मिलजी से ही पूछो न। कहो कि तुम्हारा पैसा वापस दिलवाएँ।"

"वे दिला देंगे?"

"अरे, कोशिश तो करो न। उनने साहब को पैसे दिये भी थे कि नहीं—जरा जे भी पूछो।" वकील साहब ने सलाह दी।

नादान शख़्स सोच में पड़ गया था।

***

यहाँ से कहानी का पार्ट टू शुरू होता है।

वकील साहब ने उसके उठते-उठते पंडिज्जी से जो बात कही थी वह लगातार उसका पीछा करती रही। ...वकील साहब ने कहा था कि इनको बिस्मिलजी से एक बार यह बात पूछनी तो जरूर चाहिए। अगर रिश्वत देने पर भी काम न हुआ करे तब तो लोगों का इस गणतंत्र से ही भरोसा उठ जाएगा।

तो पार्ट टू यूँ हुआ कि फिर वह शख़्स एक दिन बिस्मिलजी के घर पहुँच गया।

बिस्मिल साहब ने खिड़की से ही उसे आता देख लिया।

वे पहले से जानते थे कि यह एकाध दिन आने ही वाला होगा। थोड़ी देर तक तो उन्होंने दरवाज़ा ही नहीं खोला। फिर, बड़े कराहते, कूलते हुए चलकर गए और दरवाज़ा खोल दिया। कराहते हुए ही उन्होंने इनको बैठने को कहा। बोले कि आप तनिक देर बैठो, हम ज़रा टट्टी करके आते हैं। तीन दिनों से हम बड़े बीमार चल रहे हैं। दस्त लग रहे हैं, बवासीर अलग तकलीफ़ दे रही है और भगंदर के कारण मूँ के बल लेटना पड़ रहा है। बुरे हाल हैं। बस, खटिया पे कैसे तो भी पड़े हुए हैं। टट्टी, पेशाब करने के लिए ही उठते हैं। तीन दिन से तो घर के बाहर भी नहीं निकले हैं। ...ऐसा कहकर वे अन्दर चले गए।

नादान शख़्स उनकी प्रतीक्षा में बैठा हुआ सूखता रहा। पूरे आधे घंटे बाद ही बिस्मिलजी वापस लौटे। फिर उन्होंने इस शख़्स के मुँह से वह सारा किस्सा सुना जिसे वे पहले से जानते थे। फिर उसको वे बड़े आश्चर्यचकित दिखे कि अरे, ऐसे कैसे? हम तो यह मानकर चल रहे थे कि अब तक आपका काम हो ही गया होगा। आपने भी बीच में कभी हमको जे बात नहीं बताई। अभी आप बता जरूर रहे हैं पर हमें बिलीव ही नहीं हो रहा! ऐसा कैसे हो सकता है? हमारी तबीयत जरूर खराब है पर अब आपके लिए हम कल ही कालपी जाते हैं। हम खुद ही वहाँ पहुँचकर पता करेंगे कि यह सब कैसे हुआ? सीधे ही पूछेंगे साहब से।

नादान शख़्स समझ नहीं पा रहा था कि बीमार शख़्स से प्रश्नोत्तर करके उसे और परेशान कैसे करे? पर कुछ बुनियादी सन्देह मन में खलबला रहे थे। पूछना ज़रूरी था। वकील साहब ने मन में सन्देह भी पैदा कर दिया था।

"जब हमसे पैसे पूरे लिए थे तो आदमी को हमारा काम तो करना चाहिए था न?" नादान शख़्स ने धीमे स्वर में बुदबुदाते हुए बात शुरू की।

"आदमी? आदमी! भैया, जे तुम 'आदमी' किसे कह रहे हो?"

"क्यों?"

"इत्ते बड़े अफसर को आदमी तो मत बोलो; फालतू में हमें कन्फ्यूजन होता है। यार, अफसर, अफसर होता है और आदमी, आदमी। अफसर और आदमी में फर्क को समझते हो कि नहीं?" बिस्मिलजी ने पूछा।

"कैसा फर्क? एकई तो बात है।" नादान शख़्स वास्तव में नादान था।

"हद्द बात करते हो यार। जे स्साली एकई बात दिखती है तुम्हें?"

"क्यों?"

"तुम अफसर को भी आदमी मानते हो? यार, हद्द हो गई जे तो। फिर तो तुम किसी दिन देवता को भी आदमी कहने लगोगे?

"देवता लोगन की बात अलग है।"

"तो अफसर को भी देवता ही समझो।"

"चलो, देवता सही। पर हमसे नकद पैसे धरा लिए थे तो देवता को हमारा काम तो करना था न?"

"कभी हनुमानजी के मन्दिर पर जाकर तुमने ऐसी शिकायत करी है? बताओ न, कभी पुजारी से जा के ऐसे पूछा है कि तुमने हमसे प्रसाद तो पूरा चढ़वा लिया और तुम्हारे हनुमानजी ने हमारी मनौती भी पूरी नहीं करी? तो भला ऐसा कैसे?"

"हनुमानजी तो भैया भगवान ठहरे! उनकी मर्जी; काम करें, न करें।"

"तो साहब लोग भी भगवान से कोई कम हैं क्या? याद रखो, पैसा लेकर अफसर हम पर एहसान ही करता है।"

"पर वो अपनी अफसरी भी तो निभाएँ?"

"वो तो हम कालपी जाकर पता करेंगे न। कह तो रहे हैं। दोपहर तक तबीयत ठीक लगी तो कल हम उनके बंगले पर होकर आते हैं। सब ठीक से पता करते हैं।"

"पता करबे से क्या होना है? सब तो पता तो है।"

"तो तुम क्या चाहते हो? साहब को हम फाँसी पर चढ़ा दें?"

"हम जे तो नहीं कह रये?"

"बड़ा अफसर है भाई साहब। उससे तो बस पता ही किया जा सकता है। और वो भी हमें भौत विनम्र होकर उनसे पूछना पड़ेगा।"

"अच्छा, आप उनसे क्या पता करेंगे?"

बिस्मिलजी लड़खड़ा गए।

वे कुछ बोल पाते, तब तक वह नादान शख़्स बोला, "आप तो उनसे बस जे पूछिएगा कि हमसे पैसे लेने के बाद भी उनने हमारा काम काय को नहीं किया? और काम नईं करना था तो फिर हमसे पैसे काय को लिए?"

"अफसरों से ऐसे नहीं पूछा जाता।"

"क्यों? क्या गलत है इसमें?"

"गलत कुछ भी नहीं है पर इसके जवाब में वो आपकी गांड़ पे लात मार सकता है।"

"अच्छा, आप उनसे जे तो कह सकते हो कि बे हमारा पैसा वापस कर दें?"

"और जो बे कहने लगें कि कौन-सा पैसा, तो फिर? रिश्वत की कोई रसीद मिलती है क्या?"

"आप तो, कैसे भी हमारे पैसे वापस दिला दो।"

"यार, ऐसा भी होता है कहीं? आपई बताओ; आप हमें अपने घर पे बुला के बढ़िया पूड़ी-खीर खिला दो, फिर दो दिन बाद वापस आ के हमारे पेट से उसे निकालना चाहो, तो वो निकलेगी क्या?"

"आप तो हमारे पैसे वापस दिला दो।"

"यार, चूतियाटिक बातें तो तुम करो मती। जाओ, पूरे जमाने से खुदई पता कर लो। दी गई रिश्वत कभी वापस मिलती है क्या?"

"फिर?"

"फिर क्या? हम भी उनसे बस हाथ जोड़ के पूछ ही सकते हैं।"

"क्या पूछेंगे?"

"जेई कि हुजूर, उस दिन आपको चालीस हजार दिये थे तो..."

"...तो वे क्या उत्तर देंगे?"

"हम जे बात कैसे बताएँ?"

"बे जो भी बताएँ आप तो उनसे इत्ता भर कहना कि अगर हमें पैसा वापस

नहीं मिला तो हम उनके बंगले के सामने खड़े होकर ऐलानिया जहर खा लेंगे। सच्ची कह रहे हैं हम। हमने अपनी बड़ी मोंड़ी की जचकी के लाने रखी हुई थी वो रकम।"

बिस्मिल साहब घबरा गए। ये स्साला, कुछ ऐसी-वैसी गड़बड़ वास्तव में न कर बैठे?

"भैया, तुम इत्ते बड़े अफसर के सामने तमाशा करबे की सोचियो भी मती।" उन्होंने घबराकर चेतावनीनुमा सलाह दी।

"भैया, हमाई मेहनत की कमाई थी वो।"

"सबकी कमाई मेहनत की ही होती है। रिश्वत भी तो अफसर की मेहनत की कमाई ही होती है। तुमें पता भी है, अफसरी की झाँकी जमाबे में कित्ती मेहनत लगती है?" कहकर बिस्मिलजी पेट पर हाथ फेरने लगे।

"पेट खलबला रहा है।" वे स्वगत बोले।

नादान शख़्स कुछ देर तक तो उनका पेट देखता रहा, फिर देर तक उन्हें तब तक घूरता रहा जब तक वे असहज नहीं हो गए।

नादान शख़्स की आँखें भर आई थीं।

"तरैयाँ काय को भर आईं तुमाँईं?" बिस्मिलजी ने पूछा।

"मन तो खूब जोर-जोर से रोने का हो रहा है हमारा।"

"अगर ऐसे रोबे से तुम्हारा काम हो जाए तो हम भी तुम्हारे संग रो लेते हैं।"

नादान शख़्स कुछ बोला नहीं। बस, सिर को झुकाए हुए कुछ सोचता रहा मानो हिम्मत बटोर रहा हो।

आख़िरकार उसने हिम्मत जुटाकर वह प्रश्न पूछ ही लिया जिसे पूछने के लिए वो यहाँ तक आया था।

"अच्छा बिस्मिलजी, हमें एक बात सच्ची-सच्ची बतइयो।"

"बोलो?"

"तुमने हमारे पैसे अफसर को दिये तो थे न, कि ऐसेई?"

बिस्मिल साहब अचानक पूछे गए इस प्रश्न से एकदम बेपटरी हो गए। यार, हम तो इस स्साले को एकदम चूतिया समझते थे! तुरन्त कुछ भी कहते नहीं बना उनसे। सँभलने में थोड़ा समय लगा। अन्ततः प्रकृतिस्थ होकर शिकायती स्वर में उन्होंने पूछा, "जे सीख तुमें किसने दी?"

"किसी ने नहीं दी। वो तो बस हमईं पूछ रये हैं कि..." नादान शख़्स ने कह तो दिया परन्तु उसका लड़खड़ाता हुआ स्वर उसकी चुगली कर रहा था।

बिस्मिलजी उसे लगातार घूर रहे थे। वह असहज हो गया। उसे घबराता देख बिस्मिलजी वापस अपने चोले में आ गए।

"हमें इस मामले में डालने से पहले सलाह क्यों नहीं ली तुमने?"

"किनसे?"

"बेई जिनसे अब जे सीख ले के तुम हमसे इत्ती बड़ी बात कह गए हो अभी? उनसे पहले ही पूछ लेते कि जे बिस्मिल भैंचो भरोसे का आदमी है कि नहीं? अरे, हम तो तुमें अपना मान के इस पाप कर्म में उतरे थे वर्ना पैसे अफसर को मिलने थे, काम तुमारा होना था; हमें इस नीच कर्म में क्या मिल जाना था, बताइए? जे तो स्साली, कोयले की दलाली में हाथ काला होबे की बात सिद्ध कर दी तुमने।" कहकर बिस्मिल साहब रिसानी मुद्रा में बैठ गए।

अचानक ही वे पेट पर और भी जोर-जोर से हाथ फेरने लगे। उन्होंने चेहरा और भी बीमार बना लिया। नादान शख़्स यह सब देखकर घबरा गया। उसने रिश्वत तो कभी दी नहीं थी। रिश्वत की जटिलताओं को भी उसने कभी जाना नहीं था।

नादान शख़्स लीपापोती पर उतर आया।

"अरे, हमारा जे मतलब बिलकुल नहीं था जो तुम समझे हो बिस्मिलजी।" वह बोला।

"कहा तो आपने जेई है।" बिस्मिलजी ने रूठे स्वर में कहा।

"अरे, हमारा काम नहीं हुआ न, सो दिमाग चकरा गया है हमारा। मूँ से कुछ का कुछ निकला जा रहा है। हमारा मतलब..."

"अच्छा तो बतलाइए, आपका क्या मतलब था?"

"देखिए, आपने हमसे कहा था न कि अफसर बड़ा ईमानदार है; रिश्वत लेगा तो काम कर देगा।"

"तो? हमने क्या गलत कहा था?"

"पर हमारा काम तो उन्होंने नहीं किया न?"

"वही तो हमें उनसे पूछना है।"

"हमारी कोई बात आपको बेजा लग गई हो तो भैया क्षमा करना। हमने तुमें अपनी आँखन से पैसा देते हुए नहीं देखा था सो..."

"...तो क्या कोई अफसर दो गवाहों के सामने तुमसे रिश्वत लेगा? क्या बड़े साहब किसी एफिडेविट पे सही लगाकर तुमें रसीद देंगे कि हमने इनसे रिश्वत ली? भइया, रिश्वत तो होता है टोटली आपसी भरोसे का खेल। भरोसे पे ही सारा लेन-देन होता है।"

"भैया, हमारा दिमाग फिर गया है। खीसे के पैसे निकर गए हैं सो..."

"...दिमाग को सँभालो महाराज। रिश्वत देने में पैसा डूब भी सकता है। हमने जे बात तुम्हें शुरू में ही बताई भी जरूर होगी, क्योंकि हम जे बात हरेक से बताते हैं।"

नादान शख़्स अब अत्यन्त दयनीय हो गया।

"फिर भी भैया, हमारे लिए कुछ कोशिश करके देख तो लो।"

"वो तो हम करेंगे ही। साहब से चिरौरी करेंगे कि मालिक, गरीब आदमी है।

शायद उनसे कुछ पैसा वापस मिल जाए। कौन अफसर कब पिघल जाए, पता थोड़ेई चलता है! हम पूरी कोशिश करेंगे।"

"बस भैया, इत्ता भर काम करा दो तो..."

"...करेंगे।"

"फिर हम आपसे कब पता करें?"

"यार, अभी तो तुम जाओ अपने घर और हम जाते हैं टट्टी। बाकी, हम वहाँ जाएँगे। अगर हम कुछ भी रकम उनसे निकाल पाए तो कल हो तुम्हारे घर पटक के जाएँगे। पर आगे से किसी ऐसे-वैसे काम के लिए हमारे पास आना मत। हवन करते में अंगुरियाँ कैसे बर जाती हैं, आज हमने तुमसे सीख लिया।" स्साले को दस हज़ार रुपए कल रात में ही वापस पकड़ा देंगे तो बचे हुए तीस हज़ार पचाने में आसानी होगी—ऐसा सोचते हुए बिस्मिलजी उठ गए।

नादान शख़्स "ऐसी बात नहीं है भैया" जैसे वाक्य बोलता रह गया।

बिस्मिलजी तेज़ी से उठकर अन्दर चले गए।

नादान शख़्स भी अन्ततः वहाँ से उठ गया। अब वह अपराधबोध से भरा हुआ था। बिस्मिलजी पर निरर्थक सन्देह करने के लिए वह स्वयं को माफ़ नहीं कर पा रहा है।

मेरा तिरंगा कहाँ गया?

पूरे कोटरा को ख़बर हो गई है कि गजानन बाबू इस बार का राष्ट्रपति का चुनाव लड़ने वाले हैं।

गाँव में तरह-तरह की बातें चल रही हैं। कोई कहता है कि गजानन बाबू फार्म भी भर चुके हैं, बस उस पर सांसदों के दस्तखत होने हैं सो आगे का काम रुका हुआ है। बे अब दिल्ली जा के पकड़ेंगे सांसदों को। ...सांसद उनकी सुनेंगे?...क्यों न सुनेंगे? ...कोटरा के लोग भी उनकी सुनते हैं कि नहीं? फिर? यदि रामराज्य लाने में उनकी तनिक भी रुचि है, तो सांसदों को सुनना तो पड़ेगा। ...कोई तो यह भी बता रहा है था कि दिल्ली में चर्चा है कि जब गजानन बाबू खुद खड़े हो रहे हैं तो बिना किसी के दस्तखत के भी फारम जमा कर लिया जाएगा; कोटरा में जो हो, पर दिल्ली में गजानन बब्बा की बड़ी इज्जत है। ..."घंट इज्जत है", किसी ने जवाब में कहा। कहते तो यह भी हैं कि गजानन बाबू ने अपनी खुपड़िया के टाँकों की फोटू ही फार्म पे चिपका दी है; सरकार को झक मार के फार्म जमा करना पड़ा है। दस तरह की बातें।

हाँ, यह सच है कि देश में राष्ट्रपति चुनाव होने वाला है।

यह भी सच है कि गजानन बाबू ने तय कर लिया है कि अगर देश को बदलना है तो उन्हें ही राष्ट्रपति बनना होगा। वे इस बार राष्ट्रपति पद के लिए खड़े होंगे। यह सच है पर यह भी सच है कि कोई भी पार्टी उन्हें खड़ा करने को राजी नहीं है। उन्होंने सबसे पूछकर देख लिया है। कालपी के कांग्रेस दफ़्तर के तो वे तीन चक्कर मार चुके हैं। उनसे कहा भी कि इस बार हमारा नाम दिल्ली भेजा जाए तो हँसकर टाल गए हरामी लोग। बताइए, ऐसे कहीं देश चलता है? ..."जब हम तीसरी बार उनसे मिले तो जिला-प्रमुख हमसे बोले कि राष्ट्रपति बनबे के लाने तो सरकार ने इस बार आदमी के पास शेरवानी का होना कंपल्सरी कर दिया है। बताइए, बे हमसे पूछने लगे कि कोई शेरवानी है आपके पास? अब कोई शेरवानी तो नहीं है भैया हमारे पास! हम तो जे बंडी-धोती पहिनबे वाले आदमी हैं भैया। कहीं होती भी तो हम न पहिनते। जिला-प्रमुख कहने लगे कि कांग्रेस का तो अब जेई नियम है कि आदमी के पास शेरवानी होगी तभी उसे केंडीडेट बनाया जाएगा। बताइए। जे तो हाल है कांग्रेस का। हमने समाजवादी, भाजपा, भैनजी वाली पार्टी से भी कहा कि हमारा नाम भेज दो तो जे स्साला देश बच जाए पर सबने ऐसेई कुछ न कुछ बहाने बना दिया।" ..."फिर?" फिर क्या, अब गजानन बाबू निर्दलीय लड़ने वाले हैं।

इसी के चलते गजानन बाबू आजकल बेहद व्यस्त हो गए हैं। जहाँ भी खड़े दिखते हैं, लोग उन्हें घेर लेते हैं। ..."आजकल बड़ी ही चूतियाटिक बातें करते हैं पगलट बाबा। तुम उनसे एक बार जे भर पूछ के देखो कि आप राष्ट्रपति कब बनबे वारे हो दद्दा? बस। फिर देखियो। फिर सुनियो उनकी बातें। कभी उनसे पूछियो। भौत मजा आएगा।" ...सब कहते हैं कि गजानन बाबू को इस बार पागलपन का जो दौरा पड़ा है, उससे उनका निकलना मुश्किल रहेगा। देशभक्ति तो खुपड़िया पर पहले से चढ़ी हुई थी अब जे राष्ट्रपति बनबे की धुन उनका जो न करा दे! बेचारे गजानन बाबू।

***

"जयहिंद बब्बा।"

"जयहिंद।"

"महात्मा गांधी की जय।"

"महात्मा गांधी की जय।"

बाज़ार के बीच का वही चबूतरा।

वहीं बैठे हैं अभी गजानन बाबू।

लोग आ आकर 'जय हिंद' बोलते हैं और चबूतरे पर बैठ जाते हैं।

लोगों के पास फ़ुर्सत है और गजानन बाबू के पास देशभक्ति है। समय काटने के लिए देशभक्ति से बढ़िया चीज़ और क्या होगी? देशभक्ति को एक बार मज़ाक का विषय बना दो, फिर देखो, कित्ता मज़ा आता है। लोग मज़े ले रहे हैं। कोई आदमी गजानन बाबू की भाँति इतनी गंभीरता से देशभक्ति की बातें कैसे कर सकता है? बस यही बात विनोद पैदा कर रही है अभी। लोग गंभीरता का अभिनय करते हुए गजानन बाबू से हीही-ठीठी कर रहे हैं। नहीं, वे गजानन बाबू की बेइज़्ज़ती नहीं कर रहे। बड़ी इज़्ज़त है उनकी लोगों के मन में परन्तु पागलपन पर हँसी तो आती है न? लोग यहाँ देशभक्ति का मखौल भी नहीं उड़ा रहे हैं। बड़े देशभक्त हैं ये सारे लोग। आपको विश्वास नहीं हो रहा है न? अच्छा, अभी 'भारत माता की जय' का नारा लगवा के देख लें। ये ही लोग अभी ऐसा गगनभेदी नारा लगाएँगे कि आसमान में सुराख हो जाए! पर अभी देशभक्ति का चुटकुला चल रहा है तो उसका भी मज़ा क्यों न ले लिया जाए?

"जयहिंद दद्दा।"

"जयहिंद।"

"महात्मा गांधी की जय।"

"महात्मा गांधी की जय।"

माहौल बन गया है।

"कब निकल रये महाराज?"

"कितें खों?"

"दिल्ली।"

"बस, निकलते हैं।"

"पैदल तो नई कढ़ रये? दांडी मार्च टाइप कछू करबे की तो नहीं ठानी है?"

"आजकल घुटने पिराते हैं बेटा, वरना हम पैदल ही जाते।" गजानन बाबू बोले।

"राष्ट्रपति बनबे के बाद पहला काम आप जेई करियो—अपना घुटने बदलवाने वाला आपरेशन जरूर करवा लइयो।" एक ने कहा।

"एकदम सही बात। राष्ट्रपति बनबे पे आदमी को तेज-तेज चलना पड़ता है।" दूसरे ने कहा।

"राष्ट्रपति तेज न चले तो का करे? आगे-पीछे मिलेट्री वाले लोग लगे रहते हैं। रगेदते हैं कि तेज चलो दद्दा।" तीसरे ने कहा।

"वैसे राष्ट्रपति को उत्ता चलना नहीं पड़ता है भैया। बढ़िया, पाँच घोड़ों वाली बग्घी रहेगी दद्दा की सेवा में।" पहले ने कहा।

"दद्दा का जल्वा रहेगा।" दूसरे ने कहा।

"किसी जल्वे के लाने राष्ट्रपति नहीं बन रहे हैं हम।" गजानन बाबू रिसा चले।

"हम आपकी नहीं, घोड़ों के जल्वे की बता रये थे। स्सालों को ऐसा सजा-धजा के बग्घी में जोतते हैं कि उनकी शक्ल बग्घी के मालिक टाइप निकल आती है।" कोई बोला।

"वैसे जल्वा तो आपका भी रहेगा ही।" कोई और बोला।

"यार, दद्दा के जल्वे की तो आप बातई न करो। इतें उनका कोई कम जल्वा है क्या? जल्वे के लाने दिल्ली नहीं जा रये बे।" एक ने कहा।

"बे तो उतें रामराज लावे की खातिर जा रये हैं। है न महाराज?" कोई बोला।

"हाँ, वही सब सोचते रहते हैं हम।" गजानन बाबू ने ऐसी गंभीरता से कहा मानो राष्ट्रपति पद की शपथ लेने के बाद पत्रकार वार्ता में बोल रहे हों।

सुबह का समय है। दुकानें धीरे-धीरे खुल रही हैं। आवाजाही बढ़ गई है।

"रामराज में जे सब नहीं चलेगा भाई साब। एकदम टेम पे दुकान खोलनी पड़ेगी गुप्ताजी।" किसी ने गुप्ताजी को आवाज़ देकर बताया। गुप्ताजी अपनी छोटी-सी दुकान का शटर खोल रहे हैं।

"अरे, दद्दा का आर्डर होगा तो हम तो पाँच बजे से ही खोल के बैठ जाएँगे। रामराज के लाने तो हम रोज सुबह चार बजे का अलार्म लगा दिया करेंगे।" गुप्ताजी ने हँसकर कहा।

"बताते हैं कि आप देश में घी-दूध की नदियाँ निकलवा देंगे?" किसी ने गजानन बाबू से पूछा।

"हाँ, हमने इसकी योजना बना ली है।"

"घी और दूध की नद्दी अलग-अलग बहेंगी कि..." एक ने पूछा।

"...इसमें पूछबे की क्या बात है? भैया, घी की अलग बहेगी, दूध की अलग।" दूसरे ने गजानन बाबू की तरफ़ से उत्तर दिया।

"और मठ्ठा? उसकी नदी?"

"मठ्ठे की नदी तो नहीं बहेगी पर शायद उसकी नहर निकाली जाए, क्यों दद्दा?" किसी और ने कहा।

"दूध वाली नदी को पानी वाली नदी से दूर बहाना पड़ेगा, क्यों दद्दा?"

"वो तो हैई। अगर पानी मिल जेहे तो दूध अपने रामदयाल अहीर टाइप न हो जाएगा?"

गजानन बाबू सबकी बातें सुन रहे हैं।

वे आश्चर्यचकित हैं कि घी, दूध की नदियाँ बहाने की उनकी बात को कोटरा निवासी क्या समझ रहे हैं! गजानन बाबू ने प्रत्युत्तर में बस यही कहा कि देश में दूध, घी की नदियाँ बहाने के कागजात भी एकदम तैयार हैं।

"कभी हम लोगन को भी बे कागजात दिखाए जाएँ न दद्दा?" किसी ने कहा।

"कागज तो भौत हैं। कुछ बात पैम्फलेट में लिखी है। तुम लोग बस हमारा पैम्फलेट पढ़ लेना।"

"कितें है पैम्फलेट?"

"अभी हमने कालपी की जयवंती प्रेस में दिया है छपने को।"

"पैम्फलेट में ऐसा क्या है?"

"खुदई पढ़ के देखियो। हम तुमें का बताएँ? खुदई देख लेना। सब कुछ एकदम क्लीयर छपा है हमारे इस पैम्फलेट में। रामराज लाबे की, घी-दूध की नदियाँ बहाबे की सारी योजनाएँ लिखी हैं हमारे पैम्फलेट में। जेई पैम्फलेट हम बाँटेंगे उतें दिल्ली जा के, संसद में। तब देखियो, जेई सारे नेता हमें दौड़-दौड़ के वोट देंगे। हमारी योजनाएँ ही ऐसी हैं कि सब हमारे पीछे लग जाएँगे कि आपई को राष्ट्रपति बनाना है। सच कहते हैं हम। देखना।" गजानन बाबू के चेहरे पर संतोष तथा गर्व की आभा है। अब ज़रूर सब ठीक हो जाएगा। वे सब कुछ ठीक कर देंगे। एक बार राष्ट्रपति बन गए तो फिर देश में सब ठीक हो जाएगा। गांधीजी का सपना मरा नहीं है। हम जरा-सी उँगली भर कोंच देंगे तो सपना उचक के खड़ा हो जाएगा। रामराज्य का सपना साकार होने के दिन आ गए हैं।

"जयहिंद!" अचानक ही, बैठे-बैठे, बस यूँ ही, जोर से नारा लगा दिया गजानन बाबू ने। उत्साह से लबरेज रहते हैं वे आजकल।

उनके चेहरे पर एक पागल चमक देखी जा सकती है।

"जै हिंद!" नारे के जवाब में सबने कहा। कुछ ने हँसकर कहा, कुछ ने जोश में।

"...महात्मा गांधी की।"

"जय!" सबने ज़ोर से कहा। गजानन बाबू का ख़ुद का स्वर सबसे ऊँचा था।

गजानन बाबू मंत्रमुग्ध और मंत्रबद्ध, दोनों हो गए।

चबूतरा अचानक ही मऊरानीपुर के मंडी चौराहे में तब्दील हो गया। वे सपनों में उतर गए। आज तो चौराहे पर तिरंगा लगाकर ही हटेंगे।

"इंकलाब!" वे और ज़ोर से चिल्लाए।

"ज़िंदाबाद!" लोगों ने ऊँची आवाज़ में नारा लगाया।

वे अब बेचैन होकर सब तरफ़ कुछ खोज रहे हैं। अब वे पूरी तरह से मऊरानीपुर के सपने में विचर रहे हैं। उन्हें अभी के अभी वहाँ चौराहे पर तिरंगा लगाना है। अभी। और वह मिल ही नहीं रहा। कहाँ गया मेरा तिरंगा?

"क्या खो गया दद्दा?" किसी ने पूछा।

"हमारा तिरंगा कहीं नहीं दिख रहा।" गजानन बाबू परेशान हैं।

"तिरंगा तो आजकल बस छब्बीस जनवरी और पन्द्रह अगस्त को ही लगता है न महात्माजी?" किसी ने कहा।

"और बाकी के टेम?" गजानन बाबू ने आश्चर्य से पूछा।

"बाकी के टेम तो तिरंगा स्टोर में धरा रहता है।" एक ने कहा जो शायद किसी दफ़्तर में काम करता है।

"ऐसे तो फिर हम अपने तिरंगे को भूल ही जाएँगे? बताओ, अभी हमें तिरंगा न मिला तो हम यहाँ क्या फहराएँगे? ...और अंग्रेजों को इस बात का पता चला तो अंग्रेज तो भैंचो भौत खुश होंगे। बे तो हमें झंडा लगाबे से रोक नहीं पाए पर आज हम अपने सुराज में ही तिरंगा न फहरा पाए तो देश की बड़ी बेइज्जती हो जाएगी भैया। ...कोई तो हमारा तिरंगा तो ढूँढ़ दो भैया। ...कोई तो हमारा तिरंगा ला के दे दो। हमें मऊ के चौराहे पे अभी तिरंगा लगाना है।" गजानन बाबू उत्तेजित हो गए।

"जे चौराहा नहीं है दद्दा। चबूतरा है।" किसी ने कहा।

"तिरंगा तो ला दो बेटा। ...मेरा तिरंगा खो गया है। ...तिरंगा ही न रहा तो हम राष्ट्रपति बन के क्या करेंगे?" गजानन बाबू उद्वेलित होकर बेचैनी से यहाँ-वहाँ घूमने लगे। अभी तक उनका मज़ा लेते लोग भी उनकी यह उत्तेजक अवस्था देखकर घबरा गए।

सब लोग उन्हें शान्त करने की कोशिश करने लगे।

"मिल जाएगा। ...आपका तिरंगा अभी मिल जाएगा।" किसी ने पीठ पर हाथ फेरकर उन्हें सांत्वना देने की कोशिश की।

गजानन बाबू फूट-फूटकर रोने लगे।

रोते-रोते भी वे निरन्तर बुदबुदाते जा रहे हैं, "मेरा तिरंगा, मेरा तिरंगा।"

स्त्री होने की सजा : अँधेरे में एक स्त्री विमर्श

रात के दस बज रहे हैं।

गली सूनी पड़ी है। निचाट अँधेरा है। दो दिन हुए, खंभे का लट्टू फोड़ दिया पटवारी के छोटे मोंड़ा ने। यह गली पटवारीजी की गली के नाम से प्रसिद्ध है। पटवारीजी बीस वर्षों से यहीं रहते हैं। पटवारीजी स्वयं भी दो बातों के लिए प्रसिद्ध हैं : एक, कि वे बिना नोट लिए कटी उँगली पर भी नहीं मूतते। कोई कभी यूँ ही खाली जेब लिए उनके पास पहुँच भी जाए तो वे उससे यही पूछते है : "यार, तुम खुदई बताओ न? तुमाई कटी उँगली पर आखिर हम क्यों मूतें? उँगरिया तुम्हारी कटी है। जरूरत तुम्हारी है। तुम्हें जे उम्मीद क्यों है कि हमने पानी पी-पी के इत्ती मेहनत से जो पेशाब बनाई है, उसे हम ऐसेई तुमाई कटी उँगली पर बहा देंगे? क्यों मूतें हम? बताओ न? और अभी तो वैसे भी हमें पेशाब आ नहीं रई। तुम कल आना। कल आ के पूछना। ...और कल तुम ऐसे सूखे-सूखे न पधार जाना। थोड़ी

समझदारी दिखाना। इत्ता तो तुमें भी पता होगा कि दुनिया में हर काम का रेट होता है? पंडिज्जी भी मुर्दा फूँकबे का मंत्र पढ़ने की दान-दक्षिणा लेते हैं कि नहीं? फिर? हमसे तुम ऐसेई सूखे-सूखे कैसे मुतवा लोगे भैया?"

तो पहली बात तो यही कि पटवारीजी पैसे का मुँह देखे बिना किसी का भी मुँह देखने को राजी नहीं होते हैं। एकाध आदमी ने कलेक्टर साहब से उनकी शिकायत करने की धमकी दी तो पटवारी जी ने स्वयं ही उन्हें कलेक्टर साहब का फोन नम्बर दे दिया; कहा कि आप उनसे तो जरूर ही बात कर लो। यह तो सरकार का बनाया सिस्टम है भैया। कलेक्टर साहब को भी इसका पता है। उन्हें सब पता है।

और दूसरी बात?

दूसरी बात है, पत्नी को पीटने की उनकी आदत, जज़्बा तथा बेशर्मी।

वे बड़े ही सहज होकर पत्नी की पिटाई करते हैं और खुलेआम करते हैं। इसे वे अपना लगभग नैसर्गिक-सा अधिकार मानते हैं। इसे वे अपने पुरुष होने का हिस्सा भी मानते हैं। वे पुरुष हैं, यह सिद्ध करने के लिए भी वे पत्नी को पीटते हैं। हर दिन किसी न किसी बात पर पीटते हैं क्योंकि वे हर दिन पुरुष हैं। फिर उनकी ऊपरी कमाई इतनी है कि उनको घर जाने से पहले रोज़ पीनी भी पड़ती है। दिन की कमाई के अनुपात में रात में पीते हैं, फिर पीने के अनुपात में पत्नी की ठुकाई करते हैं। और जिस दिन न पी पाए हों तब? तब भी पीटते हैं। अभ्यास बना रहना चाहिए।

यदि लोहे की छड़ जैसी बेजान चीज़ को भी नियमित पीटा जाए तो वह चपटा होकर पैने चाकू में तब्दील हो जाएगी। लोहे और नारी में कदाचित यही अन्तर है जबकि पैना होने की काबिलियत नारी में भी है। और इसी का फ़ायदा उठाते हैं पटवारीजी। गालियाँ देते जाते हैं और जो भी उनके हाथ में आए, उसी से पत्नी को मारते चले जाते हैं। पत्नी बस 'हाय', 'हाय' करती जाती है जो पटवारीजी के लिए उद्दीपन का काम करता है। पत्नी परम्परा से मजबूर है; पति को परमेश्वर मानने की परम्परा। परमेश्वर हैं पटवारीजी। 'जाहि बिधि राखे राम, ताहि बिधि रहिए' वाला मसला है। परमेश्वर ही यदि पीटने की ठान ले तो फिर उसे कौन बचाए?...हरि इच्छा। ईश्वर ने ही तो उसे पत्नी बनाया है, पटवारीजी को पति। वे पति हैं। जैसे हैं, हैं। अब वे जो चाहें, करें। मारें, प्यार करे; मर्जी उनकी। वरदान दें, या चाहें तो कठोर सज़ा दे दें। स्त्री होने की सज़ा। पत्नी ने ख़ुद की माँ को भी वर्षों तक ऐसे ही पिटते देखा है। उसी से सीखा है कि मौन ही स्त्री का गहना है। वह भी पिटती है। वह भी चुप रहती है। पटवारीजी स्वयं उसके इस गुण की तारीफ़ करते हैं। कभी लाड़ में उसे 'गुणवंत नार' तक कह डालते हैं। कभी मौज में आ जाएँ तो पत्नी के मौन और धैर्य की बड़ी तारीफ़ भी करते हैं।

आस-पास के दस घरों तक यह पिटाई सुनाई देती है। सब सुनते हैं। प्रकृति

में अनेक आवाज़ें हैं। ऐसी ही एक सहज आवाज़ 'हाय', 'हाय' और गालीगलौज की भी है—सब ऐसा मानते हैं। लोग इसे अपने दैनिक जीवन का एक बेमतलब-सा पार्श्व संगीत मानते हैं। निष्ठुर जीवन का बेसुरा पार्श्वसंगीत। शोर है, बस। क्या तो इसे ध्यान से सुनना? क्यों इस पर ध्यान देना? अरे, वही, रोज का तो मामला है। किसी को इससे कोई मतलब नहीं। पत्नी उनकी है। वे जानें। हम क्यों पड़ें उनके मामले में? उनका मामला है। उनके बीच की बात है। वे जो चाहें करें। वे हमारे बीच कभी पड़ते हैं क्या? सबकी अपनी-अपनी स्त्री है। उसके साथ वह जो भी करे, करे। मारे, कूटे, चूमे, चाटे, जो करे। पटवारीजी सात फेरे लगा के इसे अपने घर लाए हैं। दोनों ने सात जन्मों तक इक-दूजे का साथ देने की कसम खाई है। अग्नि को साक्षी मान के फेरे लगाए हैं। अब वो उनकी औरत है। उनकी मेहरारू। उनकी संपत्ति है। अब वे जानें, उनका काम जाने। वे सात जन्मों तक भी पीटें तो यह उनके दाम्पत्य का आंतरिक अरेंजमेंट है। मारने-पीटने से पति-पत्नी के संबंधों की पवित्रता पर कोई असर नहीं पड़ता। संबंध चलता रहता है। पवित्र रिश्ता कायम रहता है। देखा ही होगा; कैसा बढ़िया मोटा सिंदूर भरती हैं पटवारिन अपनी माँग में। बताइए, किसके नाम का सिंदूर है यह? पटवारीजी के नाम का ही है न? तो भैया, जे होती है पतिव्रता नार! तीजा का निर्जला व्रत रखती हैं वे। आजकल, टीवी में देख-देखकर करवा चौथ भी मनाने लगी हैं। पूरे हृदय से पूजा-पाठ करके प्रार्थना करती हैं कि ईश्वर पटवारीजी को लम्बी उम्र दे, ईश्वर स्वयं उन्हें सधवा की मौत दे, अर्थी पर वे सोलहसिंगार करके ही लेटें। ...तो क्या पत्नी की तमन्ना है कि ईश्वर उसके ताउम्र पिटने की माकूल व्यवस्था करके रखे?

पर कभी, किन्हीं कोमल पलों में तो पटवारीजी को अपराधबोध तो होता होगा न? कभी तो अपने इस घिनौने कृत्य पर शर्म आती होगी उनको?...ऐसा लगता तो नहीं। वे सुबह ऐसे सहज उठते हैं मानो उन्होंने रात में ऐसा कुछ किया ही न हो! माथे पर शर्म की एक लकीर भी नहीं होती। चेहरे पर पश्चात्ताप की एक शिकन भी नहीं। सब भूल गए हों मानो। ...और, जब हम ही सारी बात भूल चुके हैं तो फिर तुमको भी भूल ज.ना चाहिए। ...मुझे फालतू फंड की कोई शिकायत नहीं चईए। "यदि तुमने सुबह-सुबह, रात की पिटाई की शिकायत की तरफ इशारा भी किया तो हम तुम्हें अभी भी रात जैसा ही घसीट के मारेंगे; आगे से ऐसी बेकार की शिकायतें करनी भूल जाओगी।" ...पटवारीजी सुबह उठते ही पत्नी को पूरे आत्मीय अधिकार से आवाज़ देते हैं। उनके हृदय पर कहीं कोई बोझा ही नहीं होता। ..."काहे का बोझा भाई? बोझा महसूस करते तो क्या रात में हम ऐसे आराम से सो पाते?..." हमने तो बढ़िया ठुकाई भी करी और रात में बढ़िया नींद भी ली। देखिए न, सुबह कैसे, एकदम तरोताज़ा होकर उठे हैं। ...उठकर पुकारा है पत्नी को कि चाय में अदरक तनिक अच्छे से डाल देना।

...और उनके बच्चे? वे भी तो रोज़-रोज़ अपनी माँ की पिटाई देखते-सुनते होंगे? क्या पटवारीजी कभी अपने बच्चों की नहीं सोचते हैं? उन पर कोई गलत असर पड़ेगा, ऐसा नहीं सोचते हैं क्या?...और बच्चे कोई विरोध नहीं करते उनका? वे लोग कुछ क्यों नहीं करते? पर वे आख़िर करें क्या? वे, बस देखते-सुनते, और जीवन के स्याह पक्ष के बारे में नया-नया सीखते रहते हैं। वे किशोरवय के चार बच्चे हैं। माँ-बाप के बीच में पड़ने की उनकी उम्र नहीं, हैसियत भी नहीं। इनमें से दो तो पुत्रियाँ हैं। ये क्या देखती होंगी इस रोज़ घटती दुर्घटना में? शायद वे दोनों नित्य अपनी नियति से साक्षात्कार करती हैं। या, कदाचित, नित्य ही विद्रोह के बीज पड़ रहे हों उनके मन में? कदाचित, ख़ुद के स्त्री होने के ही विरुद्ध होती जा रही हों ये लड़कियाँ? कदाचित कोई और ही स्त्री बनने की मौन तैयारी चलती हो उनके मन में। काठ-सा चेहरा लिए, माँ को पिटता देख रही इन लड़कियों के चेहरे बहुत कुछ छुपा ले जाने में माहिर हो गए हैं। वे अगर बड़ा होने से भयभीत रहती हों तो भी आश्चर्य नहीं होना चाहिए। और उनके दोनों पुत्र? दोनों शायद अपने पुरुष होने की ट्रेनिंग ले रहे हैं, और बेशर्म होने की भी।

पटवारीजी के घर में कोई शर्मिंदा नहीं। जो है, वो बताती नहीं। बताएगी तो और पिटेगी।

***

पंडिज्जी की मोटरसाइकिल जब पटवारीजी की गली में घुसी तब भी वहाँ यही सब चल रहा था।

पटवारिन की 'हाय' 'हाय' बड़ी दूर से सुनाई दे रही थी।

पंडिज्जी ने गाड़ी को न्यूट्रल में डाल दिया। पटवारी की गली में मोटरसाइकिल की क्षणिक रोशनी भर गई। पंडिज्जी ने गाड़ी को लुढ़कने दिया। गाड़ी फिर पटवारीजी के घर के सामने ही जाकर रुकी।

पंडिज्जी ने गाड़ी का इंजन बन्द कर दिया। गली फिर से अंधकार में डूब गई। 'हाय-हाय' की आवाज़ें और पटवारीजी का ऊँची आवाज़ में गालियाँ देना—सब कुछ अब और भी तेज़ और साफ़ सुनाई दे रहा था।

"अब?" पंडिज्जी ने पलटकर पीछे की सीट पर बैठे बिस्मिलजी से पूछा।

"तनिक रुकें। वैसे भी जे तो इधर रोज का किस्सा है। अभी खत्म हो जाएगा। अपुन पटवारीजी से मिलकर ही चलेंगे।" बिस्मिलजी ने बड़े इत्मीनान से कहा और मोटरसाइकिल से उतरकर वहीं अंधेरी गली में नाली से बचते-बचाते खड़े हो गए।

पंडिज्जी ने अपने दोनों पाँव गली के कंक्रीट पर जमा लिए। वे मोटरसाइकिल पर ही बैठे रहे।

गली में बहुत अँधेरा है।

पिटाई का शोर इसी अँधेरे में यहाँ-वहाँ छुपता फिर रहा है। ...चलिए, किसी को तो शर्म आ रही है।

***

और पंडिज्जी इतनी रात को पटवारी के घर कैसे? क्यों?

अरे, वही!

वकील साहब ने कब्रिस्तान की भूमि मामले के लिए कुछ ऐसे पेपर सुझाए हैं जो अगर पटवारीजी बनाकर दे दें तो वे फिर लैंड-रिकॉर्ड दफ़्तर में भी काम आ जाएँगे और अदालत में भी। पंडिज्जी जानते हैं, इस काम के दाम लगेंगे। बिस्मिल को बीच में डालेंगे तो फालतू की संकोच भरी बातें बच जाएँगी। तब पटवारी को उनसे पैसे लेने में अड़चन न आएगी। बिस्मिलजी ने पहले ही इस बाबत पटवारी से बात कर रखी है। पटवारी ने तो रात आठ बजे ही घर बुलाया था परन्तु पंडिज्जी को कालपी से आने में ही बड़ी देर हो गई।

कालपी में उनकी मोटरसाइकिल पंचर हो गई थी।

उसी चक्कर में, कालपी से पंडिज्जी फिर आठ बजे रात को तो चल ही पाए।

रकम उठाने घर पहुँचे तो पता चला कि पत्नी सिरदर्द से तड़प रही हैं। पंडिताइन को चाहे जब 'आधा सीसी' सिरदर्द होता रहता है। तब तो विशेष तौर पर, जब उन्हें पंडिज्जी से कोई शिकायत हो। अब यह पंडिज्जी का कर्तव्य बनता है कि वे पता करें कि पंडिताइन की मर्ज़ी के ख़िलाफ़ ऐसा क्या घट गया? वैसे भी पंडिज्जी के ऐसे पचासों कर्म हैं जो पंडिताइन की मर्ज़ी के विरुद्ध हैं—सो पता करना आसान नहीं रहता। ..."तुम लोग कम्पोंडर साहब को घर बुला के काहे नहीं दिखा दिये?" पंडिज्जी बुदबुदाए।..."अम्मा ने ही मना कर दिया। कहने लगीं कि हमें तो मर ही जाने दो", छोटे बच्चे ने बताया।

पंडिज्जी सोचने लगे—'यार, जे औरत, हर बात का बतंगड़ बनाने पर क्यों तुली रहती है? ...सुबह कालपी को निकलते-निकलते इससे हमारी जरा-सी बहस जरूर हो गई थी पर वो थी बस ऐसेई। हम तो उसे भूल भी गए पर जे अभी तक जरूर उसी को पकड़े बैठी होगी। जे स्साला उसी का सिरदर्द है। ...वैसे बताओ, हमने ऐसा क्या गलत कह दिया था? एक तो तुमने सब्जी में इत्ता नमक झोंक दिया और तुम चाहती हो कि हम तुमसे कुछ बोलें भी न? और हमने तब भी तुमें ऐसा बोल क्या दिया? बस, जेई तो कहा था न कि फिर कभी ऐसी सब्जी बनाई तो हम थाली तुम्हारे मूँ पे फेंक देंगे। ...बताइए! हमने इसमें ऐसा क्या गलत कह दिया? कभी गुस्सा आ जाए तो आदमी ऐसेई तो बोलता है न?...पर इन्हें हमारी

जरा-सी बात का इत्ता बुरा लग गया! अब हम इधर लीपा-पोती में टाइम भेस्ट करें कि पटवारी के पास जाएँ? ...पहले ही कालपी में हमें इत्ती देर हो चुकी है। वहाँ बिस्मिल हमारा इंतजार कर रहा है। पटवारी भी प्रतीक्षा में होगा।' ...लल्लो-चप्पो में आधे घंटे लगे। अपने हाथों से पंडिताइन को दर्द की गोली खिलाई। महारानी के सिर पे हाथ तक फिराया। ...'करना पड़ता है साहब। ...किया।' यह सब जल्दी-जल्दी निबटाकर ही पंडिज्जी घर से निकल पाए। फिर बिस्मिल को उसके घर से लिया। गाड़ी के पीछे बिठा के फिर इधर पटवारी की गली को भागे।

तब भी, रात के दस तो बज ही गए।

***

अब वे पटवारी की गली में ही खड़े हैं। पंडिज्जी मोटरसाइकिल की सीट पर बैठे हुए हैं। उनके बगल में बिस्मिलजी खड़े हैं। गली पर अँधेरे का कब्जा है और पटवारिन के रुदन का भी। दस मिनट ऐसे ही बीत चुके हैं।

"क्यों बिस्मिलजी? क्या कहते हो?" पंडिज्जी ने पूछा।

बिस्मिलजी चुप रहे। कुछ अंतराल के पश्चात् उन्होंने कुछ अलग ही उत्तर दिया :

"आपने जे बात नोट करी पंडिज्जी? गालियाँ एक से एक याद हैं यादवजी को?"

यादवजी अर्थात पटवारीजी।

पंडिज्जी ने मानो सुना ही नहीं।

"न हो तो अपुन कल आएँ? एकदम, सुबह-सबेरे?" पंडिज्जी ने पूछा।

"परन्तु पटवारीजी बस रात में ही पैसे लेते हैं।" बिस्मिल ने समस्या बताई।

"यार, रिश्वत का जे कौन-सा टाइमटेबल बनाया है पटवारीजी ने?" पंडिज्जी हँसने लगे।

"कभी कुंडली दिखाई थी किसी महात्माजी को। उनने ही चेताया था कि तुम कभी भी दिन के टेम पर रिश्वत न लेना; कुछ दोष है पटवारीजी की कुंडली में।"

"वाह रे महात्माजी!" पंडिज्जी ने हवा में हाथ जोड़ दिये जिसे अँधेरे के कारण किसी ने नहीं देखा।

"महात्मा जी ने बताया था कि तुमारे पास लक्ष्मी तो भौत आएगी, पर आएगी वो रात में ही। दिन वाली लक्ष्मी तुम्हें फलेगी नहीं।"

"पर तनख्वाह तो दिन में मिलती है?"

"तो?...अकेली तनख्वाह कभी फली है किसी को? तनख्वाह तो वैसे भी न फलने वाली लक्ष्मी ही होती है, हर सरकारी आदमी के लिए।"

दोनों हँसने लगे। पंडिज्जी ज़रा जोर से हँसे तो बगल के घर से निकलकर कोई शख़्स गली में आ गया। उसे नींद नहीं आ रही थी, या वह कोई जागरूक टाइप नागरिक है, पता नहीं।

"कौन है भाई?" उसने बाहर निकलकर अँधेरे में खड़े लोगों को पहिचानने की पहल की।

"हम हैं।" पंडिज्जी ने गुरु गम्भीर स्वर में सूचना दी।

पंडिज्जी का मानना है कि कोटरा में प्रत्येक नागरिक को उनकी आवाज़ को पहिचानना ही चाहिए।

"पंडिज्जी?" उसने पहिचान भी लिया।

"ठीक पहिचाने।" बिस्मिलजी ने कहा।

"अरे, आप भी। बिस्मिलजी!" उसने बिस्मिलजी की आवाज़ भी पहिचान ली।

"खूब पहिचाने।" पंडिज्जी ने प्रशंसा में कहा।

"हमें कोटरा में रहना है कि नहीं? बताइए, आपको न पहिचानेंगे?" कहकर वह शख़्स हँसने लगा।

"अरे वाह, साहूजी हैं जे तो? क्यों? पर जे बात भी आपने ऐन कही; छटाँक भर खून बढ़ा दिया हमारा।" पंडिज्जी ने भी उस शख़्स को पहिचान लिया।

"और आपने तो हम जैसे अकिंचन को पहिचान के हमारा पाव भर बढ़ा दिया।" शख़्स बोला।

"वाह!" बिस्मिलजी ने कहा।

अँधेरे में परिचय की औपचारिकताएँ संपन्न हुईं।

"इत्ती रात?" साहूजी ने पूछा।

"पटवारीजी से तनिक काम था पर इतें तो मारतमाम गालीगुफ्तार चल रहा है?" पंडिज्जी ने कहा।

"अरे जे? जे सब तो चलता रहता है।" साहूजी ने लापरवाही से कहा।

"फिर भी..."

"...अरे, कछू नहीं। आप तो बस इनका दरवज्जा जोर से खड़का दो। अभी, तुरत सब बन्द हो जाएगा। पटवारीजी का मन न भरा होगा तो बाकी का आपके जाने के बाद मार लिया जाएगा।" साहूजी ने बताया।

"यार, पत्नी पर ऐसे हाथ उठाना तो ठीक बात नहीं।" पंडिज्जी बुदबुदाए।

"तो कैसे उठाया जाए? अरे उनकी अपनी लुगाई है; मारें, पुचकारें, जो करें।" साहूजी पंडिज्जी से सहमत नहीं।

"फिर भी..."

"...चलिए, बे तो बिलकुल न मारें; तो क्या अपने मूँड़ पे बिठाएँ? आप भी कैसी बात कह रहे हो पंडिज्जी?"

"भैया, जमाना तो मोंड़ा-मोंड़ी को एक जैसा मानने का चल रहा है। अब वो पुराना समय थोड़ेई रह गया है।" बिस्मिलजी बोले। वे पत्रकार हैं। ख़ुद को आधुनिक सोच का बताने का कोई अवसर हाथ से जाने नहीं देते।

"वो समय नहीं रहा का क्या मतलब? अरे, वोई समय चल रहा है महाराज। वोई का वोई चल रहा है। वही है। दिख नहीं रहा आपको? बल्कि अभी तो सुनाई भी दे रहा होगा? यह हाय-हाय सुन रहे हैं न? तो? समय बदला नहीं है। सब वोई चल रहा है पंडिज्जी।" साहूजी बोले।

पंडिज्जी ने एक बार पुन: कहा, "फिर भी।"

"देखिए, मोंड़ा-मोंड़ी तो सब बराबर हैं—जे सब कहने में भी बड़ा अच्छा लगता है। खूब कहिए। पर हमें सच्ची-सच्ची बतइयो, मोंड़ी का दहेज आप भी बना रहे हैं कि नहीं?"

"वो तो खैर एक रीत चली आ रही है वर्ना..."

"...तो मानिए कि जे भी एक रीत ही चल रही है।" साहूजी ने पटवारिन के रुदन की ओर इशारा किया।

"यार, आप अपने घर की औरत को पीट रहे हो, जे स्साली कौन-सी रीत है भैया?" पंडिज्जी बोले।

"आपने कभी नहीं मारा पंडिताइन को?"

"राम, राम।" पंडिज्जी ने अँधेरे में अपने कान पकड़ लिए।

"हिम्मत नहीं पड़ी कि...?" साहूजी ने उनकी दुखती रग पर हाथ रख दिया।

"इसमें हिम्मत की कौन-सी बात? यह भी कोई हिम्मत का काम है?" पंडिज्जी बोले।

"पर कभी आपका भी मन तो करता ही होगा? हाँ, हर कोई इसकी हिम्मत नहीं जुटा पाता है।" साहूजी ने हँसकर कहा।

क्या आज ही उनका मन नहीं किया था? ...पंडिज्जी ने सोचा। पर बोले वे कुछ और ही बात। उन्होंने साहूजी को बाकायदा फटकार दिया, "यार, तुम चूतियों टाइप बात तो करो मती।"

"बताइए, पत्नी को ऐसा मारना!" बिस्मिल ने भी पंडिज्जी का साथ दिया।

"ऐसा का मतलब?...ऐसे मारा कि वैसे मारा; जैसे भी मारा, पत्नी को मारबे में ऐसा कौन-सा अनर्थ हो गया? बताइए? अरे, पूरे बुंदेलखंड में पिट रही हैं न औरतें? क्या हो गया इससे? बताइए? आप तो लिखबे-पढ़बे वाले लोग हैं। पढ़ा ही होगा। पूरे हिंदुस्तान में ही औरतें पिटती हैं कि नहीं? फिर? पढ़ी-लिखी औरतें भी पिटती हैं। डाक्टर, इंजीनियर और बहुत बड़े घर की औरतें भी पीटी जाती हैं। तो यहाँ पटवारीजी पीटते हैं तो इसमें स्साली कौन-सी अटपटी बात हो गई? कोई अनर्थ हो गया क्या? अपने चारों तरफ देखिए तो जरा। बुंदेलखंड

बढ़िया चल रहा है न? और अपना हिंदुस्तान भी कौन-सा खराब चल रहा है? कुछ फर्क नहीं पड़ता है। औरत के पिटबे का आप लोग ऐसा शोक न मनाएँ।" साहूजी बोले।

"कौन-सा बढ़िया चल रहा है?...बताइए?" पंडिज्जी हार मानने को राजी नहीं।

"क्यों?...रोज ही कित्ते धूमधाम से शादियाँ हो रही हैं! कैसी जोरदार करवा चौथ और हरतालिका तीज मन रही है! सौभाग्यकांक्षिणी मोंड़ी को जैसे-तैसे ससुराल भेजबे के बाद आप कैसी संतोष की श्वास लेते हो—मानो, छाती से भारी बोझ उतर गया हो। जे सब क्या है?...कहबे-सुनबे में तो भौत बढ़िया लगता है पंडिज्जी कि स्त्री, पुरुष सब बराबर हैं। एक गाड़ी के दो पहिए हैं—ऐसई बोलते हैं न? पर जे सच नहीं है। जे तो एकदम अलग तरह की गाड़ी है। आपने वो भौत पुरानी वाली साइकिल की फोटू देखी है न? वैसा ही मामला है। गाड़ी का एक पहिया भौत बड़ा है। दूसरा पहिया छोटा रहे और अपनी औकात को पहिचाने तभी यह गाड़ी चलती है। इसके लिए छोटे पहिए को बार-बार टाइट करना जरूरी होता है। जो औरत गाड़ी की इस डिजाइन को स्वीकार लेती है, उसका ठीक रहता है। समझदार औरत कहाती है वो। जो इस डिजाइन से अलग चले उस पहिए की बार-बार मरम्मत करनी पड़ती है। इसका यही एक इलाज है। तो मरीज की हाय हाय पर मत जाइए। डाक्टर जब सूई लगाता है तो मरीज कैसी हाय, हाय मचाता है? अभी वोई हो रहा है। पटवारीजी मरीज के इलाज में लगे हुए हैं।" साहूजी ने स्त्री को पीटने के पीछे की फिलासफी समझाई। अपने घर में वे भी इसी पद्धति से इलाज करते रहते हैं। पटवारीजी के व्यवहार से उन्हें बल मिलता है।

पंडिज्जी चुप्पी लगा गए। उनकी चिन्ता इस बहस में जीतने की थी भी नहीं। वे तो अभी पटवारी से मिलने को उत्सुक हैं।

वैसे पिटाई भी अब बन्द हो चुकी है। हाँ, सिसकियाँ ज़रूर चल रही हैं। इसी बीच पटवारीजी ने एक बार ज़ोर से चिल्लाकर उसे धमकाया है, "तू जे अपनी फें फें बन्द करती है कि लगाऊँ एक और लात?" उस धमकी के पश्चात् अब सिसकियाँ भी बन्द हैं।

अँधेरी गली में अब बेचैन सन्नाटा भर रह गया है।

"क्या कहते हैं बिस्मिलजी?" पंडिज्जी ने पूछा।

"चलिए, दरवाजा खटखटाते हैं।" बिस्मिलजी ने कहा।

"हमें भी लगता है कि अब आप खटखटा ही लीजिए। ...बस, अन्दर उनसे जे स्त्रियों के सम्मान वाली बात न कहने बैठ जाना।" साहूजी ने वापस अपने दरवाज़े की तरफ़ जाते हुए कहा।

"यार, इत्ते चूतिया भी नहीं हैं हम।" पंडिज्जी ने कहा।

अब दोनों जन पटवारी का दरवाज़ा दो बार खटखटाकर प्रतीक्षा में खड़े हैं।

बहुत अँधेरा है गली में परन्तु दरवाज़े के दूसरी तरफ़ के अँधेरे से कुछ कम ही होगा यह।

जमानत का तिलिस्म

"भैया, जमानत के लिए चलना है आपको।"

"चले चलेंगे। जेई तो काम है हमारा। बताओ, कब चलना है?"

"हम देख के बताते हैं।"

"तो बताना फिर। किसकी करानी है?"

"मोंड़ा अन्दर बन्द है।"

"तो रहन दो न उसे अन्दर। बाहर कछू नौकरी-फौकरी करता है क्या?"

"नहीं भैया। ऐसेई है, जानते तो हैं। ...ऐसेई कुछ करता रहता है; इतें, उतें।"

"तो फिर? काहे जमानत कराते हो उसकी? अन्दर ही रहन दो न! जेल ऐसी बुरी जगह भी नहीं है। दोनों टेम ठाठ से रोटी मिल जाती है, बिछाबे-ओढ़बे को सरकारी कंबल, नहाबे को बाल्टी–लोटा; और क्या चइए?...वैसे, कछू पढ़े-लिखे भी हैं लल्ला?"

"आठवीं कक्षा के बाद पढ़ाई छोड़ दई। कहने लगा कि मास्टर लोग चूतिया हैं। हमने भौत कही कि आगे पढ़ ले बेटा। ...फिर एक दिन हेडमास्साब का मूड़ फोड़ के घर आ गया। फिर गया ही नहीं।"

"सही किया उसने। पढ़-लिख के उसे कौन-सा कलेक्टर बनना था।"

"वो तो है।"

"बाहर निकल के भी जब उसे ऐसेई 'बाई के बेर अढ़ाई सेर' ही घूमना है तो काय को जमानत करवा रहे हो उसकी? रहने दो वहीं।"

"अभी तो उसका निकलना भौत जरूरी है महाराज। ब्याव कराना है उसका। हमने दो-तीन घर भी देख रखे हैं। जे बाहर आ के मोंड़ियन को देख ले तो आगे बात चले।"

"जब ऐसे करम हैं तो इनकी शादी काय खों कर रये?"

"जिम्मेदारी पड़ेगी तो मोंड़ा सुधर जाएगा।"

"और जो न सुधरा तो?"

"तो फिर, जे बहू का भाग्य।"

"और कुँवरजी का कुछ नईं?"

"बहू अच्छी मिल गई तो वो इसे सुधार देगी।"

"और जो न सुधरा तो आप इसे बहू की गलती मानोगे, क्यों?"

"पहले मोंड़ी तो मिले।"

"वो तो मिलेगी ही।"

"आप इसे जेल से छुड़वा दोगे तब न मिलेगी?"

"कित्ते की जमानत का इंतजाम चइए?"

"वकील साब तीस हजार की बता रये थे।"

"बस! इत्ते कम की? जेबकटी में अन्दर भए हैं का?"

"नहीं महाराज, मोंड़ा ने थोड़ी-सी मारपीट कर दई हती।"

"चलो, जे तो कम से कम ठीक काम किया। आदमी जेल जाए तो ऐसे काम के लाने जाए कि बताबे में शरम न लगे। मारपीट करी है तो ठीक है। इसमें तो घर की इज्जत ही बढ़ती है। ...पर जरा-सी मारपीट में मोंड़ा अन्दर कैसे हो गया? तुमने थाने में मिठाई नहीं चढ़ाई हती?"

"वो बात नहीं है महाराज। चढ़ाई हती। फिर थानेदार साब भी बिरादरी के ही निकल आए हते। भौत कम पैसों में राजी भी हो गए थे। उनकी चलती तो मोंड़ा थाने से ही छूट जाना था।"

"फिर उनकी काहे नहीं चली? थानेदार जरूर बदमाश आदमी है।"

"नहीं महाराज, थानेदार साब तो बड़े भले हते।"

"यार, आदमी भला हो सकता है या फिर थानेदार—एक साथ दोनों कैसे हो सकता है?"

"नहीं महाराज, बड़े भले आदमी हैं बे।"

"ऐसे भले हैं तो अभी तक थानेदारी से निकाले काहे नहीं गए?"

"सब उनकी तारीफ करते हैं।"

"फिर तुम्हारी संतान को अन्दर काहे बेंड़ दिये?"

"पालिटिक्स चल गई भैया। पिटबे वाला आदमी समाजवादी निकल गया। अब उनईं की सरकार। बस, लखनऊ से फोन आ गया। थानेदार साब मजबूर हो गए।"

"लखनऊ के फोन की लीला तो खैर अपरंपार होती है भैया। सही बात कही तुम्हारे दरोगाजी ने।"

"पर थानेदार साब ने इत्ती मदद जरूर कर दी कि केस कमजोर बना दिया। बोले कि मामला ठंडा होबे तक मोंड़ा को जेल में बिठाओ। केस कमजोर बनाया है। जमानत आसानी से मिल जाएगी। वोई हुआ।"

"सुनवाई कब की लगी है?"

"परसों की। वकील साब कह रहे थे कि जमानत के लाने जमीन के दस्तावेज..."

"यार, हमारी जिन्दगी इसी काम में कटी है। अपने वकील से बोलना कि जमानत द्विवेदीजी दे रहे हैं। हमारा नाम लोगे, बाकी बे खुदई समझ जाएँगे। वैसे, वकील कौन है तुम्हारा?"

"वर्मा वकील।"

"वो कोरी?"

"हओ बेई, वर्माजी।"

"काहे के वर्माजी! कोरी है भैंचो। जे स्साले सगरे कोरी, चमार, ढुमार; सब आजकल शर्मा-वर्मा लिखने लगे हैं। और तुम जैसे लोग उनके नाम के आगे जी लगा देते हो; वर्माजी! काहे के 'जी' भैया?"

"हमें कौन-सी उनसे रिश्तेदारी जोड़नी है। कोरी हों, लुहार हों, जो हों।"

"फिर भी। देखभाल के तो अपना वकील करते।"

"जो कम पैसे में मिल गया हमने उसे कर लिया।"

"तुम्हें कोई सवर्ण वकील नहीं मिला? जे स्साले, रिजर्वेशन वाले लोग; जे क्या जानें? न ज्ञान, न सऊर। जज के सामने हें-हें करने लगेंगे। कानूगी दाँव-पेच का धेले भर ज्ञान नहीं है इनको। रिजर्वेशन में डिग्री तो मिल जाएगी पर ज्ञान कहाँ से लाओगे भैंचो? अरे, ज्ञान के लिए चाहिए रक्त की शुद्धता। शुद्ध रक्त है, स्साले तुमाऐ अन्दर? हो तो बताओ?"

"पर अभी तो हमने वर्माजी ही कर लिए हैं।"

"फिर वर्माजी!"

"वर्मा...। अभी तो हमने वर्मा कर लिए हैं।"

"कर ही लिए हो तो ठीक है पर स्साले को हमारे सामने बार बार 'वर्माजी', 'वर्माजी' न बोलना वर्ना हम जमानत के लिए न जा सकेंगे। ...उसे बस वर्मा बोलो। 'जी' 'फी' कुछ नहीं। समझे न?"

"जी, वोई।"

"वोई क्या?"

"वर्मा वकील।"

"वर्माजी नहीं?"

"नहीं, वर्माजी नहीं।"

"सब ठीक से निबटा पाएँगे आपके जे वकील साहब?"

"बताते तो बे जेई हैं कि सब बढ़िया हो जाएगा। वैसे अभी भी कोई अड़चन आ सकती है क्या?"

"वकील चूतिया हो तो अड़चन ही अड़चन। उसने मुंशी से सेटिंग तो कर ली है कि नहीं?"

"कर तो ली होगी वर्माजी ने।"

"यार, फिर तुमने उसे वर्माजी बोला?...वर्मा...। वर्मा कहो। समझे न? वर्मा से बता देना कि ठीक से सेटिंग करके रखे। नहीं तो मुंशी शाम तक वहीं बिठा के रखेगा।"

"सब काम जल्दी हो जाएगा महाराज।"

"और अपना केस जरा जल्दी लगवइयो। आगे हमें झाँसी निकलना है। एक जिजमान का गृहप्रवेश है। शाम का महूरत है। जज्जी में तो मुहूर्त आगे-पीछे हो सकता है पर गृहप्रवेश के मुहूर्त का निरादर नहीं किया जा सकता।"

"नहीं महाराज। सब कुछ टेम पे ही कराएँगे वर्माजी।"

"फिर वर्माजी? यार, तुम्हारे वर्माजी की माँ की..."

"...वर्मा।"

"तो वर्मा को बोलियो कि सुबह-सुबह की सेटिंग कर ले।"

"जी।"

"और हमारी फीस का तो पता करके ही आए होगे?"

"अरे, आपका तो बड़ा नाम है पूरी जज्जी में। सबने जेई कहा कि जमानत करानी है तो द्विवेदीजी के दरबार में चले जाओ।"

"दरबार तो ख़ैर घंटा है पर द्विवेदीजी सबसे सेट करके चलते हैं। उसी की इत्ती फीस है। उसी जमीन पे पचासों की जमानत करानी हो तो हर देवता को प्रसाद लगता है। कानून का मन्दिर है भाई। कानून के देवता बैठे हैं सब तरफ, कोई भी तीसरा नेत्र खोल दे तो जमानत के कागजन समेत भस्म हो जाएँ हम तुम।"

"आपकी फीस हमारे खीसे में है।"

"तो उसके निकालबे का टेम आ गया है।"

"जी महाराज।"

वह कुर्ते की जेब टटोलने लगा।

"अभी पाँच हजार निकाल दो। पाँच जज्जी के गेट पर दे देना।"

"तीन हैं अभी हमारे पास। बाकी वहाँ जज्जी में..."

"...किसी ने तुमें जे नहीं बताया कि हम पूरा एडवांस में लेते हैं?"

"हम पूरा ही देंगे। वायदा है हमारा।"

"भैया, तुम्हारा नहीं, इसमें गांधीजी का वायदा चलता है। करारे कागजों पे छपे गांधीजी वायदा कर दें, हम मान लेंगे।"

"हम बाकी का कल देते हैं, पक्का।"

"ठीक। तो हम पहुँच जाते हैं।"

"कहें तो हम आपको लेबे खों आ जाएँ?"

"काय? हमें अपनी करिहा पे लाद के ले जाओगे क्या? तुमें धुकधुकी काय को लगी है? कह तो दिया। हम पहुँच जेहें।"

"महाराज, धुकधुकी लगी है क्योंकि लड़के का कल निकलना भौत जरूरी है।"

"परसों भी छूटा तो क्या?"

"कल हमने मोंड़ी के घरवालों को टेम दे रखा है।"

"तो बे तो स्साले लड़की वाले हैं न? प्रतीक्षा करेंगे। देर से पहुँचोगे तो भी तुमारी वैसी ही लल्लो-चप्पो करेंगे।"

"नहीं महाराज, मोंड़ी वाले भी आजकल बड़े हरामी हो गए हैं। वो वाला जमाना नहीं रहा।"

"जमाना तो भैया वोई चल रहा है। बस, तुम तनिक लड़के वालों की ठसक से जाना। छाती को फुला के रखना। फिर देखना। जमाना तुम्हें एकदम वोई मिलेगा।"

"जी महाराज।"

"याद रखियो, जमाने की अभी भी उसी तरह फटती है और उन्हीं चीज़ों से फटती है। जमाने का रोना न रोया करो।"

"जी महाराज। ...हम आपको जज्जी के सामने चाय की गुमटी पर मिल जाएँगे। वर्माजी को भी साथ ले आएँगे।"

"अगर तुमने वहाँ भी जेई 'वर्माजी,' 'वर्माजी' करी न, तो हम जज्जी के गेट से वापस आ जाएँगे—सच्ची बता रहे हैं।"

"वर्मा वकील के साथ। अब ठीक?"

"ठीक।"

"हम चलें?"

"तनिक हमें जे तुमाई गड्डी तो चेक कर लेने दो। एक तो तुम जे स्साली सौ रुपए वाली गड्डी ले आए। जब सरकार ने हजार के नोट बना दिये हैं तो तुम लेन-देन में इस सरकारी सुविधा का इस्तेमाल करने को काहे राजी नहीं?"

वे गड्डी के नोट गिनने लगे।

***

तभी बिस्मिलजी वहाँ से निकले।

"हम गिनवा दें महाराज?" बिस्मिलजी ने हँसकर पूछा।

"हमारी कमाई आप जित्ती कहाँ कि गिनबे में दस आदमी लगें।"

"हमारा आपसे क्या मुकाबला महाराज? आप तो न्याय के मन्दिर के रखवाले हैं।"

"मन्दिर का घंटा तो भैया, वकीलों के कब्जे में है। हमारे हाथ तो घंटे की रस्सी आ जाती है, वो भी कभी-कभी।"

दोनों हँसने लगे।

हनुमानजी और मुसलमान बकरा

"जे काहे का प्रसाद है?" पंडिज्जी ने चिरौंजी दाने हथेली पर लेते हुए नत्थू से पूछा।

"हनुमानजी का प्रसाद है महाराज।"

"हम देवता की नहीं पूछ रहे। चढ़ाया क्यों?"

"बकरी एक बार में ही गाभिन हो गई महाराज। हमने उसी की मन्नत माँगी हती।" नत्थू ने प्रसाद की पुड़िया को माथे से लगाते हुए कहा।

"बजरंगबली तो ब्रह्मचारी देवता हैं। पता है कि नहीं?"

"बुढ़िया की बड़ी लगन है हनुमानजी में।"

"लगन का तो ठीक है पर कुछ माँगते टेम जे सब तो सोच लो कि कौन-से देवता से क्या माँगना है?"

"हम कौन-से पंडित आदमी हैं महाराज!"

"तो? किसी से कुछ भी माँगने लगोगे क्या? लक्ष्मी मैया से विद्या माँगोगे तो वो दे पाएँगी क्या? वे तुमसे जेई कहेंगी कि जे सब तुम देवी सरस्वती से माँगो। है कि नहीं? ऐसेई, हनुमानजी से बकरी के गाभिन होने की तुम्हारा अरज करना ठीक बात है क्या?"

"पर उनने हमारी अरज सुन तो ली।"

"हनुमानजी हैं सीधे सरल देवता, सो मान गए। पर भक्त को भी उनका खयाल रखना चइए कि नहीं?"

"पाप हो गया महाराज।" नत्थू ने सिर झुका लिया।

"पाप तो खैर नहीं हुआ पर आगे से ध्यान रखियो।" पंडिज्जी बोले।

पंडिज्जी मोटरसाइकिल पर हैं। खेत पर आए थे। लौटने को थे कि तभी नत्थू ने यह प्रसाद दिया तो उक्त वार्तालाप हुआ।

"बकरा किसका था?" पंडिज्जी ने चलते-चलते पूछ लिया।

"बीजू बकरा था मालिक।" नत्थू ने गर्व से बताया।

"रमई का बकरा इस मामले में बड़ा गुणी है।" पंडिज्जी को रमई का बीजू बकरा याद आया।

"बकरा रमई का नहीं हता महाराज।"

"फिर?"

"गयासुद्दीन का था।"

पंडिज्जी जाते-जाते रुक गए। कसैला मुँह बनाकर बोले, "तुम्हें जे मुसल्टे का बकरा ही मिला?"

"बकरों में कौन हिंदू, कौन मुसलमान महाराज?"

पंडिज्जी गुस्से में घूरने लगे तो नत्थू सटपटा गया।

"बकरा तो बकरा है महाराज।" नत्थू ने आगे बोलने की कोशिश की।

"तुम तो हिंदू हो कि नहीं?"

"जी मालिक।"

"फिर? ऐसा अनर्थ काहे किया? मान्यता माँगी हनुमानजी से और बकरा मियाँ का ढूँढ़ा?"

नत्थू ने सिर झुका लिया।

"उसी बकरे की सेवाएँ लेने का संकल्प था तो मन्नत भी मस्जिद जा के अल्ला से ही माँगते न।"

"हम उतें कैसे जाते? हमारे देवता तो हनुमानजी हैं न?" नत्थू असमंजस में है।

"मन्दिर में माँगी मन्नत के बीच में मुसलमान को काहे घुसेड़ लिया तुमने? जे स्साली मन्दिर तोड़बे वालों की कौम है, इत्ता भी नहीं पता है तुम्हें?"

"गयासुद्दीन ने कौन-सा मन्दिर तोड़ा है महाराज? गरीब आदमी है। वो तो मन्दिर के सामने से भी निकले तो बाहर से प्रणाम करे बिना आगे नहीं बढ़ता है।" नत्थू पंडिज्जी की गूढ़ बातें समझ नहीं पा रहा।

"चूतिया हो तुम।" पंडिज्जी झल्लाए।

"असल में हम कछू समझ नहीं पा रये मालिक। जात-पाँत तो आदमियों की बातें हैं; बकरे की कैसी जात?" नत्थू ने कहा।

"यार, मुसलमान का बकरा क्या हुआ? मुसलमान हुआ कि नहीं? इत्ती-सी भी बात नहीं समझते हो क्या?"

"हमारी समझ इत्ती ऊँची कहाँ महाराज!"

"हनुमानजी पे क्या बीती होगी, जे भी सोचा है? हिंदू बकरी पर मुसलमान बकरा चढ़वा के आ गए; जे तुमसे कित्ता बड़ा पाप हुआ है, पता भी है?"

"पर भौत सारे हिंदू गयासुद्दीन के बकरे के पास बकरी लाते हैं। कभी किसी ने उनको नहीं रोका।"

"अब रोकेंगे न। अगले साल चुनाव हैं। चिन्ता न करो। सबको समझाया जाएगा। सबको रोका जाएगा! गयासुद्दीन को भी ठीक से चेताया जाएगा। उसके बकरे का यह भ्रष्ट आचरण बन्द कराया जाएगा।" पंडिज्जी ने मानो चुनाव भाषण ही दे डाला।

नत्थू चुपचाप सुनता रहा।

पंडिज्जी चल दिये। पीछे-पीछे नत्थू आया। पंडिज्जी मोटरसाइकिल पर बैठ गए।

वे इधर से सीधे कालपी जा रहे हैं। नया शिक्षाधिकारी परेशान कर रहा है। नन्हे मास्साब की शिकायतों पर जाँच बिठाने की धमकियाँ दे रहा है। इधर परीक्षा पास आ रही है, उधर वह उनके परीक्षा केंद्र की मान्यता ही निलंबित करने की बात कर रहा है। पंडिज्जी पीछे लगे हैं पर वह अपने पुट्ठे पर हाथ ही नहीं रखने दे रहा।

आजकल वह पंडिज्जी के मुँह पर ही सीधे-सीधे आदर्शवादी वाक्य तक बोलने लगा है। इसका कुछ तो तोड़ निकालना होगा। पर कैसे? आज फिर से उसी चक्कर में कालपी जा रहे हैं वे। फिर से टटोलते हैं उसे।

पंडिज्जी ने चुपचाप मोटरसाइकिल स्टार्ट की।

"हनुमानजी क्षमा तो कर देंगे न महाराज?" नत्थू ने पूछा।

"सब हनुमानजी के मूड पर है।" कहकर पंडिज्जी ने मोटरसाइकिल आगे बढ़ा दी।

साहब का मूड पढ़ना होगा—वे रास्ते में सोच रहे हैं। चिरौंजीदानों का स्वाद अभी तक मुँह में है। हनुमानजी नत्थू से खफा हों, न हों, उनसे तो खफा लग ही रहे हैं आजकल। क्या वे भी हनुमानजी से यह मन्नत माँगे कि शिक्षाधिकारी उनसे रिश्वत लेने को राजी हो जाए?

ज्ञान रज बाँटने वाले

परीक्षा कमेटी की मीटिंग होनी है।

सामने की कुर्सी पर अपोली बैठे हुए हैं। वे स्कूल के मैनेजर हैं। तीन वरिष्ठ अध्यापक परीक्षा कमेटी के नामित मेम्बर हैं। प्रिन्सिपल साहब भी मौजूद हैं। हेड क्लर्क तो बैठा ही है। दो भृत्य कमरे के बाहर चक्कर लगा रहे हैं। पंडिज्जी पधारें तो बैठक शुरू हो। मुन्ना मास्साब बाउंड्री वाले फाटक पर उनकी प्रतीक्षा में खड़े हैं। वे वहीं गेट पर पंडिज्जी का इस्तकबाल करेंगे। मुन्ना मास्साब पंडिज्जी के ख़ास हैं। वे पंडिज्जी का यहीं, अलग से ही स्वागत करेंगे। फिर वे पंडिज्जी के साथ ही मीटिंग में घुसेंगे। मुन्ना मास्साब ही परीक्षा की मुख्य व्यवस्थाएँ देखते हैं जिनमें नकल करवाना भी शामिल है। जाहिर है कि वे पंडिज्जी के मुँहलगे हैं।

बाउंड्रीवाल पर चूने की पुताई पूरी हो चुकी है। फूहड़ मेकअप के बाद जैसी शक्ल निकल आती है, कुछ वैसी ही शक्ल निकल आई है बाउंड्री की परन्तु पंडिज्जी इसी पर ख़ासे फिदा हैं आजकल। आते-जाते आदमी से रोक-रोककर पूछते हैं कि बताइए, कैसा लग रहा है? सब लोग यही कहते हैं कि कालिज बड़ा खूबसूरत निकल आया है। ऐसे प्रश्नों के उत्तर में ऐसे ही मूर्ख बनाने का रिवाज़ चलता है यहाँ—पंडिज्जी स्वयं भी यह तथ्य जानते हैं परन्तु झूठ सुनकर भी उन्हें बहुत अच्छा लगता है। मुन्ना मास्साब अभी इसी सद्यपुती बाउंड्री के पास खड़े हुए हैं।

कि तभी पंडिज्जी की मोटरसाइकिल आती हुई दिखाई दी। मुन्नामास्साब उसी तरफ दौड़ गए। मुन्ना मास्साब के पास आकर गाड़ी रोक ली पंडिज्जी ने।

मुन्ना मास्साब ने लपककर उनके चरण छू लिए। पंडिज्जी ने हैंडल से एक हाथ हटाकर आशीर्वाद दिया तो मोटरसाइकिल फिसलते-फिसलते बची।

"कैसी लग रही है?" पंडिज्जी ने बाउंड्रीवाल को प्यार से ताकते हुए पूछा।

मुन्ना मास्साब ने कदाचित दसवीं बार बताया है कि मात्र पुताई की इस छोटी-सी कारगुजारी से पूरी इमारत शानदार निकल आई है। वे लगभग हर मामले में जानते हैं कि क्या बोलने से पंडिज्जी गद्गद होंगे? और वे हुए भी। पंडिज्जी मुस्कुरा दिये।

"बैठो।"

पंडिज्जी ने मुन्ना मास्साब को अपने पीछे बिठा लिया। मोटरसाइकिल शानदार इमारत की तरफ़ चल पड़ी।

गाड़ी को बाहर ही खड़ी करके पंडिज्जी बरामदे की सीढ़ियाँ चढ़ गए। मुन्ना मास्साब पीछे-पीछे।

बरामदे में कई कमरे खुल रहे हैं। शाम का समय है। कॉलेज अभी ख़ाली-सा पड़ा है।

दोनों लोग साइंस लैब के सामने से गुज़रे। दरवाज़ा उढ़का हुआ था। पंडिज्जी रुक गए।

"आज ताला नहीं लगाए साहूजी?"

साहूजी साइंस टीचर हैं।

"लापरवाह आदमी हैं।" मुन्ना मास्साब ने लापरवाही से कहा।

"कभी लैब में चोरी हो गई तो रोते फिरेंगे।" पंडिज्जी के स्वर में क्षोभ है।

"हमने भी कित्ती बार इन्हें समझाया है।"

"फिर?"

"कहते हैं कि लैब में अन्दर कुछ है ही नहीं तो चोर स्साला क्या ले जाएगा?"

"जरा भेजिए तो उन्हें कल हमारे पास।"

मुन्ना मास्साब मुस्कुरा दिये। स्साला ख़ुद को बड़ा न्यूटन समझता है। सीधे मुँह बात ही नहीं करता।

दोनों जन मैनेजर के कमरे की तरफ़ बढ़ते रहे।

"सब पहुँच गए?" पंडिज्जी ने पूछा।

"सब हैं। बस, आपई के लिए रुके हैं।" मुन्ना मास्साब ने बताया।

"आज की इस मीटिंग की रिपोर्ट कालपी जरूर पहुँच जाए। शिक्षाधिकारी आग मूतने की ठाने है। स्साला यही बहाना न ले बैठ जाए कि हम समय पर सूचनाएँ नहीं देते।" पंडिज्जी बोले।

तब तक कमरे के अन्दर से लोगों ने पंडिज्जी को आते हुए देख लिया है। सब लोग कमरे से बाहर आ गए। 'पंडिज्जी पाँलागी' हुई।

अपोली एक तरफ खड़े रहे। मास्टर लोगों ने पंडिज्जी के पैर छुए। प्रिंसिपल साहब ने पहले तो हाथ भर मिलाया, फिर माहौल देखकर पंडिज्जी के चरण स्पर्श भी कर डाले। अपोली पंडिज्जी की तरफ़ देखकर मुस्कुराया भर। सगे बाप के क्या तो पैर छूना!

सब अन्दर आ गए।

मैनेजर का कमरा कोटरा के मापदण्डों पर शानदार ही कहा जा सकता है। बड़ी-सी एक मेज़ है। उस पर बिछा चौखाने की डिज़ाइन वाला चादर। कुछ फाइलें। एक काला टेलीफोन। मेज पर बड़ा-सा काँच जो बीच से चटका हुआ है। एक तरफ़ पाँच-छह रजिस्टर। पानी का जग। एक ट्रे पर सजे पानी के ग्लास। लक्ष्मीजी की आरती वाली एक बुकलेट। दो समाचार-पत्र। विवेकानंद की एक मोटी-सी किताब।

प्रिंसिपल साहब ने पंडिज्जी से आग्रह किया कि आप कुर्सी पर बिराजें तो मीटिंग का काम शुरू किया जाए। प्रिंसिपल का इशारा मैनेजर की कुर्सी तरफ़ है। सबको पता था कि पंडिज्जी नहीं बैठेंगे। हमेशा का नाटक है। सभी नाटक के इस लोकप्रिय दृश्य की प्रतीक्षा कर रहे थे। हर बार यही होता है। इस बार भी हुआ।

पंडिज्जी ने नाटकीय विनम्रता से आमंत्रण अस्वीकार कर दिया।

"भाई, अब यह जिम्मेदारी तो युवा रक्त ही सँभाले।" कहकर उन्होंने अपोली की तरफ़ इशारा किया। ऐसा कहते हुए उनके मुख पर अनोखा तेज, ग़ज़ब की लुनाई और त्याग की अनोखी आभा बिखर गई जिससे उनकी शक्ल और भी अविश्वसनीय और शातिर निकल आई।

पंडिज्जी ने आग्रहपूर्वक अपोली को मैनेजर की कुर्सी पर बिठाया।

रहा-सहा नाटक प्रिंसिपल साहब ने पूरा कर डाला।

प्रिंसिपल साहब ने प्रत्युत्तर में संक्षिप्त सा वक्तव्य देते हुए कहा, "जब तक युवा ऊर्जा को आप जैसे अनुभवी की सही दिशा मिलती रहेगी, इस शिक्षा संस्थान का भविष्य उत्तरोत्तर उज्ज्वल ही होता जाएगा।" पंडिज्जी ने सबके हाथ जोड़े और एक तरफ़ उनके लिए ही रखी गई आरामकुर्सी पर जाकर बैठ गए। अपोली सहित सबने अपना-अपना स्थान ग्रहण किया।

महानता में पगी सात्विक किस्म की औपचारिक शुरुआत का संक्षिप्त वक़्फ़ा समाप्त हुआ।

अब असली बातें शुरू हुईं।

अपोली ठीक सामने हैं। मेज़ के एक तरफ़ पंडिज्जी, सामने की कुर्सियों पर मास्टर लोग, अपोली की कुर्सी से किंचित दूरी पर लगी कुर्सी पर बिराजे हैं प्रिंसिपल साहब।

मुन्ना मास्टर साहब अलबत्ता इसी बीच, इन सबसे अलग, एक कोने में कुर्सी के सामने स्टूल रखकर बैठ गए थे। स्टूल के पास, बगल में ही, ज़मीन पर परीक्षा की कोरी कापियों के बंडल पड़े हुए हैं। ढेर-सी कोरी कापियाँ हैं। मुन्ना मास्साब ने

इन कापियों पर अपना काम शुरू भी कर दिया। वे बंडल से एक-एक कापी उठाते जा रहे हैं। हर कापी को अपने सामने धरे स्टूल पर रखते हैं, फिर उसके हर पेज पर स्कूल के नाम की सील ठोंकते जाते हैं। जब पंडिज्जी वगैरह बैठने-बिठाने के ठनगन में व्यस्त थे, मुन्ना मास्साब ने कापियों पर सील लगाना भी चालू कर दिया था। अभी भी लगाए चले जा रहे हैं। दरअसल, ऐसा करके वे सरकार के एक आदेश का पालन कर रहे हैं। सरकार की सदिच्छा है कि परीक्षा में नकल न होने पाए। इसी के तहत सरकार का आदेश है कि उत्तर पत्रिका के हर पेज पर परीक्षा केंद्र की सील लगे। यह होगी तो असली मूल्यांकन में नकली उत्तर पुस्तिकाएँ नहीं डाली जा सकेंगी—ऐसा विश्वास है सरकार का। अगर मात्र एक सील मारने से ही परीक्षा की विश्वसनीयता बढ़ जाती है तो फिर यही सही! किसी के बाप का इसमें कुछ जाता भी नहीं और परीक्षा पर गुणवत्ता का मोर मुकुट लग जाता है; भला और क्या चाहिए?

मुन्ना मास्साब परीक्षा की कोरी उत्तर पुस्तिकाओं को अभी यही मोर मुकुट पहिना रहे हैं।

जब लोग कुर्सियों पर बैठ ही रहे थे तभी कापियों के दो बंडल एक तरफ़ से उठाकर दूसरी तरफ़ पटक दिये मुन्ना मास्साब ने।

धूल का एक गुबार उठा फर्श से।

"यार, धूल तो न उड़ाओ मुन्ना मास्साब!" एक मास्टर ने कहा।

"यह तो ज्ञान रज है भैया।" मास्साब ने हँसकर कहा।

"कोरी कापियों में कौन-सा ज्ञान?" किसी ने कहा।

"कोरा ज्ञान है; और क्या! आजकल सब तरफ कोरा ज्ञान ही चलता है।" मुन्ना मास्साब ने कहा।

"बड़ी ऊँची बात कह गए मुन्ना मास्साब।" पंडिज्जी हो-हो करके हँस पड़े।

मुन्ना मास्साब पंडिज्जी के मुँहलगे हैं। उनके भरोसे के आदमी हैं। स्कूल में सब जानते हैं कि पंडिज्जी के लिए आँख और कान का काम करते हैं मुन्ना मास्साब। सब समझदार हैं। सबने पंडिज्जी की बात पर 'हें' 'हें' की। बस, प्रिंसिपल साहब एकदम अलग ही बात बोले।

"ज्ञान के मन्दिर में बैठकर तो ज्ञान को चुटकुलों का विषय न बनाएँ मुन्ना मास्साब।" प्रिंसिपल साहब ने कहा।

प्रिंसिपल साहब मुन्ना मास्साब से नाराज़ रहते हैं। कॉलेज की हर हगी-मुती बात भी पंडिज्जी तक पहुँचाता है यह आदमी। पंडिज्जी की भी शह है इसे। यह शख़्स प्रिंसिपल को ठेंगे पर भी नहीं भजता। कभी पूछो कि "कहाँ थे आप?" तो यही कहता है कि पंडिज्जी के काम से कहीं गया था। वो काम क्या था, आप न तो इससे पूछ सकते हैं, न पंडिज्जी से।

"प्रिंसिपल साब ने अभी हमसे कुछ कहा क्या? ठप्पा मारबे के चक्कर में हम ठीक से सुन नहीं पाए।" मुन्ना मास्साब ने भोले बनकर कहा।

पंडिज्जी हमेशा दोनों के बीच के ऐसे तनाव का पूरा आनन्द लेते हैं। पंडिज्जी ने कहा, "प्रिंसिपल साहब कह रहे हैं कि ज्ञान के मन्दिर में बैठकर ज्ञान का मजाक न उड़ाओ।"

"ज्ञान का मन्दिर?"

"हाँ।"

"कहाँ है ज्ञान का मन्दिर?"

"और जे अपना कॉलेज क्या है? जेई तो ज्ञान का मन्दिर है।"

"ऐसा क्या? बताइए, हम इतें रोज आते हैं और हमें ही जे बात पता नहीं। हम तो स्साला रोज ही जूता पहिन के मन्दिर में घुस आते हैं! बताइए। जे तो बड़ा पाप हो गया स्साला।" मुन्ना मास्साब सील मारते-मारते बोले। उन्होंने दाँत दिखाते हुए प्रिंसिपल साहब की तरफ़ देखा।

इधर पंडिज्जी उनकी बात पर हँसने लगे तो प्रिंसिपल साहब भी चुप हो गए। वे समर्थन हेतु अपोली की तरफ जरूर देखने लगे। वैसे मुन्ना मास्साब अपोली के भी मुँहलगे हैं परन्तु अपोली प्रिंसिपल साहब की रक्षा को भी अपनी रणनीति का हिस्सा मानते हैं।

"तो मीटिंग शुरू करी जाए?" अपोली ने मैनेजर का कर्तव्य निर्वाह करते हुए पंडिज्जी से मीटिंग शुरू करने की इजाज़त माँगी। पंडिज्जी ने इशारे से अनुमति दी। अपोली ने प्रिंसिपल साहब की तरफ़ देखा। वे पहले ही उन्हें देख रहे थे।

"प्रिंसिपल साहब, तो शुरू करें फिर?" अपोली ने कहा।

प्रिंसिपल साहब ने मीटिंग का उद्देश्य बताते हुए बात शुरू की। प्रिंसिपल साहब ने सबसे पहले तो यह बताया कि परीक्षा सिर पर आ गई है। सबने सहमति में अपना-अपना सिर हिलाया। फिर उन्होंने यही बात और भी कई तरह से बार-बार कही। समय कम बचा है, मार्च आते देर नहीं लगती, बस तीन महीने शेष रह गए हैं, समय फुर्र से उड़ जाता है, गया हुआ समय कभी वापस नहीं आने वाला आदि कई वाक्य बोलकर उन्होंने बताया कि परीक्षा इतने पास आ गई है कि कब यह हमारे मूँड़ पर खड़ी हो जाएगी, पता भी नहीं चलेगा। इसके बाद उन्होंने सभी का आह्वान किया कि हम सभी को परीक्षा की तैयारी में अभी से लग जाना है। उन्होंने कुछ सर्कुलर भी पढ़कर सुनाए जिनमें यही सब लिखा हुआ था। फिर वे सबको फुसलाने-सा लगे कि परीक्षा पास है और सबको इस काम में अभी से जी जान लगा देनी है।

उनके प्रेरक भाषण से नितांत असंपृक्त मुन्ना मास्साब ठप्पे मारे जा रहे थे। वे बार-बार सिर उठाकर प्रिंसिपल साहब को देखकर मुस्कुराते भी जा रहे थे।

प्रिंसिपल साहब अचानक ही रुक गए।

"आप समझ तो रहे हैं न मुन्ना मास्साब?" उन्होंने मुन्ना मास्साब से पूछा।

मुन्ना मास्साब की मुस्कुराहट बढ़ गई। वे अब और भी गौर से प्रिंसिपल साहब को देखने लगे। साथ-साथ ही वे, बिना नीचे की दिशा में देखे हुए ही लगातार ठप्पे भी मारते रहे।

"कौन-सा जे स्साला कोई गणित का सवाल है जो हम समझ न पाएँ?" मुन्ना मास्साब ने कापी में एक और ज़ोरदार ठप्पा मारते हुए पूछा।

"वा भई वा। भौत ही चंट है मुन्ना मास्टर।" पंडिज्जी को मुन्ना मास्साब का उत्तर पसंद आया। वे हो-हो करके हँसने लगे।

पंडिज्जी के ख़ास चेला हैं मुन्ना मास्साब। कॉलेज में नकल निर्विघ्न संपन्न हो, इसकी जिम्मेवारी मूलतः मुन्ना मास्साब की है। वे कैंडीडेट्स जुटाने, पैसे वसूलने, लठैतों का इंतज़ाम करने से लेकर सोल्वर लाने तक का सारा काम देखते हैं।

इधर प्रिंसिपल साहब मीटिंग की गरिमा बनाए रखने के हामी हैं।

"आप पंडिज्जी को खूब हँसाइए। बहुत अच्छी बात है यह। पर यह भी न भूलिए कि सरकार ने सर्कुलर भेजकर आगाह किया है कि इस बार नकल पर जबरदस्त सख्ती बरती जाएगी। उसे भी थोड़ा देखिए।" प्रिंसिपल ने कहा।

प्रिंसिपल साहब स्कूल में नकल करवाने के काम में कोई सक्रिय भाग नहीं लेते हैं। सक्रिय क्या, कैसा भी भाग नहीं लेते। नहीं, ऐसे कोई ईमानदार भी नहीं हैं वे; बस, उनसे बेईमानी बनती नहीं। फिर जब यहाँ उनके ही स्कूल में खुली नकल होती है तब इनका रुख़ क्या रहता है? ये वहाँ रहते हुए भी नहीं रहते; दूसरी तरफ़ देखने लगते हैं, बस। साक्षी भाव से देखकर भी सब कुछ अनदेखा करते हैं, पंडिज्जी जहाँ दस्तख़त करने को बोलें, वहाँ कर देते हैं और कभी फ्लाइंग स्क्वाड वगैरह आ जाए तो अपने कमरे में एक सौहार्दपूर्ण माहौल में उनका स्वागत करते हैं, उनकी चाय-पानी का इंतज़ाम देखते हैं। अपने ही स्कूल में नकल होने को वे देह धरे का दंड मानते हैं। मन से तो वे बड़े सात्विक, संयमी, नैतिक और नियम-कायदे वाले हैं—पर वे अपने इन गुणों पर कोई गर्व न करके आज की दुनिया में फिट होना चाहते हैं परन्तु चाहकर भी हो नहीं हो पाते। बनना तो वे भी मुन्ना मास्साब चाहते हैं पर बन नहीं सकते। उनके सद्‌गुण उनके आड़े आ जाते हैं। ऐसी बातें करके वे दरअसल ख़ुद को ही कोसते हैं। पंडिज्जी उनकी कमियों को जानते हैं पर वे यह भी जानते हैं कि अभी वे कोई और प्रिंसिपल रखें तो वह भी अपना बड़ा हिस्सा माँगेगा। इसे तो जो दे दो, कृपा मानकर ले लेता है। बेईमानी के सिस्टम को चलाने के लिए कुछ नपुंसक किस्म के ईमानदारों की भी दरकार होती है। ऐसे लोग भी उन्हें चाहिए। माना कि इनसे न तो लीपने का काम ले सकते हैं, न ही पोतने का;

पर मान लो कि कभी फँस ही गए तो कोई तो ऐसा चाहिए जिसके सिर पर सब कुछ डाला जा सके!

जब से नकल पर लगाम लगाए जाने की बातें प्रशासन की हवाओं में हैं, सबसे ज्यादा तनाव प्रिंसिपल साहब को है। चिन्ता पंडिज्जी को भी कम नहीं है पर वे ऐसी विकट स्थितियों का तोड़ निकालने की चिन्ता करते हैं, उनको लेकर रोते नहीं। मुन्ना मास्साब को वे काम पर लगा भी चुके हैं।

अब पंडिज्जी ने वार्तालाप की बागडोर सँभाली। सीधे प्रिंसिपल से ही पूछ लिया, "अच्छा, आप इस बारे में क्या कहते हैं?"

"बस सर, हम थोड़ा सोच रहे थे कि..."

"...सोचा करिए। अच्छी आदत है। अध्यापक न सोचेंगे तो कौन सोचेगा? वैसे क्या सोच रहे थे आप?"

"...कि इस बार क्या होगा?"

"काहे में क्या होगा?"

"यही, परीक्षा में?"

"परीक्षा में परीक्षा होगी। ...और क्या होना है?"

"फिर भी हमें डर लगता है कि सरकार इस बार बिलकुल नकल न होने देगी तो ...", प्रिंसिपल साहब ने मानो स्वयं से कहा।

"...हम भी बिलकुल न होने देंगे। क्यों न पंडिज्जी?" मुन्ना मास्साब ने बीच में पड़ते हुए कहा तो बैठक में उपस्थित सभी लोग हँसने लगे।

केवल अपोली ने प्रिंसिपल साहब की भाषा बोली, "फिर भी ठीक से देख लें मुन्ना मास्साब। प्रिंसिपल साहब ऐसा कुछ गलत भी नहीं बोल रहे हैं। इस बार थोड़ा कठिन तो रहने वाला है।"

पंडिज्जी भी गम्भीर हो उठे।

"जे तो खैर सही है।" पंडिज्जी ने कहा।

"और यह जो सर्कुलर आया है, सीसीटीवी कैमरा लगवाने का, उसका क्या?" प्रिंसिपल साहब विकट चिन्तित हैं।

जवाब मुन्ना मास्साब ने दिया, "लगवाएँगे न। ...जरूर लगवाएँगे। सब तरफ लगवा देंगे। इसी काम के लिए हमें पंडिज्जी ने कानपुर भेजा था। हमने सब पता कर लिया है। कैमरे आ जाएँगे। लग भी जाएँगे। बढ़िया, चकाचक सबकी फोटू खिंचेगी। सबसे निवेदन है कि उन दिनों अच्छे कपड़े पहनकर आएँ। शेविंग, फेविंग करें। गाल चिकने रखें। फोटू अच्छी आनी चाहिए।" मुन्ना मास्साब बोले।

"कैमरा लगवाने का मतलब भी समझते हैं आप?" प्रिंसिपल ने चिढ़कर पूछा।

"समझते हैं न प्रिंसिपल साब। खूब समझते हैं।" मुन्ना मास्साब ने बताया। "यहाँ का सब कुछ सीधा वहाँ जिला मुख्यालय में दिखेगा।"

"हमें पता है न। कैमरे तो आने दें। सब तरफ लटकवा दिये जाएँगे महाराज। वे नेट से जोड़ भी दिये जाएँगे। हम तो नेट के चलबे के लाने इन्वर्टर भी आर्डर कर रहे हैं।" मुन्ना मास्साब बोले।

"उन्हें कहीं कोई भी गड़बड़ दिखी तो..."

"...नहीं दिखेगी। फिल्म में उनको बस वही दिखेगा जो हम उन्हें दिखाएँगे।"

"करेंगे तो दिखेगी क्यों नहीं?"

"नहीं दिखेगी न। हम कह रहे हैं न। खर्चा जरूर बढ़ जाएगा पर कहीं भी कोई गड़बड़ नहीं दिखेगी।"

"पर..."

"...कैमरा भगवान थोड़ेई है प्रिंसिपल साब। ...और कैमरों की तस्वीरों की पड़ताल करने वाले भी भगवान नहीं हैं। खर्चा होगा पर सब सेट हो जाएगा।"

प्रिंसिपल चुप रह गए परन्तु परेशान तो हैं। पंडिज्जी जरूर मंद-मंद मुस्कुरा रहे हैं।

"आपको खर्चे की चिन्ता तो नहीं हो रही है प्रिंसिपल साहब? उसका इंतजाम भी है। जे सारा खर्चा कैंडीडेट्स से वसूला जाएगा।" पंडिज्जी ने बताया।

कैंडीडेट्स मतलब वे विद्यार्थी जो नकल में बैठने वाले हैं।

"सब देंगे। सबको देना पड़ेगा। हमने बता दिया है कि इस बार पिछले साल की रेट पर काम न होगा। रेट बढ़ाएँगे हम।" मुन्ना मास्साब ने बताया।

अपोली को संबोधित करके वे एक बात और बोले, "इस बार का कलेक्शन जोरदार रहेगा।"

इस पर पंडिज्जी बोले, "...और हमारी तरफ से हर आदमी को उसी हिसाब से ज्यादा देने की कोशिश की जाएगी।"

सब मुस्कुरा दिये।

"सब अच्छा होगा।" एक मास्टर ने कहा।

अपोली मुन्ना मास्साब की तरफ ही देख रहे हैं। "पंडिज्जी ने भी एक से एक हरामी पाल रखे हैं"—उन्होंने ख़ुद ही ख़ुद से कहा और मुस्कुरा दिये।

"वैसे नकल रोकबे का हमारा इंतजाम ऐसा सख्त दिखाई देगा कि जो भी वहाँ बैठ के कैमरे पर देखेगा, नाचने लगेगा। परीक्षार्थी मूतने भी जाएगा तो उसके साथ हमारा एक आदमी जाएगा। तुम अन्दर मूतो, बाहर हमारा आदमी धार की आवाज पर ध्यान लगाए खड़ा है—ऐसा होगा। ...सरकार कहेगी तो वो आदमी अन्दर परीक्षार्थी का पकड़ के भी रख सकता है।" मुन्ना मास्साब ने बताया।

सब मुस्कुराने लगे।

"कैमरों पे सब दिखेगा। कहेंगे तो जिप खोल के वहाँ भी कैमरा लगा देंगे। जिला मुख्यालय वाले देख लें कि नकल नहीं पेशाब चल रही है। सरकार की बात

पूरी मानी जाएगी। आप चिन्ता न करें प्रिंसिपल साहब। सब काम बड़े कायदे से होगा।" मुन्ना मास्साब ने कहा।

अपोली भी हँसने लगे।

अब तो प्रिंसिपल साहब भी खिसियानी हँसी हँसने लगे।

अचानक ही एक मास्टर ने कहा, "सर, मऊरानीपुर के हमारे तीन कैंडीडेट्स हैं। सेठ लोगन के मोंड़ामोंड़ी हैं। ...कहें तो बुलवा लिया जाए?"

पंडिज्जी बुरा मान गए।

"यार, इस मीटिंग में तो ऐसी बातें न करो। अवसर देखकर थोड़ी तो मूँ देखी हर कोई करता है।" पंडिज्जी ने कहा।

मास्टर घबरा गया।

मास्टर मज़ाक को नहीं पकड़ पाया। क्षमा माँगने लगा। पंडिज्जी हँसने लगे। मुन्ना मास्टर ने भी मौज में आकर एक ज़ोरदार ठप्पा लगाया और ठठाकर हँस पड़े। मास्टर अब जाकर समझा कि मज़ाक़ चल रहा है। वह भी मुस्कुराने लगा।

"बुलवा लो। उन्हें अपोली या मुन्ना मास्साब से मिलबे की बोल दो।" पंडिज्जी ने अभयदान-सा देते हुए कहा।

"आप तो मुन्ना मास्साब से ही मिलवा देना।" अपोली ने मास्टर से कहा।

"तुम्हारी जेई बात हमें नहीं सुहाती।" पंडिज्जी ने अपोली से कहा।

"कौन-सी बात?" अपोली बोले।

"तुम कैंडीडेटन से खुद भी तो मिल लिया करो न। जिम्मेदारी से ऐसा क्यों भागना? काम सीखो। अरे, हम कब तक तुम्हारे साथ हैं? आगे तो सब कुछ तुम्हें ही देखना है। सँभालना है सब।" पंडिज्जी में दशरथ महाराज की आत्मा उतर आई जिन्होंने कभी अपने सिर में एक सफेद बाल देखकर गद्दी छोड़ने का निर्णय ले लिया था।

"आप वैराग्य लेबे वाले हैं क्या?" अपोली ने हँसकर पूछा।

"मान लो कि ले ही लें तो?" पंडिज्जी ने कहा।

"मत लीजिएगा। आपसे सधेगा नहीं। जो सधता है, वही साधिए न। कॉलेज चला तो रहे हैं। बढ़िया चला रहे हैं।" अपोली बोले।

पंडिज्जी तैश में आ गए।

"यार, कल को हम मर भी तो सकते हैं। फिर?" पंडिज्जी बोले।

"तब की तब देखी जाएगी वैसे आपकी उम्र लम्बी है। ...आप खुदई अपनी कुंडली की बात हमें बताते रहते हैं कि रम्मू पंडित ने कुंडली बाँच के कहा था कि आपको नब्बे साल तक जीना है।" अपोली बोले।

"तुम सौ बातें करोगे पर काम की जिम्मेदारी न लोगे?"

"लेंगे न। ले लेंगे। अभी यहाँ मीटिंग में बैठे हैं कि नहीं? जे भी एक तो जिम्मेदारी ही चल रही है कि नहीं? बताइए?" अपोली बुरा मान गए।

बात कदाचित और आगे चलती कि तभी जुग्गल मास्साब की आमद हो गई और बात की दिशा बदल गई।

"इत्ती देर से?" प्रिंसिपल साहब ने दीवार पर टँगी घड़ी की तरफ़ इशारा करके जुग्गल मास्साब से देर से आने का कारण जानना चाहा।

जुग्गल मास्साब नित्य कालपी से अप-डाउन करते हैं। उनके हाथ में आज का अखबार है जो अभी तक कोटरा में नहीं पहुँचा है। यहाँ दोपहर तक यह अखबार आ पाता है। जुग्गल मास्साब का एक महत्त्व यह भी है कि वे राजधानी का ताज़ा अखबार ला देते हैं।

"आने में थोड़ा लेट तो हो गए महाराज।" जुग्गल मास्साब ने क्षमाप्रार्थी मुद्रा में कहा।

"समय बड़ा मूल्यवान है जुग्गल मास्साब। इसका सम्मान करना सीखें।" पंडिज्जी बोले।

"जी महाराज।"

"प्रिंसिपल साहब ने जो कहा है, उसे ठीक से समझ लें जुग्गल महाराज। याद रखें। किसीं महापुरुष ने कहा है कि बीता हुआ समय कभी लौटकर वापस नहीं आता।" पंडिज्जी ने कहा।

"शायद गांधीजी कह गए हैं।" जुग्गल महाराज ने मूल बात का जवाब न देते हुए बताया।

"उन्होंने न भी कहा हो परन्तु बात है एकदम गांधीजी टाइप।" अपोली ने कहा।

"बेई ऐसी बातें कहते रहते थे।" किसी ने सहमति जताई।

"बात को भटकाइए मत। आप समय पर आया करें। क्या जब तक आपको स्वयं गांधीजी आकर नहीं कहेंगे, तब तक आप समय पर नहीं पहुँचेंगे?" प्रिंसिपल ने विमर्श में उतरते हुए कहा।

"नहीं मालिक, हमारे लिए आपई गांधी हो। आप हमसे कह रहे हैं, हमारे लिए जेई काफी है।" जुग्गल मास्टर ने कहा।

"इस मामले में यहाँ गांधीजी से ज्यादा आपकी चलेगी सर।" जुग्गल मास्टर ने कहा।

मीटिंग लगभग समाप्ति की ओर थी।

प्रिंसिपल साहब सर्कुलर और फाइलें इत्यादि समेटकर एक मास्टर को पकड़ाने लगे। मुन्ना मास्साब अभी भी सील मारने में मशगूल थे।

"कोई नया समाचार?" सील मारते-मारते मुन्ना मास्साब ने जुग्गल से पूछा।

"कैसा?" जुग्गल समझे नहीं।

"यार, आपके अखबार में कुछ नया छपा है?" मुन्ना मास्साब ने अखबार की तरफ इशारा किया।

“सब वोई है।” जुग्गल मास्साब ने लापरवाह स्वर में कहा।

“वोई का मतलब?”

“अरे वोई बात! शिक्षामंत्री ने झाँसी में फिर से बयान दिया है कि प्रदेश में नकल के अभिशाप को मिटाने के लिए वे कृतसंकल्पित हैं।”

“जे बात तो बे लखनऊ में भी बोल चुके?” एक बोला।

“...आगरा में भी।” दूसरे ने कहा।

“वैसे शिक्षामंत्री का संकल्प अभिनंदनीय है।” पंडिज्जी ने कहा।

इसी बीच अपोली जुग्गल मास्साब से समाचार-पत्र लेकर पलट रहे थे। वे एक समाचार पर आकर रुक गए।

“जरा जे तो पढ़िए पिताजी।” उन्होंने अखबार पंडिज्जी की तरफ बढ़ाना चाहा।

“तुम भी पढ़े-लिखे हो। पढ़कर बताओ।” पंडिज्जी ने कहा।

“अखबार में आपके बुधौलियाजी की फोटू छपी है।”

“कैसे?”

“थाने में बैठे दिख रहे हैं। दो सिपाही अगल-बगल। पीछे दरोगा।”

“अरे! क्यों?”

“धरा गए।”

“कैसे?”

“नकली उत्तर पुस्तिकाएँ छपवा रहे थे। प्राइवेट प्रेस से। तीन हजार कापियों के साथ पकड़े गए हैं।”

“चूतिया हैं।” बाबू मास्साब का निर्णय था।

“कलयुग आ गया है।” पंडिज्जी बोले।

सब चुप रहे।

“सरकार सख्त हो रही है।” प्रिंसिपल साहब ने चिन्तापूर्वक कहा।

“क्यों न होगी? हमने स्वयं इन बुधौलियाजी को पहले भी चेताया था कि इतनी आग कभी न मूती जाए कि खुद की चड्डी में आग लग जाए।” पंडिज्जी बोले।

“अब लग गई न।” अपोली ने बताया।

अखबार मेज पर फैला दिया गया है। तस्वीर तथा समाचार का सामूहिक निरीक्षण चल रहा है।

“जमाना खराब है।...खुलेआम नकल करवाने के दिन अब नहीं रहे।” पंडिज्जी बोले।

“एकदम सही कहा पंडिज्जी, आजकल नकल के दिन नहीं रह गए हैं। आदमी तुरत फँस सकता है।” प्रिंसिपल साहब ने कहा।

“ऐसा न कहें प्रिंसिपल साब। नकल के दिन तो रहेंगे। नालायक छात्रों का भी फर्स्ट आने का मौलिक अधिकार है कि नहीं? पर हाँ, सँभल के चलने की बात एकदम सही कही है पंडिज्जी ने।” मुन्ना मास्साब बोले।

"बुधौलिया जी की जमानत-फमानत भई कि अभी भी हवालात में ही बिराजे हैं?" किसी ने ने पूछा।

"पेपर में जमानत का ठीक से कुछ लिखा नहीं है।" अखबार पर निगाह डालते हुए अपोली बोले।

"तो फिर अभी अन्दर ही होंगे। लाकअप की मोरी में मूत रये होंगे।" कोई बोला।

"जब असली कापियों से सारा काम किया जा सकता है तो बुधौलियाजी नकली कापियाँ काहे छपवा रहे थे?" एक ने पूछा।

"विनाशकाले विपरीत बुद्धि! सबको पता है कि शिक्षामंत्री अभियान चलाए हुए हैं। महीना, दो महीना तनिक गम्म खा लो न यार। परीक्षा में वैसे भी अभी टेम है। कुछ न कुछ तो सेट हो ही जाएगा। कोई सतयुग लाने के लिए तो मंत्री बने नहीं हैं बे? नए-नए बने हैं; अपना भी बिजनेस जमाएँगे कि नहीं—बताइए?" पंडिज्जी को क्षोभ है कि शिक्षा के बिजनेस में ऐसे आतुर लोग घुस आए हैं जिन्हें बाज़ार की समझ नहीं है। तेजड़ियों की मार्केट नहीं है शिक्षा का बाज़ार।

मुन्ना मास्साब सील ठोंकते-ठोंकते थक गए हैं शायद। वे काम रोककर तंबाकू बनाने लगे। हथेली पर तंबाकू मलते हुए वे पंडिज्जी की बातें सुन रहे हैं। उन्हें देखकर अन्य मास्टरों ने भी अपने-अपने गुटका पाउच निकाल लिए। माहौल तंबाकूमय हो गया। लोग तनावमुक्त होकर अपनी-अपनी कुर्सी पर फैल गए।

"फ्लाइंग स्क्वाड को इस बार शिकायत का कोई मौका न मिलने पाए प्रिंसिपल साहब; आवाभगत का बढ़िया इंतजाम रखिएगा।" पंडिज्जी ने चेताया।

"बढ़िया रहेगा।" प्रिंसिपल साहब ने संक्षिप्त उत्तर दिया।

"पिछली बार जैसा न हो ..." मुन्ना मास्साब बोले।

"क्या हुआ था पिछली बार?" कोई अज्ञानी पूछ बैठा।

"याद नहीं? राठौर साहब ने जरा-सी रबड़ी माँग ली थी। ...याद आया? बेचारे पौना घंटा बैठे रहे पर हमारी रबड़ी नहीं आई।" पंडिज्जी को पूरा प्रकरण याद है।

"स्सालों को इत्ता तो चटाया था? एक रबड़ी न मिल पाने को ऐसा इश्यू न बनाया जाए।" अपोली ने आपत्ति उठाई।

"हमने कोई इश्यू नहीं बनाया है पर राठौर तो आज तक बनाए बैठा है न? अभी मुख्यालय में मिल गया था हमें। कहने लगा कि आपके सेंटर में परीक्षा की तैयारी अप टू डेट नहीं रहती। हम तुरत जान गए कि इशारा रबड़ी प्रकरण की तरफ है। खामखां, हमें उस दिन शर्मिंदगी उठानी पड़ी।" पंडिज्जी ने बताया।

मुन्ना मास्साब ने तंबाकू को मुँह में चुभलाते हुए आश्वस्त किया, "इस बार, प्रिंसिपल साहब के साथ हम भी आवभगत के इंतजाम में लगेंगे। लेंड़ी तर कर दी जाएगी सबकी। इस बार राठौर साहब चाँद भी माँगेंगे तो उसे हम दिन में भी आसमान से उतरवा के उनकी जीप में धरवा देंगे।"

पंडिज्जी ने मुन्ना मास्साब की तरफ गर्व से देखा।

"सब लोग यदि इसी संकल्प के साथ काम करें तो सेंटर का नाम दिगदिगंत तक फैल जाए। जित्ता नाम होगा, हमें उत्ते ही कैंडीडेट मिलेंगे।" वे बोले।

मीटिंग ख़त्म हुई।

उठते-उठते मुन्ना मास्साब का फोन बज उठा। वे देर तक किसी से 'हाँ,' 'अच्छा,' 'ओके,' 'करते हैं,' 'पंडिज्जी को बता देते हैं' वगैरह बोलते हुए उसकी बातें सुनते रहे। मुन्ना मास्साब के चेहरे और लहजे में तनाव आ गया था।

"कालपी से फोन था, साहब के पीए का। ...कह रहे थे कि आप फोन ही नहीं उठा रहे?" फोन बन्द करके मुन्ना मास्साब ने पंडिज्जी को बताया।

"अरे, फोन तो स्साला घर पे ही पड़ा रह गया!" पंडिज्जी कुर्ते की जेब टटोलते हुए बोले।

"तभी तो उनने हमें फोन किया। ...आप अभी उनसे तनिक बात कर लें।" अपना फोन पंडिज्जी को देकर वहाँ से हट गए मुन्ना मास्साब। उन्हें कमरे से बाहर जाता देख अन्य सब भी फटाफट बाहर निकल गए।

तख़लिया टाइप माहौल हो गया। अब कमरे में अपोली थे बस, और पंडिज्जी।

पंडिज्जी देर तक पीए से बतियाते रहे।

पंडिज्जी के चेहरे पर तनाव है।

"ऐसे कैसे कर सकते हैं वे?" पंडिज्जी फोन पर पूछ रहे थे।

किताब पर जूता

"जरा सुन लो, जे बिन्नू क्या कह रही हैं!" पंडिताइन ने आवाज़ देकर पंडिज्जी से कहा।

बिन्नू से यहाँ तात्पर्य पंडिज्जी की इकलौती बेटी से है। अपोली से सात साल छोटी। लक्ष्मी।

लक्ष्मी इस साल इंटर की परीक्षा देने की तैयारी कर रही है।

पंडिज्जी की यह बेटी परिवार में एकदम अलग-सी है। अपोली से तो नितांत अलग और कोटरा के शिक्षाजगत के कीचड़ में कमलवत्। अपोली ने भी कभी अपने कॉलेज से ही इंटर किया था। तब वे यूपी बोर्ड की मेरिट लिस्ट में आते-आते बचे थे। उनके मेरिट में न आ पाने के कारण पंडिज्जी के कॉलेज की तब बड़ी थू-थू भी हुई थी। ...खुद की औलाद को तो मेरिट में ला न पाए और दावा करते हैं कि पैसा लाओ तो यूपी में टॉप करा दें! बाद में अपोली कालपी में आगे पढ़े।

उनके लिए ऐसा कॉलेज चुना गया जहाँ नींव के पत्थरों से लेकर छत के कंगूरों तक नकल की वास्तुकला, पच्चीकारी और मीनाकारी ही थी। यहीं से बिना चुर्रेट बोले उन्होंने फर्स्ट क्लास में बीए की डिग्री ली थी और अब वे घर के कॉलेज में मैनेजर थे। वे शिक्षा व्यवस्था की इस देशी मशीन में अभी पुर्जे और तेल, दोनों की महती ज़िम्मेवारी निभा रहे थे। स्थानीय राजनीति में भी वे पंडिज्जी की सवर्ण राजनीति का सुयोग्य उत्तराधिकारी बनने की ट्रेनिंग ले रहे थे। पंडिज्जी को अपोली से अपनी ही तरह की आशाएँ थीं जिन्हें अपोली अपनी ही तरह से पूरा भी कर रहे थे।

इधर पंडिज्जी की यह लड़की बड़ी अजीब थी। अपोली की पैदाइश के बाद की संतान है यह।

अपोली के जन्म के बाद सात साल तक तो पंडिज्जी को कोई संतान नहीं हुई।

फिर यह बिटिया पैदा हुई। नाम रखा गया—लक्ष्मी। पंडिज्जी ने बेटी को लेकर कभी ऐसा कोई विशेष सपना नहीं पाला। इस इलाके में लड़की से कोई ऐसा सपना पालता भी नहीं। अरे, लड़की से कैसी आशाएँ? उसको लेकर कैसी कोई महत्त्वाकांक्षा? कौन-सा ऐसा बड़ा सपना? यहाँ तो बेटियों को लेकर यदि सपने हैं भी तो ये वही सनातन सपने हैं। चंद छुद्र सपने। ...कि बिन्नू ठीक-ठाक से बड़ी हो जाएँ। उनका रंग गोरा निकले। वे कहीं लूली-लंगड़ी न निकल आएँ। बेटियाँ संस्कारी हों। आज्ञाकारी निकलें। हमेशा सिर झुकाकर चलें। किसी से आँखें मिलाकर न बतियाएँ। लड़कों से हँसकर बातें न करें। घर की इज़्ज़त का ख़याल रखें। समझदार हों। तेज़-तेज़ न हँसें। भाइयों से कभी अपनी तुलना न करें। ईश्वर ने लड़की बनाया है तो लड़की की तरह ही रहें। फालतू मुसकुराएँ न। रसोई में माँ की सहायता करें। चूल्हा-चक्की सँभालना सीखें। हमेशा याद रखें कि उनके सिर पर घर की मानमर्यादा के पालन की ज़िम्मेवारी है। घर की मानमर्यादा का भार भाइयों के सिर पर क्यों नहीं है; वे ऐसे कठिन प्रश्न कभी न उठाएँ। घर की इज्जत की परिभाषा आख़िर क्या है; यह भी कभी न पूछें। ...बस ऐसी ही कुछ मामूली-सी आशाएँ लक्ष्मी से भी हैं पंडिज्जी की और ऐसा करके वे कुछ अनोखा नहीं कर रहे। इस तरफ़ लोग अपनी बेटियों से यही चाहते हैं कि एक उम्र में उनकी शादी ठीक से निबट जाए। उसे सुयोग्य वर मिल जाए। सुयोग्य का मतलब? मतलब वह वर, जो अनुमानित दहेज में सहज उपलब्ध हो सके। फिर लड़की की अपनी गृहस्थी हो। गृहस्थी में वह सुखी रहे। अपनी ससुराल में ख़ुश रहे। दुखी भी हो तो उस दुख से वह स्वयं निबटे। शादी के पश्चात् मायके से बहुत आशाएँ न रखे। पति को परमेश्वर माने और मायके को एक बीता हुआ किस्सा। ...लक्ष्मी को लेकर भी इसी तरह की छोटी-छोटी इच्छाएँ पाल रखी हैं पंडिज्जी के परिवार ने।

परन्तु (पंडिज्जी की) यह लड़की तो एकदम अजीब निकली।

एक तो उसने यह परेशानी पैदा कर दी कि वह पढ़ाई-लिखाई में बेहद होशियार निकल आई वरना वैसे तो घर की ही बात थी। बाप का कॉलेज था। पढ़ने की ज़रूरत ही नहीं थी। पूरा कॉलेज उसे टॉप कराने को बेक़रार था। घर में ही नकल की पूरी मशीनरी मौजूद थी और ग़ज़ब था कि फिर भी वह पढ़ती थी। ख़ूब पढ़ती थी। पढ़ने की ज़रूरत नहीं थी पर वह ख़ूब पढ़ती थी। दूसरा यह कि वह नकल करने वालों से नफरत करती थी। नकल कराने वाले घर के ही लोग थे सो मन मसोस कर रह जाती। हाँ, घर में वह सबके सामने कहती रहती कि नकल के कारण मेहनती और पढ़ाकू छात्रों का हक मारा जाता है। जब-तब वह अपने ही पिता से इस विषय पर बहस भी कर बैठती। पिता इस बहस को अपनी बेइज़्ज़ती मानते। अपोली से तो इसी विषय पर लक्ष्मी की ख़ूब तू तू मैं मैं तक हो जाती। अपोली इसे लक्ष्मी की अक्षम्य बेशर्मी मानते।

तीसरा अजूबा यह था कि लक्ष्मी माँ को बताती रहती थी कि हमारे कॉलेज के अध्यापकों को पढ़ाना ही नहीं आता। उन्हें ज्ञान ही नहीं है। उन लोगों को पता ही नहीं कुछ। शुद्ध भाषा बोलना तक तो वे जानते नहीं। ग़लत अंग्रेजी, और उससे भी ग़लत हिन्दी बोलते हैं। माँ चुपचाप उसकी बातें सुन लेती है। इतनी होशियार बेटी को देखकर मन ही मन भयभीत रहती है माँ। पंडिज्जी से यह सब बताओ तो वे गुस्सा हो जाते हैं। समझाते हैं कि बेटा, पढ़ने, पढ़ाने वाले टीचर्स का ज़माना तो कब का गुज़र चुका है। अब तो वे नाकारा लोग ही मास्टरी में आते हैं जो कहीं और किसी काम में फिट नहीं हो पाते। अपनी मर्ज़ी से अध्यापन में तो कोई विरला मूर्ख ही आता है। मास्टरी के नाम पर अब या तो लफंगई चल रही है या ऐसेई बस टाइम पास। इनसे पढ़ाने की उम्मीद करना भी पाप है। महापाप। जे स्साले किसी को, किताब देखकर भी तो नकल करा नहीं पाते, पढ़ाएँगे क्या! ...आपको अपने कॉलेज के स्टैंडर्ड की चिन्ता नहीं होती पिताजी?...लड़की ने पूछा था कभी। तब वे उसके भोले प्रश्न पर मुस्करा दिये थे, बस। उन्होंने कहा कुछ नहीं। उन्हें ख़ूब पता है; ज्ञान का जो यह दीपक कोटरा की मुंडेर पर उन्होंने रख छोड़ा है उसके तले तो घना अँधेरा है ही, उसकी बाती और तेल की क्वालिटी भी कुछ ऐसी है कि मुंडेर पर न तो उजाला होता है, न अँधेरा हटता है—बस, एक धोखा-सा कुछ बना रहता है।

लक्ष्मी जैसी बेटी को इस तरफ़ जिद्दी और बिगड़ैल कहा जाता है।

अपनी बेटी को समझाने की कोशिश करते रहते हैं पंडिज्जी। ...क्या करना है तुम्हें पढ़-लिख कर?...वे उसे अक्सर कहते हैं। मैट्रिक में वह अच्छे नम्बरों से फर्स्ट आई थी। मेरिट से बस थोड़ी ही कम रह गई थी। अब इंटर में है। अपनी पढ़ाई का बड़ा घमंड है उसे, ऐसा मानते हैं पंडिज्जी और अपोली। उसे देख-देख कर घबराती रहती है माँ। इस लड़की का आख़िर क्या होगा? पंडिज्जी ने इसका एक

ही पारम्परिक तोड़ सोच रखा है—लक्ष्मी की शादी। पहले ही बिरादरी में सुयोग्य वर खोजा जा रहा है। पहिचान वालों में जन्मपत्री बँट चुकी है। रिश्तेदार लोग काम पर लगे हुए हैं। एक ठीक-ठाक से घर और वर की गुपचुप तलाश चल रही है। हाँका जारी है। सुयोग्य वरों को घेरा जा रहा है। सभी हितचिंतक काम पर लगे हैं। लड़की जवान हो जाए तो पूरी बिरादरी को चिन्ता हो जाती है।

लक्ष्मी, इस सबसे बेपरवाह और बेख़बर अपनी ही धुन में मग्न है।

***

"जरा सुन लो, जे बिन्नू क्या कह रही है।" पंडिताइन ने कहा।

"क्या कह रही है?...अब क्या नया बोल रही है?" पंडिज्जी ने चिढ़कर पूछा।

पंडिज्जी अभी-अभी घर लौटे हैं।

कालपी में पूरा दिन लगाकर आए हैं। थके हुए हैं। स्कूल की चिन्ताएँ अलग पीछा कर रही हैं। कालपी तक गए थे परन्तु जिला शिक्षाधिकारी से मिलने तक नहीं जा पाए। सारा टाइम कानूनगो ही खा गया। नया-नया आया है। बड़ा कानून झाड़ रहा था। जित्ता सुन रखा था उससे भी बड़ा हरामी निकला। कब्रगाह वाली जमीन की दोबारा पैमाइश की फालतू बातें उठाकर बैठ गया पठ्ठा। कहने लगा कि जित्ती जमीन चाँपने का केस आप पर बनाया गया है, जमीन तो उससे भी कहीं ज्यादा चाँपी गई है। मैं दोबारा नपती कराऊँगा और इस पटवारी की भी नपती साथ में न कराई तो कहिएगा। पुट्ठे पर हाथ ही न धरने दे स्साला! पंडिज्जी ने धीरे से संकल्प पूछ लिया तब तो एकदम ही उखड़ गया। ..."हमें रिश्वत देने की बात करते हो?..." स्साला ऐसा बमका कि सब लोग पलट के देखने लगे। बड़ी हुज्जत के बाद सेट हो पाया। उस पर भी बताने लगा कि हम नकद में एक पैसा न लेंगे—बस, चौबीस कैरेट के सिक्कों में ही सारा लेन-देन रहेगा। फालतू के पैसे लग गए, दिन भर की हुज्जत हुई सो अलग। ...थककर चूर हैं पंडिज्जी अभी।

घर लौटकर जूते-मोजे उतारे ही थे और अभी पैंट, शर्ट उतारकर पटरेदार अंडरवीयर में खड़े हैं। हाथ में पाजामा है। एक टाँग पाजामे में। एक नंगी। तभी पत्नी ने पानी का ग्लास हाथ में पकड़ाते हुए कहा, "जरा सुन लो, जे बिन्नू क्या कह रही है।"

पाजामे में दूसरी टाँग डालते हुए पंडिज्जी ने बिन्नू की तरफ देखा।

पत्नी के पीछे ही खड़ी है लक्ष्मी। मौन।

"क्या कह रही है?" पंडिज्जी ने बेटी से न पूछकर पत्नी से ही पूछा।

पत्नी ने पलटकर बेटी को घूरा। बेटी कुछ नहीं बोली। बस तनकर खड़ी रही। चुपचाप।

"क्या बात है? बोलो?" पंडिज्जी ने बेटी को घूरती पत्नी की शक्ल पढ़कर अनुमान लगाया कि बात गम्भीर है।

"अब वोई बात अपने बाप से भी तो बोलो न...कि माँ पर ही तुम्हारा सब जोर चलता है?" पंडिताइन ने बेटी की तरफ़ देखकर कहा और पंडिज्जी के कपड़े पलंग से उठाकर दरवाज़े के पीछे ठुंकी कीलों पर लटकाने लगीं।

"अरे, तो तुम्हीं बोल दो न।" पंडिज्जी चिढ़कर बोले।

तभी अपोली भी घर में घुसे। वे भी इसी कमरे में आ गए। सबके चेहरे पर तनाव देखकर वे यहीं रुक गए।

"अरे, कुछ बोलोगी या...?" पंडिज्जी तख़्त पर बैठते हुए थोड़ा ऊँचे स्वर में बोले।

दोनों फिर भी चुप रहे।

"अरे, कोई तो बोलो।" पंडिज्जी बुरी तरह चिढ़कर बोले।

पंडिताइन बेटी की तरफ़ देखे जा रही हैं।

बेटी चुप ज़रूर है पर ऐसी विद्रोही मुद्रा में तनी खड़ी है मानो अन्दर कोई बवंडर तैयार हो रहा हो।

अन्ततः पंडिताइन ही बोलीं, "जे तुमसे तो कुछ नहीं बोलेगी। बस, हम ही मिलते हैं इसे। हमसे ही बोलेगी सब। बाप से तो डर लगता है न।"

"हम किसी से नहीं डरते।" अब जाकर लक्ष्मी ने कुछ कहा।

"अरे, कोई हमें भी कुछ बताएगा कि यूँ ही आपस में उलझते रहोगे?" पंडिज्जी चिल्लाए।

इधर अपोली भी आकर बाप के ठीक बगल में बैठ गए हैं।

"हम बताते हैं—जे कह रही है कि इंटर के बाद आगे पढ़ने के लिए जे कोटा जाएगी। वहाँ कोचिंग पढ़ेगी।" पंडिताइन ने वातावरण में उड़ रहे तनाव के पेट्रोल को मानो माचिस छुला दी।

एकदम से भभक पड़े पंडिज्जी। मुँह लाल भभूका हो गया। गुस्से में ज़ुबान को मानो लकवा ही मार गया। वे एकदम चुप रह गए। काँपने लगे। गुस्से से उनके हाथ थरथराने लगे। बेटी को घूरते हुए चुपचाप थरथराते हाथों से वे अपना कुर्ता पहिनने लगे। पूरा बदन जल रहा था। कुर्ते से धुआँ जैसा निकलने लगा था।

और अपोली?

वे तो और भी ज़ोर से धधकने लगे। बाप को चुप देखकर उन्होंने ही मोर्चा सँभाला।

"क्यों?...कलेक्टर बनबे का इरादा है क्या?" अपोली बोले।

लक्ष्मी ने उनकी तरफ निडर नज़रों से देखा।

"और आप तो बस चुप ही रहें।" लक्ष्मी ने कहा।

"देखा आपने?" अपोली यही बोल पाए।

पंडिज्जी ने बेटे का साथ दिया, "क्यों? क्यों चुप रहे वो? ठीक ही तो पूछ रहा है? तुमने क्या करने की ठानी है?"

"कुछ तो करेंगे।" बिन्नू ने भाई की तरफ़ देखकर कहा।

"तनिक हम भी तो सुनें बिन्नू, क्या करबे वाली हो?" पंडिज्जी ने व्यंग्यपूर्वक पूछा।

"पिताजी, हमें आगे पढ़ना है।" लक्ष्मी ने बिना आँखें झुकाए या झपकाए कहा।

अपोली घूरे जा रहे हैं बिन्नू को। घूरते ही जा रहे हैं।

"तुम्हें आगे पढ़बे से कौन मना कर रहा है? अपोली ने भी तो आगे कालपी के कॉलेज से ही पढ़ा था। ...कि नहीं?" पंडिज्जी बोले।

"हमें वैसी वाली पढ़ाई नहीं करनी है।"

"वैसी वाली का मतलब?" अपोली ने गुर्राकर पूछा।

"मतलब आप खूब जानते हैं।" लक्ष्मी ने बेपरवाह अंदाज़ में कहा।

"वैसी पढ़ाई नहीं करनी तो फिर कैसी वाली करनी है तुम्हें?" अपोली ने खिसियाकर पूछा।

"कम से कम हमें ऐसी तो नहीं ही करनी है।" लक्ष्मी ने दृढ़ स्वर में कहा।

"ऐसी ही तो होती है पढ़ाई; और कैसी होती है?...कोटरा से कालपी रोज अप-डाउन करना। अपने मुरली मनोहर गुप्ताजी का कॉलेज है। वहाँ सब लोग हमें जानते हैं। ठाठ से बीएससी करो वहाँ से।" पंडिज्जी बोले।

"हमें पीएमटी की कोचिंग करनी है। उसके लिए कोटा जाना है।" बेटी ने कहा।

"दिमाग फिर गया है तुम्हारा?" अपोली बोले।

लक्ष्मी ने कोई उत्तर नहीं दिया।

"सुना आपने?" अपोली ने पिताजी की तरफ़ देखा।

"कलियुग आ गया है स्साला!" पंडिज्जी भुनभुनाए।

"इसमें कलियुग, सतयुग की बात कहाँ से आ गई? मैं डाक्टर बन जाऊँगी तो कलियुग हो गया?...लड़कियाँ अनपढ़ बनी रहें—वही आपका सतयुग होगा?" बिन्नू एकदम निर्लज्जता पर उतर आई है—ऐसा मान रहे हैं पंडिज्जी।

"अपने बाप से मुँह लड़ाती हो?" पंडिज्जी को और कुछ नहीं सूझा।

"इसमें मुँह लड़ाने की कौन-सी बात कह दी हमने?"

"यह मुँह लड़ाना ही है।" अपोली ने कहा।

"यदि सच कहने में मुँह लड़ता है तो फिर लड़े।" लक्ष्मी ने कहा।

"देखा आपने?" अपोली ने पंडिज्जी की तरफ देखा।

"अम्मा, हमारे लिए कुछ बोलो न; अभी तो हमसे कहती थीं कि तुम हमारे लिए बात करोगी। अब करो न।" बिन्नू ने माँ से आग्रह किया।

"अच्छा! तो जे सारी आग इनने लगाई है—क्यों?" पंडिज्जी ने गुस्से में पत्नी की तरफ देखा।

"बिन्नू जो कह रही है, उसे भी तो सुन लिया जाए।" अब जाकर पंडिताइन बोलीं।

"चोप्प! एकदम चुप!!" पंडिज्जी गला फाड़कर चिल्लाए।

पंडिताइन चुप हो गईं पर घूरती रहीं पंडिज्जी को।

"क्यों चुप? चुप क्यों रहे माँ?" बेटी ने पूछा।

"...और तुम भी चुप। एकदम चुप रहो।" पंडिज्जी बिन्नू से चिल्लाकर बोले।

फिर पंडिताइन की तरफ़ देखकर बड़बड़ाने लगे वे, "बड़ी अंग्रेज बन रही हो, क्यों?"

"इसमें अंग्रेज बनबे की क्या बात कह दी हमने?" पंडिताइन ने पूछा।

"मोंड़ी को मोंड़ा बनाने का कौल उठा रही हो तुम। जे अंग्रेजों वाली बात नहीं है तो और क्या है?" पंडिज्जी बोले।

"मोड़ी आगे पढ़ना चाहती है।"

"पढ़कर क्या करेगी? जे भी तो बताओ?"

"लड़कियों का पढ़ना इत्ता ही बुरा है तो अपने कॉलेज में भी लड़कियों की पढ़ाई बन्द करा दो न।"

"हमें कॉलेज चलाना न सिखाओ। वह हमारा धंधा है। समझीं? और तुम इत्ता बढ़-चढ़कर न बोलो पंडिताइन।" पंडिज्जी ने आँखें दिखलाईं।

"बिन्नू की इच्छा है..."

"...और तुम्हारी क्या इच्छा है? लड़की की कमाई खाने की इच्छा हो रही है क्या?" पंडिज्जी बोले।

पंडिताइन ने हिम्मत करके एकदम ठंडे स्वर में अपनी बात रखी : "हर चीज को पैसे से न जोड़ा जाए। बिन्नू अगर और आगे पढ़ना चाहती है तो बताइए न, हम उन्हें कैसे रोक दें?"

"वाह भाई। ...देखिए तो इनकी मजबूरी! बताइए! बेचारी!! कहती हैं कि ऐसे कैसे रोक दें?" पंडिज्जी नाटकीय ढंग से बोले।

"कैसी बातें करती हो तुम अम्मा? हम इसे कोटा भेज देंगे? घर की लड़की दूसरे शहर में रहेगी? अकेले!" अपोली ने भर्त्सना के स्वर में कहा।

"अरे, इन महारानी को तुम क्या समझा रहे हो? इनने ही तो ठानी है कि हमारी नाक चौराहे पर कटवाई जाए। है न? इनने तो ठान ली है कि ये बिलकुल न समझेंगी। एकदम अंग्रेज बन गई हैं तुम्हारी अम्मा। कोटा में पढ़ने दो बेटी को। रहने दो अकेले। क्यों? खुश?" पंडिज्जी कड़वाहट से भरकर बोले।

"हम वहाँ अकेले क्यों नहीं रह सकते? कैसे नाक कट जाएगी आपकी? लड़कियों के हास्टल हैं वहाँ। और भी हजारों लड़कियाँ रहती हैं वहाँ, अकेले। उन

सबके माँ, बाप नकटे हो गए क्या?" लक्ष्मी ने कहा।

"हमें अपनी नाक देखनी है।" पंडिज्जी और क्या बोलते।

"खूब देखिए। दिन भर देखिए।"

"पर तुम हमारी कटवा के ही मानोगी, क्यों?"

"हम यह बात नहीं मानते।"

"तो?" पंडिज्जी ने कहा।

"तो क्या?"

"तुम्हें नहीं पता कि औरत जात के लिए समाज ने क्या नियम निर्धारित किए हैं?" पंडिज्जी ने पंडिताइन की तरफ देखकर कहा।

पंडिताइन चुप रहीं पर बिन्नू ने पूछ लिया, "क्या नियम निर्धारित किए हैं; बताइए न जरा?"

"तुम्हें नहीं पता?"

"नहीं, हमें नहीं पता। हमें तो बिलकुल भी नहीं पता। साथ में यह भी बता दें कि आपके ये नियम कौन-सी किताब में लिखे हैं?" लक्ष्मी ने पूछा।

"आपके नियम! देखा तुमने? कैसी ढीठ जैसी बातें कर रही है!" पंडिज्जी को समझ ही न आया कि वे इसके जवाब में और क्या बोलें।

"पिताजी से मुँहजोरी कर रही हो तुम लक्ष्मी।" अपोली ने चेतावनी दी।

"यह कोई मुँहजोरी नहीं है।"

"यह मुँहजोरी है। बिलकुल है।"

"सही बात पूछना मुँहजोरी है तो मान लो कि फिर हम मुँहजोरी ही कर रहे हैं।"

"हम तुम्हारा मुँह तोड़ देंगे।" अपोली उठने को हुए।

"मुँह तोड़ने से प्रश्न खत्म नहीं होंगे। बताएँ न कि ये नियम कहाँ लिखे हैं और किसने बनाए हैं? किसी ने औरतों से भी पूछा था कि बैठकर खुद ही बना डाले?" लक्ष्मी ने कहा।

पंडिज्जी ने अपोली को घूरकर देखा।

"तुम तनिक देर चुप नहीं रह सकते? हम बात कर रहे हैं न?" पंडिज्जी बोले।

"तुम भी तनिक गम्म खाओ बिन्नू। चुप हो जाओ।" पंडिताइन ने बात बढ़ती देख लक्ष्मी को रोका।

"अब खुद देख लिया न तुमने? मोंड़ी को सिर चढ़ाने का नतीजा देखा?" पंडिज्जी ने बोले।

पंडिताइन चुप रह गईं।

अपोली गुर्राते हुए बैठे रहे।

पंडिज्जी तनिक देर तक चुप रहकर ही कसमसाते रहे।

पंडिज्जी ने अंतिम निर्णय-सा देते हुए कहा, "यहाँ से कोई भी कहीं नहीं जा

रहा है। ...अपोली ने भी कालपी में ही पढ़ा था। उसे हमने कोई कोटा-फोटा भेजा था क्या?"

लक्ष्मी हँसने लगी।

अपोली का माथा गरम हो गया।

"हम पे हँस रही हो?"

"हम तो पिताजी की बात पे हँस रहे हैं।"

"पढ़ाई में जरा-सी ठीक क्या निकल आईं कि दिमाग ही खराब हो गया है तुम्हारा, क्यों? बताओ, पिताजी ने इसमें कौन-सी हँसने वाली बात कह दी है?" अपोली ने कहा।

"वे कालपी और कोटा को एक-सा बता रहे हैं—यह हँसी की बात नहीं है?" बिन्नू ने कहा।

"पढ़बे के लाने एक कॉलेज होना चाहिए, बस; वो कालपी में भी है।" पंडिज्जी ने कहा।

"कुर्सी, टेबुल से कॉलेज बनता है क्या?"

"तो कोटा में इससे और क्या अलग मिल जाना है?"

"वहाँ कम से कम वो सब तो न होगा जो कालपी में होता है।"

"कालपी में क्या होता है?"

"भइया से पूछिए न—वे आपको सब बता देंगे।"

"तुमईं बता दो न बिन्नू?"

"जो वहाँ होता है, उसके लिए कोई कोचिंग नहीं चाहिए।"

"अरे, होता क्या है, जे तो बोलो?"

"कालपी में जो भी होता है वो कोटा में नहीं होता, न वैसा वहाँ सिखाया जाता है। पूछते क्या हैं? आपको सब तो पता है।"

"नहीं, हमें नहीं पता।"

"कोटा में नकल नहीं होती पिताजी। वहाँ पढ़ाई होती है। बस, यही फर्क है।"

बिन्नू, पंडिज्जी का संवाद लम्बा जरूर चला परन्तु जहाँ आकर वह रुका उसने पंडिज्जी को अवाक् कर दिया। अपनी ही बेटी का मुँह देखते रह गए वे। क्यों अपनी ही बेटी अभी ठीक से पहिचान में नहीं आ रही? उन्हें इतना तो खैर पता था कि बेटी बड़ी हो गई है परन्तु बड़ी होने का मतलब उन्होंने बस इतना ही माना था कि अब जल्दी ही इसकी शादी करनी है। इससे अलग कभी कुछ सोचा ही नहीं। आज जाकर पता चल रहा है कि बेटी तो ज़्यादा ही बड़ी हो गई है। डर-सा लगने लगा पंडिज्जी को। बेटी तो बहुत बड़ी हो गई है। कुछ ज्यादा ही समझदार भी। पर यह सब क्या है? यह तो एकदम खुला विद्रोह है।

पत्नी कभी भी उनसे पलटकर इस तरह मुँह नहीं लगी हैं। असहमत हों तो

मौन रह जाती हैं। वे अपनी सीमाओं से परिचित हैं। उन सीमाओं को स्वीकार भी करती हैं। पर यह तो एकदम ही नई स्त्री उनके सामने थी। असहमत भी और मुखर भी। ...जे समाज क्या स्साला एकदम रसातल में जाकर ही मानेगा? अब क्या करें? अभी इसका क्या करें? इसे क्या कहें? कैसे कहें?

सीधे ही कहा जाए। सीधे मना करना ही श्रेयस्कर रहेगा।

"बिन्नू, इधर-उधर की तीन, पाँच तो हम करेंगे नहीं। बस, हमारी बात साफ सुन लो। हम तुम्हें कोई कोटा-फोटा भेजबे वाले नहीं हैं।" पंडिज्जी ने अंतिम निर्णय देने की भंगिमा में कहा।

"क्यों?" बिन्नू ने संक्षिप्त पर गहन प्रश्न पूछा।

"तुम तो उधर अकेली चली जाओगी और वहाँ रह भी लोगी, पर इधर? यहाँ सवर्ण समाज के लोग हमसे जो दस तरह की बातें पूछेंगे..."

" ...क्यों पूछेंगे?"

"पूछेंगे नहीं। थू-थू करेंगे। ...छींटे हमारे मूँ तक उचटेंगे।"

"जमाना बदल गया है पिताजी। कोई कुछ न बोलेगा।"

"तुम हमें दुनियादारी न सिखाओ बिन्नू। एक-दो साल में हमें तुमारे हाथ पीले कर देने हैं। तब तक कालपी में पढ़-पढ़ा लो, बस। ...या घर बैठो। प्राइवेट परीक्षा दो। ...जे कोचिंग, फोचिंग, सब भूल जाओ।"

पंडिज्जी ऐसा ही कुछ बड़बड़ाते रहे। अपोली बैठे लक्ष्मी को घूर रहे हैं। माँ चुपचाप खड़ी है। लक्ष्मी भी चुप होकर सब सुनती, देखती रही।

"पढ़बे में बढ़िया होबे का मतलब जे नहीं होता। ...तुमने वैसे भी भौत पढ़ लिया है। पढ़ने से होता क्या है? पढ़ने से होना क्या है? पढ़बे की असल हैसियत बताएँ हम तुम्हें? फर्स्ट क्लास लाने वाले, पीएचडी काँख में दबाए लोग रोज नौकरी के लिए हमारी चिरौरी करते खड़े रहते हैं। तुम कोई भी पढ़ाई कर लो। डाक्टर बनना है न? बन जाओ। डाक्टरी कर लो। पर, तुम जे कभी न भूलना कि तुम लड़की भी हो। तुम जे बात भूल मत जाना। कभी भूलीं तो यह समाज तुम्हें क्षमा नहीं करेगा। जेई मुख्य बात है समाज की; औरत अपनी सीमा में रहे। तो इत्ता पढ़बे की न सोचो कि मुख्य बात ही भूल जाओ। ...मोंड़ी हो। मोंड़ी जैसा रहना सीखो।"

अपोली लड़का होने के अहसास से लबरेज बैठे हुए पिता की बातें सुन रहे थे और लक्ष्मी विद्रोही मुद्रा में चुपचाप देख-सुन रही थी, पिता को।

लक्ष्मी के चेहरे पर जगह-जगह बड़े हर्फों में विद्रोह लिखा देख रहे है पंडिज्जी।

वे जीवन में पहली बार देख रहे हैं कि पंडिताइन भी न केवल उनसे असहमत हैं, वे अपनी मुद्रा से असहमति जाहिर भी कर रही हैं।

पंडिज्जी बड़बड़ाने लगे :

"महारानी कोटा जाएँगी! कोचिंग में पढ़ेंगी! वहाँ अकेली रहेंगी! ...और हम

यहाँ सबको जवाब देते फिरेंगे। क्यों?...तुम लोगन ने जेई ठानी है ना? दो किताबें क्या पढ़ लीं, मैट्रिक में फर्स्ट क्या आ गईं कि खुद को बाप का भी बाप मानने लगीं, क्यों?...कान खोलकर सुन लिया जाए—यहाँ से कोई नहीं जाएगा कोटा-फोटा। कल से इस घर में किसी ने कोटा का नाम भी लिया तो..."

"...तो?" लक्ष्मी छोटे-छोटे सवालों की पैनी पिन चुभा रही हैं, पंडिज्जी के अहम के गुब्बारे में।

"तुम्हें दुनिया की कोई समझ भी है बिन्नू?" पंडिज्जी बस यही बोल पाए।

अपोली भी कब तक चुप रह पाते? बोले, "अपने ही पिता के स्कूल को नकल का अड्डा बताती है—जे तो संस्कार हैं इसके।"

"संस्कारों की बात कम से कम आप तो न ही करें।" लक्ष्मी ने व्यंग्य में कहा।

"क्यों? क्यों न करें? हम राक्षस हैं?"

"भाभी मायके जाकर क्यों बैठ गई हैं, यह बात पूरे कोटरा को पता है।" लक्ष्मी ने मानो नंगा तार छुला दिया।

"मैं तेरा मूँ तोड़ दूँगा।" अपोली चीख पड़े।

लक्ष्मी चुप हो गई।

चुप होकर वे बारी-बारी से पिता और भाई का मुँह देखती रही।

पंडिज्जी ने अंतिम फ़ैसले पर मोहर लगाते हुए कहा, "पढ़ना तो तुम्हें कालपी में ही पड़ेगा बिन्नू। पढ़ना हो तो पढ़ो, नहीं तो..."

"नहीं तो क्या?"

"...घर बैठो। जे कोटो-फोटा का पाठ जिसने भी तुम्हें पढ़ाया हो उसे बता देना कि हमारे घर की लड़कियाँ..."

अपोली बीच में कूदे।

"...वोई है स्साला। श्रीवास्तो का लौंडा। पीएमटी क्या निकाल ली, स्साला यहाँ सबका सलाहकार बना बैठा है।"

पंडिज्जी ने चेतावनी के स्वर में कहा, "तुम जे जात-कुजात के लौंडों से दूर ही रहना बिन्नू। सबकी आँखन में सुवर का बाल है।"

अपोली बोले, "हम जाकर समझाते हैं न स्साले को। कल ही पकड़ते हैं। ...बता देंगे कि हमारी भैन के आस-पास भी कभी दिखे तो हम जमीन में गाड़ देंगे।"

लक्ष्मी ने अपोली से पूछा, "आप लोग कभी कुछ सीधा भी सोच पाते हो?"

उत्तर पंडिज्जी ने दिया, "दुनिया भौत टेढ़ी है बिन्नू। हमें भी उसी हिसाब से सोचना पड़ता है। हमने तुम्हें साफ बता दिया है। ...कहीं नहीं जाना है।"

लक्ष्मी के हाथ में किताब थी।

वह कुछ देर तक बाप को घूरती रही।

फिर पूरे जोर से किताब को ज़मीन पर फेंककर वह अन्दर के कमरे तरफ चल दी।

जाते-जाते बोली, "हम आगे पढ़ेंगे। जरूर पढ़ेंगे।"

कहकर वह अपने कमरे तरफ़ चली गई।

"इसकी बेशर्मी देखी?" पंडिज्जी ने न जाने किससे कहा।

"ज्यादा करेगी तो किसी दिन काट के रख दूँगा।" अपोली का आहत पुरुष बोला।

माँ ने अपोली को भर्त्सना से देखा।

"वाह रे सपूत। ...बस जेई बाकी रह गया था?" पंडिताइन बोलीं।

"और वह जो करने को कह रही है, वो? वो कुछ नहीं? ...खुद के भी करम देखे हैं कभी?" माँ ने कहा और उठकर अन्दर चली गई।

"इसी औरत ने बिगाड़ा है उसे।" पंडिज्जी बड़बड़ाए।

अपोली जूते उतारने लगे। गुस्से में उन्होंने अपना एक जूता ज़ोर से एक तरफ़ फेंका। जूता ठीक वहाँ जाकर गिरा जहाँ बिन्नू द्वारा फेंकी गई किताब ज़मीन पर पड़ी फड़फड़ा रही थी।

एक बाइज़्ज़त का जुलूस

जिला जेल की इमारत छोटी-सी है।

अंग्रेजों के ज़माने का जेल है।

बहुत ही पुरानी इमारत। मोटी-मोटी दीवारें। ख़ूब बड़ा-सा फाटक। बड़े फाटक में फिर एक छोटा-सा फाटक। गेट पर संतरियों की गुमटी। इमारत ठीक वैसी है जैसी अंग्रेजों ने कभी छोड़ी थी। इमारत अभी तक गिरी नहीं है परन्तु कभी भी गिरने की धमकी देती हुई मालूम होती है। सभी दीवारों से चौतरफा पलस्तर झर रहा है। वयोवृद्ध किस्म की बूढ़ी इमारत। कानून के ख़ानदान की दादी माँ टाइप। कमज़ोर मगर आदरणीय। दिखता कुछ नहीं, पर ज़माने पर नज़र। ध्वस्तप्राय परन्तु फिर भी उसकी अपनी एक हैसियत। आश्चर्य होता है कि अपराधी इस जेल को तोड़ते क्यों नहीं? अपराधियों की भलमनसाहत और उनके आलसी स्वभाव के सहारे चल रहा है यह जिला जेल।

एक नीले से बदरंग बोर्ड पर बड़े-बड़े सफेद हर्फों में लिखा है, 'जिला जेल'। बोर्ड की कील एक तरफ़ से ढीली हो गई है। बोर्ड तिरछा होकर कैसे तो भी लटक रहा है। कभी पूरा गिर जाएगा तो शायद ठीक से लगाया जाए।

जेल, कालपी के बाहरी इलाके में एक वीरान से मैदान में बना हुआ है। फाटक

के सामने से एक सीधी जाती सड़क है। सड़क के दोनों तरफ कच्चे मकान बने हैं। बड़े फाटक के समक्ष बड़ा-सा ख़ाली अहाता है जिसमें अभी एक पुलिस बस, दो जीपें, कुछ मोटरसाइकिलें, चंद साइकिलें, कुछ साइकिल रिक्शे और बहुत से लोग खड़े हैं। अधिकतर लोग जेल में बन्द लोगों के रिश्तेदार हैं या फिर जेल कर्मचारी। कुछ अलबत्ता बस यूँ ही खड़े हैं।

थोड़ा-सा हटकर, इसी सीधी सड़क पर बन्ने मियाँ की मोरमोटर लगी हुई है। मोरमोटर? बन्ने मियाँ? क्या मतलब?

मतलब हम समझाते हैं।

और इसे समझने के लिए हमें कथा में बहुत पीछे नहीं, बस, अभी से छह घंटे पहले के वक़्फ़े में जाना होगा। सुबह के सात बजे के आस-पास का समय रहा होगा तब। तो पहले वहाँ चलते हैं :

***

सुबह।

कोटरा की एक गली में कच्चा-पक्का-सा गरीबखाना बन्ने मियाँ का।

घर की बाहरी दीवार पर, दरवाज़े के पास टेढ़े-मेढ़े हर्फों में नीले रंग में यह इबारत दर्ज है—'बन्ने मियाँ का मशहूर ब्रास बैंड।' मूलतः शादियों का काम लेते हैं बन्ने मियाँ। बैंडबाजा। सिर पर धर के, बारात के संग-संग चलने वाली लाइटें। इस तरफ़ हंडा! कहते हैं उनको। फिर, आतिशबाजी का इंतज़ाम। सजावटी, खुली, लम्बे बोनट वाली एक बेहद पुरानी कार जिस पर सिंहासननुमा बड़ी-सी कुर्सी जमा देते हैं तो वह मोरमोटर बन जाती है। पीतल की फूल-पत्तियाँ, रंगबिरंगी रोशनी, सिंहासन के टीन पत्तरों से परावर्तित होता प्रकाश; रात में ऐसी चमक उठती है मोरमोटर कि एकदम राजसी सवारी लगे। बन्ने मियाँ को अपनी मोरमोटर पर गर्व है। उनका दावा है कि ऐंचकताने और चूतिए दूल्हे को भी इस मोरमोटर पर बिठा दो, देखने वालों को वह किसी राजकुमार जैसा भव्य लगेगा।

बन्ने मियाँ शादी के अलावा अन्य कार्यक्रमों में भी बैंड बजा आते हैं; जो भी बुला ले। सस्ते ज़रूर हैं पर समाँ एकदम महँगा वाला बाँध देते हैं। दिल लगाकर फूँक मारते हैं। इस बारे में अपनी ही एक साख है बन्ने मियाँ की। और इस साख के पीछे वर्षों का उनका सेक्सोफोन फूँकने का रियाज़ है। साख वास्तव में है कि नहीं, कहना कठिन है पर वे स्वयं ऐसा ही मानते हैं, और उनके ऐसा मानने में किसी को ऐतराज भी नहीं। वे नित्य सुबह, घर के साथ लगी नाली पर धरी पटियों पर बैठकर, गली में सेक्सोफोन बजाने का रियाज़ करते हैं। इससे श्वास पर नियंत्रण बनता है। रियाज़ न करें तो बारात में वैसा सुरीला न फूँक पाएँगे कि लोग नाचने

पर मजबूर हो जाएँ। ...सेक्सोफोन सुनने की आदत पड़ गई है उनकी गली को। मानो बन्ने मियाँ के बजाने से ही गली में सुबह उतरती है। लोग घड़ी देखे बिना ही जान जाते हैं कि सुबह के सात बज गए हैं। घंटा भर सेक्सोफोन बजाकर जब बन्ने मियाँ उठते हैं तो उनके चेहरे पर किसी बड़े उस्ताद की-सी आभा उतर आती है।

बन्ने मियाँ आज भी नाली की पटियों पर टिके हुए अपना बाजा बजा रहे हैं।

सेक्सोफोन को छाती और भुजाओं के बीच कहीं फँसाकर, गालों को फुला-पिचका कर, आँखें मींचे हुए वे 'यह देश है वीर जवानों का' बजा रहे हैं। धुन निकल तो रही है पर वैसी नहीं निकल रही कि बजाने वाला तृप्त हो जाए। बन्ने मियाँ ने आँखें और भी ज़ोर से मींच लीं। सारा ध्यान सेक्सोफोन पर केंद्रित करके बड़ी लगन से बजाने लगे। हाँ, अब जाकर सही धुन पकड़ी है। वे देर तक सही धुन बजाते रहे। वाह!

तृप्ति और संतोष से हृदय भर आया। मुँदीं आँखें खुल गईं।

आँखें खुलीं तो देखा कि सामने से ठाकुर चौहान साहब और उनके साथ दो-चार अन्य लोग भी इसी तरफ़ चले आ रहे हैं। चौहान साहब के साथ उनके बाहर के गाँव के रिश्तेदार से लगते हैं ये सब।

बन्ने मियाँ बाजे को पटिए पर छोड़कर खड़े हो गए। उन्होंने आगे बढ़कर आदरपूर्वक चौहान साहब का इस्तकबाल किया। चौहान साहब इलाके के दबंग हैं। हर बात का उत्तर तमंचे या जूते से देने का लम्बा अभ्यास है उन्हें। छाती को इतना आगे करके चला करते हैं कि बाकी का शरीर झक मारकर स्वयं की ही छाती का पीछा करता हुआ आता है। उनके चेहरे पर जमी घनी मूँछें सारे ज़माने को धमकाती हुई प्रतीत होती हैं। ये मूछें खामखां का वह नूर भी मुख पर पैदा करती हैं जो दबंगई के चित्र पर आखिरी कूँची का काम करता है। मारपीट, गुंडई और ताकत का वह भाव उनके पूरे व्यक्तित्व में सना और रचा-बसा है जो सामने वाले को निरन्तर चेतावनी देता चलता है कि यह शख़्स कभी भी बिना चेतावनी के मारपीट शुरू कर सकता है, और इसके लिए उसे किसी जायज़ कारण की आवश्यकता नहीं पड़ेगी।

बन्ने मियाँ द्वारा किए गए इस्तकबाल में प्रणाम, दंडवत और जुहार सब एक साथ शामिल है। चौहान साहब को अच्छा लगा कि कोटरा में उनकी 'न्यूसेंस वैल्यू' हस्बमामूल कायम है।

"कैसे हैं बन्ने मियाँ?" चौहान साहब ने बड़प्पन भरे स्वर में यूँ ही दरयाफ़्त किया।

"करम है अल्लाह का और आपका।"

"तुरही बढ़िया बज रही है?"

"परवरदिगार के करम से अभी श्वासें चल रही हैं तो ठीक से फूँक लेते हैं।"

"बड़ा ही जोरदार बजाते हैं अपने बन्ने मियाँ।" चौहान साहब ने साथ आए

रिश्तेदारों को बताया तो बन्ने मियाँ ने उनको भी हाथ जोड़ दिये।

इन शुरुआती औपचारिक चोंचलों के निबट जाने के पश्चात् चौहान साहब असली मुद्दे पर आए।

"बन्ने मियाँ, मोरमोटर लगनी है।"

"लग जाएगी।"

"साथ में बाजा-साजा, ढोल, आतिशबाजी, सब।"

"हो जाएगा। कल रात, कि परसों?"

"रात में नहीं। अभी। आज। दिन में। दस बजे।"

"कर लेंगे मालिक।"

"बस, तो जिला जेल के सामने दस बजे आपकी मोरमोटर लग जाए।"

"कुँवर साहब बाहर निकल रये हैं?"

"वो तो निकलना ही था।" चौहान साहब की आवाज़ में गर्व है।

कुँवर साहब मतलब ठाकुर साहब के छोटे सुपुत्र। तीन साल से जेल में हैं। कुछ ख़ास नहीं, बस, जरा-सा मर्डर कर दिया था उन्होंने। मार के भागे भी नहीं। पुलिस उनको पकड़ना नहीं चाहती थी परन्तु पकड़ना पड़ा। तब से वे जेल में बन्द हैं। पकड़ लिया तो फिर अदालत-अदालत का खेल भी चला। खूब 'मी-लार्ड', 'मी-लार्ड' हुआ। गवाही में सत्य के प्रयोग चले। बाहर तो निकलना ही था। उनको परसों ही कोर्ट द्वारा बाइज़्ज़त बरी करने का निर्णय हुआ है। आज कोर्ट के आर्डर लेकर वकील इस जेल पहुँचेगा। दस बजे दफ़्तर खुलेगा जेल का। फिर एक-दो घंटे तक लिखा-पढ़ी का खेल चलेगा। और फिर कुँवर साहब बाइज़्ज़त बाहर। इस इज़्ज़त में चार चाँद लगाने के लिए बाहर इस मोरमोटर और आतिशबाजी का इंतज़ाम होना है।

"वो तो ख़ैर पूरा कोटरा जानता था..." बन्ने मियाँ ने कहा।

"...क्या?"

"कि कुँवर साहब बरी हो जाएँगे।"

"वह तो होना ही था। कौन रोक सकता था, बताइए हमें?" कहकर मुस्कुराए चौहान साहब।

हाथ जोड़ दिये बन्ने मियाँ ने।

"बढ़िया धो-पोंछ के, सजा-धजा के मोटर लइयो।" चौहान साहब ने निर्देश दिया।

"चिन्ता न करें। मोटर को खूब बढ़िया चमका के लाएँगे। एकदम चकाचक। ... कुँवर साहब के निकलबे की हमें भी तो उत्ती ही खुशी है न।" बन्ने मियाँ बोले।

"आपको होगी खुशी पर कई छातियों पे तो इतें साँप लोट रये।"

"तो आप कौन-से उनकी परवाह करबे वाले हो?"

"हाथी हमेशा अपनी चाल चलता है बन्ने मियाँ।"

"वोई तो हमने कही।"

"सोचते हैं कि कुँवर साहब का बढ़िया-सा एक जुलूस निकाल दें। जेल से चलें और एक बार पूरे कोटरा में घुमा दें। क्या कहते हो? छाती पे अजगर लोटें तो लोटें, क्यों बन्ने मियाँ?" चौहान साहब हँसकर बोले।

बन्ने मियाँ जान गए। काम महत्त्वपूर्ण होने वाला है। बारात जैसा ही माहौल होगा। यह जुलूस वास्तव में चौहान साहब का शक्ति प्रदर्शन होगा—जानते हैं बन्ने मियाँ।

***

फिलवक़्त, जिला जेल के सामने वाली सड़क पर, थोड़ी दूर हटकर अपनी मोरमोटर लगा रखी है बन्ने मियाँ ने।

अभी तलक तो कुँवरजी जेल से बाहर नहीं निकले हैं। कागजी औपचारिकताओं में समय लग रहा है।

प्रतीक्षारत बन्ने मियाँ मोरमोटर के सिंहासन से टिके बैठे हैं। वे यहाँ दूर से ही जेल के मुख्य दरवाज़े पर एकत्रित भीड़ पर नज़र रखे हुए हैं। वहाँ रिश्तेदारों, बिरादरी के गणमान्यों, लौंडे-लपाड़ियों, चौहान साहब के अनुयायी लफंगों की भारी गहमागहमी दृष्टिगोचर है। भीड़ में मिठाई के डिब्बे घूम रहे हैं। प्रहरियों को दो-दो बार मिठाई खिला दी गई है।

जेल का मुख्य द्वार ख़ासा बड़ा है। इसे भव्य कहना तो ख़ैर कठिन है पर इसे कुछ वैसा मान लें कि जैसे कभी गबरू नौजवान रहा कोई बूढ़ा अभी ठीक से खड़ा न हो पा रहा हो, अपनी पेशाब न रोक पाने के कारण बड़ा बेचैन हो रहा हो परन्तु डगमगाता-सा शादी में आदरणीय बुजुर्ग की भूमिका निभाता हुआ खड़ा हो! गहरे पीले रंग से पुता है यह पुराना दरवाज़ा। इसके दोनों ओर, दूर तलक जेल की दीवार चली गई है। दीवार के साथ-साथ गोल-गोल घूमती सड़क है जो आगे हनुमान मन्दिर की तरफ़ जाती है। सीकचों वाले हनुमान कहाते हैं ये। बहुत मान्यता है इस मन्दिर की। जेल में बन्द लोगों के रिश्तेदार यहाँ ख़ूब पूजा-अर्चना करते रहते हैं।

मोरमोटर से तनिक हटकर ढोल वाले दो लड़के ज़मीन पर बैठे हुए हैं। वे अभी बन्ने मियाँ का मुँह देख रहे हैं। जब भी बन्ने मियाँ इशारा करेंगे, वे उठेंगे और ढोल बजाने लगेंगे। आतिशबाजी वाले दो बड़े झोले सिंहासन के पास सँभालकर धरे हुए हैं। आतिशबाजी का काम बन्ने मियाँ के साले साहब देखते हैं। वे इन झोलों के पास ही बैठे हैं।

"लगता है, देर लगबे वाली है?" साले साहब ने जम्हाई लेते हुए कहा।

"जेल के फाटक इत्ती आसानी से खुलते हैं क्या?" बन्ने मियाँ बोले।

"छूट ही गए कुँवरजी, जबकि मारा ऐलानिया था?" साले साहब बोले।

"जेई तो गजब बात है। बिलकुल, ऐलानिया मारा था। करिश्मा है ठाकुर साब का। ऐलानिया ही बरी भी करा लिया।" बन्ने मियाँ बोले।

फिर बन्ने मियाँ और उनके साले साहब इस ग़ज़ब की न्याय व्यवस्था को लेकर आत्मीय वार्तालाप करने लगे।

दोनों ही विकट अभिभूत हैं कि देखो, कैसे बढ़िया बरी हो गए कुँवरजी। ...अरे जे कहाती है स्साली असली दबंगई! ठाकुर साहब का एक खेत जरूर बिक गया पर वो कोई बड़ी बात नहीं है, क्योंकि अदालत ज़ाओ तो खेत-खलिहान तो बिक ही जाते हैं। सबके बिकते हैं। अदालत-अदालत खेलना तो है ही बड़ा महँगा खेल। इस खेल में अच्छे-अच्छों की नंगा-झोली हो जाती है। गरीब-गुरबा तो यह शौक पाल ही नहीं सकते। ठाकुर साहब के पास तमाम जमीन है। ...फिर इज्जत बड़ी कि जमीन? बताइए?...अरे, इज्जत की खातिर ही तो कुँवर साहब ने मर्डर किया था। चौहान साब की मोंड़ी ने घर से भाग के जात बाहर शादी रचा ली; ऐसे में एक इज्जतदार ठाकुर बेचारा क्या करता? मूँड़ पे हाथ धर के हिजड़ा टाइप बैठा तो न रहता। है न? बिरादरी में थू-थू करा दी थी लड़की ने। वो तो कुँवर साहब ने नाक बचा ली खानदान की। देसी तमंचे की सारी गोलियाँ उतार दीं बनिए के लौंडे की छाती में। इलाके में नाम चमका दिया ठाकुरों का। भरे बाजार दौड़ाकर गोली मारी। फिर वहीं खड़े होकर ऐलानिया जे भी कहा कि अब जिसे भी चश्मदीद गवाह बनना हो, तय कर ले; अभी हमारे तमंचे में भौत गोलियाँ हैं, घर में भी तमंचे पड़े हैं और जेल जाने को तीन भाई और बैठे हैं। अदालत के पिंजरे में खड़े गवाह को वहीं पहुँचकर न मारा तो हम अपने बाप की असल औलाद नहीं!

बन्ने मियाँ अभिभूत होकर दबंगई का यह किस्सा बयान कर रहे हैं। आतिशबाजी विशेषज्ञ साले साहब तल्लीनता से किस्सा सुन रहे हैं। दोनों की एक आँख जेल के दरवाज़े पर लगी है। वैसे, अभी वहाँ कोई हलचल नहीं दिख रही।

बन्ने मियाँ आगे का किस्सा सुनाते रहे :

...रिवायत भी कोई चीज होती हैं मियाँ। ...ठाकुरों की गौरवशाली रिवायत है। हर जात-बिरादरी की अपनी रिवायतें होती हैं मियाँ। कानून कुछ भी चूतियाटिक बात करे, आदमी को रहना तो बिरादरी में है? है कि नहीं? लोग कानून की सुनें कि बिरादरी की, बताइए?...हम तो कहते हैं कि बिरादरी के बने-बनाए सिस्टम के बीच में कानून पड़ता ही काहे को है? बिरादरी में किरकिरी हो रही हो, लोग हँस रहे हों कि ठाकुर साहब की मोंड़ी ने भाग के कुजात में शादी कर ली, तब? बताइए कि ऐसे में घर के मर्द क्या करें? लड़की को बरगला लिया किसी हरामी ने। जवान लड़की के कदम बहक गए। उसने भागकर शादी कर डाली। अब? लड़की के बाप-भाई क्या करें? चूड़ी पहिनकर घर में बैठे रहें? कानून की आरती उतारें कि कानूनन तो सब कुछ ठीक हुआ है। लड़की बालिग है, दोनों की रजामंदी है वगैरह।

ऐसे कानून को चाटें कि माथे पे धरें? खुदई बताओ? यार, लड़की तो नादान थी पर तुमको तो सब पता था। बनिए के लौंडे को क्या हक था कि ठाकुर की लड़की को खराब करे—बताओ? कानून का मतलब जे तो नहीं कि तुम दूसरी बिरादरी की लड़की को खराब करते फिरो? क्या उसकी जात-बिरादरी स्वीकार करने देगी कि तुम इस घर के दामाद हो गए हो? बताओ? बिरादरी तो जे बात कभी न मानेगी। दबे मूँ हँसेगी लड़की के बाप पर। हमेशा। घरवालों का सिर उठा के चलना भी मुश्किल कर देगी। इसीलिए तो जिस दिन इस लड़की ने भागकर शादी करी थी, चौहान साहब ने उसी दिन खुलेआम कह दिया था कि हम इन लोगों को छोड़बे वाले नहीं हैं। फिर पूरी की पूरी ठाकुर बिरादरी भी चौहान साहब के पीछे खड़ी थी। जिस दिन बनिए के लौंडे को सरे बाजार मारा, बिरादरी में जयजयकार हो गई कुँवर साहब की। तभी तो अभी देखो न वहाँ, इलाके की सारी ठाकुर बिरादरी जेल के बाहर कुँवर साहब के इस्तकबाल को खड़ी है। ...

...बन्ने मियाँ कुँवर साहब की शान में कसीदे काढ़ रहे हैं।

लगभग यही अहो भाव जेल फाटक के पास एकत्रित भीड़ पर भी हावी है। सब तरफ़ 'वाह-वाह' चल रही है। बिरादरी के बुजुर्ग भी अभी ऐसी ही बातें कर रहे हैं। ...कुँवर साहब जैसे नौजवान ही समाज की शान हैं। ...अहो भाव उन अदालती दाँव-पेचों और गवाहों का तोड़ निकालने वाले सिस्टम के प्रति भी है। ... ठाकुर साहब का सारा काम बड़ा जोरदार रहा। पैसे जरूर लगे पर अदालती केस ऐसा कमजोर बनवा डाला कि जज्जी के पास कुँवर साहब को छोड़बे के सिवाय कोई रास्ता ही नहीं बचा। ...बात उन गवाहों की भी हुई जो बिना ठीक से जुतियाए मानने को कभी राजी ही नहीं होते हैं। ...बात उन जजों की भी हुई जो स्साले ऐसे जिद्दी किस्म के ईमानदार होते हैं कि उनके हरामीपने का डर हमेशा लगा रहता है। इन स्सालों से कोई जे नहीं पूछता कि अभी कोई कुजात खुद जज साहब की बिटिया को ऐसे ही अपने घर में डाल ले तो बे क्या करेंगे? बहू, बेटी की मरजादा भी भैंचो कोई चीज होती है कि नहीं—बताइए?...लोग स्थानीय पुलिस की तारीफ़ भी कर रहे थे कि उसका सहयोग न होता तो सब गड़बड़ हो जाती। पुलिस ने केस कमज़ोर बनाने में कोई कसर नहीं छोड़ी और संभावित गवाहों की तोड़ भी बताई। ...कुछ गवाह पैसा लेकर मान गए, कुछ को पैसा और तमंचा दोनों लगा। चश्मदीद बनने के शौकीनों की कनपटी पे जब तमंचा धरा गया तो उन्हें आँखों के सामने मर्डर की जगह तारे दिखने लगे। ...तारीफ़ गोयल वकील की भी ख़ूब हो रही है। सभी सहमत हैं कि अगर आपमें गोयल वकील करने लायक हैसियत हो तो फिर ठाठ से अपने बैरी का मर्डर करें और ऐसेई ठाठ से जेल के बाहर आ जाएँ। ...बात गोयल साहब के चमत्कारों की चल पड़ी। अदालती संसार में ख्यात उनकी दंतकथाओं को दोहराया जाने लगा। कैसे वे अच्छे-भले, विश्वसनीय तथा

आत्मविश्वास से लबरेज गवाह की लंगोट में कानून का हाथ डालकर उसे भी हतप्रभ कर देते हैं—यह बात भी चली। बात उनके द्वारा झूठे गवाहों को दी जाने वाली उस सटीक ट्रेनिंग की भी चली जिसे पाकर गवाह सफेद झूठ भी ऐसे अटल सच की तरह बोलता है कि जज साहब तक की फट जाती है। हत्या के केस में तो गोयल साहब ऐसा भ्रमजाल खड़ा करते हैं कि अदालत में अपना केस सुनने आई मृतात्मा तक को सन्देह होने लगता है कि अपनी हत्या कहीं उसने स्वयं ही तो नहीं की थी? सन्देह का जितना लाभ उठाया जा सकता है वे उठाते हैं। वे पुलिस के मालखाने में हत्या का हथियार बदलवा सकते हैं, पोस्टमार्टम रिपोर्ट मैनेज करा देते हैं, लाठी की चोट को चाकू की और चाकू की चोट को गिरने से लगी चोट बनवा सकते हैं, और कभी कुछ भी न हो पा रहा हो तो वे जज तक पैसे पहुँचाने की नाली भी खोद लेते हैं। सब गदगदायमान हैं कि गोयल वकील ऐसे अंतर्यामी किस्म के हरामी हैं जैसा वकालत के कैरियर में आगे बढ़ने के लिए चाहिए होता है। जज साहब चाहे खुद भी खूब जानते हों कि सामने खड़ा आदमी अपराधी है पर गोयल वकील सन्देह का इत्ता सारा लाभ उनके सामने धर देते हैं कि अपराधी उन्हें वह शापित देवता लगने लगता है जो परिस्थितियों का शिकार होने के कारण सामने कटघरे में खड़ा है वर्ना खड़ा तो उसे मन्दिर के गर्भगृह में होना चाहिए था।

अभी जेल के सामने उत्सव का माहौल है।

मिठाई, बतकही, गले मिलना, वाह-वाह, ही-ही, ठी-ठी, सब चल रहा है।

बन्ने मियाँ भी अब किस्से सुना-सुनाकर थक चुके हैं। अब वे फाटक को दूर से चुपचाप ताक रहे हैं। साले साहब आतिशबाजी के थैले से टिके ऊँघ रहे हैं। दो घंटे निकल चुके हैं। बारह बजने को हैं। धूप तेज़ हो गई है।

कि तभी जेल के फाटक के पास हलचल बढ़ गई।

बन्ने मियाँ ने साले साहब को ज़ोर से टोंचा और स्वयं फटाफट उतरकर ड्राइवर की सीट पर जा बैठे।

उनकी मोरमोटर लगभग प्रागैतिहासिक टाइप की मशीन है। इंजन एक जिद्दी और शरारती बच्चे जैसा है। पहले तो वह चलने को ही राजी नहीं होता है। बन्ने मियाँ कुछ भी कर लें, शुरू में गाड़ी स्टार्ट नहीं होती। इंजन यूँ निष्क्रिय बैठा रहता है मानो इस मोरमोटर से उसका कोई अवैध रिश्ता भी न हो। और बाद में वह अचानक ही ऐसा तेज़ चल पड़ता है कि मोटर काँपने लगती है। फिर वह बिलकुल बागी टाइप हो जाता है; रोके नहीं रुकता। इस मोरमोटर को स्टार्ट करना और फिर उसे सही दिशा में चला ले जाना विज्ञान, कला, शौर्य, साहस, अंधविश्वास टाइप का आत्मविश्वास, चमत्कार में गहन आस्था, गहरी आस्तिकता और ख़तरे उठाने के दुस्साहसी जज़्बे का मिला-जुला चमत्कार होता है। ईर्ष्यालु लोग तो यह भी बताते हैं कि इसमें कार का इंजन नहीं लगा है। यह तो कहीं आटा चक्की बन्द हो

जाने के बाद उसकी मोटर फालतू पड़ी हुई थी और एकदम मिट्टी के मोल मिल रही थी; बन्ने मियाँ उठा लाए। लोग बताते हैं कि मोरमोटर के एक्जॉस्ट पाइप से डीजल के साथ आज भी आटा जलने की बू सूँघी जा सकती है।

बन्ने मियाँ स्टियरिंग व्हील पकड़कर बैठ गए हैं।

वे हमेशा की भाँति संशय में हैं कि स्टार्ट होने में गाड़ी कित्ता टेम लेगी? भय है कि मौके पर धोखा तो न दे जाएगी? बन्ने मियाँ ने तय किया है कि मोरमोटर को अब स्टार्ट करके ही रख लिया जाए। उन्होंने साले साहब को इशारा किया। साले साहब तुरन्त गाड़ी के पीछे की तरफ़ गए। न जाने कहाँ से एक हैंडिल उठाकर ले आए। सामने, कार के बोनट में सामने की तरफ एक छेद बना हुआ है। उसी में इसे डालकर, वे दोनों हाथों से ज़ोर-ज़ोर से हैंडिल घुमाने लगे। एक-दो बार घुमाने के बाद तो कहीं जाकर इंजन को पता चल पाया कि साले साहब उससे स्टार्ट होने का इसरार कर रहे हैं। वैसे साले साहब को भी बहुत उम्मीद नहीं थी। उन्होंने बुरा भी नहीं माना। पहले के बाद और हैंडल घुमाया। फिर घुमाते ही रहे। घुमाते चले गए। इतना घुमाया कि ख़ुद का मुँह सूख गया और आँखों के सामने अँधेरा-सा छाने लगा। अन्त में वे हैंडिल के सहारे लटके से खड़े रह गए। बन्ने मियाँ ने उन्हें हतोत्साहित देखा तो ऊँची आवाज में उन्हें उत्साहित करने की कोशिश की। दो बार 'पकड़ रही है' 'पकड़ रही है' कहकर बन्ने मियाँ ने बार-बार चाभी घुमाई और दो-तीन बार 'शाबास' 'शाबाश' कहा। साले साहब पुनः चैतन्य हो गए। वे पुनः हैंडिल घुमाने के महती अभियान में जी-जान से लग गए। ..."बस, एक बार और..." बन्ने मियाँ बोले।

"है तो जे गाड़ी एकदम चकाचक, बस, स्साली जे स्टार्टिंग ट्रबुल ही इसकी बदनामी का बायस है।" बन्ने मियाँ बड़े लाड़ से बोले।

साले साहब का दम भर आया था। उत्तर में वे कुछ नहीं बोले। हाँफते रहे। अभी कुछ बोलते तो मुँह से कोई भारी गाली ही निकलती। बन्ने मियाँ और साले साहब लगभग निराश ही होने लगे थे कि एक तेज़ हिचकोले के साथ मोरमोटर स्टार्ट हो गई। ये हमेशा ऐसे ही स्टार्ट होती है। और हुई तो ऐसे उत्साह से धड़धड़ाकर हुई कि सारा ज़माना पलटकर उसकी तरफ़ देखने लगा।

"देखा?" बन्ने मियाँ के चेहरे पर ख़ुशी और गर्व के मिले-जुले भाव उभर आए।

साले साहब ने हैंडिल निकालकर यथास्थान वापस रखा और हाँफते हुए आतिशबाजी का थैला सँभाल लिया।

"एक बार जे चल भर पड़े, फिर तो ऐसा चलती है मानो पहियन में पंख लग गए हों।" बन्ने मियाँ मोरमोटर को रिवर्स करके फाटक की तरफ ले जाने लगे।

उधर कुँवर साहब जेल से बाहर निकल आए हैं। वे अभी बिरादरी के समस्त बुजुर्गों के चरण छूने के अभियान में व्यस्त हैं। बुजुर्ग उनको आशीर्वाद दे-देकर निहाल हो रहे हैं। मोरमोटर और भी पीछे लाई जा सकती थी परन्तु संतरी ने उसे

वहीं रोकने का इशारा कर दिया। मोरमोटर सड़क पर रोककर कुँवर साहब का इंतज़ार कर रहे हैं बन्ने मियाँ।

कुँवर साहब सादर, सप्रेम, जयकारे के साथ, गर्वपूर्वक मोरमोटर तक लाए गए। ढोल वाले लड़कों के हाथ ने अवसर की नब्ज़ पकड़ रखी थी। वे ढोल बजाते हुए भीड़ की अगुआई करने पहुँच गए हैं और कुँवरजी पर हो रही पाँच-पाँच, दस-दस के नोटों की न्योछावर बटोर रहे हैं।

कुँवर साहब अब मोरमोटर के सिंहासन पर बिराज गए हैं।

एक ज़ोरदार जयकारा उठा। फूल बरसाए गए। आतिशबाजी वाला थैला खुल गया। सुर्री बम, अनार, लड़ी—सब बारी-बारी से चलाए गए। आस-पास के घरों में रहने वाले लोग बाहर निकल आए। तमाशबीन जुटे तो तमाशा और बढ़ा। नौजवान लोग कमर लपलपाते हुए नाचने लगे। एकाध अधेड़ भी 'हें हें' करते हुए उनके साथ नाच उठे।

दो ठाकुर अपना ख़ुद का घोड़ा लेकर आए हैं। आगे-आगे वे ही चल रहे हैं। घोड़ों की अपनी ही शान होती है साहब। घोड़े हों तो राजसी शोभा का भ्रम पैदा हो जाता है। घोड़ों के ठीक पीछे मोरमोटर लग गई है। बन्ने मियाँ स्टियरिंग पर हैं। कुँवर साहब सिंहासन पर तनकर बैठे हैं। फिर ढोल वाले हैं। फिर नाचते हुए नौजवान हैं। फिर बिरादरी के अन्य लोग पीछे-पीछे चल रहे हैं। और घोड़ों के भी आगे आतिशबाजी दागते बन्ने मियाँ के साले साहब तो हैं ही। और इन सबसे आगे सेक्सोफोन, तूती, तुरही, शहनाई, रमतूला आदि बजाते हुए बन्ने मियाँ की टीम के अन्य सदस्य हैं। जलवा है।

इधर चौहान साहब तेज़ कदमों से चलकर बन्ने मियाँ के पास पहुँचे।

ढोल, बाजे और आतिशबाजी के शोर के बीच उन्होंने बन्ने मियाँ के कान के पास ज़ोर से कहा, "बन्ने मियाँ, जुलूस को अग्रसेन मोहल्ले से होकर निकालना है।"

अग्रसेन मोहल्ला। बनियों की आबादी। इसी में उसका मकान भी है जिसके बेटे को गोली मारी गई थी। इरादा है कि सबसे ज़्यादा उसी जगह पर नाचा जाएगा।

बन्ने मियाँ क्या बोल पाते? परन्तु वे यह बात सुनकर डर से गए। उनकी शक्ल पर तनाव स्पष्ट है।

"फट काहे रही है बन्ने मियाँ?" चौहान साहब ने हँसकर पूछा।

ढोल की आवाज़ में, या सोच में डूबे होने के कारण ठीक से सुन नहीं पाए बन्ने मियाँ।

"जी मालिक?" बन्ने मियाँ ने पूछा।

"हम कह रहे हैं, आतिशबाजी खूब फटे, और बनियों की तो और ज्यादा फटे; बस आपकी न फटने पाए।" चौहान साहब बोले।

बन्ने मियाँ मुस्कुरा दिये।

नसीहत देने का देसी तरीका

कमरे में पंडिज्जी, मुन्ना मास्साब और अपोली बैठे हैं।

स्कूल अभी-अभी छूटा है।

छात्र सब जा चुके हैं। स्टाफ भी एक-एक करके निकल रहा है।

पंडिज्जी ने एक सरसरी निगाह घड़ी पर डाली। फिर वे बड़ी पैनी निगाह से, आधे खिंचे परदे से दिख रहे सुनसान बरामदे को देखते रहे। उन्होंने एक बार और घड़ी देखी और मुन्ना मास्साब को कहा, "अब जरा कुशवाहा को बुलवा लो।"

मुन्ना मास्साब ने बाहर खड़े अपने विश्वस्त अनुचर को कमरे में अन्दर बुलाकर आदेश दिया कि जाकर, जरा स्टाफ रूम से कुशवाहा मास्टर को पकड़ तो लाओ। कहना, पंडिज्जी याद कर रहे हैं, और वहीं बाहर खड़े रहना। उन्हें साथ लेकर ही आना।

समय आ गया था कि कुशवाहा से सीधी बात ही कर ली जाए।

इधर अपोली, कुशवाहा से ज़्यादा पंडिज्जी से नाराज़ हैं। अपोली का मानना है कि पंडिज्जी को भौत पहले ही इसे लतिया देना चाहिए था। बल्कि अब तक तो इसे स्कूल से बाहर ही कर देना था। आप इस हरामी को इत्ते दिनों तक फालतू ही बरदाश्त करते रहे सो नौबत स्साली यहाँ तक आ गई। ऐसे लोग बस जूते की भाषा ही समझते हैं। आप वह न बोलकर इससे रोज पुच-पुच करते रहे तो स्साले में इत्ती हिम्मत आ गई कि जरूर इत्ते ऊपर शिकायत लगा दी इसने।

***

उस दिन परीक्षा कमेटी की मीटिंग ख़त्म होते-होते जो फोन आया था वह शिक्षाधिकारी के पीए का था। उसने पंडिज्जी को कुछ चिन्ताजनक सूचनाएँ दीं। उसने बताया, "कुशवाहा मास्टर ने बहुत से दस्तावेजी सबूतों के साथ स्कूल प्रशासन द्वारा सामूहिक नकल करवाने की शिकायत की है। और अपने बड़े साहब भी पूरी बदमाशी पर आमादा हैं। वे इस शिकायत की आफ़िशियल जाँच कराने पर तुले हैं। इसकी एक जाँच बिठाने का प्रपोजल लखनऊ भेज रहे हैं वे। उसी के साथ, जाँच पूरी होने तक आपके परीक्षा केंद्र की मान्यता को निलंबित रखने का प्रस्ताव भी तैयार करवा रहे हैं। आपको इस मामले में फटाफट ही कुछ कराना होगा; या तो उस कुशवाहा से शिकायत वापस करवाइए, या फिर साहब पर मंत्री वग़ैरह से कुछ दबाव डलवाइए। अब तो लखनऊ से ही कुछ कराना पड़ेगा। ...भौत बदमाश आदमी है यह साहब।...

आग मूतने की ठानी है इसने। ...यह ऐसे नहीं मानने वाला।" ...वगैरह, वगैरह। ऐसी ही कई बातें हुईं।

पंडिज्जी अगले दिन ही कालपी जाकर कुशवाहा द्वारा लगाई शिकायत और साहब द्वारा प्रस्तावित कार्यवाही की गोपनीय फाइल देख आए। खर्चा हुआ पर मामले की गंभीरता समझ में आ गई। वैसे, पंडिज्जी कहने को तो साहब से भी मिले। उनको समुचित भेंट पानी भी दिया। उन्होंने आराम से ले भी लिया। पर वे कहते यही रहे कि आपके खिलाफ की गई शिकायतें बड़ी गम्भीर है। हमने इस पर भी यदि औपचारिक जाँच नहीं बिठाई तो बाद में हम खुद फँस सकते हैं। आपका कुशवाहा मास्टर बार-बार हमें रिमाइंडर लिख रहा है। उनकी कापियाँ ऊपर भी भेज रहा है। कहता है कि जाँच में वह और भी सबूत पेश करेगा। ऐसे में यदि हम कोई भी जाँच न करें और वह कहीं जो मीडिया में पहुँच जाए तो आपके साथ हमारी भी फजीहत हो जाएगी।" ...जाँच तो होगी, ऐसी जिद किए बैठा है हरामी अफसर।

"और जो यह कुशवाहा ऐफिडेविट दे-दे कि यह शिकायत हमने की ही नहीं है और सारे कागजात फर्जी हैं, तो?" पंडिज्जी ने साहब से पूछा था।

साहब हँसने लगे। बोले कि जो आदमी रोज यहाँ फोन करके पता कर रहा है कि हमारी शिकायत पर क्या कार्यवाही हुई वह भला इसके लिए क्यों मानेगा?

पंडिज्जी ने साहब से यही इल्तिजा की कि वे उनको बस चार-पाँच दिन का समय दे दें। वे कुशवाहा से ऐसा ऐफिडेविट लिखवाकर जरूर ले आएँगे।

साहब ने कहा कि अगर ऐफिडेविट लेकर आप नहीं बल्कि कुशवाहा अपनी मर्जी से स्वयं यहाँ अकेला आए तो हम उस ऐफिडेविट को जरूर कन्सीडर कर सकते हैं।

पंडिज्जी ने कालपी से लौटकर मामले पर मुन्ना मास्साब से गहन विमर्श किया। तय पाया गया कि कुशवाहा से ऐसा ऐफिडेविट लेकर बड़े साहब पर नैतिक दबाव जरूर डाला जाएगा कि अब तो जाँच का औचित्य ही नहीं रहा न? ...पर जे हरामी ऐफिडेविट के लिए न माना तो? ...मानेगा कैसे नहीं। स्कूल खत्म होने के बाद अकेले में घेरते हैं न स्साले को। उसका तो बाप भी मानेगा।

अपोली ने ज़िद पकड़ ली कि वे भी मौके पर मौजूद रहेंगे। पंडिज्जी इसके लिए कतई राजी नहीं थे। कहने लगे कि तुम भौत जल्दी तैश खा जाते हो जो ऐसी मीटिंग में ठीक नहीं होगा। अपोली ने वायदा किया कि जब तक आप इशारा नहीं करेंगे हम कुशवाहा को एक लप्पड़ भी नहीं मारेंगे। आप ही अकेले-अकेले उसे समझाना। आपसे न माना तभी हम अपनी तरह से उसका इलाज करेंगे। परन्तु, तब आप हमें रोकना भी मत।

पंडिज्जी ने कहा "बात तो मैं ही करूँगा और अकेले ही करूँगा। आप मुन्नामास्टर के साथ कमरे के बाहर रह सकते हो। जब मैं कहूँ, तभी अन्दर आना।"

"वैसे वो आपसे काबू आने वाली रकम नहीं है", अपोली ने कहा, "यह आदमी अकेले बातों से तो मानने वाला है ही नहीं।"

पंडिज्जी ने व्यंग्य से पूछा, "तो वो आपकी लात से भी कहीं माना है क्या? एक बार तुम बिना हमें बताए उसे लड़कों से ठुकवा तो चुके हो न? क्या हुआ? बात और बिगड़ ही गई। उसने कुछ भी माना? नहीं माना न? फिर? अब, ठीक से एक बार हम भी उससे बात करके देख लेते हैं। शायद समझ जाए।"

"और जो न समझा तो?" अपोली ने पूछा।

"तब की तब देखेंगे।" पंडिज्जी ने लापरवाही से कहा।

अपोली ने सुझाव दिया कि ऐसे आदमी का बस एक ही इलाज है कि उसे जमीन में गाड़ दिया जाए, बस।

पंडिज्जी नाराज हो गए।

उन्होंने वितृष्णा भरे स्वर में पूछा, "वैसे आज तक आप कितनों को गाड़ चुके हैं?"

अपोली ने हँसकर कहा कि हम कुशवाहाजी से ही यह सिलसिला शुरू करने का इरादा कर रहे हैं।

"दुनिया ऐसे नहीं चलती अपोली।" पंडिज्जी ने कहा।

अपोली असहमत थे। बोले कि दुनिया ऐसे भी चलती है पिताजी, और ज्यादा अच्छी चलती है। अपने आस-पास ठीक से देखते नहीं हैं आप, और घबराते भी भौत हैं; तभी ऐसा कह रहे हैं। हाँ, इसके लिए आदमी के गुर्दे में दम जरूर चाहिए।

"तुम्हारे गुर्दे में दम है?" पंडिज्जी ने हँसकर पूछा।

अपोली ने भी हँसकर कहा कि मौका आने पर हमारे गुर्दे की परीक्षा ले लेना आप।

"गुर्दे की परीक्षा में नकल नहीं चलती अपोली।" पंडिज्जी ने चेताया।

"एक यही विद्या तो हमने सीखी है। इसमें हमें किसी नकल की जरूरत नहीं पड़ेगी पिताजी।" अपोली ने गर्व से कहा।

नतीजा यह रहा कि अपोली भी इस प्रोजेक्ट में शामिल हो गए।

***

कुशवाहा मास्साब को लेकर अनुचर पहुँच गया। कुशवाहा ने पंडिज्जी को नमस्कार किया। पंडिज्जी ने कोई जवाब नहीं दिया। न ही उनसे बैठने को कहा। वे ख़ुद अपनी कुर्सी पर और भी फैलकर पसर गए। उँगली को शुरू से ही टेढ़ी रखने की रणनीति अपना रहे हैं पंडिज्जी।

कुशवाहा जी कमरे में सशंकित खड़े रहे।

पंडिज्जी ने अपोली और मुन्ना मास्साब को कमरे से बाहर जाने का इशारा किया। "आप लोग तनिक बाहर बैठें।" पंडिज्जी बोले।

उठते-उठते अपोली ने सुझाव दिया, "मुन्ना मास्साब को तो अपने साथ में रख लें।"

पंडिज्जी ने कुशवाहाजी की तरफ़ गहन दृष्टि से देखते हुए कहा, "हमें लगता है कि यही ठीक रहेगा कि हम नन्हे मास्साब से पहले अकेले में ही बात करें। शायद, हमसे अकेले में ही ये खुल जाएँ। ठीक कह रहे हैं न हम, क्यों कुशवाहा जी?"

"अगर जे ठीक से न खुलें तो दराज में सामने ही तमंचा रखा है।" अपोली जाते-जाते बोले।

पंडिज्जी नाराज़ हो गए। अपोली के बचपने से परेशान हैं वे।

"यहाँ तमंचा क्यों रखा है?" पंडिज्जी ने क्रोध जताया।

"रखा रहने दें। कभी काम आ सकता है।" अपोली बोले।

"तुम तमंचा लेकर कॉलेज आए क्यों हो?" पंडिज्जी नाराज़ हैं।

"हम तो सपने में भी तमंचा अपने साथ रखते हैं।" अपोली हँसकर बोले।

"उठाओ इसे। अभी के अभी हटाओ यहाँ से।" पंडिज्जी गुस्से में खड़े हो गए।

अपोली ने आगे बढ़कर हँसते हुए दराज खोली और तमंचा उठा लिया। कुशवाहा जी की तरफ एक बार तमंचा घुमाते हुए उन्होंने इसे जेब में रख लिया।

कुशवाहा जी का मुँह सूखने लगा। वे ख़ुद ही एक कुर्सी पकड़कर माथे पर हाथ रखकर बैठ गए।

पंडिज्जी अपोली को घूरते रहे। 'प्रथम ग्रासे मक्षिका' तो कर ही दिया इस नालायक ने।

मुन्ना मास्साब हाथ पकड़कर अपोली को बाहर ले गए। जाते-जाते बोल गए कि जरूरत लगे, तो आवाज जरूर दे दीजिएगा; हम बाहर ही खड़े हैं।

शाम उतर रही है। स्कूल लगभग खाली हो चुका है। समूचे परिसर में अभी निपट सन्नाटा पसरा हुआ है। पंडिज्जी जानते हैं कि ऐसी स्थिति में इस तरह के सन्नाटे का क्या प्रभाव तथा लाभ होता है। कुशवाहाजी के अवचेतन पर अभी इस सन्नाटे से यह ज़रूरी सूचना दर्ज होगी कि वे अन्ततः इस दुनिया में एकदम अकेले हैं; फालतू ही निपट सन्नाटे में अकेले खड़े होकर हवा में तलवार घुमा रहे हैं, जिससे कुछ भी हासिल नहीं होने वाला। युद्ध इस तरह नहीं लड़े जाते। जीते तो जाते ही नहीं।

अब कमरे में बस पंडिज्जी रह गए, और कुशवाहा मास्साब।

पंडिज्जी अपनी कुर्सी से उठे। उठकर उन्होंने कमरे का दरवाज़ा अन्दर से उढ़का दिया। कुशवाहाजी भी खूब जान रहे हैं कि बात क्या होने वाली है? वे भी अब धीरे-धीरे प्रकृतिस्थ हो रहे हैं। कुशवाहाजी मुठभेड़ के लिए तैयार हो रहे हैं। अब वे किंचित तन कर बैठ गए हैं।

पंडिज्जी फालतू की औपचारिकताओं में नहीं पड़े। वे सीधे ही मुद्दे पर पर आ गए। शंखनाद या बिगुल बजाकर लड़ाई की औपचारिक घोषणा के हामी नहीं हैं पंडिज्जी। दुश्मन पर सीधे चढ़ बैठना भी युद्धकला है, ऐसा मानते हैं वे।

"यह सब क्या चल रहा है नन्हे मास्टर?" पंडिज्जी ने पूछा।

"जी, कुछ तो नहीं।" कुशवाहा ने सतर्क होकर कहा।

"किस दुनिया में रहते हो तुम? हमसे इतना तो उड़ो मत।"

कुशवाहा मास्साब चुप रहे।

"यदि स्कूल से तुमको कोई शिकायत है तो पहले हमारे पास आओगे कि सीधे शिक्षाधिकारी की गोदी में चढ़ के रोना शुरू कर दोगे?"

कुशवाहाजी ने भोले बनने का प्रयास किया, "कैसी शिकायत?"

"हमें चूतिया समझ रखा है क्या? इत्ता बड़ा कॉलेज हम ऐसेई नहीं चला रहे हैं श्रीमान्। साहब ने कालपी बुलाकर खुद हमें आपकी शिकायत वाली फाइल दिखाई है। वे पूछ रहे थे कि आखिर ऐसे आदमी को आप बरदाश्त कैसे कर रहे हैं? कहने लगे कि ऐसे सबआर्डिनेट के साथ कैसी रियायत या हमदर्दी? लात मारकर उसे बाहर क्यों नहीं करते?" पंडिज्जी ने सफेद झूठ बोला था जो अभी कुशवाहा को डराने के लिए आवश्यक था। सही बात यह थी कि उन्हें फाइल साहब के पीए ने साहब से छुपकर दिखाई थी, और साहब ने तो कुशवाहा की हिम्मत की तारीफ़ ही की थी।

कुशवाहाजी सकते में आ गए। शिक्षाधिकारी से उन्हें ऐसी आशा नहीं थी। बातें तो साहब बड़ी-बड़ी करते हैं!

"अब तुम एक फाइल और तैयार कर लो। फटाफट। और कल तक ही।" पंडिज्जी ने कहा।

"जी?"

"बल्कि दो फाइलें।"

"जी?"

"एक तो जे तुम्हारे सामने बनी ही धरी है। इसमें बस तुम्हारा जवाब लगेगा। वो तुम बना लेना। इसमें मीना मास्टरनी की शिकायत दर्ज है कि आप स्टाफरूम में उन्हें जबर्दस्ती अभद्र तथा अश्लील चुटकुले सुनाते हैं, यहाँ-वहाँ रोककर अश्लील इशारे करते हैं।"

"मैं?"

"जी, आप। और इसी फाइल में इस बाबत मुन्ना मास्साब की गवाही भी लगी है। आप कहें तो हम पूरा मामला सीधे पुलिस में दे दें, या कॉलेज लेवल पर पहले एक जाँच बिठा दें?"

"यह गलत शिकायत है।"

"हमें भी पता है कि गलत है। पर है तो। और लिखित में है। ब्लैक एंड व्हाइट

में है। लोग आजकल झूठी शिकायतें ही तो करते हैं। झूठी शिकायतें करने का ट्रेन्ड चल पड़ा है जमाने में, क्या कर सकते हो? यही बात उस दिन शिक्षाधिकारी महोदय भी कह रहे थे कि आपके स्कूल की झूठी शिकायत करने वालों को तो आप बिलकुल शह न दें।"

"मैं कॉलेज की हर फीमेल स्टाफ को अपनी बहन मानता हूँ।"

"हमारे यहाँ लोगों को 'भैंचो' भी तो कहा जाता है न? तुमने सुनी है न जे गाली? कहो तो अभी हम तुमको देकर बताएँ?"

"आप किसी से भी पूछ लें।"

"हम किसी से क्यों पूछें? शिकायत मीना मास्टरनी की है। उनसे ही पूछेंगे।"

"यह तो ठीक नहीं। एकदम गलत शिकायत है।"

"हम भी जानते हैं न कि यह गलत है। हमें पता है कि तुम लोला हो। ऐसे काम करना तुम्हारे बस की बात ही नहीं है। पर शिकायत हुई है तो हमें जाँच तो करनी ही होगी। तो बोलो, हम इसकी जाँच बिठा दें?...बताओ?" पंडिज्जी ने अर्थपूर्ण नज़रों से देखते हुए पूछा।

"यह आप ठीक नहीं कर रहे।"

"लौंडिया आप छेड़ो, और ठीक हम नहीं कर रहे? वाह!" पंडिज्जी हँसे।

"मैं सब समझ रहा हूँ। मेरे खिलाफ जानबूझकर झूठी शिकायतें करवाई जा रही हैं।" कुशवाहा मास्साब भुनभुनाने लगे।

"हमने भी शिक्षाधिकारी महोदय से ठीक यही बात कही। ...कोई हरामी हमारे स्कूल के खिलाफ झूठी शिकायत कर रहा है। वे हमारी बात मान भी गए। अब तुम अपनी बताओ; तुम कब मानोगे? ...कि तुमने न मानने का कौल उठा रखा है?"

"कैसा कौल? हम समझ नहीं पा रहे?"

"हम समझाते हैं न। वैसे, तुम किसके कहने पर जे सब कर रहे हो?" पंडिज्जी बोले।

"गलत सोच रहे है आप।" कुशवाहा ने सीधे नकार को ही सुरक्षित माना।

"चलो, हम चूतिया हैं। गलत बात पूछ ली हमने तुमसे।"

"वो बात नहीं कह रहे हैं हम।"

वोई कह रहे हो और वोई समझ भी रहे हो। पर हम हैं नहीं। हमें ऐसा चूतिया समझ के बड़ी भूल कर दी है तुमने।"

"वो बात नहीं..."

"...हम क्या हैं वह भी बताते हैं हम तुम्हें। अभी।"

"जी?"

"अब तुम एक काम हमारा भी कर दो।"

"कौन-सा काम?"

"तुम एक और फाइल बनाओ। बनाओगे?"

"कैसी फाइल?"

"तुम अपनी एक शिकायत की फाइल और बनाओ। उसमें लिखो कि आज कॉलेज बन्द होने के बाद पंडिज्जी ने तुम्हें अकेले में बुलवाकर लात-घूँसों से पिटवाया, और अच्छी बात यह है कि शिकायत गलत भी नहीं होगी।"

"आप मुझे धमकी दे रहे हैं?"

"नहीं, हम धमकी क्यों देंगे? हम तो तुम्हें सीधे पिटवाएँगे ही। पीटने के बाद तुम्हें कागज-कलम भी देंगे। आराम से बैठकर अपनी शिकायत लिखना।" कहकर पंडिज्जी अपनी जगह से खड़े हो गए।

उन्होंने उठकर दरवाज़ा भी खोल दिया।

मुन्ना मास्टर, अपोली और विश्वस्त अनुचर कमरे के दरवाज़े पर ही प्रतीक्षारत थे। सब अन्दर आ गए। पंडिज्जी पलटकर कुशवाहाजी के पास तक आए।

कुशवाहा मास्साब सकते में बैठे थे।

पंडिज्जी कुर्सी के हत्थों के सहारे उनकी तरफ झुक गए, बोले, "मास्साब, अपनी औकात को समझो। ...हम चाहें तो दो मिनट में तुम्हारी गांड़ पे लात मार के इस कॉलेज से अभी बाहर कर दें। फिर जीवन भर केस लड़ते रहना कि परमानेंट स्टाफ को हमने ऐसे, कैसे निकाल दिया?...और लौंडिया से छेड़छाड़ की फाइल हमने थाने पहुँचा दी तो दरोगा तुम्हारे औजार में ऐसा करंट मारेगा कि तुम हमारे पाँव छूते फिरोगे कि हमें बचा लो।"

कुशवाहाजी कसमसा कर उठने लगे।

पंडिज्जी ने ज़ोर से एक धक्का देकर उन्हें वापस कुर्सी पर धकेल दिया। इसी बीच उनकी कुर्सी के पीछे अपोली और मुन्ना मास्साब आकर खड़े हो गए हैं। विश्वस्त भृत्य दरवाज़े पर खड़ा ही है।

"अपनी शिकायत वापस ले लो नन्हे मास्टर। मुन्ना मास्साब ने तुम्हारे नाम का ऐफिडेविट बनवा रखा है। चुपचाप उस पर अपने दस्तखत कर दो। उसे खुद कालपी जाकर शिक्षाधिकारी को देकर आओ। बाकी हम देख लेंगे। ऐसा कर दो, फिर तुमको कुछ नहीं होगा। साहब भी कुछ नहीं कहेंगे तुम्हें, और यह मीना मास्टरनी की फाइल हम फाड़ देंगे। हम उसे समझा लेंगे।" कहकर पंडिज्जी ने कुशवाहा जी की कुर्सी से अपने हाथ हटा लिए।

कुशवाहाजी तुरन्त अपनी कुर्सी से उठ गए। उनके तेवर अभी भी नरम नहीं पड़े थे।

"आप यह ठीक नहीं कर रहे पंडिज्जी।" कुशवाहाजी उठते-उठते बोले।

पंडिज्जी ने कुशवाहाजी को ज़ोर से पीछे को धकेला। वे कुर्सी पर गिरते-गिरते बचे। पंडिज्जी का ऐसा हिंसक रूप वे पहली बार देख रहे थे।

"मैं आपकी शिकायत करूँगा।" कहकर कुशवाहा मास्साब जाने को उद्धत हुए।

"शिकायत का भूत उतरा नहीं है अभी तक? क्यों?" अपोली बाँहें चढ़ाते कुशवाहा की तरफ बढ़े। जाते हुए कुशवाहाजी की कमर पर जोर से एक लात मारी अपोली ने।

"काट के रख देंगे भैंचो!" लात खाकर धड़ाम गिरे मास्साब से अपोली ने कहा। "हम अभी आपको इसी लात के पड़ने की चेतावनी दे रहे थे न? कल तक का समय देते हैं। खुद आओ। हमसे ऐफिडेविट लो। दस्तखत करो। कालपी ले जाकर खुद देकर आओ।" पंडिज्जी दरवाजे के पास चारों कोने चित्त पड़े कुशवाहा जी से बोले।

कुशवाहाजी तेज़ी से उठे और लगभग भागते हुए बाहर निकल गए। बरामदे में तो वे ऐसे तेज़ भागे मानो गोल्डमेडल के लिए दौड़ रहे हों।

"हरामी स्साला!" पंडिज्जी बुदबुदाए।

मर्डर में इज़्ज़त की तलाश

कुँवर साहब की स्वागत यात्रा अग्रसेन मोहल्ले में देर तक रुकी रही। वहाँ ख़ूब नाच-गाना मचा।

चौहान साहब के निर्देश भी थे कि सारी बड़ी आतिशबाजी यहाँ के लिए बचा के रखी जाए। बम पटाखे भी ख़ूब बजे। उस घर के सामने पहुँचकर देर तक ढोल बजाए गए जिनका बेटा मारा गया था। गुप्ताजी का घर। बगल में छोटे भाई का परिवार। कुल बारह लोग। सब लोग घर के अन्दर ही बने रहे। वे न तो अपनी छत पर आए, न बाहर, न खिड़की पर। सुबह से उन्हें इस स्वागत-यात्रा का पता चल गया था। ख़ुद ठाकुर साहब ने ही उनको कहलवा भेजा था। परिवार सुबह से बेहद तनाव में था। दोनों भाई सुरक्षा के लिए थाने भी गए थे। शिकायत लिखकर ले गए थे कि मुजरिम के जुलूस में मौजूद अपराधी तत्त्वों द्वारा हमले का अंदेशा है सो इस जुलूस को रोका जाए।

जुलूस तो ख़ैर क्या रुकता! उलटे, दरोगाजी ने गुप्ताजी को ही ज़ोर से फटकार दिया।

दरोगाजी ने साफ़ कहा, "आप इस तरह किसी को मुजरिम नहीं कह सकते। आपका यह रवैया बड़ा गलत है। जिसे माननीय अदालत ने बाइज्जत बरी किया हो, अपने आवेदन में आप उसी को मुजरिम लिख रहे हैं, यह गलत बात है। इससे

सामाजिक तनाव बढ़ता है और आपसी सौहार्द्र पर आँच आती है। ऐसी गलतबयानी न करें। ...दूसरी गलत बात, आपकी यह माँग है कि पुलिस ठाकुर साहब के मौलिक अधिकारों के हनन का काम करे। ...जायज खुशी मनाना, नाचना गाना—यह तो एक नागरिक का मौलिक अधिकार है। आप स्वागत जुलूस को अपराध बता रहे हैं? उनका बेटा तीन साल से जेल में था। आज रिहा हो रहा है तो क्या वे खुशी न मनाएँ? खुशी मनाना कौन-सा अपराध है? हाँ, वे लोग आपको जबरिया अपने साथ नचवाने लगें तब जरूर पुलिस बीच में पड़ेगी। तब तक इसमें हमारा क्या काम? आप हमारे पास आए ही क्यों हैं? ...तीसरी गलत बात, अपने आवेदन में आपने ये लिखा है कि जुलूस के हिंसक हो जाने का भय है। जे तो ऐसा है कि भैया, नदी का बहना बन्द करा दो क्योंकि कभी बाढ़ आ जाने का भय है! भय का कहीं कोई इलाज है क्या? पुलिस कैसे आपका भय कम करे, बताइए? ...वैसे, हम एक बात आपको बता दें। ठाकुर साहब कुछ भी ऐसा नहीं करेंगे। आप ठाठ से घर में अन्दर बने रहें। आप लोगों को कुछ न होगा। वे अभी कोई नया कांड करने की पोजीशन में नहीं हैं। बेटे के केस में पहले ही भौत लुटा चुके हैं। अब हिम्मत नहीं करेंगे। बस, ऐंठ है। ऐंठ दिखा के निकल जाएँगे। हाँ, तमाशा जरूर करेंगे, और तमाशे पर कोई कानूनी रोक नहीं है गुप्ताजी। वैसे, भारतीय पुलिस सदैव आपके साथ है। रहेगी। जाइए। हाँ, ये कागज यहीं छोड़ जाइए!"

जुलूस बाद में वहाँ से लगभग शान्तिपूर्वक निकल भी गया।

अग्रसेन मोहल्ले से निकलने के बाद जुलूस बिखर गया।

बन्ने मियाँ ज़रूर ठाकुर साहब से 'हजूर, हजूर' करते रहे कि उनको इत्ती कम रकम भी न दी जाए कि आतिशबाजी खरीदने का खर्च और ढोल वालों का मेहनताना भी पूरा न पड़े। चौहान साहब ने प्रत्युत्तर में यही कहा कि हमारा सारा पैसा तो वकीलों, पुलिस और जेल में लुट चुका है। जो बचा था उससे हमने जे अंग्रेजी पिस्तौल खरीद डाली है। तगड़ी पिस्तौल है। "चलाओ कहीं, निशाना वहीं लगता है जहाँ लगना चाहिए", कहकर उन्होंने बन्ने मियाँ को वह पिस्तौल भी दिखाई। साथ में कहा कि तुम्हें जित्ता दे रहे हैं उसी में गम्म खा लो, यही ठीक रहेगा। बन्ने मियाँ ने अंग्रेजी पिस्तौल को गौर से देखा, सारी बात को संदर्भ सहित समझा और ठाकुर साहब को सलाम करके अपना तामझाम बढ़ा गए।

सब ठीक से निबट गया।

कोटरा में अलबत्ता ख़ूब बातें चलीं। ठाकुर समाज की दबंगई, जाति गौरव के लिए मर मिटने के उनके जज़्बे तथा उज्ज्वल परम्पराओं की किसी भी कीमत पर रक्षा करने की उनकी प्रतिज्ञा पर भी डटकर बातें हुईं। चर्चा कानून, जज्जी, सक्षम वकील, गवाह, जेल, जमानत, हथकड़ी तथा पुलिस की भी हुई। पर सबसे मुख्य चर्चा बनियों की भीरु प्रवृत्ति की हुई। सभी ने एक स्वर से बनियों की कायरता की

भूरि-भूरि भर्त्सना की। अरे, तुम्हारा बैरी तुम्हारे ही दरवाजे पर तुम्हारी सार्वजनिक चिकन करके चलता बना और तुम हिजड़ों जैसे घर में छुपे बैठे रहे; जे तो निपट गांडूगर्दी है यार। अरे, तुम अगर खिड़की में बैठकर भी निशाना साधते तो खराब देसी तमंचे से भी बैरी को टपका सकते थे। इससे अच्छा तो जे रहता कि तुम वही अपनी खोल के, अच्छे से तेल लगा के औंधे मूँ लेट जाते कि आइए ठाकुर साहब, जैसी भी है, आपकी सेवा में प्रस्तुत है!...अरे धिक्कार है ऐसे जीने पर जहाँ बैरी घर आकर तुमारे मूँ पे थूक दे और जिंदा वापस चला जाए!

कई दिनों तक पूरा कोटरा बनियों के इस व्यवहार से दुखी रहा।

दुनिया को यह क्या हो चला है? कैसा डरपोक समय आ पहुँचा है यह? आदमी को अपनी इज्जत से कहीं ज्यादा अपनी जान की फिक्र होने लगे, इससे बुरा समय और क्या हो सकता है? बुंदेलखंड की उज्ज्वल परम्पराओं का ऐसा छीजना देखकर छाती कूटने को मन करता था कोटरा का। 'जाके बैरी चैन से सोवें उसके जीवन को धिक्कार', आल्हाऊदल कोई मूरख नहीं थे जो ऐसा सोचते थे। अगर वे आज जिंदा होते तो अपना आल्हा वहीं बनियों के मोहल्ले में जलाकर आते।

***

कुँवरजी की स्वागत-यात्रा पंडिज्जी के घर के पास से भी निकली।

पंडिज्जी जुलूस को नहीं देख सके क्योंकि ठीक तभी वे कॉलेज में कुशवाहाजी के इलाज का इंतज़ाम कर रहे थे। बाद में लोगों ने बढ़-चढ़कर जुलूस के बारे में उनको बताया ज़रूर। अपोली भी जुलूस देखने से चूक गए पर उन्हें कुशवाहा को लतियाने का आत्मिक संतोष था।

पंडिज्जी रात में भोजन के लिए बैठे तो घर में इस जुलूस की बात निकल आई। पंडिताइन ने खाना परोसते हुए यूँ ही कह दिया, "जुलूस देखा आपने? चौहान साब का मोंड़ा जेल से छूट गया।"

"वो तो छूटना ही था।" पंडिज्जी बोले।

"पूरी बारात ही निकाल दी उन्होंने तो। सारे कोटरा में भौत बड़ा जुलूस निकाला। खुशी से ऐसे नाच रहे थे मानो संतान कोई भौत बड़ा काम करके चली आ रही हो। ...जे तो हद्द है।" पंडिताइन ने कहा।

"हद्द काहे की? मोंड़ा ने काम तो बड़ा ही किया है।" अपोली रोटी का कौर बनाते हुए बोले।

"मर्डर कोई ऐसा महान काम है क्या? या तुम मर्डर करके भी अदालत से बरी हो जाने को बड़ा काम बता रहे हो भैया?" लक्ष्मी भी वहीं थी। उसने व्यंग्यपूर्वक पूछा।

"दोनों ही काम बड़े हैं।" अपोली बोले। अपोली को पता है कि बिन्नू इससे सहमत नहीं होगी। वे आगे की बहस के लिए तैयार होने लगे।

"मर्डर करना बड़ा काम होता है?" लक्ष्मी ने पूछा।

उत्तर पंडिज्जी ने दिया। बोले, "जे कोई ऐसा-वैसा मर्डर नहीं था बिन्नू। बिरादरी और खानदान की इज्जत के लिए किया गया मर्डर था जे।"

"कैसे?" लक्ष्मी ने पूछा।

"घर की लड़की कुजात में शादी कर ले और माँ-बाप उनका मर्डर न कराएँ तो क्या करें?"

"लड़की ने अपनी पसंद से शादी ही तो की थी न? यह कौन-सा अपराध हो गया?" लक्ष्मी ने कहा।

पंडिताइन जान गईं कि बहस गलत दिशा में जा रही है। बाद में इसे सँभालना कठिन हो जाएगा। पंडिताइन ने बात बदलने की कोशिश की।

"दाल में नमक ज्यादा पड़ गया है क्या?" उन्होंने पंडिज्जी से पूछा।

पंडिज्जी ने उनकी बात का कोई जवाब न देते हुए बिन्नू के प्रश्न का उत्तर देना उचित समझा :

"अपराध तो था। यह एक बड़ा अपराध था बिन्नू। लड़की ने बिरादरी बाहर शादी कर ली थी।"

"तो? इत्ती-सी बात पर मर्डर?"

"क्या जे इत्ती-सी बात है?...अभी तो बस मोंड़ा-मोंड़ी को ही मारा है। हमारे जमाने में तो पूरा खानदान ही काट डालते थे।"

"वो जमाना कब का जा चुका है पिताजी।" लक्ष्मी बोली।

"कोटरा से तो अभी नहीं गया है। यहाँ तो अभी भी वोई जमाना चल रहा है बिन्नू।" पंडिज्जी ने कहा।

"और वोई आगे भी चलता रहेगा।" अपोली ने कहा।

बिन्नू मौन रह गई। चुपचाप बैठी खाना खाती रही। कौन इनसे बहस करे? पर अपोली चुप नहीं रहे। वे बात को आगे बढ़ाना चाहते थे। उनकी रुचि का विषय निकल आया था न।

"हम तो कल कुँवर साहब के घर जाकर उनको आमने-सामने बधाई देंगे। लड़के ने नाम रोशन कर दिया है चौहान खानदान का।" अपोली बोले।

"वाह भैया! कम से कम इसे नाम रोशन करना तो मत कहो।" बिन्नू बोलीं।

"तो क्या पढ़ने में अच्छा हो जाने से ही नाम रोशन होता है?" अपोली हँसकर बोले।

"उससे तो खैर होता ही है पर..." बिन्नू ने कहा।

"...पर क्या?" अपोली ने बीच में टोका।

"पर..." बिन्नू ने जवाब पूरा करने की कोशिश की।

"अब तुम चुप ही रहो बिन्नू।" पंडिताइन ने बीच में टोककर सलाह दी।

"और ये? ये कुछ भी बोलते चले जाएँगे?" बिन्नू ने बिफरकर कहा।

"तुम लड़की हो बिन्नू। चुप रह जाओगी तो आसमान न टूट जाएगा।" पंडिज्जी बोले।

"लड़कियों को मूँड़ पे चढ़ाओ तो जेई होता है।" अपोली बड़बड़ाए।

"जेई क्या होता है? क्या होता है जेई?" बिन्नू ने तमतमाकर पूछा।

"जो अभी यहाँ हो रहा है।"

"वही तो हम पूछ रहे हैं। यहाँ ऐसा क्या हो रहा है?"

"ऐसी ही बातें करने वाली लड़कियाँ तो खानदान की इज्जत..." अपोली ने कुछ कहना चाहा।

बिन्नू तमतमा उठी। खाना छोड़कर खड़ी हो गई।

"और तुम तो इस खानदान की इज्जत को भौत चमका रहे हो ..."

"...बिन्नू, तुम अब चुप रह जाओ।" पंडिज्जी ने कहा।

"इनको तो कोई चुप नहीं कराता। कोई तो हमें बताए कि ये खानदान की इज्जत बढ़ाने का कौन-सा काम कर रहे हैं? इनके कारनामे तो कोई भाभी से पूछे। या कोटरा में किसी से भी।"

"तू अब चुप रह जा वरना..." पंडिज्जी चिल्लाए।

"...वरना क्या? अपोली भैया मेरा मर्डर कर देंगे? यही न?"

बिन्नू उठी और पाँव पटकती हुई वहाँ से निकल गई।

"देखा आपने?" अपोली ने माँ की तरफ देखकर कहा। अपोली भी खाना अधूरा छोड़कर उठ गए।

"कलयुग है भैंचो..." पंडिज्जी ने दोनों को जाते देखकर कहा।

वे अपना खाना खाते रहे।

"नमक एकदम ठीक है।" उन्होंने पंडिताइन से कहा।

घी-दूध की नदियाँ और गोबर के पहाड़

गजानन बाबू ने अब सीधे दिल्ली जाने की ठानी है।

पूरे कोटरा में खबर गर्म है कि टंटा बब्बा राष्ट्रपति बनने के लिए दिल्ली जाने की सोच रहे हैं।

वैसे यह बात सब लोग आपस में हँस-हँसकर ही बताते हैं। दूसरा आदमी

भी इसे हँसकर ही सुन भी लेता है। ...यार, भगवान किसी को ऐसा पगला भी न बनाए वर्ना बताइए, कि इत्ता बड़ा आदमी; एकदम महात्मा आदमी, महापुरुष टाइप व्यक्ति, पर पगला गया तो पगला गया। ऐसे में महापुरुष भी बेचारा क्या करे? दिमाग पे स्साला किसका बस है? एक बार आदमी का दिमाग फेल हो जाए तो न तो फिर उसकी महात्मागिरी काम आती है, न ही महापुरुषाई! गजानन बाबू बेचारे क्या करें? और हम भी यार क्या करें? मन तो हमारा भी करता है कि ऐसे महात्मा आदमी पर न हँसा जाए पर आदमी पागल हो जाए तो उस पर तो हँसा ही जाएगा न; हँसें न तो क्या करें? गजानन बाबू की बातें दिनों-दिन ऐसी झकलट होती जा रही हैं कि उन पर कोई भी आदमी हँसेगा ही। कोटरा वाले उनकी इज़्ज़त तो अभी भी ख़ूब करते हैं पर उन पर हँसने से बाज भी नहीं आते।

गजानन बाबू के पास, आजकल बस, एक ही विषय है बात करने का। जहाँ भी खड़े हों, सबको बताने लगते हैं कि हम वास्तव में बहुत बड़े चूतिया निकले।

"क्यों? आप ऐसा क्यों सोचते हैं?" कोई न कोई पूछ ही लेता है।

"हैं चूतिया; वही आपको बता रहे हैं।" वे कहते हैं।

"क्यों हैं?"

"क्योंकि हम इत्ते सालों से जे सोच के कोटरा में पड़े रहे कि जब हमने देश आजाद करा लिया है तो आगे सब आटोमेटिकली बढ़िया होता चला जाएगा।"

"तो?"

"गलत किया हमने। हमें तभी दिल्ली चले जाना था। वहाँ पहुँचकर स्सालों की खुपड़िया पर बैठ जाना चइए था। कान खेंचने थे इनके कि देश को आजाद तो हमने करा दिया, अब तुम इसे ठीक से चलाओ तो! पर हम इतें कोटरा में बैठे रहे और दिल्ली हरामियों के कब्जे में आ गई। जेई भौत बड़ी चूतियाई हो गई हमसे। हमने बिना ठीक से सोचे-समझे ही इन बदमाशों के हाथ पकड़ा दिया यह देश। भौत चूतिया रहे हम।

"तभी हम अगर दिल्ली अपने हाथ में ले लेते तो अब तक देश में रामराज आ गया होता। जवाहरलाल के सिर पर हमारा डंडा रहता तो उनके बाप भी ठीक से काम करते! पर क्या बताएँ! उधर गांधीजी मर गए, इधर हम कोटरा में अपनी मइयो कराते बैठे रहे—जवाहरलाल को हमने एकदम छुट्टा छोड़ दिया। जेई गड़बड़ हो गई स्साली।" कहते-कहते वे रोंआसे हो जाते हैं।

"फिर?"

"फिर क्या?...अब हम दिल्ली जाएँगे। देर आयद, दुरुस्त आयद। राष्ट्रपति पद के लिए चुनाव होने वाला है। हम खड़े होंगे। चुनाव लड़ेंगे। अब और कोई रास्ता नहीं बचा है। एक बार हम राष्ट्रपति बन जाएँ तो सरकार का कान पकड़कर अपनी रामराज्य लाने की योजना लागू कराएँगे। देखिए तो कि अब हम क्या करते हैं। बस, आप सब लोग हमारे लिए जोर लगाओ। पब्लिक अपना जोर लगा के

हमें राष्ट्रपति बनवा दे, बस। रामराज का प्लान हमारे पास वर्षों से बना पड़ा है। हमने जेई प्लान नेहरूजी को भी भेजा था। उन सरऊ ने तो हमें जवाब तक नहीं दिया! फिर हम इसे हर गवर्मेन्ट को भेजते रहे। पर सब हरामी निकले। पावती तक नहीं भेजी किसी ने। सब लोग इसे दबा के बैठे रहे। अब समझ गए हैं हम। दिल्ली में किसी का भी इंटरेस्ट नहीं है कि देश में रामराज्य आए। इसीलिए अब हम खुद राष्ट्रपति बनकर लागू कराएँगे जे प्लान।"

क्या वास्तव में उनके पास रामराज्य लाने की कोई योजना है?

है तो। जैसी भी हो, पर है तो।

कहते वे यही हैं कि उन्होंने पूरा एक प्लान चाक आउट कर रखा है। पागलपन में वैसे भी योजनाएँ तो शानदार ही बनती हैं। पागलपन ही तो चाहिए असम्भव सपने देखने के लिए। पागल व्यक्ति ही मानता है कि उसके इस असम्भव सपने में असम्भव कुछ भी नहीं। वह असम्भव सपनों को पूरा करने का विश्वास रखता है। गजानन बाबू ने भी ऐसा ही कोई असम्भव प्लान बना रखा है। पूरा प्लान उन्होंने एक मोटी-सी नोटबुक में लिख रखा है। फिर उसी के कुछ बिंदुओं को संक्षेप में लिखकर अभी तीन पेजी पैम्फलेट भी कालपी से छपवा लिया है उन्होंने। राष्ट्रपति चुनाव में काम आएगा। यही पैम्फलेट वे संसद के समक्ष खड़े होकर सबको बाँटेंगे। सांसदों को भी देंगे। जन-जन को देंगे। रामराज्य किसको नहीं चाहिए? सबको चाहिए। जनता अगर संसद पर दबाव बनाएगी तो गजानन बाबू राष्ट्रपति बन ही जाएँगे। संसद को झकमार कर बनाना पड़ेगा। पब्लिक एक बार पीछे लग गई तो कैसे न बनाएँगे? और जो बन गए तो पाँच साल में तो देश में रामराज्य चालू भी करा दिया जाएगा। देखना तुम सब, ये कोटरा वाले ही एक दिन हमारी जयजयकार करते फिरेंगे।

***

जयजयकार तो होगी ही। लोग उनकी बातें सुनकर अभी भी जयकारे लगा ही देते हैं।

"जयहिंद महात्माजी!"

"जयहिंद। जयहिंद।"

आजकल कोटरा में महात्मा गांधी के अलावा गजानन बाबू की भी जय बोली जाती है, और क्यों न बोली जाए? आखिर राष्ट्रपति बनने जा रहे हैं!

"महात्मा गांधी की? जय।"

"कोटरा के महात्मा की? जय।"

"टंटा बब्बा की? जय।"

"गजानन बाबू की? जय।"

"...जय हो।"

"...जय हो।"

आजकल भीड़ उनकी बातें सुनकर नारे लगाने लगती है। कुछ मज़े के लिए, कुछ हृदय से। भीड़ में फिर दस तरह के नारे चल पड़ते हैं। पग्गल महात्मा यह सब सुनते हुए मुस्कुराते खड़े रहते हैं। पूरे कोटरा में ख़बर है कि टंटा बब्बा एकाध दिन में ही दिल्ली की तरफ निकलबे वाले हैं। वहाँ जाकर संसद के सामने बैठेंगे। दिल्ली की खैर नहीं। अब वहाँ कोई गजानन बाबू से निबटकर तो दिखाए? उनसे निबटना कोई ऐसा आसान काम नहीं है। यह तो कोटरावालों का जज़्बा था कि टंटा बब्बा के रहते हुए भी उन्होंने कोटरा को सुधरने नहीं दिया। बब्बा को एक बार दिल्ली तो पहुँचने दें। दिल्ली तो दो दिन में ही उनसे घबरा जाएगी।

बड़ा मज़ा आएगा।

सब मानते हैं कि मज़ा आएगा।

***

पंडिज्जी भी मान रहे हैं कि पग्गल महात्मा यदि दिल्ली पहुँचे तो कुछ दिन तो मजा आएगा ही।

गजानन बाबू की अच्छी-भली कथा में ये पंडिज्जी कहाँ से आ गए?

हुआ यूँ कि राष्ट्रपति चुनाव के लिए फार्म पर सांसदों के हस्ताक्षर लगते हैं। किसी ने गजानन बाबू को बता दिया कि यह काम पंडिज्जी करा सकते हैं। कहा कि पंडिज्जी की पहुँच लखनऊ और दिल्ली तक है। यही कहकर कोई उन्हें पंडिज्जी के पास ले आया है। दरअसल कोटरा इस बूढ़े का पूरा मज़ा लेना चाहता है।

इस तरह, अभी गजानन बाबू पंडिज्जी के पास उनके कॉलेज में बैठे हुए हैं। पंडिज्जी के कमरे में गांधीजी की तस्वीर लगी हुई थी। पंडिज्जी तो इस तस्वीर को भूल ही चुके थे। वो तो बस यूँ ही लगा ली थी क्योंकि लगाई जाती है। परन्तु गजानन बाबू गांधीजी की तस्वीर देखकर बड़े प्रसन्न हैं। प्रसन्न गजानन बाबू के साथ अभी पंडिज्जी, प्रिंसिपल साहब और मुन्ना मास्साब भी बैठे हुए हैं। टेबल पर गजानन बाबू का गांधी झोला रखा हुआ है।

पंडिज्जी गजानन बाबू का दिया हुआ पैम्फलेट उलट-पलटकर सरसरी निगाहों से पढ़ रहे हैं।

पंडिज्जीने जल्दी-जल्दी पूरा पैम्फलेट पढ़ डाला। पढ़कर मंद-मंद मुस्कुराने लगे। पढ़कर उन्होंने पैम्फलेट प्रिंसिपल की तरफ बढ़ा दिया। कहा, "तुम भी पढ़ो।" वे भी पढ़ते रहे। पढ़कर वे भी मुस्कुराने लगे। गजानन बाबू तो पहले से ही मुस्कुरा रहे हैं।

"पढ़ा?" गजानन बाबू ने मुस्कुराकर पूछा।

"जी।" पंडिज्जी ने उत्तर दिया।

वे गजानन बाबू को बड़े गौर से देख रहे हैं। पंडिज्जी सालों से जानते हैं कि यह आदमी कुछ सरका हुआ है। इसका औरों से भी खूब सुना है। खुद भी कभी-कभी इसे यहाँ-वहाँ लोगों से घिरा हुआ देखा है। ...पर यह पैम्फलेट? यह तो इसके पागलपन की पराकाष्ठा है। कोई इसका ये पैम्फलेट पढ़कर तो देखे। यार, यह तो हद हो गई! यह आदमी कतई नार्मल नहीं है। पूरा ही पागल है। हद है यार! यह पैम्फलेट पढ़कर किसी के भी मन में पहला विचार यही आएगा कि इसे लिखने वाले को बिजली के झटकों की अर्जेंट आवश्यकता है। तभी तो कमरे में गांधीजी की तस्वीर देखकर कैसा देर तक भाव-विभोर होकर हाथ जोड़े खड़ा रहा। यह ज़रूर पूरा पागल है। ...वैसे भी, इस देश में जो शख़्स आज भी गांधीजी को भुला न पाया हो, उसके पागल होने का और क्या प्रमाण चाहिए?

"वाह साहब। क्या खूब प्लान बनाया है आपने! वाह!" पंडिज्जी ने पैम्फलेट की तरफ़ इशारा करके कहा।

"है न प्रिंसिपल साहब?" पंडिज्जी ने प्रिंसिपल साहब से भी पूछा।

"जी सर, बिलकुल।" प्रिंसिपल साहब भी सहमत थे।

"आपके दिमाग में ऐसी-ऐसी नायाब बातें आती कहाँ से हैं?" पंडिज्जी ने पूछा।

गजानन बाबू ने इसके उत्तर में गांधीजी की तस्वीर की तरफ हाथ जोड़कर प्रणाम किया। 'वाह' कहकर पंडिज्जी ने भी गांधीजी को प्रणाम कर दिया। इत्ते साल से उनके कमरे में लटके हैं, प्रणाम करने का अवसर आज जाकर बना है।

"गजब प्लान है आपका। पढ़ा हमने। कुछ समझे भी हैं, कुछ नहीं भी समझे।"

"क्या नहीं समझे?"

"जैसे कि इसमें आपने ये क्या लिखा है कि यदि आप राष्ट्रपति बने तो सबसे पहले प्रधानमंत्री की तीन पोस्टें बनाएँगे?" पंडिज्जी ने पूछा।

"बिलकुल। फिर देश में तीन प्रधानमंत्री होंगे।" गजानन बाबू उत्साह से भर उठे।

वे आगे विस्तार से इसकी फिलॉसफी बताने लगे :

"देश को तीन प्रधानमंत्री ही चाहिए। हम समझाते हैं आपको। अच्छा, आप ही बताइए, देश चलाने का सारा दारोमदार किसके कंधे पर रहता है? बताइए न? प्रधानमंत्री के कंधे पर ही न? चौबीसों घंटे काम में लगा रहता है बेचारा। चौबीसों घंटे। दिन-रात। इत्ता बड़ा देश है। रोज की सौ समस्याएँ, और उनसे निबटने को बस एक आदमी। वह कब तक ऐसे लगातार काम करेगा? थक जाता है प्रधानमंत्री। मीटिंग्स में ऊँघने लगता है। स्साली, रोज की झिकझिक। न कोई सीएल, न ईएल। इतवार तक की छुट्टी नहीं। ऐसे थके हुए आदमी से आप क्या उम्मीद करते हैं? बताइए वह कैसा काम करेगा? खराब ही करेगा न? फिर आप गाली देते रहो कि पीएम ने जे गलत किया, वो गलत किया, इसकी नहीं सुनी, उसको नहीं देखा।

भैया, आपई बताओ कि वो अकेला क्या-क्या देखे? बेचारे को चकरघिन्नी बना रखा है पूरे देश ने। ...इसीलिए हम प्रधानमंत्री के तीन पद रखेंगे। हर एक की,बस, आठ-आठ घंटे की ड्यूटी। सबकी नाइट शिफ्ट भी होगी और बदल-बदल के हुआ करेंगी। और बीच में हर प्रधानमंत्री को एक दिन का ऑफ।"

"वाह!...और छह पोस्ट उप-प्रधानमंत्री की?" पंडिज्जी ने पैम्फलेट पढ़ते हुए पूछा।

"क्या करें? काम भौत है। हर प्रधानमंत्री के नीचे दो उप-प्रधानमंत्री लगेंगे न? पूरा एक प्रॉपर सिस्टम बनेगा।"

"खूब सोची है आपने!" प्रिंसिपल ने कहा।

गजानन बाबू मुस्कुराने लगे।

"गांधीजी से डायरेक्ट कनेक्शन रहता है महात्माजी का।" पंडिज्जी ने गजानन बाबू की तरफ देखते हुए प्रिंसिपल साहब को बताया।

"अच्छा?"

"जी।"

गजानन बाबू और मुस्कुराए।

"प्लेनचेट पे उनकी आत्मा को बुलाकर देश की हालत पे डिस्कशन चलता होगा आपका तो? क्यों महात्माजी?" पंडिज्जी ने बड़ी गंभीरता से पूछा।

"आत्मा से आत्मा की डायरेक्ट बातें होती होंगी?" मुन्ना मास्साब भी बोले।

"कोई पवित्रात्मा वाला आदमी प्लेनचेट चलाए, तभी गांधीजी की आत्मा प्लेनचेट पर आती है।" पंडिज्जी बोले।

"वर्ना गांधीजी को वहाँ भी कहाँ फुर्सत मिलती होगी? वहाँ भी काम में लगे होंगे बेचारे। गांधीजी की आत्मा वहाँ भी फ्री थोड़ेई होगी। है न महात्माजी?"

गजानन बाबू बेचारे समझ ही नहीं पा रहे हैं कि उनके साथ यहाँ विशुद्ध मज़ाक चल रहा है उनके साथ।

"गांधीजी तो हमारी आत्मा में बसे हैं।" बस इतना ही बोल सके वे।

"आत्मा में गांधीजी बैठे हों तभी तो जे घी-दूध की नदियाँ बहाबे की योजना सोच सकता है आदमी।" पंडिज्जी ने पैम्फलेट में आगे का कोई प्वाइंट पढ़ते हुए कहा।

"आप लिखते हैं कि सरकार हर घर को एक गाय और एक भैंस मुफ्त में देगी?" प्रिंसिपल ने आगे पढ़ते हुए पूछा।

"हाँ, सबको देंगे न।"

"पर मान लो कि कोई लेने से मना कर दे तो?" मुन्ना मास्साब ने पूछा।

"देखिए, गाय या भैंस, कोई एक तो लेनी ही पड़ेगी। यह तो हर आदमी को कम्पलसरी रहेगा। पुलिस खुद दे के जाएगी। सबको लेनी पड़ेगी। सब लेंगे तभी तो घी-दूध की नदियाँ बहेंगी।" गजानन बाबू बोले।

गजानन बाबू घी-दूध की नदियों का अपना प्रोजेक्ट समझाने लगे :

"...सब लोग गाय-भैंस पालेंगे। पूरा देश पालेगा। हर घर में गाय होगी। हर गली में रोज-रोज सरकारी टेंपो आया करेगा। भूसा, खली, घास—सब कुछ फ्री में घर-घर देकर जाएगा। लोगों का काम बस जे रहेगा कि गाय को यह सब खिलाएँ और सुबह-शाम उसका दूध निकालें। हर घर से इत्ता घी-दूध निकलेगा कि देश को समझ ही न आएगा कि इस दूध का किया क्या जाए? कित्ता पिएँ, कित्ते का घी बनाएँ?"

"और गोबर? हर घर से जो इत्ता गोबर निकलेगा, उसका क्या होगा?" पंडिज्जी ने संभावित समस्या की तरफ इशारा किया।

"उसका भी सोचा है हमने।" गजानन बाबू बताने लगे।

"इससे देश कि लिए गोबर गैस बनाई जाएगी। हर गली में एक बड़ा गोबर गैस संयंत्र लगेगा। हर मोहल्ले में गोबर गैस के पाइप बिछेंगे। गोबर को तसले में उठा के गली में बने गोबर गैस प्लांट में डालने की जिम्मेवारी नागरिक की रहेगी।"

"वाह महात्माजी।" पंडिज्जी बोले।

"देखिएगा। पाँच साल में ही देश भर में दूध उफनता फिरेगा। घी तो इत्ता होगा कि कित्ता तो रोटी में चुपड़ें, कित्ता दाल भात में डालें—समझ में न आएगा। आटोमेटिकली देश में घी-दूध की नदियाँ बहने लगेंगी।" गजानन बाबू ने कहा।

"अगर अब भी संसद ने आपको राष्ट्रपति नहीं बनाया तो यह देश का दुर्भाग्य ही कहाएगा।" मुन्ना मास्साब ने कहा।

"हम फार्म भरने दिल्ली तो जरूर जाएँगे।"

"जरूर जाइए। ...वहीं, राष्ट्रपति भवन में फार्म मिलेगा। सौ रुपए का बैंक ड्राफ्ट लगेगा शायद। क्यों मास्साब?" पंडिज्जी ने मुन्ना मास्साब से पूछा।

"हमें ठीक से तो पता नहीं पर इत्ते का ही लगता होगा। सरकारी फार्म के आजकल ऐसे ही पैसे लगते हैं।" मुन्ना मास्साब बोले।

"उस फार्म पर हमें सांसदों की सिफारिश चाहिए होगी।" गजानन बाबू ने उस काम की बात उठाई जिसके लिए वे यहाँ आए थे।

"आपका जे काम हो जाएगा।" पंडिज्जी ने आश्वस्त किया।

"आप तो सांसदों को जानते होंगे?" गजानन बाबू ने पूछा।

"सबको जानते हैं। हम लेटर दे देंगे न आपको।" पंडिज्जी बोले।

"पंडिज्जी पत्र दे देंगे तो उनके बाप को भी आपके फार्म पर दस्तखत करने पड़ेंगे।" मुन्ना मास्साब बोले।

"बाप के दस्तखत नहीं चलेंगे। उन्हीं लोगों को करने पड़ेंगे।" गजानन बाबू बोले।

"हाँ-हाँ, वे ही करेंगे। वैसे भी उनके इत्ते बाप होते हैं कि उनको समझ ही न आएगा कि कौन-से बाप से कराए जाएँ?" मुन्ना मास्साब बोले।

"बस, फिर तो हमारा काम हो गया।" गजानन बाबू प्रसन्न हो गए।

"यह आपका नहीं, राष्ट्र का काम है। घी-दूध की नदियाँ बहेंगी तो राष्ट्र स्वस्थ होगा। प्राइम मिनिस्टर के पद बढ़ जाएँगे तो सांसदों के चाँस भी तो बढ़ेंगे। देखिएगा, इसी एक पाइंट के कारण सब लोग दस्तखत तो करेंगे ही, वोट भी आपको ही देंगे। आप तो उनको अपना जे पैम्फलेट पकड़ा देना, बस।" मुन्ना मास्साब ने कहा।

पंडिज्जी मुस्कुराते रहे।

गजानन बाबू उठने का उपक्रम करने लगे। उन्होंने टेबल पर रखा अपना गांधी झोला उठाया। खड़े हुए। कंधे से झोला लटकाने लगे तो एक मोटी-सी डायरी निकलकर नीचे गिर गई। गजाननजी ने फटाफट डायरी उठाई, उसे माथे से लगाया और वापस थैले में रखने लगे।

"भजन की डायरी है?"

"नहीं-नहीं।"

"फिर?"

"प्लान का सब डिटेल तो इसी डायरी में दर्ज है भाई। रामराज कैसे लाएँगे; इसका सब विस्तार से इसी में लिखा है। पैम्फलेट में तो हमने इसकी बस एक-दो चीजें ही डाली हैं। असली चीजें तो इस डायरी में दर्ज हैं। राष्ट्रपति बनने पर यही डायरी हम सरकार को दे देंगे। कहेंगे कि इसे पढ़ो। इसके अनुसार सब काम करो।" गजानन बोले।

"आप तो इसे संविधान के बगल में ही धरवा दीजिएगा।" पंडिज्जी बोले।

"पर अभी तो इसे बहुत ही सँभाल के धरिए। पाकिस्तान के जासूस देश भर में घूमते रहते हैं। कोटरा का तो पता नहीं पर दिल्ली में तो बहुतेरे जासूस होंगे। किसी के हाथ अगर यह डायरी लग गई तो ये स्साले उधर अपने पाकिस्तान में चोरी-चोरी रामराज ले आएँगे; इधर हम टापते रह जाएँगे।" मुन्ना मास्साब ने चेताया तो गजानन बाबू ने थैले को और भी ज़ोर से पकड़ लिया।

"वैसे पाकिस्तान इस्लामिक राष्ट्र है मुन्ना मास्साब। वे लोग कभी रामराज्य न लाएँगे। शरीयत के खिलाफ बात हो जाएगी जे तो।" पंडिज्जी बोले।

"पर उनका जासूस इस डायरी को चुरा तो सकता है न पंडिज्जी?"

"जे तो है। पाकिस्तान कभी न चाहेगा कि हमारे यहाँ रामराज्य आ जाए।" पंडिज्जी बोले।

"सो अपनी जे डायरी सँभालिएगा। आप तो ऐसा मान लें कि भारत के भाग्य की कस्टडी है आपके झोले में।" मुन्ना मास्साब बोले।

"गांधीजी मुझे पुकार रहे हैं भाईसाहब। रोज सपने में आते हैं। पूछते हैं, तूने मेरे सपनों के भारत के लिए क्या किया? मरबे के बाद भी ऊपर गांधीजी हमसे जेई सब हिसाब पूछेंगे। सपने में भी वे जेई कहते हैं कि तू इधर आया तो मेरी बात का

जवाब लेकर ही आना। ...गांधीजी को जवाब देना है पंडिज्जी मुझे। हम सबको ही जवाब देना पड़ेगा। भारत का जो भी नागरिक मर के ऊपर पहुँचेगा गांधीजी उससे ही यह पूछेंगे कि मेरे सपने के भारत के लिए तूने जीवन भर क्या किया? बताइए, क्या जवाब देंगे हम लोग? पूरा मुल्क गांधीजी का गुनहगार कहाएगा पंडिज्जी। सच्ची।"

बोलते-बोलते वे इतना भावुक हो गए कि खड़े-खड़े ही काँपने लगे। उनका मुँह तमतमा उठा। मुँह से थूक उचटने लगा।

पंडिज्जी ने उनको इस हाल में देखा तो घबरा गए। उत्तेजित हो रहा है—स्साले को हार्टअटैक ही न हो जाए! उन्होंने मुन्ना मास्साब को इशारा किया। वे फटाफट पानी का ग्लास लेकर खड़े हो गए।

"पानी पी लें महात्माजी।"

गजानन बाबू गट-गट करके पूरा ग्लास पी गए।

प्रकृतिस्थ होकर वे आगे बोले, "गांधीजी का आर्तनाद मुझसे सुना नहीं जाता पंडिज्जी। बेहद कष्ट में हैं वे। रोज कहते हैं कि देश का ये क्या हाल कर डाला है तुम लोगों ने स्सालों। ...आजकल तो वे हर रात को आकर हमें जगा देते हैं। एक ही बात पूछते हैं कि तू खुद राष्ट्रपति क्यों नहीं बनता? कब तक यहाँ कोटरा में पड़ा रहेगा तू? ऐसा पूछते हैं।"

"नहीं-नहीं आप तो जरूर बनिए।" पंडिज्जी उठ खड़े हुए।

"राष्ट्र मुझे पुकार रहा है। दिल्ली तो जाना ही होगा।" कहकर गजानन बाबू भी चलने को तत्पर हुए।

"आप राष्ट्र की पुकार सुनें। आप चलिए।" पंडिज्जी उठकर उन्हें बाहर ले जाने लगे।

"आज शाम की ट्रेन से ही हमें दिल्ली निकलना है।" गजानन बाबू बोले।

"झोला जरूर अच्छे से सँभालिएगा। दिल्ली के हर रास्ते पर बटमार रहते हैं।" मुन्ना मास्टर ने फिर चेताया।

"आप पहुँचें। हम किसी से स्टेशन पर ही आपकी वह चिट्ठी पहुँचवाते हैं। दिल्ली फोन भी करे देते हैं।" पंडिज्जी ने कहा।

जाते-जाते जनार्दन बाबू पलटे। उन्होंने महात्मा गांधी की तस्वीर को फिर प्रणाम किया।

"महात्मा गांधी की जय।" तस्वीर को प्रणाम करते हुए उन्होंने ज़ोर से नारा लगाया।

"महात्मा गांधी की जय।" बोलना ही पड़ा पंडिज्जी को।

"जयहिंद।" गजानन बाबू जोर से बोले।

"जयहिंद।" ठंडी आवाज़ में पंडिज्जी और मुन्ना मास्साब ने कहा।

बुलंद आवाज में फिर से जयहिंद बोलकर गजानन बाबू कमरे से बाहर निकल गए।

मेज़ पर धरा गजानन बाबू का पैम्फलेट पंखे की हवा में फड़फड़ा रहा था। अचानक ही पैम्फलेट मेज़ से खिसका और हवा में तैरता हुआ नीचे जा गिरा। फिर वह कचरे की तरह फर्श पर यहाँ-वहाँ उड़ता रहा। जाते हुए गजानन बाबू को देखते रहे सब लोग। चुपचाप।

फिर पंडिज्जी बोले, "देखा मुन्ना मास्साब?"

"जी। देखा।"

"इस देश में ईमानदारी और सच के पीछे ज्यादा ही लगे रहो तो आदमी का जेई हाल होता है।"

"ईमानदार की मौत है।"

"...वह जीता भी रहे तो भी दुनिया के किसी काम का नहीं रहता।"

"यही तो उसकी मौत है।"

"उसे पागल मानती है सारी दुनिया।"

"पागल आदमी को भी मरे जैसा ही मानिए।"

"दिल्ली जा रहे हैं महाराज।"

"दिल्ली में मरेंगे।"

"कुशवाहा मास्टर भी इनकी ही लाइन में जा रहे हैं।"

"वे तो यहीं कोटरा में मरेंगे।"

"पर उनका इंतजाम जल्दी करना होगा।"

"ईमानदारी कुत्ते के घाव टाइप चीज होती है। कहीं भी घाव चाटता हुआ मिल जाता है न कुत्ता? बस, वैसा ही। ईमानदार आदमी भी हर जगह ईमानदारी झाड़ता मिल जाता है। असल में उसे अपनी ईमानदारी का घाव चाटने में मजा आने लगता है।"

"कुशवाहाजी आजकल वही कर रहे हैं।"

"पर आजकल बड़ी मक्खियाँ भिनकने लगी हैं उनके घाव पे। हेडक्वार्टर की मक्खियाँ भी यहाँ आने लगें, उससे पहले ही उनके घाव का आपरेशन हो जाना चाहिए।"

पग्गल बब्बा की पंडिज्जी से इस मुलाकात का एक परिणाम यह हुआ कि कुशवाहाजी चर्चा के केंद्र में आ गए। तय किया गया कि कुशवाहा का इलाज आज ही कर दिया जाए। ऐसे केस को बिना इलाज के कुछ दिन भी छोड़ दो तो केस के बिगड़ने का डर रहता है।

रिश्वत की नश्वरता पर एक धार्मिक प्रवचन

कुशवाहा मास्टर से स्कूल में मारपीट हुई, ऐसा समाचार छपा है। कुशवाहा जी स्कूल का भ्रष्टाचार सामने लाने में व्हिसिल ब्लोअर का काम कर रहे हैं जो स्कूल प्रशासन को बरदाश्त नहीं, ऐसा भी कुछ छपा है।

समाचार पढ़कर पंडिज्जी आगबबूला हो गए। ये स्साला बिस्मिल का बच्चा! वैसे तो हमारा कैसा सगा बना फिरता है! पर सच यह है कि जे स्साले पत्रकार किसी के भी सगे नहीं होते।

पंडिज्जी ने तुरन्त फोन लगाया।

बिस्मिलजी तब एक ऐसे शख़्स के सामने बैठकर लीपापोती की बातें कर रहे थे जिसने बिस्मिलजी के जरिए तहसीलदार को रिश्वत पहुँचवाई थी परन्तु अब अचानक पता चला है कि साहब का तो ट्रान्सफर हो गया है। काम हुआ नहीं है और अफ़सर चला जा रहा है। अब काम का क्या होगा? क्या दी गई रिश्वत डूब जाएगी? रिश्वत लेन-देन के सिद्धांतशास्त्र में ऐसी स्थिति के लिए क्या प्रावधान हैं? क्या अफ़सर रिश्वत वापस करके नई पोस्टिंग पर जाता है? वह खुद वापस न करे तो क्या उससे अपनी रिश्वत वापस माँगी जा सकती है? क्या इस सिलसिले में उस पर बिस्मिलजी कुछ दबाव डालेंगे?...ऐसे कई तरह के प्रश्न उस शख़्स के मन में हैं जो सुबह-सुबह बिस्मिलजी के घर पहुँच गया है।

बिस्मिलजी जी पाजामा-बनियान पहने हुए बैठे हैं। सामने ही वह शख़्स बैठा हुआ है।

उसने पहला प्रश्न ही किया था कि पंडिज्जी का फोन आ गया।

"सुना है कि तहसीलदार साहब जा रहे हैं?" उसका प्रश्न था।

"इस बात का उत्तर लम्बा है। पहले हम पंडिज्जी का फोन सुन लें?"

बिस्मिलजी ने फोन उठाकर कहा, "जी मालिक..."

"यार, मालिक की माँ की..." पंडिज्जी गुस्से में हैं।

"क्या हुआ पंडिज्जी? सुबह-सुबह इत्ते परेशान?"

"जे सब क्या है?" पंडिज्जी की आवाज़ बेहद गुस्से से भरी है।

"क्या, क्या है?" बिस्मिलजी ने अनजान बनने की चेष्टा की।

"यार, इत्ते भोले तो न बनो बिस्मिलजी। भोलापन तुम पर जँचता नहीं है।"

"अरे, हुआ क्या मालिक?"

"जे तुम्हारे 'कालपी की आवाज' में आज क्या अंटशंट छपा है?"

"अरे, लोकल अखबार है भाई साब। कभी कुछ छापबे की मजबूरी पड़ई जाए पर उसे सबकी नजरों में न आने देना हो, ऐसी चीज को ही इसमें छापा जाता है।"

"ऐसी कौन-सी मजबूरी पड़ गई थी तुम्हारी?"

"नेताजी को साथ ले के हमारे घर आए थे कुशवाहाजी। फूट-फूटकर रो रहे थे। पूरा किस्सा घर से लिख के लाए थे। नेताजी भी भौत जोर लगाते रहे। वो तो हमारे पीछे लगे थे कि इसे लखनऊ वाले अखबार में ही छपवाया जाए। हमने कहा भी कि नेताजी, ऐसी हिम्मत तो कोटरा में कोई न कर पाएगा। पंडिज्जी आपसे बड़े नेता हैं। आल इंडिया वाले हैं। पर वे हमारे पीछे लग गए।"

"तुम कबसे इस पंखीलाल कहार से दबने लगे हो?"

"दबने की बात नहीं है पंडिज्जी। हम पत्रकार हैं। सबकी सुननी तो पड़ती है।"

"तो तुमने उनकी ऐसी तगड़ी सुनी, क्यों?"

"अरे, हमने तो मामला ठंडा करबे के लाने इसे लोकल 'कालपी की आवाज' में डाल दिया।" बिस्मिलजी लीपापोती करने लगे।

"अच्छा? जे होता है मामला ठंडा करना? फिर मामला गरम करना क्या होता है भैया? और तुमने तो स्साला फ्रंट पेज पे छाप दिया? वो भी सटीक मोटा टाइप में। तीन कालम की न्यूज बनाने की कौन-सी मजबूरी रही आपकी, क्यों?"

"अरे, उसने ऊपर ही छाप दिया? फ्रंट पेज पे? जे स्साले उप संपादक लौंडे ..."

"...बिस्मिलजी, हमने अभी तुम्हें चेताया था न? ...हमारे सामने ऐसे भोले न बनो।"

"करना पड़ता है पंडिज्जी। पत्रकार का काम ही ऐसा बेमुरव्वत का है कि..."

"क्या करना पड़ता है? और तुम क्या-क्या करते हो, यह हमसे न खुलवाओ।"

"अरे, आप तो बड़े गुस्सा हो गए भाईसाहब?"

"तो क्या हम नाचें?"

"नहीं, वो बात हम नहीं कह रये।"

"अब कोई बात करना भी मत। बस, सबसे पहले कल ही इसका खंडन छपवाओ। वो भी फ्रंट पेज पर ही छपे।"

"छप जाएगा। चिन्ता न करें। आप अपना खंडन भिजवा दें। हम छाप देंगे।"

"हम घंट कुछ न भेजेंगे। तुम ही लिखोगे।"

"चलिए, हम ही लिख लेंगे।"

पंडिज्जी ने फोन बन्द कर दिया।

बिस्मिलजी राष्ट्रीय अखबार के संवाददाता हैं, पर पीत पत्रकारिता का असली खेल और उसके जरिये असली माल इस लोकल अखबार से ही काटते हैं। चार पेज का चीथड़ा है 'कालपी की आवाज'। मुश्किल से दो सौ कापियाँ ही रोज़ छापते हैं। दफ़्तरों, अफ़सरों और स्थानीय संस्थाओं के समाचार। कहा जाता है, सुना जाता है, विश्वस्त सूत्रों से ज्ञात हुआ है टाइप के समाचार। प्राय: तो छापना भी नहीं पड़ता। समाचार छापने की धमकी ही काम कर जाती है। घर

बैठे ब्लेकमेलिंग का कुटीर उद्योग है उनका यह डेली 'कालपी की आवाज।'

फोन बन्द करके कुछ देर तक तो चुप ही बैठे रहे बिस्मिलजी। एक पल को ख़ुद के मन ने ख़ुद से यह पूछा भी कि कुशवाहाजी वाला समाचार छपवाना उनकी सही रणनीति रही कि नहीं? उनसे कहीं कुछ गलत तो नहीं हो गया? परन्तु उसी पल उन्होंने अपने मन को फटकार भी दिया। कहा कि वैसे तू है तो मेरा ही मन परन्तु कस्बे के पत्रकार की इस बारीक राजनीति को तू भी कभी समझ नहीं सकता। यह तो एक विशुद्ध धंधा है मित्र। यदि मेरा ही मन इस बात को नहीं समझ पा रहा है तो यह बस, मेरे मन का पिछड़ापन है। ...मन बहुत पीछे रह गया है, जबकि बिस्मिलजी बहुत आगे निकल आए हैं। पत्रकारिता भी बहुत पीछे छूट गई है उनसे। अब तो याद भी नहीं आती उनको उस तरह की विशुद्ध पत्रकारिता की। उसके तो हल्के निशान भी कहीं उनके व्यक्तित्व पर बकाया नहीं। अब पत्रकारिता का हासिल बस ऐसे ही फोन कॉल हैं जो शक्ति सन्तुलन में अपना हिस्सा हथियाने में बिस्मिलजी के काम आते हैं, या फिर सामने बैठा, बिस्मिलजी और प्रशासन के बीच बने चोर-रास्तों का टोल टैक्स देने वाला यह शख़्स। बिस्मिलजी उन लोगों में शामिल हो गए हैं जिन्होंने प्रजातंत्र से तंत्र निकालकर अपनी कस्टडी में ले लिया है।

और कई लोग स्साले अभी भी इतने भोले हैं कि इत्ती-सी बात को भी नहीं समझ पा रहे। तभी तो यह शख़्स ऐसे प्रश्न पूछता हुआ यहाँ बैठा है। घबराए हुए शख़्स ने, पंडिज्जी का फोन बन्द होने पर अपना पहला वाला प्रश्न पुन: दोहराया, "सुना है कि तहसीलदार साहब का तबादला हो गया है?"

बिस्मिलजी कुछ देर तक तो मौन रहे। ऐसे प्रश्न का एकदम से उत्तर दे देना नीति संगत नहीं कहाता है।

"अभी तो सुना भर है। ट्रांसफर रुक भी सकता है।" बिस्मिलजी ने रुक-रुक कर कहा।

"कैसे रुकेगा?"

"जैसे ट्रांसफर रुका करते हैं, वैसे, और कैसे? कभी किसी का ट्रांसफर रुकते हुए नहीं सुना क्या?"

"सुना तो है। पर..."

"...पर क्या?"

"इनका रुकने वाला नहीं।"

"ऐसा आपसे कौन कह रहा है भैया?"

"लोग कहते हैं।"

"और तुमने मान लिया?"

"तो हम क्या करते?"

"फिर तुम तहसीलदार साहब कि गहराई को नहीं जानते हो।"

"गहराई का मतलब?"

"तहसीलदार साहब पातालफोड़ आदमी हैं। उनकी असली गहराई का किसी को भी सही अंदाज नहीं। ट्रान्सफर करने वाले को भी अंदाजा नहीं रहा होगा। उसने कर तो दिया है, अब उससे भी जे ट्रांसफर खुद ही सँभालते नहीं बनेगा।"

"पर लोग कहते हैं मंत्रीजी के आर्डर पर हुआ है?"

"तो मंत्रीजी को भी अंदाजा न होगा कि वे कितने गहरे बिल में हाथ डाल बैठे हैं।"

"कैसे?"

"अब मुख्यमंत्री ही उनसे इस ट्रांसफर को रोकने को कहेगा।"

"एक तहसीलदार के लाने मुख्यमंत्री कहेगा?"

"तहसीलदार को तुम किसी मुख्यमंत्री से कम माने बैठे हो क्या?"

"पर मान लो कि कैंसिल न हुआ तो?"

"तब की तब देखेंगे।"

"और हमारा काम? उसका क्या होगा?"

"यार, उनका इत्ता बड़ा ट्रांसफर हो गया और तुम्हें अपने काम की पड़ी है?"

"बे तो ट्रांसफर होकर कहीं और के तहसीलदार बन जाएँगे पर हमारा काम..."

"...ऐसा नहीं है भैया। उनका भी नुकसान हो सकता है। मान लो कि वे इतें से निकलें और लूप लाइन में पोस्ट कर दिये जाएँ, फिर?"

"क्या मतलब?"

"लूपलाइन समझते हो न? ऐसा मानो कि उनको ऐसी जगह भी बिठाया जा सकता है जहाँ वो तहसीलदारी करने को भी तरस जाएँ तो?"

"और हमारा काम?"

"अपुन उसका देखते हैं न? देखिए, यदि अपने तहसीलदार साहब बने रहे तब तो कोई परेशानी ही नहीं..."

"...और वे न रहे तो?"

"तो फिर वे कैसे करेंगे?"

"फिर हमारी रिश्वत?"

"मान लो कि डूब गई।"

"ऐसे कैसे?" शख़्स ने यह बात गुस्सा होकर कहनी चाही पर अपनी ही आवाज की मिमियाहट पर वह स्वयं चकित रह गया।

"ऐसेई होता है भैया। अकेली तुम्हारी नहीं, बहुतों की डूबेगी।"

"पर जे तो भौत गलत बात है।"

"कानून तो रिश्वत देने को भी गलत कहता है।"

"फिर आदमी क्या करे?"

"आदमी चुप बैठे, बस।"

"पर अगर हमारा पैसा डूबा तब तो यह बड़ा गलत हो जाएगा।"

"किस्मत के खेल में भौत-सा सही-गलत होता रहता है भैया। किस्मत का तुम क्या करोगे?"

"और जो इनकी जगह नया तहसीलदार आएगा वो भी माँगेगा क्या?"

"क्यों न माँगेगा भैया?"

"यह तो हद हो गई, बताइए!"

"क्या बताएँ?"

"जब नियम-कायदे से कोई सुनवाई न हो, और रिश्वत से भी काम होने की गारंटी न बने तो आदमी फिर किस पर विश्वास करे?"

"करना तो रिश्वत पर ही पड़ेगा। नियम-कायदे पर ज्यादा भरोसा करना ठीक नहीं।"

"क्या आप हमारे पैसे वापस नहीं दिला सकते?"

"किनसे?"

"तहसीलदार साहब से।"

"यार, हमें अफसर से मजाक करने को न बोलें।"

"हम तो फिर मर जाएँगे बिस्मिलजी। हम सच्ची में मर जाएँगे। सच्ची..." कहकर वह शख्स रोने लग गया।

फिर वह शख़्स रोता ही चला गया। पट्ठा रुका ही नहीं।

बिस्मिलजी चुप बैठकर उसे रोता हुआ देखते रहे।

फिर उसे वे धीमे स्वर में रिश्वत का सिद्धांत समझाने लगे :

"मैं आपका कष्ट समझ सकता हूँ परन्तु आप भी वास्तविकता को तनिक समझो। रिश्वत में यह खतरा तो रहता ही है कि वह डूब जाए। रोज ही रिश्वत दी जाती है। रोज कोई न कोई डूबती भी है, पर वह रोज काम भी करती है। इसीलिए रिश्वत दी भी जाती है, दिलवाई भी जाती है। एकदम वैसा मामला है कि हम रोज-रोज किसी न किसी को मरते देखते हैं पर हम यह भी मानते हैं कि हम स्वयं कभी न मरेंगे। देखिए, रिश्वत भी जीवन की भाँति नश्वर है। वह डूब भी सकती है। अफसर ट्रान्सफर हो जाए, आपसे रिश्वत लेने के अगले दिन ही मर जाए, किसी और से रिश्वत लेते हुए लोकयुक्त की पकड़ में आ जाए, या दूसरी पार्टी वाले उसे तुमसे भी ज्यादा पैसे दे जाएँ, या अफसर ही बेईमान निकल जाए—कुछ भी हो सकता है। किसी भी कारण से आपकी दी हुई रिश्वत डूब सकती है। जैसे आदमी किसी भी कारण से मर सकता है; बीमारी से, दुर्घटना में, मर्डर से, या ऐसेई। आदमी भी

तो रिश्वत टाइप ही डूबता है। रिश्वत देना जुए की फड़ में पैसा लगाने जैसा है। वे जमाने गए कि जब अफसर को रिश्वत देकर आप निश्चिंत सो सकते थे। अब ऐसा नहीं है। बड़ा जटिल समय आ गया है। रिश्वत देने के बाद भी समझ ही नहीं पड़ता कि मामले का क्या होगा?"

वे रिश्वत का रिस्क समझाते रहे। वे रिश्वत पर भरोसा रखने का आग्रह भी करते रहे और रिश्वत डूब जाने की आशंका के प्रति आगाह भी करते गए।

यह धार्मिक प्रवचन नहीं था वर्ना जिस अंदाज़ में वे यह सब समझा रहे थे, किसी का भी मन उन्हें महात्मा बिस्मिल महाराज कहने को कर बैठता।

जहाँ व्यथा एक चुटकुला बन जाए

बड़े साहब ने पंडिज्जी को बिलकुल इंतज़ार नहीं कराया। साहब आए और तुरत उनको अन्दर बुलवा लिया। साहब लेन-देन वाले आदमी को इंतज़ार नहीं कराते हैं। पंडिज्जी आधे घंटे से चेंबर के बाहर इंतज़ार में बैठे हुए थे। साहब ने बुलाया तो वे तेज़ कदमों से अन्दर जा पहुँचे।

फिर वही विमर्श हुआ जो ऐसी मुलाकातों में साहब और चलते-पुर्जे टाइप के महत्त्वपूर्ण शख़्स के बीच होता है। पंडिज्जी शिक्षाधिकारी से परेशान हैं। पुट्ठे पर हाथ ही नहीं रखने दे रहा है पट्ठा। इसी सिलसिले में बड़े साहब की सहायता लेने की कोशिश में वे आज यहाँ हैं। बड़े साहब तो पूरे जिले के साहब हैं। हर विभाग उनकी तामीली में है। वे अगर एक बार भी ज़ोर देकर कह दें तो शिक्षाधिकारी की हिम्मत नहीं कि स्कूल पर जाँच बिठा सके। ...और ऐसा भी नहीं है कि पंडिज्जी ने शिक्षाधिकारी को साधने की कोशिश न की हो। बहुत की। कई बार की। कई तरह से की। पर वह कतई राजी नहीं। फिर भी पंडिज्जी ने एक दिन रक़म भेज ही दी तो उसने सारे नोट मुन्ना मास्साब के मुँह पर फेंक दिये। पट्ठा एकदम से बमक गया। फोन पर पंडिज्जी को सख़्त चेतावनी दे दी कि आपके ये मुन्ना-फुन्नाजी फिर कभी यहाँ दिखें, नहीं तो फिर आप दोनों ही जेल की चक्की पीसते नजर आएँगे। साहब ने यह धमकी भी दी कि आप इस साल की परीक्षा तो भूल ही जाएँ; और आगे भी याद न रखें तो ही बेहतर। उसी सिलसिले में पंडिज्जी यहाँ आए हैं। यहाँ से उनको सीधे लखनऊ निकलना है। वहाँ मंत्री और सेक्रेट्री को पकड़ना है। चूँकि ये बड़े साहब एजुकेशन सेक्रेट्री के अच्छे मित्र कहे जाते हैं सो इनका उनसे कुछ कह देना काम आ सकता है। ये उन्हें फोन कर दें तो पंडिज्जी का काम आसान हो जाए। इधर कुशवाहा पिटकर

भी नहीं माना है। अब किसी बहाने उसे सस्पेंड करने की तैयारी में हैं पंडिज्जी। वैसे वह सस्पेंड होने के बाद भी मानने वाली प्रजाति नहीं लग रहा है। स्साला ऐसा ईमानदार है कि क्या कहें!

चेंबर में घुसते ही पंडिज्जी ने सबसे पहले तो साहब की रुचि वाला काम किया। पंडिज्जी साहब से किसी की सेटिंग जमाने का एक काम अपने साथ लाए हैं। सबसे पहले उन्होंने वही काम किया। साहब को भरोसा दिया कि आप जो भी सेवा बताएँ, पार्टी वैसा करने को राजी है। कहें तो कैश, वर्ना गोल्ड में, जो भी आपको सुविधाजनक लगे। पार्टी पैसे देने को बेताब है। मानिए कि मरी जा रही है। आप इशारा भर करें। फिर सब कुछ ठीक से निबटवाना हमारा काम।

शुरू में तो उन्होंने जिला शिक्षाधिकारी की बात ही नहीं उठाई। असली बात बाद में ही की जाएगी। रणनीति यही कहती है। बड़े साहब भी जानते हैं कि पंडिज्जी असली काम बाद में बताएँगे। वे प्रशासन के पुराने घाघ हैं। वे भी प्रतीक्षा करेंगे। इस तरह, दो घाघ लोग असली मुद्दे पर आने से पूर्व इधर-उधर की बातें करने लगे। प्रशासन और दलाल के बीच की रूटीन चोंचलेबाजी वाली बातें। साहब संभावित रिश्वत के प्रसंग के बाद बेहद आत्मीय हो उठे हैं। बड़े साहब आत्मीय होने और दुत्कारने के पल स्वयं तय करते हैं। उनके व्यक्तित्व में एक खटका-सा लगा है कहीं। आदमी की उपयोगिता, उसकी किस्मत और उस पल साहब के मूड से तय होता है कि वे आत्मीय होंगे या उस आदमी को दुत्कारेंगे? एक पल में ही कहीं एक खटका-सा दब जाता है। आदमी की उपयोगिता को सूँघने की कुछ तो उन्हें आफिशियल ट्रेनिंग है, कुछ उनमें ईश्वर प्रदत्त घ्राणशक्ति भी है।

"चाय तो पिएँगे न?" कहकर घंटी बजा दी साहब ने।

चपरासी भागता हुआ अन्दर आया।

"दो चाय लेकर आओ।" साहब ने कहा।

चपरासी वैसा ही भागता हुआ वापस चला गया।

"बड़ा चुस्त है आपका भृत्य!" पंडिज्जी चपरासी की तारीफ़ से शुरू हुए।

"अभी टेंपरेरी है न—इसलिए। एक बार इसे परमानेंट हो जाने दें, फिर इसे देखिएगा। आप इसे पहिचान भी न पाएँगे। इनसे काम लेना हो तो इन स्सालों को टेंपरेरी ही बनाए रखना चाहिए।" साहब ने कहा और ज़ोर से हँसने लगे। एक क्रूर बयान को चुटकुला बनाकर पेश कर रहे हैं वे। इस कार्य में बड़े माहिर हैं वे। किसी की व्यथा को अपना चुटकुला बना डालना सबके वश की बात नहीं।

पंडिज्जी भी साहब के इस चुटकुले पर खुलकर हँसे।

"और?" साहब ने पंडिज्जी से पूछा।

"सब ठीक है सर। ...मैं तो आपका स्टेमिना देखकर हैरान हूँ सर। हमेशा काम में लगे रहते हैं; फिर भी, चेहरे पर हरदम वही मुस्कान। वाह सर!" मूड भाँपकर पंडिज्जी ने साहब के भजन का पहला अंतरा पेश किया।

साहब ने मनोयोग से पंडिज्जी के भक्ति श्लोक सुने और मुस्कुराने लगे।

पंडिज्जी ने मौका देखकर प्रभु के समक्ष भजन का एक और बन्द तुरन्त पेश किया :

"दिन भर इत्ते लोग आपको घेरे रहते हैं, फिर इत्ती फाइलें, इत्ते दस्तखत, इत्ते फोन; पर मजाल है कि आप...। कमाल है सर।" पंडिज्जी अपनी जेब में घर से खड़ताल रखकर तो नहीं चले थे परन्तु कमरे में खड़ताल-सी बज उठी।

"कर लेते है पंडिज्जी, जनता के काम में मुझे कभी थकान नहीं लगती।" साहब ने चेहरे पर बिना कोई शिकन लाए एक सफेद झूठ बोला जिसे पंडिज्जी ने भी बिना पलक झपकाए सुन लिया।

साहब का मूड थोड़ा-सा और अच्छा हो जाए तो वे शिक्षाधिकारी वाला प्रसंग निकालें। इसी उद्देश्य से उन्होंने भजन और खड़ताल के साथ हारमोनियम भी बाहर निकाल लिया :

"इसी बात के लिए तो पूरे इलाके में मशहूरी है आपकी।" पंडिज्जी ने वह बात कही जिसे कहने में उनके बाप का कुछ भी नहीं गया, पर उस बात से साहब का खून ज़रूर एक-दो छटाँक बढ़ जाना था।

साहब मुस्कुराते हुए पंडिज्जी को देखते रहे। तभी चाय भी आ गई। दोनों ने अपने कप उठा लिए। चपरासी ट्रे उठाकर जाने लगा कि तब तक साहब ने चाय का एक घूँट ले लिया।

"क्यों रे!" साहब ने पीछे से कड़ी आवाज में "क्यों रे" कहा।

चपरासी की पीठ ने साहब के मूड और उसके कान ने "क्यों रे" की दहशत महसूस की। घबराकर पीछे पलटा वह।

"ये चाय है तुम्हारी?" साहब ने फटकारा।

चपरासी ने सीधे ही गलती स्वीकार ली।

"सॉरी सर!" उसने सिर झुकाकर कहा।

साहब थोड़े ढीले, थोड़े उदार हुए। साहब ने उदारता की सीमा में रहते हुए उसे धमकाया :

"ठीक से मन लगाकर काम किया करो मिस्टर।"

"जी सर।"

"ढीले काम करने वालों को मैं कतई बरदाश्त नहीं करता। ...याद रहे।"

चपरासी ने हाथ जोड़कर प्रणाम किया और कमरे से बाहर निकल गया। उसे बाहर जाता हुआ देखते रहे साहब।

"डेली वेजेस वालों का यही है। काम माँगते टाइम तो ऐसे रिरियाते हैं कि क्या कहें! और जॉब मिला नहीं कि बस ऐसी हरामखोरी!" चाय के कप की तरफ इशारा करके साहब ने कहा, "और इसका ये नाटक देखा आपने अभी?..."जी साहब," "जी साहब।" ...आपने देखा न? कैसे अभी हाथ जोड़कर गया है? ...है ना? ...और कोई हाथ जोड़ दे तो हम, क्या कहते हैं इस तरफ, चूतिया, है न,... हम चूतिया बन जाते हैं।" साहब बोले और हँसने लगे।

साहब कब किस स्थिति को चुटकुले में बदल दें, वे ख़ुद नहीं जानते। बूढ़े, बेरोज़गार, लंगड़े, लूले, अंधे, भिखारी, ईमानदार, लाचार, भूखे, गरीब– उनके लिए सभी मज़ेदार चुटकुले हैं। उन्हें लोकतंत्र, आमजन, कानून, दफ़्तर, औरतें और देश को लेकर भी ख़ूब चुटकुले पता हैं। फिर वे स्वयं भी, आशु कवि की भाँति तत्काल चुटकुले गढ़ने में माहिर हैं।

पंडिज्जी भी साहब के साथ हँसने लगे। वे तो पीछे लगा हुआ डिब्बा हैं। इंजन जिधर भी जाए, जाना है उन्हें।

पंडिज्जी मुस्कुराते हुए चाय पीते रहे। गलत केस बनाने में साहब कितने माहिर और सहज हैं—उदाहरण सामने था। चाय अच्छी बनी थी। झूठे केस से उन्हें कुशवाहाजी की याद आई जो उन्हें वैसे भी भूली नहीं थी।

"हमें एक छोटी-सी हेल्प चाहिए थी।" कहकर पंडिज्जी ने बात शुरू की।

बड़े साहब का मूड अच्छा था। वे चाय पीते हुए पंडिज्जी की बात सुनने लगे। उन्होंने पूरी बात सुनी। समस्या समझी। कुछ देर तक सोचते भी रहे। फिर निष्कर्ष में एक ऐसी बात उन्होंने बोली जो प्रशासन की दुनिया में ध्रुव सत्य-सी स्थापित है।

साहब पूछने लगे, "लगता है, शिक्षाधिकारी को आपने ठीक-सा ऑफर नहीं दिया?"

"नहीं सर, बहुत बढ़िया ऑफर दिया था।" पंडिज्जी के लहजे में यह विश्वास झलक रहा है कि वे रिश्वत में कभी कंजूसी नहीं करते हैं।

"आपने अपने हिसाब से बढ़िया दिया होगा, उन्हें बढ़िया नहीं लगा हो; ऐसा भी तो सम्भव है?"

"हमने तो यहाँ तक कहलवाया था कि आप ही रकम तय कर लें।"

"फिर?"

"वे तो बमक गए। कहने लगे, जेल भिजवा दूँगा। बताइए! सर, जरा आप ही बताइए; कहीं ऐसे चलती है दुनिया?" पंडिज्जी के लहजे में दर्द भरी शिकायत थी कि प्रशासन की आजकल की दुनिया सही राह पर नहीं चल रही।

"कहीं ये बहुत ईमानदार तो नहीं?"

"नहीं सर, हमने पूरी जन्मकुंडली बाँची है उनकी।"

"पता कर लिया था न? क्योंकि इस तरह की ऊलजलूल हरकतें अक्सर ईमानदार अफसर करते हैं।"

"नहीं सर, वे ईमानदार होते तो हम उनको ऑफर ही क्यों देते? हमें पता है कि ईमानदार से निबटने का रास्ता अलग होता है।"

"वही तो! हमने भी कभी इस अधिकारी के बारे में ऐसा कुछ एडवर्स सुना नहीं। ईमानदार होता तो इसकी अभी तक दस तरह की शिकायतें आ गई होतीं।" साहब मौन होकर सोचते रहे। कुछ देर तक एकटक चाय के खाली कप की तरफ़ देखते रहे। पंडिज्जी उनको गौर से ताकते रहे।

"फिर?" साहब ने पूछा।

"आपकी तरफ़ से एक बार उनको फोन चला जाता तो..." पंडिज्जी ने धीरे से कहा।

"...फोन तो हम अभी कर देंगे। कह भी देंगे कि आपके इस मामले को ठीक से देख लें। ...पर याद रखिए। अगर हम एक बार बीच में आ गए तो वह फिर कभी आपसे कुछ लेने वाला भी होगा तो लेने की हिम्मत नहीं करेगा। बड़ा अफसर बीच में आ जाए तो रिश्वत का रास्ता हाथ से निकल जाता है।"

"तो कम से कम उनसे यह तो पता करवा दें कि वे चाहते क्या हैं?"

साहब कुछ देर तक सोचते रहे। अचानक ही उनके शातिर दिमाग में कोई बिजली-सी कौंधी।

साहब लगभग निश्चयात्मक लहजे में बोले, "ज्यादा चाँस इस बात का है कि कोई और ही पार्टी इस पूरे मामले के पीछे है। किसी ने आपके विरुद्ध कार्यवाही के लिए उसे पहले ही भारी रकम दे रखी है। मुझे यही समझ में आ रहा है। बल्कि यही बात है। तभी तो वह आपसे लेने को राजी नहीं।"

"नहीं सर, ऐसी कोई पार्टी नहीं है। कौन मेरे अगेन्स्ट ऐसा ..."

"...गलत सोच रहे हैं आप। होगी, जरूर ऐसी कोई पार्टी होगी। यह आपकी लापरवाही है कि आपको इसका पता नहीं। कोई तो है जो आपका परीक्षा केंद्र बन्द कराना चाहता है। सोचिए। ...कोई दुश्मन है आपका?"

"सो तो पचासों हैं सर।"

"तो फिर यही सच है। फिर यह शिक्षाधिकारी जरूर कहीं पहले ही कमिटेड हो गया है। ऐसे में वह मेरी भी नहीं मानेगा। इधर-उधर की बातों में मुझे घुमाएगा।"

पंडिज्जी सोच में पड़ गए। साहब की बात में जान तो है। समझना होगा। इस दिशा में ज़रूर पता करना पड़ेगा।

"सर, आप राधाचरणजी से कुछ कह सकते हैं क्या?" पंडिज्जी ने आख़िरी कोशिश की।

राधाचरण अर्थात् साहब के मित्र, शिक्षा विभाग के सेक्रेटरी।

"अभी तो वे खुद किसी कहलवाने वाले को खोज रहे हैं। राधाचरण खुद इन दिनों बुरी तरह फँसे हुए हैं।" साहब ने हँसकर कहा।

पंडिज्जी कुछ समझे नहीं। पूछा, "मतलब? वे कहाँ फँस गए?"

"उनकी एक सीडी मुख्यमंत्रीजी तक पहुँचाई गई है। सीडी का मतलब तो समझते हैं न आप?"

"कुछ-कुछ समझता हूँ।"

"बस, वही। करते तो बहुत से लोग हैं पर सभी सतर्क रहकर करते हैं। पर किसी-किसी की सीडी बन जाती है। ये लापरवाह लोग होते हैं। राधाचरणजी की तो तीन औरतों के साथ बना ली है किसी ने। अब वे परेशान घूम रहे हैं। किसी से मुख्यमंत्री की सिफारिश खोज रहे हैं। उनसे तो अभी कुछ भी कह पाना सम्भव नहीं।" साहब ने मजबूरी प्रकट की।

पंडिज्जी समझ गए कि सितारे ही स्साले उनके ख़िलाफ़ चल रहे हैं।

"तो फिर मैं चलूँ सर?" पंडिज्जी निराश होकर उठने लगे।

"आपकी पकड़ तो लखनऊ तक है न?" साहब के प्रश्न में सुझाव निहित था।

"वही करते हैं सर। अब तो हमें सीधे मुख्यमंत्री के पास जाकर ही बैठना पड़ेगा।" पंडिज्जी के मन में यह बात पहले भी थी। वे यहाँ अकेले साहब के भरोसे तो आए भी नहीं थे।

"बैठिए। वहीं जाकर बैठें और काम कराए बिना वहाँ से उठिएगा मत।" साहब ने कहा।

"नहीं सर, इनको तो अब सीट से उठवाकर ही हम उठेंगे।" पंडिज्जी ने कह तो दिया परन्तु अपनी ही आवाज़ में उन्हें वह आत्मविश्वास महसूस नहीं हुआ। ख़ुद की आवाज़ इतनी अपरिचित-सी ध्वनित हुई कि ख़ुद से ही पूछने की इच्छा हो रही है कि "भाई, तू कौन?"

पंडिज्जी सीट से उठ गए।

पंडिज्जी उठकर बाहर आए। पीए को धन्यवाद दिया। उनको एक लिफाफा ऐसे कौशलपूर्वक दिया कि कोई निष्णात जादूगर भी उनकी हाथ की सफ़ाई देखकर शरमा जाए।

बाहर निकलते-निकलते उन्हें बरामदे में वही प्रतीक्षारत बूढ़ा बैठा हुआ दिखा।

साहब से मिलने की प्रतीक्षा में अभी भी वह उतना ही उत्कंठित, बेचैन और इस भोले विश्वास से भरा हुआ बैठा है कि आज तो ज़रूर ही साहब से मुलाकात हो जाएगी। क्या इस मूर्ख को पता नहीं कि साहब इससे कभी नहीं मिलेंगे? और मिले भी तो नहीं मिले जैसे ही मिलेंगे। मिलेंगे भी, और नहीं भी मिलेंगे। वैसे, गौर से देखो तो यह आदमी कैसा अजीब-सा दिखता है? इसकी आँखों में ऐसा क्या है जो उन जैसे चलते पुर्जे को भी भयभीत कर रहा है? है तो एकदम आम नागरिक

पर इसका यही भोलापन और विश्वास उन्हें डरा क्यों रहा है?...क्यों पंडिज्जी की हिम्मत नहीं पड़ रही कि उससे आँख मिलाएँ?

पंडिज्जी आँखें चुराकर वहाँ से निकलने लगे। निकल ही गए होते पर कमबख़्त बूढ़ा एकदम सामने आकर ही उनको प्रणाम करने लगा।

रुकना पड़ा पंडिज्जी को।

"राम-राम मालिक।" बूढ़े ने कहा।

पंडिज्जी ने हाथ उठाकर आशीर्वाद जैसा कुछ दिया।

"साहब आए हैं क्या?" बूढ़े ने पूछा।

"तुमने नहीं देखा?" पंडिज्जी को समझ नहीं आया कि उसकी बात का क्या उत्तर दें?

"देखा तो है पर पता नहीं चलता।" बूढ़े ने कहा और हाथ जोड़ दिये; पहले पंडिज्जी की तरफ़, फिर आसमान की तरफ़।

पंडिज्जी चुप रहे।

बूढ़ा न जाने किस तरफ़ देखता हुआ बुदबुदाने लगा, "हम यहीं बैठे हैं। हम यहाँ से कभी हटते भी नहीं कि साहब आएँ तो ऐसा न हो कि हम यहाँ न मिलें।"

पंडिज्जी उसे साहब के दरवाज़े की तरफ़ देखता पाकर धीरे से बिना कुछ बोले वहाँ से खिसक लिए।

डकैती डालना अच्छी बात नहीं

पंडिज्जी लखनऊ में थे, इधर नत्थू का लड़का गिरफ़्तार हो गया।

लड़का कुछ दिनों पहले ही छतरपुर से कोटरा आया था। पुलिस ने उसे बमौठी डकैती कांड में धर लिया। तब से ही नत्थू बौराया घूम रहा है। खेत का काम छोड़कर थाने के सामने बैठा हुआ है। अपोली ने पंडिज्जी को फोन पर यह सब बताया। पंडिज्जी तब मुख्यमंत्री निवास के बरामदे में दो घंटे से खड़े हुए सूख रहे थे। उन्हें अभी तक अन्दर से नहीं बुलवाया गया था।

"नत्थू को समझाओ जरा। इधर से दरोगा को हमारे फोन करने से कुछ न होगा। वो स्साला फोन उठाएगा भी नहीं। नत्थू को ठीक से समझा दो कि उसके वहाँ मँडराने से केस और खराब होगा। कहीं दरोगा गुस्सा हो गया तो केस और बिगाड़ देगा। समझाओ कि खेत पर जाकर रहे। हम कल आकर दरोगा से मिलते हैं। मामला समझते हैं।" बात करते हुए भी पंडिज्जी की आँखें मुख्यमंत्री के कमरे के दरवाज़े पर हैं।

"वो मान ही नहीं रहा। थाने की सड़क पे बैठा है।"

"तो और समझाओ स्साले को। समझाओगे तो मानेगा क्यों नहीं?" पंडिज्जी ने चिढ़कर कहा।

***

समझाया तो नत्थू को पुलिस वालों ने भी था। समझाया क्या, धमकाया कह लें वर्ना पहले तो वह एकदम थाने के अहाते में ही बैठा हुआ था। फिर दरोगाजी वहाँ से निकले। उन्होंने सिपाही से पूछा कि बाहर यह आदमी कौन बैठा है? सिपाही ने बताया कि इसी का मोंड़ा तो हमने डकैती में पूछताछ के लिए थाने में बिठा रखा है। दरोगाजी उखड़ गए। बोले कि यहाँ बैठकर क्या मोंड़ा की चौकीदारी कर रहा है भैंचो? भगाओ इसे। अभी भगाओ। बता दो, हमें अगर अब बाहर दिखा तो हम इसे भी अन्दर बैंड़ देंगे; फिर बाप-बेटा गले मिल के रोते रहना।

सिपाही ने उसे अहाते से निकाला तो अब बाहर की सड़क पर बैठ गया है नत्थू। अभी भी वहीं बैठा हुआ है।

***

बेटा छतरपुर से कोटरा आया हुआ था।

छतरपुर में नत्थू का बेटा, बहू और नाती रहते हैं। वहीं काम करते हैं बेटा, बहू। बहू घरों में बर्तन-भाँडे, झाड़ू-पोंछा करती है। बेटा, दशहरा से गंगा दशहरा के बीच ईंट के भट्ठे पर काम करता है। मिट्टी खोदना और ईंट के खाँचों में उसे भरना। और ईंट का सीज़न निकल जाने के बाद? फिर, जहाँ जैसा काम मिल जाए; पल्लेदारी, चौकीदारी, वर्ना साइकिल रिक्शा। आजकल वह छतरपुर में रिक्शा चलाता है। उसके दो बच्चे यहाँ दादा-दादी के पास रहते हैं। कोटरा आता-जाता रहता है। अभी पिछले दिनों, कुछ पैसे जोड़-जाड़ के, एक पुरानी मोटरसाइकिल ख़रीद ली थी तो बिरादरी में सबको दिखाने के लिए अभी कोटरा आया हुआ था। बच्चों को मोटरसाइकिल पर बिठाकर कोटरा भर में घुमाता रहा। मेहरारू को छतरपुर से मोटरसाइकिल पर ही बिठाकर लाया था। बिरादरी में इस अनहोनी की ख़ूब चर्चा भी रही। वह चीन का बना एक चमकीला मोबाइल भी हाथ में रखता है। चमड़े जैसे कपड़े की एक जैकेट पहिनने लगा है। बड़े आदमियों टाइप मूँछें रख ली हैं उसने। साफ-सुथरे कपड़े पहनने लगा है। बड़े लोगों जैसा साफ-सुथरा दिखने भी लगा है। ...और यही सब उसके ख़िलाफ़ चला गया। गरीब का गरीबी के मान्य बाने से अलग दिखना सन्देह पैदा करता है। ...इधर पुलिस को बमौठी डकैती-कांड के लोगों की तलाश थी। इस शख़्स पर सन्देह के सारे कारण बनते थे। उसे सड़क से

ही उठा लिया गया। तब वह खेत पर नत्थू को यह बताने आया हुआ था कि हम एक घंटा में छतरपुर वापस निकल जाएँगे।

पुलिस वाले आए और उसे साथ ले गए।

बदहवास नत्थू पंडिज्जी के घर भागा। वहाँ पता चला कि वे तो कल से लखनऊ गए हुए हैं। वह भागता हुआ पंडिज्जी के स्कूल जा पहुँचा। वहाँ अपोली मिल गए तो नत्थू को कुछ आस बँधी। उसने सारा मामला बताकर अपोली के हाथ जोड़े।

अपोली ने कहा कि दरोगा हरामी है, वह हमारी न सुनेगा। वह बस, पंडिज्जी से ही काबू आएगा। वैसे भी अभी तुरन्त थाने जाना तो ठीक न कहलाएगा। कभी ऐसा करो तो पुलिस भारी बुरा मान जाती है। पहले, एकाध दिन पीट-पाट के उनका मन भर जाने दो। कल तक पंडिज्जी भी आ जाएँगे। पूछताछ के लिए ही पकड़ा गया है न? पंडिज्जी उसे जरूर छुड़वा लेंगे। अपोली कमरे में बैठे दो मास्टरों के साथ-साथ नत्थू को भी सुनाने लगे कि पुलिस, कई बार, यूँ ही मौज में आकर भी आदमी पकड़ लेती है। बाद में पीट-पाट के उसे घर जाने देती है। हो सकता है कि इसे भी ऐसेई पकड़ा हो। पुलिस को दिखाना भी तो पड़ता है कि तफतीश चल रही है। डकैती वाले केस में पुलिस पर भारी दबाव है। डकैती हुए महीना हो चुका। बताते हैं कि पुलिस को कोई भी सुराग नहीं मिला है। खूब अखबारबाजी चल रही है। खुद बिस्मिलजी ने परसों ही पहले पन्ने पर इत्ती आग मूती है कि थाने की कुर्सियों के पाए तक झुलस गए होंगे। वो तो फिर दरोगाजी ने बिस्मिलजी को बुलाकर ठीक से सेट किया तब जाकर बिस्मिलजी कवि-सम्मेलन, गल्ला-मंडी में अग्निकांड के खतरे और मौसम इत्यादि की खबरों तरफ मुड़े हैं। ऐसे में पुलिस क्या करती? किसी को तो थाने में पूछताछ को बिठाती कि नहीं? सुना है, इनके मोंड़ा के अलावा और भी चार लोगों को बिठा रखा है। कानून अपना काम कर रहा है। कार्यवाही होती दिख रही है। कानून का राज नजर आ रहा है। वैसे भी गरीब आदमी का क्या तो थाने में बन्द होना, क्या बाहर रहना; किसको फर्क पड़ता है? नत्थू पंडिज्जी के खेत पर काम करता है सो इस कथाकार को पता चल गया वरना क्या फर्क पड़ता है दुनिया को कि कौन शख्स थाने में बेवजह बन्द है, कौन थाने की छत के कुंदे से लटका हुआ है, कौन ठुक रहा है; कभी इस बारे में सोचता भी है कोई? नत्थू के मोंड़ा को पुलिस उठा ले गई है, इससे नत्थू के परिवार के अलावा किसी को भी कोई फर्क पड़ने वाला है क्या? सुबह वैसे ही होगी। वादे-सबा वैसी ही चलेगी। फूल वैसे ही खिलेंगे। धूल वैसे ही उड़ेगी। बहारें फिर भी आएँगी, जाएँगी। सरकार वैसे ही चलेगी।

नत्थू के रोने से कहीं कुछ नहीं बदलने वाला।

***

फिर पंडिज्जी कोटरा लौट आए।

उन्हें यह जानकर अच्छा लगा कि नत्थू ने अन्ततः अपने कर्तव्य को समझा। वह थाने से हटकर रखवाली के काम पर खेत लौट आया था। उन्होंने जाना ही नहीं, कैसे कटी चौकीदारी की वह कठिन रात नत्थू की? 'इस समय बेटा थाने में पिट रहा होगा', सोच-सोचकर नत्थू रात भर मेंड़ पर करवटें बदलता रहा। सुबह उठा तो उसकी पीठ पर बेंत जैसे निशान उभर आए थे।

पंडिज्जी ने सारा मामला समझा। नत्थू को सांत्वना दी। यह भी बताया कि वैसे तो पुलिस बड़ी बेमुरव्वत होती है पर हम दिखवाते हैं कि क्या कैसा किया जा सकता है?

वे उसी दोपहर थाने जा भी पहुँचे।

दरोगाजी लंच के लिए उठने वाले थे। पंडिज्जी को आते देखा तो रुक गए। पकड़े गए मुलजिम का पंडिज्जी से कनेक्शन दरोगाजी को ख़ूब पता है। बता रखा है सिपाही ने। तभी तो उनको पंडिज्जी की प्रतीक्षा भी थी और तैयारी भी। अब आते देखा तो मुसकुराए दरोगाजी। उनकी अपनी रणनीति है। इसी के तहत वे पंडिज्जी और मुजरिम के इस कनेक्शन से एकदम अनजान बन गए। पंडिज्जी को देखकर वे ऐसे ज़ोर से चौंके कि पंडिज्जी को भी पता चल गया कि दरोगाजी थानेदार कितने भी चुस्त हों, अभिनय के मामले में बड़े कमज़ोर हैं।

"अरे!! पंडिज्जी? आप?" दरोगाजी ने कुर्सी से लगभग आधा उठते हुए कहा।

हवा में आधे उठे हुए नितम्बों द्वारा प्रदत्त आदर की राजनीति का पंडिज्जी ने भी कोहनी तक हाथ जोड़कर उचित प्रत्युत्तर दिया और सामने रखी कुर्सी पर बैठ गए।

"कैसे हैं पंडिज्जी?" थानेदार ने पूछा।

पीछे खड़ा हुआ मुंशी मुस्कराने लगा। वही पंडिज्जी को कमरे के अन्दर लेकर आया है।

"बस साहब, आप अच्छा रखे हैं तो अच्छे हैं।" पंडिज्जी बोले।

"हम अच्छा रखे हैं; कैसे?" दरोगाजी समझ नहीं सके।

"आपका राज है। आप ही तो रखेंगे।"

"देखिए पंडिज्जी, बातों में तो हम बाँभनों से जीतने से रहे; बाकी राज किसका चल रहा है, जे मुंशीजा से पूछिए। असली बात ये ही बताएँगे।" दरोगाजी ने हँसकर कहा।

"मुंशीजी क्या बताएँगे; दुनिया को पता है कि राज किसका है और राजगद्दी पर कौन बिराजा हुआ है?"

"आपका बड़प्पन है वरना लोग तो राजगद्दी में से भी नीचे से उँगली करते रहते हैं।"

"उँगली करबे की हिम्मत कौन नासमझ कर रहा है?"

"अरे, मौका देखकर कोटरा के सारे हरामी हमारे पीछे लग गए हैं। कहते फिर

रहे हैं कि थानेदार एकदम निष्क्रिय बैठा हुआ है।"

"राजगद्दी पर बिराजो तो जे सब तो चलता रहता है दरोगाजी।"

"और अब हम जरा से सक्रिय हुए हैं तो इसका भी कोटरा में हल्ला मचा हुआ है! लोग शिकायत कर रहे हैं कि मुलजिम को क्यों पकड़ रखा है? आप ही बताइए फिर कि बेचारा थानेदार आखिर क्या करे?" दरोगाजी ने अर्थपूर्ण दृष्टि से पंडिज्जी की तरफ़ देखते हुए कहा।

पंडिज्जी खुलकर मुस्कराने लगे। पीछे खड़े मुंशीजी तो और भी ज़ोर से मुस्कुराए। दरोगाजी ने मुंशीजी को बाहर खिसकने का इशारा करते हुए कहा :

"बढ़िया-सी चाय तो बनवाओ पंडिज्जी के लिए। चाय तो पिएँगे न?"

"पी लेंगे।" पंडिज्जी बोले।

"अच्छी-सी। अदरक वाली। ...गला बढ़िया खुल जाता है अदरक से।" दरोगाजी बोले।

"जी सर।" कहकर मुंशीजी बाहर निकल गए।

"खुले गले की बड़ी जरूरत रहती है इस कुर्सी पर।" पंडिज्जी ने स्वीकार किया।

"क्या करें पंडिज्जी। लोग दिन भर यहाँ के चक्कर लगाते रहते हैं। छोटे-मोटे लोग भी, और आप जैसे बड़े आदमी भी। हर आदमी प्रश्न पूछता है। जवाब देने पड़ते हैं हमें। इस कुर्सी पर खुला गला ही चल पाता है।"

"गाली-गलौज के लिए भी तो खुला गला ही चइए।" पंडिज्जी हँसकर बोले।

"वो भी है। इस कुर्सी पर गालीगलौज भी लगती है। क्या करें? दुनिया बड़ी हरामी हो गई है। आप गालीगलौज की बात कर रहे हैं? उसकी तो छोड़िए; कल से तुड़ाई कर रहे हैं, पर एक भी मुजरिम यह बताने को राजी नहीं कि डकैती का माल कहाँ छुपाया है।"

"हो सकता है, वे डकैत ही न हों। गलत पकड़ लिए गए हों।" पंडिज्जी बोले।

"वह भी जल्दी ही पता चल जाएगा। हमें, बस, एक दिन ठीक से ठोंक लेने दें सब मान जाएँगे।"

"अदालत में सब मुकर भी जाएँगे, फिर?"

"वो सब अदालत जाने।"

"पर उनमें से एक आदमी तो बिलकुल ही निर्दोष है। उसका तो हमें भी पता है। उसे एकदम गलत उठा लाए हैं आपके लोग।"

"निर्दोष होगा तो हम खुद ही उसे छोड़ देंगे। निर्दोष इनसान की हाय थोड़े ही लेंगे हम। वैसे, आप किसकी तरफ इशारा कर रहे हैं पंडिज्जी?" दरोगाजी ने भोले बनते हुए पूछा।

पंडिज्जी ने अब नत्थू के लड़के के बारे में सब कुछ बताया। दरोगाजी चुपचाप सुनते रहे।

इसी बीच चाय आ गई।

"लीजिए।" थानेदार साहब ने आग्रह किया।

पंडिज्जी ने कप उठा लिया। चाय का पहला घूँट पीते हुए पंडिज्जी ने कहा, "सिपाहियों से जरूर कहीं कुछ गलती हुई है।"

"गलती इनसानों से ही होती है पंडिज्जी।" दरोगाजी ने स्वीकार किया कि सिपाही भी इनसान होते हैं।

"शरीफ लड़का है वह।"

"हमें भी शरीफ ही लग रहा है।" थानेदार ने माना।

"फिर?"

"पर ये कहाँ लिखा है कि शरीफ आदमी को डकैती डालने की मनाही है? न तो डकैती में ऐसा कोई नियम है, न शराफत में। डकैती तो कोई भी डाल सकता है। उसके लिए तो हिम्मत चाहिए, बस। हिम्मत हो तो शरीफ भी बड़ी डकैती डाल सकता है।"

"हम उसे बचपन से देख रहे हैं, तब से, जब वो इत्ता-सा बच्चा था। एकदम सीधा..."

"...बचपन से बड़े की कोई गारंटी नहीं बनती पंडिज्जी। कई लौंडे बचपन में संत टाइप होते हैं और बड़े होकर ऐसे हरामी निकल आते हैं कि..."

"...नहीं दरोगाजी, यह लड़का वैसा नहीं है।"

"कैसा नहीं है?"

"...कि डकैती डाले। डकैत होता तो भला छतरपुर में रिक्शा खींचता फिरता क्या?"

"कहाँ लिखा है कि रिक्शा वाला डकैनी नहीं डाल सकता?"

"गरीब आदमी है।"

"तभी तो! गरीब को तो और भी पैसे चइए। वह डकैती न डालेगा तो कौन डालेगा? टाटा बिरला तो डकैती डालने से रहे।"

"उन लोगों की छोड़िए। बड़े लोग दूसरी तरह की डकैती डालते हैं।" पंडिज्जी हँसे।

"वह सब आप पालिटिक्स वाले ज्यादा जानते हैं। हम तो अभी इस लौंडे की बात कर रहे थे।"

"हम भी अभी उसी की कर रहे हैं। ...उसे छोड़ दें दरोगाजी। ...गरीब आदमी है। खास कुछ दे भी न पाएगा।" पंडिज्जी ने इशारा किया।

"चमचमाती मोटरसाइकिल पे घूमता है, ऐसी बड़ी-बड़ी मूँछें रखता है, आपसे भी बढ़िया जूते पहने हुए था; काहे का गरीब आदमी पंडिज्जी?...चूतिया बनाता है स्साला! हमें जरा ठोंकने तो दें उसे। सब उगल देगा कि जे सब खरीदने के लिए

पैसा कहाँ से आया?" दरोगाजी को गरीब आदमी के ठाठ पर एतराज है।

"जे सब उधारी के चोंचले हैं साहब।"

"वो भी हम उससे पता कर लेंगे न।"

पंडिज्जी ने चाय पूरी की, कप वापस रखा और अंतिम बार प्रार्थना की। इस बार प्रार्थना में यह धमकी भी छुपी थी कि दरोगाजी न माने तो पंडिज्जी ऊपर जाकर भी लड़के को छुड़वाने का दबाव बना सकते हैं।

"थोड़ा देख लें।" पंडिज्जी ने कहा।

"थोड़ा क्यों, पूरा ही देखेंगे।"

"इसे हमारी प्रार्थना मान कर ही यह काम कर दें।"

"अरे पंडिज्जी, आप प्रार्थना तो न करें। अगर आप लोग ही प्रार्थना करने लगेंगे तो फिर आज्ञा कौन देगा?"

"वो दिन हवा हुए दरोगाजी। अब तो बस, जे सब ऊपर-ऊपर की ही शान है। यह तो अफसरों की मुहब्बत है; आप हुए, आपके बड़े साहब हुए, कलेक्टर साब हुए—आप लोग हैं जो अभी भी हमारी प्रार्थना सुन लेते हैं।"

"यह तो आपका बड़प्पन है कि वास्तविकता को स्वीकार रहे हैं वरना शान बची हो, न बची हो—आदमी यही मानता है कि उसकी शान है।" थानेदार ने भी इशारा किया कि वह कम से कम पंडिज्जी की शान से परे है।

"आपसे प्रार्थना है कि बच्चे को थाने में बिठाकर न रखें। एक दिन रख लिया। वही काफी है।"

"स्साले को बच्चा तो न कहें! पैंतीस साल का अच्छा-खासा पट्ठा है।"

"हमने तो भावना के वशीभूत होकर कह दिया। उसे बचपन से देखा है न। हमारे लिए तो बच्चा ही है।"

"यहाँ मामला भावनात्मक नहीं, कानूनी है पंडिज्जी।"

"हमें पता है।"

"बस तो..."

"...ऐसे हर कानून का तोड़ आपके पास है, यह भी हमें पता है।" पंडिज्जी ने मुस्कराकर कहा।

दरोगाजी सोच में पड़ गए; अब इससे अधिक थानेदारी दिखाना कहीं गलत तो न हो जाएगा?

"ऐसा मानें कि अब यह हमारी इज्जत का प्रश्न बन गया है। आप जैसे आत्मीय से अगर हम यह छोटी-सी प्रार्थना भी स्वीकार नहीं करा सके तो कोटरा में सब हम पर हँसेंगे।" पंडिज्जी बोले।

दरोगाजी अपनी ही रणनीति के तहत पिघलने लगे।

"बताइए, क्या करें हम? आपको मना भी तो नहीं कर सकते। आप भी

दोस्ती में हमें गैरकानूनी काम करने को मजबूर कर देते हैं पंडिज्जी।" दरोगाजी ने हँसकर कहा।

"काहे का गैरकानूनी भाई साब! एक बार आपके कर कमलों से कोई काम हो गया, बस; फिर सब कानूनी ही कानूनी है।"

"अरे, हमें जे पहले से पता होता कि जे आपका आदमी है तो हम इसे उठवाते ही नहीं।" थानेदार ने मीठा झूठ बोला।

"हम जानते हैं..." पंडिज्जी ने भी बोल दिया।

दो मीठे झूठों ने वातावरण आत्मीय बना डाला।

पंडिज्जी उठने लगे। उठते-उठते पंडिज्जी ने शुभकानाएँ दीं, "ईश्वर करे कि डकैती केस जल्दी सुलझ जाए और आपकी खूब वाहवाही हो।"

"सुलझेगा ही।"

"हम जानते हैं।"

"मुजरिम सब कुछ बताएँगे। अभी चुप हैं पर उगलेंगे। सबके नाम बता देंगे।"

"करें। पूछताछ जरूर करें।"

"पेशाब की नली में करेंट लगाओ तो गले की नली खुल जाती है पंडिज्जी। फिर आदमी से जो बुलवाना चाहो, वही बोलने लगता है।" कहकर थानेदार साहब हँसने लगे। ऐसी बातों पर हँसा भी जा सकता है यह बात बस भारतीय पुलिस को पता है।

"तो हम चलें?" पंडिज्जी ने आज्ञा लेनी चाही।

"जी, जरूर चलिए।" दरोगाजी ने नितम्बों को आधा उठाकर फिर से समुचित आदर दिया।

"हमारे पीछे-पीछे उसका बाप भी यहाँ तक आया है। उससे हम क्या कह दें?" पंडिज्जी जानते हैं कि ये उसे सूखे-सूखे तो छोड़ेंगे नहीं।

दरोगाजी हँस पड़े।

"ऐसी भी क्या जल्दी है पंडिज्जी? आदमी को ये तो पता चलने दें कि दुनिया में कहीं पुलिस भी होती है।" दरोगाजी अर्थपूर्ण लहजे में बोले।

"हिंदुस्तान में सबको पता है भाई साब।" पंडिज्जी ने आश्वस्त किया।

"पंडिज्जी, लोग यह भी तो जानें कि खाकी भी एक रंग होता है।" दरोगाजी मुस्कुराए।

"इंद्रधनुष खाकी रंग का भी होता है, यह बात कोटरा के आकाश तले रहने वाला बच्चा-बच्चा जानता है।" पंडिज्जी ने मुस्कराकर आश्वस्त किया।

"चलिए। आपकी बात सुनकर हमें अच्छा लगा।"

"फिर उसके बाप को क्या कहूँ?" पंडिज्जी ने फिर पूछा।

दरोगाजी सीधा जवाब देने से बचे। उन्होंने बात को घुमाकर गम्भीर स्वर में

उत्तर दिया, "उससे इत्ता जरूर कहिए कि डकैती डालना बहुत बुरी बात है।"

पंडिज्जी जोर से हँसे।

"आप भी दरोगाजी!" पंडिज्जी बोले।

दरोगाजी गम्भीर बने रहे। गम्भीर रहकर मज़ाक़ करना जानते हैं वे।

"नहीं-नहीं। हम सच कह रहे हैं पंडिज्जी। यह सब समझाना भी तो पुलिस का ही दायित्व है कि डकैती कोई भौत अच्छी चीज नहीं होती है।"

पंडिज्जी अलबत्ता मुस्कुराते ही रहे।

"कोटरा में यह बात भी सब जानते हैं दरोगाजी।" पंडिज्जी ने आश्वस्त किया।

"जानते हैं, पर मानते नहीं। किसी से भी कभी पूछकर देखिएगा, वह यही कहेगा कि यह ठीक कह रहे हैं आप कि डकैती खराब चीज है परन्तु..."

"...परन्तु क्या?"

"...जेई तो है। वे इस बात में 'परन्तु' जरूर लगाते हैं। ...चोरी बुरी है 'परन्तु'...। मर्डर भौत बुरा है 'परन्तु'...। कोटरा में यह 'परन्तु' भौत चलता है।"

"ठीक कहा आपने। यहाँ ऐसे लोग भी हैं। हर जगह होते हैं। पर ज्यादातर लोग कानून का आदर करते ही मिलेंगे आपको।"

"कैसे न करेंगे? हम बैठे हैं न आदर करवाने के लिए।"

"ठीक कहा, पुलिस का डर भी जरूरी है।"

"आप जैसे लोग पुलिस के साथ खड़े दिख जाते हैं तो मान लें कि हमारा आधा काम हो जाता है।"

"चाय भौत बढ़िया बनी थी।" पंडिज्जी ने चलते-चलते कहा।

"थाने की चाय फालतू ही बदनाम है वरना यह अच्छी ही होती है।" दरोगाजी बोले।

फिर जाते हुए पंडिज्जी को आवाज़ देकर दरोगाजी ने कहा, "उसके बाप से कह दें; मुंशीजी से मिल ले।"

पंडिज्जी ने पलटकर हाथ जोड़ दिये।

***

इधर पंडिज्जी बाहर निकल रहे थे कि उधर मुंशीजी को थानेदार साहब का इशारा मिला तो वे पंडिज्जी के पीछे-पीछे चले आए।

"साहब से बात हो गई?" मुंशीजी ने पूछा।

"सब आप पे छोड़ दिया है साहब ने।" पंडिज्जी बोले।

"ऐसा कहा? तो हम देख लेते हैं न।"

"बस, ऐसा देखना कि आपका देखना उसकी औकात के बाहर न चला जाए। उधार भी वह हमसे ही माँगेगा।" पंडिज्जी बोले।

"सब ठीक कर लेंगे पंडिज्जी। एक बार साहब ने इशारा कर दिया है अब..."

"...पर इसे पकड़ा क्यों था? डकैती तो इसने डाली नहीं है। आप भी जे बात खूब जानते हैं।" पंडिज्जी ने पूछा।

"दो दिन से छाती फुलाए हुए पूरे कोटरा में अपनी मोटरसाइकिल घुमा रहा था। मूँछों पर ताव देता फिर रहा था, झक्क सफेद कुरता डाले। पुलिस की आँखों में तो इसे आना ही था। भैया, गरीब हो तो गरीब टाइप ही रहो न, वरना सब तो जेई सोचेंगे न कि इसे कहीं से पैसा मिल गया है। ऐसे में आस-पास डकैती पड़ी हो तो ऐसा आदमी पकड़ा न जाएगा क्या?"

मुंशीजी ने पुलिस का रवैया स्पष्ट किया।

"चलिए, तो अब देख लें। बस, जे जान लें कि ज्यादा न दे सकेगा। गरीब आदमी है।" पंडिज्जी ने एक बार फिर से बोल देना उचित समझा।

मुंशीजी मुस्करा दिये, "आप चिन्ता न करें।"

***

पंडिज्जी थाने के अहाते से बाहर आए तो सामने ही बेताबी से प्रतीक्षा करता हुआ नत्थू मिला।

"तुम अन्दर जा के मुंशीजी से मिल लो।"

"छूट जाएगा ना मालिक?"

"बोल आए हैं। छूट जाएगा।"

नत्थू चरणों में गिर गया। पंडिज्जी ने उठाया। उठाते-उठाते उन्हें दरोगाजी का कहा वाक्य याद आ गया। उन्होंने नत्थू से कहा :

"डकैती डालना बहुत बुरी बात होती है नत्थू।"

नत्थू समझा नहीं। पंडिज्जी मुस्कराने लगे।

डरने वाली संसद के सामने

"जयहिंद, जयहिंद, जयहिंद।"

आजकल झनझनाता रहता है कुछ, अहर्निश, गजानन बाबू के चारों तरफ़। जयहिंद की तरंगें। जयहिंद की झंकार। उनके चहुँ ओर, दसों दिशाओं में बस जयहिन्द की थरथराहट महसूस होती रहती है उन्हें। गजानन बाबू दिल्ली आ पहुँचे हैं और अभिभूत से वहाँ घूम रहे हैं। राजघाट पर तो वे घंटों तक बैठे रहे। स्वयं गांधीजी

ने समाधि से निकलकर उन्हें आशीर्वाद दिया, उनके सिर पर हाथ फेरा, कहा कि तुम जरूर सफल होगे। तब से वे और भी अभिभूत हैं। तब से ही कोई लगातार उनके चारों तरफ़ घूम-घूमकर नारे लगाता फिर रहा है; जयहिंद, जयहिंद। उनके कानों में निरन्तर जयहिंद की गूँज है। आजकल उनके लगातार अभिभूत दिखने का एक कारण यह भी है।

***

गजानन बाबू अन्ततः दिल्ली पहुँच गए हैं।

राजघाट पर बापू का आशीर्वाद भी मिल गया है तो वे और भी घनघोर आत्मविश्वास से भर उठे हैं। वहाँ से सीधे संसद भवन ही पहुँच गए वे।

पर उन्हें बाहर ही रोक लिया गया। उन्होंने प्रहरियों को पंडिज्जी का पत्र भी दिखाया पर वे नहीं माने।

"हाँ-हाँ, सारे एमपी यहीं आते हैं पर आप ऐसे अन्दर नहीं आ सकते।" एक सुरक्षाकर्मी ने पागल से दिखते बूढ़े पर दया दिखाते हुए समझाया कि यह अति-संवेदनशील सुरक्षा वाला एरिया है। आप अन्दर न जा पाओगे। सामान्य नागरिक को संसद में प्रवेश की मनाही है।

"पर संसद को तो सामान्य नागरिक ही चुनता है न?" गजानन बाबू ने आश्चर्य से पूछा।

"जिनको आपने चुना है उनकी सुरक्षा के लिए ही ऐसा इंतजाम किया गया है दद्दा।"

"किसकी सुरक्षा? नागरिक से इनको कैसा खतरा?"

"आप नहीं समझेंगे। ऐसा मान लें कि यह गवर्नमेंट का आर्डर है।"

"हम इसे न मानें तो?"

"मानना तो पड़ेगा। कोई जबरन घुसे तो उसे सीधे गोली तक मारी सकती है।"

"चलो हम अभी घुसते हैं, तुम मारो।" वे तैश में आकर गेट पर हुज्जत करने लगे।

"होश में हैं कि नहीं?"

"हैं। होश में ही हैं। गांधीजी ने कल ही हमसे कहा है कि..."

"गांधीजी तो कब के मर चुके हैं दद्दा।"

"...क्या कहा रे तुमने? क्या कहा? हिम्मत है तो फिर से तो बोलो एक बार।" गजानन बाबू गुस्से में आगबबूला हो उठे।

पागल है बुड्ढा!

"चलिए, गांधीजी जिंदा हैं। अब खुश?"

"फिर उन्हें मरा कैसे समझ लिया तुमने?"

"गलती हो गई बाबा, अब खुश?"

"इस देश में तुम अकेले नहीं हो। बहुत से मूरख लोग यही समझ रहे हैं कि गांधीजी मर चुके हैं। स्सालों को पता ही नहीं कि वे जिंदा हैं। वे तो सब में हैं। हर आदमी में गांधीजी हैं। वे मुझमें हैं। तुम में भी हैं। सबमें हैं।"

"ठीक है बाबा। आप ही सही हो। अब आप वहाँ जाकर बैठो।"

गजानन बाबू अभी भी उत्तेजित हैं। कोई गांधीजी को मरा हुआ मान रहा है और वे ऐसे चुपचाप सुन लें?

"जो भी लोग गांधीजी को मरा हुआ मानते हैं वे कान खोलकर सुन लें। वे किसी गलतफहमी में न रहें। गांधीजी सबमें हैं। बच्चे-बच्चे में हैं। गांधीजी कभी भी तुम्हारे सामने आ जाएँगे। कोई भी आम जन निकलकर आ जाएगा और गांधी बन जाएगा, कोई भी; क्योंकि गांधी बनने की सम्भावना सबमें है।"

पागल है स्साला। पूरा पागल।

प्रहरियों ने समझा-बुझाकर शान्त किया उनको। बताया कि वैसे भी अभी संसद बन्द है। अभी अन्दर आपको कोई भी न मिलेगा। आप अभी तो बाहर बैठकर इंतजार करें।

गजानन बाबू मान गए। बोले, "तो हम बाहर बैठते हैं। एमपी लोग आएँ तो हमें मिलवा जरूर देना।"

"मिलवा देंगे पर यहाँ से थोड़ी दूर जाकर बैठिएगा।"

"क्यों भला?"

"इस फाटक से सौ गज की दूरी तक कोई ऐसेई खड़ा नहीं रह सकता।" सुरक्षाकर्मी ने समझाया।

"हमारी संसद अपने ही नागरिक से इत्ता डरती क्यों है?" गजानन बाबू ने पूछा।

सुरक्षाकर्मी समझे नहीं।

"बाबा, आप तो वहाँ जाकर बैठो। ...वहाँ।" उन्होंने बहुत दूर पर खड़े चाय नाश्ते के ठेलों की तरफ इशारा किया।

"एमपी लोग कब आएँगे?"

"आएँगे तो आ जाइएगा।" टालते हुए किसी ने कहा।

"वे आएँ और हम आपको न दिखें तो आप उनको हमारा यह कागज जरूर दे देना।" कहकर उन्होंने एक सुरक्षाकर्मी को पाँच-छह पैम्फलेट पकड़ा दिये।

"यह सब क्या है?"

"बस, आप तो एमपी लोगों को दे देना।"

"देने से क्या हो जाएगा?"

"पढ़ लेंगे तो हमें ढूँढ़कर हमारे फॉर्म पर बुलाकर दस्तखत कर देंगे।"

"किस फॉर्म पर?"

"राष्ट्रपति पद के फॉर्म पर।"

"मतलब?"

"हम राष्ट्रपति पद के लिए चुनाव में खड़े हो रहे हैं न।"

सुरक्षाकर्मी हँसने लगे। जितना सोचा था उससे भी डबल पागल है।

"उधर जाइए राष्ट्रपतिजी। अभी तो आप उधर ही रहें। हाँ, जब आप राष्ट्रपति बनकर इधर से गुजरेंगे तब हम लोग जरूर आपको ऐसे सेल्यूट करेंगे।" एक सुरक्षाकर्मी ने उनको नकली सेल्यूट किया तो बाकी के प्रहरी हँसने लगे।

***

कई दिन ऐसे ही गुज़र गए। वे हरदम संसद के बाहर ही खड़े रहते। सड़क पर यहाँ-वहाँ घूमते रहते। बार-बार दूर से ही इशारा करके पूछते। प्रहरी लोग भी दूर से ही इशारा करके उनको बताते कि अभी एमपी लोग नहीं आए हैं।

संसद का अवकाश चल रहा है और गजानन बाबू संसद के सामने मंडरा रहे हैं।

***

पिछले कई दिनों से लोग उनको देख भी रहे हैं।

चाय के ठेलों के पास ही खड़े रहते हैं वे। वहीं पर, कहीं भी, बैठ और लेट भी जाते हैं। वहाँ खड़ी रहने वाली कर्मचारियों की भीड़ को और चाय बेचने वालों, रेहड़ी वालों को भी धीरे-धीरे उनका सब पता चल गया है। ...पागल है बुड्ढा। कहता है कि इस बार राष्ट्रपति बनेगा! देश में रामराज लाएगा!...इसका पैम्फलेट पढ़ा आपने? ...अरे! नहीं पढ़ा? फिर तो ये जरूर पढ़ो। पढ़ो तो यार। ...है न मजेदार? ...सच। ...बुड्ढा सनकी है। किसी से भी कभी नमस्ते या गुड मार्निंग नहीं कहता है। मिलने पर हरदम 'जयहिंद' ही कहता है, बस। कभी इसे नमस्ते करके तो देखो। बड़ा मज़ा आएगा। सच्ची। कह के तो देखो। यह बन्दा आपको एकदम से 'जयहिंद' बोलेगा। बीच-बीच में कभी-कभी 'महात्मा गांधी की जय' भी बोलता रहता है। ...झकलट है बुड्ढा। सनकी। ...सब लोग मज़े लेते हैं। लोग दया भी करते हैं उन पर। लोग अपनी तरफ़ से गजानन बाबू को चाय पिलवा देते हैं। रेहड़ी वाले कुछ खिला-पिला देते हैं। उनका 'जयहिंद' बोलना सबके लिए एक खेल-सा बन गया है। फालतू बैठे हुए लोग बीच-बीच में उनसे 'जयहिंद' बोलते रहते हैं। वे हर बार बड़ा ललककर उत्तर देते हैं। हर जयहिंद के प्रत्युत्तर में न केवल तीन बार 'जयहिंद', 'जयहिंद', 'जयहिंद' बोलते हैं, तीन जयहिंद के बाद वे एक बार 'महात्मा गांधी की जय' भी बोलते हैं। लौंडे-लपाड़ी उनसे ठट्ठा करते रहते हैं। ...एक-दो अखबार वालों को

भी इसकी ख़बर हो गई। एक स्थानीय न्यूज़ चैनल वाले को मामला रोचक तथा सम्भावनापूर्ण लगा। पग्गल बाबा का टीवी पर रोचक-सा इंटरव्यू भी हो गया है। उस दौरान भीड़ उन्हें घेरकर खड़ी रही। गजानन बाबू ने विस्तार से चैनल वालों को बताया कि वे राष्ट्रपति बन गए तो देश में कैसे रामराज्य लाया जाएगा। किसी ने फेसबुक पर उनका सचित्र किस्सा डाल दिया तो पग्गल बाबा मशहूर से हो गए हैं।

आजकल भीड़ घेरे रहती है उनको।

एक भले से ठेले वाले आदमी ने उनको अपने ठिये पर साथ ही रख लिया है। इस तरह रहने का इंतजाम भी हो गया है गजानन बाबू का। वह उन्हें हमेशा अपने साथ रखता है। उन्हें देखकर उसे गाँव में पीछे छूट गए दादाजी का स्मरण हो आता है। वह उनसे हँसकर कहता भी है कि राष्ट्रपति बनने पर हमें याद रखना बब्बा। उसे सहानुभूति-सी हो गई है गजानन बाबू से। कितनी निर्दोष शक्ल है इनकी।

क्या निर्दोष दिखने के लिए अब आदमी का पागल होना ज़रूरी हो गया है इस देश में?

बस, यह कागज मिल जाए तो देश आगे बढ़े

खूब खोजा पर मिला नहीं।

दफ़्तरों की माया तो आप जानते ही हैं। कागज मिल ही नहीं रहा। मिल जाता तो अभी के अभी सारा काम हो गया होता। फटाफट। पर एक कागज है जो सालों से नहीं मिल पा रहा। बल्कि दशकों से। देखिए न कि मात्र एक कागज के चक्कर में सब काम रुका पड़ा है। इतनी महत्त्वपूर्ण फाइल दस्तख़त को रुकी हुई है। फाइल में वह कागज भी लग जाता तो फाइल पूरी हो जाती। हर फाइल रुकी हुई है। एक कागज है जो सारे देश में खोजा जा रहा है। हर दफ़्तर में उसी की खोज जारी है पर वो नहीं मिल रहा। यार, उसका मिलना तो भौत ज़रूरी है वर्ना तो सारा काम ही रुक जाएगा। फाइल रुक जाएगी। देश रुक जाएगा। काम रुका हुआ है। देश रुका हुआ है।

सही है कि देश रुका हुआ है पर बताइए न कि हम क्या करें? पहले वह कागज तो मिले। सब खोज भी रहे हैं परन्तु दफ़्तर में वह कागज नहीं मिल रहा।

विकास। न्याय। सड़क। नौकरी। बिजली। पानी। पुलिस-कार्यवाही। ट्रांसफर। पोस्टिंग। अनाथालय। वेश्यालय। युद्ध। शान्ति-कपोत। बाँध। नाली। सहायता। अनुदान। मन्दिर। मस्ज़िद। फूल। बन्दूक। हवा। श्वास। हाथ। पैर। सम्मान। सज़ा। दुत्कार। प्यार। दुलार। जूता। हार। अभिनंदन। विकास। प्रगति। ...सब रुके पड़े हैं,

आगे नहीं बढ़ पा रहे हैं, किसी एक कागज के इंतजार में।

लोग समुचित रिश्वत भी दे चुके हैं। देनी पड़ती है। सब देते हैं। दस्तूर है। कागज खोजने, कागज बनाने, कागज को फाइल में लगाने, कागज को फाइल से गायब करने आदि की रिश्वत का इंतज़ाम करना पड़ता है देश को।

कागज मिल जाए तो काम आगे बढ़े। कागज बन जाए तो देश आगे बढ़े।

कागज पर साहब की सही हो जाए तो देश को श्वास आए।

पर कागज मिल ही नहीं रहा।

रोज दफ़्तर के चक्कर काट रहे हैं। ...मिला साहब? उत्तर यही मिलता है कि खोजा जा रहा है। कर देते साहब? देश रिरियाता है। ...यार, और भी तो काम हैं कि नहीं? देख नहीं रहे कि अभी सब बिजी हैं। आप बाद में आइए। बाद में पता कर लें। आप देख तो रहे हो? दो लोग सीएल पर हैं, एक जन बिना बताए घर बैठ गए हैं और एक साहब के मुँहलगे हैं सो वे कोई काम करते नहीं। हम ही हैं तो हम अभी तनिक बाहर जा रहे हैं। दौरे से लौटकर आपका कागज खोजते हैं। पर उस कागज के मिले बिना फाइल पर निर्णय नहीं हो पा रहा है सर। खैर, वो तो है। कोई भी फाइल पर ऐसे अपने दस्तखत कैसे करेगा यार? कागज तो पूरे ही चाहिए, आप सही कह रहे हैं; पर हम भी क्या करें कि यही एक कागज न जाने कहाँ दब गया है स्साला। इधर वैसे भी दफ्तर में इत्ती फाइलें पड़ी हैं; इनमें ही कहीं आपका कागज भी दब-दबा गया है। जरूर, यहीं कहीं है। चिन्ता न करें। मिल जाएगा। क्यों न मिलेगा? हर बार मिल जाता है। हर एक का मिल जाता है। पहले नहीं मिलता, फिर मिल जाता है। यही सिस्टम है। कागज भी आखिर जाएगा कहाँ? जरूर मिलेगा। सब लोग खोजने में लगे हैं न। मिलेगा। थोड़ा धैर्य रखें। कागज मिलते ही हम आपको इन्फार्म करते हैं न। देखिए न कि हम तो खुद आपके इस काम में पर्सनल इंटरेस्ट लेकर लगे हुए हैं। आप देख ही रहे हैं न? औरों को भी काम पर लगा रखा है। हमें भी इसकी अहमियत पता है। हमें पता है कि एक इस कागज के इंतज़ार में सारा विकास रुका पड़ा है, न्याय प्रतीक्षा में है, पेट भूखा है, हाथ खाली हैं, देश पीछे रह गया है, मीडिया में हल्ला हो रहा है; सब पता है हमें। पर क्या करें, बताइए? आप ही बताइए न कि और क्या करें? सारे काम छोड़कर हम लगे तो हैं। हमें कौन-सा मजा आता है कि लोग परेशान हों। ...और आपने तो मुँह माँगेपैसे भी हमें दे दिये हैं। हम रिश्वत के सख्त खिलाफ हैं परन्तु एक बार ले लें तो फिर उसके काम में अपनी जान लगा देते हैं। लगे हैं। मिलेगा। हमने सबको बता दिया है। कागज जल्दी निकाल दो तो आप सबको अलग से और भी रकम देंगे। सब बड़े उत्साहित हैं। कर्मठ कर्मचारी हैं। लग गए तो कागज खोजकर ही मानेंगे।

कागज खोजा जा रहा है। कागज मिल ही नहीं रहा।

क्या था वह कागज?

इतना ही जरूरी था तो फिर सँभालकर क्यों नहीं रखा गया?

...क्या, क्या सँभालकर रखें साहब? और कहाँ रखें? आप ही बताइए न?

आप खुद देख रहे हैं न कि यहाँ कित्ती सारी फाइलें पड़ी हैं? कित्ते सारे कागज पड़े हैं? सब तरफ कागज ही कागज हैं। फाइलें ही फाइलें हैं। आलमारी में। उसके भी ऊपर। छत तक। फर्श पर। टेबल पर। टेबल के नीचे। पीले कपड़े में बँधे। लाल फीते में बँधे। यहाँ पड़े। वहाँ दबे। वहाँ बिखरे। उधर जो पंखे की हवा में उड़कर अभी-अभी इधर से उधर चला गया—सब महत्त्वपूर्ण हैं। हर कागज जरूरी है और लावारिस पड़ा है। सँभालकर जरूर धरे गए हैं पर किसी और महत्त्वपूर्ण के नीचे दब गए हैं। बिलकुल। मानते हैं हम आपकी बात। कित्ता परेशान हैं आप—यह भी जानते हैं। जिसका काम फँसता है, वही जानता है भाई साहब। एकदम सही कहा आपने। तो खोजते हैं न? खोज रहे हैं। मिलेगा। क्यों न मिलेगा?

और जो यहाँ न मिला तो?

ऐसे भी निराश न हों आप। इस तरह के कागज इसी कमरे में स्टोर होते हैं। मिलना तो यहीं चाहिए। यहीं खोजते हैं। यहाँ न मिला तो फिर अपुन ओल्ड कलेक्टरेट में जाकर देखेंगे। कुछ पुरानी फाइलें उधर के स्टोर में भी जमा कर दी गई हैं। जगह की कमी है न, क्या करें? आपका कागज कहीं उन पुरानी फाइलों के साथ न निकल गया हो। हो जाता है। पुरानी फाइल में नया कागज चला जाए तो फिर भागते रहिए। पर अभी आपको दो दिन तो रुकना पड़ेगा। ओल्ड कलेक्ट्रेट के इस कमरे में किसी ने एक साँप देखा है। पट्ठा एक फाइल के नीचे ही छुपा बैठा था। वो तो भला हो कि टाइम पर दिख गया। किसी ने फाइल उठाने के लिए नीचे हाथ डाला तो ये बड़े जोर से फुफकारा। वो तो काट ही लिया होता। बस, बच गए। अब साँप वहीं फाइलों में ही कहीं बिला गया है। सभी लोग उस कमरे में जाने से डर रहे हैं। कोई भी अन्दर जाने को राजी नहीं। सलीम साँप वाला तीन घंटे तक हर फाइल में उसे खोजता रहा। साँप नहीं मिला। वहाँ सारा काम बन्द पड़ा है। अब साँप मिलने तक किसी को, कोई कागज नहीं मिलेगा। लोग कहते हैं कि पिछले जन्म में किसी को उसका कागज न मिल पाया होगा तो वह इस जन्म में साँप बनकर अपना कागज खोज रहा है। पेंशन के कागजों के बंडल के नीचे ही तो बैठा भी था। हो सकता है कि पिछले जन्म का कोई रिटायर्ड बाबू रहा हो! पेंशन वगैरह तो वैसे भी जनम-जनम के फेरे वाले मामले होते हैं। कोई-सा भी जन्म ले लो आत्मा का इन कागजों से पीछा नहीं छूटने वाला।

एक बात पूछें?

पूछिए न। पूछिए, पूछिए?

मान लो, हमारा कागज मिल ही न पाया तो? दफ्तर की छोड़िए, मानिए

कि सारे ब्रह्मांड में ही वह कहीं न मिल पाया, तो? फिर हमारी फाइल का क्या होगा? हमारे काम का क्या होगा? फिर हमारा काम होगा कि नहीं होगा? बड़ी चिन्ता हो रही है भाईसाहब। ...यार, शुभ, शुभ बोलो भाईसाहब। क्यों न मिलेगा? ऐसे अशुभ वचन बोलना ही क्यों? अरे, कागज तो मिलेगा ही। दफ्तर आखिर है क्या? कागज की ही तो सारी माया है। क्यों न मिलेगा? जब इत्ते कागज यहाँ पड़े हैं तो वह कागज भी यहीं कहीं मिलेगा। कागजों का क्या है, यहाँ-वहाँ मिसप्लेस हो जाते हैं, फिर मिल भी जाते हैं। हम कोशिश कर तो रहे हैं न? दो माह से आप भी यहाँ रोज आते हैं और हम भी आपको इस काम में लगे ही मिलते हैं न? मिलेगा। मिलेगा न!

फिर भी? मान लीजिए कि कागज न ही मिल पाया तो?

साहब, पेपर न मिला तो फिर तो बड़ी गड़बड़ हो जाएगी। देखिए, पेपर तो मिलना ही चाहिए। इस पेपर के बिना तो बड़ा टंटा फँस जाएगा। सारे केस की जान तो यह पेपर ही है। उसके बिना तो साहब फाइल को क्लियर करेगा ही नहीं।

फिर भी? पेपर न मिला तो? देखिए भाई साहब, हमें अपनी यह फाइल तो कैसे भी क्लियर करवानी ही है। कागज मिले तो ठीक वर्ना कागज के बिना ही।

"पर उसमें बड़े पैसे ठुक जाने हैं आपके।"

"कित्ते पैसे लग जाएँगे?"

"भौत पैसे!"

"भौत कितने?"

"गैरकानूनी कामों के जित्ते लगते हैं, उससे भी ज्यादा। साहब बड़ा कानूनी आदमी है। इस काम के भौत माँगेगा।"

"फिर भी कित्ते?"

"दो लाख से कम में वह तैयार न होगा।"

"दो लाख?"

"हमने कहा था न?"

"तो आपई दस-बीस हजार रुपए औ.र ले लें, हमारा वह कागज खोज दें।"

"चलिए, डबल से कोशिश करते हैं। आप परसों आ जाएँ। कागज आपको मिल जाएगा।"

"मिल जाएगा न?"

"अब हम कह रहे हैं न? फिर विश्वास रखिए। मिल जाएगा।"

सबको विश्वास है। इसी विश्वास पर देश चल रहा है। देश उसी परसों के दिन की प्रतीक्षा में जी रहा है जब वे कागज देंगे।

***

कि पंडिज्जी वहाँ आ पहुँचे।

"हमारा कागज? मिला?" पूछा उन्होंने।

"रखा है न। ...जिस दिन आप कह गए, उसी दिन निकाल लिया था। तबसे सँभाल कर रखे हैं।"

"लाइए।"

"लीजिए।"

"हमने भेज दिये थे। गिन लिए थे न?"

"आपने भेजे थे, गिनना कैसा?"

पंडिज्जी ने कागज लिए और निकल गए।

***

"इनके कागज तुरत कैसे मिल गए?"

"यार, पंडिज्जी जैसों के कागज कभी नहीं गुमते। गुमें तो मिल भी जाते हैं। कागज न भी मिलें तो भी ऐसे लोगों की फाइल कभी नहीं रुकतीं। वैसे भी हमारा निवेदन है कि पंडिज्जी से अपनी तुलना न करें। यह देश वास्तव में पंडिज्जी का है। आपको लगता है कि देश आपका भी है तो हम आपको ऐसा सोचने से रोक तो खैर नहीं सकते। हम रोकेंगे भी नहीं। हाँ, यह याद रखें कि आपके कागज दफ्तरों में गुमते रहेंगे और हम खोजते भी रहेंगे। मिलेगा। आपका भी कागज कभी न कभी मिलेगा।"

सब कुछ लुटवाकर भी भाग्यशाली

नत्थू बहुत ख़ुश है। बेटा थाने से घर आ गया।

यह बात दीगर है कि इस चक्कर में बेटे की मोटरसाइकिल उसके हाथ से चली गई। बकरी भी बेचनी पड़ी। बकरी के दोनों बच्चे भी बिक गए। आधा घर बिक गया। पंडिज्जी का कर्ज़ा चढ़ गया। भूख और कंगाली के और भी सुराख बन गए जीवन की चदरिया में। नत्थू फिर भी खुश है। बेटे का थाने से सही-सलामत लौट आने का आनन्द अवर्णनीय है। 'मोंड़ा थाने से ठीक-ठाक वापस आ गया'—यह किस्मत वालों के साथ ही होता है। मुंशीजी ने भी बस उतने ही पैसे माँगे, यह भी तो किस्मत ही है भैया; कहीं ज्यादा माँग लेते तो? मान लो कि मोटरसाइकिल बेचने, बकरी बेचने और बर्तन-भाँडे गिरवी रखने से जो रकम बनी, कहीं उससे भी

ज्यादा माँग बैठते तो? पर उनने नहीं माँगे। जे भी तो किस्मत का ही खेल कहाया कि नहीं? नत्थू खुश है कि बेटा सही-सलामत छतरपुर भी लौट गया है।

थाने के हर कर्मचारी के पाँव छूकर आया है नत्थू। फिर हनुमानजी के चरणों में तो पड़ा ही रह गया। जब वह बहुत देर तक प्रभु के सामने बिना हिले-डुले ही पड़ा रहा तो स्वयं पुजारी ने उसको उठाया; लगा कि भक्त कहीं बेहोश तो नहीं हो गया है? और पंडिज्जी? उनके तो बार-बार पाँव छुए उसने। उनके चरणों में लोट-लोट गया वह। पंडिज्जी के पास अपने बेटे को भी साथ ले गया था वह। बहुत समझा-बुझाकर ले गया था कि मालिक के गोड़ पकड़ के ही रखना; छोड़ना मती। यह सब उन्हें अच्छा लगेगा। उन्हें अच्छा लगता है। बड़े आदमियों को ऐसा करने वाले लोग बड़े अच्छे लगते हैं। दोनों देर तक पंडिज्जी के चरणों में पड़े रहे। नहीं, हनुमानजी के बराबर तो खैर नहीं। पर उससे कम भी नहीं।

पंडिज्जी ने हँसकर कहा, "बच गए तुम बेटा। थाने से खटिया पे नहीं लौटे, यही ईश्वर की बड़ी कृपा रही तुम पर।"

पंडिज्जी के साथ बैठे लोग उनकी इस बात पर ठहाका लगाकर खूब हँसे।

"हम पर तो बस आपकी कृपा रही महाराज। ...आपई भगवान हो हमारे।" नत्थू ने माथा नवाकर कहा।

उसकी बात लोगों की हँसी में गुम हो गई।

नत्थू का लड़का अलबत्ता बेहद उदास और गुम बैठा रहा।

जयहिंद के बावजूद

एक शाम संसद मार्ग की पुलिस आकर गजानन बाबू को उठा ले गई।

गजानन बाबू पिछले कई दिनों से संसद के पास जमे हुए थे। फुटपाथ पर। वहीं, दरी बिछाए। छोटे-से रेक्जीन के एक झोले में सारी गृहस्थी लिए हुए। अलग से एक गांधी झोले में अपनी डायरी और ढेर सारे पैम्फलेट सहेजे। दिन भर आस-पास पैम्फलेट बाँटते-फिरते। हमेशा पाँच-छह आदमियों से घिरे रहते। भीड़ कभी बढ़ भी जाती है। रेहड़ी वाले दुकानदार लोगों को उनके बारे में बता देते हैं। सबको ख़बर थी कि दद्दा, गाँव से राष्ट्रपति बनने के लिए दिल्ली आए हुए हैं। अभी फॉर्म भरेंगे। रामराज लाएँगे, ऐसा कहते हैं। और ये बातें बब्बा कोई मज़ाक में नहीं कहते हैं भाई साहब; वे सच में ऐसा ही मानते हैं। ज़ाहिर है कि पगला गए हैं। पर जाओ। मिल के तो आओ। एक बार तो जाओ न? मिल के तो देखो। ज़रा बातें तो सुनो उनकी। और उनका पैम्फलेट ज़रूर पढ़ना। बड़ा मज़ा आएगा।

तमाशबीनों की भीड़ लगी रहती उनके पास। फालतू खड़े लोग। दफ़्तरों में काम के सिलसिले में आए प्रतीक्षारत लोग। सब वहाँ आ जाते। उनके मज़े लेते। रामराज के बारे में उनसे विस्तार से पूछते। घी-दूध की नदियों का प्लान भी समझते। गजानन बाबू भी बार-बार बताते हुए कभी थकते नहीं थे। हर एक को पूरी बात बार-बार समझाते। जागृति तो ऐसे ही फैलती है भाई। ...सब हँसते। सब उनसे 'जयहिंद' ही बोलते। 'जयहिंद' सुनकर खिल जाते गजानन बाबू। 'महात्मा गांधी की जय' भी बोलते हैं लोग। गजानन बाबू गदगदाए खड़े रहते हैं। जो भी उनका पैम्फलेट पढ़ता है, एक बार तो पलटकर उनकी तरफ़ देखता ही है; क्या ईश्वर आज भी इस तरह के लोग बनाया करता है?

गजानन बाबू इसी तरह कई दिनों से फुटपाथ पर बैठे हुए थे। भीड़ मिल जाती तो भाषण दे डालते। रामराज्य के लिए प्रजा को दीक्षित तो करना ही होगा न? उस दिन भी यही सब हो रहा था। सात-आठ आदमी उन्हें घेरे खड़े थे। चाय पीते। मूँगफली चबाते। ब्रेड-पकौड़े खाते हुए लोग।

"जयहिंद।" कोई शख़्स भीड़ में घुसते हुए बोला।

"जयहिंद।" गजानन बाबू ने ख़ुश होकर कहा।

"महात्मा गांधी की..." गजानन बाबू ने खुद ही उत्साहपूर्वक नारा उठाया।

"...जय!" भीड़ ने नारा बुलंदी तक पहुँचाया।

कि तभी वहाँ से पुलिस की एक जीप गुज़री। इंस्पेक्टर। एक हवलदार। दो सिपाही। पुलिस की जीप। नारा बुलंद हुआ तो इंस्पेक्टर ने जीप रुकवा दी।

"ये क्या बवाल हो रहा है यहाँ?" इंस्पेक्टर ने जीप रुकवाकर पूछा।

"अरे सर, कुछ नहीं; एक झकलट बुड्ढा है। ख़ुद को गांधीजी का चेला मानता है।" एक सिपाही ने हँसकर कहा।

"जीप को तनिक पीछे तो लो।" इंस्पेक्टर सन्तुष्ट नहीं हुआ। उसने जीप को पीछे करने का आदेश दिया ताकि वह स्वयं समुचित पड़ताल कर सके। जीप धीरे-धीरे पीछे आई और भीड़ से थोड़ी दूर आकर रुक गई। पुलिस वाले थोड़ी देर तक जीप में बैठे-बैठे ही सारे तमाशे को दूर से देखते रहे। सिपाही अभी तक इंस्पेक्टर साहब का रुख भाँप नहीं पाया था। वह उसी उत्साह से आगे भी बताने लगा, "एकदम पागल बुड्ढा है सरजी। ...दिन भर गांधीजी की जय बोलता रहता है।"

"गांधीजी का नाम लेता रहता है तो फिर पागल ही होगा।" इंस्पेक्टर सहमत हुआ।

"पागल ही है सर। कहता है कि देश को बदल दूँगा। रामराज लाने की बातें कहता है।" सिपाही ने हँसकर बताया।

"पर याद रखो; यह जरूरी नहीं कि वह पागल ही हो। वह कोई बड़ा हरामी भी हो सकता है। रामराज लाने, देश बदलने की बात को जो शख्स गांधीजी की

जय से जोड़े, वह हरामी भी हो सकता है।"

"नहीं सर, ये आदमी पागल ही है।"

"तुम यह कैसे कह रहे हो?"

"सर, राष्ट्रपति चुनाव में खड़ा होने के लिए गाँव से इधर आया है। बताइए भला!"

"राष्ट्रपति?"

"हाँ सर, राष्ट्रपति।"

"यह आदमी राष्ट्रपति बनेगा?"

"उसी के लिए पैम्फलेट तक बाँट रहा है। आप इसका पैम्फलेट पढ़कर देखिए, तभी आपको इसका असली रंग पता चलेगा सर। ...एकदम पागल है।" सिपाही हँसकर बोला।

"यदि ऐसा ही पागल है तो तुमने अब तक इसका क्या किया?"

"पागल का क्या करते सर?"

"पागल है तो बाहर कैसे घूम रहा है?" इंस्पेक्टर गुर्राया।

सिपाही ने सिर झुका लिया।

"मान लो कि कल को यह बुड्ढा पागलपन की झोंक में किसी मंत्री या एमपी की कार में पत्थर-वत्थर मार दे तब? सब लोग सस्पेंड होते फिरोगे।" इंस्पेक्टर ने गुस्सा होते हुए कहा।

सिपाही ने मामले को इस तरह तो सोचा और समझा ही नहीं था। एक तरह से सच ही तो कह रहे हैं इंस्पेक्टर साहब। ...तभी तो साहब, साहब हैं। साहब की तरह सोच पाना हर एक के बस की बात नहीं।

"संसद के आस-पास ऐसा कोई खतरनाक पागल मंडरा रहा है और आपने अब तक इस पर कोई एक्शन ही नहीं लिया? सबको मरवाओगे क्या?" इंस्पेक्टर ने सिपाही को फटकारा।

"सर, इस बुड्ढे को इन रेहड़ी वालों ने ही शह दे रखी है।" सिपाही अपने सिर की बला औरों के सिर पर रखते हुए बोला।

"इनको बोलो, बुड्ढे को तुरन्त यहाँ से रवाना करें। कभी कुछ उल्टा-पुल्टा हुआ तो इन सबकी मइयो हो जाएगी।"

"मैं भी जरा देख आऊँ सर जी?" हवलदार ने आज्ञा माँगी।

"जरूर जाओ। और बुढ़ऊ को हड़का देना कि ये सब तमाशा यहाँ न चलेगा। रेहड़ी वालों को भी थोड़ा टाइट करके आओ।"

हवलदार जीप से उतरा। सिपाही भी हवलदार के पीछे-पीछे जीप से कूदकर डंडा लहराता हुआ भीड़ की तरफ़ बढ़ा। दोनों चाय की रेहड़ी पर जा पहुँचे। ठेले पर डंडा बजाते हुए हवलदार ने पूछा, "यह बुड्ढा किसके साथ है?"

उसने गजानन बाबू की तरफ़ इशारा किया।

"बाबा थोड़े सरके हुए हैं हवलदार साहब।" किसी ने बताया।

"यहाँ इस पागल को किसने पाल रखा है?" हवलदार ने पुलिसिया अंदाज़ में पूछा।

"पाला किसी ने नहीं है मालिक। ये तो खुदई कहीं से यहाँ आ गए हैं।" रेहड़ी वाले ने बताने की कोशिश की।

"यह इलाका एक हाई-सिक्योरिटी ज़ोन है, पता है न?"

"जी मालिक।"

"फिर?"

रेहड़ी वाला चुप रह गया। हवलदार घूरता रहा उसे। एक-दो लोग पुलिस को देखकर पास आने लगे। सिपाही ने डंडे से इशारा किया कि सब लोग दूर ही रहें तो बेहतर। लोग तुरन्त पीछे हट गए। यार, मामला कुछ गड़बड़ दिखता है स्साला! गजानन बाबू को घेरकर खड़ी भीड़ ने यह सब देखा। सभी समझदार थे। सभी बूढ़े से दूर खिसक गए।

हवलदार अब गजानन बाबू के पास पहुँचा।

"क्यों साहब, आप यहाँ क्या कर रहे हैं?"

"खड़े हैं।"

"वही तो, क्यों खड़े हैं?"

"देश आजाद है। आदमी कहीं भी खड़ा हो सकता है।" गजानन बाबू को आज़ाद देश की पुलिस को देखकर, न जाने क्यों, अंग्रेजों के ज़माने की पुलिस याद आ जाती है। वे अभी, मानो अंग्रेजों की पुलिस से विवाद कर रहे हैं।

"देश आजाद जरूर है पर किसी को हमारे सिर पर खड़े होने की आजादी नहीं मिल गई है बाबा।" सिपाही ने कहा।

गजानन बाबू के व्यक्तित्व में कुछ ऐसा है जो सामने वाले को मजबूर करता है कि उन्हें यूँ ही सामान्य नागरिक न मान लिया जाए। हवलदार अभी तक तो कब का लाठी फटकार चुका होता पर हिम्मत ही नहीं पड़ रही उसकी।

"सिर पर? आपके सिर पर? भाइयो बताइए, क्या हम किसी के सिर पर खड़े हैं?" गजानन बाबू ने हँसकर आस-पास वालों से पूछा।

ऐसा पागल भी नहीं लग रहा स्साला! सोच-समझकर ही आगे बढ़ना होगा।

हवलदार ने बड़े प्यार से पूछा, "देश तो साठ साल से आजाद है जबकि आप यहाँ बस कुछ दिनों से ही खड़े हैं। सही-सही बताएँ, असली इरादा क्या है?"

"असली? असली इरादा तो बस इस देश को पूरा आजाद कराने का है।" गजानन बाबू की आँखों में अनोखी चमक है।

"क्यों? अभी देश आजाद नहीं है क्या?"

"नहीं। अभी नहीं है। अभी तो इसे पूरा आजाद होना है।"

"अच्छा! तो आप यहाँ खड़े होकर इसे पूरा आजाद करवाएँगे? नक्सली हो क्या? क्यों?"

"मैं राष्ट्रपति चुनाव में खड़ा हो रहा हूँ। राष्ट्रपति बनकर देश बदलूँगा। उसी का फॉर्म भरने के लिए यहाँ दिल्ली आया हूँ।"

"आऽऽप् राष्ट्रपति बनेंगे?" हवलदार हँसने लगा।

बातचीत रोचक हो गई थी। भीड़ न केवल पास आ गई थी, बढ़ भी गई थी।

"क्यों? हम राष्ट्रपति नहीं बन सकते क्या?" गजानन बाबू ने पूछा।

"इस उम्र में आप क्यों फालतू परेशान होते हैं?" हवलदार और भी ज़ोर से हँसने लगा।

"देश के लिए परेशान होना कभी फालतू नहीं होता श्रीमान्।"

"हम तो आपकी उम्र को कह रहे थे।"

"राष्ट्रपति की पोस्ट के लिए ओवर-एज का कोई नियम नहीं है। इतना नागरिकशास्त्र तो हम भी पढ़े हैं।" गजानन बाबू ने कहा।

"आपने फॉर्म भर लिया?" हवलदार ने पूछा।

"अभी नहीं भरा। जल्दी ही भरेंगे। उसी के लिए दिल्ली आए हैं।" गजानन बाबू ने बेपरवाही से कहा।

"तो फिर अपना फॉर्म भरें और यहाँ से जाएँ।"

"चले जाएँगे भाई।"

"चले जाएँगे नहीं; चले ही जाएँ।"

"अच्छा! और जो हम न जाएँ तो?"

"देखो, हम अभी तो शराफत से बता रहे हैं। अच्छा रहेगा कि तुम कल से यहाँ ना दिखो।"

"देश आजाद है..."

"...उतना आजाद भी नहीं है—आप खुद कह रहे थे ना? बस, तो मान लें कि देश आजाद ही नहीं है। आप तो अभी के अभी यहाँ से चुपचाप चले जाएँ। संसद के सामने यह सब नाटक नहीं चलेगा।"

"मैं तो सड़क के किनारे खड़ा हूँ। संसद के काम में इससे कौन-सी बाधा पहुँचेगी, क्या श्रीमान् मुझे कुछ समझाएँगे?" गजानन बाबू ने आस-पास खड़े हुए सबसे, और विशेष रूप से हवलदार साहब से पूछा।

लोग पास आ गए थे। वे अब उनको घेरकर खड़े हो गए थे।

"और मुझमें ऐसा क्या गलत है कि मैं ही यहाँ खड़ा नहीं रह सकता? क्या

गैरकानूनी कर रहा हूँ मैं? ये सब भी तो खड़े हैं।" गजानन बाबू के तर्क इतने सटीक हैं कि पागलपन की झाँई भी नहीं है उन पर।

"अरे, जाने दें न हवलदार साहब। ...पड़े रहने दें इनको यहीं।" भीड़ में से एक बोला। बाकी के कुछ लोगों ने भी 'हाँ' 'हाँ' कहा। समझदार अलबत्ता चुप रहे।

"यह कौन बोला भाई? जरा ठीक से सामने आकर तो बोलो। क्या कहा? इनको यहीं पड़े रहने दें? ...ठीक है। आप कहते हैं तो ठीक है; यही सही! आपकी जमानत पर हम इनको यहीं रहने देते हैं। परन्तु हर आदमी आगे आकर अपना नाम पता नोट करा दे, बस। ...जरा इन लोगों का नाम और मोबाइल नम्बर तो नोट कर लो बद्री। ...कहीं यह बुड्ढा कल यहाँ कोई कांड कर बैठे तो इन सबको थाने में हाजिर करवाना तुम्हारा काम रहेगा। ठीक?"

भीड़ तुरन्त पीछे खिसक गई। कुछ लोग तो वहाँ से खिसक ही लिए।

"ऐसा क्या कांड कर दूँगा मैं?" गजानन बाबू स्वतंत्रता सेनानी के तेवर में बोले।

"दादाजी, यह वीआईपी इलाका है। आप यहाँ ऐसे खड़े नहीं रह सकते।" सिपाही ने समझाने की कोशिश की।

"महात्मा गांधी के चेले हैं हम। अहिंसा में विश्वास करने वाले। हमसे किसी को कैसा खतरा?" गजानन बाबू ने पूछा।

"यार, आप फालतू की बहस न ही करें श्रीमान्। अपनी ये दरी-फरी लपेटो, अभी, फटाफट। निकलो तो यहाँ से। अभी के अभी।" हवलदार ने लाठी से इशारा करते हुए गजानन बाबू को आदेश दिया।

"मैं तो अब यहाँ से नहीं हटने वाला।" गजानन बाबू मऊरानीपुर के मंडी चौक पर तिरंगा लेकर खड़े हो गए। देखें, कौन उनको यहाँ से हटाता है?

"अबे, तू यहाँ से हटता है कि नहीं बुड्ढे?" हवलदार अपना आपा खोने लगा।

"नहीं। हम यहाँ से नहीं हटेंगे। हमें अब महात्मा गांधी का कौल है। ...झंडा फहराए बिना अब हम नहीं हटेंगे।" गजानन बाबू मऊरानीपुर और दिल्ली के बीच आवाजाही कर रहे हैं।

"तूने ये देखा है?" हवलदार ने हवा में डंडा उठाकर धमकाया।

भीड़ और पास आ गई थी।

"ये?...तुम्हारा डंडा!!" गजानन बाबू डंडा देखकर हँसने लगे। ज़ोर-ज़ोर से हँसते रहे।

यह बुड्ढा कहीं एकाध लाठी न खा जाए? फालतू ही पुलिस से पंगे ले रहा है। भीड़ चिन्तित है। परेशान भी।

"छोड़िए न हवलदार साहब।" किसी ने आग्रह किया।

हवलदार ने डंडा नीचे कर लिया। हवलदार का चेहरा अभी भी तमतमाया हुआ है। गुस्से से घूर रहा है गजानन बाबू को।

"तुम हँस रहे हो दद्दा? कुछ समझते भी हो कि नहीं? तुम पुलिस के डंडे को भी नहीं पहिचानते क्या?" सिपाही बीच में पड़ा।

"तुम लोगों ने कभी अंग्रेज पुलिस का डंडा देखा है?" गजानन बाबू ने सिपाही से ही पूछ लिया।

"मतलब?" वह उनका प्रश्न ही नहीं समझा।

"तुमने तो वह डंडा देखा तक नहीं, हमने तो खाया है। ...हम किसी पुलिस के डंडे से नहीं डरते।"

"आपने अंग्रेज पुलिस का डंडा खाया था न? पर कभी आजाद भारत की पुलिस का डंडा भी खाया है? एक बार भी खाया होता तो अभी जरूर डरते। हमारा डंडा अंग्रेजों के डंडे से भी तेज लगता है; आदमी की आत्मा तक नील पड़ जाते हैं।" हवलदार ने कहा।

"तो आप वो भी मारकर देख लें न ...हम तैयार हैं।" कहकर अपना कुरता उतार दिया गजानन बाबू ने। बनियान भी।

बुढ़ापे की ढीली चमड़ी का मढ़ा हुआ पसलियों का पिंजरा पुलिस के सामने था। कमर तनिक झुकी हुई पर छाती एकदम सामने की तरफ़, तनी हुई।

सिपाही की तरफ अपनी नंगी पीठ घुमाकर खड़े हो गए गजानन बाबू।

"चलिए! मारिए!" गजानन बाबू ने कहा।

हवलदार बुरी तरह घबरा गया।

भीड़ और भी बढ़ गई थी।

इसी बीच देर होती देख इंस्पेक्टर भी जीप से उतरकर वहाँ आ गया। वहाँ का यह दृश्य देखकर वह भी असमंजस में पड़ गया।

"क्या हो रहा है यह सब?" उसने हवलदार से पूछा।

हवलदार को कोई उत्तर ही नहीं सूझा।

"दादाजी मान ही नहीं रहे।" वह बोला।

"क्यों बे?" इंस्पेक्टर ने गजानन बाबू से कहा जो वहाँ अर्धनग्न खड़े थे।

"यही भाषा है आपकी? आपको पता भी है कि आप भविष्य के राष्ट्रपति से बात कर रहे हैं?" गजानन बाबू घूमकर इंस्पेक्टर के सामने खड़े हो गए।

हवलदार ने इशारा किया कि ये, तब से बस, ऐसी ही बातें किए जा रहा है।

"भविष्य के न? अभी तो राष्ट्रपति नहीं बने हो न? तो हमसे अभी गार्ड ऑफ ऑनर क्यों माँग रहे हैं सरकार?" इंस्पेक्टर ने व्यंग्यपूर्वक पूछा। फिर वह सिपाही और हवलदार की तरफ पलटा।

"इसको अभी उठाकर जीप में तो पटको।"

सिपाही हिचकिचाया।

भीड़ बढ़ गई थी।

हवलदार भी हिचकते हुए रुका रहा।

"मिस्टर, मैं स्वतंत्रता संग्राम सेनानी हूँ। अपने अधिकार जानता हूँ। मेरे पास ताम्रपत्र है। ...दिखाऊँ आपको?" गजानन बाबू उतारे हुए कुरते की जेबें टटोलने लगे।

इंस्पेक्टर अब जाकर चौकन्ना हुआ।

मामला वैसा सीधा-सरल नहीं लग रहा। बुड्ढा कहीं ऐसा-वैसा कोई कलाकार शख़्स तो नहीं है कि कल को मीडिया में हल्ला हो जाए? भीड़ भी स्साली ख़ूब हो गई है। इस बूढ़े से टैक्टफुली ही डील करना पड़ेगा। इंस्पेक्टर ने हाथ बढ़ाकर गजानन बाबू से ताम्रपत्र ले लिया। थोड़ी देर तक उसको खूब उलट-पलटकर देखते रहा। बूढ़ा स्वतंत्रता संग्राम सेनानी है, यह तो पक्का हो गया। यह शख़्स पागल है, यह भी पक्का है। यह शख़्स एक बेहद ज़िद्दी बूढ़ा है, यह बात भी सामने ही है। और ये तीनों चीज़ें एक ही आदमी में इकट्ठी हों तो यह बेहद ख़तरनाक है, यह सबसे पक्की बात है। इसे यहाँ से जबरन उठाना ख़तरनाक भी हो सकता है। भीड़ के रहते यहाँ कोई बड़ा तमाशा बन सकता है। इसे बहुत ही टैक्टफुली डील करना होगा।

"आपको राष्ट्रपति चुनाव का फॉर्म भरना है न?" इंस्पेक्टर अचानक बहुत विनम्र हो गया।

"उसी के लिए तो हम कोटरा से यहाँ आए हैं।" गजानन बाबू को उसकी विनम्रता अच्छी लगी।

"तो हम आपसे फॉर्म भरवाते हैं न।" उसने प्रस्ताव-सा रखते हुए कहा।

"आप भरवा देंगे?" गजानन बाबू बच्चों जैसे उत्साह से भर गए।

"बिलकुल। आप चलकर हमारी जीप में बैठें। हम आपको थाने ले जाकर पूरा फॉर्म भरवाते हैं न। ...बद्री, जरा दादाजी का सामान तो उठा लो बेटा। शाबास! आइए, चलिए हमारे साथ।" इंस्पेक्टर ने आदरपूर्वक कहा।

हवलदार देखता रह गया।

यार, अफ़सर अफ़सर ही होता है। ...वाह! काम को कैसा बढ़िया टैक्टफुली सलटाया है साहब ने।

"तुम वो फॉर्म तो निकलवा लेना बद्री। थाने पहुँचकर सबसे पहले दादाजी से फॉर्म ही भरवाना है।"

"जी सर।" सिपाही ने गजानन बाबू का थैला, दरी, और बैग समेटते हुए कहा।

अब तक रात उतर आई थी।

गजानन बाबू उनके साथ चल दिये। बहुत ख़ुश हैं गजानन बाबू। देखा जाए तो सरकार ऐसी बुरी भी नहीं। मौके पर लोगों की सहायता भी करती है। ...गजानन बाबू ने भीड़ को नमस्कार किया और पुलिस के साथ ख़ुशी-ख़ुशी चल पड़े। भीड़, उनको जाते हुए देखती रह गई। ...पता नहीं, आगे क्या होगा इस बूढ़े आदमी का?

इसकी बहुत दुर्गत करेंगे ये स्साले।

जीप में ख़ुद जाकर बैठ गए हैं, गजानन बाबू।

बैठते-बैठते इंस्पेक्टर ने हवलदार को आँख मारी। ...देखा! ऐसे निबटते हैं जटिल स्थिति से। ...हवलदार ने भी उनके हाथ जोड़ दिये।

जीप स्टार्ट हुई। अँधेरा हो गया था। जीप की रोशनी सड़क की रोशनी में खो गई। सब तरफ़ बहुत-सी रोशनियाँ जल उठी हैं।

जीप चलने को हुई कि वह रेहड़ी वाला पीछे से भागता हुआ जीप के पास आया।

"बाबा की लाठी वहीं छूट गई थी सरजी।" उसने गजानन बाबू का बेंत सिपाही को पकड़ा दिया।

इंस्पेक्टर ने हँसकर कहा, "थाने में बेंतों की कोई कमी नहीं। बाबा को जिस साइज की लाठी चाहिए, वहाँ मिल जाएगी।"

रेहड़ी वाले ने हाथ जोड़ लिए। जीप चल पड़ी। रेहड़ी वाला जीप के पीछे-पीछे भागने लगा।

"अब क्या है बे?" सिपाही ने पूछा।

"भैया, बाबा को मारना मत।" रेहड़ी वाले ने पीछे-पीछे दौड़ते हुए कहा।

सिपाही ने चलती हुई जीप से झाँककर उसे घूर के देखा। सिपाही रेहड़ी वाले का कहा ठीक से सुन भी पाया कि नहीं, पता नहीं। थाने की जीप की गुर्राहट में रेहड़ी वाले की प्रार्थना डूब गई हो तो आश्चर्य की बात न कहाएगी।

जीप तेज़ी से आगे बढ़ गई। जीप अब संसद मार्ग पर फर्राटा लगा रही थी। पुलिस की जीप संसद भवन के सामने से गुज़री। जीप से झाँकते गजानन बाबू ने अचानक ही संसद पर लगे तिरंगे को देखा और जोर से नारा बुलंद किया, 'जयहिंद!' किसी ने भी उनके जयहिंद के जवाब में 'जयहिंद' नहीं कहा। उनका 'जयहिंद' भी पुलिस की जीप की गुर्राहट में डूब गया।

गजानन बाबू ने एक बार फिर, जोर से 'जयहिंद' कहकर संसद पर फहराते तिरंगे को सलाम किया।

कोई जवाब में न भी बोले, फिर भी वे तो जयहिंद बोलेंगे ही।

"तनिक ठीक से बैठो बाबा। जयहिंद के चक्कर में कहीं नीचे न टपक जाना।" सिपाही ने कहा।

गजानन बाबू जीप में वापस टिक गए।

जीप रोशनी से जगमग सड़क पर भागती हुई जा रही है। हर तरफ इतना उजाला है कि चकाचौंध में कुछ भी साफ़ नज़र नहीं आ रहा।

फिर भी जयहिंद

जीप धीमी हुई, मुड़ी और थाने के अहाते में घुसकर रुक गई।

"नीचे उतर आइए राष्ट्रपति जी।" इंस्पेक्टर ने जीप से उतरते हुए कहा।

"इसे अन्दर करो।" उसी साँस में इंस्पेक्टर ने सिपाही को धीरे से आदेश दिया।

गजानन बाबू निःशंक जीप से उतरे।

***

अब वे हवालात की सीढ़ियाँ चढ़ रहे थे।

***

ठीक तभी और उसी समय के आस-पास :

...बड़े साहब दफ़्तर के बरामदे में घुसे। बूढ़ा सामने था। वह पीछे खिसककर दीवार से सट गया। वह यहीं खड़ा है साहब की प्रतीक्षा में। वह सदियों से यहीं बैठा है, यहीं बैठा मिलेगा। वह साहब के चेम्बर के बाहर हाथ जोड़कर खड़ा है। शायद आज साहब उसे बुला ही लें / ...ठीक तभी बिस्मिलजी एक क्लाइंट के साथ अफ़सर के बंगले के सामने की सड़क पर खड़े हुए थे। बिस्मिलजी क्लाइंट को आश्वस्त कर रहे हैं कि वे अभी अन्दर जाकर भाभीजी को रिश्वत की रकम पकड़ाकर वापस लौटते हैं। वे अन्दर जाते-जाते भी क्लाइंट को आश्वस्त कर रहे हैं कि उसका काम ज़रूर हो जाएगा / ...ठीक तभी कोई सिपाही थानेदार साहब की मोटरसाइकिल धो रहा है और तभी अन्दर से थानेदारनी बाई ने उसे आवाज़ दी है कि आकर किचन में पहले ये आलू तो छील दो ज़रा। कानून अभी दरोगाजी के घर पर रखे गमलों में पानी देगा और अगर काम वाली बाई न आई तो अभी उसे कपड़े भी धोने हैं /...ठीक तभी दरोगाजी किसी को निर्देश दे रहे हैं कि रकम दो हजार के नोटों में ही भिजवाई जाए / ...ठीक तभी पंडिज्जी ने मुन्ना मास्साब को इस शुभ समाचार के साथ प्रसाद का पेड़ा खिलाते हुए बधाई दी है कि जिला शिक्षाधिकारी एक लड़की के मामले में तुरन्त प्रभाव से सस्पेंड हो गए हैं। कालपी पुलिस अभी उनसे पूछताछ कर रही है। कल तक गिरफ्तारी भी हो जाने की जमावट हो चुकी है। जो अफ़सर भौत कानून दिखाता है, वो भूल जाता है कि कानून पीछे से उसको भी दबोच सकता है—पंडिज्जी अभी बड़े फिलॉस्फिकल होकर हँस रहे हैं। मुन्ना मास्साब उनके सामने हाथ जोड़कर उनकी तिकड़म प्रवीणता का अभिनंदन कर

रहे हैं / ...ठीक तभी लक्ष्मी ने कोटा की कोचिंग का फॉर्म आनलाइन डाउनलोड किया है। उसने माँ को साफ़ बता दिया है कि कोटा तो वह जाएगी ही / ...ठीक तभी कुशवाहा उर्फ नन्हे मास्साब कोटरा के बाज़ार से गुज़रे हैं और सब लोग उन पर हँस रहे हैं। वे तिबारा पीटे गए हैं / ...ठीक तभी अपोली ने अपने मित्र को एकदम नया तमंचा दिखाकर पूछा है कि है ना जे एकदम विलायती चीज? मित्र ने भी तारीफ़ करते हुए कहा है कि यह तो ऐसा बंबास्टिक है कि इसे चलाने की भी आवश्यकता नहीं रहेगी, किसी को दिखा भर दोगे तो आदमी घबराकर गिर जाएगा/ ...ठीक तभी एक आदमी ने बदहवास होकर अपने मित्र से पूछा है कि यदि मेरी फाइल न मिली तो मेरी पेंशन का क्या होगा? कहीं वह फँस तो न जाएगी? दोस्त ने एक शख़्स का नाम उसे बताया है और यह भी समझाया है कि वह कितने पैसे लेकर यह काम चुटकियों में करा सकता है /

ठीक तभी एक फाइल मिल गई है /

ठीक तभी एक फाइल गुम गई है /

ठीक तभी कोई ज़मानत पर बाहर निकला /...ठीक तभी कोई अदालत में बैठा-बैठा पथरा रहा है /...ठीक तभी एक काले कोट की परछाईं अदालत को ढक चुकी है और अभी आराम से अपने चेंबर में किसी क्लाइंट के साथ बैठी हुई अंदाज़ा लगा रही है कि इन तिलों में कितना तेल हो सकता है /...ठीक तभी चौहान साहब के कुँवर साहब ने किसी को धमकाया है कि एक मर्डर तो हम कर ही चुके हैं, एक और करते हमें देर नहीं लगेगी /...ठीक तभी न्याय के घंटे की पुरानी रस्सी खींचने की कोशिश में रस्सी टूटकर हाथ में आ गई है और घंटा बेआवाज़ लटक गया है / ...ठीक तभी सरकारी भोंपू ने मुनादी की है कि स्थिति नियंत्रण में है और कहीं से किसी अप्रिय घटना का कोई समाचार नहीं है /...ठीक तभी गयासुद्दीन अपने बकरे के साथ दहशत में अकेले बैठे हुए हैं। कोई उन्हें अभी-अभी बहुत प्यार से समझाकर गया है कि हिंदू बकरियों को पथभ्रष्ट करने की कोशिश न की जाए तो बेहतर। उसी श्वास में उसने कब्रिस्तान की भूमि की राजनीति करने वालों का साथ न देने की चेतावनी भी दी है /...

ठीक तभी विकास कोटरा में खसरे की तरह फैल रहा है /...ठीक तभी एक ठेकेदार बड़े साहब के घर से दीवाली की भेंट देकर बाहर निकला है / ...ठीक तभी निर्माणाधीन पुल से टपका हुआ सीमेंट का बड़ा-सा टुकड़ा नीचे बैठे दो फटेहालों के पास आकर गिरा है। दोनों ने हनुमानजी को हवा में हाथ जोड़कर प्रणाम किया है कि आपने ही बचा लिया प्रभो; टुकड़ा हमारे सिर पर भी गिर सकता था / ...ठीक तभी कोटरा में नियुक्त डाक्टर साहब ने झाँसी में अपने घर पर रजिस्टर मँगवाकर पूरे महीने की उपस्थिति की चिड़िया बिठाई है / ...ठीक तभी संविधान की किताब के पेज ज़ोर से फड़फड़ाए हैं और फड़फड़ाते ही चले जा रहे हैं। पता ही नहीं चल

पा रहा कि यह कौन-सी हवा किस तरफ़ से चल रही है /...

...ठीक तभी पटवारी की औरत ने माँग भरते हुए देखा कि उसके माथे पर चोट का नीला निशान अभी पूरी तरह गया नहीं है। वह उस पर गोरेपन की क्रीम मल रही है /...ठीक तभी, मेंड़ से टिके नत्थू को न जाने कब झपकी लग गई और नींद में डोलते हुए सपने में उसने अपनी बकरी देखी। बकरी के दोनों बच्चे भी उसे दिखे। तीनों की आँखों से आँसू बह रहे थे। बकरी ने रोते हुए शायद नत्थू से यह पूछा भी है कि तुम तो मुझे इतना प्यार करते थे फिर मुझे बेच क्यों दिया? तो क्या बकरी और उसके बच्चे भी उसे याद करके उतने ही दुखी हैं जितना नत्थू स्वयं है? क्या बकरी के चेहरे पर नत्थू के प्रति कोई शिकायत भी थी? नत्थू से थी या कि इस ज़माने से? नत्थू को पता नहीं। जब तक वह बकरी के बच्चों को गोदी में उठाकर दुलार पाता, उसकी नींद खुल गई / ...और ठीक तभी, नत्थू के बेटे को झपकी लगी है। ग्राहक की प्रतीक्षा में वह ख़ाली रिक्शे की सीट से टिका बैठा था कि उसे नींद लग गई। एक सपना उसने भी देखा। उसने देखा कि सब तरफ़ बटमार हैं और सबकी उसकी गठरी पर नज़र है। पर उसकी गठरी तो लगभग ख़ाली है; फिर? उसने सपने में बन्दूक भी देखी, बीहड़ भी। उसने अपने हाथ में भी एक नेजा देखा और दरोगा की छाती में धँसा हुआ भी। उसने दरिया देखा और दरिया में तैरती उतराती हुई कागज की नाव भी। उसने देखा कि नाव मतपत्र के कागज से मिलते-जुलते कागज से बनी हुई है /

तभी संसद मार्ग की कोतवाली के लॉकअप से ज़ोर की आवाज़ आई है, “जयहिंद”, “जयहिंद”।

बाहर रात गहरा गई है।

फिर भी ‘जयहिंद’ चल रहा है।

✪✪✪